U0165606

修辭學

魏聰祺◎著

自 序

　　本書是筆者從事修辭教學與修辭研究十幾年累積的心得及成果。書中鎖定三十個修辭格，探討其定義、分類、辨析、產生因素及運用原則。

　　全書共六章：第一章〈緒論〉，談「修辭理論」、「修辭可提升賞析能力」及「修辭可提升寫作能力」。兼顧修辭理論及修辭運用兩部分。「修辭理論」方面，主要介紹「辭格與非辭格之辨析」、「修辭格兼格現象之辨析」和「辭格和辭格之間的辨析」。「修辭運用」方面，一是以辭格為媒介，提升賞析能力；一是借助辭格提升寫作能力。

　　「辭格與非辭格的辨析」：可從修辭格的定義及要素入手：㈠修辭格是對語言文字的利用，它有別於非語言文字的表達；㈡修辭格具有「刻意性」、「臨時性」和「變異性」三大特性，凡不符三大特性現象者，不能視為修辭格之運用；㈢修辭格的目的是為了提升表達效果，如果無法達到這個目的，則不能視為修辭格；㈣修辭格的呈現是以「種種特定格式」展現，若不具有特定格式者，應不屬修辭格。

　　「修辭格兼格現象的辨析」：修辭格的綜合運用方式，有三種類型：連用、套用和兼用。而更為常見的是幾種類型交插、聯結的混合型。蔡宗陽認為辭格的辨析，必須掌握四個原則：㈠就整體內容而言，㈡就整體形式而言，㈢就部分內容而言，㈣就部分形式而言。這種辨析原則，針對「兼格」現象非常有用。所以本書許多辭格之辨析，都是從兼格角度加以區別。首先是找出它們之間有兼格的情形，這是它們會造成混淆的原因之一；其次找出此格有而彼格沒有的特點：如此則能將兩種辭格分辨開來。

　　「辭格和辭格之間的辨析」：本書提出四個判別標準：㈠定義精準；㈡分類恰當；㈢語境明確；㈣解讀正確。大體上就能釐清令人困

惑的難題。

其後將研究對象三十個辭格先依黃慶萱的分類法,分為「表意方法的調整」和「優美形式的設計」兩大類;其下再依辨析上容易混淆的辭格歸併一組,於是分為二至六章。

第二章〈表意方法的調整㈠〉,探討譬喻、雙關、借代、象徵、轉化、移覺和拈連七個辭格。譬喻是最常見的辭格,也是大多數修辭專書首先介紹或研究的對象,因此首列「譬喻」;因譬喻是立基於類似聯想,而雙關也有部分是因類似聯想而達成,尤其借喻和雙關容易混淆,故將「雙關」列為第二。借代和借喻都是以客體取代本體,容易混淆,但借代是基於相關性的接近聯想,與類似聯想的借喻不同,故將「借代」列為第三。象徵的聯想途徑有類似聯想和接近聯想兩類,因此和譬喻、借代容易混淆,故將「象徵」列為第四。轉化的本體和擬體之間也常有類似點,容易和借喻混淆,故將「轉化」列為第五。移覺常常會產生轉化效果,兩者容易混淆,故將「移覺」列為第六。拈連由常項和變項組合而成,變項即是轉化,故將「拈連」列為第七。

第三章〈表意方法的調整㈡〉,探討映襯、夸飾、婉曲、倒反、引用、藏詞和仿擬七個辭格。映襯是基於對立聯想而產生的辭格,與上一組基於類似聯想和接近聯想不同。映襯的表現方式是往對立的兩方擴張;夸飾的表現方式是往某一方擴張;婉曲的表現方式是拐彎呈現;倒反的表現方式是反面呈現;引用的方法有正用、反用、化用,亦即其表現方式正向、反向和拐彎都有;藏詞則是以引用為前提,而藏去所要表達的意思;仿擬是模仿現成的語句章篇,和引用很類似:因此將這七個辭格歸為一組。

第四章〈表意方法的調整㈢〉,探討析字、飛白、轉品、設問、互文、同異和層遞七個辭格。析字是就漢字的形、音、義加以分析而產生的辭格;飛白也有就語音、字形、語義等用錯、聽錯而被記錄援用的現象;轉品則是詞性臨時轉變;設問是以問句表達明知故問;互

文是參互成文，合而見義；同異是同中有異，異中有同；層遞原被黃慶萱歸為優美形式的設計，筆者認為層層遞進是以意義為主，形式整齊只是次要效果，故歸入表意方法的調整：這七個辭格除了以意義為主，仍有其形式上的特色，故歸為一組。

第五章〈優美形式的設計㈠〉，探討鑲嵌、類疊、對偶、排比、頂針和回文六個辭格。它們都是具有特殊標誌的辭格。鑲嵌是將某些字詞插入語句中；類疊是將同一個字詞語句反覆使用；對偶是字數相同、語法相似的語句成雙成對出現；排比是三個以上結構相似的語句並排出現；頂針是相同成分上遞下接；回文是由頭至尾，由尾至頭，回環往復的形式。它們都具有整齊美的特色，故歸為一組。

第六章〈優美形式的設計㈡〉，探討錯綜、倒裝和跳脫三個辭格。它們都是具有特殊標誌的辭格。錯綜是寓變化於整齊規律之中；倒裝是故意顛倒語序；跳脫是半途斷了語路。它們都是在形式上略有殘缺，卻能表達更好的效果，是一種變化美的呈現。故歸為一組。

能夠寫完本書，最該感謝的是內人，沒有她的催促與勉勵，我仍是一年拖過一年，不知何時才能完成。其次是系上同仁與同學的互動，使我能教學相長，精益求精。再次是感謝外審教授給予的鼓勵與建議，使本書的素質大幅提升。最後是感謝五南圖書出版股份有限公司給予出書的機會，得以面對讀者。

魏聰祺 謹識

於國立臺中教育大學語文教育系

2014年10月

目　次

第一章

緒　論

　　修辭在國語文教學中，已是一項重要學習內容。但對於修辭理論及辭格辨析，仍有很多教師觀念不清，判別錯誤。另外，學習修辭除了理論上的認知，還要加以運用，才可稱爲實用之學。

　　基於上述原因，本章主要談「修辭理論」與「修辭運用」兩部分。首先簡述「修辭」、「修辭學」、「消極修辭」、「積極修辭」和「修辭格」的定義。其次介紹辭格與非辭格之辨析，再次介紹修辭格兼格現象之辨析；再次介紹辭格和辭格之間的辨析。然後舉例說明修辭可提升賞析能力，以及修辭可提升寫作能力。

第一節　修辭理論

壹、修辭理論概述

　　此處僅以最簡潔的內容將「修辭」、「修辭學」、「消極修辭」、「積極修辭」和「修辭格」等理論，做一概述：

一、修辭的意義

㈠修辭在中西方的原始意義

　　修辭（rhetoric），在西方原始字根意指流水，是說人類的思想湧現，滔滔不絕，言語流露，口若懸河。所以，早期的修辭學也就是勸說之學。

　　「修辭」在中國首見於《周易・乾・文言》：「子曰：修辭立其誠。」修，修飾藻繪；辭，兼指語辭和文辭（沈謙，1996：自序5）。

㈡修辭的定義

　　修辭就是在特定的語言環境下，選取恰當的語言形式，表達一定的思想內容，以增強表達效果的言語活動（黎運漢、張維耿，1997：3）。

二、修辭學的定義

　　修辭學就是研究如何根據具體語言環境和表達思想內容的需要，去選取恰當的語言形式，以提高表達效果的科學（黎運漢、張維

耿，1997：3）。

三、修辭學兩大分野

陳望道（1989：50）將修辭現象分爲「消極修辭」和「積極修辭」兩大分野。茲分別說明於下：

(一)消極修辭

是指爲使語言準確、明晰、簡練、自然而採取的修辭手法。

(二)積極修辭

是指爲使語言生動形象而採取的修辭手法。積極修辭也稱藝術修辭。要達到這一層次，則須「修辭格」之運用，所以修辭格即是積極修辭的範疇，也是修辭學所要討論的主要內涵。

四、拙、通、巧、樸四層次

沈謙（1989：自序2-4）曰：

> 語言文辭，是人類表情達意的工具，同時也含蘊深厚的文化內涵與靈智之光。追尋語言文辭之美，大概有四個階段：第一階段是「拙」的層次……第二階段是「通」的層次……第三階段是「巧」的層次……第四階段是「樸」的層次。

又說：

> 在美的四層次中，第四層「樸」的境界端賴自然修煉，以求達到爐火純青的化境，所謂：「文章本天成，妙手偶得之。」因此，一般人追尋語言文辭之美，主要在第二層「通」與第三層「巧」兩方面下功夫，可以剋日計功，產生立竿見影的具體效用。這也是修辭學的由來。

沈氏所說「通」的層次，就是「消極修辭」；沈氏所說「巧」的層次，就是「積極修辭」。

五、「零度」與「偏離」

　　王希杰（1993：35）借用西洋「零度」與「偏離」的理論，將修辭現象做畫分：正常的表達是「零度」，亦即「消極修辭」——「通」的層次；「負偏離」則是「拙」的層次；「正偏離」則是「積極修辭」——「巧」的層次。

六、修辭格定義

　　筆者給修辭格所下的定義是：「修辭格是語言文辭中為了提升表達效果，有意識地、臨時偏離常規，而創設的種種特定格式。」該定義是說：修辭格是以語言文辭來表達，修辭格的作用是「為了提升表達效果」，修辭格的特性是「有意識地（刻意性）」、「臨時性（非固定用法）」、「偏離常規（變異性）」，修辭格的呈現是以「種種特定格式」展現。

貳、辭格與非辭格之辨析

　　周延雲（2001：17）說：「給辭格下定義，必須基於下面幾個方面：辭格是對語言（包括語音、語法、語彙）和文字的充分利用，這就使辭格同非語言文字因素的表達方式區別開來；辭格是以語言的非常規形式出現於言語活動中，應當同語言體系中的常規形式區別開來；辭格是語言因素的特殊組合，應當同語言的一般用法區別開來。」這是區別辭格與非辭格重要的依據，不過周氏只提到三點，略顯不足。

　　除此之外，辭格與非辭格之區別，還可以從修辭格的定義及要素入手：一、修辭格是對語言文字的利用，它有別於非語言文字的表達；二、修辭格具有「刻意性」、「臨時性」和「變異性」三大特性，凡不符三大特性現象者，不能視為修辭格之運用；三、修辭格的目的是為了提升表達效果，如果無法達到這個目的，則不能視為修辭格；四、修辭格的呈現是以「種種特定格式」展現，若不具有特定格式者，應不屬修辭格。茲說明如下：

一、辭格是語言文辭的表達方式

　　劉煥輝（1997：239）曰：「辭格是言語中屬於語言運用的一定方式方法，應當同非語言因素的表達方式區別開來。……如口語中的

表情、手勢，科技讀物中的圖表、符號、公式，文藝作品中運用形象思維所創造的各種藝術表現手法，顯然是不能當辭格看待的。」

由上述劉氏所言，可知修辭格是對語言文辭的充分利用，凡不是以語言文辭為材料的表達方式，都不能視為「辭格」，如口語中的表情、手勢，科技讀物中的圖表、符號、公式，文藝作品中運用形象思維所創造的各種藝術表現手法（如舞蹈、戲劇、書法、繪畫、音樂的表現手法），顯然是不能當辭格看待的。

二、辭格的三種特性

根據上述修辭格的定義：「修辭格是語言文辭中為了提升表達效果，有意識地、臨時偏離常規，而創設的種種特定格式。」所以它往往有「刻意性」、「臨時性」和「變異性」三種特性。

本文一方面舉例說明修辭格「同時」具有上述三種特性，所以三種特性之間往往互相關聯且相容，而不是邏輯學「分類後各子項的外延必須互相排斥」（吳家麟、湯翠芳，2001：59）；另一方面，既然修辭格具有上述三種特性，我們可以依此作為辨析依據，將辭格與非辭格分辨明白。由於手邊資料仍有不足，因此只將較易區別的例子，提出說明：

㈠刻意性

1.設問

黃慶萱（2002：47）說：「講話行文，不採通常直述方式，而刻意用詢問的語氣，藉以突顯論點，引起注意，甚或啟發思考，而使話語、文章激起波瀾的修辭法，叫做『設問』。」該定義強調「刻意」，可見設問格必須符合「刻意性」。

所以陳望道（1989：143）只將「設問」分為兩類：一是為提醒下文而問的，稱為提問，這種設問必定有答案在它下文；二是為激發本意而問的，稱為激問，這種設問必定有答案在它反面。這兩類都是作者明知故問的「刻意設計問句」。

沈謙（1996：259）則更進一步認為：問句之中，又可分為三類：

⑴疑問：這是內心確有疑問的問句，屬普通問句。
⑵提問：自問自答，先提出問題，引起對方注意，再自行

作答。

(3)激問：以問句表達確定的意思，增強語勢。答案必在問題的反面，故又作反問、詰問。

並且加以說明：「嚴格說來，修辭方法中的『設問』，僅包括『提問』和『激問』。因為這兩種問句非屬內心確有疑問的『普通問句』，而是內心已有定見的『設問』，屬刻意設計的『明知故問』。」沈謙認為「疑問」不屬於「設問格」的看法，是正確的；而且「設問格」是刻意設計的明知故問，也是正確的。但「明知故問」不僅只有「提問」和「反問」兩種，它包括「提問」、「正問」、「反問」、「擇問」、「質問」、「奇問」等六種。如：

甲：「請問政治大學怎麼走？」乙：「直走右轉就到了。」

此例只是甲、乙二人間的普通對話，雖然透過一問一答來表現，但那是普通「疑問」，不可歸入「設問格」。但下列六種則是「明知故問」的「設問」：

(1)**提問**：是一種自問自答的方式，作者先提出問題，引起對方注意與好奇，再自行回答。如：

何以解憂？唯有杜康。（曹操〈短歌行〉）

此例為曹操自問自答，先提出問題，引起對方注意，再自行作答。

(2)**正問**：唐松波、黃建霖（1996：526）認為「正問」是「明知故問，無須回答，答案寓於問句的正面」。如：

「鋼絲床要的吧？澡盆要的吧？沙發要的吧？鋼琴要的吧？結婚要花錢的吧？蜜月要花錢的吧？家庭是家庭喲！」（老舍《犧牲》）

此例是肯定形式的問句，而作者的意思也是肯定的，故屬肯定的正問。亦即：「鋼絲床要的吧！澡盆要的吧！沙發要的吧！鋼琴要的吧！結婚要花錢的吧！蜜月要花錢的吧！」

(3)**反問**：唐松波、黃建霖（1996：520）認為「反問」又稱「反詰」、「激問」、「詰問」，並下定義為：「用疑問的形式表達確定

的意思，不需要回答，答案寓於問語的反面。」如：

> 假若虧了本，我的差事也丢了，那豈不是兩頭空？（聶華
> 苓〈王大年的幾件喜事〉）

此例形式上問而不答，答案卻在問題的反面，亦即「確定是兩頭空」。

　　(4)**擇問**：用肯定與否定並列的形式發問，雖然沒有回答，但作者已認定其中一項為答案。表面看似隨聽讀者選擇答案，其實卻是已有定見：

> 「阿囝，快來！快來！『四喜臨門』！這真是百年難見的怪牌。東、西、南、北——全齊了，外帶自摸雙！人家說和了大四喜，兆頭不祥。我倒楣了一輩子，和了這副怪牌，從此否極泰來。阿囝、阿囝，<u>儂看看這副牌可愛不可愛？有趣不有趣？</u>」（白先勇〈永遠的尹雪豔〉）

答案是：「儂看看這副牌可愛吧！有趣吧！」

　　(5)**質問**：表達者和接受者雙方都知道答案，表達者用質詢的形式發問，藉以提醒對方記住。雖然沒有回答，其實卻是已有定見。如：

> 「莫怪我講句居功的話：這五六年來，夜巴黎不靠了我玉觀音金兆麗這塊老牌子，就撐得起今天這個場面了？<u>華僑的臺柱小如意蕭紅美是誰給挖來的？</u>華僑那對姊妹花綠牡丹粉牡丹難道又是你章大經理搬來的嗎？……」（白先勇〈金大班的最後一夜〉）

「華僑的臺柱小如意蕭紅美是誰給挖來的？」這是「質問」，意在質詢對方，並告知對方：「華都的臺柱小如意蕭紅美是我給挖來的！」

　　(6)**奇問**：成偉均、唐仲揚、向宏業（1996：726）曰：「奇問即結合上下文，故意提出奇特的無須回答也無法回答的問題，使語言生動、別致，富有情趣，造成一種詩意境界。」如：

天上一輪明月像鏡子，究竟是誰把它打磨成形呢？（筆者擬句）

此例將明月比喻爲鏡子，接著提出奇問：「究竟是誰把它打磨成形呢？」筆者明知這只是比喻，而非事實，當然沒有答案，卻提出令讀者產生懸想的奇問，使文句更有波瀾。

上述「提問」、「正問」、「反問」、「擇問」、「質問」、「奇問」都是作者刻意設計的「明知故問」的「設問」。

2.倒裝

黃慶萱（2002：783）說：「語文中特意顛倒複詞詞素、句子成分，或複句的通常次序，而語法形態或關係卻未改變的，叫做『倒裝』。」該定義強調「特意」，可見倒裝格必須符合「刻意性」。

陳望道（1989：215、216）將倒裝分爲兩大類：第一類爲隨語倒裝：這類純粹只是語次或語氣上的顛倒，並不涉思想內容和文法組織。第二類爲變言倒裝：雖然也是顛倒順序，卻往往侵及內容和組織，同第一類單純的倒裝不同。

黃慶萱（2002：785）在陳望道的基礎上，將倒裝分爲：語法上的隨語倒裝、修辭上的刻意倒裝二大類。並且說明：「嚴格地說，既然『隨語』，便非『倒裝』。我們甚至竟可認爲這些隨語倒裝才是當時語文的正則。」（黃慶萱，2002：804）可見「隨語倒裝」不屬修辭格範圍；只有作者刻意經營的「刻意倒裝」，才是修辭格範圍。茲舉例說明如下：

⑴**隨語倒裝的例子**：閩南語的詞彙，往往和國語的詞彙順序顛倒，如：「客人—人客」、「公雞—雞公」、「母雞—雞母」、「颱風—風颱」、「乩童—童乩」等。如果站在國語的角度看，會認爲它是「倒裝」。但這是閩南語的構詞法必須如此，是出於語文上自然的倒裝，若不如此，反而是不符該語法。所以它不是修辭上的「倒裝格」。又如：

英文的疑問句，必須將疑問稱代詞前置，如：「Who are you？」這種語法和現代漢語的語法不同（現代漢語用「你是誰？」）；古代漢語的疑問句，也必須將疑問稱代詞前置，如：「吾誰欺？」這種語法和現代漢語的語法不同（現代漢語用「我欺騙誰？」），如果站在現代漢語的角度看，會認爲它們是「倒裝」。但

這是英文和古代漢語的語法必須如此，是出於語文上自然的倒裝，若不如此，反而是不符該語法。所以，它們不是修辭上的「倒裝格」。

上述「隨語倒裝」例子，除了不是表達者「刻意」去倒裝，而且也是各種不同語法的固定、正常用法，當然不符下文所說的「臨時性」「變異性」要求。

⑵**變言倒裝的例子**：

駿馬驕行踏落花，垂鞭直拂五雲車。
<u>美人一笑褰珠箔</u>，遙指紅樓是妾家。（李白〈陌上贈美人〉）

此詩第三句的正常順序，應是「美人（氣惱）褰珠箔（見李白）一笑」，李白將其「時間倒裝」，讓讀者感覺好像美人是在車內先笑著才掀起珠箔，這說明風塵女子臉色轉變之快。

3. 雙關

雙關是表達者有意爲之，若表達者不是有意爲之，那就是「歧義」。如：

準備了一天的乾糧。

可以指：準備了一天份的乾糧，以「一天」作爲定語修飾「乾糧」；也可以指：準備乾糧花了一天，以「一天」作爲補語說明「準備」的時間。這是無意中犯下的語病。

媽媽常常<u>背著兒子去學電腦</u>，冬去春來，颱風下雨從不間斷。

「背著兒子去學電腦」表意不明，「背」讀爲「ㄅㄟˋ」，是媽媽躲過兒子去學電腦；「背」讀爲「ㄅㄟ」，是媽媽去學電腦，背著兒子一塊去？還是兒子去學電腦走不動，媽媽背他去？這是無意中犯下的語病。

4. 飛白

筆者替「飛白」下的定義爲：「說話行文時，明知其說錯或寫錯，故意將錯就錯如實記錄或援引下來的修辭方法，叫做『飛

白』。」

　　該定義強調「故意」，則是「刻意性」；其方法爲「將錯就錯如實記錄或援引」，則是「變異性」；當然也是語境中的臨時效果，則是「臨時性」。

　　胡習之（1998：46）曰：「作爲辭格必須依賴於使用者（說者、作者）的自覺意識，使用者的言語有意違背社會的約定俗成方是辭格。如飛白、別解等，使用者的言語如果無意違背了社會的約定俗成則是一種語言錯誤。」這是辨別辭格與非辭格的一項重要原則。如：

> 少兒動畫片《中華五千年》中，歷史老師猛然問正在低頭玩玩具的大龍：「大龍，你説説盤古是什麽？」大龍結結巴巴地説：「盤古……盤古就是古代的盤子吧？」（胡習之，1998：46）

此例大龍因歷史知識缺乏，無意錯解了盤古的含義，這是誤解，不是辭格別解。站在大龍的角度而言，他因無知而錯解了盤古的意思，不能視爲一種辭格；但站在動畫片作者的角度而言，是有意利用人物的誤解來刻畫人物，同時求得生動有趣的言語效果，則此例是飛白辭格。

> 「另外，我要告訴大家，法國著名漢學家，《夢中的遠山》的法文版譯者，白富隆先生也趕來參加咱們今天的會。這位就是白先生，他為我國文學在西方的介紹做出過很大貢獻。」
> 「歇歇，肥常榮幸認識各位，倭是鄭女士地蕭説地反譯，今年蠢天，我地打學要請她去訪吻了。倭們肥常感興趣她地蕭説，她地蕭説表示：中國今天地吻學已經有了以些真正的女性一識……」（胡習之，1998：46）

法國漢學家的這番話，從說者本人角度而言，不是飛白，因爲他不是有意發出這些不標準的漢語語音。但從小說作者角度而言，是飛白，因爲作者故意以此來刻畫人物的洋腔洋調，造成幽默風趣的表達效果。

(二)臨時性

1.「比喻格」有別於「比喻義引申」

　　詞的引申義，有的是由比喻而產生。這種「比喻義引申」已經是固定下來的意義，它和「比喻格」只是特定語言環境中臨時運用，有所不同。黃伯榮、廖序東（2002：276）曰：

> 修辭上的比喻是臨時打比方。例如，「困難是彈簧」就是把「困難」比做「彈簧」，「彈簧」這個詞並沒有「困難」這個轉義（指引申義）。詞的比喻義則不同，雖然大都是通過修辭的比喻用法逐漸形成的，但是它已經成為詞義中的一部分了，我們在應用時幾乎感覺不到它是一種比喻了。

修辭上的比喻格是在特定語言環境中臨時打比方，如「膚如凝脂」，把皮膚比做凝結的脂肪，但「膚」這個詞並沒有「凝脂」這個含義。同樣「兒童像花朵一樣」，兒童並無固定的「花朵」這個意義。

　　但是有些比喻，由於長期頻繁運用，甚至具有了某種固定的含義，人們已不覺得是一種比喻了。如：「秋波」指女子的目光、眼神；「出局」指競爭中遭淘汰；「碰壁」指「行不通」或「遭拒絕」；「明星」指著名的演員、運動員或藝術家；「處女地」指「沒有開墾過的土地」；「充電」指補充學習新知識和新技能；「大鍋飯」指分配和酬勞上的平均主義；「人才庫」指人才集中的單位或團體；「黃昏戀」指老年人的婚戀；「瓦解」像瓦一樣解體，比喻全部解體或潰散；「粉碎」碎裂得像粉一樣，形容碎裂成極小塊；「蟻聚」像螞蟻一樣成群聚集；這些都只是固定下來的「比喻義引申」，並非臨時創製的「比喻格」。

2.「雙關」兼有臨時言外之義

　　雙關的字面意義通常是尋常的意義，而其言外之義則常是臨時的、異常的語境意義。如：

> 大陸京劇藝人登臺顛倒眾生。（《亞洲週刊》載文談海峽兩岸京劇交流）

「登臺」原指「登上舞臺表演」，這是尋常的用法；此例在語境上，則兼有「登上臺灣表演」的意思，這是異常的語境意義，乃臨時賦予的新義。

> 麻將大賽老出狀況
> 眼力不佳　叫吃、叫碰　動作緩慢　牌擺不好弄翻牌　旁觀者捧腹大笑（《中國時報》2003年2月9日19版）

埔里菩提長青村組合屋，為獨居的阿公、阿婆舉辦別開生面的「長青新年麻將大賽」。由於老人動作遲緩，眼力又不佳，比賽狀況百出，圍觀者捧腹大笑。「老出狀況」的「老」字，兼指「老人」和「常常」二義。「老出狀況」原指「常常出狀況」，這是尋常的用法；此例在語境上，則兼有「老人家出狀況」的意思，這是異常的語境意義，乃臨時賦予的新義。則又兼有「臨時性」。

3.「借代格」有別於「借代義引申」

　　詞的引申義，有的是由借代而產生。這種「借代義引申」已經是固定下來的意義，它和「借代格」只是特定語言環境中臨時運用，有所不同。韓陳其（1996：313、314）曰：

> 筆者把這種通過修辭學上的借代手法而產生的詞的「轉義」，叫做詞的「借代義」。這種借代義，已經是詞本身所具備的意義，而不是詞在上下文中獲得的臨時修辭義。……顯著的區別表現在詞的借代義已經成為詞的一個義項，是固定的，單一的，不受語言環境的制約的。而修辭學的借代手法的運用，也會使某詞語代替別的詞語來用，而具有別的詞語的意義，但這種意義是臨時的，不固定的，離開了一定的語言環境的制約，就失去了這種意義。

修辭上的借代格是在特定語言環境中臨時代用，如：「有人討論學術界教學與研究孰重，說書桌與講桌同樣重要，筆和舌不可偏廢。」以書桌和筆借代研究，以講桌和舌借代教學，這是以資料或工具相代（沈謙，1996：330）；但離開了特定的語境，這個借代就不存在，「研究」並非「書桌」、「筆」這兩個詞的固定意義，「教學」也不

是「講桌」、「舌」這兩個詞的固定意義。

　　但是有些借代，由於長期頻繁運用，甚至具有了某種固定的含義，人們已不覺得是一種臨時的借代格了。如：「爪牙」本義爲動物的爪和牙，以部分借代爲全部，引申爲替人服務、工作的人；「筵席」本義爲鋪在地上供人坐的地方，古人席地而坐，設酒宴招待賓客，坐在筵席上，面對几案，所以用所在地方借代「酒宴」，已是引申的常用語，如「大開筵席」，就是廣請賓客參加酒宴；「兵」本義是指兵器，士卒持兵器則以工具借代引申爲兵士；「鑑」本是鏡子，以其功用借代引申爲「看」，如「明鑑」；這些都只是固定下來的「借代義引申」，並非臨時創製的「借代格」。

　　又如：「日」字的本義是「太陽」。因太陽出現則爲白晝，於是透過相關性的借代引申，成爲日夜的「日」；又因太陽出現一次稱爲一天，於是透過相關性的借代引申，成爲一週有七日的「日」：這些義項都是「日」字的固定義，它的運用只是正常用法，而非辭格表達。

　　另外，有些事物是以借代手法命名的，但因已經固定爲專有名詞，所以也不能視爲借代格。如：

> 世衰道微，邪說暴行有作，臣弒其君者有之，子弒其父者
> 有之。孔子懼，作《春秋》。（《孟子・滕文公下》）

一年有春夏秋冬四季，通常以「春秋」代「年」，以「年」代「歷史」，這是部分代全體的借代。但是，「春秋」後來固定成爲孔子的著作專名，它就不能再視爲臨時的「借代格」。

4.「比擬格」有別於「比擬義引申」

　　「轉化格」又稱「比擬格」，是修辭格的一種，它所產生的意義，只是詞語的臨時義項，所以楊春霖、劉帆（1996：47）說：「比擬是臨時性地將乙事物的某種品格特徵賦予甲事物。」「比擬義引申」則是指由比擬的臨時義項演變成的固定義項。

　　修辭上的比擬格是在特定語言環境中臨時將甲物轉化爲其他事物，如：「石頭的脾氣是頑固的。」以「脾氣頑固」臨時將「石頭」轉化爲人，但離開了特定的語境，這個轉化就不存在，「石頭」仍然沒有「脾氣頑固」的固定特性。

　　但是有些比擬，由於長期頻繁運用，甚至具有了某種固定的含

義，人們已不覺得是一種臨時的比擬格了。如：

「菜太老了」，「老」字本是指「人的年歲大」，將「老」用在「菜」的上面，本是擬人的用法，剛開始可能只是臨時性的意義，但用久了，它已成爲固定義項，被引申爲「長得過了適口的時期」。又如：

「鐘不走了」、「你這步棋走壞了」，「走」字本是指「人」「跑、疾趨」，將「走」用在「鐘」和「棋」的上面，本是擬人用法，但現在已經成爲固定義項，引申爲「移動、挪動」。

擬人也是一種構詞方式。運用擬人手法創造出來的詞語是很多的。例如：山腰、山腳、床腿、針眼、電腦等（王希杰，2004：400），這些都只是固定下來的「比擬義引申」，並非臨時創製的「比擬格」。

5. 「仿擬格」有別於「造（構）詞性仿擬」

這是從仿擬的「臨時性」和「變異性」來區別兩者的差異。

徐國珍（2003：54、55）認爲：從功能上看，仿擬可分爲修辭性的和構詞性的兩大類：

(1)修辭性仿擬：修辭性仿擬即以提高言語表達效果爲目的的仿擬現象。

(2)構詞性仿擬：構詞性仿擬即以滿足用詞需要爲目的的仿擬現象。

徐氏所說的「構詞性仿擬」，雖然它的產生是以仿擬手法形成，但因爲已經「固定化」成爲普通詞彙，所以不再屬於「臨時性」「超常」的「仿擬格」。如：仿自於「X友」的「文友」、「筆友」、「酒友」、「牌友」、「賭友」、「棋友」、「網友」、「室友」等，應屬構詞性仿詞，不是仿擬格。

徐氏所說的「修辭性仿擬」，一則它的產生也是以仿擬手法形成，二則它尚未成爲「固定化」的詞彙，三則它仍是「超常」現象；所以仍屬具有「臨時性」「變異性」的「仿擬格」。如：「棚友」（「文革」中關在同一個牛棚中的難友）、「寄友」（寄養在同一老師家中的同學）、「麻友」（在一起打麻將的人）、「圈友」（同一圈子中的朋友）、「荒友」（在北大荒勞動時結交的朋友）、「粉友」（吸食白粉時結交的人）、「飯友」（在一個食堂吃

飯的人）、「插友」（插隊時的朋友）等等，則應屬修辭性仿詞，則是仿擬格。

　　6.「轉品格」有別於「兼類詞」

　　「轉品格」又稱「轉類格」，是詞性的活用，它是在語境中臨時運用；「兼類詞」則是一詞有多種詞性，而且都是固定用法。茲說明如下：

　　⑴兼類詞：馬景倫（2002：408）曰：「兼類詞是甲類的某個詞同時具有乙類或丙類詞的某些特點和用法，即一詞多類。」又說：「詞的兼類是指某個詞具有兩種或兩種以上詞類的特點和用法，意義上具有一定的聯繫。」他並舉例如下：

> 「他在教室裡」（「在」為動詞），「他在教室裡讀書」
> （「在」為介詞）。……如上述用例中的兩個「在」，
> 在意義上是有聯繫的，前一個「在」是動詞，意義較實
> 在；後一個「在」是介詞，意義較虛。如果在意義上毫
> 無聯繫，那就是同音同形詞。如「射出一束光來」中的
> 「光」，和「光說不做」中的「光」，是同音同形詞。前
> 一個「光」是名詞，後一個「光」是副詞，兩者在意義上
> 沒有任何聯繫。（馬景倫，2002：408）

可見「兼類詞」所具有兩種或兩種以上詞類的特點和用法，都是固定的常規用法，而非臨時的變異用法。

　　⑵轉品格：「轉品格」是詞性的活用，如「比國民黨更國民黨」中的後一個「國民黨」是轉品，它是由前一個名詞「國民黨」轉換過來的，臨時改變了詞性，具有了形容詞的性質。又如：

> 席夢思吐魯番著我們。（余光中〈吐魯番〉）

「吐魯番」本是名詞，當地氣候溫熱，此例轉品為動詞，是說「席夢思溫熱著我們」。

　　兼類詞屬於一詞多類，其各種用法、特點是固定的，所以兼類詞並非「轉品」修辭。而詞性的活用，是臨時效用，則屬於「轉品」修辭。

7.鑲嵌的臨時性

本書對「鑲嵌」的定義為：「說話行文時，故意在語句中插入數目字、虛字、特定字、同義字、異義字，來拉長文句，使語義更鮮明、語趣更豐富的修辭方法，叫做『鑲嵌』。」

(1)「鑲字格」有別於「鑲字熟語」

陳望道（1989：167）曰：「有時為要話說得舒緩些或者鄭重些，故意用幾個無關緊要的字來拉長緊要的字的，我們可以稱為鑲字。鑲字以鑲加虛字和數字為最常見。」沈謙（1996：394）也說：「以無關緊要的虛字或數字，插在有實際意義的字中間，藉以拉長詞語，是為『鑲字』。」

其中鑲數字者，如「三令五申」、「低三下四」、「四通八達」、「四平八穩」、「五顏六色」、「歪七扭八」、「七嘴八舌」、「千瘡百孔」、「千錘百鍊」、「千頭萬緒」、「千呼萬喚」等，古人剛開始使用時，只是臨時插入數字，但歷經數百年後，它已成為固定詞語，我們在使用時，只是引用現成詞語，而不是臨時在詞語中鑲入數字，因此不能視為「鑲字」格。

(2)「增字格」有別於「同義複詞」

沈謙（1996：410）曰：「同義字的重複，是為『增字』。」在古代漢語中，因絕大多數是單詞，所以將同義字重複，可以拉長音節，使語氣完足，語意充實。可以視為臨時創造的「增字」修辭法。如：「將有西師過軼我」（《左傳·僖公三十二年·蹇叔哭師》）、「覽相觀於四極兮」（屈原《離騷》）、「噫吁戲危乎高哉」（李白〈蜀道難〉）等，其中「過軼」、「覽相觀」、「噫吁戲」都是臨時性的同義字重複，可以視為「增字格」。

但在現代漢語中，因為要避免語音混淆、語義分歧，往往由單詞變為複詞，如「狀」增為「狀態」、「方」增為「方法」、「信」增為「書信」、「意」增為「意義」、「樂」增為「娛樂」、「幸」增為「幸福」、「重」增為「重要」、「全」增為「完全」、「獨」增為「單獨」、「苦」增為「痛苦」、「偽」增為「虛偽」、「慶」增為「慶祝」、「識」增為「認識」、「讀」增為「閱讀」等，已是正常詞彙，則不能視為一種修辭方法（沈謙，1996：413、414）。它們只是詞彙學中的「同義複詞」。

(3)「配字格」有別於「偏義複詞」

沈謙（1996：414）曰：「在語句中，用一個平列而異義的字做

陪襯，只取其聲以舒緩語氣，而不取其義，是爲『配字』。」在古代漢語中，因絕大多數是單詞，所以將異義字拿來做陪襯，只取其聲以舒緩語氣，而不取其義，有淡化語義的作用。可以視爲臨時創造的「配字」修辭法。如：「潤之以風雨」（《周易・繫辭上》）、「夫藩籬之鷃豈能與之料天地之高哉？」（宋玉〈對楚王問〉）、「便可白公姥，及時相遣歸」（〈焦仲卿妻〉）、「司馬遷觸天子喜怒」（柳宗元〈與韓愈論史官書〉）等，其中「風雨」、「天地」、「公姥」、「喜怒」，都是臨時性的異義字搭配，可以視爲「配字格」。

但在現代漢語中，因爲要避免語音混淆、語義分歧，往往由單詞變爲複詞，如「國」配上「家」而爲「國家」、「窗」配上「戶」而爲「窗戶」、「忘」配上「記」而爲「忘記」等，已是正常詞彙，則不能視爲一種修辭方法。它們只是詞彙學中的「偏義複詞」。

⑷「拼字格」有別於「拼字熟語」

陳望道（1989：170）曰：「將兩個並列或對待的雙詞，間錯開來用的拼字法，看來可以算是介在鑲嵌之間的一體，這卻在各式的語文中用得極多。如說『詳細情節』，不說『詳細情節』，卻說『詳情細節』，便是這一種方法的運用。」

黃慶萱（1988：529）舊版將「拼字」歸入「錯綜格」中「詞的錯綜」，並說：

成語中有許多是用拼字法構成的，如：
驚天動地 驚心動魄 鸞飛鳳舞 繁弦急管 窮鄉僻壤 輕言細語 陰錯陽差 羞花閉月 崇山峻嶺 高人逸士 胡思亂想 眉清目秀 待人接物 南腔北調 採風問俗 忠肝義膽 求田問舍 山清水秀 心浮氣躁 神呼鬼嚎 花態柳情 天崩地坼 經年累月 爭長競短 隱姓埋名 如膠似漆 長嗟短歎 此起彼落 光宗耀祖 奇山異水 龍爭虎鬥 刀來劍去 你爭我奪 伶牙俐齒 標新立異 胡說亂道 高談闊論 天打雷劈 生吞活剝 街談巷議 招財進寶 振聾發聵 稱心如意 肥頭胖耳 吞雲吐霧 呼風喚雨 捕風捉影 筋疲力盡 口乾舌燥 形單影隻 天誅地滅 節衣縮食 含英咀華（黃慶萱，1988：529、530）

這些例子，已是固定用法，成爲成語的固定結構，而非臨時將兩個複

詞拆開拼合。因此不能視爲一種辭格。所以黃慶萱新版《修辭學》則將「詞的錯綜」刪除,不再將它視爲一種辭格。

㈢變異性

1.本體和喻體迥然不同的「比喻」格

邵敬敏(2004:307)曰:「用與本體(甲)本質不同但有相似性的喻體(乙)來描寫或說明本體,從而更形象、生動地表現本體的特徵或作用,這種辭格叫比喻。」王希杰(2004:397)說:「比喻的基本矛盾是:相似點越明顯,解讀越容易,但新奇感、審美感越低;相反,相似點越晦澀,解讀越困難,新奇感、審美感越高。」馮廣藝(2004a:36)曰:「比喻,最基本的格式是『本體+比喻詞+喻體』,本體和喻體通過比喻詞(有時比喻詞可以隱去)產生了關係,這種關係必須有一個前提條件『相似點』,而相似點的基本要求是不同事物的『相似點』,不同事物通過『相似點』連在一起說就是一種『變格的語法』。『她的臉蛋像她媽媽』不是比喻,因爲她和她媽媽是同類事物的相似,『她的臉蛋像蘋果』是比喻,『她』和『蘋果』是異類事物的相似。對待這類問題,不用『變異』的觀點去看,往往忽視了修辭格的基本屬性。」他們都強調譬喻的本體和喻體的本質要迥然不同,這是從變異性的角度來辨析,若是本體和喻體本質相似或相同,那就沒有偏離變異,不能視爲譬喻格。因此變異性是「譬喻」和「假喻」的差別所在。

另外,借喻是以喻體取代本體,取代後往往是一種超常搭配。如:

這個鬼地方,一陰天,我心裡就堵上個大疙瘩。

「大疙瘩」是喻體,借來取代本體,喻體參與句法組合爲:「心裡就堵上個大疙瘩」,屬超常搭配,是一種變異性。

2.借代的變異性

邵敬敏(2004:311)曰:「從句法上看,代體與謂詞之間的結合違反了一般的語法搭配習慣。」是說借代的「借體」和語句中的謂語往往是一種超常搭配。如:

物價飛揚，隨便買幾樣菜就要用掉幾張小朋友。（筆者擬句）

新版新臺幣千元紙鈔上印有幾位小朋友，此例以特徵「小朋友」借代千元紙鈔，是以特徵標誌來借代本體。「小朋友」與「用掉」「幾張」的搭配是超常的，則具有「變異性」。

3.異常搭配的「轉化格」

邵敬敏（2004：308）曰：「從結構上說，比擬應該包含三個要素：本體、擬體、擬詞。本體指被陳述或被描寫者；擬體是被模擬的對象，但擬體本身並不出現，出現的是跟它緊密相關的行為、屬性等因素，從而構成陳述或描寫關係。因此，從形式上說，比擬只有兩個要素：本體和擬詞。從句法關係上看，本體與擬詞構成了超常的主謂關係。」是說轉化的本體和擬詞是一種異常搭配。如：

鄰居的柴門口的暗影中，佇立著一個單薄的人影，眼睛亮晶而幽深，無言中透著有語，我的心口又是一熱。讓青春撞了一下腰，撞了一下胸口透不上氣。（郭雪波《大漠狼孩》）

「青春」本是抽象名詞，它不能發出「撞」這個動作，因此，「讓青春撞了一下腰」是異常搭配。使「青春」轉化成有形體、有動力的物體或人。

隔壁的上鋪也在嘎嘎吱吱地鳴叫著，我知道，那是方碧玉在展開她的被褥。她的呼吸聲撫摸著我的面頰。（莫言《白棉花》）

「呼吸聲」只是聽覺的感知，它無法產生「撫摸」的動作，所以，「呼吸聲撫摸著我的面頰」是異常搭配，使「呼吸聲」轉化為人。

呵，我們這個生活！愚昧高高地坐在頂上，抽著他的狠毒的鞭子；強暴密密地圍在四周，刺著他的鋒利的刀劍；不容聲響，聲響就是罪惡；不容喘息，喘息就是乖逆；再也不用說昂首挺胸走幾步，放懷任意暢談一場。（葉聖陶《未厭居習作·詩人》）

「愚昧」、「強暴」本是抽象概念，此例將之轉化爲人，因此能夠「高高地坐在頂上，抽著他的狠毒的鞭子」，能夠「密密地圍在四周，刺著他的鋒利的刀劍」。

又如：名詞＋們，代表多數，但是只有人可以加「們」來表示多數，動植物或非生物則不能加「們」，我們可以說「同學們」，卻不可以說「石頭們」：這是語法上的規則。若是以修辭的手法表現，「石頭們」則是擬人，把「人」的特性賦予石頭，它就是一種異常搭配。

反之，若不是異常搭配，則絕不可能是「轉化」。如：

> 有人詣王太尉，遇安豐、大將軍、丞相在坐。往別屋，見季胤、平子。還，語人曰：「今日之行，觸目見琳琅珠玉。」（劉義慶《世說新語・容止》）

沈謙（1996：299）將此例視爲「擬物」，董季棠（1981：129）亦將此例視爲「比擬」，皆有待商榷。「觸目」可見人，也可見物，所以「觸目見琳琅珠玉」是正常搭配，因此不會是「轉化」。所以蔡謀芳（2001b：10）曰：「文中以『諸賢』比『珠玉』，亦應屬譬喻之法。」

另外，「特殊、非常規表達方式可以轉化爲一般、常規表達方式。例如：太陽下山了，月亮出來了。就最初語義同表達方式的關係講，這些都是比擬，是把天體當作生物。由於社會全體成員習慣這樣說，顯得毫無特殊之處，偏離轉化爲常規，辭格轉化爲非辭格。」（唐松波、黃建霖，1996：「編者的話」頁4）是說「臨時性」消失而成爲「固定性」，則「變異性」也會隨之而成爲「正常性」：可見「臨時性」和「變異性」互爲關聯。

三、提升表達效果

修辭格的目的是爲了提升表達效果，如果無法達到這個目的，則只是拙的病句。如：

(一)譬喻

黎運漢、張維耿（1997：108）認爲比喻的運用，第一項原則是「比喻的準確性」，所謂準確，就是本體和喻體必須是實質上不相同

的兩個事物，但又必須有相同或相似之處。

　　在此原則中，第一點要求「本體和喻體必須是實質上不相同的兩個事物」，如此才能拉開距離，產生新穎的效果；否則，本體和喻體的本質差不多，那就失去了比喻的意義。第二點要求「本體和喻體必須有相同或相似之處」，如此才能拉近距離，使接受者懂得表達者的意思；否則，只是離奇晦澀的比喻，令人難以了解。也就是說，本體和喻體之間的相似點不合事理、不合邏輯，則無法提升表達效果。如：

　　張三騎著自行車，在蜿蜒的山道上急馳，如離弦之箭一般。（筆者擬句）

其中「離弦之箭」是筆直向前的，而「蜿蜒」是曲曲折折的，句子中的比喻不合事理，不合邏輯。應改為：「自行車在筆直的公路上急馳，如離弦之箭一般。」

　　因為你喜歡出餿主意，所以你像餿水。（張春榮，2001：29）

「出餿主意」的個性和「像餿水」的比喻，兩者間並無必然關係。就像有人說：「我愛吃香蕉，所以我屬猴。」「你愛吃蜂蜜，所以你是採花賊。」均為跳躍式的擴散思考。因為愛吃什麼食物和所屬十二生肖沒有關係，亦和邪行敗德沒有直接關係（張春榮，2001：30）。

　　她披肩的秀髮很漂亮，像掃把。（張春榮，2001：29）

此例本體「披肩的秀髮」和喻體「掃把」缺乏相似性，彼此互相矛盾。就像有人說：「那女孩的聲音很好聽，像打雷。」前後不搭調，亦屬不通的說法。除非作者有藉此反諷，否則不宜如此行文（張春榮，2001：30）。

　　寥寥四句，下筆如刀，無情地鞭撻著以「惡姑」為代表的封建宗法勢力，揭露了造成這場人為悲劇的社會根源。（王充閭《滄桑無語・尋夢》）

此例「下筆如刀」的明喻，由刀所帶出來的動作，應該是「砍劈」或

「切割」，不可能是「鞭撻」（張春榮，2001：31），則形成一種
語病。

(二)雙關

　　雙關也是對常規表達的一種偏離。常規交際要求保持話語的單義
性。雙關則是一語同時兼有兩種意義，這是較特殊的現象，所以可歸
入「變異性」，而且是一種提高表達效果的「正偏離」。話語的多
義，如果妨礙信息的交流，降低表達效果，那是負偏離，是語言錯
誤。一般所說的歧義，就是一種負偏離，屬於一種語病。如：

　　　局長囑咐幾個學校的領導，新學期的工作一定要有新的起
　　　色。

此例局長所囑咐的究竟是「幾個學校」的「領導」，還是「學校的幾
個領導」。這是無意中犯下的語病，屬於負偏離的「拙」的層次。

(三)轉化

　　說話行文時，描述一件事物，故意轉變其原來性質，臨時化成另
一種本質截然不同的事物，而加以形容敘述的修辭方法，叫做「轉
化」。如：

　　　九<u>條</u>好漢在一班，九<u>條</u>好漢在一班，說打就打，說幹就
　　　幹，管他流血流汗，管他流血流汗。（軍歌〈九條好漢〉）

此例「好漢」之前用量詞「條」來形容，是將「好漢」轉化為猛
獸。自古以來，中國文獻都以猛獸來形容戰士，因此能提升表達效
果，故屬轉化格中的「量詞法」。

　　　一位老外說：「我們班上有三十六條同學。」

此例「同學」之前也用量詞「條」來形容，雖然也有將「同學」轉化
為動物的作用，但此例卻無法提升表達效果，只是讓讀者聽眾覺得這
是病句，顯然是老外誤用量詞，而非有意轉化。

(四)夸飾

　　符合夸飾原則，才能提高表達效果。沈謙（1996：118）認為夸

飾的原則有二：一為夸而有節，主觀方面出於情意的自然流露；二為飾而不誣，客觀方面不可使人誤會。

夸飾為了引人注意，故意遠超過客觀事實，這是拉大心理距離，產生修辭美感，但若是夸飾程度不夠，造成心理距離不大，則會產生反效果，使讀者聽眾誤以為真：這是「飾而不誣」要避免的內涵；另一方面，一味追求夸飾，漫無標準地誇張，只是一種吹牛，這就是將心理距離拉開過大，而形成空疏弊病，所以要將距離再縮小，以符合需要，因此必須「夸而有節」。

運用誇張手法，要使人一看就明白那是藝術上的誇張，而不是事實上的誇大，能給人生動鮮明的印象。如：「白髮三千丈，緣愁似箇長。」（李白〈秋浦歌〉）人們一看就知道是誇張，它把作者萬般愁苦之感，極為深刻地表達出來了。若把它說成「白髮三尺三」，讀者就看不出是誇張，還信以為真，那就誇張得不夠，收不到應有的藝術效果（全國外語院系《語法與修辭》編寫組，2001：354）。這就是「飾而不誣」要避免的，因此要遠遠超過客觀事實。

誇張可以運用豐富的想像，但必須要以客觀事實為基礎。正如魯迅所說的：「『燕山雪花大如席』，是誇張，但燕山究竟有雪花，就含有一點誠實在裡面，使我們立刻知道燕山原來這麼冷。如果說廣州雪花大如席，那可就變成笑話了。」（全國外語院系《語法與修辭》編寫組，2001：354）這就是「夸而有節」，而這個「節」，就是「修辭立其誠」的「誠」，「誠」字是指文學上的真，而非科學上的真，是一種主觀的真實感受。

㈤類疊

黃慶萱（2002：531）曰：：「同一個字、詞、語、句，或連接，或隔離，重複地使用著，以加強語氣，使講話行文具有節奏感的修辭法，叫做『類疊』。」沈謙（1996：425）曰：「類疊使得詞面整齊，其主要作用有二：(一)突出思想感情……(二)增添文辭美感。」如果是「噴薄而出，因情立文」的「類疊」，應能達到上述兩種作用；反之，任意濫用，不但造成字詞語句的重複累贅，且容易流於單調乏味，使讀者官能倦怠，而有囉嗦之弊。如：

這是個什麼問題呢？這個問題是把自己列在哪一邊看問題的問題，這是認識問題，分析問題以至處理問題的根本問

題，亦即立場問題。（沈謙，1996：448）

此例一再重複「問題」一詞，不但不能達到類疊效果，反而造成空洞抽象、言之無物之感。它只是「負偏離」的「拙」表現。

有時運用疊字，必須考慮能否重疊的語法限制，不能造出不合常規的詞語。如：

他每天都難難過過的去上班。

「難過」一詞，不能重疊為「難難過過」。此例則是為了重疊而重疊，無法提升表達效果，只是「拙」的語病。

㈥頂針

沈謙（1996：526）認為頂針的原則有三：一為首尾蟬聯，上遞下接；二為節奏緊湊，音律和諧；三為為情造文，文質合一。

第一、第二點，是說明頂針的功能；第三點，則強調運用時，內容形式必須統一。如：

北山愚公長息曰：「汝心之固，固不可徹；曾不若孀妻弱子。雖我之死，有子存焉。子又生孫，孫又生子；子又有子，子又有孫；子子孫孫，無窮匱也！而山不加增，何苦而不平？」（《列子・湯問》）

此例以「固」字作為頂接字詞，形式上是頂針，內容上強調智叟內心之頑固；另外，又以「孫」、「子」作為頂接字詞，形式上有上遞下接之效，內容上更是要呈現愚公的子孫綿延無窮、永不斷絕之效。這就是內容與形式統一的最佳語例。反之，若是只求頂針形式之運用，而忽略思想內容之配合，則只是一種文字遊戲。張春榮曾舉例說明：

運用頂真的正途，旨在增益文章形式、音節之美。唯若只藉此以臻嬉笑怒罵之能，則誤走偏鋒。如今人有的好逞口舌，往往對人道：「你是我心目中的神。」而後停頓一下，接說：「神經病！」前後兩句以「神」銜接，正是頂真技巧。只不過如此戲謔，沒什麼特別意義。（張春榮，

1993：145）

頂針之運用，貴在表達內容與頂針形式有微妙的契合（沈謙，1996：557）。亦即內容與形式能夠統一，如此才能提高表達效果；否則只是文字遊戲，甚至是一種語病。

四、特定格式

修辭格是語言表達的特定格式，若無法呈現特定格式者，就算它能提升表達效果，也不應視爲修辭格。劉煥輝（1997：242）曰：「辭格既然表現爲對語言要素做特殊組合的一定方式，自然會具有獨特的表達效果。但表達的方式和效果畢竟不是一回事——前者是手段，後者是通過前者來實現的，因此有人專注於表達效果，將警策、諷刺、幽默等也當作辭格，我看也是不妥的。」警策、諷刺、幽默都是從效果而言，本身並沒有特定格式，因此不能視爲辭格。

另外，下列例子都是無法呈現自己特定格式者，應不屬修辭格：

㈠非辭格的「煉字」

選擇最能達意傳神的關鍵性詞語，是爲煉字（唐松波、黃建霖，1996：157）。如「紅杏枝頭春意鬧」（宋·宋祁〈玉樓春〉）的「鬧」字，「雲破月來花弄影」（宋·張先〈天仙子〉）的「弄」字，「春風又綠將南岸」（宋·王安石〈泊船瓜洲〉）的「綠」字，都是歷來被推爲煉字的典範。但是，「鬧」字是擬人和移覺的綜合運用，「弄」字是擬人，「綠」字是轉品，如此一來，煉字則被抽空了。所以吳士文在《修辭格概述》中說：

> 煉字之說，比較籠統，沒有揭示出具體規律來，「煉字」成了一個無規律可循的術語，充其量只能說它是對用詞的一個「要求」，或用詞上一種精益求精的「精神」。（唐松波、黃建霖，1996：159）

正因爲煉字「無規律可循」，所以它沒有特定的結構，也沒有特定的方法，亦即沒有特定格式，因此不能列爲一種修辭格。

㈡非辭格的「會意」

譚永祥（1996：8）曰：「從字面的意思結合語境，通過揣摩、聯想、推斷等思維過程，即多渠道地輾轉去領會字裡行間所隱含的眞意，且字字都有著落，沒有虛文，這種修辭手法叫『會意』。」下列例子譚永祥視爲「會意」格：

> 金銀銅鐵（猜地名一）——無錫
> 金木水火（猜一字）——坎（欠土）
> 一二三五六——沒四（事）
> 一二五六七——丟三落四

譚永祥認爲：上述諸例不是「藏詞」手法，而是自己新創的「會意」格。他說：

> 藏詞就其本質來說，是一種特殊的借代法；用已出現的詞語替代未出現的詞語。如：「再喜見友于」意即「再喜見兄弟」，這是割裂成句「友于兄弟」，以「友于」代「兄弟」。……「金銀銅鐵」果真是藏詞，那麼這句謎語的謎底應該是一個「錫」字（以已出現的「金銀銅鐵」替代未出現的「錫」），而不應是「無錫」。（譚永祥，1996：11）

這是認爲「藏詞」只有「代用藏詞」一種，而不知另有「言外藏詞」（魏聰祺，2004b：104），所以將其排除在「藏詞」之外。譚氏認爲「藏詞本身缺乏獨立建格的理論基礎」，這有待商榷。筆者認爲「藏詞」有特定的表現方式，也有特定的修辭效果，所以是符合建格標準。反之，「會意」本身才是缺乏獨立建格的理論基礎。因爲許多辭格都是依靠「會意」才能達成修辭效果，如「雙關」、「借喻」、「婉曲」、「用典」、「借代」、「象徵」等皆是，而「會意」本身沒有特定的表達方式，所以不符建格標準。

參、修辭格兼格現象之辨析

所謂「兼格」是指：在一句話或一個句子裡有兩個以上修辭格搭配使用。修辭格的綜合運用方式，有三種類型：連用、套用和兼

用。而更為常見的是幾種類型交叉、聯結的混合型（唐松波、黃建霖，1996：987）。蔡宗陽（2001：6）認為辭格的辨析，必須掌握四個原則：㈠就整體內容而言，㈡就整體形式而言，㈢就部分內容而言，㈣就部分形式而言。這種辨析原則，針對「兼格」現象非常有用，茲說明如下：

一、連用

唐松波、黃建霖（1996：987）曰：「『連用』在一句話或一個句子裡，幾個修辭格連續使用。」它有同一辭格連用者，也有不同辭格連用者。

㈠同一辭格連用者

同一種辭格一個結束接著另一個：

姜白石詞如野雲孤飛，去留無跡；吳夢窗詞如七寶樓臺，眩人眼目，碎拆下來，不成片斷。（張炎《詞源》）

此例是「姜白石詞如野雲孤飛，去留無跡」和「吳夢窗詞如七寶樓臺，眩人眼目，碎拆下來，不成片斷」兩個明喻的連用。

故與人善言，煖於布帛；傷人之言，深於矛戟。（《荀子・榮辱》）

此例是「與人善言，煖於布帛」和「傷人之言，深於矛戟」兩個較喻的連用。

㈡不同辭格連用者

甲類辭格結束接著乙類辭格：

「宋家阿姊，『人無千日好，花無百日紅』，誰又能保得住一輩子享榮華、受富貴呢？」（白先勇〈永遠的尹雪豔〉）

此例是「引用」中的「暗用」（「人無千日好，花無百日紅」）連用「設問」中的「反問」（誰又能保得住一輩子享榮華、受富貴呢？）。

孔子曰：「三人行，則必有我師。」是故弟子不必不如師，師不必賢於弟子。（韓愈〈師說〉）

此例是「引用」（孔子曰：「三人行，則必有我師。」）連用「回文」（弟子不必不如師，師不必賢於弟子）。

二、套用

唐松波、黃建霖（1996：988）曰：「『套用』有些修辭格『占有』較長的字面，於是其中又包含另一個或幾個修辭格。」如：

明星怕緋聞，政客怕醜聞，老百姓怕三斑家蚊。（小不點〈金玉涼言〉，《聯合報》2003年3月12日E6繽紛版）

此例整體形式為「排比」，部分形式為「類字」（怕），所以是排比套用類字。

大肚能容，容天下難容之事；
開顏一笑，笑世間可笑之人。（彌勒佛寺對聯）

此例整體形式為「隔句對」，部分形式為「頂針」（容、笑），所以是「對偶」套用「頂針」。

臨谿而漁，谿深而魚肥；釀泉為酒，泉香而酒洌。（歐陽脩〈醉翁亭記〉）

此例整體形式為「隔句對」，部分形式為「類字」（谿、泉、酒），所以是「隔句對」套用「類字」。

鳥聲減了啾啾，蛙聲沉了閣閣，秋天的蟲吟也減了唧唧。（余光中〈聽聽那冷雨〉）

此例整體形式為「排比」，部分形式為「倒裝」（原序為「啾啾鳥聲減了，閣閣蛙聲沉了，秋天唧唧的蟲吟也減了」），所以是「排比」套用「倒裝」。

子瀟說話低得有氣無聲，彷彿思想在呼吸。（錢鍾書《圍

城》）

此例整體內容上是明喻：本體「說話低得有氣無聲」，喻詞「彷彿」，喻體「思想在呼吸」；部分內容（指喻體）「思想在呼吸」是「轉化」：是爲「明喻」套用「轉化」。

> 翻譯像女人，美麗就不忠實，忠實就不美麗。（袁易《看笑話學邏輯I》，頁22）

此例整體內容上是明喻：本體「翻譯」，喻詞「像」，喻體「女人」，喻解「美麗就不忠實，忠實就不美麗」；部分形式（指喻解這部分）「美麗就不忠實，忠實就不美麗」是「回文」：是爲「明喻」套用「回文」。

三、兼用

唐松波、黃建霖（1996：990）曰：「『兼用』幾個辭格交義（又）、融合在一起，構成渾然一體的結構，既是此格又是彼格，換一個角度看，又是另一個修辭格。」如：

> 一個渾身黑色的人，站在老栓面前，眼光正像兩把刀，刺得老栓縮小了一半。（魯迅〈藥〉）

「眼光正像兩把刀」這句，整體形式是明喻，整體內容是夸飾，所以是明喻兼用夸飾。

> 青山有幸埋忠骨，白鐵無辜鑄佞臣。（杭州岳王廟聯）

此例整體形式上是對偶，整體內容是對襯，所以是對偶兼用對襯。

> 今年三月間，我出差到揚州，經寧六公路時，汽車像喝醉酒似地歪歪扭扭，跌跌撞撞，只聽得車輪下面發出咯喳咯喳聲音。那不是路在呻吟、路在呼痛嗎？（鳳章〈路在呼喊〉）

「那不是路在呻吟、路在呼痛嗎？」整體形式上是反問，整體內容是擬人，所以是「反問」兼用「擬人」。

　　只許州官放火，不准百姓點燈。（俗語）

整體形式上是單句對，整體內容是針對「州官放火」和「百姓點燈」兩種不同人事，而有「只許」和「不准」兩種不同結局，是爲「對襯」。所以是「對偶」兼用「映襯」。

　　大吃大喝做報告，小吃小喝做檢討，不吃不喝聽訓導。（劉言，2001：56）

此例整體形式上是「單句排比」；整體內容上是「層遞」：是爲「排比」兼用「層遞」。

四、混合用

　　陳正治（2001：366）曰：「混合用就是在一段語言裡，將連用、兼用、套用，交錯運用的綜合法。」如：

　　頭上何所有？翠微匎葉垂鬢唇。背後何所見？珠壓腰衱穩稱身。（杜甫〈麗人行〉）

此例從整體形式上看，是隔句對，從部分內容上看，是兩個「提問」，則是「隔句對」套用「提問」。也可視爲兩個「提問」的連用。此例混合運用了「套用」和「連用」。

　　穿啥哩？月白褲子花夾襖。
　　戴啥呢？鬢角戴朵白梨花。
　　誰送她？哥送她。
　　誰見啦？我見啦。（河南民歌〈新媳婦走娘家〉）

此例四行是四個提問的連用；前二行從整體形式上看，是隔句對；從部分內容上看，是提問：則是隔句對套用提問。後二行從整體形式上看，是隔句對；從部分內容上看，是提問：則是隔句對套用提問。此例混合運用了「套用」和「連用」。

　　顧人之常情，由儉入奢，易；由奢入儉，難。（司馬光〈訓儉示康〉）

「由儉入奢，易；由奢入儉，難。」整體形式為「對偶」，整體內容為「映襯」，所以是「對偶」兼用「映襯」；另外，部分形式是「回文」（「由儉入奢」、「由奢入儉」），所以是「對偶」套用「回文」。此例混合運用了「套用」和「兼用」。

> 坐，請坐，請上坐；
> 茶，泡茶，泡好茶。（阮元〈題揚州平山堂〉）

此例整體形式為「長偶對」，部分內容「坐，請坐，請上坐」為「層遞」，「茶，泡茶，泡好茶」也是「層遞」，則形成兩個「層遞」連用。也是「排比」套用「層遞」。此例混合運用了「套用」和「連用」。

> 虛心是進步的幼苗，驕傲是勝利的敵人。（諺語）

此例從整體形式而言，是單句對；從部分內容而言，上句是「隱喻」，下句也是「隱喻」，則形成兩個「隱喻」連用。也是「單句對」套用「隱喻」。此例混合運用了「套用」和「連用」。

肆、辭格和辭格之間的辨析

我們發現許多語例常常會造成各家看法不同，而歸入不同的辭格，這裡面的原因，可能有「定義不準」、「分類不當」、「語境不明」、「解讀有異」。因此，只要掌握下列幾個判別標準，大體上就能釐清令人困惑的難題：一、定義精準。二、分類恰當。三、語境明確。四、解讀正確。

一、定義精準

定義是揭示概念內涵的邏輯方法。給一個概念下定義，就是用簡明扼要的語句揭示出這個概念的內涵，使它同鄰近的概念區別開來（吳家麟、湯翠芳，2001：52）。

下定義要遵守下列規則：

第一，定義概念的外延必須和被定義概念的外延相等。如果定義概念的外延大於被定義概念的外延，就叫做定義過寬，反之就叫定義過窄。

第二，定義概念不能直接或間接地包含被定義概念。如果違反這

條規則，就會犯「同語反覆」或「循環定義」的邏輯錯誤。

　　第三，定義須用肯定的語句形式，定義概念一般要用正概念。只有在給負概念下定義時，才能用否定詞語。

　　第四，定義必須清潔確切，不能含糊不清，也不能用暗喻（吳家麟、湯翠芳，2001：54-56）。

　　上述四點，以第一點最重要，也是許多學者最容易犯的疏失。他們之所以會有此疏失，往往是對該辭格的內涵掌握不住，於是產生過猶不及的弊病。因此，定義常隨著人們對該概念之認識而做修正。既然定義已精準，則可依定義作為辭格辨析的標準。茲說明如下：

(一)雙關

　　本書替「雙關」下的定義為：「說話行文時，有意識地使同一個詞語、同一句話，在同一個語境中，同時兼有兩層意思的修辭方法，叫做『雙關』。」是說在語境中必須同時兼有兩層意思，若是只有一個意思，那就不是雙關。如：

> 談到運動，可別小看了他，各項比賽都有名堂：游泳「灌軍」，辯論「啞」軍，柔道「墊」軍！

沈謙（1996：70）將此例視為諧音雙關，則有待商榷。模仿「冠軍」、「亞軍」、「殿軍」而成「灌軍」、「啞軍」、「墊軍」，字面上的意義是游泳技巧很差，一入水即灌了很多水；辯論口才更糟，一上臺就變成啞巴；柔道功夫更爛，只是被摔在地，當成墊背。完全沒有技巧高超、成績優良的「冠軍」、「亞軍」、「殿軍」的意思。因此，它只是單純的「諧音仿詞」。

> 小皮狗問：「你們是什麼怪物哇？怎麼可以山上蹦蹦，水裡跳跳？」
> 大蛙說：「我叫青蛙。我是兩棲動物，不是怪物。」
> 　　　　「兩妻？你居然有兩個太太，好不害臊！」（嚴友梅《玩具熊》）

杜淑貞（2000：324、325）將此例視為「字音雙關」，則有待商榷。小皮狗將「兩棲」聽錯為「兩妻」，則是「語音飛白」，並非雙關。

牙齒黑，還能遮掩，牙齒暴，又該如何呢？

有人左右各暴一顆，極有對稱之美，這是「聯合報」，有
人只暴一顆門牙，這是「中央日報」，最近長出來的暴
牙，當然是「新生報」，長大後才突然暴出的特立的一
顆，則為「自立晚報」，這裡一顆、兩顆，那邊又發現一
顆，不知什麼時候又會發現另外一顆暴牙，當然是「自由
日報」。（蕭蕭《太陽神的女兒·裝潢》）

「聯合報」、「中央日報」、「新生報」、「自立晚報」、「自由
日報」原是臺灣各大報紙名稱，本例借其諧音而別解為「聯合暴
牙」、「中央暴牙」、「新生暴牙」、「三十而立很晚才長的暴
牙」、「自由暴牙」，原義已失，只有新義，所以不是雙關。

我在四川獨居無聊，一斤花生，一罐茅台當作晚飯，朋友
們笑我吃「花酒」（梁實秋《雅舍雜文·想我的母親》）

沈謙（1996：71）將此例視為「詞義雙關」，則有待商榷。「花
酒」的本義是指特種行業有女人陪飲的酒宴，此例借用「花酒」一詞
來別解為「花生」加「茅台酒」。原義已消失，只存有新義，所以不
是雙關。

小張：「你不是和女朋友開車出去玩嗎？好不好玩啊？」
小郭：「一點都不好玩，還弄出人命哩——」
小張：「什麼？你撞死人啊？」
小郭：「不是啦，是『弄』出一條『人命』來了……」
（莊孝偉《無笑退錢4》，頁93）

「弄出人命」的本義是出了人命，此例則將之別解為「弄出一條人
命」，意即懷孕。本義已消失，只存新義，所以不是雙關。

(二)借代

本書替「借代」下的定義為：「說話行文時，故意放棄通常使用
的本名或語句不用，而另找其他與本名密切相關的名稱或語句來代替
的修辭方法，叫做『借代』。」

該定義強調「與本名密切相關的名稱或語句」，可知借代的「本

體」和「借體」之間是相關性。而借喻的「本體」和「喻體」之間則是相似點。如：

> 此刻正是清晨，想你們也都起身了吧？真想看看你們睜開眼睛時的樣子呢！六個人，剛好有一打亮而圓的紫葡萄眼珠兒，想想看，該有多可愛——十二顆滴溜溜的<u>葡萄珠子</u>圍著餐桌，轉動著，閃耀著，真是一宗可觀的財富啊！（張曉風〈綠色的書簡〉）

黃慶萱（2002：359）將此例視爲借代，則有待商榷。此例以「葡萄珠子」借喻「眼睛」。它之所以會被誤認爲是「借代」，是因爲在語句中，作者直接以「葡萄珠子」取代「眼睛」，有代替的功能；但是「葡萄珠子」和「眼睛」之間，只有「相似性」而無「相關性」，而且此句可以改寫爲「十二顆滴溜溜像葡萄珠子般的眼睛」，所以它不是借代，而是借喻。

(三)反諷

　　沈謙（1996：184）爲「反諷」所下的定義爲：「表象與事實相反的表達方式。」另外對「言辭的反諷」所下的定義爲：「意與言反的矛盾語。……言辭表面的意思和內在蘊藏的眞意恰恰相反。」對「場景反諷」所下的定義爲：「事與願違的矛盾事實。」（沈謙，1996：185）這樣的定義，大致上沒有問題。但該書在舉例說明時，則似乎把握不到該定義的特性，而相互混淆，形成錯誤的判斷。如：

　　《孟子・離婁下・齊人章》的那一位乞食而驕其妻妾的齊人，其妻妾稱之爲「良人」，原本是希望能依靠終身，結果卻是失望透頂；《列子》著名的寓言故事——愚公移山：「河曲智叟笑而止之曰：『甚矣，汝之不惠！以殘年餘力，曾不能毀山之一毛，其如土石何？』」（《列子・湯問》）智叟本以爲愚公確實笨得可以，沒想到事與願違，愚公的精神感動上天，得到天帝的幫助而派遣兩位大力神將太行、王屋二山移走；《西遊記》中，唐三藏替豬悟能取法號爲「八戒」，是希望他遵守佛家八項戒律，沒想到悟能竟是連一條也沒遵守，此亦事與願違的場景反諷。沈謙（1996：185）將此三例都視爲「言辭反諷」，則有待商榷。又如：

人生四大痛苦——生老病死，死明明是最大痛苦，佛家卻說成「身登極樂世界」，道家的說法是「仙去」，基督教美其名曰「蒙主恩召」。表面的言辭美麗動聽，事實卻悲慘悽清！又醫院的停屍房叫「太平間」，殯儀館取名「極樂」，閩南語棺材叫「大壽」，也都是言辭的反諷。（沈謙，1996：186）

在正常的情況下，基督教徒說「某人蒙主恩召」只是一種婉曲的避諱語，說者的內心絕無故意「說反話」，來嘲諷該名死者。同理，佛家說「身登極樂世界」，與道家說「仙去」，都是該宗教的信仰，絕無「意與言反」的心態。所以這些例子都不是「言辭反諷」。另外，醫院的停屍房叫「太平間」，殯儀館取名「極樂」，閩南語棺材叫「大壽」，也都是一種避諱語，取名時絕無意褻瀆亡者，而故意加以嘲諷。

㈣疊字

修辭格「疊字」的定義，許多學者認為：同一字的連續使用，是為「疊字」。這只是疊字的基本概念，缺失在於「定義過寬」，它容易和「轉品」、「句中頂針」混淆，如：「君君、臣臣、父父、子子」，雖然也是同一字連續使用，但因前後的詞性不同，所以是「轉品」；又如「抽刀斷水水更流」的「水水」，雖然也是同一字連續使用，而且詞性相同，但因前一字連上而讀，下一字連下而讀，兩字無法連讀，則是「句中頂針」。因此，疊字辭格必須同時具備三個條件：疊用、連讀、詞性同。

將定義下的精準，凡是符合該定義者，即屬該辭格，反之，則應將其排除。如：南宋‧陸游〈釵頭鳳〉的上下闋末三字分別為「錯！錯！錯！」和「莫！莫！莫！」，有些學者將之歸為疊字。雖然它們看似同一字疊用在一起，而且詞性也相同，但是它們卻是被驚歎號（！）斷讀開來，無法連讀在一起，因此不能視為疊字；應依照標點符號的作用，將其歸為文法上「簡略句」中的「獨詞句」，亦即只有一個詞或詞語結構構成的句子（國立編譯館，1998：68）。以此觀之，則「錯！錯！錯！」、「莫！莫！莫！」即可視為「獨詞句」的「疊句」。如果該處是寫成「錯錯錯」、「莫莫莫」，中間沒有標點符號斷開，則可視為同一字連讀的疊字，這是因為標點符號也

有表意功能，不能將之忽略。

二、分類恰當

揭示概念的內涵，可用邏輯的定義方法；揭示概念的外延，就要靠分類了。分類就是以事物一定的屬性做標準，把一個屬概念的外延分成若干個種概念，用來明確概念的外延的邏輯方法。它由三部分組成，即分類的母項、分類的子項和分類的根據（吳家麟、湯翠芳，2001：57）。

分類要遵守下列規則：

第一，子項外延的總和必須與母項外延相等。如果子項外延之和小於母項外延，就會犯「分類不全」的邏輯錯誤；如果子項外延之和大於母項外延，就會犯「多出子項」的邏輯錯誤。

第二，每次分類的根據必須同一，不能一會兒採用這一根據，一會兒又採用另一根據，否則就會犯「混淆根據」的邏輯錯誤。

第三，分類後各子項的外延必須互相排斥，也就是說，各子項的關係不能是交叉關係或相互包含的關係，否則就要犯「子項相容」的邏輯錯誤（吳家麟、湯翠芳，2001：57-59）。

上述三項規則是互相關聯，違反其中一項，往往也違反另二項規則。

另外，有人嫌分類太多太細，不利於學生學習。此種見解似是而非。例如「人」這個概念，可依性別分為男人和女人；可依年齡層分為兒童、少年、青年、壯年、老年；可依職業分為公、農、商、工等；可依宗教信仰分為基督教徒、天主教徒、猶太教徒、佛教徒、回教徒、道教徒等；可依行為好壞分為好人、壞人；……可以依你所需要的角度去做適當的分類。你不可能只用一種分類法去解決所有的問題，因此只要有恰當的分類就能解決相應的問題。如：

(一)雙關

雙關中的「諧音雙關」，通常表面上的文字只是媒介，是次要的意義，沒有說出來的背後意義才是表達者所要表達的主要意義。但另有一類「諧音雙關」，則必須將背後的意義寫在字面上，否則接受者難以了解表達者是在使用雙關。這又有「摹聲雙關」和「諧音仿擬雙關」兩項（魏聰祺，2003：202-205）。由於分出這兩項，因此可以很容易地將下列例子做適當的辨析：

人人耳朵裡響著震耳欲聾的「空洞！空洞！」的機器聲。
（子敏《小太陽‧單車上學記》）

沈謙（1996：73）將此例視為「詞義雙關」，則有待商榷。「空洞！空洞！」依字面意義來說，是指精神生活空洞貧乏，並兼含機器的模擬聲。如果字面寫的是「轟隆！轟隆！」的摹聲詞，則不易令讀者聯想到精神生活「空洞！空洞！」。

是夏夜，卻找不到半片靜寂。星已疏，月已高，滿耳「寂！寂！」似乎來自星月間幽幽的深淵。眼前一道白光劃上黑幕，停在右側，一雙綠眼溜溜轉。（山根《野人之歌》）

黃慶萱（2002：443）將此例視為「詞義雙關」，則有待商榷。蟬的叫聲，一般都寫成「唧！唧！」的摹聲詞，作者為了表達雙關作用，於是將言外之意寫在字面上，而寫為「寂！寂！」，讀者可以由字面看出「寂寞」之意；亦可由其聲音而聯想到這也是蟬叫聲。
　　上述二例，有的學者將之歸為「詞義雙關」，但透過適當分類，可知此二例應屬「諧音雙關」。

㈡象徵

　　沈謙（1996：253、254）說：「象徵只有意象，其象徵的意義在言外，往往不能轉換成明喻的形式，如用鴿子象徵和平，用十字架象徵基督教，不能轉變成和平像鴿子，基督教像十字架。」此言乍看有理，但細思之下則有漏洞。「用鴿子象徵和平，用十字架象徵基督教」是接近聯想的象徵，象徵體和象徵義之間只有相關性，沒有相似點，當然不能轉為「和平像鴿子，基督教像十字架」。反之，若是類似聯想的象徵，象徵體和象徵義之間有相似點，則能轉換。如三春暉象徵母愛，可以轉換成「母愛像春暉」。因此，要做象徵與其他辭格之辨析，首先須將「類似聯想的象徵」和「接近聯想的象徵」分開討論，才能把握重點。因此筆者將象徵依聯想途徑而分為「類似聯想的象徵」和「相關聯想的象徵」兩類，就能清楚分辨象徵和借喻、借代的差別。

(三)頂針

頂針依頂接成分之結構分:可以分為常例的「字的頂針」、「詞的頂針」和「句的頂針」三類。一般人觀念中,頂針的頂接成分只是「字」、「詞」,而沒想到「句」,因此,「句的頂針」往往被誤判為「疊句」。如:

> 少年不知愁滋味,<u>愛上層樓</u>;<u>愛上層樓</u>,為賦新詞強說愁。
> 而今識盡愁滋味,<u>欲說還休</u>;<u>欲說還休</u>,卻道天涼好個秋。(辛棄疾〈醜奴兒〉)

此例一般人都將「愛上層樓」、「欲說還休」誤認為是「疊句」,其實它們應是頂針,因為前一句「愛上層樓」或「欲說還休」必須是連上而讀,而下一句必須連下而讀,在整體感覺上,前二句和後二句是明顯分開的,而非重疊。

依頂接成分是否阻隔:可以分為「直接頂針」和「間隔頂針」兩類。一般人觀念中的頂針只是「直接頂針」,而將「間隔頂針」排除。因此,某些「間隔頂針」不被視為頂針。如:

> 那榆蔭下的一潭,
> 不是清泉,是天上虹
> 揉碎在浮藻間,
> 沉澱著彩虹似的<u>夢</u>。
>
> 尋<u>夢</u>?撐一支長篙,
> 向青草更青處漫溯
> 滿載一船星輝,
> 在星輝斑斕裡<u>放歌</u>。
>
> 但我不能<u>放歌</u>,
> 悄悄是別離的笙簫;
> 夏蟲也為我沉默,
> 沉默是今晚的康橋!(徐志摩〈再別康橋〉)

此例以「夢」、「放歌」作爲頂接成分，屬「字的頂針」和「詞的頂針」；其所處位置在於「章段之間」，屬「連環體」；兩個頂接成分之間插入其他字詞，屬「間隔頂針」。不過，「在星輝斑斕裡放歌」和「但我不能放歌」能不能視爲頂針，則有不同見解。如果此例的位置是在「句與句之間」，則不能視爲頂針，只能視爲「詞的隔離使用」（類詞），這是因爲前一個「放歌」是在上一句的末尾，而後一個「放歌」是在下一句的末尾，所以不符「後面的開端，與前面的結尾，重複相同的成分」的「頂針」定義；像本例的位置是在「段與段之間」，則可視爲頂針，這是因爲前一個「放歌」是在前段之末尾，而後一個「放歌」是在後段的開頭（後段有四句，「放歌」在第一句），所以符合「後面的開端，與前面的結尾，重複相同的成分」的「頂針」定義。亦即因爲聯珠格的腹地較小，頂接成分中間可以插入的字詞不能太多，而連環體的腹地較大，頂接成分中間可以插入較多的字詞。

三、語境明確

　　語言環境，簡稱語境。是修辭過程中言語運用的現實背景。它是人們進行修辭活動的客觀依據。修辭活動總是在一定的語境中進行，任何修辭現象都與一定的語境相聯繫。可以說，語言環境是修辭的生命，沒有語境就沒有修辭（傅惠鈞，2003：260）。

　　同一個詞句在不同的語境中，就可能成爲兩種不同的修辭格。如：

> 股市專家常常喜歡給人的忠告總是：「不可將你所有的雞蛋放在同一隻籃子裡。」（沈謙，1996：34）

因爲在語境中沒有出現「雞蛋放在籃子裡」，所以此例是「借喻」，借喻「投資者不可以把所有的資金投資在同一標的」；如果此例的語境增加股市專家拿雞蛋和籃子做道具，把所有雞蛋放在同一個籃子裡，卻不小心掉落，造成所有的雞蛋破碎，此時再加上「不可將你所有的雞蛋放在同一隻籃子裡」這句話，則應屬「雙關」。

> 某官員清廉正直，退休後，一貧如洗，兩袖清風；而且年紀大了，患有「青光眼」和「白內障」。他自我解嘲地說：「我現在是一身清白。」（筆者擬句）

「清白」本指人品清廉,沒有污點。此例則將之諧音為「青白」,並別解為「青光眼」加「白內障」。語境中除了「諧音別解」後的新義「青光眼和白內障」,還兼有原詞本義「清廉正直」。但是,語境改為:

> 某官員貪污成性,年紀大了,患有「青光眼」和「白內障」。別人嘲諷他說:「現在他總算是一身清白。」(筆者擬句)

此例語境中只有「諧音別解」後的新義「青光眼和白內障」,卻沒有原詞本義「清廉正直」。則是「諧音別解」,而非「諧音雙關」。

> 總統府高層說:「祕書長只是一時迷失,涉世未深。」

在西元2000年總統大選期間,某黨的祕書長發生誹聞事件,為了避免媒體藉機渲染,而影響選情,總統兼任該黨主席則發表上述言論,其本意是希望為己黨祕書長緩頰,沒想到卻造成反效果,成了國人諷刺的笑柄。所以此例應屬「事與願違」的「場景反諷」。但在別的語境中,該例則可能屬於「言辭反諷」。如:報紙某記者曰:「對啊!總統府高層都說了嘛,人家祕書長只是一時迷失,涉世未深,我們怎麼可以咄咄逼人呢?」該記者所說的話,很明顯的是「意與言反」,而且是「口是心非」(口中稱讚,內心批評)的「反語」。

> 你是最佳啦啦隊。
> 她是超人氣美少女。

張春榮(2001:26)解釋:「真正意思為『用來嚇對方』(尤其在比賽場合)、『超級惹人生氣的發霉少女』」。但因上述二例,並無明確的語境交代,所以會產生許多不同看法。如果將語境明確,則不會有歧見產生。如將其改為「你是最佳啦啦隊——可以用來嚇走對方」、「她是超人氣美少女——超級惹人生氣的發霉少女」,將真正的意思寫在後面,前後對照,才不會誤解,則可視為「言辭反諷」的「反語」。

古典文學由於文字簡練,往往語境交代不清,我們可以由「題目」來設定語境。如李白〈登金陵鳳凰臺〉:

　　鳳凰臺上鳳凰遊，鳳去臺空江自流。
　　吳宮花草埋幽徑，晉代衣冠成古丘。
　　三山半落青天外，二水中分白鷺洲。
　　總為浮雲能蔽日，長安不見使人愁。

此詩題目為〈登金陵鳳凰臺〉，則將語境設定李白人在鳳凰臺上而寫
下此詩。末二句，字面上的意思，指眼前所見之景，浮雲蔽日，仰
望不見日夜思念的長安；言外之意，是指（借喻）奸邪小人蒙蔽國
君，使我無法為國盡忠。

　　八月湖水平，涵虛混太清。
　　氣蒸雲夢澤，波撼岳陽城。
　　欲濟無舟楫，端居恥聖明。
　　坐觀垂釣者，空有羨魚情。（孟浩然〈望洞庭湖贈張丞
　　相〉）

此詩題目為〈望洞庭湖贈張丞相〉，則將語境設定是孟浩然面望洞
庭湖所寫，所以「欲濟無舟楫」、「坐觀垂釣者，空有羨魚情」，
都是寫眼前的景，此字面之義；但其目的是「贈張丞相」，希望對
方汲引，所以另含（借喻）「欲出仕而無人汲引」、「空有羨慕之
情」。

四、解讀正確

　　解讀正確也是辨析辭格差異的關鍵之一。它有兩種情況需要說
明：

㈠找出本體，還原作者的原意

　　判別辭格差異，第一步驟是找出本體，還原作者的真意。如：

　　七月又怎麼了？所有的花應該都開了
　　而他卻長滿了一頭白白的<u>蘆葦</u>（沙穗〈老宅〉）

蔡謀芳（2001b：27）曰：「末句『他卻長滿了一頭白白的蘆葦』，
主詞『他』屬於人的概念；名詞『蘆葦』是屬於物的概念。以物的
概念去轉化人的概念，所以這是屬於『物性化的轉化』。」這種看

法，有待商榷。因爲作者所要表達的概念是：「他卻長滿了一頭白白的頭髮。」本體是「頭髮」，但字面省略，而以相似物「蘆葦」做「喻體」來代替，此爲「借喻」之法。

> 你不妨搖曳著一頭的<u>蓬草</u>，不妨縱容你滿腮的<u>苔蘚</u>。（徐志摩〈翡冷翠山居閒話〉）

蔡謀芳（2001b：30、31）曰：「前後句中『一頭的蓬草』、『滿腮的苔蘚』，附加詞『一頭』、『滿腮』均是屬於人的概念；主詞體『蓬草』、『苔蘚』均是屬於物的概念。以物的概念去轉化人的概念，所以這是屬於『物性化的轉化』。」這種看法，有待商榷。此例作者所要表達的本體是「亂髮」、「鬍鬚」，字面省略，而以相似物「蓬草」、「苔蘚」來代替，所以原意應是「你不妨搖曳著一頭的亂髮，不妨縱容你滿腮的鬍鬚」，這是以「蓬草」借喻「亂髮」，以「苔蘚」借喻「鬍鬚」。

綜上所言，辨析「借喻」和「轉化」的差異，第一步驟是找出本體，還原作者的原意，才能看清兩者的眞正差別。而不是蔡謀芳（2001b：31）所言「『轉化』的定義，簡言之，就是語文的異常組合」那麼簡單。因爲，轉化一定是語文的異常組合；但是，語文的異常組合可能是借代、借喻、轉化等，未必一定是轉化。所以，上述諸例，形式上都是語文的異常組合，但它們都不是轉化，而是借喻。

㈡解讀不同，結果亦異

如果作者眞意模糊，導致讀者的解讀不同，就會造成不同的語境，判別的結果也就隨之不同。如：

《詩經‧小雅‧魚藻》：「魚在在藻，有頒其首；王在在鎬，豈樂飲酒。」鄭箋：「魚何所處乎？處於藻；武王何所處乎？處於鎬京。」朱傳：「言魚何所在乎？在乎藻也；王何所在乎？在乎鎬京也。」依鄭箋、朱傳之說，兩「在」字似都應看作動詞，而詩文應讀作：「魚在？在藻。」「王在？在鎬。」則此兩個「在」字，乃是句中頂針（余培林，1988：2）。若依余培林的說法：

> 細按三百篇中的詩句，似乎沒有一句詩可以如此讀的。所以這兩個「在」字，上一個「在」應看作動詞，下一個「在」字應看作介詞，猶「於」字。「魚在在藻」，句型

同於〈小雅・鶴鳴〉的「魚在于渚」和〈正月〉的「魚在于沼」。「在在」二字形音都相同，而意義並不同。（余培林，1988：2）

則這兩個「在」字，應屬於轉品。

《大雅・公劉》：「于時處處，于時廬旅，于時言言，于時語語。」余培林採鄭箋的說法：「於是處其所當處者，廬舍其賓旅，言其所當言，語其所當語。」認為「處處」、「言言」、「語語」的上一字為動詞，下一字為名詞（余培林，1988：2），則它們只是轉品；竺家寧採日人竹添光鴻《毛詩會箋》之說：「處處者，處也；廬旅者，廬也；言言者，言也；語語者，語也；並用重文者，謂其非一也，非上虛下實之謂，猶言燕燕也。」（竺家寧，1999：298）則「處處」、「言言」、「語語」可視為動詞疊字。

上述諸例，因讀者解讀不同，則歸屬不同辭格。

伍、產生因素

修辭格是一種語文藝術，它的的產生，往往是效法自然之道；辭格要感動人，則有其心理基礎；辭格是一種正偏離的美，要有美學基礎；辭格是語言文字的運用，更需要語文條件配合。以下分「自然之道」、「心理基礎」、「美學基礎」和「語文條件」四個方向略加說明。

一、自然之道

宇宙內在矛盾以及人性內在矛盾，是「映襯」、「倒反」產生的基礎；「象徵」效法宇宙間的天人合一觀念，由自然推至人事，也可由人事推至自然；大自然萬事萬物依序的層次是「層遞」的淵源；「對偶」以自然界各種事物的奇偶對稱為師；宇宙人生的周而復始、循環不息等現象，形成「回文」的淵源；天空鑲日嵌月，大地鑲嵌山川，都是「鑲嵌」效法的基礎；大自然中空間的多數與時間的連續是「類疊」效法的對象；宇宙本就包羅萬象，有整齊的事物，也有變化的現象。藝術模擬自然，當然也會整齊與變化、複雜並存，「錯綜」就是模擬自然界的變化而來。

二、心理基礎

修辭格產生的心理基礎，多彩多姿，豐富而多樣。筆者將之粗略歸納爲五類：

㈠聯想作用

心理學上的聯想作用，有類似聯想、接近聯想和相對聯想。

1.類似聯想

以類似聯想爲基礎的辭格，主要有「譬喻」（本體和喻體有相似點）、「雙關」（某些雙關是透過譬喻形成）、「象徵」（有類似聯想爲途徑的象徵）、「轉化」（本體和擬體往往有類似處）、「移覺」（甲乙感官的知覺因有類似點而可以轉移）、「拈連」（變項即是轉化，而有類似點）、「引用」（正用所引文句典故與作者心意相似）、「仿擬」（近義仿之仿體與本體有時相似）、「對偶」（正對之上下聯意義往往相似）。

2.接近聯想

以接近聯想爲基礎的辭格，主要有「借代」（本體和借體之間有相關性）、「象徵」（有接近聯想爲途徑的象徵）、「引用」（正用、化用所引文句典故與作者心意相關）、「藏詞」（透過字面聯想到與之相關的隱藏文字）、「仿擬」（諧音仿之仿體與本體聲音相近）、「對偶」（串對之上下聯意義有因果、遞進等關係）。

3.相對聯想

以相對聯想爲基礎的辭格，主要有「映襯」（主體和客體之間相反）、「拈連」（常項和變項之間強烈對比）、「倒反」（說出的話和心中意思相反）、「引用」（反用所引文句典故與作者心意相反）、「仿擬」（反義仿之本體和仿體之間意思相反）、「對偶」（反對之上下聯意義相對）。

其中「象徵」兼有類似聯想和接近聯想；「拈連」兼有類似聯想和相對聯想；「引用」、「仿擬」、「對偶」兼有類似聯想、接近聯想和相對聯想三種。

㈡情緒心理

情緒心理是指不同情況下，人們的情緒反應。「權譎機急」是在特殊語境中機智地應付臨時緊急情況，以權宜變通方式，詭譎改

變原意而創造出新義。這是「雙關」、「析字」的心理基礎;「轉化」、「拈連」則是建立在移情作用之上;見到他人的醜、弱點而產生幸災樂禍、鄙夷他人的優越感,因而發笑,是「飛白」的心理基礎;順勢拈用的慣性心理就有「拈連」,及析字中的「牽附」產生。

㈢表達心理

　　表達心理是指表達和接受的心理因素。「象徵」的本質是以意識隱藏潛意識,象徵的歷程是把潛意識化爲意識,這是立基於佛洛伊德的潛意識說;人類的各種感官雖各司其職,卻也能互通,這種通感原理就是「移覺」的心理基礎;作者出語驚人和讀者的好奇心,是「夸飾」產生的心理基礎;好奇和求全心理是「藏詞」、「互文」、「跳脫」的基礎;措辭越委婉曲折,便越能引起對方的注意和研究的興趣,而看出一組文字表面上所沒有的意義,正是讀者快樂的來源,這是「婉曲」、「藏詞」、「互文」的心理;「引用」是爲了增強說服力或增進感染力,而訴諸於權威或訴之於大眾;「轉品」是古人詞彙貧乏,找不到恰當的詞彙來表達複雜的情思,就將某詞彙的詞性改變而新增意義。這些都是可以增強表達效果的心理基礎。

㈣學習心理

　　學習心理是指學習方面的心理。「借代」的產生,是因新穎的刺激遠較經常的刺激更易引起注意,所以用不常見的借體來代替常見的本體;因人類的差異覺閾可以分辨不同點,故而產生「映襯」(主體和客體之間的比較)、「飛白」(看出錯誤而引人發笑)、「同異」(分辨同中有異);模仿和聯想學習的動力,也是「仿擬」的心理基礎;就發展心理學和學習心理學的觀點而言,發問是好奇心的表現,也是獲取知識的重要手段,這是「設問」的心理基礎;「層遞」的規律化現象符合邏輯,因此能夠滿足人類邏輯思維的快感,易於學習;「類疊」以同一字詞語句連續或間隔重複出現,依心理學的練習律而言,更能打動接受者的心靈。「排比」在學習遷移理論中,屬於「正向遷移」,易於學習記誦。「頂針」的心理基礎,是利用上下語句的相同成分作爲自主意識的「中心觀念」,使上下文句的意識貫穿銜接。

(五)語言文辭與思想

　　語言文辭是用來表達思想，正常情況下，語言文辭和思想一致而且符合語法規範。當主客觀環境改變，思想也會隨之偏重，語言文辭也隨思想而表出，於是不合語法順序的「倒裝」也就自然出現，隨著思想跳動脫略的「跳脫」也因此產生。

三、美學基礎

　　修辭格的美學基礎各有特徵，筆者將之粗略歸納為四種類型：

(一)具象美

　　審美行為與藝術創作行為大都是藉想像力把經驗象徵化，也就是把抽象概念具體化，如此則有具象美。「象徵」是透過想像把潛意識化為意識，把抽象概念具體化。「映襯」是將兩種矛盾相反的事物統一在一個基準上，有了矛盾衝突就能給人激越的美感；統一在某個基準上，則有和諧的美感。所以，映襯是衝突與和諧的綜合表現。「仿擬」是由舊形式翻造新內容，形式與內容產生鮮明的美感。

(二)含蓄美

　　文章之美，貴在含蓄，直接表達或把話說盡，都顯得太過露骨，而沒有蘊藉意味。「婉曲」（不直接說出本體，而以旁敲側擊的方式來表達）、「互文」（形式上：參互成文——兩物各舉一邊而省文；解讀上：合而見義——必須結合上下文才能表達完整的意思）、「藏詞」（將大眾所熟知的名言，或當前的語句，故意只說一部分，藏去所欲表達的詞語）、「跳脫」（語文半途斷了語路，使得文句跳動或脫略）都是以含蓄的方式表達文章之美。

(三)整齊美

　　自然界的層次現象反映在美學上，於是有比例（proportion）、秩序（order）、漸層（gradalion）等理論的出現，這是「層遞」的美學基礎。「類疊」以美學上「數大就是美」為基礎；「頂針」是將不同的上下文用銜接的相同成分加以統一協調。

　　圓形具有純粹簡單之美，能節省注意力；具有連續不斷之妙，有圓滿的感覺。這種情緒上的性質，成為「回文」在美學上的基礎。

　　「對偶」和「排比」都是以對稱為美學基礎，對稱是一種平衡、勻稱的美感，可以使肌肉活動獲得快感，給人滿足。不過，對偶中有些講求對比，排比則講究和諧。

㈣變化美

　　正常規律的形式，容易成為慣性，使人忽焉帶過，引不起注意。故意錯綜形式、顛倒語序、跳動脫略內容，可使讀者覺得怪異而引起注意，並增加文章波瀾。這是「錯綜」（寓變化於整齊規律之中）、「倒裝」（故意顛倒文法上、邏輯上正常的語序）、「跳脫」（使文句跳動或脫略）的美學基礎，形成一種變化美。

四、語文條件

㈠與文字形音義有關

　　中國文字有形音義三方面可以加以拆解分析，「析字」的語文條件在此。字形方面有「化形析字」、「字形飛白」兩個次辭格；一音多字造成同音字很多的現象，成為「諧音雙關」、「諧音析字」、「語音飛白」、「諧音仿」、「音同字異」等次辭格的條件；一字多義（本義、引申義、假借義）成為「詞義雙關」、「句義雙關」、「衍義析字」、「語義飛白」、「語義仿」、「換義」等次辭格的基礎；另外，為避免語音混淆、語義分歧而有「鑲嵌」；單音節且聲調有平仄變化，成為「對偶」產生的語文條件。

㈡與語法有關

1.句型

　　「設問」屬於問句，與語法中的句型有關。假如把語句表出的形式粗分為四：敘事句、表態句、判斷句、詢問句。在這四種形式中，詢問句文多波瀾，語氣增強，最能引起人的注意。

2.語序

　　「倒裝」是故意顛倒正常語序的修辭法；「換序仿」是利用本體語序的變化而構成仿體；「語序飛白」是在語序上犯錯而被記錄援用；「序換」是兩個以上「字同序異」詞語的映照；「回文」是正讀、倒讀的循環往復；「交碰語次」是語序的錯綜運用；它們都和語序有關。

3.詞性

漢語屬「孤立語」，在詞性上有兩種特色：一是漢語的詞性不固定，往往隨詞序不同而改變；二是詞形不變，漢語的詞性改變但詞形不會隨之改變，還是保留原來的形體。這就成為「轉品」（詞性臨時活用）、「回文」（正讀倒讀詞性改變但字形不變）、「序換」（詞性改變但字形不變）產生的語文條件。

第二節　修辭可提升賞析能力

由於修辭格的三種特性（刻意性、臨時性、變異性），使得讀者容易找出文本中使用了哪些辭格；又因修辭格的呈現是以「種種特定格式」展現，讀者可以按部就班，有條有理地探索；又因修辭格的作用是「為了提升表達效果」，讀者可以逆推：用了這些修辭格產生了什麼文學效果。

本節僅以《古詩十九首》中的〈行行重行行〉和〈青青河畔草〉為例，透過修辭格作為媒介，探討詩人用了這些辭格產生了什麼樣的文學效果，藉以增進賞析的能力，並突顯文學審美的因素。

壹、〈行行重行行〉賞析

行行重行行，與君生別離；相去萬餘里，各在天一涯。道路阻且長，會面安可知？
胡馬依北風，越鳥巢南枝；相去日已遠，衣帶日已緩；浮雲蔽白日，遊子不顧返。
思君令人老，歲月忽已晚；棄捐勿復道，努力加餐飯。

一、行行重行行，與君生別離

(一)類疊

首句運用「類疊」中的「疊字」和「類詞」，「行行」是「疊字」，而且是動詞疊字，它具有反覆強調的意思，是指「行而又行」，走了又走，一直地走，所以才會有第三、四句「相去萬餘里，各在天一涯」。「行行」和「行行」中間隔著一個「重」字，

這是「類詞」，表達走走停停、依依不捨之情。所以才會有第二句「與君生別離」的痛苦。

　　另外，「行行重行行」句，用了四個「行」字，在音調上則連用五個陽平聲字。平聲字音調緩慢、平淡而重複，使人感到遊子是在一條漫長的路上踽踽獨行，緩慢而重複，似乎沒有休止。

㈡引用、藏詞

　　第二句「與君生別離」表面上是說和夫君活生生地拆分離，但背後仍有言外之意。此句引用《楚辭・九歌・少司命》：「樂莫樂兮新相知，悲莫悲兮生別離」中的「生別離」，而把前面「悲莫悲兮」隱藏起來，這是藏詞中的「藏頭」。但此句不能將「生別離」直接代替「悲莫悲兮」，所以它不是「代用藏詞」；但它卻含有言外之意：此時女主角的心境是「悲莫悲兮」，沒有比生別離更悲哀的，所以它是「言外藏詞」。

二、相去萬餘里，各在天一涯

　　由於首句「行行重行行」有走了又走，越走越遠的意思，因而產生此處「相去萬餘里，各在天一涯」的結果。此為前後呼應。

㈠夸飾

　　「相去萬餘里，各在天一涯」採夸飾手法，以突顯分別之遠，則會面之難，不言可喻。又與下文「會面安可知」相呼應。

三、道路阻且長，會面安可知

㈠引用

　　「道路阻且長」引用《詩經・秦風・蒹葭》：「溯洄從之，道阻且長」中的「道阻且長」。詩中並沒有點明出處，則是「引用」中的「暗用」。《詩經》主要是四言詩，《古詩十九首》則是五言詩，為了配合五言詩體，引用時只好將四字的「道阻且長」增加為五言的「道路阻且長」。這是對原文有所增刪改易，屬「暗用」中的「略用」。

(二)藏詞

此句引用「道阻且長」，而將前面的「溯洄從之」隱藏起來，則是「藏詞」中的「藏頭」。但此句並不能直接用「道路阻且長」來代替「溯洄從之」，所以不是「代用藏詞」，它只是含有「溯洄從之」的言外之意，所以是「言外藏詞」。亦即此句必須有女主角想要「從之」的念頭，去萬里尋夫，才會感到「道路阻且長」，否則待在家裡，哪裡會管道路險阻漫長與否。

「道路阻且長」的內涵有二：一是指自然山川的險阻漫長，因東漢時代交通不便，沒有現代化的公路、鐵路，必須翻山越嶺，涉水渡河，路上往往危機四伏；二是指人為的社會因素所造成的險阻漫長，東漢末年歷經黃巾之亂、董卓之亂、軍閥割據、三國分爭等戰亂，亂兵游勇四處騷擾，土匪盜寇占山為寨，如此亂世，當然是「道路阻且長」。正因為「道路阻且長」，女主角想要「從之」而去萬里尋夫，則是難上加難。所以才會有「會面安可知」的反問。

(三)反問

「會面安可知」是採反問手法來表現，雖然它問而不答，但答案卻是在問句的反面，所以常常是以肯定的形式表達否定的答案，或是以否定的形式表達肯定的答案。此句是以肯定的形式來表達否定的答案，亦即表達「會面不可知」的意思。

「會面不可知」本身又有二層內涵：一是何時會面不可知，二是今生能否再會面也不可知。

四、胡馬依北風，越鳥巢南枝

(一)借喻

這兩句表面上是說：北方出生的胡馬，當牠來到南方，每當朔風吹起，胡馬都會依戀北風；南方出生的越鳥，當牠飛到北方，往往會將巢築在靠近南邊的樹枝上：這是胡馬和越鳥的本性，當牠們遠離故鄉時，下意識都會有懷鄉思家之情流露出來。作者借這兩句來比喻遊子遠離故鄉，也該會有懷鄉思家之情。字面上只有喻體「胡馬依北風，越鳥巢南枝」，本體「遊子懷鄉思家」則沒有出現，借喻體來代替本體，則是譬喻中的借喻。

㈡對偶

　　這兩句是對偶的形式，對偶的功用，一般來說是使語句優美，音節和諧；但在詩歌體，對偶則另有代表多數的意思。這是因為詩歌往往是兩兩一組，若要湊成三句來代表多數，則會破壞詩歌的韻律。為了配合詩歌兩兩一組的特性，對偶句也往往同時兼具多數的意涵。

　　這兩句構成對偶句，不僅語句優美，音節和諧，而且代表多數。它的意思是指：不管是胡馬還是越鳥，甚至其他所有的萬物，當他們遠離故鄉後，全都有懷鄉思家之情。如此一來，遊子也是萬物之一，而且還是萬物之靈的人類，難道會人不如物嗎？所以遠行的遊子也該想想家裡的妻子，也該懷念家鄉。

㈢跳脫

　　首段六句是女主角追述當初離別的情形，回想當初送別之時，「行行重行行」越走越遠，而且依依不捨；因而「與君生別離」，並暗藏「悲莫悲兮」的痛苦；夫妻二人相去的距離已有萬餘里之遙，兩人各在天涯海角；想要親自去尋夫，卻遭遇「道路阻且長」的困境，兩人若要會面，則是不可知。既然女主角要「從之」尋夫而不得，只好逆向思考，轉個一百八十度，設想遠行在外的遊子心中存有懷鄉思家之情，應該會主動回來，則兩人會面不就可行嗎？因此採用「跳脫」中的「突接」來表現。讀者乍看之下，會覺得「胡馬依北風，越鳥巢南枝」銜接在此，相當突兀，此即「突接」；但細加深思，則會聯想到這是女主角的逆向思考。

五、相去日已遠，衣帶日已緩

　　「相去日已遠」，是說：分別時間久；「衣帶日已緩」，是說：相思程度深。正因為前一句分別時間久，才會有下一句思念之情深。

㈠借代

　　「衣帶日已緩」是採以結果借代原因的「借代」修辭法。衣帶為何會日漸寬緩？原因是日漸消瘦；那為何會日漸消瘦？原因是相思而茶不飲、飯不思。所以這是以「衣帶日已緩」來借代「相思消瘦」。作者不直接說「相思日已深」，而說「衣帶日已緩」，是為了

突顯具體形象，因爲「相思深」很抽象，無法呈現，「衣帶緩」則具體地將形銷骨立、風吹就倒的憔悴體態呈現出來。

六、浮雲蔽白日，遊子不顧返

(一)借喻

　　「浮雲蔽白日」借喻奸邪小人蒙蔽夫君。「白日」在詩歌中常常被用來比喻國君，如李白〈登金陵鳳凰臺〉的末二句：「總爲浮雲能蔽日，長安不見使人愁」，也是將「浮雲能蔽日」用來指奸邪小人蒙蔽國君。但本詩屬閨怨詩，並非政治詩，不適合將之暗指國君。應該將之回歸閨怨主題，則應暗指夫君。

　　不同的讀者，會有不同的生活經驗，當他們讀到「浮雲蔽白日」，則會根據自己的經驗來解讀這一句，因此也會產生不同的內涵。如果丈夫是在大陸包二奶的臺商，這位女主角讀到此句，則會將它落實爲二奶那個狐狸精蒙蔽了夫君，使得夫君不顧返。如果丈夫有一票酒肉朋友，經常灌輸丈夫「兄弟如手足，妻子如衣服」的見解，以及「男兒立志出鄉關，事若不成不復返」的觀念，女主角也會將他們視爲「浮雲」，而蒙蔽了夫君。

　　女主角以逆向思考去設想夫君遠行後應該會有懷鄉思家之情，尤其女主角因爲兩人分別日子漸漸久遠，對夫君的思念日漸加深，導致相思消瘦，衣帶日緩，照理應該更能令夫君因憐憫而不捨，能夠早日回家。但至今仍舊不見人影，這其中出了什麼差錯？於是女主角將箭頭指向奸邪小人，蒙蔽夫君，致使夫君不顧返。

七、思君令人老，歲月忽已晚

(一)倒裝

　　這兩句的正常順序，應該是：「歲月忽已晚，思君令人老。」其意爲：時光歲月倏忽之間已到了年終歲末。平常夫君不在，雖然寂寞，但還能承受；可是來到年終歲末之時，往往興起「每逢佳節倍思親」的情緒，這是因爲過年過節時，家家團聚，此時唯有自己的夫君尚未回來，在相形見絀的對比之下，當然更加難耐，更會產生思君的念頭，可是夫君仍是未歸，在心力交瘁之下，整個人也就憔悴蒼老，此即「思君令人老」。

　　這兩句爲何要倒裝呢？是爲了要配合押韻。前八句的偶數句末，分別押「離、涯、知、枝」，這是押上平聲「四支」韻；後八句換韻，分別押「緩、返、晚、飯」，這是押上聲「十三阮」韻。由於本詩採隔句押韻，而且是以偶數句押韻，爲了要配合韻腳，所以將這兩句的順序加以倒裝。

八、棄捐勿復道，努力加餐飯

　　「棄捐勿復道」一句，可以指前面的事都可以拋棄不必再談了；也可以指我是個「被棄捐的人」，這件事不必再談了；不論是哪一種內涵，都有「一切不必再提」的意思，以前種種譬如昨日死，今後的希望留待將來。

　　「努力加餐飯」一句，一方面是指自己要努力加餐飯，留得青山在，不怕沒柴燒，免得自己「衣帶緩」的情況惡化，香消玉殞，則獨守空閨的苦處，全都化爲流水。另一方面是指希望夫君在外，也能努力加餐飯，畢竟出門在外，缺乏親情照顧，且有水土適應問題，萬一有個三長兩短，女主角不就空等一輩子嗎？當然，這兩方面的意思，應該同時兼具。

貳、〈青青河畔草〉賞析

> 青青河畔草，鬱鬱園中柳；盈盈樓上女，皎皎當窗牖；娥娥紅粉妝，纖纖出素手。
> 昔爲倡家女，今爲蕩子婦；蕩子行不歸，空床難獨守。

一、青青河畔草，鬱鬱園中柳

　　首二句是女主角登樓所見之景，此中運用了數種修辭技巧，以表達其內涵。

㈠引用、藏詞

　　首句引用漢代古樂府〈飲馬長城窟行〉：「青青河畔草，綿綿思遠道」的首句，而將後一句隱藏，但言外卻含有「綿綿思遠道」的意思，此乃「藏尾」形式的「言外藏詞」。當女主角登樓遠望，所見即是「青青河畔草」，由於河畔綠草連綿到天邊，因此聯想到蕩子遠行

在外，所以有「綿綿思遠道」的言外之意。

㈡象徵

首二句是女主角登樓所見之景，由眼前的景聯想而來的象徵意義是：「青青河畔草」象徵蕩子之遠行，因河畔綠草連綿到天邊，這種意象和蕩子遠行頗爲相似；「鬱鬱園中柳」象徵女主角被困於家園。

㈢疊字

首句用「青青」來形容「河畔草」，次句用「鬱鬱」來形容「園中柳」。二者雖然都有「茂盛」的意思，但「青青」是指「青翠茂盛」，而且是舌尖音，頗有輕快活潑的感覺，因而聯想到蕩子也是輕快活潑、自由自在地逍遙過活；「鬱鬱」是指「枝葉茂盛」，而且是喉音，頗有鬱悶深鎖的感覺，因而聯想到女主角青春正盛，卻被困於深邃屋園之內，其內心之鬱悶可知。

㈣對比

首二句透過「象徵」和「疊字」的運用，令人聯想到蕩子和女主角之間處境不同的強烈對比。蕩子是自由自在、逍遙在外；女主角則是受困屋內、鬱悶難言。

二、盈盈樓上女，皎皎當窗牖

三、四兩句寫女主角登樓當窗，寄寓心情。其中也運用了數種修辭技巧，以表達其內涵。

㈠疊字

第三句用「盈盈」來描寫「樓上女」，「盈盈」是「體態輕盈貌」，如何看出女主角的體態輕盈呢？勢必有「上樓的動作」才能表現出女主角輕盈的體態，所以「樓上女」暗藏「上樓」的動作，她是由樓下走上樓的。

第四句用「皎皎」來描寫「當窗牖」，「皎皎」是「潔白貌」，它配上「當窗牖」，則有兩層內涵：一是指「窗牖明亮」，一是指女主角「明豔動人」。

(二)象徵

另外,「當窗牖」表面是指女主角走到窗牖邊向外望,當然可以看到前二句的「青青河畔草」和「鬱鬱園中柳」;但它透過這樣的動作所暗藏的意義是:嚮往外界自由世界,不願受困於此。因為「窗牖」是該樓唯一可以打開,可以和外面自由世界溝通的孔道,女主角每天都上樓來「當窗牖」,其內心所想,也就不言而喻。

三、娥娥紅粉妝,纖纖出素手

(一)疊字

第五句用「娥娥」來描寫「紅粉妝」,「娥娥」是美好貌,指女主角化妝後顯得十分美好。一位獨守空閨的婦女,如果是良家婦女,丈夫不在家時,應該如《詩經·衛風·伯兮》所言:「伯兮朅兮,為王前驅;自伯之東,首如飛蓬;豈無膏沐,誰適為容?」雖然不至於「首如飛蓬」,但也不該整天沒事就化妝打扮,若是如此,難免惹來閒言閒語,頗有招蜂引蝶之嫌。不過本詩的女主角是「昔為倡家女」,化妝打扮是她的習慣,也是她當初吸引蕩子的原因,雖然「今為蕩子婦」,但一來舊習未改,二來希望以此拉住蕩子的心,所以她仍是每天化妝打扮,而給人「娥娥紅粉妝」的印象。

第六句用「纖纖」來描寫「出素手」,「纖纖」是細長貌,指女主角伸出那雙又細又長又白的玉手。藉由描寫女主角的雙手,可見女主角養尊處優,保養得好,不必為三餐而勞心勞力。正因為女主角的生活優渥,物質生活不必煩憂,於是精神層面的擔憂,更占據了女主角的全部生命,如此則更突顯女主角閨怨之深。

(二)層遞

上述六句是採層遞法方式,先寫登樓所見之景——「青青河畔草,鬱鬱園中柳」,鏡頭由遠方之景的「青青河畔草」開始,然後移至近景的「鬱鬱園中柳」,再由園中移至室內,描寫女主角上樓面窗外望,則是將鏡頭轉而描寫「樓房」,再從樓房縮小到「窗牖」,再由窗牖聚焦在女主角的「娥娥紅粉妝」,最後鏡頭的特寫就落在「纖纖出素手」的那雙玉手。

四、昔為倡家女，今為蕩子婦

(一)對襯

　　七、八兩句透過昔今對比，將女主角的遭遇做一交代。女主角從前是「倡家女」，混跡紅塵，過的是送往迎來、生張熟魏的賣笑生活。好不容易碰到一位喜歡的人，下定決心要追隨他而從良，沒想到煙花場中沒有真正的情人，自己眼睛沒睜大，誤信花言巧語，所以如今才成為一位「蕩子婦」。這是苦命女人一旦失身，則永難翻身的宿命。

五、蕩子行不歸，空床難獨守

(一)頂針

　　如今既然成為「蕩子婦」，那其結果如何呢？作者以頂針手法來銜接，讓讀者馬上可以知道蕩子的行蹤及作為。原來蕩子一出門即不歸，似乎已經忘了家中還有一位苦苦等待的佳人，而此佳人也只能一個人獨守空閨。可是女主角以前過的是繁華熱鬧的倡家生活，如今一人獨處，當然無以聊賴，面對一張空蕩的大床，一個出身倡家的女主角似乎頗有難以獨守的氣氛。

第三節　修辭可提升寫作能力

　　運用修辭提升寫作能力，可以分兩個層次來談：第一層是以「消極修辭」改正「負偏離」的「拙」，而達到「零度」的「通」；第二層是以「積極修辭（修辭格）」將「零度」的「通」，提升至「正偏離」的「巧」的境界。

壹、消極修辭與寫作

　　消極修辭在使用詞語時，應當做到：準確、明晰、簡練、自然。如此，則能使「負偏離」的「拙」現象，達到「零度」的「通」層次。

一、準確

所謂準確，就是正確精準。首先是使用正確文字詞語，其次是把合適的詞語用到合適的位置上去，恰到好處地表達所要表達的意思。

㈠要準確地達意，須使用正確的文字詞語，不可寫錯別字

1.錯字

字形類似而無其字者：如：辛苦劬勞（誤「劬」為「韵」）、溫暖（誤「暖」為「暖」）。

2.別字

有此字但因形似或音近而誤用者。

⑴形似而誤者：挫折（誤為「挫拆」）、株連九族（誤為「株連九旅」）、脆弱心靈（誤「弱」為「羽」）、國父曰（誤「曰」為「日」）。

⑵音近而誤者：一雪國仇家恨（誤「雪」為「血」）、走向滅亡（誤「向」為「像」）、早已被抹殺（誤「已」為「以」）、反而（誤為「反爾」）、個人膽識（誤「膽識」為「膽試」）。

⑶音近又形似者：大抵每個人（誤「抵」為「柢」）、感慨萬千（誤「慨」為「概」）、纍纍傷痕（誤「纍」為「累」）。

㈡要準確地達意，必須使用正確詞語，不能誤用

不可誤用詞語。如：

我的母親徐娘半老，風韻猶存。

「徐娘半老」一般用來形容風塵女郎，帶有貶義，不適合拿來形容自己的母親。

老師調校後，我們覺得痛失良師；想起老師上課的樣子，覺得音容宛在。

「痛失良師」、「音容宛在」一般只在告別式場合看得到，是對死者的輓詞，不適合對尚在人世的老師使用。

㈢要準確地達意，不可使用自己還把握不準的詞語

要使用自己理解的詞語。如：

陳老師曾是東吳大學的<u>莘莘學子</u>，與我本係同窗。

「莘莘」是眾多貌，一個人怎可說是「莘莘學子」呢？如此使用，顯然是不太理解這個成語的意思。

網路上用語用字太過隨性，難怪火星文會<u>濫觴</u>一時。

「濫觴」原指江河發源之處僅可浮起酒杯，後比喻事物的起源、開始。此例顯然是把「濫觴」理解爲「氾濫」了。

㈢要準確地達意，須從眾多的同義詞中找出最恰當的詞語來

必須辨析詞語的細微差別。如：

她的（眼睛、眼珠）偶爾一轉，才發現她還活著，只是身體無法動彈而已。

應選「眼珠」。「偶爾一轉」所描寫的是眼珠的活動。

這個人沒什麼（高明、高深）的知識，也沒有（豐盛、豐富）的感情。

應選「高深」、「豐富」。「高明」一般指見解或技能高超，用來形容知識，不夠貼切；「高深」一般指學問、知識、技術的水準高、程度深。「豐盛」詞義範圍較小，僅指物質方面；「豐富」詞義範圍較大，兼指物質和精神兩方面。

二、明晰

明晰，就是明白、清晰，不模棱兩可、含糊其詞。義有兩歧、生造詞語、任意縮略、稱代不明，都可能使表達不明晰。

㈠不可義有兩歧

不可造成歧義。如：

媽媽常常<u>背著兒子去學電腦</u>，冬去春來，颱風下雨從不間斷。

「背著兒子去學電腦」表意不明，「背」讀爲「ㄅㄟˋ」，是媽媽躲過兒子去學電腦；「背」讀爲「ㄅㄟ」，是媽媽去學電腦，背著兒子一塊去？還是兒子去學電腦走不動，媽媽背他去？

(二)不可生造詞語

不能生造詞語，令人不易了解。如：

耳目娛巧代凝眉勞。

這是一篇文章的標題，近來美國校園裡掀起一股以「看」代「讀」的熱潮，學生們爲了應付作業，以看名著的電影代替閱讀文學原著。據此，標題應作：「耳目娛」巧代「凝眉勞」。但即使如此標點，也未必一讀就懂。

(三)不可任意縮略

任意縮略會造成語義不明，如：

我慚愧我的<u>少作</u>，卻並不後悔，甚而至於還有些愛。

「少作」既可以指「少年之作」，也可以指「寫作少」，表意含糊。改爲「少年之作」，則明確多了，這是任意縮略的毛病。

(四)不可稱代不明

稱代不明則不知所指對象是誰。如：

這支來訪的外國足球隊給我們的青年隊員上了很好的一課，恐怕他們終生都不會忘記這次比賽。

「他們」稱代不明，可指「外國球隊」，也可指「我們的青年隊員」。

三、簡練

簡練，就是言少而意豐。劉勰《文心雕龍・鎔裁》云：「句有可

削，足見其疏，字不得減，乃知其密。」「善刪者字去而意留。」

　　後來事實證明，要這樣繼續下去，事實上是辦不到的事情。

此例前有「事實證明」，後用「事實上」，顯得重複累贅，可以把前一個「事實」刪去。

　　汽車在公路上或馬路上行駛，要遵守交通規則。

「公路」即是「馬路」，所以「公路上或馬路上」只須保留一個。
　　簡練是以不影響表意為前提，「言簡」還須「意賅」。「言簡」而「意」不「賅」，那是苟簡。

四、自然

　　使用詞語，必須自然貼切，切忌刻意雕琢。錘鍊而未能達到自然，就會犯雕琢的毛病。如：

　　我明白生命如此複雜，說是從茲伊始，庶幾乎其可也。

「從茲伊始，庶幾乎其可也」是亂堆文言詞語，顯得非常不自然。

貳、積極修辭與寫作

　　修辭格是積極修辭的範疇，運用修辭格可將「零度」的「通」，提升至「正偏離」的「巧」。本節先簡述寫作的步驟，然後再以寫作常用的「引用」為主，搭配「譬喻」、「轉化」、「對偶」和「排比」為例，略加說明。

一、寫作的步驟

㈠寫作的標準

　　清・方苞〈書《史記・貨殖列傳》後〉有云：

　　春秋之制義法，自太史公法之，而後之深於文者亦具焉。義即《易》之所謂「言有物」，法即《易》之所謂「言有

序」也。必義以為經，而法緯之，然後為成體之文。

所謂「言有物」，就是文章要言之有物，這是就內容來說的；所謂「言有序」，就是文章要有層次條理，這是就形式來說的。

㈡儲備材料

若要「言有物」，則必須多儲備材料，以供寫作之需。俗語說：「長袖善舞，多財善賈。」胸中累積的材料多，下筆之時，自然得心應手，左右逢源，如同杜甫所言：「讀書破萬卷，下筆如有神。」反之，胸無點墨，則難以成文。儲備材料乃寫作的基本條件，平日就要蓄積，打好基礎。有意於寫作的同學，就應該在平日養成儲備材料的習慣，以備他日寫作之需。王明通（1993：252-253）曾提出常見的儲材方法有四：一為積學，二為體驗觀察，三為捕捉靈感，四為摘錄佳句。

雖然大家常批評「臨時抱佛腳」是不好的習慣，但那是指「平時不燒香」的人而言。我們平日已有儲材的習慣，臨時上場應試，也不能等閒視之。俗語說：「臨陣磨槍，不亮也光。」考前衝刺，往往可以達到事半功倍的最佳效果。我個人的經驗是：考前一天，把平時記錄下來的心得見解，或是摘錄的警句佳言、相關人物事蹟，從頭背熟。第二天考前半小時，再複習一遍。考卷發下來時，先把剛剛背熟的警句佳言的第一個字寫在題目紙上，因為是剛剛才背過，寫下數十個應該沒問題，而且只要看到第一個字，就能想起下面的句子。如此安排，有兩個作用：一是可以留待稍後「運材」之需，二是剛剛背的都已記下，可以讓腦筋稍微放鬆，並且可供審題立意構思之參考。

㈢寫作過程

正式寫作的過程，王明通（1993：254）將之分為審題、立意、構思、剪裁、布局、措詞六項。這是「言有物」之外，還能達成「言有序」的步驟。

二、與寫作較有關的修辭格

㈠觀念概述

寫作必須儲備材料，「引用」就是引述這些腦中所儲存的材料加

以運用，因此它算是與寫作關係最密切的一種修辭格。但是單純地引述，往往會造成抄襲、堆砌之弊。如何改善呢？可從消極和積極兩方面來說：

1.消極方面

引用必須配合情境。如何配合情境呢？首先是引用的材料必須符合題旨，才不致文不對題；其次是行文時要通順，而無堆砌之病。

2.積極方面

在措詞上，可以採用對偶、排比句法，使其形式優美；也可以善用譬喻、轉化，使其內容創新。在布局上以「起」、「承」、「轉」、「合」為主架構，再配合類似聯想、接近聯想、對比聯想，從各方面設想，則能泉思如湧，面面俱到。

㈡實例說明

我們以「引用」為主，搭配其他辭格，來說明如何提升寫作技巧。

1.「引用」的定義

說話作文中，援引現成的語言文辭或人物事蹟，以印證、補充、對照作者的本意的修辭方法，是為「引用」。

2.「引用」的類別

引用的語言文辭，包括經典精言、名人雋語、詩文中的警句、社會上流傳的成語、諺語；引用的人物事蹟，一般是古今中外大家所熟知的名人要事。所以劉勰《文心雕龍・事類》曾指出引用的方式有二：一為「全引成辭以明理」，一為「略舉人事以徵義」。前者是為「引文」，後者是為「用事」。

⑴**引文**：趙寧在〈心事誰人知〉中寫出「結婚」的重要性：

不孝有三，無後為大。父母年邁之時，除了奉養天年以外，還要享受含飴弄孫之樂。逾齡未婚待在家裡成天大眼瞪小眼就是不孝順。生活的目的在增進人類全體的生活，生命的意義在創造宇宙繼起的生命。未婚不娶就無法創造生命，就是不小心創造了也是非法創造，有辱門風，不合國體。

他引用兩組名言，都符合題旨；而且引文之後都加以延申發揮，銜接得很通暢，並無堆砌之弊。

(2)用事：劉勰認為「用事」乃「略舉人事以明理」，可見其方法是略舉而非詳述，可以多舉而非單例，若兼用排比句式則能壯文勢、廣文義。而其內容是以古今中外名人要事為主，偶爾可用日常生活小事。

a.方法：很多考生因為腦袋空空，材料不多，一時寫不出太多內容，為了擴充篇幅，喜歡將引用的人物事蹟詳述，因為寫事情經過比較簡單而且可以增添篇幅。如〈教師應有的素養〉一題，就有考生在舉例說明時，將他曾接觸過的問題學生加以詳述，由該生家庭背景寫到各種偏差行為，以至成為學校的頭痛人物，再寫到自己和該生種種互動，起初如何敵對，然後漸有改善，最後解開心結，洋洋灑灑寫了數百字，簡直就是一篇「個案輔導紀錄」。閱卷者並不想知道這麼詳盡的輔導內容，只想知道你舉這個例證在本篇作文能發揮什麼功效。如果將這一大段文字刪減，那麼整篇作文還有什麼看頭呢？

又如〈論毅力〉一題，你可以舉國父十次革命雖然失敗，仍不氣餒，終於在第十一次武昌起義成功了，以證明恆心毅力的重要。但只須略舉即可，不必為了擴充篇幅，而將這十一次的經過詳細敘述。因為一般的閱卷者都讀過中國現代史，不必你在作文中囉嗦。

b.內容：用事的內容是以古今中外名人要事為主，偶爾可用日常生活小事為例。

(a)名人要事：引用的目的，最主要的是「增強說理」，而古今中外的名人要事，大都已經是蓋棺論定，且為眾所周知的常識，引用它們，一來不會有疑義，二來若能將原本毫無關係的人事，透過排比句法加以並列寫出，可令讀者驚訝於你的博學多聞，而且能見人所未見。如〈考驗〉一題，可以舉例如下：

> 越王句踐臥薪嘗膽，終能雪恥復仇；國父孫文十次革命，推翻滿清，建立民國；愛迪生多次失敗，發明電燈，照亮世界。可見成功的獲得，就如海明威所言：「沒有岩石和暗礁，就激不起美麗的浪花。」

先以排比句並列數例，再引海明威的話作為歸納。又如〈假裝〉一題，趙公正舉古今名人要事為例：

> 周公吐哺，天下歸心；勾踐嘗糞，夫差受愚；王莽謙恭，
> 漢室傾覆；司馬懿裝病，竊奪國柄；李林甫嘴甜，腹藏利
> 劍。

他以排比句法自行造句，可免死背之弊；羅列古今人事，且都與
「假裝」相關，可見博學善思；前二例屬正面例證，後三例屬負面例
證。並由此以逆向思考提出「假裝」可以是有益於彼此的見解。

　　以〈自由與自律〉為例，楊鴻銘將偶句和譬喻綜合運用寫出下
文：

> 如果自由是創作的火花，自律就是文章的布局；唯有經過
> 嚴謹的布局，才能寫成一篇句意雙美的作品。如果自由是
> 豐沛的水源，自律就是寬廣的渠道；唯有導入規範的渠
> 道，才能避免河水氾濫成災。所以法國為了爭取自由而奮
> 鬥，卻因人民索求無厭而造成暴民的政治；林肯為了解放
> 黑奴而奔走，卻因人民誤解自由而掀起南北的戰爭。斑斑
> 的史蹟，在在告訴著我們：自由，不能毫無節制；唯有人
> 人能夠自律，個個才能享有真正的自由。

前半他先用創作的火花和水源的豐沛來比喻自由的活力；再用文章
的布局和導入渠道來比喻自律。這是譬喻的寫法，也是偶句的形式
美。後半再舉法國大革命引發暴民政治，和林肯解放黑奴引發南北戰
爭為例，說明自由須與自律配合的重要。這是舉名人要事為例，並以
偶句形式並列。

　　(b)日常生活小事：許多人喜歡引用日常生活小事做例證，這當
然也可以，不過引用時仍要緊記「略舉」的方式，只將該人物事蹟做
一簡短介紹，然後再加以發揮申論。

　　如〈發現生活的美〉一題，謝孟釗先引一件日常小事：「同樣一
杯清茗，有的人只覺其苦，有的人卻能從苦澀中回甘。」然後再加以
申論：

> 其中的差異，在於前者只是輕啜兩口，後者卻是細細地品
> 嘗玩味。生活不也如此嗎？越是認真生活的人，越能感受
> 到生活那份平實豐美；而怨天尤人，自艾自憐的人，不滿

的情緒封鎖住自我的內心，又怎能見到燦爛耀眼的陽光？印度詩哲泰戈爾說：「愛生命的人才活著。」只有熱愛生命的人才能讓其美如春花，麗若秋葉，讓生活譜出一曲又一曲的悠揚樂章。

她先分析「品茗」態度的差異，再透過類似聯想，由「品茗」想到「生活」；生活當中又透過對比聯想，由「認眞生活的人」想到「自艾自憐的人」；最後又引泰戈爾的話來印證，並加以發揮。又如〈考驗〉一題，可以舉大自然中「梅」、「松」、「蓮」爲例：

看那梅花在凜冽的寒風中開放，瞧那奇松在惡質的岩壁中生長，賞那蓮花在污泥中仍然純潔不染。——反觀古今中外成大事、留名青史的人們，何嘗不是呢？

此例以排比句法並列梅、松、蓮經過惡劣環境考驗，而更堅強，並由此引申至成大事的人們。

參、積極修辭在其他方面的運用

修辭格的運用原則，關鍵在「適當的心理距離」；修辭格的運用範圍，可以運用在各種口語和書面文本。茲說明如下：

一、運用原則

修辭格是一種追求語言文辭達到美的境界的方法，所以它必須講求欣賞的心理距離。朱光潛（1994：27、28）說：

凡是藝術都要有幾分近情理，卻也都要有幾分不近情理。它要有幾分近情理，「距離」纔不至於過遠，纔能使人了解、欣賞；要有幾分不近情理，「距離」纔不至於過近，纔不致使人由美感世界回到實用世界去。

也就是說：任何美的事物，都要有些距離，才能發現它的美；但也不能距離太遠，否則，太過晦澀難以令人了解。亦即要有不即不離的適當心理距離。這是由於過於熟識或完全陌生的事物都很難引起我們的注意和興趣，因爲過於熟識可能視而不見，而完全陌生又會產生心

理排斥。如何達到適當的心理距離呢？必須「出乎意外」及「入乎意中」的搭配。

(一)出乎意外

修辭格的運用，第一點是要引人注意，沒人注意就無法發揮功效。只要偏離常規，出乎意外，就能引人注意。張春榮（2001：24、26）曰：

> 修辭上的出乎意外，始於刷新語感，打破語言慣性與惰性，化腐朽為神奇，形成嶄新、超常的組合。……其次，在語言的陌生化中，特重「形象化」的綜合呈現，讓抽象概念的表達，有了具象可感的肌理；讓冰冷的正反論述，換上鮮活可親的妝飾。換言之，用形象思維，給文字感覺，是修辭登堂入室的不二法門。

出乎意外首先是以「陌生化」的超常組合拉大心理距離；其次，以「形象化」將抽象概念表出，呈現鮮明活潑的意象。當這些超常現象呈現在讀者面前，由於新穎陌生，將心理距離拉大，就能發揮引人注意的效果。

(二)入乎意中

修辭格的運用，第二點是讓人可以接受，讀者看不懂，不了解其中奧妙，那也是白費力氣。因此，必須在合理的範圍內，才能入乎意中。張春榮（2001：29）曰：

> 如果說，出乎意外的陌生化，是修辭的「積極」原則；那麼入乎意中的邏輯性，則是「消極」原則。以棒球投手投球為喻，「陌生化」是投手投變化球的能力，飄忽不定，難以捉摸；「邏輯性」則是投手精準控球的能力，不管球再如何錯綜變化，一定要經過投擊的好球帶。畢竟，再如何出神入化，一定要建立在規矩上；再如何雕塑全新語境，一定要建立在合情入理上。

入乎意中必須合乎邏輯性，在合理的範圍內，讓讀者可以依循，這是將心理距離拉近，讓讀者容易了解而接受。

二、運用範圍

　　修辭格屬於積極修辭的範疇，更是「正偏離」的「巧」的層次。因此，將修辭格運用在所有的口語或書面上，都能提高表達效果。茲舉例說明如下：

(一)相聲

　　相聲表演為了吸引觀眾注意，提高表演效果，許多橋段會藉用修辭格來增添效果及趣味。如：

> 一條大魚名叫「周瑜（魚）」，在天上「張飛」，魚翅上鮮紅色的「關（冠）羽」和天上潔白的「趙雲」形成雋永的對比。牠來到一座「大喬（橋）」邊，沒有停下，又到了一座「小喬（橋）」，牠停了下來。據說橋下的水可以治百病，我拿起「龐統（桶）」打了一整桶，舉起「關平（瓶）」，把整瓶灌到肚子裡。哎呀！忽然感覺肚子裡好像有很多「孫堅（尖）」在刺，打了我好幾「孫權（拳）」，趕緊我就進了「孫策（廁）」……（相聲瓦舍〈三國人名〉）

這是「相聲瓦舍」中由馮翊綱、宋少卿表演的對口相聲的一個橋段，將三國人名嵌入故事中，用的是鑲嵌中的「嵌字」；並將人名加以「語意別解（演化）」或「諧音別解（借音）」。

(二)電視

　　有些電視節目單元為求諷刺或娛樂效果，也會借助修辭格來達成目的。如《施主席的轟趴》單元，就是用仿擬的方法，將大家耳熟能詳的流行歌曲改編成倒扁內容的歌詞。又如彭恰恰和許效舜表演的《鐵獅玉玲瓏》，裡面常常有無厘頭的橋段，大都採用「語意別解（演化）」或「諧音別解（借音）」來呈現。如「十二生肖」單元將「狡兔三窟」別解為「狡兔三哭」，將「揚眉吐氣」別解為「羊沒吐氣」。

(三)廣告

　　不論是影音廣告或是平面廣告，為求醒目，達到推銷效果，大

都會運用修辭格來呈現。如：富邦信用卡廣告「富貴要人幫」，將「富邦」諧音別解為「富幫」，並兼有原義，形成諧音雙關。然後再將「富幫」析詞為「富貴要人幫」。

> 國父：「現在icash悠遊卡也開始送點。買十元就送紅利1點，滿100元送幾點？」蔣公：「10點。」國父：「10點就上床就寢了，10點？送60點！」（7-ELEVEN 新經濟政策——icash悠遊卡滿100元加贈紅利50點活動）

蔣公說的「10點」是指紅利，國父故意將它語意別解為晚上十點鐘，因此才會說「10點就上床就寢了」，形成一種機智的對答。

> 這杯咖啡跟我第一次談戀愛一樣，剛開始就結束了。（伯朗咖啡廣告——咖啡時光11秒的愛情）

這部廣告短片先是一位女孩獨自坐在草地上喝著紙杯裝伯朗咖啡，之後追述示現回到先前她和男友並坐草地上，她問：「你昨天是不是和阿誠去打球啊？我很喜歡看你們兩個打球的樣子。」然後又回到現實，附近小朋友的球不小心將她的咖啡打翻，小朋友來撿球，並鞠躬道歉：「姊姊對不起！」之後又回到過去，男友說：「我也很喜歡他。」原來男友是同性戀。然後又回到現實，女孩撿起咖啡紙杯，說出了：「這杯咖啡跟我第一次談戀愛一樣，剛開始就結束了。」這句話採明喻手法，將自己戀愛故事與推銷物件（咖啡）結合。

> 一次買好，就是頂好。（頂好超市廣告）

此例入圍2010金句獎，「頂好」兼指最好，又指超市名稱，屬詞義雙關之運用。

> 好的開喜，就是成功的一半。（開喜烏龍茶開始系列廣告）

此例入圍2010金句獎，採仿擬手法將「好的開始，就是成功的一半」改為「好的開喜，就是成功的一半」。短片中男孩高興地大叫：「她開始跟我講話了！她開始注意我了！」則此例兼有本體和仿體雙重意義，應屬諧音仿雙關。

㈣標題

　　報章雜誌的標題為求引人注意，也經常借助修辭格來達成效果。
如：

> 校長不「受賄」　學生就「受惠」（王威鈞／臺北地方法院
> 調解委員，《聯合報》2014年5月18日A15民意論壇版）

此例是針對新北市國中小學校長收取營養午餐回扣案的標題，「受
賄」與「受惠」形成音同字異的「同異」格映照效果。

> 拍軍機就洩軍機？（《自由時報》2005年9月22日A1焦點新
> 聞）

此例第一個「軍機」是指軍用飛機，第二個「軍機」是指軍事機
密。形成字同義異的「換義」效果。

㈤賀辭

　　每逢喜慶節日，為了給當事人獨一無二的賀禮，可以客製化打
造，不僅應景，而且貼切。如：

> 耳「聰」目明才華好
> 時「祺」歲安國運隆
> 祥「瑞」騰空眾人盼
> 淑「媛」來歸兩心同

筆者將自己和妻子的名字嵌入七言絕句之中，作為結婚誌慶的賀
辭。

㈥童詩

　　童詩創作方面，作者常會將修辭格融入，使得作品增添情趣。
如：

> 小鼓！小彭！遊行隊伍往哪個方向走？
> 小鼓高聲地回答：「東！東！東！」
> 錯了！錯了！往西才對！

　　小鼓羞愧而低聲回答：「懂！懂！懂！」（筆者擬作〈小鼓〉）

此例將高昂鼓聲「ㄉㄨㄥ！ㄉㄨㄥ！ㄉㄨㄥ！」聯想爲「東！東！東！」，將低沉鼓聲「ㄉㄨㄥˇ！ㄉㄨㄥˇ！ㄉㄨㄥˇ！」聯想爲「懂！懂！懂！」然後再編出一段情節，並將小鼓擬人，因而形成摹聲雙關。

　　以上只是簡單舉例，讀者可以舉一反三，將修辭格活用到日常生活當中，讓修辭不再只是理論，而是一種提升生活情趣的基本涵養。

第二章

表意方法的調整㈠

　　修辭格整體之分類，是想替修辭格建構出一個體系架構，達到綱舉目張、以簡馭繁的效果。王玉仁（2000：30）曰：「修辭格分類，就是根據修辭格研究或修辭教學的需要，按照一定的標準，對所有辭格進行歸納分析、排列組合，從而形成一個完整而有機的類別系統。」

　　筆者曾經針對各家學者在修辭格整體分類去做探討，發現有三種現象：

一、分類標準不同，就有不同面貌

　　唐鉞（1923）《修辭格》、陳介白（1958）《修辭學講話》、張弓（1993）《現代漢語修辭學》、黃慶萱（2002）《修辭學》以表現技巧為分類標準，陳望道（1989）《修辭學發凡》、徐芹庭（1984）《修辭學發微》、黎運漢、張維耿（1997）《現代漢語修辭學》、唐松波、黃建霖（1996）《漢語修辭格大辭典》依據結構特徵和表達功能為分類標準，王希杰（2004）《漢語修辭學》以美學標準來分類，陸稼祥（1989）《辭格的運用》、史塵封（1995）《漢語古今修辭格通編》、王占福（2001）《古代漢語修辭學》以結構關係來分類。沈謙（1992：13、14）曰：「分類所依據的標準與角度迥異，分類的結果自然迥異。……各種分類，貴在能自圓其說，不必強求統一。」這個見解尊重各家學者的創意，但也強調必須能「自圓其說」，否則，亦是略有缺憾。

二、各家學者有些不是以同一基準來分類

　　黎運漢、張維耿（1997：100）曰：「按照一般的形式邏輯，分類只用一個標準，如果同時用幾個標準，分類就不好掌握，……但是客觀事物有時呈現十分複雜的情況，如只用一個分類標準，很難概括得了同一類屬的所有事物。辭格的分類就有這樣的情形。」又曰：「辭格名稱是從不同的角度來命定的。比如『析字』……『回文』……是從方塊漢字的角度來命名的，比喻、借代是從主客體之間的意義聯繫來命名的，誇張、婉言是從修辭作用上來命名的，對偶、層遞則是從句與句之間的意義聯繫來命名的。既然辭格命名的角度不盡相同，勉強用同一個標準去對所有辭格進行分類，自然是很困難的。」（黎運漢、張維耿，1997：100、101）這是因為辭格的產

生是以歸納言語特殊表現而來，本來就千奇百怪，不易以同一基準來分類，只能將相關屬性的辭格歸為一類。所以，陳望道（1989：75）曰：「這種分類，或許也有不大自然的地方，但實際，經過十幾次的修改」，最後還是「大體依據構造，間或依據作用」。以兩種標準來分類。

三、同一辭格之次辭格可能分屬不同類

　　筆者想將有關聯的次辭格歸併為同一個辭格，達到以簡馭繁的目的。如將「複疊」、「反覆」併為「類疊」，將「對照」、狹義「映襯」（襯托）併為廣義「映襯」，將狹義「設問」（提問）、「反問」併為廣義「設問」。但這些次辭格可能分屬不同類型，而導致歸類上的困擾。

　　所以，宗守雲（2005：216）曰：「許多修辭學家從不同的角度給修辭進行分類，但迄今為止還沒有一種非常科學的而且被大家公認的分類方法。這當然不是修辭學家無能，而是由於辭格本身的複雜性和多樣性決定的。另外，分類角度不同，分類的結果就會不同。」王玉仁（2000：30）也說：「在辭格分類上，許多學者都曾做過努力，有的從辭格的語言結構入手，有的從辭格的表達效果著眼，但仍有不盡人意之處：有的分類前後標準不一，分類結果出現了一些矛盾；有的分類以偏概全，最終不是那麼完整和系統。這是因為：『五花八門的辭格，本來就不是按統一的分類標準創造出來的，如今卻要用統一的標準為它們建立起一個分類系統來，當然不會是一件容易的事。』」他們都提到要將整體修辭格做分類並非一件容易的事，也不易被大家公認接受。

　　筆者在做辭格分類時，首先考量的是將相關次辭格歸併為大辭格，如將「複疊」和「反覆」併為「類疊」格；將「同異」（字有同異）、「序換」（字同序異）、「換義」（字同義異）再加上「音同字異」、「字同字數異」五項併為「同異」格；將「提問」、「反問」、「正問」、「奇問」再加上「擇問」、「質問」併為「設問」格；將「對比」（對照）和「襯托」併為「映襯」格；將「回文」和「回環」併為「回文」格。由於每個辭格的內涵變豐富了，轄下次辭格的特性不同，因此可能分屬前人架構中不同的大類，以史塵封之歸類為例，類疊中「反覆」屬「引導類」，「疊詞」屬「變形類」；設問（廣義）中「設問」（指提問）屬「引導類」，「反

問」屬「變形類」：導致歸類上的困擾。

　　其次，辭格的分類，是將數十種至百餘種修辭格歸納成幾個大類，由於這些辭格的提出創設，並非一時一人所創，而是從古至今，許多人各有所見，慢慢累積而成，因此著眼點不盡相同，有以效果、方法、材料、結構等為重點，雖可概括為幾個大類，但各子項之間卻無法互相排斥，而有相容現象，這就有違形式邏輯的要求。

　　筆者認為：既然無法將所有辭格做完美無缺的分類，那麼分類上只要能自圓其說，符合自己研究重點即可。因此本書先依黃慶萱的分類法，分為「表意方法的調整」和「優美形式的設計」兩大類；「表意方法的調整」再依辨析上容易混淆的辭格歸併為三組；「優美形式的設計」再依整齊與否，分為「整齊美」和「變化美」兩組。

　　第一組「表意方法的調整㈠」，探討譬喻、雙關、借代、象徵、轉化、移覺和拈連七個辭格。它們之間有某些地方很相似，容易造成混淆，所以歸在同一章做辨析。譬喻是最常見的辭格，也是大多數修辭專書首先介紹或研究的對象，因此首列「譬喻」；因譬喻是立基於類似聯想，而雙關也有部分是因類似聯想而達成，尤其借喻和雙關容易混淆，故將「雙關」列為第二。借代和借喻都是以客體取代本體，容易混淆，但借代是基於相關性的接近聯想，與類似聯想的借喻不同，故將「借代」列為第三。象徵的聯想途徑有類似聯想和接近聯想兩類，因此和譬喻、借代容易混淆，故將「象徵」列為第四。轉化的本體和擬體之間也常有類似點，容易和借喻混淆，故將「轉化」列為第五。移覺常常會產生轉化效果，兩者容易混淆，故將「移覺」列為第六。拈連由常項和變項組合而成，變項即是轉化，故將「拈連」列為第七。

　　第二組「表意方法的調整㈡」，探討映襯、夸飾、婉曲、倒反、引用、藏詞和仿擬七個辭格。它們之間有某些地方很相似，容易造成混淆，所以歸在同一章做辨析。映襯是基於對立聯想而產生的辭格，與上一組基於類似聯想和接近聯想不同。映襯的表現方式是往對立的兩方擴張；夸飾的表現方式是往某一方擴張；婉曲的表現方式是拐彎呈現；倒反的表現方式是反面呈現；引用的方法有正用、反用、化用，亦即其表現方式正向、反向和拐彎都有；藏詞則是以引用為前提，而藏去所要表達的意思；仿擬是模仿現成的語句章篇，和引用很類似：因此將這七個辭格歸為一組。

　　第三組「表意方法的調整㈢」，探討析字、飛白、轉品、設問、

互文、同異和層遞七個辭格。析字是就漢字的形、音、義加以分析而產生的辭格；飛白也有就語音、字形、語義等用錯聽錯而被記錄援用的現象；轉品則是詞性臨時轉變；設問是以問句表達明知故問；互文是參互成文，合而見義；同異是同中有異，異中有同；層遞原被黃慶萱歸爲優美形式的設計，筆者認爲層層遞進是以意義爲主，形式整齊只是次要效果，故歸入表意方法的調整：這七個辭格除了以意義爲主，仍有其形式上的特色，故歸爲一組。

第四組「優美形式的設計㈠」，探討鑲嵌、類疊、對偶、排比、頂針和回文六個辭格。它們都是具有特殊標誌的辭格。邵敬敏（2004：307）曰：「在詞語或句子的語言形式上故意偏離一般語用原則的構造，從而激發受話人的心理機制，以達到特定的語用效果，……這類辭格在結構形式上往往有明顯的識別標誌。」鑲嵌是將某些字詞插入語句中；類疊是將同一個字詞語句反覆使用；對偶是字數相同、語法相似的語句成雙成對出現；排比是三個以上結構相似的語句並排出現；頂針是相同成分上遞下接；回文是由頭至尾，由尾至頭，回環往復的形式。它們都具有整齊美的特色，故歸爲一組。

第五組「優美形式的設計㈡」，探討錯綜、倒裝和跳脫三個辭格。它們都是具有特殊標誌的辭格。錯綜是寓變化於整齊規律之中；倒裝是故意顛倒語序；跳脫是半途斷了語路。它們都是在形式上略有殘缺，卻能表達更好的效果，是一種變化美的呈現。故歸爲一組。

本章所要探討的是譬喻、雙關、借代、象徵、轉化、移覺和拈連七個表意方法調整的辭格。

第一節　譬喻

壹、定義

譬喻，又稱比喻，俗稱打比方。陳望道（1989：77）曰：「思想的對象同另外的事物有了類似點，文章上就用那另外的事物來比擬這思想的對象的，名叫譬喻。」這個定義大致已將譬喻的內涵說得很清楚。不過在譬喻的定義中用「比擬」二字，容易造成誤解。

黃慶萱（2002：321）曰：「譬喻是一種『借彼喻此』的修辭法，凡二件或二件以上的事物中有類似之點，說話、作文時運

用『那』有類似點的事物來比方說明『這』件事物的，就叫『譬喻』。」這個定義頗為詳盡，不過可增加「有意」二字，以強調其「刻意性」。並配合本書用語統一，因此修改為：

> 譬喻是一種「借彼喻此」的修辭法，凡二件或二件以上的事物中有類似之點，說話行文時有意運用「那」有類似點的事物來比方說明「這」件事物的修辭方法，叫做「譬喻」。

貳、分類

分類的基本要求，必須在同一根據上做分類，如此才能看出這一根據有哪些不同的類型。若是同時將好幾種不同的根據放在一起分類，雖然可以分出更多類型，但這些類型，並不能相提並論，因為它們是屬於不同層次，無法互相比較也就失去分類的意義。所以，黃慶萱（1988：231）早期將譬喻分為明喻、隱喻、略喻、借喻、假喻五種；最近則分為明喻、隱喻、較喻、略喻、借喻、詳喻、博喻等七類（黃慶萱，2002：327）；沈謙（1996：5）則將譬喻分為明喻、隱喻、略喻、借喻、博喻五種；都只是為了版面清晰，而疏忽分類的要旨。

因此，本文所做的分類，都是站在同一個根據上所做的分類，而不是同時將許多不同的根據混淆合一：

一、依本體、喻詞之省略或改變來分

「譬喻」的句式，是由「事物本體」和「譬喻語言」兩大部分構成。所謂「事物本體」，是所要說明的事物本身，簡稱「本體」。所謂「譬喻語言」，是譬喻說明此一事物本體的語言，又包括：「喻體」，拿來做比方的另一事物；「喻詞」，是連接本體和喻體的語詞；有時更增添「喻旨」，把譬喻的意義所在也點出了（黃慶萱，2002：327）。「喻旨」也有人稱為「喻解」，是「本體和喻體之間的相似點」（黎運漢、張維耿，1997：102）。若是依本體、喻詞等要素之省略或改變來分，可以分為四種基本類型：

㈠明喻

　　明喻是明顯可見的譬喻，它的基本構成方式是「甲（本體）像（喻詞）乙（喻體）」。《文則》稱爲「直喻」，有的稱爲「顯比」。明喻的喻詞，除了「像」以外，也包括：好像、就像、竟像、眞像、如、有如、就如、恍如、眞如、似、一似、好似、恰似、若、有若、有類、有同、彷彿、好比、猶、猶之等。

　　上述本體、喻詞、喻體，是譬喻的三要素。大陸學者都是如此稱法，臺灣學界早期大都將本體稱爲喻體，將喻體稱爲喻依，喻詞則是不變。大陸學者這種稱呼法，是就整體修辭格的特點，而做如此安排，如譬喻有本體與喻體，借代則有本體與借體，仿擬則有本體與仿體，比擬則有本體與擬體，拈連則有本體與拈體等；臺灣學者這種稱法，則是著眼於「譬喻格」本身成分之統一，所以都是以「喻」字開頭，使人一見，便知它們屬「譬喻」的要素。兩方雖各有優劣，但若欲從事辭格之間的比較、辨析，還是以大陸學者那套名稱較適用。所以，黃慶萱原先是採用「喻體、喻詞、喻依」的名稱，後來也修正爲「本體、喻詞、喻體」的名稱（黃慶萱，1988：231；黃慶萱，2002：327）。

　　明喻的例子如下：

　　美麗的女人像藝術品，想弄懂她可是要繳很多學費的。
　　（朱德庸《澀女郎2》，頁101）

「美麗的女人」是本體，「像」是喻詞，「藝術品」是喻體，「想弄懂她可是要繳很多學費的」是喻解（喻旨）。

　　人生和演講一樣，不在乎長短，卻很在乎內容。（茉麗葉〈金玉涼言〉，《聯合報》2002年11月17日E6繽紛版）

「人生」是本體，「一樣」是喻詞，「演講」是喻體。「不在乎長短，卻很在乎內容」是喻解。

　　生、老、病、死有如春、夏、秋、冬四時之運行，既無可悲，亦不可喜。（韓廷一《顛覆歷史——超時空人物訪談》，頁49）

「生、老、病、死」是本體,「有如」是喻詞,「春、夏、秋、冬四時之運行」是喻體,「既無可悲,亦不可喜」是喻解。

> 有些女人像禮物盒,外包裝比內含物來得令人驚喜。(朱德庸《粉紅澀女郎》,頁112)

「女人」是本體,「像」是喻詞,「禮物盒」是喻體,「外包裝比內含物來得令人驚喜」是喻解。

(二)隱喻

隱喻又稱為暗喻,它的基本構成方式是「甲(本體)是(喻詞)乙(喻體)」,譬喻的組成成分──本體、喻詞、喻體,三者齊備,不過喻詞由繫詞或準繫詞如「是」、「為」、「成」、「作」、「等於」、「成為」、「變成」等代替。明喻和隱喻的差別,陳望道(1989:81)說:「明喻的形式是『甲如同乙』,隱喻的形式是『甲就是乙』;明喻在形式上只是相類的關係,隱喻在形式上卻是相合的關係。」

隱喻是「用判斷詞『是』(或『為』)代替了專用的比喻詞『像』之類,因此說得更肯定,不像是打比方,倒像是做出貨真價實的判斷,因此,人們稱之為『暗喻』(或『隱喻』),意思是明為判斷而實為比喻。」(李忠初、李伯超、盛新華,2000:368)如:

> 彩色的羽絨衣是雪地裡會移動的春花。(康軒版國小國語科五上第十四課〈歡愉的雪〉)

「彩色的羽絨衣」是本體,「是」是喻詞,「雪地裡會移動的春花」是喻體。

> 名利是一張試劑,可測出人性本色。(藍珊〈金玉涼言〉,《聯合報》2003年3月6日E6繽紛版)

「名利」是本體,「是」是喻詞,「一張試劑」是喻體,「可測出人性本色」是喻解。

> 酒是翻臉無情的人,開始是朋友,以後會成為敵人。(卓渝明《幽默專賣店》,頁199)

「酒」是本體，「是」是喻詞，「翻臉無情的人」是喻體，「開始是朋友，以後會成爲敵人」是喻解。

㈢略喻

略喻是省略喻詞的譬喻，它只有本體和喻體出現在字面。有人稱爲「引喻」，是說「由喻體或本體中的一方引出另一方的比喻」（唐松波、黃建霖，1996：16）。又可分爲二類：

　　1.本體在前，喻體在後者

　　　忠言逆耳利於行，良藥苦口利於病。（俗語）

「忠言逆耳利於行」是本體，「良藥苦口利於病」是喻體，省略了喻詞。

　　　慈母心，豆腐心。（豆腐廣告）

「慈母心」是本體，「豆腐心」是喻體，省略了喻詞。

　　2.喻體在前，本體在後者

　　　橋，搭築在兩岸之間；友情，聯繫於兩心之間。（張秀亞〈北窗下〉）

「橋，搭築在兩岸之間」是喻體；「友情，聯繫於兩心之間」是本體，省略喻詞。

　　　鐵軌規範火車的行駛，道德維護社會與個人。（傳佩榮語）

「鐵軌規範火車的行駛」是喻體，「道德維護社會與個人」是本體，省略喻詞。

　　　衣服固然會破舊，知識照樣會折舊！（莊懷義語）

「衣服固然會破舊」是喻體，「知識照樣會折舊」是本體。省略喻詞。

㈣借喻

凡將「本體」、「喻詞」省略，只剩下「喻體」的，叫做「借喻」（黃慶萱，2002：334）。借喻有一個難題必須克服，然後作品的旨意才能隱而不晦。這個難題就是：作品須如何留置適度的「線索」給讀者？讀者循線解讀，然後作者所欲表達的意思才得以明白。如：

> 陳涉太息曰：「嗟乎！燕雀安知鴻鵠之志哉！」（《史記·陳涉世家》）

用「燕雀」借喻一同傭耕者胸無大志，用「鴻鵠」借喻陳涉自己志向高遠。

> 獅子跟老虎向來都是獨來獨往的，只有狐狸與狗才成群結黨。（胡適語）

「獅子跟老虎」借喻胡適，「狐狸與狗」借喻群起圍攻胡適的人。

> 我們喜歡您的狗，但不喜歡牠的「黃金」，請您收回吧！（社區標語）

「黃金」借喻狗屎。

二、依本體、喻體數來分

譬喻依本體、喻體數目來分，可以分為「單喻」、「博喻」和「約喻」三類：

㈠單喻

用一個喻體來比喻一個本體的修辭格，稱為單喻。這是譬喻中最常見的形式。如：

> 書本就像降落傘，打開來才能發生作用。（沈謙，1996：5）

「書本」是本體，「就像」是喻詞，「降落傘」是喻體，「打開來才能發生作用」是喻解。本體和喻體都只有一個，是為「單喻」。

㈡博喻

博喻，是用兩個以上的喻體，從不同角度反覆設喻，去說明一個本體。汪國勝、吳振國、李宇明（1993：40）說：

> 博喻可以分兩種情況：一是用幾種比喻來說明事物的一個方面……有人稱為「複喻」；二是用幾個比喻來說明事物的幾個方面……有人稱為「聯喻」。

而這兩種情況的區別，仇小屏（2004b：29、30）說得好：「這種區別事實上應該就『喻解』來看，也就是前者指的是喻解相同者，後者指的是喻解不同者。」茲分別說明於下：

1.複喻，喻解相同者

用兩個以上的喻體來說明本體的一個方面。如：

> 試問閒愁都幾許？一川煙草，滿城風絮，梅子黃時雨。（賀鑄〈青玉案〉）

此例採提問方式表現，一個本體「閒愁」，三個喻體：「一川煙草」、「滿城風絮」、「梅子黃時雨」。共同的喻解是「多」與「縹緲」。

> 校園美得像首詩，也像幅畫。（陳之藩〈失根的蘭花〉）

一個本體「校園」，二個喻體「詩」和「畫」，共通的喻解是「美」。

> 生活的情懷，一如山間的煙嵐，或像僧人的梵唱，單純而悠遠。（陳列〈山中書〉）

一個本體「山中生活的情懷」，二個喻體「山間的煙嵐」和「僧人的梵唱」，共同喻解是「單純而悠遠」。

2.聯喻，喻解不同者

聯喻，又稱聯比，就是聯合比喻。用幾個喻體來說明本體的幾個方面。如：

　　（白妞）方抬起頭來，向臺下一盼。那雙眼睛，如秋水，
如寒星，如寶珠，如白水銀裡頭養著兩丸黑水銀。（劉鶚
《老殘遊記》第二回）

一個本體「那雙眼睛」，四個喻體：⑴秋水，形容眼睛的清澈明
亮。⑵寒星，形容眼睛的晶瑩有神。⑶寶珠，形容眼睛的光彩閃
耀。⑷白水銀裡頭養著兩丸黑水銀，形容眼珠的圓溜靈動，流盼生姿
（沈謙，1996：45）。喻解各有不同。

　　春天像剛落地的娃娃，從頭到腳都是新的，它生長著。
　　春天像小姑娘，花枝招展的，笑著、走著。
　　春天像健壯的青年，有鐵一般的胳膊和腰腳，它領著我們
　　上前去。（朱自清〈春〉）

這段譬喻文字，可視為博喻的變體。正常的博喻是用多個喻體來比喻
一個本體，本體只出現一次。這一段文字，形式上是三個明喻的連
用，但本體都是「春天」，而且彼此緊密相連，所以可視為博喻的變
體。此例出現的三個喻體，分別強調春天的「鮮嫩」、「明媚」和
「生氣勃勃」，刻畫了春天令人喜悅的三個特色。

　　層層的葉子中間，零星地點綴著白花，有裊娜地開著的，
　　有羞澀地打著朵兒的；正如一粒粒的明珠，又如碧天裡的
　　星星，又如剛出浴的美人。（朱自清〈荷塘月色〉）

此例本體是「葉子中間點綴的白花」，用「一粒粒的明珠」、「碧
天裡的星星」作為喻體，喻解則是「又多又亮」；用「剛出浴的美
人」作為喻體，喻解則是「清新脫俗」。
　　另外，博喻的組成結構，可以用明喻、隱喻、略喻及借喻。如：

1.以明喻組成的博喻

　　過去的日子如輕煙，被微風吹散了；如薄霧，被初陽蒸融
　　了。（朱自清〈匆匆〉）

本體「過去的日子」只有一個，「輕煙」、「薄霧」兩個喻體。喻詞
「如」，則是「明喻」組成的「博喻」。

詩中那股蔥蘢撲人的青春氣息，像花的嫩紅，像樹的新綠，像初升的朝暉，像乍漲的春水。（蘇雪林〈何錡章《荷葉集・序》〉）

本體「詩中那股蔥蘢撲人的青春氣息」只有一個，「花的嫩紅」、「樹的新綠」、「初升的朝暉」、「乍漲的春水」四個喻體。喻詞「像」，則是「明喻」組成的「博喻」。

2.以隱喻組成的博喻

圖書館是大學的心臟，是知識的水庫，更是學術的銀行。

本體「圖書館」只有一個，「大學的心臟」「知識的水庫」、「學術的銀行」三個喻體，喻詞「是」「更是」，則是「隱喻」組成的「博喻」。

3.以略喻組成的博喻

信曰：「果若人言：『狡兔死，良狗亨；高鳥盡，良弓藏；敵國破，謀臣亡。』天下已定，我固當亨。」（《史記・淮陰侯列傳》）

「狡兔死，走狗亨（烹）」、「高鳥盡，良弓藏」兩個喻體，本體「敵國破，謀臣亡」只有一個，中間省略喻詞，則是「略喻」組成的「博喻」。

山不在高，有仙則名；水不在深，有龍則靈；斯是陋室，唯吾德馨。（劉禹錫〈陋室銘〉）

「山不在高，有仙則名」、「水不在深，有龍則靈」兩個喻體，本體「斯是陋室，唯吾德馨」只有一個，中間省略喻詞，則是「略喻」組成的「博喻」。

4.以借喻組成的博喻

行行重行行，與君生別離。相去萬餘里，各在天一涯；道路阻且長，會面安可知！胡馬依北風，越鳥巢南枝。相去日已遠，衣帶日已緩；浮雲蔽白日，遊子不顧反。思君令

人老，歲月忽已晚。棄捐勿復道，努力加餐飯。（《古詩十九首・行行重行行》）

「胡馬依北風」、「越鳥巢南枝」兩個喻體，借喻「遊子離家後也會懷鄉思家」，本體、喻詞省略，則是「借喻」組成的「博喻」。

(三)約喻

唐松波、黃建霖（1996：11）曰：「約喻與博喻相反，是由一個喻體來說明或描繪幾個本體的比喻。在這種比喻裡，幾個本體都有著共同的特徵或性質，表達於一個喻體，從而使行文達到簡練緊湊的效果。」設本體為甲，喻體為乙，其格式為「甲1，甲2……像乙」。如：

看了卡拉媽姊妹的舞蹈，使人深深地體會到印度的優美悠久的文化藝術：舞蹈、音樂、雕刻、圖畫……都如同一條條的大榕樹上的樹枝，枝枝下垂，入地生根。（冰心〈觀舞記〉）

此例四個本體「舞蹈、音樂、雕刻、圖畫」都用一個喻體「大榕樹上的樹枝」來比喻，表現了四個本體的共同性。

這是梅花，有紅梅、白梅、綠梅，還有朱砂梅，一樹一樹的，每一樹梅花都是一樹詩。（楊朔〈茶花賦〉）

此例分別把本體「紅梅」、「白梅」、「綠梅」和「朱砂梅」，全都比喻為「詩」。

銀光閃閃的淡水河，美麗的關渡大橋，綠意盎然的紅樹林，像一張張的風景明信片呈現在眼前。（南一版國語課本第八冊第一課〈坐捷運〉）

此例分別把三個本體「銀光閃閃的淡水河」、「美麗的關渡大橋」、「綠意盎然的紅樹林」，全都比喻為「風景明信片」。

三、依喻旨之有無分

依喻旨之有無，可分為「簡喻」和「詳喻」兩類：

㈠簡喻

沒有說出「喻旨」的譬喻，叫做「簡喻」。如：

極樂寺的高塔，只像是一頂黃色的笠帽。（郁達夫〈檳城三宿記〉）

本體「極樂寺的高塔」，喻詞「只像是」，喻體「一頂黃色的笠帽」，沒有說出「喻旨」，是為「簡喻」。

那河畔的金柳，
是夕陽中的新娘。（徐志摩〈再別康橋〉）

本體「那河畔的金柳」，喻詞「是」，喻體「夕陽中的新娘」，沒有說出「喻旨」，是為「簡喻」。

㈡詳喻

「本體」、「喻詞」、「喻體」之外，更直接說出「喻旨」，叫做「詳喻」（黃慶萱，2002：338）。如：

姜白石詞如野雲孤飛，去留無跡；吳夢窗詞如七寶樓臺，眩人眼目，碎拆下來，不成片斷。（張炎《詞源》）

本體「姜白石詞」，喻詞「如」，喻體「野雲孤飛」，喻旨「去留無跡」；本體「吳夢窗詞」，喻詞「如」，喻體「七寶樓臺」，喻旨「眩人眼目，碎拆下來，不成片斷」。

愁好像味精，少放一點，滋味無窮；多放了，就要倒盡胃口。（吳怡〈愁〉）

本體「愁」，喻詞「好像」，喻體「味精」，喻旨「少放一點，滋味無窮；多放了，就要倒盡胃口」。是為「詳喻」。

換情人如同換一件衣服穿，換老婆則像換一幢房子住，手續可是複雜多了。（朱德庸《親愛澀女郎》，頁31）

「換情人」是本體，「如同」是喻詞，「換一件衣服穿」是喻體：沒有喻解，是爲「簡喻」；「換老婆」是本體，「像」是喻詞，「換一幢房子住」是喻體，「手續可是複雜多了」是喻解，是爲「詳喻」。

四、依順序來分

譬喻的正常順序是：甲（本體）像（喻詞）乙（喻體）。但另有「提喻」、「倒喻」（逆喻）的順序有變化，茲說明如下：

(一)提喻

將喻體提前，本體挪後，是爲「提喻」。喻體提前，喻詞自然跟進（蔡謀芳，2001b：205）。所以，「提喻」的基本形式爲「如乙，甲」。如：

> 她帶著一種必當工人的豪邁步伐，興沖沖地踏進了縣城南門。
> 猶如一滴水落進渭河裡頭去了，改霞立刻被滿街滿巷走來走去的閨女淹沒了。啊呀！誰也說不清投考的人有多少！街頭巷尾，一片學生藍。（柳青〈創業史〉）

此例之本體爲「改霞立刻被滿街滿巷走來走去的閨女淹沒了」，喻詞是「猶如」，喻體是「一滴水落進渭河裡頭去了」。

(二)倒喻（逆喻）

倒喻又稱逆喻，是「本體和喻體相互顛倒的比喻。逆喻是明喻、暗喻的一種變體。一般的明喻（暗喻），是本體＋喻詞＋喻體，但有時出於表達的需要，可將喻體置前，本體放後，於是形成了逆喻。……其結構形式大致爲：喻體＋喻詞＋本體」（唐松波、黃建霖，1996：22、23），亦即「乙像（是）甲」。

「提喻」是喻體提前，「倒喻」是本體挪後：其實意義相同。其差別在於喻詞的位置不同，「提喻」的喻詞在喻體之前，「倒喻」的喻詞在喻體之後（蔡謀芳，2001b：206）。如：

> 上海人叫小癟三的那批角色，也很像我們的黨八股，乾癟

得很，樣子十分難看。（毛澤東〈反對黨八股〉）

此例比喻的正常順序應是：「黨八股像小癟三」，而句中卻將「小癟三」置於本體之前。

> 晨安！詩一樣湧著的白雲呀！……
> 晨安！情熱一樣燃著的海山呀！（郭沫若〈晨安〉）

首句之本體爲「湧著的白雲」，喻詞爲「一樣」，喻體爲「詩」；次句之本體爲「燃著的海山」，喻詞爲「一樣」，喻體爲「情熱」。

> 「好！！！」從人叢裡，便發出豺狼的嗥叫一般的聲音來。（魯迅《阿Q正傳》）

喻體「豺狼嗥叫」，喻詞「一般」，本體「聲音」。

五、依兼格現象來分

有些變式譬喻是依兼格現象而得名者。如：

㈠頂喻

唐松波、黃建霖（1996：30）曰：「『頂喻』喻體同時又兼任本體，而又有別於互喻的一種連鎖式的比喻。這種比喻，實際上是由比喻和頂真兩種辭格構成，但頂真在這裡處於從屬地位。」頂喻的基本形式爲「甲像乙，乙像丙」。兩個譬喻連用，中間兼用頂針，故名「頂喻」。如：

> 獨上江頭思悄然，月光如水水如天；
> 同來玩月人何在？風景依稀似去年。（趙嘏〈江樓感舊〉）

第二句「月光如水水如天」爲兩個譬喻連用，其中，「水」既是上個譬喻的喻體，也是下一個譬喻的本體，形成句中頂針。這種形式很像文法中的「兼語」現象，所以也稱爲「兼喻」。但因「互喻」也具有「兼語」現象，所以稱此爲「兼喻」，不如稱「頂喻」來得明確。

> 客心如水水如愁，容易舊帆趁急流。（清·葉燮〈客發苕溪〉）

「客心如水水如愁」為兩個譬喻連用，其中，「水」既是上個譬喻的喻體，也是下一個譬喻的本體，形成句中頂針。

㈡互喻

　　唐松波、黃建霖（1996：38）曰：「『互喻』本體和喻體互相設喻，即先用喻體比本體，再用本體比喻體的比喻。由於在複句中的互喻兼有回環的特點，故能產生一種回味無窮的意境，使作者所要表達的內容更富形象性和哲理性。」劉鳳玲、邱冬梅（2010：330）稱為「環喻」，亦即回環兼譬喻。互喻的基本形式為「甲像乙，乙像甲」。如：

> 沙丘像凝固了的大海，大海像湧動著的沙丘。（楊聞宇〈沙丘鳴鐘〉）

「沙丘」和「大海」互相設喻。蔡謀芳（2001b：195）認為「互喻」是「比喻」和「複疊」兩格併用的修辭法。筆者則認為「互喻」的「甲像乙，乙像甲」形式，應屬「回文」，則兼格的重點是「譬喻」兼「回文」。

> 他記得《三國演義》裡的名言：「妻子如衣服」，當然衣服也就等於妻子，他現在新添了皮外套，損失個把老婆才不放心上呢。（錢鍾書《圍城》）

「妻子」和「衣服」互相設喻。

> 文章是案頭之山水，山水是地上之文章。（張潮《幽夢影》）

「文章」和「山水」互相設喻。

㈢對喻

　　對喻是：「本體和喻體兩相對稱的比喻。在這種比喻中，強調形式上的對稱，兼有對偶的特點。」（唐松波、黃建霖，1996：23）如：

> 泥土藏珍珠

僻野出將才（秦天壽〈黑土魂〉）

此爲省略喻詞的「略喻」。然本體和喻體則兩相對偶：「泥土」對「僻野」，「藏珍珠」對「出將才」。

人有悲歡離合，月有陰晴圓缺，此事古難全。但願人長久，千里共嬋娟。（蘇軾〈水調歌頭〉）

前二句爲省略喻詞的「略喻」。然本體和喻體則兩相對偶：「人」對「月」，「悲歡離合」對「陰晴圓缺」。

柳梢青掩埋了老岳母，倦鳥思林人老想家，這才帶著女兒回鄉來。（劉紹棠《瓜棚柳巷》）

「倦鳥思林人老想家」是省略喻詞的「略喻」。「倦鳥」對「人老」，「思林」對「想家」。

㈣較喻

凡具「本體」、「喻體」，而「喻詞」由差比詞（通常由形容詞加介詞構成）替代的，叫做「較喻」（黃慶萱，2002：331）。「較喻是含有本體與喻體互相比較的附加意義在內的比喻。由於兩體都出現，且常有『比……不如』之類的詞語，所以較喻一般是明喻。」（李忠初、李伯超、盛新華，2000：371）又可分爲「強喻」、「弱喻」和「等喻」三種：

1.強喻
本體強於喻體，是爲強喻。形式是「甲強於乙」。如：

故與人善言，煖於布帛；傷人之言，深於矛戟。（《荀子‧榮辱》）

此由兩個相連的較喻構成。「與人善言」、「傷人之言」是本體；「布帛」、「矛戟」是喻體；喻詞用差比詞「煖於」、「深於」來替代。

愛這種東西最能壞事，它壞起事來的力量遠超過一頭撞進磁器店裡的蠻牛，連最貴重的東西都會撞個稀爛的。（柏

楊〈曠野〉）

本體「愛」，差比詞「遠超過」，喻體「蠻牛」，是爲「強喻」。

> 童心──是善，是愛，是真的凝聚。它比雪白，比花紅，
> 比天高，比水深，是一片神聖之地。（劉白羽〈愛是動人心
> 弦的〉）

本體「童心」，差比詞「比……白」、「比……紅」、「比……
高」、「比……深」，喻體「雪」、「花」、「天」、「水」，是爲
「強喻」。

2. 弱喻

本體弱於喻體，是爲弱喻。形式是「甲不如乙」。如：

> 我們四川還有人用牛糞做燃料，至於那些又臭又長的文
> 章，恐怕連牛糞也不如。（郭沫若〈關於文風問題答《新觀
> 察》記者問〉）

本體「那些又臭又長的文章」，差比詞「不如」，喻體「牛糞」，是
爲「弱喻」。

> 冬天裡草木不長芽，舊社會的莊戶人不如牛馬。（李李
> 〈王貴與李香香〉）

本體「舊社會的莊戶人」，差比詞「不如」，喻體「牛馬」，是爲
「弱喻」。

3. 等喻

是指本體與喻體在程度上相等的一種譬喻。如：

> 只有幻想而無實學的人，等於只有翅膀沒有腳。（朱貝
> 爾）

本體「只有幻想而無實學的人」，差比詞「等於」，喻體「只有翅膀
沒有腳」，是爲「等喻」。

> 他那件汗衫已破爛得和魚網差不多。（岑桑〈記得當時年紀

小〉）

本體「他那件汗衫」，差比詞「差不多」，喻體「魚網」，是爲「等喻」。

> 不知怎的，這兒的空氣竟如此清新，明澈，直賽水晶，一
> 塵不染！（曹靖華〈紅豆寄相思〉）

本體「這兒的空氣」，差比詞「直賽」，喻體「水晶」，是爲「等喻」。

但是，有「差比詞」的，只是一種比較；如果沒有相似點，就不是譬喻，更不會是「較喻」。如：

> 你想，如果你到一個朋友家作客，朋友的家庭再怎麼闊綽，可是你總會覺得還是自己家裡舒服，金窩銀窩，不如自己家的草窩麼！（陳祖芬〈一個成功者的自述〉）

此例「金窩銀窩」是「朋友的家像金窩銀窩」，而「草窩」則是「自己家像草窩」，亦即「金窩銀窩」和「草窩」並不存在相似點，只有比較關係，因此不是較喻類型。

蔡謀芳（2001a：976）認爲「較喻」是「『比喻』與『誇飾』兩格併用的修辭法。」這種看法，有待商榷。筆者認爲：「誇飾」有的會有「比較」的內涵，有的則無，因此「較喻」不能視爲「比喻」與「誇飾」兩格併用。但「映襯」則必有「比較」的意思，所以「較喻」應是「比喻」和「映襯」兩格併用。

㈤層喻

劉鳳玲、邱多梅（2010：329）曰：「由兩個或兩個以上有高低、大小、輕重、快慢層次之分組成的比喻叫層喻。它是比喻和層遞兩種辭格的融合體。」筆者認爲層遞至少要有三個概念，可將上述定義中的「兩個或兩個以上」改爲「至少三個」。如：

> 自然科學的皇后是數學，數學的皇冠是數論，哥德巴赫猜想則是皇冠上的明珠。（徐遲〈哥德巴赫猜想〉）

此例是三個隱喻的連用。並由「皇后」而「皇冠」而「皇冠上的明

珠」，形成由大而小的後退式層遞。

(六)通喻

劉鳳玲、邱冬梅（2010：331）曰：「通喻。建立在通感基礎上的一種特殊比喻。」通感又稱移覺，通喻亦即間接移覺中的比喻型移覺（通感）。如：

> 這一出之後，忽又揚起，像放那東洋煙火，一個彈子上天，隨化作千百道五色火光，縱橫散亂。（清‧劉鶚《老殘遊記》第2回）

「（王小玉）聲音」是聽覺印象，用視覺「放那東洋煙火，一個彈子上天，隨化作千百道五色火光，縱橫散亂」來比喻，是將聽覺轉為視覺。

(七)夸喻

劉鳳玲、邱冬梅（2010：331）曰：「夸喻。比喻與誇張的融合。」誇張又稱夸飾。夸喻亦即間接夸飾中的比喻型夸飾。如：

> 祥子的衣褲都擰得出汗來，嘩嘩的，像剛從水盆裡撈出來的。（老舍《駱駝祥子》）

用「像剛從水盆裡撈出來的」比喻「祥子的衣褲都擰得出汗來」，夸飾汗水之多。

六、依喻詞得名來分

有些變式譬喻是根據喻詞而得名者，如：

(一)疑喻

疑喻是「將喻體說得似是而非的一種介於疑擬之間的比喻。疑喻的本體和喻體同時出現，喻詞多為『疑』、『疑是』、『依約是』等。本體和喻體的關係，似乎重合又似乎不重合，是一種似是而非、疑非疑是的關係。此類比喻，想像力強，通過喻體的類比聯想使本體更為形象、生動，更能揭示其本質特徵」（唐松波、黃建霖，1996：24）。其形式是「甲疑是乙」。如：

梅花落處疑殘雪，
柳葉開時化好風。（杜審言〈大酺〉）

本體「梅花」，喻詞「疑」，喻體「殘雪」，是爲「疑喻」。

床前明月光，疑是地上霜。（李白〈夜思〉）

本體「床前明月光」，喻詞「疑是」，喻體「地上光」，是爲「疑喻」。

㈡屬喻

「屬喻（性喻）喻體爲屬相或借它物做屬相的比喻。這種比喻使用的喻詞通常是『屬』字。」（唐松波、黃建霖，1996：15）其形式是「甲屬乙」。如：

你過去不是厲害得很麼？我早就說你：你是屬鴨子的——肉煮爛了嘴還煮不爛。現在咋蒸得跟鼻涕一樣了？（張賢亮〈河的子孫〉）

本體「你」，喻詞「屬」，喻體「鴨子」，喻解「肉煮爛了嘴還煮不爛」，是爲「屬喻」。

「莊戶人的腦瓜瓜屬蒸熟的山藥蛋，好捏呀！」瞎老明悲涼地說，「城裡人那點惡水水，全往咱身上潑，卸下擔子往咱莊戶人肩上壓！是硬壓呀！」（蕭亦農《紅橄欖》）

本體「莊戶人的腦瓜瓜」，喻詞「屬」，喻體「蒸熟的山藥蛋」，喻解「好捏呀」，是爲「屬喻」。

這些老題材、老題目，小學寫了，中學寫了，甚至大學還要寫，一株是棗樹，還有一株也是棗樹，你說陳舊否？單調否？難怪有學生說：「俺們老師是屬祥林嫂的，就會講阿毛的故事。」（陳世明〈論求異思維與寫作教學〉）

本體「俺們老師」，喻詞「屬」，喻體「祥林嫂」，喻解「就會講阿毛的故事」，是爲「屬喻」。

七、依否定句型來分

一般譬喻都是以肯定句型來打比方，這是常例；另外，也有以否定句型來打比方，則是變例。變例又有下列三種類型：

㈠反喻

反喻又稱非喻，是「從要說的事物相反或相對的方面去設喻說理的比喻」（唐松波、黃建霖，1996：21）。其形式是「甲不是乙」。如：

生活不是一架精確的天平，在當時那個年月中，量才量德的砝碼，完全錯亂了。（葉文玲〈美的探索者〉）

本體「生活」，喻詞「不是」，喻體「一架精確的天平」，是為「反喻」。

他們的愛情可不是盤子裡培育的綠豆芽，根是那麼淺。（陳繼光〈旋轉的世界〉）

本體「他們的愛情」，喻詞「可不是」，喻體「盤子裡培育的綠豆芽」，是為「反喻」。

上述二例，都運用了否定句式，但這並不意味著否定了比喻的基礎。「A像B」轉變為「A不像B」只是根據實際表達的需要，但不排除A與B的相似性。這種以反托正的手法，可以產生更加鮮明的修辭效果。

㈡回喻

回喻又稱迂喻，是「先提出喻體，然後又否定喻體，最後引出本體。這種迂迴設喻的方法，表面上否定了喻體，其實是更巧妙地把喻體同本體結合起來，從而使本體顯得更加生動形象」（唐松波、黃建霖，1996：19、20）。如：

荒野裡偶爾能看見一種樹，樹枝上密密麻麻掛滿果實。那不是果實，都是鳥巢。這種鳥非洲人叫做黑頭織鳥，織的巢像口袋一樣，掛在樹枝上。（楊朔〈生命泉〉）

此例先提出喻體「果實」，然後加以否定，引出本體「鳥巢」。實際

上這是一種明喻，即「鳥巢像果實一樣掛在樹上」。

> 在正對面的山腰中，<u>有一大塊白雲，慢慢的浮動</u>。仔細一看，那不是白雲，而是<u>羊群</u>。井崗山墾殖場的牧羊姑娘們已經開始了一天的工作。（杜宣《井崗山散記》）

此例先提出喻體「白雲」，然後加以否定，引出本體「羊群」。

這種表面上否定喻體的比喻，實際上使喻體與本體之間產生了更為巧妙的聯繫，從而突出了本體（唐松波、黃建霖，1996：20）。這種比喻的結構形式大致是：「喻體＋否定喻體＋肯定本體」，亦即「乙，不是乙，是甲」。

㈢擇喻

擇喻是「在排除若干喻體之後，再選擇最能說明本體的喻體的比喻」（唐松波、黃建霖，1996：20）。此前，大多數人將擇喻混同於回喻。實際上擇喻與回喻是兩種不同類型的比喻，因為擇喻有其自身的特點，如：

> <u>大學</u>——他仰慕渴望的聖壇，不能接近你，真痛苦。但你畢竟<u>不是人生的終極，不是奮鬥的航標</u>。你只是<u>路邊汲水解渴的一口井</u>；是<u>車行中途的加油站</u>；是<u>一輛小個輪子二百馬力的汽車</u>，你載上人能使它加好行程，早日到達自己的目的地。（張抗抗《在丘陵和湖畔，有一個人……》）

先提出本體「大學」，然後否定了兩個喻體「人生的終極」和「舊鬥的航標」，最後選擇了三個最能充分說明本體的喻體「汲水解渴的井」、「加油站」和「汽車」。

從上述例句中，我們可以看出，擇喻不同於回喻，它先提出本體而不是喻體，然後對不恰當的喻體進行否定，繼而再選擇一個比較確切又能說明問題的喻體（唐松波、黃建霖，1996：21）。其結構形式大致為：「本體＋否定喻體1＋否定喻體2＋肯定喻體3」。亦即「甲，不是乙1，不是乙2，是乙3」。

反喻不同於擇喻。「反喻表面上是對喻體的否定，實際上仍肯定了它與本體間的相似關係；而擇喻在對喻體否定後，又重新選擇了新的喻體。」（唐松波、黃建霖，1996：21）

八、其他譬喻變形

另有一些變式譬喻，不易歸類，則介紹於後：

(一)曲喻

「曲喻是曲折為喻，喻體與本體原有某相似點，因此轉移、聯想到喻體的另一方面，並使之與本體也產生比喻關係。其格式是『甲與丙相似，而丙與乙有聯繫，故甲像乙』。」（李忠初、李伯超、盛新華，2000：374、375）如：

> 羲和敲日琉璃聲。（李賀〈秦王飲酒〉）

此例應是「羲和敲日發出像琉璃般的聲音」，省略了喻詞「好像」。「太陽和琉璃在敲擊發聲這一點上原不相似，但因在光亮這一點相似，懸想推廣至發聲亦應相似，中間拐了一個彎，所以是曲喻。」（李忠初、李伯超、盛新華，2000：375）

> 子瀟說話低得有氣無聲，彷彿思想在呼吸。（錢鍾書《圍城》）

「『說話』和『思想在呼吸』原本扯不到一起來。但是，說話是表達思想，而有氣無聲是呼吸，所以說陸子瀟說話好像『思想在呼吸』。中間也拐了個大彎。」（李忠初、李伯超、盛新華，2000：375）

(二)縮喻

縮喻是：「（反客為主式比喻）省略喻詞，使喻體和本體直接組成偏正詞組的比喻，又叫本體修飾喻體的比喻。」（唐松波、黃建霖，1996：12）「此類比喻有一共同特點，就是把被比喻物（本體）變成修飾語，把比喻物（喻體）放到中心地位，其結構形式大致為：本體＋的＋喻體」（唐松波、黃建霖，1996：13），亦即「甲的乙」。如：

> 希望的肥皂泡雖然迸裂了，載在敞口船裡的米總得糶出：而且命中註定，只有賣給這一家萬盛米行。（葉聖陶《多收了三五斗》）

「希望的肥皂泡」是「希望如肥皂泡」的縮喻。本體「希望」修飾喻體「肥皂泡」。

> 我的思想感情的潮水，在放縱奔流著。（魏巍〈誰是最可愛的人〉）

「思想感情的潮水」是「思想感情如潮水」的縮喻。本體「思想感情」修飾喻體「潮水」。

> 歷史的潮水早已浸平了記憶的沙灘。即使有幾隻貝殼留下波紋兒，也是很淡很淡的。（李存葆〈山中，那十九座墳塋〉）

「歷史的潮水」是「歷史如潮水」的縮喻；「記憶的沙灘」是「記憶如沙灘」的縮喻。

表2-1　譬喻分類表　　　　　　　　　　　　　　　　　（筆者自製）

辭格	分類基準	次辭格	異名	說明
壹、譬喻―比喻、打比方	一、基本類型	㈠明喻	直喻、顯比	甲像乙
		㈡隱喻	暗喻	甲是乙
		㈢略喻	引喻	甲、乙
		㈣借喻		乙
	二、依本體、喻體數分	㈠單喻		甲――乙
		㈡博喻	複喻：喻解相同	甲――乙1.乙2
			聯喻（聯比）：喻解不同	
		㈢約喻		甲1.甲2――乙
	三、依喻旨之有無分	㈠簡喻		甲像（是）乙
		㈡詳喻		甲像（是）乙，喻旨
	四、依順序分	㈠提喻		如乙，甲
		㈡倒喻	逆喻	乙像（是）甲

辭格	分類基準	次辭格	異名	說明
	五、依兼格現象分	(一)頂喻	兼喻	頂針兼譬喻。甲像乙，乙像丙
		(二)互喻	環喻	回環兼譬喻。甲像乙，乙像甲
		(三)對喻		對偶兼譬喻
		(四)較喻	權橫式比喻、較物	映襯兼譬喻。又分 1.強喻（甲強於乙），2.弱喻（甲不如乙），3.等喻（甲等於乙）
		(五)層喻		層遞兼譬喻
		(六)通喻		通感（移覺）兼譬喻
		(七)夸喻		夸飾兼譬喻
	六、依喻詞得名來分	(一)疑喻		甲疑是乙
		(二)屬喻	性喻	甲屬乙
	七、依否定句型分	(一)反喻	非喻	甲不是乙
		(二)回喻	迂喻	乙，不是乙，是甲
		(三)擇喻		甲，不是乙1，不是乙2，是乙3
	八、其他譬喻變形	(一)曲喻		甲與丙相似，而丙與乙有聯繫，故甲像乙
		(二)縮喻	反客為主式比喻、本體修飾喻體的比喻	甲的乙

參、辨析

譬喻的辨析，有下列幾點需要說明：

一、「比喻格」有別於「比喻義引申」

詞的引申義，有的是由比喻而產生。這種「比喻義引申」已經是固定下來的意義，它和「比喻格」只是特定語言環境中臨時運用，有所不同。馬景倫（2002：305）說得好：

> 詞的這種（相似比喻）引申義，通常是由於比喻用法固定下來而形成的。因此，有些學者稱之為「比喻義」。詞的比喻義與修辭上的比喻有相同之處，也有不同之處。相同之處是兩者都通過打比方的用法產生詞義，不同之處是修辭上的比喻是在特定語言環境中臨時運用的，因而產生的意義是不固定的。例如，可以把女人比做「花」，也可以比做「水」，但離開一定的語言環境，這個比喻就不存在了，「花」、「水」並不是「女人」這個詞的固定意義。而詞的比喻義是一種已經固定下來的含義，是多義詞的一個義項。

修辭上的比喻格是在特定語言環境中臨時打比方，如「膚如凝脂」，把皮膚比做凝結的脂肪，但「膚」這個詞並沒有「凝脂」這個含義。同樣「兒童像花朵一樣」，兒童並無固定的「花朵」這個意義。

但是有些比喻，由於長期頻繁運用，甚至具有了某種固定的含義，人們已不覺得是一種比喻了。如：「秋波」指女子的目光、眼神；「出局」指競爭中遭淘汰；「碰壁」指「行不通」或「遭拒絕」；「明星」指著名的演員、運動員或藝術家；「處女地」指「沒有開墾過的土地」；「充電」指補充學習新知識和新技能；「大鍋飯」指分配和酬勞上的平均主義；「人才庫」指人才集中的單位或團體；「黃昏戀」指老年人的婚戀；「瓦解」像瓦一樣解體，比喻全部解體或潰散；「粉碎」碎裂得像粉一樣，形容碎裂成極小塊；「蟻聚」像螞蟻一樣成群聚集；這些都只是固定下來的「比喻義引申」，並非臨時創製的「比喻格」。

另外，有些事物是以比喻手法命名的，但因已經固定為日常詞語，所以也不能視為譬喻格。如：

> 「龍眼」其形狀有如黑色的眼珠；「銀河」橫亙天際，有

如長河;「天花」有如小花,漫布全身;「河床」為河水
襯墊躺臥之處;「丹田」為運氣行功之源,有若萌生稻苗
之田;「木耳」外形有如人耳;「粉餅」、「鐵餅」外形
皆有如餅狀;「鐵馬」(自行車)供人騎乘,作用如古代
之馬匹;……(竺家寧,1999:328、329)

這些都只是已固定下來的比喻義,不屬於修辭格的「比喻」。

二、「假喻」不是「譬喻」

比喻必須有相似點,沒有相似點不能構成合格的比喻。如「手提
電腦像天上的星星」就不是合格的比喻(宗守雲,2005:218)。

比喻也必須有相異點,沒有相異點也不能構成合格的比喻。要使
比喻合格,就應該做到兩點。一是同義不比,如:「小王的父親很像
小王的爸爸。」「我的手機很像我的行動電話。」二是同類不比,
如:「這張桌子像那張桌子。」這樣的話即使可以說,也不能算作比
喻(李忠初、李伯超、盛新華,2000:370)。

陸稼祥(1989:50)提到比喻:「由於本體和喻體是本質不同
的兩種事物,依靠相似之處臨時連接在一起,形成了搭配上的變異
形式。」因此,對於一個具體的語句來說,只有當相似點和相異點
同時具備的時候,才能看作是真正意義上的比喻(宗守雲,2005:
218)。

黃慶萱《修辭學》增訂再版列有「假喻」一項,在增訂三版則將
之刪除,但仍略做介紹:

此外還有一種假喻,實在不是譬喻,它沒有本體,也沒有
喻體;雖然也用「譬如」、「比方」、「好像」等詞,
但只表示「舉例」或「不確定」,也不能算喻詞。(黃慶
萱,2002:343)

假喻有下列三種現象:

(一)舉例性質者

本班同學都很認真,如:張三、李四、王五、趙六等,都
是品學兼優的好學生。(筆者擬句)

「如：張三、李四、王五、趙六等」，只是舉例說明的性質，用來印證「本班同學都很認真」。

> 我愛熱鬧，也愛冷靜；愛群居，也愛獨處。<u>像今晚上</u>，一個人在這蒼茫的月下，什麼都可以想，什麼都可以不想……。（朱自清〈荷塘月色〉）

「像」字前後語句，並沒有相似點，「像」字在此例只等於「例如」之義，所以不是喻詞。

㈡不確定者

> 路上只我一個人，背著手踱著。<u>這一片天地好像是我的</u>；<u>我也像超出了平常的自己，到了另一世界裡</u>。（朱自清〈荷塘月色〉）

「這一片天地」和「我的」，「我」和「超出了平常的自己，到了另一世界裡」並沒有相似點。此例「好像」、「也像」只是不確定的意思。

> <u>街上仿佛沒有人</u>，<u>道路好像忽然加寬了許多</u>，空曠而沒有一點涼氣，白花花的令人害怕。（老舍《駱駝祥子》）

此例雖然用了「彷彿」、「好像」，但這只是黃慶萱所說的「假喻」，並非比喻。「街上」和「沒有人」之間，「道路」和「忽然加寬了許多」之間，根本找不出任何相似點，所以不是比喻。

㈢直述性質

> <u>眼睛也像他父親一樣</u>，周圍都腫得通紅，這我知道，在海邊種地的人，終日吹著海風，大抵是這樣的。（魯迅〈故鄉〉）

此例「眼睛也像他父親一樣」，是說「眼睛也像他父親（眼睛）一樣」，甲、乙都是眼睛，沒有相異點，所以不是比喻。這也是直述性質。

　　歐巴馬是美國總統。（筆者擬句）

此例雖然用了「是」字，但那不是暗喻的喻詞，「歐巴馬」和「美國總統」在任期內是相同內涵，這只是直述性質。

三、「潛喻」不是「譬喻」

　　唐松波、黃建霖（1996：9）曰：「『潛喻』與借喻相反，只出現本體而不出現喻體和喻詞的比喻。這類比喻是深一層的，人們是通過本體與喻體相似點而認識喻體的，即擬人、擬物。」由定義來看，「只出現本體而不出現喻體和喻詞」「即擬人、擬物」，可知「潛喻」是「轉化」（比擬），而非譬喻。

　　我們再以該書所舉例子來看，如：

　　姑娘從泉邊汲水歸來了，
　　辮梢上沾著幾滴水珠：
　　歡笑盛開在眼睛、眉毛上。（聞捷〈祕密〉）
　　山，刺破青年鍔末殘……（毛澤東〈十六字令〉）
　　風啊，撕開這暑氣，切開這暑氣，把它撕成碎片。（杜立
　　達〈暑氣〉）

「歡笑盛開在眼睛、眉毛上」是將抽象的「歡笑」擬為具體的「花」；「山，刺破青年鍔末殘」是將「山」擬為「劍」；「風啊，撕開這暑氣，切開這暑氣，把它撕成碎片」是將「風」擬為「人」，也將抽象的「暑氣」擬為具體的「物」。上述三例都是「比擬」，既然是比擬，為了辭格本身的主體性，我們應該把「潛喻」從「比喻」格中剔除。

四、「博喻」有別於「譬喻連用」

　　博喻的表達方式，是一個本體，用兩個以上的喻體加以形容。它是一個本體，許多喻體，而非連續使用好幾個譬喻。如：

　　手如柔荑，膚如凝脂，領如蝤蠐，齒如瓠犀，螓首蛾眉；
　　巧笑倩兮，美目盼兮。（《詩經・衛風・碩人》）

沈謙（1996：49）對此例解說如下：

> 此形容衛莊公夫人莊姜的美貌，連用四個明喻：1.手如柔荑。2.膚如凝脂。3.領如蝤蠐。4.齒如瓠犀。有四個喻體：手、膚、領、齒，所以是連續用譬喻，而非博喻。

但是下面一例，與此相似，沈謙（1996：52）卻將之視爲「以隱喻組成的博喻」，則有矛盾之嫌。如：

> 所謂美人者，以花爲貌，以鳥爲聲，以月爲神，以柳爲態，以玉爲骨，以冰雪爲膚，以秋水爲姿，以詩詞爲心。吾無間然矣。（張潮《幽夢影》）

喻體「花」，喻詞「爲」，本體「貌」；喻體「鳥」，喻詞「爲」，本體「聲」；喻體「月」，喻詞「爲」，本體「神」；喻體「柳」，喻詞「爲」，本體「態」；喻體「玉」，喻詞「爲」，本體「骨」；喻體「冰雪」，喻詞「爲」，本體「膚」；喻體「秋水」，喻詞「爲」，本體「姿」；喻體「詩詞」，喻詞「爲」，本體「心」：所以是八個隱喻連用。

肆、產生因素

　　黃慶萱（2002：321）曰：「（譬喻）它的理論架構，是建立在心理學『類化作用』（apperception）的基礎上──利用舊經驗引起新經驗。通常是以易知說明難知，以具體說明抽象。使人在恍然大悟中驚佩作者設喻之巧妙，從而產生滿足與信服的快感。」本體是想知道的新經驗，若要讓讀者了解，則要選擇與本體有某種相似點的舊經驗作爲喻體，讀者才能恍然大悟。所以，本體和喻體之間是透過類似聯想而創造。

伍、運用原則

　　運用譬喻，首先是喻體的選擇，要考慮「似而非是」的原則（李忠初、李伯超、盛新華，2000：378），才能合乎不即不離的適當心理距離。茲說明如下：

一、本體和喻體不同

所謂「非是」指喻體不是本體本身，而且本質不同，如此則能拉大心理距離，產生陌生感，出人意外，引人注意。其重點爲：「不可太類似」、「本體與喻體在本質上必須不同」、「必須是新穎的」（黃慶萱，2002：345、351、352）。

二、本體和喻體相似

所謂「似」是指本體和喻體有相似點，如此則能拉近心理距離。其重點爲：「不可太離奇」、「避免晦澀的譬喻」、避免「牽強的類比」（forced analogy）（黃慶萱，2002：345-346）。太離奇、太晦澀、太牽強都會造成心理距離過大，讀者不易了解、接受。

當本體和喻體不同處越多越大，則相似點越能產生烘托效果；本體和喻體相差越遠，當相似點將之結合時越能出人意表，這種比喻就越新穎。如：

> 專制的鐵幕政府好比女孩子的比基尼泳裝，每個人都想知道是什麼維繫它的，也都希望它維繫不住。（李敖）

本體「專制的鐵幕政府」和喻體「女孩子的比基尼泳裝」差異很大，若沒有後面的喻解，一般人可能都無法理解兩者怎能比喻呢？但加上「每個人都想知道是什麼維繫它的，也都希望它維繫不住」的相似點，於是恍然大悟，會心一笑，這種比喻顯得多麼新穎，多麼出人意外！

第二節　雙關

壹、定義

黃慶萱（2002：432）曰：「一語同時關顧到兩種事物的修辭方式，包括字義的兼指，字音的諧聲，語意的暗示，都叫做『雙關』。」沈謙（1996：62）曰：「一語同時關顧到兩種事物或兼含兩種意義的修辭方法，是爲『雙關』。」這兩個定義大致上已將「雙關」的特點加以說明。但只提到「一語」，則無法包括「字」、「詞」和「句」。所以，爲求本書用語統一，以及內涵完整，因此將上述「雙關」定義修改爲：

説話行文時，有意識地使同一個詞語、同一句話，在同一個語境中，同時兼有兩層意思的修辭方法，叫做「雙關」。

這是借助字詞語句中，有諧音或多義的條件，使一個字詞或語句同時兼有字面上和字面外的兩層意思。

貳、分類

雙關的分類，可依媒介來分，有人以音和義兩媒介分爲二類：諧音雙關和借義雙關（史塵封，1995：378）；諧音雙關和語義雙關（李忠初、李伯超、盛新華，2000：389）。沈謙（1996：62）認爲：雙關的媒介，有字音的諧聲、詞義的兼指和語義的暗示，據此可分爲諧音雙關、詞義雙關和句義雙關三類；王占福（2001：131）則分爲諧音雙關、音形雙關和對象雙關。茲以沈謙所分爲主，說明如下：

一、諧音雙關

沈謙（1996：62）曰：「一個字詞除了本身所含的意義之外，兼含另一個同音或音相近的字詞的意義」，是爲「諧音雙關」。有人稱爲「字音雙關」（黃慶萱，2002：435；董季棠，1981：260）、「音義雙關」、「語音雙關」（陳正治，2001：148）。一般所指諧音，是指「同音（或音近）異形」，若是「同音（音近）同形」則歸入詞義。

蔡謀芳（1990：84）曰：「成立一個雙關格，需要具備『引發聯想』及『限制連想』兩個條件。由這兩個條件的交互作用來確定作品裡層的含意。」諧音雙關是藉「字音」爲媒介而引發聯想，「媒介只是引發連（聯）想的條件，但連（聯）想活動原是十分自由的，若無限制連（聯）想的條件來配合，一個作品的雙關意義將無法確立。而此一『限制條件』，通常就是指『上下文義』」（蔡謀芳，1990：80）。如：

打壞木棲床，誰能坐相思？三更書石闕，憶子夜題碑。（南朝樂府〈讀曲歌〉）

字面的「題碑」，是針對「書石闕」而言；由「題碑」引出「啼悲」，則是藉諧音為媒介引發聯想，與此讀音相同的詞，當然不止一個。其所以認定「啼悲」者，因為它是針對「坐相思」而言，所以它符合「上下文義」的需求。

> 不寫情詞不寫詩，一方素帕寄心知。心知接了顛倒看，橫也絲來豎也絲，這般心事有誰知？（馮夢龍〈山歌〉）

字面的「絲」字，是針對「素帕」的材質而言；由「絲」字引出諧音字「思」，則是就「心事」而言。又如劉禹錫〈竹枝詞〉：

> 楊柳青青江水平，聞郎江上踏歌聲。東邊日出西邊雨，道是無晴還有晴。

字面的「晴」字，是針對「東邊日出西邊雨」而言。透過諧音為媒介，可以聯想到「勤」、「琴」、「秦」、「禽」、「芹」、「情」等，但受上下文的限制，只能確定是「情」字，這是針對「聞郎江上踏歌聲」而言的「男女之情」。

　　諧音雙關，有些在民俗上已成為共識。如年夜飯一定有「魚」，表示年年有「餘」；不小心打「碎」碗盤，則說「歲」歲平安；春聯的春字、福字故意貼「倒」，表示春、福「到」了；吃「韭」菜，表示「久」久長長；吃年「糕」，表示年年「高」陞；送「菜頭」（蘿蔔），表示好「彩頭」；送「王梨」（鳳梨），表示旺來；婚禮送「棗子」、「桂圓」，表示「早」生「貴」子。至於日常生活中易引起不祥聯想的字詞，一般都盡量避免。如遷新居時，避免送「鐘」，以免有「送終」之嫌；男女情侶之間忌諱送「傘」，以免關係「散」了。

　　諧音雙關的表現方式，主要是以字面外的意思為表達目的（黃麗貞，2000：208；蔡謀芳，1990：79）；但仍有例外者，其一為摹聲雙關，如：

> 人人耳朵裡響著震耳欲聾的「空洞！空洞！」的機器聲。（子敏《小太陽・單車上學記》）

「空洞！空洞！」依字面意義來說，是指精神生活空洞貧乏，並兼含機器的模擬聲。如果字面寫的是「轟隆！轟隆！」的摹聲詞，則不易

令讀者聯想到精神生活「空洞！空洞！」。

> 是夏夜，卻找不到半片靜寂。星已疏，月已高，滿耳
> 「寂！寂！」似乎來自星月間幽幽的深淵。眼前一道白光
> 劃上黑幕，停在右側，一雙綠眼溜溜轉。（山根《野人之
> 歌》）

蟬的叫聲，一般都寫成「唧！唧！」的摹聲詞，作者爲了表達雙關作
用，於是將言外之義寫在字面上，而寫爲「寂！寂！」，讀者可以由
字面看出「寂寞」之意；亦可由其聲音而聯想到這也是蟬叫聲。

> 我的小鼓響咚咚
> 我說話兒它都懂
> 我說小鼓響三響
> 我的小鼓
> 咚！咚！咚！
> 哎喲喲
> 這不行
> 妹妹睡在小床中
> 我說小鼓別響了
> 小鼓說聲
> 懂、懂、懂（河北兒歌〈小鼓響咚咚〉）

這首兒歌中，小鼓發出「咚！咚！咚！」的聲音，只是一種普通的摹
聲詞，摹寫小鼓發出高昂的鼓聲，它只有一個意思，並非雙關；但
是小鼓說聲「懂、懂、懂」，則兼含摹寫小鼓發出低沉的鼓聲，及將
小鼓擬人而回答「懂」的字面意思，所以是雙關。如果作者直接寫出
「鼕、鼕、鼕」的摹聲詞，則無法令讀者聯想到另一層言外之義，只
好把言外之義直接寫在字面上，然後由此聯想到它的摹聲效果。

其二爲諧音仿詞、仿語的雙關，如：

> 音樂「叫」室，傳來陣陣「割」聲。（沈芸生《看笑話》，
> 頁104）

「叫室」、「割聲」分別仿自「教室」、「歌聲」而成的諧音仿

詞，是指「歌」聲難聽猶如「割」殺豬叫，所以音樂「教」室成了「叫」室。若寫成「教室」、「歌聲」，則讀者無法聯想到它有雙關義。

「藥」命疏失　醫安漏洞百出
（《中國時報》2002年12月10日15版）

日前才發生臺北縣土城的北城醫院護士將肌肉鬆弛劑當成B型肝炎疫苗，注射在初生嬰兒身上，造成一死數人昏迷的疏失；現在又有屏東縣東港崇愛診所發生配錯藥事件，將降血醣劑誤為抗組織胺，造成八月大女嬰瀕臨腦死，另九名送醫急救。「藥命」是仿「要命」而成的諧音仿詞，因為用「藥」錯誤，而產生「要」人命的事件。

今天起購物　記得自己袋走
賣場免費塑膠袋絕跡　湯湯水水外帶自理　（《大成影劇報》
2003年1月1日14版）

「袋走」是仿「帶走」而成的諧音仿詞，是指自己拿「袋」子「帶」走。

Coser們最討厭鏡頭愈拍愈低的「色影師」，遇到這類情況，該如何維持專業形象又擊退色狼呢？（〈窘境小幫手：色狼退散〉，《聯合報》2013年4月8日D4繽紛版）

Coser們是Cosplay玩家的簡稱。「色影師」仿自「攝影師」，兼指本體「攝影師」及仿體「色影師」二層意思，為諧音雙關。

二、詞義雙關

　　一個詞語在句中兼含兩種意思，是為「詞義雙關」（沈謙，1996：62）。有人稱為「語義雙關」、「借義雙關」（黃麗貞，2000：210）、「同字雙關」（成偉鈞、唐仲揚、向宏業，1996：566）、「音形雙關」（王占福，2001：134）。如：《吾愛吾家》雜誌刊載了如下一則笑話：

　　病人：「怎麼辦？我的心臟一定有毛病了。有時我覺得

它在胸口處，有時它在胸口上端，有時在腹部，有時
在……。」

醫生：「你太多心了！」（全忠〈多心〉）

「多心」兼指「很多心臟」和「多疑」。若以文法角度分析，「多
心」指很多心臟時，是偏正式的詞組；「多心」指多疑時，是偏正式
合義複詞。

上上下下的享受（電梯廣告）

「上上下下」兼指「往上往下」及「每一位上層、下層的人」。若
以文法角度分析，「上上下下」指「往上往下」時，是動詞疊字；
「上上下下」指「每一位上層、下層的人」時，是副詞疊字。

一家美容院的隆胸廣告：「只要你敢來，沒什麼『大』不
了的！」（司馬不笑《爆笑百分百》，頁152）

「沒什麼大不了」兼指沒什麼嚴重關係，及沒什麼胸部是無法隆乳變
大的。

糖尿病患足慘　護腳有撇步
（《中國時報》2002年11月4日19版）

「足慘」兼指「很慘」及「腳慘」。

院長豪氣干雲地說：「花崗石醫院，真不是蓋的！」原不
是蓋的，它是用炸藥，用空壓機，用鐵鎚及雙手開鑿，搥
打出來的！（張拓蕪《桃花源・洞天福地》）

「真不是蓋的」的「蓋」字，兼指「吹牛」和「搭蓋」。

TVBS的《二一〇〇全民開講》節目

「二一〇〇」兼指「臺灣2100萬人口」和「播映時間21：00」。

穿會呼吸的皮鞋，「足下」沒煩惱。（皮鞋廣告）

「足下」兼指「腳下」和「閣下」。

　　愛到最高點，安全有一套——臺北市衛生局宣導廣告標語

「一套」兼指「一套方法」及「一個保險套」。

三、句義雙關

　　一句話或一段文字，雙關到兩件事物或兩層意思，是爲「句義雙關」（沈謙，1996：62）。有人稱爲「語意雙關」（黃慶萱，2002：444）、「句意雙關」（董季棠，1981：266）、「會意雙關」（楊春霖、劉帆，1996：972）、「表裡雙關」（成偉鈞、唐仲揚、向宏業，1996：566；黃麗貞，2000：213）、「對象雙關」（王占福，2001：135）。如杜甫〈贈花卿〉：

> 錦城絲管日紛紛，
> 半入江風半入雲。
> 此曲只應天上有，
> 人間能得幾回聞？

「此曲只應天上有，人間能得幾回聞」，表面上讚美音樂美妙，只能在天上聽聞，人間不易聽到；背後卻兼指蜀將花驚定恃功驕縱，僭用禮樂一事。又如李白〈登金陵鳳凰臺〉：

> 鳳凰臺上鳳凰遊，鳳去臺空江自流。
> 吳宮花草埋幽徑，晉代衣冠成古邱。
> 三山半落青天外，二水中分白鷺洲。
> 總爲浮雲能蔽日，長安不見使人愁。

此詩末二句，字面上的意思，指眼前所見之景，浮雲蔽日，仰望不見日夜思念的長安；言外之意，是指奸邪小人蒙蔽國君，使我無法爲國盡忠。

　　公民課，老師叫一位同學列舉十項公民權利，學生沒回應，老師：「好吧！那舉出五項好了。」學生仍不回答。老師無奈地說：「算了，你只要說出一項你身爲公民應有的權利就好了。」該生：「我有權利保持沉默。」（《時報周刊》第1292期，2002年11月26日-12月2日，頁111）

「我有權利保持沉默」兼指「我不回答」和「這已是答案」二義。

表2-2　雙關分類表　　　　　　　　　　　　　　　　（筆者自製）

辭格	分類基準	次辭格		異名	說明
貳、雙關	依媒介分	一、諧音雙關		字音雙關、音義雙關、語音雙關	
		借義雙關（廣義）、語義雙關（廣義）	二、詞義雙關	語義雙關（狹義）、借義雙關（狹義）、同字雙關、音形雙關	
			三、句義雙關	句意雙關、語意雙關、會意雙關、表裡雙關、對象雙關	

參、辨析

　　雙關的分類，一般都是依媒介分，將它分為諧音雙關、詞義雙關和句義雙關三類；但筆者發現這種分類法不易辨析雙關與其他辭格的關係。故辨析改依方法分，可將具有雙關義的內容分為「摹況手法形成的雙關」、「仿擬手法形成的雙關」、「別解手法形成的雙關」、「譬喻手法形成的雙關」、「藏詞手法形成的雙關」、「析字手法形成的雙關」、「鑲嵌手法形成的雙關」、「譬解手法形成的雙關」，這些方法的使用，有的有雙關義，有的沒有雙關義，則能輕易地比較其異同。

一、摹況手法形成的雙關

　　黃慶萱（2002：67）曰：「對自己感受到的各種境況和情況，特別是其中的聲音、色彩、形狀、氣味、觸感等，恰如其實地加以形容描述，叫做『摹況』。」其實「摹況」就是摹寫各種境況、情況。黃慶萱（2002：76-85）又將「摹況」分為「視覺的摹寫」、「聽覺的摹寫」、「嗅覺的摹寫」、「味覺的摹寫」、「觸覺的摹寫」和「綜合的摹寫」，這是依人類感官知覺為基準的分類法。其中「聽覺的摹寫」與「諧音雙關」容易混淆，需要辨析。

　　描寫耳朵所聽到的聲音，稱為「聽覺的摹寫」，又叫「摹聲」。史塵封（1995：423）說：「摹聲，就是憑藉聽覺聽到的聲音，做形象性的描繪，使人如同聽到那事物發出的聲音一般。」摹聲一般是運用擬聲詞把聽覺上的聲音摹寫出來。

　　運用摹聲手法，有的會有雙關義，有的則沒有雙關義。有雙關義的，歸入雙關與摹聲兼格；沒有雙關義的，歸入摹聲。

㈠有雙關義的摹聲

　　有雙關義的摹聲，是指在該語境中，除了有字面意義外，還兼含摹聲意義。如：

> 普天同慶，當慶當慶當當慶
> 舉國若狂，且狂且狂且且狂（劉師亮〈慶祝抗戰勝利〉）

1945年抗戰勝利後的第一個雙十國慶，劉師亮見許多地方貼著「普天同慶，舉國若狂」的對聯，有感而發地說：「這八字都很好，只是不夠響亮。」於是他在對聯之下，各加七個字，而成為此一新對聯。劉氏所加的十四字，除了字面意思是鼓勵同胞應「當」熱烈「慶」祝，暫「且」放懷「狂」歡；而且兼含敲鑼打鼓的摹寫聲響。若是將「當慶當慶當當慶」寫成「噹叮噹叮噹噹叮」，將「且狂且狂且且狂」寫成「曲匡曲匡曲曲匡」，讀者只能體會那是模擬鑼鼓聲，而無法由此聯想到鼓勵同胞熱烈慶祝的意思。

> 枯燥乏味的課，同學們總是「等！等！等！等！」，希望下課鐘聲趕快響起。（筆者擬句）

將下課鐘聲「噹！噹！噹！噹！」聯想為「等！等！等！等！」，讀者透過語境，可以由字面「等！等！等！等！」而聯想到這就是下課鐘聲。

㈡無雙關義的摹聲

　　無雙關義的摹聲，是指在該語境中，只有單純的摹聲意義，並不含其他意義。如：

> 窗外嘩啦嘩啦下起傾盆大雨。（筆者擬句）

此例「嘩啦嘩啦」只是一般的摹聲詞語，並未兼含其他意義，則無雙關義。凡是一般聲音摹寫，大都沒有雙關義。

二、仿擬手法形成的雙關

黃慶萱（2002：93）曰：「刻意模仿前人作品中的語句形式，甚至篇章格調，藉由原作在讀者心中早已存在的熟悉印象，引發出新的特殊的旨趣，有時更帶有嘲弄諷刺意味的，叫做『仿擬』。」仿擬是舊瓶裝新酒，亦即承襲套用舊有的形式，換上新的內容，它的內容，與原作雖然不同，但形式結構卻爲讀者所熟知，常令讀者感覺親切、熟稔，因而產生共鳴。

仿擬從性質的角度來看，可分爲「諧音仿」、「語義仿」、「格式仿」、「語調仿」和「語體仿」（徐國珍，2003：60）。其中的「諧音仿」、「語義仿」分別和「諧音雙關」、「詞義雙關」有交集現象，必須辨析：

㈠諧音仿

仿擬當中，仿體和本體之間有諧音關係，是透過諧音爲媒介而仿擬，是爲諧音仿。因此，徐國珍（2003：60）說：「諧音仿即根據本體的讀音進行的仿擬。」運用諧音仿手法，有的會有雙關義，有的則沒有雙關義。有雙關義的，歸入雙關與諧音仿兼格；沒有雙關義的，歸入諧音仿。

1.有雙關義的諧音仿

有雙關義的諧音仿，是指在該語境中，除了有仿體的字面意義外，還兼含本體原義。如：

妹力四射（張惠妹演唱會報紙標題）

「妹力四射」是模仿「魅力四射」而成，「妹」字兼含張惠妹的「妹」與魅力的「魅」。如果寫成「魅力四射」，則只有魅力的意思，讀者無法由此聯想到張惠妹這一層意思。

嚴出必行（章孝嚴競選立委廣告標語）

「嚴出必行」是模仿「言出必行」而成，「嚴」字兼含章孝嚴的「嚴」與言出必行的「言」，意即章孝嚴言出必行。如果寫成「言出

必行」，則只有說到做到的意思，讀者無法由此聯想到章孝嚴這一層意思。

> 他參加喝啤酒大賽，三十分鐘猛五十瓶，勇奪第一名，被稱為喝啤酒「灌」軍。（筆者擬句）

「灌軍」是模仿「冠軍」而成的諧音仿，「灌」字兼含猛灌的「灌」與勇得第一的「冠」。

2.無雙關義的諧音仿

無雙關義的諧音仿，是指在該語境中，只有仿體的字面意義，並不含本體原義。如：

> 萬象特別越陽（陽間之陽也）訪問了至聖先師孔老夫子。（韓廷一《挑戰歷史——超時空人物訪談》，頁25）

「越陽」是仿「越洋」而成的諧音仿詞，但此例專指「越過陽間」而非「越過海洋」。

> 談到運動，可別小看了他，各項比賽都有名堂：游泳「灌軍」，辯論「啞」軍，柔道「墊」軍！

沈謙（1996：70）將此例視為「諧音雙關」，則有待商榷。模仿「冠軍」、「亞軍」、「殿軍」而成「灌軍」、「啞軍」、「墊軍」，字面上的意義是游泳技巧很差，一入水即灌了很多水；辯論口才更糟，一上臺就變成啞巴；柔道功夫更爛，只是被摔在地，當成墊背。完全沒有技巧高超，成績優良的「冠軍」、「亞軍」、「殿軍」的意思。因此，它只是單純的「仿詞」。

(二)語義仿

仿擬當中，仿體和本體之間沒有諧音關係，只就其意義相近或相反而仿擬，是為語義仿。因此，徐國珍（2003：60）說：「語義仿即根據本體的語義進行的仿擬。」運用語義仿手法，有的會有雙關義，有的則沒有雙關義。有雙關義的，歸入雙關與語義仿兼格；沒有雙關義的，歸入語義仿。

1.有雙關義的語義仿

語境中一方面具有「語義仿」的形式特點，同時具有「詞義雙關」的意義內涵。亦即除了仿體的意義外，還兼有本體的意義。如：

> 我就這樣胸滿意足了（「豐胸廣告」，《聯合報》1988年2月11日17版）

「胸滿意足」是仿「心滿意足」而成的近義仿語。此例「胸滿意足」兼有雙關，是說胸部豐滿也就心滿意足了。

2.無雙關義的語義仿

語境中只具有「語義仿」的形式特點，卻不具有「詞義雙關」的意義內涵。亦即只有仿體的意義，沒有本體的意義。如：

> 「群居終日，言不及義。」原是人的通病；但是言談的內容，卻男女有別。……男人談的是另一套。……他們好議論人家的陰私，好批評別人的妻子的性格相貌。「長舌男」是到處有的，不知為什麼這名詞尚不甚流行。（梁實秋〈男人〉）

「長舌男」是仿「長舌婦」而成的反義仿詞，它只有仿體的新義「多嘴的男人」，而沒有本體「多嘴的女人」原義。

> 諸君有所不知，趙茶房天生的藝低人膽小，什麼事都害怕。（趙寧〈洗澡與我〉）

「藝低人膽小」是仿「藝高人膽大」而成的反義仿語，此例只有仿體「藝低人膽小」的意思，而無本體「藝高人膽大」的意思，因此不是雙關。

三、別解手法形成的雙關

所謂「別解」，是指「在一定的語言環境中，臨時賦予一個詞語以原來不曾有的新義」（楊春霖、劉帆，1996：172）。史塵封（1995：220、221）認為：「別解，實際上是指一個詞的一種特殊解釋，這個特殊解釋，是在特定的語境中形成的。……其所以『特

殊』，是因爲別解中的解釋不能按一般詞義來理解，而只能依照特定
語言環境的特殊意義去解釋。」

　　別解若依媒介來分，可分爲「諧音別解」和「語意別解」兩類
（楊春霖、劉帆，1996：172），它們和雙關之間有交集，也有區
別。

㈠諧音別解

　　「諧音別解」是：「通過諧音手段，賦予詞語新的含義。」（楊
春霖、劉帆，1996：180）運用諧音別解手法，有的會有雙關義，有
的則沒有雙關義。有雙關義的，歸入雙關與諧音別解兼格；沒有雙關
義的，歸入諧音別解。

1.有雙關義的諧音別解

　　語境中除了具有「諧音別解」後的新義，還兼有原詞本義。亦即
兼有別解體的意義，和本體的意義。如：

> 某官員清廉正直，退休後，一貧如洗，兩袖清風；而且年
> 紀大了，患有「青光眼」和「白內障」。他自我解嘲地
> 說：「我現在更是一身清白。」（筆者擬句）

「清白」本指人品清廉，沒有污點。此例則將之諧音爲「青白」，並
別解爲「青光眼」加「白內障」。語境中除了「諧音別解」後的新義
「青光眼和白內障」，還兼有原詞本義「清廉正直」。

2.無雙關義的諧音別解

　　語境中只具有「諧音別解」後的新義，卻不具有原詞本義。亦即
只有別解體的意義，沒有本體的意義。若將上一個例子語境改爲：

> 某官員貪污成性，年紀大了，患有「青光眼」和「白內
> 障」。別人嘲諷他說：「現在他總算是一身清白。」（筆
> 者擬句）

此例語境中只有「諧音別解」後的新義「青光眼和白內障」，卻沒有
原詞本義「清廉正直」。則是「諧音別解」，而非「諧音雙關」。

㈡語意別解

所謂「語意別解」，是指：利用字詞的多義現象，別解詞義和語義（楊春霖、劉帆，1996：172）。運用語意別解手法，有的會有雙關義，有的則沒有雙關義。有雙關義的，歸入雙關與語意別解兼格；沒有雙關義的，歸入語意別解。

1.有雙關義的語意別解

語境中除了具有「語意別解」後的新義，還兼有原詞本義。亦即兼有別解體的意義，和本體的意義。如：

> 人一到西非，氣氛就有點不同。團中人自我解嘲的說：「漸入差境。」因為以往所到各國都是非洲的黃金地帶，此後要開始嘗試非人生活了。（郭敏學〈非洲七十日〉）

「非人生活」本指「不是人所能過的生活」。此例除了原義之外，還兼含語境特有的詞義別解意義「非洲人的生活」。

> 做女人挺好（豐胸廣告）

「挺好」原指「很好」。此例除了原義之外，還兼含語境特有的語意別解意義「豐挺才好」。

> 某黑道大哥去特種行業消費，喝酒時，除了有如花般的美女陪伴，還嗜好花生當下酒菜，真是名副其實的喝「花酒」。（筆者擬句）

此例「花酒」兼有原義（特種行業有女人陪飲的酒宴）及別解後的新義（花生配酒）。

2.無雙關義的語意別解

語境中只具有「語意別解」後的新義，卻沒有原詞本義。亦即只有別解體的意義，沒有本體的意義。如：

> 我在四川獨居無聊，一斤花生，一罐茅台當做晚飯，朋友們笑我吃「花酒」（梁實秋《雅舍雜文‧想我的母親》）

沈謙（1996：71）將此例視爲「詞義雙關」，則有待商榷。「花

酒」的本義是指特種行業有女人陪飲的酒宴，此例借用「花酒」一詞來別解爲「花生」加「茅台酒」。語境中原義已消失，只存有新義，所以不是雙關。

> 男：服役時每天都吃滿漢全席！
> 女：怎麼可能？
> 男：真的，「滿」桌都是彪形大「漢」！（璇璣子〈滿漢全席〉）

沈謙（1996：74）將此例視爲「詞義雙關」，則有待商榷。「滿漢全席」的本義是指菜色豐富、山珍海味；此例借用「滿漢全席」一語，來別解爲「滿桌都是彪形大漢」。原義已失，只存新義，所以不是雙關。

> 小張：「你不是和女朋友開車出去玩嗎？好不好玩啊？」
> 小郭：「一點都不好玩，還弄出人命哩——」
> 小張：「什麼？你撞死人啊？」
> 小郭：「不是啦，是『弄』出一條『人命』來了……」
> （莊孝偉《無笑退錢4》，頁93）

「弄出人命」的本義是出了人命，此例則將之別解爲「弄出一條人命」，意即懷孕。本義已消失，只存新義，所以不是雙關。

四、譬喻手法形成的雙關

　　黃慶萱（2002：321）曰：「譬喻是一種『借彼喻此』的修辭法，凡二件或二件以上的事物中有類似之點，說話、作文時運用『那』有類似點的事物來比方說明『這』件事物的，就叫『譬喻』。」

　　譬喻依三要素（本體、喻詞、喻體）齊備與否，一般分爲「明喻」、「隱喻」、「略喻」和「借喻」（蔡謀芳，2003：8-12）。其中「借喻」最容易與雙關混淆，需要辨析。

　　凡將「本體」、「喻詞」省略，只剩下喻體的，叫做「借喻」（黃慶萱，2002：334）。運用借喻手法，有的會有雙關義，有的則沒有雙關義。有雙關義的，歸入雙關與譬喻兼格；沒有雙關義的，歸入譬喻。

㈠有雙關義的借喻手法

語境中除了具有「借喻」後的新義，還兼有原詞本義。亦即兼有喻體的意義，和本體的意義。如：

> 八月湖水平，涵虛混太清。
> 氣蒸雲夢澤，波撼岳陽城。
> 欲濟無舟楫，端居恥聖明。
> 坐觀垂釣者，徒有羨魚情。（孟浩然〈臨洞庭湖上張丞相〉）

此詩題目爲〈臨洞庭湖上張丞相〉，則將語境設定是孟浩然面臨洞庭湖所寫，所以「欲濟無舟楫」、「坐觀垂釣者，空有羨魚情」，都是寫眼前的景，此字面之義；但其目的是「上張丞相」，希望對方汲引，所以另含（借喻）「欲出仕而無人汲引」、「空有羨慕之情」。此例兼有字面義和言外義，則是句義雙關。

> 阿唐去教官室複檢頭髮回來後，怒容滿面地說：「真是『秀才』遇到兵，有『理』說不清。」（將門文物出版有限公司《開懷笑話》，頁160）

「秀才遇到兵」本是用來借喻講理者碰到不講理者，此處兼指學生（讀書人爲秀才）碰到教官（軍人爲兵），此爲句義雙關。「有理說不清」的「理」字，兼指「道理」和「理髮」，則是詞義雙關。

㈡無雙關義的借喻手法

語境中只具有「借喻」後的新義，卻沒有原詞本義。亦即只有喻體的意義，沒有本體的意義。

「借喻」的形式是甲（本體）被乙（喻體）所取代。本體、喻詞省略，只剩下喻體，全然不寫正文（本體），將喻體用來做正文（本體）的代表，但喻體不在眼前，而是憑空想像。如：

> 菩提本無樹，明鏡亦非臺；
> 本來無一物，何處惹塵埃？（慧能偈詩）

禪宗六祖慧能以借喻形式表達超越塵俗的頓悟，以「菩提樹」比喻

含有善根的身體，以「明鏡臺」比喻清晰洞明的內心。直接以喻體「菩提樹」取代身體，以喻體「明鏡臺」取代內心。只不過喻體「菩提樹、明鏡臺」並不存在於眼前，而是想像出來的事物，所以義無雙關。

> 我們周遭，有善緣、惡緣；起心動念間，「緣」已接上。人非先知，不能凡事預設防範，所以要靜心，砍斷周圍某些枝蔓。（杜萱〈鏡與影〉）

杜淑貞（2000：320）將此例視為「詞義雙關」，則有待商榷。「砍斷周圍某些枝蔓」用來借喻「清除身邊某些阻礙」，眼前並無植物枝蔓環繞周圍，所以只有借喻的意義，沒有字面的意義，因此不是「雙關」。

另外，解讀不同時，則分屬不同辭格。如：

> 煮豆燃豆萁，豆在釜中泣，
> 本是同根生，相煎何太急？（曹植〈七步詩〉）

沈謙（1996：278）曰：「曹植將自己的感情與處境投射到『豆』上，寫出了這首〈七步詩〉。從譬喻的角度而言，整首詩是『借喻』，從『轉化』的角度而言，這是『擬人』。」曹植以整首詩用來借喻「兄弟相殘」。因為喻體並不存在於眼前，而是憑空想像出來的事物。但若從另一角度來看，「本是同根生，相煎何太急」二語，一方面指該詩「煮豆燃豆萁」，另一方面指曹丕迫害曹植，則屬雙關（蔡謀芳，1990：83；陳正治，2001：154）。這是解讀角度不同，而有不同結果。

> 朱虛侯年二十，有氣力，忿劉氏不得職。嘗入侍高后燕飲，高后令朱虛侯劉章為酒吏。章自請曰：「臣，將種也，請得以軍法行酒。」高后曰：「可。」酒酣，章進飲歌舞。已而曰：「請為太后言耕田歌。」高后兒子畜之，笑曰：「顧而父知田耳，若生而為王子，安知田乎？」章曰：「臣知之。」太后曰：「試為我言田。」章曰：「深耕穊種，立苗欲疏，非其種者，鉏而去之。」呂后默然。（司馬遷《史記·齊悼惠王世家》）

此例朱虛侯以整首詩用來借喻「非劉氏當去之」。因爲喻體並不存在於眼前，而是憑空想像出來的事物。但若從另一角度來看，「非其種者，鉏而去之」二語，一方面指該詩「耕田」，另一面指「非劉氏之種者去之」，則屬雙關。這是解讀角度不同，而有不同結果。

五、藏詞手法形成的雙關

　　將大眾所熟知的名言（如：成語、諺語、格言、警句等），或當前的語句，只說一部分（藏體），藏去所欲表達的詞語（本體）的修辭方法，是爲「藏詞」（魏聰祺，2004b：101）。

　　藏詞的分類，可以從三個不同角度加以分類：一是依引用對象分：可以分爲「名言藏詞」與「當前藏詞」二類；二是依表達形式分：可以分爲「藏頭」、「藏尾」和「藏腰」三類；三是依表達效果分：可以分爲「代用藏詞」與「言外藏詞」二類（魏聰祺，2004b：101）。

　　運用藏詞手法，有的會有雙關義，有的則沒有雙關義。有雙關義的，歸入雙關與藏詞兼格；沒有雙關義的，歸入藏詞。

㈠有雙關義的藏詞

　　在說話行文中，引用某一語句，故意只說一部分（藏體），將某一部分藏去不說（本體），但整個文句字面仍然通順，藏去的部分是作者的言外之意，是爲「言外藏詞」（魏聰祺，2004b：107）。

　　言外藏詞往往都有雙關義，除了字面意義外，兼含言外之義。如名言的言外藏詞：

> 逢君只合千場醉，莫恨今生<u>去日多</u>。（龔自珍〈廣陵舟中為伯恬書扇〉）

曹操〈短歌行〉：「人生幾何？譬如朝露，去日苦多。」以「去日多」藏腰「苦」字。「莫恨今生去日多」本身已是語法完整，作者另暗藏言外之意「苦」。因此兼有「今生逝去日子已多」和「今生苦」兩層意思。

> 恭喜郎君又有她，賤妾從此不當家；
> 開門諸事都交代：<u>柴米油鹽醬與茶</u>。

俗語：「開門七件事：柴米油鹽醬醋茶。」此例只說「柴米油鹽醬與茶」，藏腰「醋」字而有言外之意：亦即要「留醋自吃」。因此兼有「將柴米油鹽醬與茶交代出去」和「留醋自吃」兩層意思。

　　所謂「當前藏詞」，是指引用當前的語句（並非大眾所熟知的名言），只說一部分（藏體），藏去所欲表達的詞語（本體）的修辭方法，是為「當前藏詞」。因為所引用的是普通語句，並非大眾所熟知的名言，所以必須先在本文出現，才能使讀者有所對照，產生似曾相識的感覺。它不像名言藏詞的名言原句，可以不必事先出現（魏聰祺，2004b：113）。

　　許多當前的言外藏詞，往往也義兼雙關。如：

　　一向勤於思考道德問題的父親對即將遠行的兒子諄諄告誡：「孩子，吃虧就是占便宜。」兒子若有所悟，連連點頭。不過父親又加了一句：「孩子，我們千萬不要占人家的便宜。」（將門文物出版有限公司《校園幽默》，頁105）

父親說：「不要占人家的便宜」，字面上是指真的不要占人家的便宜：另一層意義則是指「吃虧就是占便宜」，以「占便宜」藏頭「吃虧」而暗示之。

㈡無雙關義的藏詞

　　所謂「代用」，是指在文句中，以乙取代甲。因此，直接將藏體運用在語句中，用以取代本體，是為「代用藏詞」。此時作者所要表達的意思，不能用藏體直接解釋，藏體只是一個媒介，用以取代本體而已，必須將藏體換成本體，才解釋得通。由於「代用藏詞」往往只是把古書中的詞組或語句割裂開來，只取其中的一部分，所以有的學者稱為「割裂」（魏聰祺，2004b：105）。

　　由於代用藏詞的「藏體」只是一個媒介，用以取代本體而已，如果語境上沒有兼指藏體，則只有本體一義，因此它是「無雙關義的藏詞」。如：

　　這個智障兒到了不惑之年，仍然要父母替他洗澡、穿衣、餵食。（筆者擬句）

此例藏體「不惑」只是媒介而已，它只是用以取代本體「四十」。語

境中智障兒仍是困惑無知，因此它只有本體的意思，而沒有藏體的意思。

六、析字手法形成的雙關

在講話行文時，刻意就文字的形體、聲音、意義加以分析，由此而創造出修辭的方式來，叫做「析字」（黃慶萱，2002：215）。

陳望道（1989：148-158）將「析字」格分為「化形析字」（包括「離合」、「增損」和「借形」三項）、「諧音析字」（包括「借音」、「切腳」和「雙反」三項）、「衍義析字」（包括「代換」、「牽附」和「演化」三項）三種。

黃慶萱（2002：215）在陳望道的基礎上略做修改，將析字分為：文字的「離合」為「化形析字」；文字的「借音」、「合音」為「諧音析字」；文字的「牽附」、「演化」為「衍義析字」。其中「借音」和「諧音別解」相同，「演化」和「語意別解」相同，已於上文辨析。剩下「離合」的「化形析字」需要和「雙關」辨析。

運用化形析字手法，有的會有雙關義，有的則沒有雙關義。有雙關義的，歸入雙關與析字兼格；沒有雙關義的，歸入析字。

㈠有雙關義的化形析字

語境中除了具有本體的原義，還兼有「析字」後的新義。亦即兼有本體的意義，和析體的新義。如：

四口同圖，內口皆歸外口管；
五人共傘，小人全仗大人遮。（《古今巧聯妙對》）

「圖」字由四個「口」字組成，字形上，內三口皆歸外大口管轄，句義雙關兼指縣內人口歸外來人口（縣官）管轄；「傘」字由五個「人」字組成，字形上，四個小的「人」，全都仰仗上面大的「人」字遮陽蔽雨，句義雙關兼指平民百姓（自稱小人）全都仰仗縣官（大人）的遮掩照顧。

錢有二戈，傷壞古今人品；
窮只一穴，埋沒多少英雄。（《古今巧聯妙對》）

「錢有二戈」，字形上是指「錢」的偏旁「戋」，是由兩個「戈」

組成；詞義雙關兼指「錢」的誘惑如同武器「戈」的殺傷效果，所以說「傷壞古今人品」。「窮只一穴」，字形上是指「窮」的偏旁「穴」只有一個；詞義雙關兼指「窮雖只是一個洞穴陷阱」，但卻會「埋沒多少英雄」。

㈡無雙關義的化形析字

語境中只具有本體的原義，「析字」後並無新義。亦即只有本體的意義，並無析體的新義。如：

> 我既是個酒鄉的一個土著，又這樣的喜歡談酒，好像一定是個與「三酉」結不解緣的酒徒了。（周作人〈談酒〉）

「三酉」合併爲「酒」字。只有本體「酒」的意義，析體「三酉」並無新義，只是單純地將本體拆開而已。

> 丘八，幾天之後，我就要開始丘八的生活了，多麼高興啊！（謝冰瑩《女兵自傳》）

「丘八」合併爲「兵」字。只有本體「兵」的意義，析體「丘八」並無新義，只是單純地將本體拆開而已。

七、鑲嵌手法形成的雙關

沈謙（1996：392）曰：「在詞語中，故意插入數目字、虛字、特定字、同義字、異義字的修辭方法，是爲『鑲嵌』。」陳望道（1989：167-170）將「鑲嵌」分爲「鑲字」、「嵌字」和「拼字」三類；沈謙（1996：392）則將「鑲嵌」分爲「鑲字」、「嵌字」、「增字」和「配字」四類。其中「嵌字」容易和「雙關」混淆，需要辨析。

沈謙（1996：398）曰：「故意用特定字詞嵌入語句中，是爲『嵌字』。嵌字往往詞涉雙關，暗藏巧義，耐人尋味。」運用嵌字手法，有的會有雙關義，有的則沒有雙關義。有雙關義的，屬於雙關與嵌字兼格；沒有雙關義的，歸入嵌字。

㈠有雙關義的嵌字

語境中除了具有本體的原義，還兼有「嵌字」後的新義。亦即兼

有本體的意義，和嵌體的新義。如：

> 史筆留芳，雖未成功終可法；
> 洪恩浩蕩，不能報國反成仇。（沈謙，1996：402）

此為清代文人詠史可法與洪承疇的一副對聯。上聯句首嵌「史」字，句末嵌「可法」二字，一是指史可法其名，二是透過詞義別解兼指他在史上終可令人效法，是為「詞義別解雙關」。下聯句首嵌「洪」字，句末嵌「成仇」二字，一是指洪承疇其名，二是透過諧音別解兼指他愧對明朝洪恩，成為明朝之仇人，是為「諧音別解雙關」。上下聯又形成忠奸的「對襯」效果。

> 中國捷克日本；
> 南京重慶成都。（愚庸笨《中國文字的創意與趣味》，頁154、155）

此例是對日抗戰勝利，國府由四川重慶遷回南京時，有人所寫的對聯。上聯嵌入三個國家名稱，且詞義別解雙關「中國奏捷克服日本」；下聯嵌入三個城市名稱，且詞義別解雙關「南京重新慶祝成為首都」。

㈡無雙關義的嵌字

語境中只具有本體的原義，「嵌字」後並無新義。亦即只有本體的意義，並無嵌體的新義。如：

> 坐南朝北吃西瓜，皮往東甩；
> 思前想後看左傳，書向右翻。

此例上聯嵌入「南」「北」「西」「東」四個方向；下聯嵌入「前」「後」「左」「右」四個方位。只有字面意思，並無別的雙關義。

八、譬解手法形成的雙關

俗語歇後法簡稱「歇後語」，或「諧後語」，是光「譬」不「解」的「譬解語」。例如：「鬍子上貼膏藥——毛病多多」，上句「鬍子上貼膏藥」是「譬」，下句「毛病多多」是「解」。如果

聽話者爲解人，我們只消說「鬍子上貼膏藥」，而將「毛病多多」打住，這就成了「歇後語」（黃慶萱，2002：170、171）。這種光「譬」不「解」的「譬解語」，可以視爲「藏詞」中的「藏尾」。但是「譬解語」因爲有「解」，嚴格說來，不算「藏詞」；所以，黃慶萱（2002：171）認爲：「如果把它分出獨成爲『譬解』格，也是可以的。」

　　唐松波、黃建霖（1996：625）在「藏詞」之外，另立「歇後」一個辭格，並定義爲：「用比喻再加上解說構成一種幽默風趣的語句。」爲避免語義混淆，此處「歇後」應正名爲「譬解」，黃麗貞（2000：286、287）在唐松波、黃建霖的基礎上將「譬解」分爲「喻意譬解語」和「諧音譬解語」二類，它們分別和「詞義雙關」、「諧音雙關」有關，需要辨析。

(一)喻意譬解語

　　所謂「喻意譬解語」，就是後半的解釋語，是在說明或強調前半的譬喻語（黃麗貞，2000：287）。運用喻意譬解語手法，有的會有雙關義，有的則沒有雙關義。有雙關義的，屬於雙關與譬解兼格；沒有雙關義的，歸入喻意譬解語。

1.有雙關義的喻意譬解語
　　譬解語中的「解」兼有二義。如：

　　你別裝了，你這麼做只是六月芥菜——假有心。（筆者擬句）

此例「假有心」一指「六月芥菜」假裝有「菜心」，一指「你」，假裝有「用心」。「假有心」兼指「假裝有菜心」和「假裝有用心」二義，屬於詞義雙關。

　　小偷中槍後，十七兩——翹翹。（筆者擬句）

此例「翹翹」，一指「十七兩」，物品重十七兩，秤鎚重一臺斤（十六兩），因此秤桿「翹翹」；一指「小偷」「翹了」（死亡）。「翹翹」兼有「翹起來」和「死了」二義，屬於詞義雙關。

2.無雙關義的喻意譬解語

譬解語中的「解」只有一義。如：

你真是狗掀門簾子——全仗一張嘴。（筆者擬句）

此例一般人會認為具有兩層意思，「全仗一張嘴」一指「你」，一指「狗」，因而認為它屬於「雙關」。如果這樣可以視為「雙關」，那麼「雙關」和「譬喻」就無法區別了。如：

書本就像降落傘，打開來才能發生作用。（沈謙，1996：5）

此例是「明喻」，「書本」為本體，「就像」為喻詞，「降落傘」為喻體，「打開來才能發生作用」為喻旨。而喻旨正是本體和喻體的相似點，當然可以適用在「書本」和「降落傘」上，我們是否可以比照上例，說成「打開來才能發生作用」一指「書本」，一指「降落傘」，也把此例當成「雙關」？若是如此，那「譬喻」與「雙關」就不好分別了。譬解語的前一部分稱為「譬」，就是「譬喻」，可以視為「喻體」；後一部分稱為「解」，可以視為「喻旨」，就是本體和喻體的相似點。因此我們可以把上一例「你真是狗掀門簾子——全仗一張嘴」視為一個「隱喻」，「你」為本體，「真是」為喻詞，「狗掀門簾子」為喻體，「全仗一張嘴」為喻旨。「全仗一張嘴」就是「全仗一張嘴」，沒有第二種意思。

你真是狗拿耗子——多管閒事。（筆者擬句）

我們可以把此例視為一個「隱喻」，「你」為本體，「真是」為喻詞，「狗拿耗子」為喻體，「多管閒事」為喻旨。喻旨沒有二種不同意思。

碰到這種事，我也是大姑娘上花轎——頭一遭。（筆者擬句）

我們可以把此例視為一個「隱喻」，「我」為本體，「也是」為喻詞，「大姑娘上花轎」為喻體，「頭一遭」為喻旨。喻旨沒有二種不同意思。

(二)諧音譬解語

所謂「諧音譬解語」，就是後段解釋語的意義，要通過其中主要關鍵字詞的諧音，才能表達出來（黃麗貞，2000：286）。諧音譬解語大都兼有雙關義，筆者尚未發現無雙關義的諧音譬解語。如：

> 你真是黃河的沙子，淤到底了。（司馬中原《挑燈練膽·大汎》）

「你真是黃河的沙子」是隱喻，喻旨「淤到底了」，「淤」字是針對「黃河的沙子」而言；另外，將「淤」字諧音別解為「迂」字，這是針對「你」而言的：所以兼有兩層意思，可視為「諧音雙關」。

> 孩子做錯事，媽媽又成了澎湖絲瓜──十捻。（筆者擬句）

「媽媽又成了澎湖絲瓜」是隱喻，喻旨「十捻」是針對喻體「澎湖絲瓜」而言，意指有「十個楞」；另外，將「十捻」以閩南語諧音別解為「雜唸」，則是針對「媽媽」而言：所以兼有兩層意思，可視為「諧音雙關」。

肆、產生因素

一、心理基礎

雙關的心理基礎是劉勰《文心雕龍·諧讔》所說的「意生於權譎，而事出於機急。」黃慶萱（2002：434）曰：「雙關的原理，也正是將兩種通常屬於不同範疇的觀念，藉其中隱藏的類似之點，而加出人意表地替換或聯繫。於是，像注視一件新奇的事物，或傾聽一種陌生的聲音，讀者驚奇錯愕地接受了作者機智的挑戰。劉勰所謂『權譎機急』，意當指此。」雙關和譬喻在某些情況下都是透過類似聯想而達成，這是他們的相同點。但是雙關往往是一種配合語境的機智的表現，令人驚奇、錯愕、讚歎。

二、語文條件

雙關是借助字詞語句中，有諧音或多義的條件，使一個字詞或語句同時兼有字面上和字面外的兩層意思。因此，不論是諧音雙關、詞

義雙關或是句義雙關，都和語音、語義有關。由於中國文字同音現象頻繁，造成一音多字的情形，也就給諧音雙關提供了基礎條件。另外，中國文字一字多義（本義、引申義、假借義等）也成為詞義雙關和句義雙關產生的因素之一。

伍、運用原則

雙關的運用，因為它的裡層義往往是偏離常規的語境臨時義，它以陌生化的現象出人意外將心理距離拉大，以吸引讀者注意。而這個臨時產生的裡層義一定與語境配合，並和表層義有語音上或語義上的關聯，因此能將心理距離拉近，入乎意中而讓讀者可以接受。如：

> 甲：「聽說陳水扁總統要接替謝長廷當黨主席，你打算送匾額恭賀。」乙：「沒錯。」甲：「你題什麼？」乙：「新『陳』代『謝』。」（《時報周刊》第1265期，2002年5月21日-5月27日，頁95）

「新陳代謝」原指「新舊更替」，除了保留原義之外，還兼含語境臨時義「新的陳主席代替舊的謝主席」，這就非常切合時機，充滿機智。

第三節　借代

壹、定義

黃慶萱（2002：355）曰：「所謂『借代』，就是指在談話或行文中，放棄通常使用的本名或語句不用，而另找其他與本名密切相關的名稱或語句來代替。」筆者認為可增加「故意」二字，以強調其「刻意性」，並為求本書用語統一，因此將上述「借代」定義修改為：

> 說話行文時，故意放棄通常使用的本名或語句不用，而另找其他與本名密切相關的名稱或語句來代替的修辭方法，叫做「借代」。

借代，有人稱之為「換名法」（劉煥輝，1997：270）、「代稱」

（王占福，2001：74）。

　　由此一定義，可以得到借代的特點有三：

一、借代的要素爲：本體（通常使用的本名或語句）和借體（其他名稱或語句）。

二、本體和借體有密切關係。

三、借代的表現方式：以借體取代本體，語句中只有借體，本體被取代了。

　　上述第二點，是借代和借喻、藏詞不同之處；第三點則是借代和借喻、藏詞相似點，所以容易造成辨析困難，觀念混淆。

貳、分類

　　根據借體和本體的關係，可以分爲旁借和對代兩大類，其下又可分若干小類（陳望道，1989：84；黃麗貞，2000：85）：

一、旁借

　　「本體是主幹事物（甲），借體是隨伴事物（乙），用隨伴事物代替主幹事物」，是爲旁借（楊春霖、劉帆，1996：64）。旁借只能以乙來代替甲，無法反過來以甲代替乙。所以它是單向借代，而非雙向互代。

　　旁借又可以分爲四小類：

㈠以事物的特徵或標誌代替事物

　　不直接指明人事物（本體），借人事物的特徵或標誌（借體）來代替。如：

> 國人皆咎公。公曰：「君子不重傷，不禽二毛。」（《左傳・僖公二十二年》）

「二毛」指黑、白兩種頭髮，是老人的特徵，用以借代老人。「二毛」和「老人」之間，沒有重複相同字詞，讀者可以產生新穎刺激。

> 老臣賤息舒祺，最少，不肖；而臣衰，竊愛憐之。願令得補黑衣之數，以衛王宮。（《戰國策・趙策四・觸讋說趙太后》）

「黑衣」是當時趙國王宮衛士的服色特徵，借以代替「衛士」。「黑衣」和「衛士」之間，沒有重複相同的字詞，可以產生新穎刺激。

> 陳涉，甕牖繩樞之子，甿隸之人，而遷徙之徒也。（賈誼〈過秦論〉）

用破甕當窗牖，用繩索繫戶樞，是貧窮人家的特徵，所以，此例以「甕牖繩樞」借代「貧窮人家」，本體和借體之間沒有重複相同字詞。

> 至於負者歌於途，行者休於樹，前者呼，後者應，傴僂提攜，往來而不絕者：滁人遊也。（歐陽脩〈醉翁亭記〉）

「傴僂」爲駝背，是老人的特徵，故以「傴僂」借代「老人」；「提攜」是牽引著走，乃小孩行走特徵，故以「提攜」借代「小孩」。本體和借體之間沒有重複相同字詞。

> 絳幘雞人報曉籌，尚方方進翠雲裘。
> 九天閶闔開宮殿，萬國衣冠拜冕旒。（王維〈和賈至舍人早朝大明宮之作〉）

「衣冠」是官員的服飾特徵，借代官員；天子之冠冕，冠前下綴的綴珠曰旒，所以稱爲「冕旒」，以「冕旒」借代天子，是以特徵借代本體。

> 君臣留歡娛，樂動殷膠葛。
> 賜浴皆長纓，與宴非短褐。（杜甫〈奉先詠懷〉）

纓，爲繫冠的絲帶，「長纓」借代「冠冕」，是以部分代全體，再以「冠冕」借代官員，則是以特徵代本體；「短褐」是粗布短衣，乃平民衣著特徵，所以用來借代平民。

> 女教徒俯身下跪叩首，那二個「36D」不都跑出來了？像什麼話！（韓廷一《挑戰歷史——超時空人物訪談》，頁165）

「36D」是女性胸圍的大小，此例將特徵借代爲「乳房」。

「可憐的喔喔啊！」驢子說，「你還是跟我們一起走吧。我們要到大城市去。你可以去做更好的事情，免得被殺死。你有嗓子，如果我們開音樂會，你該是適當的演員。」（《布萊梅的樂隊》）

「喔喔」是公雞發出的獨特嗓音，此例以「喔喔」借代「公雞」，是以特徵（借體）代事物（本體）。本體和借體之間，沒有重複相同字詞。

㈡以事物的所在或所屬代替事物

不直接指明人事物（本體），借與人事物有關的所屬、所在（借體）代人事物。如：

呼韓邪：「為了『漢胡一家』，長安派遣她來；為了『漢胡一家』，我迎她到了草原。」（曹禺〈王昭君〉）

「長安」乃西漢首都，是漢廷政權所在地，故用來借代「漢廷」。

石崇以奢靡誇人，卒以此死東市。（司馬光〈訓儉示康〉）

漢代長安的刑場位於東市，因此借「東市」代替「刑場」。

無邊落木蕭蕭下，不盡長江滾滾來。（杜甫〈登高〉）

蔡宗陽（2001：74）曰：「『落木』是『落葉』。借『木』代木所屬的『葉』。」

㈢以事物的作者或產地代替事物

不直接指明人事物（本體），借與人事物有關的作者或產地（借體）代替人事物。如：

對酒當歌，人生幾何？譬如朝露，去日苦多
慨當以慷，憂思難忘。何以解憂？唯有杜康。（曹操〈短歌行〉）

杜康相傳是發明造酒的人，此例用以借代「酒」，並非借代「杜康的酒」，因為曹操絕對喝不到杜康造的酒。本體和借體之間，沒有重複

相同的字詞。

> 雖非甲冑士，疇昔覽穰苴。
> 長嘯激清風，志若無東吳。（左思〈詠史〉）

穰苴，是春秋時代齊景公的大司馬。齊威王整理古司馬兵法，把穰苴的兵法附在書中，稱爲《司馬穰苴兵法》。不過該書早已亡佚，左思不可能讀到該書，所以「穰苴」不是借代「穰苴兵法」，而是借代普通的「兵書」。本體和借體之間，沒有重複相同的字詞。

> 湘鄉出將入相，手定東南，勳業之盛，一時無兩。（俞樾《春在堂隨筆》卷一）

「湘鄉」是清代曾國藩的出生地，借代爲「曾國藩」。本體和借體之間，沒有重複相同的字詞。

> 我的怒中有燧人氏，淚中有大禹。（余光中〈五陵少年〉）

「燧人氏」發明鑽木取火，用以借代「火」；「大禹」治水，用以借代「水」。本體和借體之間，沒有重複相同的字詞。

㈣以事物的資料或工具代替事物

不直接指明事物（本體），借與事物有關的資料或工具（借體）代替事物。如：

> 沛公不勝杯杓，不能辭。（《史記‧項羽本紀》）

「杯杓」是喝酒的工具，用以借代「酒」。「杯杓」和「酒」之間，沒有重複相同字詞。此句可以還原爲「沛公不勝酒量」，合乎語法。

> 惜乎，夫子之說君子也！駟不及舌。（《論語‧顏淵》）

舌頭是說話的工具，用以借代「說出去的話」。

> 僕雖怯懦欲苟活，亦頗識去就之分矣，何至自沉溺縲紲之辱哉！（司馬遷〈報任少卿書〉）

「縲紲」是用來綑綁犯人的繩子，用以借代「囚禁」。

> 文長既不得志於有司，遂放浪曲糱，恣情山水，走齊魯燕趙之地，窮覽朔漠。（明・袁宏道〈徐文長傳〉）

「曲糱」是釀酒的發酵物，即酒母。用以借代酒。

> 藺相如徒以口舌為勞，而位居我上。（《史記・廉頗藺相如列傳》）

「口舌」是說話言語的工具，用以借代「說話言語」。

> 此地有崇山峻嶺，茂林修竹，又有清流激湍，映帶左右。引以為流觴曲水；雖無絲竹管弦之盛，一觴一詠，亦足以暢敘幽情。（王羲之〈蘭亭集序〉）

「絲」、「弦」是弦樂器的材料，用以借代「弦樂器」；「竹」、「管」是管樂器的材料，用以借代「管樂器」。樂器又是演奏音樂的工具，用以借代音樂。

> 時難年荒世業空，弟兄羈旅各西東。
> 田園寥落干戈後，骨肉流離道路中。
> 弔影分為千里雁，辭根散作九秋蓬。
> 共看明月應垂淚，一夜鄉心五處同。（白居易〈望月有感〉）

「干」是盾牌，「戈」是平頭戟，「干戈」是戰爭的工具，借來代替「戰爭」。

> 辛苦遭逢起一經，干戈寥落四周星。
> 山河破碎風飄絮，身世浮沉雨打萍。
> 惶恐灘頭說惶恐，零丁洋裡歎零丁。
> 人生自古誰無死？留取丹心照汗青。（文天祥〈過零丁洋〉）

古代以竹簡作為書寫工具，竹簡必須先刮除外表膠質，露出青皮，才能用筆著墨；也必須先用火烤，使水分蒸發，如同人之出汗，乾燥

才能防腐。所以「汗青」是製作竹簡的過程，用以借代「竹簡」。「竹簡」又是古籍史書寫作的工具，用以借代「史書」。

> 生若有，雞酒香；生若無，四塊板。（臺灣俗諺）

古代醫學不發達，女人懷孕生子，形同搏命。順利生產，坐月子則有雞酒香味四溢；如果難產，結局是死亡一途。「四塊板」是做「棺木」的材料，「棺木」是裝死人的工具，此例借「四塊板」代替「死亡」。

二、對代

即本體和借體之間，可以互相代替，如甲可以代乙，在不同的情況下，也可以用乙來代替甲。所以它可以雙向互代，而非單向借代。

對代又可以分為四類：

㈠部分和全體互代

不直接指明人事物，而以部分代全體，或全體代部分。

1.部分代全體

以事物的主要部分代替該事物的全體。如：

> 長鋏歸來乎！食無魚。（《戰國策・齊策四・馮諼客孟嘗君》）

鋏，本為劍把，此例用來借代整個的劍。「鋏」和「劍」之間，沒有重複相同的字詞。

> 開軒面場圃，把酒話桑麻。（孟浩然〈過故人莊〉）

桑麻，只是農作物的一小部分，此例借「桑麻」（部分）代替「農作物」（全體）。

> 沙鷗群集，錦鱗游泳；岸芷汀蘭，鬱鬱青青。（范仲淹〈岳陽樓記〉）

鱗，是魚身上的一部分，此例用「鱗」（部分）借代「魚」（全

體）。

> 一日不見，如隔三<u>秋</u>。（俗語）

秋，是一年四季中的一季，此例用「秋」（部分）借代「年」（全
體）。

> 八點上班九點到，一杯茶水一張報；
> 翻翻文件到午後，吃了中飯<u>車馬炮</u>。（劉言《笑說中國》，
> 頁84）

車馬炮，是象棋的部分棋子，此例用「車馬炮」（部分）借代「象
棋」（全體）。

> 「你教的是『<u>子曰詩云</u>』麼？」我覺得奇異，便問。
> 「自然。你還以為教的是<u>ABCD</u>麼？」（魯迅〈在酒樓
> 上〉）

「子曰詩云」只是古文部分常見的語詞，此處用「子曰詩云」（部
分）借代「古文」（全體）；「ABCD」只是英文字母開頭部分，此
處用「ABCD」（部分）借代「英文」（全體）。

2.全體代部分

以事物的全體借代事物的部分。如：

> 湯姆只用眼角掃他一下，不當他一回事。「喂，我問
> 妳，<u>中國娃娃</u>，……。」「不許你這樣叫我！」（於梨華
> 〈變〉）

此例以「中國娃娃」（全體）借代女主角（部分）。

(二)特定和普通互代

不直接指明人事物，而以特定代普通，或以普通代特定。

1.特定代普通

不直接指明人事物，以特定的人事物借代普通的人事物。如：

> 烏中之<u>曾參</u>。（白居易〈慈烏夜啼〉）

曾參，是孔子弟子，也是孝子。此例以特定的「曾參」借代普通的「孝子」。

> 湖南是中國的<u>斯巴達</u>。（蔣夢麟《西潮》）

斯巴達，是古希臘的城邦之一，也是崇尚好武精神的地方。此例以特定的「斯巴達」借代普通的「崇尚好武的地方」。

> 新郎緣投有智慧，新娘美麗擱古錐；
> 今晚二人送作堆，明年生一個<u>李登輝</u>。（李赫《呷新娘茶講好話》，頁12）

李登輝，擔任了中華民國總統十二年，算是大人物。此例以特定的「李登輝」借代普通的「大人物」。

> 三個臭皮匠勝過一個<u>諸葛亮</u>。（俗語）

諸葛亮，是三國時代蜀國丞相，也是足智多謀的人物。此例以特定的「諸葛亮」借代普通的「智謀人物」。

> 吸引陸資　臺灣可成東方<u>蘇黎世</u>（《中國時報》2002年12月13日22版）

「蘇黎世」本是瑞士第一大城市，也是經貿中心。此例借特定的「蘇黎世」借代普通的「經貿中心」。

2.普通代特定

不直接指明人事物，以普通的人事物借代特定的人事物。如：

> <u>二三子</u>以我為隱乎？（《論語・述而》）

蔡宗陽（2001：77）曰：「『二三子』，是各位年輕人。這裡借『二三子』，代『學生』，是借普通，代特定。」

> 今日人客真正濟，攏欲來看這二個；
> 新郎新娘親一個，<u>人生大事</u>免歹勢。（李赫《呷新娘茶講好話》，頁20）

「人生大事」本是普通的概念，泛指人生中所有重大事件，本例則借代爲「結婚洞房」，是以普通借代特定。

(三)具體和抽象互代

具體概指事物的形體，抽象概指事物的性質、狀態、關係、作用等。彼此可以相代。

1.抽象代具體

不直接指明人事物，以人事物的抽象概念借代人事物的具體形體。如：

> 策扶老以流憩。（陶潛〈歸去來辭〉）

此例以「扶老」借代「拐杖」，拐杖的功用是扶持老人，所以就以其作用借代本體。

> 人有悲歡離合，月有陰晴圓缺，此事古難全。但願人長久，千里共嬋娟。（蘇軾〈水調歌頭〉）

嬋娟，是指色態美好的樣子。此例以「嬋娟」（抽象）借代「月亮」（具體）。

> 那一隊嬌嬈，十車細軟，便是俺的薄薄宦囊。不要叫仇家搶奪了去。（孔尚任《桃花扇・逃難》）

此例以「嬌嬈」（抽象）借代「美女」（具體），以「細軟」（抽象）借代「珠寶首飾」（具體）。

2.具體代抽象

不直接指明人事物，以人事物的具體形體借代人事物的抽象概念。如：

> 你向女人猛然提出一個問句，她的第一個回答是正史；第二個就是小說了。（張愛玲〈流言〉）

正史，所記內容正確可靠；小說，情節虛構假造。此例借「正史」（具體）代替「正確可靠」（抽象），借「小說」（具體）代替「虛構假造」（抽象）。

㈣原因和結果互代

　　不直接指明事物，以事物的結果代原因，或以原因代結果。

　1.結果代原因
　　不直接指明事物，以事物的結果借代原因。如：

　　胡馬依北風，越鳥巢南枝。
　　相去日已遠，衣帶日已緩。
　　浮雲蔽白日，遊子不顧返。（無名氏《古詩十九首·行行重
　　行行》）

「衣帶日已緩」是「相思消瘦」的結果，本例以「衣帶緩」借代
「相思消瘦」，是以結果代原因。

　　漢皇重色思傾國，御宇多年求不得。
　　楊家有女初長成，養在深閨人未識。（白居易〈長恨歌〉）

「傾國」是「美女」產生的效果，本例以「傾國」借代「美女」，則
是以結果代原因。

　　逾三年，余披宮錦還家，汝從東廂扶案出，一家睜視而
　　笑；不記語從何而起，大概說長安登科，函使報信遲早云
　　爾。（袁枚〈祭妹文〉）

唐代進士及第後，披宮錦袍，後世遂謂登進士曰「披宮錦」。本例以
「披宮錦」借代「考取進士」，則是以結果代原因。

　　時間已經無早，甜茶也飲甲真飽；我看咱著來告辭，通乎
　　新郎做阿爸！（李赫《呷新娘茶講好話》，頁42）

「做阿爸」是「生子女」的結果，「生子女」又是「洞房」後的結
果。本例是以結果借代原因。

　2.原因代結果
　　不直接指明事物，以事物的原因借代結果。如：

　　故人別我出陽關，無計鎖雕鞍。今古別離難，感損了蛾眉

遠山。（劉燕歌〈太常引〉）

陳正治（2001：103）說：「這兒不說『不讓離人動身』，卻說是『鎖雕鞍』。『鎖雕鞍』是不能動身的原因，代替了不能動身的結果。這是原因代替結果的借代。」

教友聚會，牧師說：「我們敬愛的陳弟兄，昨日已經蒙主恩召。阿門！」（筆者擬句）

在基督教的信仰，「蒙主恩召」是原因，用以借代結果「死亡」。這也是婉曲的避諱語。

表2-3　借代分類表　　　　　　　　　　　　　　　（筆者自製）

辭格	分類基準	次辭格			異名	說明
參、借代─代替、代稱換名法	依單向或雙向分	一、旁借（單向）	㈠以事物的特徵或標誌代替事物			
			㈡以事物的所在或所屬代替事物			
			㈢以事物的作者或產地代替事物			
			㈣以事物的資料或工具代替事物			
		二、對代（雙向）	㈠部分和全體互代	1.部分代全體		
				2.全體代部分		
			㈡特定和普通互代	1.特定代普通		
				2.普通代特定		
			㈢具體和抽象互代	1.具體代抽象		
				2.抽象代具體		
			㈣原因和結果互代	1.原因代結果		
				2.結果代原因		

參、辨析

借代的特點在上文業已詳述，它和引申義、專有名詞、借喻、省略、節縮有所不同，茲辨析如下：

一、「借代格」有別於「借代義引申」

詞的引申義，有的是由借代而產生。這種「借代義引申」已經是固定下來的意義，它和「借代格」只是特定語言環境中臨時運用，有所不同。馬景倫（2002：307）說得好：

> 詞的這種（相關代用）引申義，是由於借代用法固定下來而形成的，因此，有些學者稱之為「借代義」。詞的借代義同修辭上的借代有相同之處，都屬於「代用」；也有不同之處，借代是在特定的語境下臨時運用的，因而產生的意義是不固定的。如「鐵」可以指鐵製農具（《孟子》：「許子……以鐵耕乎？」），但離開了特定的語境，這個借代就不存在，「農具」也並非「鐵」這個詞的固定意義。而詞的借代義則是詞的固定下來的含義。

修辭上的借代格是在特定語言環境中臨時代用，如：「有人討論學術界教學與研究孰重，說書桌與講桌同樣重要，筆和舌不可偏廢。」以書桌和筆借代研究，以講桌和舌借代教學，這是以資料或工具相代（沈謙，1996：330）。但離開了特定的語境，這個借代就不存在，「研究」並非「書桌」、「筆」這兩個詞的固定意義，「教學」也不是「講桌」、「舌」這兩個詞的固定意義。

但是有些借代，由於長期頻繁運用，甚至具有了某種固定的含義，人們已不覺得是一種臨時的借代格了。如：「筵席」本義為鋪在地上供人坐的地方，古人席地而坐，設酒宴招待賓客，坐在筵席上，面對几案，所以用所在地方借代「酒宴」，已是引申的常用語，如「大開筵席」，就是廣請賓客參加酒宴；「兵」本義是指兵器，士卒持兵器則以工具借代引申為兵士；「鑑」本是鏡子，以其功用借代引申為「看」，如「明鑑」；這些都只是固定下來的「借代義引申」，並非臨時創製的「借代格」。

又如：「日」字的本義是「太陽」。因太陽出現則為白晝，於是透過相關性的借代引申，成為日夜的「日」；又因太陽出現一次稱為

一天，於是透過相關性的借代引申，成為一週有七日的「日」：這些
義項都是「日」字的固定義，它的運用只是正常用法，而非辭格表
達。

二、「借代」有別於「專有名詞」

事物之名稱，原是由借代手法形成，一旦成為專有名稱，後人使
用時，它只是一種名詞的直接使用，本身已是本體，而非借以代替另
一個本體。如：

> 世衰道微，邪說暴行又作，臣弒其君者有之，子弒其父者
> 有之。孔子懼，作春秋；春秋，天子之事也。是故孔子
> 曰：「知我者其惟春秋乎！罪我者其惟春秋乎。」（《孟
> 子‧滕文公下》）

此例沈謙（1996：330）曰：「一年有春、夏、秋、冬四季，『春
秋』代年，年代歷史，均屬部分代全體。」但是該段文字共有四個
「春秋」，其中只有「春秋，天子之事也」的「春秋」才是借代為
「歷史」。另外三個「春秋」都是指孔子的著作《春秋》經，它是專
有名詞，並非借代。

三、「借代」有別於「借喻」

借代與借喻頗為相似，但又絕不相同。黎運漢、張維耿
（1997：119）曰：

> 借代和借喻相像，都是用乙事物去代替甲事物，而本體事
> 物全不出現，但借代憑藉的是甲乙兩事物之間的相關性，
> 甲乙實質上是一事物；借喻憑藉的是甲乙兩事物之間的相
> 似性，甲乙是不同的兩事物。因此，借代的格式中不能加
> 上「像」、「是」之類的比喻詞，而且一般也不能把本體
> 事物補出來。

借喻是用喻體代替本體，借代是用借體代替本體，由於它們在格式上
都是以客體代替本體，因此容易相混。但是，二者的差異點為：借喻
的基礎是相似，借代的基礎是相關。所以借喻可以用「像」等喻詞改

寫成明喻形式，借代則不能。如：

> 白露橫江，水光接天。縱一葦之所如，凌萬頃之茫然。
> （蘇軾〈赤壁賦〉）

蔡謀芳（1990：93）曰：「『小舟如葦』：『如』是喻詞，『葦』
是喻依，『小舟』是喻體。當喻體及喻詞一同略去，只留喻依時，
這喻依就成爲該喻體的代稱了。上文『葦』字就是『小舟』的借代
者。」蔡氏又說：「將喻體及喻詞略去而只留喻依的例子，在譬喻
格中，屬於『借喻』之法。像這種既可以置諸『借喻格』，也可以
置諸『借代格』的實例，正顯示了修辭格相互之間實際存在的關聯
性。」蔡氏的觀點，是廣義的「借代」，只要客體取代本體的例
子，都屬「借代」，於是「節縮」、「省略」、「借喻」都是借代
的一種。這種看法，非本文所認定借代的借體和本體之間，必須有
「相關性」。後來蔡謀芳修改看法，所見則與本文論點相同。他舉例
如下：

> 繅成白雪桑重綠，割盡黃雲稻正青。（王安石〈木末詩〉）

並且加以說明：

> 譬喻的原始意義就是「舉例說明」──為表出一個主體意
> 思而藉意思相似的一個客體做媒介。所以喻與被喻之間的
> 基礎在「相似」。至於代與被代之間的關係，儘管種類繁
> 多，但其基礎乃在「相異」。試想：若非相異，何言相
> 代？既曰相代，不即表示「原本非一」乎？所以借代之於
> 借喻，其原始精神是有分別的。（蔡謀芳，2001：58）

蔡氏所言「喻與被喻之間的基礎在相似」，所言正確；「代與被代
之間的關係……其基礎乃在相異」，則須將「相異」修正爲「相
關」，否則任何「相異」而無「相關」者，也可以借代了。

> 螢火蟲，
> 夜夜明，
> 飛到西，
> 飛到東，

替我做盞<u>小燈籠</u>。（陝西兒歌〈螢火蟲〉）

此例是以「小燈籠」比喻「螢火蟲」。它們之間只有「相似性」而無「相關性」，而且此例的本體「螢火蟲」，和喻體「小燈籠」同時出現在上下文，所以它不是借代，而是比喻。

> 她的小被窩裡好像有一部小印刷機，印出一份一份淺黃深黃潮濕溫和的尿布。我們一份一份接下來，往臉盆裡扔。因此，阿釧的眉頭皺了，阿釧的胳臂酸了，阿釧的脾氣壞了。她的<u>印刷機</u>使我們的臨時傭人吃不消。（林良〈懷念〉）

杜淑貞（2000：112）認爲：「生產尿布的『作者』是嬰兒，『產地』就在嬰兒的被窩裡，作者戲稱裡頭有一部『小印刷機』，印出『一份一份』、『淺黃深黃』、『潮濕溫和』的『尿布』，造成了意象的統一與拈連，與『真的報紙』有類似的屬性。『她的印刷機』一語，是典型而道地的『借代法』。」既然杜氏認爲「與『真的報紙』有類似的屬性」，則應屬借喻，而非借代。其實，此例是以「小印刷機」借喻「小嬰兒的小屁股」。「她的印刷機」可以改寫爲「她的像印刷機的小屁股」。

另外，譬喻和借代也會有兼格的現象。如：

> 海峽是一堵牆，陸生是一扇窗、是橋樑（【特派記者蔡敏姿／廣州報導】，《聯合報》2014年7月19日A4兩岸版））

「海峽是一堵牆」及「陸生是一扇窗、是橋樑」，就整體內容而言，是兩個隱喻（暗喻）連用；就部分內容而言，「牆」借代隔閡、阻擋，「窗」、「橋樑」借代溝通孔道：是以具體借代抽象。此例是兩組「隱喻套用借代」。

四、「借代」有別於「省略」、「節縮」

楊春霖、劉帆（1996：840）曰：「省略是一種借助語言環境，對某些內容加以減省或略寫的修辭方式。」又曰：「節縮是一種節短或縮合語言文字的修辭方式。換而言之，就是把音節過多的詞、詞組或句子加以精煉壓縮。」（楊春霖、劉帆，1996：370）

借代和省略、節縮的差別，可以由兩個角度著手：

A、形式上：

借代的本體和借體之間，不能重複相同的關鍵字詞；省略的本體和略體，以及節縮的本體和節縮體之間，必定重複相同的關鍵字詞。

B、目的上：

借代的目的是為了產生新穎刺激；省略、節縮的目的是為了簡潔文字。

根據上述辨析要點，茲分別舉例說明：

㈠省略

省略是對某些內容加以減省或略寫的修辭方式，它和借代不同。如：

> 有帶甲五千人，將以致死。乃必有偶，是以帶甲萬人事君也。無乃即傷君之所愛乎？（《國語・越語》）

蔡謀芳（1990：130）曰：「『所愛』乃『所愛者』之省略。」略體和本體之間重複相同字詞「所愛」。並且是為了簡潔文字而省略。

> 書缺有間矣。其軼乃時時見於他說，非好學深思，心知其意，固難為淺見寡聞道也。（《史記・五帝本紀贊》）

蔡謀芳（1990：130）曰：「『淺見寡聞』一詞，是『淺見寡聞者』之省略。」略體和本體之間重複相同字詞「淺見寡聞」。並且是為了簡潔文字而省略。

> 二十忝科名，聞喜宴獨不戴花。同年曰：「君賜不可違也。」（司馬光〈訓儉示康〉）

蔡謀芳（1990：130）曰：「『同年』一詞，乃『同年及第者』之省略。」略體和本體之間重複相同字詞「同年」。並且是為了簡潔文字而省略。

> 凶年饑歲，子之民，老羸轉於溝壑，壯者散而之四方者，幾千人矣。（《孟子・公孫丑上》）

陳望道（1989：94）曰：「老羸代老年人、弱人，壯者代壯年有力之人。」亦即以「老羸」借代「老羸者」，本體和客體之間，重複「老羸」二字，並且是為了簡潔文字而省略。所以應屬省略，而非借代。另外，他說：「壯者代壯年有力之人」，則只是將「壯者」白話翻譯為「壯年有力之人」，與借代無關。

> 胥甲、趙穿當軍門呼曰：「死傷未收而棄之，不惠也；不待期而薄人於險，無勇也。」（《左傳·文公十二年》）

此例前輩學者解說為：「死傷」代「死傷的人」（陳望道，1989：94；沈謙，1996：336）。本體和客體之間，重複「死傷」二字，並且是為了簡潔文字而省略。所以應屬省略，而非借代。

以上諸例，只保留形容性修飾成分，而省略中心語。

> 司馬牛憂曰：「人皆有兄弟，我獨亡！」子夏曰：「商聞之矣：『死生有命，富貴在天。』君子敬而無失，與人恭而有禮；四海之內，皆兄弟也。君子何患乎無兄弟也？」（《論語·顏淵》）

此例前輩學者的解說為：以「四海之內」代「四海之內的人」（陳望道，1989：86；沈謙，1996：321）。本體和客體之間重複了「四海之內」四字，對讀者聽眾的刺激應無多大差異，所以無法達到借代之作用。其實此例應是為了行文精簡而做的「省略」。但是「四海之內」卻可以借代為「全天下」，這是因古人認為中國就是天下，而且以為中國是被四面大海所包圍，所以「四海之內」借代「全天下」是以特徵來借代，並且本體和借體之間沒有重複相同字詞。

> 一連五六個春夜，每次寫到全臺北都睡著，而李賀自唐朝醒來。（余光中〈逍遙遊後記〉）

此例前輩學者都解說為：以「全臺北」代「全臺北的人」（沈謙，1996：324；黃慶萱，2002：360）。本體和客體之間，重複「全臺北」三字，所以只是省略，而非借代。此例之所以會令人產生新穎效果，是「擬人」的作用，將沒生命的「全臺北」這個城市，以「都睡著」加以轉化，並非因為借代而產生新穎刺激。

大江東去，浪淘盡千古風流人物。（蘇軾〈念奴嬌・赤壁懷古〉）

此例前輩學者解說為：「『大江』代大江裡的水」（陳望道，1989：86；沈謙，1996：323；黃麗貞，2000：87）。本體和客體之間，重複「大江」二字，這只是省略，而非借代。因為我們說話常是簡潔而不囉嗦，沒有人會費事地說「大江的水東去」。

「媽，我要看電視。」我的孩子說。

杜淑貞（2000：111）曰：「以『電視』借代『電視節目』。」本體和客體之間，重複「電視」，並且是為了簡潔文字而省略。所以只是省略，而非借代。而且「借代」的定義是：「在談話或行文中，放棄通常使用的本名或語句不用，而另找其他與本名密切相關的名稱或語句來代替。」（黃慶萱，2002：355）本體應是「通常使用的本名或語句」，但是我們通常不會說：「媽，我要看電視節目。」而是說：「媽，我要看電視。」可見「電視節目」並非通常使用的本名或語句。

以上諸例，只保留領屬性修飾成分，而省略中心語。

天生我才必有用，千金散盡還復來。
烹羊宰牛且為樂，會須一飲三百杯。（李白〈將進酒〉）

沈謙（1996：322）曰：「『會須一飲三百杯』，以杯代杯中之酒」。亦即以「杯」代「酒」，如此則「會須一飲三百杯」就應被取代為「會須一飲三百酒」，語意文法有誤；其實此句的「三百杯」，只是「數量詞」，在漢語習慣用法，常常只說「數量詞」，而將其後所附的名詞省略，這是語法的省略，而非借代。假若將「會須一飲三百杯」換成「會須一吃三百片（餅乾）」、「會須一寫三百篇（文章）」、「會須一買三百張（股票）」，請問：「片、篇、張」能夠分別借代為「餅乾、文章、股票」嗎？當然不行。所以此例只是語法省略。前輩學者之所以會將此例視為借代，主要是受英語修辭的影響，如：

Let's drink a cup or two.（讓我們來喝一兩杯）
The kettle is boiling.（壺開了）

李鑫華（2001：157）解釋說：「cup代替的是wine，kettle代替的是water。」這是因為英語文法中，名詞前面直接加數詞即可，不必在數詞之後、名詞之前加量詞，如「a pen」、「a book」；但是現代漢語卻必須在數詞之後、名詞之前加量詞。所以英語和漢語之間有語法上的差異，不能一概類推。

> 他們想要休息的時候，就把竹扁擔橫在地上，自己坐在上面，隨便揀擇擔裡的過嫩的「藕槍」或是較老的「藕樸」，大口地嚼著解渴。走過的人便站住了，紅衫的小姑娘揀一節，白髮的老公公買兩支。清淡而甘美的滋味是普遍於家家且人人了。這種情形，差不多是平常的日課，直要到落葉深秋的時候。（葉紹鈞〈藕與蓴菜〉）

楊子嬰、孫芳銘、王宜早（1987：19）曰：「葉紹鈞用『一節』、『兩支』的數量來代替紅衫小姑娘和白髮老公公所買的藕。」亦即以「一節」借代「一節藕」，以「兩支」借代「兩支藕」，本體和客體之間，重複「一節」、「兩支」，並且是為了簡潔文字，所以不是借代，而是省略。

以上諸例，只保留數量詞的修飾成分，而省略中心語。

> 這一幅像八大，那一幅像石濤，幅幅後面都顯現著一個面黃飢瘦嗷嗷待哺的人影，我覺得慘。（梁實秋〈畫展〉）

沈謙（1996：326）曰：「梁實秋以『八大』代八大山人（朱耷）的畫，『石濤』代石濤的畫」。本體和客體之間，分別重複「八大」、「石濤」，所以只是省略，而非借代。此例和「何以解憂，唯有杜康」（曹操〈短歌行〉）的「杜康」情況不同，〈短歌行〉是以「杜康」借代「酒」，而非借代「杜康的酒」，所以本體和借體之間，沒有重複相同字詞。

> 談到白話文學，他（胡適）的程度就不如我了。因為他提周作人，我就背段周作人；他提魯迅，我就背段魯迅；他提老舍，我就背段老舍；當然他背不過。（陳之藩〈在春風裡〉）

此例前輩學者都解說為：「陳之藩以『周作人』、『魯迅』、『老舍』代其人的作品，是以作者代其文學作品。」（沈謙，1996：325；黃慶萱，2002：361；黃麗貞，2000：90）亦即「周作人」代「周作人的作品」，「魯迅」代「魯迅的作品」，「老舍」代「老舍的作品」。本體和客體之間，重複「周作人」、「魯迅」、「老舍」，所以只是省略，而非借代。

以上諸例，只保留作者的領屬性修飾成分，而省略中心語。

> 我聽到分娩室裡有許多痛號聲，我在恐懼裡期待著。最後，護士推過來一張輪床，從我身邊經過。她寧靜的躺在床上微笑著，告訴我：「是個女的，你不生氣吧？」（林良〈小太陽〉）

「護士推來一張輪床」，本身已是完整句法。杜淑貞（2000：111）認為「輪床」借代「輪床上的人」，如此語意反而有誤，因為還原為「護士推來一張輪床上的人」，則不符語法。而且「輪床」和「輪床上的人」重複「輪床」二字，所以它不是借代。

(二)節縮

節縮是把音節過多的詞、詞組或句子加以精煉壓縮，它和借代不同。如：

> 老夫聊發少年狂，左牽黃、右擎蒼，錦帽貂裘，千騎捲平岡。為報傾城隨太守，親射虎，看孫郎。（蘇軾〈江城子‧密州出獵〉）

楊春霖、劉帆（1996：372）曰：「『黃』、『蒼』二詞是由『黃狗』、『蒼鷹』節短而來，類似『借代』，卻不是借代。」由「黃狗」、「蒼鷹」節縮為「黃」、「蒼」，又仍當賓語用，文法上就有「轉品」表象，但並非作者之本意，而是節縮後的附帶效果。

> 千里遊遨，冠蓋相望，乘堅策肥，履絲曳縞：此商人所以兼併農人，農人所以流亡者也。（鼂錯〈論貴粟疏〉）

沈謙（1996：337）曰：「『乘堅策肥』，以『堅』代堅固的馬車，『肥』代肥壯的馬，是以抽象代具體。」亦即以「堅」借代「堅

車」，以「肥」借代「肥馬」，本體和客體之間，重複「堅」、「肥」，並非借代。它也是因節縮而產生附帶「轉品」效果。

> 披堅執銳，義不如公；坐而運策，公不如義。（《史記·項羽本紀》）

沈謙（1996：337）曰：「『堅』代堅固的鎧甲，『銳』代銳利的兵器。以抽象代具體。」亦即以「堅」借代「堅甲」，「銳」借代「銳兵」。本體和客體之間，重複「堅」、「銳」，並非借代。它也是因節縮而產生附帶「轉品」效果。有的學者則認為是形容詞後省去中心語的省略（馬景倫，2002：423）。

以上諸例，都是將偏正式詞組節短，只保留形容性修飾成分，因而產生附帶「轉品」效果者。

> 東漢末年，張角造反，其徒眾皆頭裹黃巾以為標誌，時人號為黃巾賊。鄭玄〈戒子益恩書〉：「黃巾為害，萍浮南北，復歸鄉邦。入此歲來，以七十矣。」（沈謙，1996：317）

張角及其徒眾頭裹黃巾為標誌，故以「黃巾賊」借代「張角及其徒眾」，亦可以「黃巾」借代「張角及其徒眾」，但不能說「黃巾」借代「黃巾賊」，「黃巾」和「黃巾賊」重複「黃巾」二字，所以「黃巾」只是「黃巾賊」的節縮。又如清末洪楊起事，建國號「太平天國」，其徒眾皆不綁辮子，而留長髮，清廷稱為「長毛」或「長毛賊」。「長毛」或「長毛賊」借代「太平天國」，是以特徵或標誌來借代；但不能說以「長毛」借代「長毛賊」，因為二者重複「長毛」二字，所以「長毛」只是「長毛賊」的節縮。又如以「方寸之間」或「方寸」來借代「心」，是以特徵或標誌來借代；但不能說以「方寸」借代「方寸之間」，因為二者重複「方寸」二字，所以「方寸」只是「方寸之間」的節縮。

> 日照香爐生紫煙，遙看瀑布掛前川。
> 飛流直下三千尺，疑是銀河落九天。（李白〈望廬山瀑布〉）

史塵封（1995：464）說：「『香爐』是『香爐峰』的節縮語。」
　　以上諸例，是將專有名詞節短，只保留特徵或標誌者。

　　　我崇拜蘇伊士、巴拿馬、萬里長城、金字塔。（郭沫若
　　　〈我是個偶像崇拜者〉）

楊春霖、劉帆（1996：374）曰：「蘇伊士是蘇伊士運河的節縮，巴
拿馬是巴拿馬運河的節縮。」

　　　他小子在外面灌什麼，甭當我不知道，茅台他夠不上，
　　　專喝「啤的」，有瓶的不喝零的，有「青島」不喝「北
　　　京」！（張辛欣、桑曄《北京人·溫塾燙湯》）

沈謙（1996：326）曰：「張辛欣以『茅台』、『青島』、『北京』
等產地代酒，是以事物的產地或品牌代事物。」亦即以「茅台」借代
「茅台酒」，以「青島」借代「青島啤酒」，以「北京」借代「北京
啤酒」。本體和客體之間，重複「茅台」、「青島」、「北京」，所
以只是節縮，而非借代。
　　以上諸例，是將專有名詞節短，只保留產地或品牌者。

　　　研生之學，稽說文以究達詁，箋禹貢以晰地志，固亦深明
　　　考據家之說。（曾國藩〈湖南文徵序〉）

蔡謀芳（1990：92）曰：「以『說文』代稱『說文解字』：前者乃
是從後者簡化而得的。」本體和客體之間，重複「說文」二字，此例
應屬「節縮」而非「借代」。

　　　才懷隋和，行若由夷。（司馬遷〈報任少卿書〉）

蔡謀芳（1990：92）曰：「以『隋和』二字代稱『隋侯珠』與『和
氏璧』：前者也是從後者簡化而來的。」本體和客體之間，重複
「隋」、「和」，此例應是「節縮」而非「借代」。
　　以上諸例，是將專有名詞節短，只保留前半關鍵字。

　　　小椿今年二十三歲，開了兩年「手扶」。（姜滇〈早熟的西
　　　紅柿〉）

楊春霖、劉帆（1996：374）曰：「『手扶』是『手扶拖拉機』的縮詞。」此例將過長音節的詞節短，只留前半關鍵字。

肆、產生因素

黃慶萱（2002：355、356）對於「借代」的產生心理因素，曾做精要的分析：

> 人類對於一些經常出現的刺激，常產生「消級適應」。……要想使刺激有效的引起人類的反應，便必須講究刺激的新穎性。心理學上的實驗也證明，新穎的刺激遠較經常的刺激更易引起「注意」。「借代」一法，就是在這種心理基礎上架構而成。

借代產生的心理基礎，是因常用的名稱或語句，給讀者聽眾的刺激漸漸疲乏，引不起注意，所以用其他的名稱或語句取代，可以產生新穎的刺激。在這種心理基礎之上，可以推論出借代的本體和借體之間，應該不能重複相同的關鍵字詞，否則，本體和借體之間重複相同關鍵字詞，給讀者聽眾的感覺，應是沒有多大差異，如此則達不到新穎刺激的效果，它就不屬於「借代」，而是「省略」或「節縮」。

借代是透過接近聯想為基礎，拿與本體相關的事物作為借體來代替本體。這是它和借喻最大的不同點。

伍、運用原則

「借代」的運用是以其他的名稱或語句取代常用的本體，以拉大心理距離，則可以產生新穎的刺激。但是，借體和本體之間必須有相關性，才能將心理距離拉回，合乎邏輯，讓讀者可以接受。如：

> 師：「你再不下水，我就把你從點名簿上除名。」
> 生：「我如果沒下水，只是從點名簿上被除名；但是如果我下水了，我就會從我家的戶口名簿上被除名。」（笑話）

「從點名簿上被除名」是「被當掉、退選」的結果，「從我家的戶口名簿上被除名」是「死亡」的結果，本例是以結果代原因。師生之

間的對話，運用借代修辭，一方面拉大心理距離，產生陌生化，引起讀者注意；另一方面藉由相關聯想而想通問題，原來是「當掉」、「死亡」的因果借代，而能夠接受。

運用借代時，要注意借體有代表性，在上下文裡有交代，讓人一看便知。如此才不致因心理距離過大，而晦澀不明。如：

> 大前天早晨，該死的聽差收拾房間，不小心打翻墨水瓶，把行政院淹得昏天黑地……（錢鍾書《圍城》）

「行政院」借代陸子瀟經常擺在桌上印有「行政院」三個字的親戚來信的信封。如果上文沒有交代「行政院」的來歷，突然予以借代，則會令人莫名其妙。有的借代有傳統習慣，如以「干戈」借代「戰爭」，以「絲竹」借代音樂，比較沒有了解上的困難。但有的傳統借代今天已顯偏僻，如：以「蚩尤」借代「霧」，以「曹公」借代「梅子」，則不宜再用，否則成為晦澀難明的猜謎。

第四節　象徵

壹、定義

黃慶萱（2002：477）曰：「任何一種抽象的觀念、情感，與看不見的事物，不直接予以指明，而由於理性的關聯、社會的約定，從而透過某種具體形象做媒介，間接加以陳述的表達方式，名之為『象徵』。」這個定義說得非常詳細，但它只針對「暗徵」而言，沒有包括「明徵」在內，因此，本文只好割愛。

史塵封（1995：367）曰：「用一種具體的事物或形象暗示某種特定的含義，這種修辭方法，我們稱之為象徵。」筆者認為可增加「說話行文時」、「有意」和「與之相似或相關的」幾個字，以強調其材料為「語言文字」，以及「刻意性」的特徵和「類似聯想或接近聯想」的聯想途徑，並配合本書統一用語，因此修改為：

> 說話行文時，有意用一種具體的事物或形象，暗示與之相似或相關的某種特定含義的修辭方法，叫做「象徵」。

史塵封（1995：367）又曰：「象徵，從結構形式講，分為象徵體和

象徵義兩個部分。象徵體，即指表示某種特定含義的具體事物；象徵義，是指象徵體所暗含的意義。」這是說明象徵的特定結構格式。

貳、分類

象徵的分類，可從不同角度做不同的分類。一、依結構分，可分為「明徵」和「暗徵」兩類；二、依媒介分，可以分為「人物方面的象徵」和「事物方面的象徵」兩類；三、依接受廣狹分，可以分為「普遍的象徵」和「特定的象徵」兩類；四、依聯想途徑分，可以分為「類似聯想的象徵」和「接近聯想的象徵」兩類。茲說明如下：

一、依結構分

楊春霖、劉帆（1996：1067）曰：「從結構上分析，有鮮明象徵（明徵）和含蓄象徵（暗徵）。」把象徵體、象徵義一起出現的，叫做「明徵」；只出現象徵體，不直接點明象徵義的，叫做「暗徵」。

(一)明徵

楊春霖、劉帆（1996：1067）曰：「鮮明象徵（明徵）」「是一種象徵客體、象徵意義和聯繫詞同時在文中出現的象徵手法。這種象徵寓意直白、明晰，讀者一眼就能看出象徵客體的象徵意義」。它是指直接說明某事物象徵某抽象概念，如：國旗象徵國家，十字架象徵基督教，鴿子象徵和平，獅子象徵勇敢，狐狸象徵狡猾等。其中「國旗、十字架、鴿子、獅子、狐狸」是象徵體，「象徵」二字是象徵詞，「國家、基督教、和平、勇敢、狡猾」是象徵義。字面上明白點出象徵體、象徵詞、象徵義。

> 在老羊圈東面那片底灘上，有一片依稀可見的綠色，雖然綠得不顯眼，畢竟是生命和青春的象徵。（劉學江〈遙遠的沙漠〉）

此例象徵客體「綠色」；聯繫詞「象徵」；象徵義「生命和青春」。通過聯繫詞直接將象徵義顯示出來，啓發讀者去思索體味。

> 中華民國國旗「青天」、「白日」、「滿地紅」，分別象

徵「自由」、「平等」、「博愛」。（筆者擬句）

象徵體分別是「青天」、「白日」、「滿地紅」，聯繫詞「象徵」，象徵義分別是「自由」、「平等」、「博愛」。

> 梅花梅花滿天下，越冷它越開花。
> <u>梅花堅忍象徵我們巍巍的大中華。</u>
> 看哪，遍地開滿了梅花，有土地就有它。
> 冰雪風雨它都不怕，它是我的國花。（劉家昌〈梅花〉）

象徵體「梅花」，聯繫詞「象徵」，象徵義「巍巍的大中華」。並刻畫梅花「越冷它越開花」、「冰雪風雨它都不怕」的堅忍特質。

(二)暗徵

楊春霖、劉帆（1996：1073）認為：含蓄象徵（暗徵）「是一種暗示式的聯想描寫式的隱藏象徵。文中只出現象徵客體，象徵意義隱而未見，由讀者揣摩獲得」。如：

> 大雪壓青松，青松挺且直；
> 要知松高潔，待到雪化時。（陳毅《冬夜雜詠‧青松》）

此詩描繪青松被大雪壓蓋，依然挺直不屈，以此象徵革命者在嚴峻考驗前凜然不屈的精神。

又如郝廣才《新天糖樂園》該書以天空的景色象徵孩子的心靈。當大部分的孩子都吃了新天糖，失去想像力，沒了作夢的力量，於是「天空上，不再有彩色的夢飛翔，只有一團團灰煙在遊蕩」，象徵失去想像的心靈，黯淡無光；大維和小玫兄妹沒有吃新天糖，他們仍舊喜歡聽說故事，樂於想像，所以「忽然冰冷的灰煙被撥開，天空露出一團溫暖的色彩」，象徵他們的心靈仍是活潑有勁；當大維落入巫婆的陷阱，也吃了新天糖，不再說故事給小玫聽，「當晚的天空，一片灰濛濛，天空看起來像沉重的鐵塊，低得好像要壓下來」，象徵僅存的夢想心靈也不保了。當小玫認出巫婆後，滅蘭多消失了，魔法也失效了，「原來灰暗的天空，又開始出現彩色的夢」，象徵孩子們恢復本性，又開始想像作夢了。

二、依媒介分

黃慶萱（2002：494）曾引顏元叔〈現代英美短篇小說的特質〉的意見，將「象徵」分爲「結構方面的象徵」、「人物方面的象徵」和「事物方面的象徵」三類，並說：「『結構方面的象徵』已入篇章修辭學的範疇；『人物方面的象徵』、『事物方面的象徵』則仍屬狹義語句修辭。」黃慶萱這種分法，是依媒介來分的。既然「結構方面的象徵」已入篇章修辭學的範疇，此處省略不談，只介紹「人物方面的象徵」和「事物方面的象徵」兩類：

㈠人物方面的象徵

黃慶萱（2002：497、498）曾舉白先勇〈梁父吟〉中的人物象徵，故事中的「翁樸園」、「王孟養」代表上一代；「雷委員」、「王家驥」代表這一代；「翁效先」代表下一代。白先勇有意讓上一代象徵革命建國，這一代象徵全盤西化；而預言下一代重新肯定民族文化。

又舉徐鍾珮的《露莎的姑母》，這位老姑母實際上是沒落中的大不列顛的象徵。徐鍾珮描寫的，絕不僅是一位英國的老婦人；她象徵著整個大英帝國：昔日的繁華、大戰中的破碎，以及今天的沒落。

魯迅《阿Q正傳》中的主角「阿Q」，象徵晚清不敢面對現實，只會以「精神勝利」自我陶醉。

張曉風《和氏璧》戲劇中，卞和象徵堅持信念的「理想態度」；卞和的師弟「渦氏」象徵隨波逐流的「現實觀念」。

㈡事物方面的象徵

事物方面的象徵，如：

桃之夭夭，灼灼其華；之子于歸，宜其室家。
桃之夭夭，有蕡其實；之子于歸，宜其家室。
桃之夭夭，其葉蓁蓁；之子于歸，宜其家人。（《詩經·周南·桃夭》）

每章首二句都是景物意象，都是興，都是象徵。作者以桃花、桃果、桃葉的具體意象，來表達美麗、成熟、茂盛之抽象概念，並且與下面所敘本事意象融而爲一。

老栓聽得兒子不再說話，料他安心睡了；便出了門，走在
街上。街上黑沉沉的一無所有，只有一條灰白的路，看得
分明。燈光照著他的兩腳，一前一後的走。有時也遇到幾
隻狗，可是一隻也沒有叫。天氣比屋子裡冷得多了；老栓
倒覺爽快，彷彿一旦變了少年，得了神通，有給人生命的
本領似的，跨步格外高遠。而且<u>路也愈走愈分明，天也愈
走愈亮了</u>。（魯迅〈藥〉）

此例老栓帶了錢要去買人血饅頭，在他的心中，認爲吃了人血饅頭
就能治好兒子小栓的癆病。因此作者表面描寫的是「路也愈走愈分
明，天也愈走愈亮了」，但背後所要象徵的是老栓的心情，也是
「愈走愈分明，愈走愈亮」。

三、依接受廣狹分

根據象徵接受廣狹來分，一類是已被大眾接受，有固定意義；
一類是個人新創，只表現在特殊的語境中。這兩種情形，史塵封分
爲「習慣性象徵」、「特殊性象徵」；沈謙分爲「普遍的象徵」、
「特定的象徵」。名稱雖然不同，但實質卻相似。今採沈謙說法，介
紹於後：

㈠普遍的象徵

「普遍的象徵」，即放諸四海皆準的象徵。如以國旗象徵國
家、十字架象徵基督教、獅子象徵勇敢、狐狸象徵狡猾等。此普遍
的象徵，可以獨立存在，其象徵意義較爲明確，不受作品上下文限
制（沈謙，1996：225）。史塵封（1995：367）則稱爲「習慣性象
徵」。如：

白日依山盡，黃河入海流；
欲窮千里目，更上一層樓。（唐・王之渙〈登鸛雀樓〉）

此詩末二句，表面上是說假如你要看得更遠一些，那就得再上一層
樓，這是眼前存在的景。但它的背後意義，啓示我們：人生要有更高
的成就，就得不斷地自我提升。

　　　　兩家求合葬，合葬華山傍。
　　　　東西植松柏，左右種梧桐。
　　　　枝枝相覆蓋，葉葉相交通。（古辭〈焦仲卿妻〉）

「松柏」是長青植物，所以經常用來作爲萬古常青的象徵。〈孔雀東南飛〉詩中，劉蘭芝和焦仲卿二人的墓旁「東西植松柏」，象徵兩人愛情堅貞不渝。

　　　　可堪孤館閉春寒，杜鵑聲裡斜陽暮。（秦觀〈踏莎行〉）
　　　　又聞子規啼夜月，愁空山。（李白〈蜀道難〉）

杜鵑又名子規，因其叫聲頗似「不如歸去」，遊子作客他鄉，一聽到杜鵑啼叫，不禁湧起陣陣鄉愁。所以古典詩詞中往往以「子規、杜鵑」象徵鄉愁。
　　陽關象徵離別，如：「西出陽關無故人。」（王維〈渭城曲‧送元二使安西〉）綠窗象徵溫暖的家庭，如：「勸我早歸家，綠窗人似花」（韋莊〈菩薩蠻〉）煙霧，取其迷濛又無所不在的特點，象徵愁緒，如：「平林漠漠煙如織，寒山一帶傷心碧。」（李白〈菩薩蠻〉）「煙籠寒水月籠沙。」（杜牧〈泊秦淮〉）楊柳，取其折柳送別，象徵離別，如：「忽見陌頭楊柳色，悔教夫婿覓封侯。」（王昌齡〈閨怨〉）中華民俗常以「紅色」象徵「喜事」，「白色」象徵「喪事」，「牡丹花」象徵「富貴」。

㈡特定的象徵

　　「特定的象徵」，即受上下文控制的象徵，在某一部文學作品中，在一定的場景與氣氛下，某項事物含蘊某種象徵意義。在其他的作品或不同的場景中，此項事物卻不一定具備同樣的象徵意義（沈謙，1996：237）。史塵封（1995：370）則稱爲「特殊性象徵」。如：

　　　　千錘萬鑿出深山，烈火焚燒若等閒；
　　　　粉身碎骨渾不怕，要留清白在人間。（于謙〈石灰吟〉）

詩人以石灰作爲象徵客體，展開聯想，將詠物與言志融爲一體。詩中「石灰」象徵不畏挫折打壓、堅強不屈的精神。但末句「要留清白

在人間」則屬雙關語，一指石灰之清潔白皙，一指作者「清白」名譽。

> 待到秋來九月八，我花開後百花殺。
> 沖天香陣透長安，滿城盡帶黃金甲。（黃巢〈題菊花〉）

黃巢在詩中賦予菊花堅強的鬥性和壓倒一切的氣魄。透過它寄託自己遠大的理想。象徵藐視舊物，敢想敢說敢進取的無畏精神。

朱自清〈背影〉一文，以「紫毛大衣」象徵「父愛的溫暖」，以「朱紅的橘子」象徵「父愛的光輝」。這是由於作者的設計、經營與巧妙的安排，塑造了如此動人的場景、情境與氣氛，才能有這種象徵意義。這是特定的象徵。在其他一般情況下，橘子就沒有父愛的象徵意義。

在臺灣政壇，藍色象徵國民黨，綠色象徵民進黨，都是特定象徵。在其他國家或其他地方，藍色和綠色就沒有這種象徵意義。

四、依聯想途徑分

依聯想途徑分，可以分為「類似聯想的象徵」和「接近聯想的象徵」兩類：

㈠類似聯想的象徵

類似聯想的象徵是指：象徵體與象徵義之間有相似點。

作者在捕捉曲折傳情的客觀物象時，首先注意象徵體和象徵義之間的相似點。如花生把果實埋在地底，不像那些鮮紅的蘋果和嫩綠的桃子，把果實懸在枝頭，惹人羨慕。花生有用但不體面。花生這一客觀固有的生長現象，與那種不慕虛榮，不愛名利，不求外表「體面」，崇尚質樸，只求實實在在地為人民創造出不平凡的事蹟來的品質，有相似之點。因而，許地山的〈落花生〉，捕捉花生為象徵體，傳達出他的人生態度。又如飛蛾趨光這一客觀生活現象，與革命青年追求光明也有相似之處。因而，巴金的〈日〉，以飛蛾為象徵體，抒發了為追求光明而勇於獻身的豪情，魯迅的〈秋夜〉，也以青蟲為象徵體歌頌了那種為光明而奮鬥的精神。

> 慈母手中線，遊子身上衣。

臨行密密縫，意恐遲遲歸。

誰言寸草心，報得三春暉。（孟郊〈遊子吟〉）

沈謙（1996：229）曰：「借春暉的光澤溫暖撫育小草，象徵慈母的教養恩情。」春暉和母愛之間有相似點。這是類似聯想的象徵。

半畝方塘一鑑開，天光雲影共徘徊。

問渠那得清如許？為有源頭活水來。（朱熹〈觀書有感〉）

此例黃慶萱（2002：487）視為「象徵」。他說：「半畝方塘」是我們心性的象徵。「天光」象徵虛靈不昧的本體；「雲影」象徵物欲的蒙蔽。「源頭活水」則是博學之意。由此源頭再經審問、慎思、明辨、篤行，正是「自明誠」的歷程。所以這詩題作〈觀書有感〉。這是類似聯想的象徵。

美娘喉間忍不住了，說時遲，那時快，美娘放開喉嚨便吐。秦重怕污了被窩，把自己道袍的袖子張開，罩在他嘴上。美娘不知所以，盡情一嘔，嘔畢，還閉著眼，討茶漱口。（抱甕老人《今古奇觀・賣油郎獨占花魁》）

（賣油郎）他以自己身上的衣物去承受花魁娘子吐出的骯髒物，這動作也充滿了象徵含義，一方面是表現極端地自我卑折與極端地崇拜對方，另一方面也有包納對方的不潔，然後替她洗淨的雙關意味（張淑香，1992：264）。這是類似聯想的象徵。

㈡接近聯想的象徵

接近聯想的象徵是指：象徵體與象徵義之間有相關性。如：

子曰：「鳳鳥不至，河不出圖，吾已矣夫！」（《論語・子罕》）

孔子感傷當世沒有聖明的君王，擔憂用世行道的心願難以實現。此例用鳳鳥、河圖作為聖王在位、天下太平的祥瑞象徵。相傳聖王在位，能吸引鳳凰這些靈鳥來至，故以鳳凰來象徵，這是一種透過接近聯想所產生的象徵。另外，相傳伏犧氏見龍馬負圖而出現在黃河，據圖上文理畫成八卦，故以河出圖象徵聖王承天命以王天下，這也是一

種透過接近聯想所產生的象徵。

　　楊柳象徵離別，是因古人折柳送別的相關聯想；杜鵑鳥象徵鄉
愁，是因為杜鵑叫聲如「不如歸去」的相關聯想。

> 美娘點了一點頭，打發丫鬟出房，忙忙的開了梳妝，取出
> 二十兩銀子，送與秦重道：「昨夜難為了你，這銀兩權奉
> 為資本，莫對人說。」秦重那裡肯受。美娘道：「我的銀
> 子，來路容易。這些須酬你一宵之情，休得固遜。若本錢
> 缺少，異日還有助你之處。那件污穢的衣服，我叫丫鬟湔
> 洗乾淨了還你罷。」秦重道：「粗衣不煩小娘子費心，小
> 可自會湔洗。只是領賜不當。」美娘道：「說那裡話！」
> 將銀子揝在秦重袖內，推他轉身。秦重料難推卻，只得受
> 了，深深作揖，捲了脫下這件齷齪道袍，走出房門。（抱
> 甕老人《今古奇觀・賣油郎獨占花魁》）

這二十兩銀子，也有解除他們之間嫖客與妓女的形式關係，使他們建
立正常友誼關係的象徵作用（張淑香，1992：267）。這是有相關性
的接近聯想象徵。

表2-4　象徵分類表　　　　　　　　　　　　　　　　（筆者自製）

辭格	分類基準	次辭格	異名	說明
肆、象徵	一、依結構分	㈠明徵	鮮明象徵	
		㈡暗徵	含蓄象徵	
	二、依媒介分	㈠人物方面的象徵		
		㈡事物方面的象徵		
	三、依接受廣狹分	㈠普遍的象徵	習慣性象徵	
		㈡特定的象徵	特殊性象徵	
	四、依聯想途徑分	㈠類似聯想的象徵		
		㈡接近聯想的象徵		

參、辨析

　　沈謙（1996：253、254）說：「象徵只有意象，其象徵的意義在言外，往往不能轉換成明喻的形式，如用鴿子象徵和平，用十字架象徵基督教，不能轉變成和平像鴿子，基督教像十字架。」此言乍看有理，但細思之下則有漏洞。「用鴿子象徵和平，用十字架象徵基督教」是接近聯想的象徵，象徵體和象徵義之間只有相關性，沒有相似點，當然不能轉為「和平像鴿子，基督教像十字架」。反之，若是類似聯想的象徵，象徵體和象徵義之間有相似點，則能轉換。如三春暉象徵母愛，可以轉換成「母愛像春暉」。因此，要做象徵與其他辭格之辨析，首先須將「類似聯想的象徵」和「接近聯想的象徵」分開討論，才能把握重點。

一、「類似聯想的象徵」與「借喻」、「雙關」之別

　　「類似聯想的暗徵」和「借喻」、「雙關」很像，卻又不同。它們的相同點有二：一從形式上看，「借喻」只出現喻體，「雙關」只出現字面詞語，「暗徵」只出現象徵客體，三者的背後意義（指借喻的「本體」、雙關的「裡層意義」，象徵的「象徵義」）都沒出現。二從內涵上看，「類似聯想的象徵」的象徵體和象徵義之間有相似性，「借喻」的喻體和本體之間也有相似性，透過譬喻手法形成的「雙關」，表裡兩層之間也有相似性。因此，這三個辭格容易混淆。

　　它們三者的相異點，可以由下表呈現：

辭格	借喻	雙關	象徵
特點	喻體不在眼前	字面意義在眼前	象徵體在眼前
	本體只有一個	言外之義只有一個（明確）	象徵義一個或一個以上（隱晦）

(一)借喻

　　借喻的喻體，只是作者憑空想像出來的，眼前並不存在，而其本體則是只有一個，並且非常明確，沒有歧義。如：

衛孔文子將攻太叔，問策於仲尼，仲尼辭不知，退而命載而行，曰：「鳥能擇木，木豈能擇鳥乎！」（《史記‧孔子世家》）

「鳥能擇木，木豈能擇鳥」用以借喻「孔子能擇居所，居所豈能擇孔子」，此例之所以認定是「借喻」，乃因眼前並無喻體「鳥、木」，只有本體「孔子、衛國」。

子貢曰：「有美玉於斯，韞櫝而藏諸？求善賈而沽諸？」子曰：「沽之哉！沽之哉！我待賈者也！」（《論語‧子罕》）

子貢將孔子比喻為「美玉」，試探孔子要隱居或是出仕，孔子回答，只要時機恰當，就會出仕。此例之所以認定是「借喻」，乃因眼前並無「美玉」，純屬憑空想像；如果當時確有一塊「美玉」在此，則子貢的問話，字面上是指這塊「美玉」，言外兼指「孔子」，則應屬「雙關」。

「羊毛出在羊身上」，廠商優惠折扣可別貪小便宜！（筆者擬句）

眼前並沒有「羊」及「羊毛」，「羊毛出在羊身上」只是借喻「給顧客的好處還是出自顧客身上」。

我們歡迎您帶狗來玩，但請記得將黃金帶走。（筆者擬句）

眼前並沒有真的黃金，只是用黃金借喻狗屎，該句可以還原為明喻：「請記的將像黃金般的狗屎帶走。」

股市專家常常喜歡給人的忠告總是：「不可將你所有的雞蛋放在同一隻籃子裡！」（沈謙，1996：34）

股市專家在提出忠告時，並沒有雞蛋和籃子在眼前，所以喻體不在眼前；而本體只有一個，即「不要將所有的資金都拿去買同一種股票」，意義非常明確，沒有歧義。

(二)雙關

　　透過譬喻手法形成的雙關，其字面意義，是眼前存在的，並非作者憑空想像出來的，所以字面意義是其中之一；言外之義則是由字面意義比喻而來，它的意義只有一個，而且十分明確，這是作者真正要表達的意思，所以也是其中之一。字面意義與言外之義都只有一種，同時兼含，所以是雙關。如：

> 總為浮雲能蔽日，長安不見使人愁。（李白〈登金陵鳳凰臺〉）

字面意義是存在眼前的，因為李白登上鳳凰臺時，眼前是見到浮雲蔽日的景象，但見不到首都長安，所以這是其中一種意義；言外之義則是由字面比喻而來，暗指奸邪小人蒙蔽國君，使得自己無緣為國盡忠，這一層意義非常明確，而且沒有歧義，字面與言外兼含，所以是雙關。

> 欲濟無舟楫，端居恥聖明。坐觀垂釣者，空有羨魚情。（孟浩然〈望洞庭湖贈張丞相〉）

字面意義是在眼前的，因為孟浩然寫此詩時，是面望洞庭湖，所以字面意義皆是指眼前的情景；言外之義是指「贈張丞相」，則是由字面比喻而來，暗指「想要找機會出來做一番事業，唯恐沒有人汲引推薦，若是只會羨慕他人，則是於事無補」。這個意義很明確，而且沒有歧義。

　　另外，語境不同則判別也不同。如：

> 股市專家帶了籃子和雞蛋作為演講道具，不小心將裝在同一個籃子裡的雞蛋失手掉落，全都破了。此時他告誡聽眾：「不可將你所有的雞蛋放在同一隻籃子裡！」（筆者擬句）

「不可將你所有的雞蛋放在同一隻籃子裡！」在此例中是雙關。一指眼前的籃子和雞蛋，一指投資。

> 煮豆燃豆萁，豆在釜中泣：本是同根生，相煎何太急？

　　（曹植〈七步詩〉）

沈謙（1996：278）認為整首詩借喻兄弟相殘，喻體的字面意義並不存在，眼前沒有豆子與豆萁煮來煮去，它們只是曹植憑空想像出來的；本體只有一個，即比喻兄弟相殘，自古以來，沒有任何歧義，非常明確。蔡謀芳（1990：83）認為「本是同根生，相煎何太急」兼指「煮豆燃豆萁」和「曹丕逼迫曹植」，則屬雙關。這是解讀角度不同而有不同結果。

㈢象徵

　　象徵的象徵體，是眼前存在的，事實上曾經出現，讓讀者可以由此具體事物聯想到背後的象徵義；象徵的象徵義，比較隱晦，它可以只有一個，也可以多個，而產生歧義。如：朱自清的〈背影〉一文，作者透過描寫父親為他送行時，從月臺爬上爬下，費力地替他買來「朱紅的橘子」，並且將橘子一股腦兒放在紫毛大衣上，所以象徵體（橘子）是在眼前，事實上曾經出現過；而象徵義是要讓讀者由橘子聯想到這是父愛的象徵，但卻須細心體會，而非明確易辨，所以顯得隱晦。

　　　　「你看一看嘛，麗兒——」王雄乞求道，他緊緊的捏住麗兒，不肯放開她。麗兒掙了兩下，沒有掙脫，她突然舉起另外一隻手把那隻玻璃水缸猛一拍，那隻金魚缸便匡啷一聲拍落到地上，砸得粉碎。（白先勇：〈那片血一般紅的杜鵑花〉）

這個意象（用手拍落魚缸，使魚缸砸得粉碎），象徵「麗兒」砸碎「王雄」的心。象徵體出現在眼前，象徵義則須由讀者自己聯想。

　　　　向晚意不適，驅車登古原。夕陽無限好，只是近黃昏。
　　　　（李商隱〈登樂遊原〉）

此例黃慶萱（2002：487）視為「象徵」。「夕陽無限好，只是近黃昏」是眼前所見的情景，但其背後含義則不止一個，形成歧義。邱燮友（1981：340）認為：「此詩末兩句，為李商隱的名句，含義甚廣，這便是詩的寬度，自傷衰老亦可，感身世遲暮亦可，憂晚唐的衰

微亦可。」這是類似聯想的象徵。

另外,解讀角度不同也會有不同的結果。如:

> 風雨如晦,雞鳴不已。(《詩經・鄭風・風雨》)

此例敘述了一個具體事件,〈詩序〉說是:「亂世,君子不改其度。」那便是譬喻之法——以「風雨如晦」喻「亂世」,以「雞鳴不已」喻「君子不改其度」。「喻」與「被喻」各是一具體事件;兩事件具有共同的意義(屬性),所以可以成立一個「譬喻」的關係。但我們也可以說:「那個事件象徵了堅貞的操守。」「堅貞的操守」是個抽象的意義,它可以由「風雨雞鳴」一具體事件來表現(蔡謀芳,2003:44、45)。這是解讀角度不同而有不同結果。

> 別來春半,觸目愁腸斷。砌下落梅如雪亂,拂了一身還滿。
> 雁來音信無憑;路遙歸夢難成。離恨恰如春草,更行更遠還生。(李煜〈清平樂〉)

「砌下落梅如雪亂,拂了一身還滿」是「譬喻」兼「象徵」。以「雪」喻「梅」,是明喻;以「落梅」暗示「離恨」,卻是象徵。(黃慶萱,2002:16)

> 道士一見慘然,下棋子曰:「此局全輸矣!於此失卻局哉!救無路矣!復奚言!」罷弈而請去。既出,謂虬髯曰:「此世界非公世界,他方可也。勉之,勿以為念!」因共入京。(杜光庭〈虬髯客傳〉)

道士一見到李世民,下棋子曰:「此局全輸矣!於此輸卻局矣!救無路矣,復奚言?」字面意義是輸卻此棋局,而且棋局就在眼前;言外之義是「此世界非公世界」,亦即輸卻爭奪天下的大局,意義明確而無歧義。是為雙關。但是黃慶萱(2002:489)和沈謙(1996:242)則認為「下棋」象徵爭奪天下。這是解讀角度不同的關係。

二、「接近聯想的象徵」與「借代」之別

「接近聯想的暗徵」和「借代」很像,卻又不同。它們的相同點

有二:一從形式上看,「借代」只出現借體,「暗徵」只出現象徵客體,兩者的背後意義(指借代的「本體」,象徵的「象徵義」)都沒出現。二從內涵上看,「接近聯想的象徵」的象徵體和象徵義之間有相關性,「借代」的借體和本體之間也有相關性。因此,這兩個辭格容易混淆。

借代的借體可以直接代替本體。如「偵察兵抓了一個舌頭」,舌頭是人體發聲器官之一,用它代替「會說話」的俘虜,這是部分借代全體。

但是暗徵的象徵體,是無法直接代替象徵義的,二者之間沒有直接的必然的聯繫,它們之間是隱蔽、含蓄的遠距離關係。如:

> 可堪孤館閉春寒,杜鵑聲裡斜陽暮。(秦觀〈踏莎行〉)

「杜鵑」象徵鄉愁,是因為牠的叫聲像「不如歸去」,作客他鄉的遊子聽到杜鵑啼叫,就會興起思鄉濃愁。此例不能直接把「杜鵑」換成「鄉愁」,所以不是借代。

另外,暗徵需要對象徵客體的性質做具體描繪,才能充分顯示出象徵義。而借代的借體則不需要具體描寫,不必涉及它們的全部屬性。如:魯迅《阿Q正傳》對主角阿Q做具體描繪,於是阿Q成為人物方面的象徵,阿Q象徵晚清不敢面對現實,只會以「精神勝利」自我陶醉。反之,語境中直接將阿Q套入而借代「精神勝利」自我陶醉的人,那就是「借代」。如:

> 你別空說大話,什麼事都不會,永遠只會阿Q過活。(筆者擬句)

此例直接以「阿Q」借代「精神勝利」「自我陶醉」,這是「特定借代普通」。

三、「神話、寓言的象徵」有別於「諷喻」

神話、寓言的象徵,是以整段故事來象徵抽象意義,諷喻則是以整段故事來比喻事理,兩者頗為相似,卻又不同:

㈠神話、寓言的象徵

從文學發展史上觀察,象徵首先以神話的形式出現。如果說夢是

個人潛意識的象徵，那麼神話就是集體潛意識的象徵了。神話折射出人類對大自然的觀感以及對自身生命的希望。盤古開天、女媧補天，是初民宇宙觀的象徵，共工與顓頊爭帝，折天柱，絕地維，天傾西北，地陷東南，是初民地理觀的象徵；后羿射日、夸父逐日，是人類征服自然的希望和失望的象徵；嫦娥奔月，是人要求自由和不死的欲望的象徵（黃慶萱，2002：482）。

　　由神話到寓言，是文學作品由無意之象徵一變而爲有意的象徵。所謂寓言，是虛構而有寓意的故事。故事的角色可以是人類本身，但更普遍的情形卻是動物、植物，甚至無生物。藉這些人的或非人的角色的行爲，把作者的意念透露出來（黃慶萱，2002：483）。如《列子》中的「愚公移山」、「孔子東遊，見兩小兒辯」。

　　一個「物件」可以象徵一個「意義」，一個「事件」也可以象徵一個「意義」。「神話」、「寓言」都是一種文學體裁，它們是藉「具體故事」來表現「抽象意義」的文學作品。所以它的寫作技巧就是「象徵格」（蔡謀芳，2003：46）。如：

> 往古之時，四極廢，九州裂。天不兼覆，地不周載；火爁炎而不滅，水浩洋而不息；猛獸食顓民，鷙鳥攫老弱。於是女媧鍊五色石以補蒼天，斷鼇足以立四極，殺黑龍以濟冀州，積蘆灰以止淫水。蒼天補，四極正，淫水涸，冀州平。狡蟲死，顓民生。（《淮南子‧覽冥訓‧女媧補天》）

這個神話故事乃初民宇宙觀的象徵，並沒有要比喻什麼。

> 孔子東遊，見兩小兒辯鬥。問其故，一兒曰：「我以日始出時去人近，而日中時遠也。」一兒以日初出遠，而日中時近也。一兒曰：「日初出大如車蓋；及日中，則如盤盂。此不為遠者小而近者大乎？」一兒曰：「日初出滄滄涼涼，及其日中如探湯。此不為近者熱而遠者涼乎？」孔子不能決也。兩小兒笑曰：「孰為汝多知乎？」（《列子‧湯問》）

這個寓言故事象徵「見仁見智」的觀點，並沒有要比喻什麼。

㈡諷喻

　　陳望道（1989：123）曰：「諷喻是假造一個故事來寄託諷刺教導意思的一種措詞法。大都用在本意不便明說或者不容易說得明白親切的時候。但說了故事，往往仍舊把本意說了出來。」從名稱上看，它應是譬喻格之一款；從表現的形態上看，它與「借喻」無大差異。所以它的獨立，只是從「內容」、「功能」方面著眼而已。顧名思義，諷者，諷勸、諷刺也。它用「借喻」的形式來陳示義理，以達諷世勸人之目的（蔡謀芳，2001b：17）。

　　有些故事作品雖然有「寓意」，但它是被用來說明另一事件的；換言之，該「寓意」乃為兩具體事件所共有。那麼它就只是「譬喻」之法，不是「象徵」之法（蔡謀芳，2003：46）。如：

> 荊宣王問群臣曰：「吾聞北方之畏昭奚恤也，果誠何如？」群臣莫對。江一對曰：「虎求百獸而食之，得狐。狐曰：『子無敢食我也！天帝使我長百獸。今子食我，是逆天帝命也。子以我為不信，吾為子先行，子隨我後，觀百獸之見我而敢不走乎？』虎以為然，故遂與之行。獸見之皆走。虎不知獸畏己而走也，以為畏狐也。今王之地方五千里，帶甲百萬，而專屬之昭奚恤。故北方之畏奚恤也，其實畏王之甲兵也，猶百獸之畏虎也。」（《戰國策・楚策一》）

此例江一講了一個故事，寓意是「狐假虎威」。就此而言，它符合「寓言」的條件。但江一說這個故事是拿來和昭奚恤假借楚王威勢相比，則屬「諷喻」，而非象徵。

肆、產生因素

　　黃慶萱（2002：479）認為：象徵的本質與「天人合一」的觀念，以及佛洛伊德（Sigmund Freud, 1856-1939）的潛意識（Unconscious）說，和柯立芝（T.S.Coleridge）對幻想力與想像力（Fancy and Imagination）的論述有關。這恰好就是象徵的「自然之道」、「心理基礎」和「美學基礎」。

一、自然之道

象徵效法自然，是「天人合一」的觀念表現，黃慶萱（2002：479）說：

大概古人看到男女交合而生人，推諸自然，以為宇宙間也有陰陽二原理。原始的《周易》既然由「人身」而推之於「自然」，當然也可由「自然」而反觀「人身」。……這種「天人合一」的意識形態，表現在文學作品中，就是《詩經》中「觸物以起情，節取以託意」的「興」，就是「象徵」。

是說象徵取法自然，透過類似聯想的發揮，將天道與人事交流合一。

二、心理基礎

象徵是以佛洛伊德的潛意識說為基礎，黃慶萱（2002：481）曰：

就藝術而言，通過藝術（包括文學）所表現的「意識」，來察驗作者的「潛意識」；從而發現作者的潛意識，如何經由自由聯想（free association）、昇華（subimation）、自衛機轉（defense mechanism）、合理化（rationa1ization）等等歷程，成為藝術品所表現的意識。這種本質、這種歷程，便是「象徵」了。

是說象徵把人的潛意識化為意識，表現出來的意識隱藏著人的潛意識。

三、美學基礎

象徵是以柯立芝對幻想力與想像力的論述為基礎，黃慶萱（2002：482）曰：

在他看來，藝術作品是自然世界與思想世界之間的媒介。而審美行為與藝術創作行為都是藉想像力把經驗象徵化。……藝術家的任務在於利用象徵把經驗具體表現出

來；而批評家的職責則是把象徵轉譯成推理式的思想。

「審美行爲與藝術創作行爲都是藉想像力把經驗象徵化」，可見象徵與想像力有關，而且是「利用象徵把經驗具體表現出來」，這就符合象徵的定義要件：「有意用一種具體的事物或形象，暗示與之相似或相關的某種特定含義。」

由黃氏的論述，筆者認爲象徵的特點有二：一、象徵是透過聯想爲途徑，不只是類似聯想，還有接近聯想；二、象徵是把潛意識化爲意識，前者是抽象，後者是具體。

伍、運用原則

象徵的運用是以象徵體暗示象徵義，將心理距離拉大，產生朦朧陌生的美感，引起讀者注意。但象徵體的使用要配合語境，而且象徵體和象徵義之間有相關性或類似點，可將心理距離拉近，讓讀者能夠接受。

黃慶萱（2002：505）提到象徵的第一項原則爲「結合意象，使象徵有足夠的可信度」，黃氏舉白先勇〈那片血一般紅的杜鵑花〉爲例，並加以說明：

> 麗兒所代表的是「過去」，是「靈」。麗兒把金魚缸拍落，砸得粉碎，代表著「過去」捨棄了王雄，「靈」即衰萎。……玻璃缸是透明、純淨、脆弱的載體（心），盛載著金魚（生命）和金魚資以活命的水（感情）。當玻璃缸碎了，水濺得一地，金魚也就垂死了。暗示麗兒傷了王雄的心，捨棄了王雄含靈的感情，於是王雄走向死亡。（黃慶萱，2002：506）

因爲結合意象，使象徵有足夠的可信度，則表示入乎意中，可以讓讀者有規律可循，則心理距離不致太遠。

黃慶萱（2002：509）的第五項原則「避免淺俗，不可直接揭示作者用意」，則明白地強調「避免淺俗」，亦即不可距離太近，而缺乏新奇深刻的內涵。

第五節　轉化

壹、定義

　　黃慶萱（2002：377）曰：「描述一件事物時，轉變其原來性質，化成另一種本質截然不同的事物，而加以形容敘述的，叫做『轉化』。」筆者認為可以增加「故意」和「臨時」四字，以強調其「刻意性」和「臨時性」，並配合本書統一用語，因此修改為：

> 說話行文時，描述一件事物，故意轉變其原來性質，臨時化成另一種本質截然不同的事物，而加以形容敘述的修辭方法，叫做「轉化」。

轉化，又稱「比擬」（陳望道，1989：121）。王麗華、曹德和（1995：88）指出：比擬「是由本體（被異化的對象）、擬詞（實現異化的詞語）和擬體（具有擬詞所述特徵的人或事物，不出現）組成。都是將本體當作擬體來寫。」說明「比擬」的要件有三：「本體」、「擬詞」和「擬體」。

　　蔡謀芳（2003：20）則從文法角度來下定義：「所以『轉化』云者，就是指：在一個文法環境中，部分的『詞』，受其他異質性的『詞』的催化而轉變性質的一種修辭活動。此間，『被轉化者』是主體部分，而『轉化者』是從屬部分。」蔡氏所說「被轉化者」就是「本體」，「轉化者」就是「擬詞」及「擬體」。

貳、分類

　　有關轉化的分類，陳望道（1989：121）曰：「將人擬物（就是以物比人）和將物擬人（就是以人比物）都是比擬。」這裡指出「比擬」可分為「將人擬物」（擬物）和「將物擬人」（擬人）兩類。

　　黃慶萱（2002：379-393）則分為「人性化──擬物為人」、「物性化──擬人為物」和「形象化──擬虛為實」三類。筆者認為：「形象化──擬虛為實」只是將「抽象概念擬人」和「抽象概念擬物」另行提出歸為一類，則「人性化」、「物性化」和「形象化」三者，是在兩種基準上做分類，且「形象化」與「人性化」、「物性化」會有交集重疊，則不符分類的邏輯要求。

筆者認為轉化的分類，可從兩個角度著手：一、依題材來分，可分為「擬人」和「擬物」兩大類；其下又可再加以細分：擬人可分為「人的器官擬人」、「有生物擬人」、「無生物擬人」和「抽象概念擬人」四類；擬物可分為「以人擬物」、「以物擬物」和「以抽象概念擬物」三類。二、依方法來分，可分為：名詞法、動詞法、形容詞法、副詞法、量詞法、代名詞法、詞綴法和綜合法等八類。

一、依題材分

轉化依題材來分，可分為「擬人」和「擬物」兩大類：

㈠擬人

史塵封（1995：43）曰：「擬人，即把沒有生命的事或物，乃至抽象的事物，當作人來描寫。」這個定義稍有微疵，犯了「定義過窄」的毛病，因為「擬人」也包括「人的器官擬人」和「有生命的動植物擬人」，因此，本文將「擬人」的定義修改為：

> 把人的器官、有生命的動植物、沒有生命的事或物，乃至抽象的事物，當作人來描寫，是為擬人。

由此定義，「擬人」可依題材分為「人的器官擬人」、「有生物的擬人」、「無生物的擬人」及「抽象事物的擬人」四類：

1.人的器官擬人

人的器官都是具體的，因此不屬於「抽象事物的擬人」；也不是「有生命的動植物」，也不是「沒有生命的事或物」，所以另立一項。如：

> 日曬後，讓你的皮膚也來杯飲料吧！（潤膚油廣告）

「皮膚」是人的器官之一，作為本體；以「來杯飲料」將皮膚擬人。

> 讓妳的秀髮狂野起來。（洗髮精廣告）

「秀髮」是人的器官之一，作為本體；以「狂野起來」將秀髮擬人。

小手臥在父親煖和的大手裡。（王文興《家變》）

「小手」是人的器官之一，作爲本體；以「臥父親煖和的大手裡」將小手擬人。

2.有生物的擬人
生物有動物與植物二類，皆可以轉化爲人的特性：
⑴動物的擬人
將有生命的動物當成人來描寫：

燕子說：春天在天空中休息。（仁林版國語第六冊第一課〈春天在哪裡〉）

此例以動詞「說」將「燕子」擬人。

害羞的招潮蟹愛和我捉迷藏。（翰林版國語第八冊第一課〈黑面琵鷺之歌〉）

此例以「害羞」及「愛和我捉迷藏」將「招潮蟹」擬人。

青蛙唱著戀歌，嫩蒲的香味散在春晚的暖氣裡。（老舍〈月牙兒〉）

此例以「唱著戀歌」將「青蛙」擬人。
⑵植物的擬人
將有生命的植物當成人來描寫：

我是小草，不跟花比美，不跟大樹比高。（翰林版國語第二冊第三課〈小草〉）

此例以「我」、「比美」、「比高」將「小草」擬人。

而更美的是，那拱竹上鋪了一層牽牛花，花藤長長短短垂呀垂地垂下來，風一吹，藤條便一上一下地揚起來，把千朵萬朵斂著養神的小牽牛，一一拍醒。（簡媜〈碗公花〉）

此例以「斂著養神」、被「拍醒」將「小牽牛（花）」擬人。

每當騎到這一段路時，我總愛加快速度，「咻」地衝過這道竹之拱門花之山洞，然後出其不意地伸手往上一打。有時候會打下一兩朵仍在睡覺中的牽牛花。（簡媜〈碗公花〉）

此例以「仍在睡覺中」將「牽牛花」擬人。

3.無生物的擬人

將沒有生命的事物當成人來描寫：

蠟燭有心還惜別，替人垂淚到天明。（杜牧〈贈別〉）

此例以「有心惜別」、「垂淚」將「蠟燭」擬人。

一盞黃綢燈罩的立燈，無聲的站在一旁，沙發椅子上蹲著那頭大白貓。（張毅〈蔫了的玉蘭香〉）

此例以「無聲的站在一旁」將「立燈」擬人。

窗外天高雲淡，一些方頭方腦的高樓大廈傻乎乎聳立著。（趙黎剛〈操作〉）

此例以「方頭方腦」、「傻乎乎」將「高樓大廈」擬人。

今兒個車兒害了重感冒，百「發」不動。莫法度，拖到車行去，四平八穩的舉到手術臺上去。（趙寧〈八萬哩路雲和月〉）

此例以「害了重感冒」、「舉到手術臺上去」將「車兒」擬人。

仁愛路上的風，總喜歡在國父紀念館樹海間嬉戲。（房屋廣告）

此例以「喜歡嬉戲」將「風」擬人。

恭喜您，新臺幣少爺，您又升值三毛啦！（關紹箕《實用修辭學》，頁68）

此例以「恭喜您」、「少爺」將「新臺幣」擬人。

> 春風她吻上了我的臉，告訴我現在是春天。（流行歌曲〈春風吻上我的臉〉）

此例以「吻」「告訴」將「春風」擬人。

4.抽象概念的擬人

把抽象的概念轉化為人，如：

> 人人向美德鞠躬，然後走開。（西諺）

本體「美德」是抽象概念，「被人鞠躬」是人的屬性，此例將抽象概念擬為人。

> 他提著一把柴刀一副祭禮，赤足而走，<u>尋常衣褲都被日子洗粗了</u>。（簡媜〈尋墓人〉）

此例以「尋常衣褲被……洗粗了」將「日子」擬人，「日子」為抽象概念。

> 他想得心煩，怕去睡覺——睡眠這東西脾氣怪得很，不要它，它偏會來。請它，哄它，千方百計勾引它，它拿身分躲得影子都不見。（錢鍾書《圍城》）

此例以「脾氣怪得很」將「睡眠」擬人，「睡眠」為抽象概念。

(二)擬物

史塵封（1995：42）曰：「擬物，即把無生命的事物當作有生命的事物。」這個定義稍有微疵，犯了「定義過窄」的毛病，因為「擬物」除了「以物擬物」（包括以無生物擬為有生物，及以有生物擬為無生物）之外，也包括「擬人為物」和「以抽象概念擬物」，因此，本文將「擬物」的定義修改為：

> 把人當作物，或把甲物當作乙物，或把抽象概念當作物來描寫，是為擬物。

由此定義，「擬物」可依題材分爲「以人擬物」、「以物擬物」和「以抽象概念擬物」三類：

1.以人擬物

「以人擬物」是指描寫一個人，把人比做東西，投射了外物的特質。依題材又可分爲：

⑴以人擬生物

以人擬生物，又可分爲：

A.以人擬動物

把人當作動物來描寫。如：

> 丈夫生世會幾時，安能蹀躞垂羽翼？（鮑照〈擬行路難〉）

不言「垂頭」，而言「垂羽翼」，是「羽翼」一詞使「丈夫」擬爲動物（鳥類）。

> 你？有了本事啦！你尾巴翹上了天！（張天民〈路考〉）

本體「你」是人，「尾巴翹上了天」是動物的屬性，此例將人擬爲動物。

> 求食搖尾，見吏垂頭。（張説〈獄箴〉）

人有頭有手，可以搖頭搖手；但人無尾，說「搖尾」，把獄囚轉化爲犬了。

B.以人擬植物

把人當作植物來描寫。如：

> 媽媽喜歡在日光下行光合作用，讓肌膚更加鮮嫩。（筆者擬句）

此例以「行光合作用」將本體「媽媽」擬爲綠色植物。

> 她們看見不遠的地方，那寬厚肥大的荷葉下面，有一個人的臉，下半截身子長在水裡。（孫犁《荷花淀》）

此例把人（水生）當作一種水生植物，所以用「長」這個動詞，而不用「站」。

說起來也是恨事，自己居然會跟友祥這種人攪得不清不白的，明知他是有妻室的人。友祥的年紀已有三十來歲，身材已被酒肉聲色<u>灌溉</u>得有點臃腫。（曹又方〈爪痕〉）

此例以「灌溉」將本體「友祥」擬爲植物。

(2)以人擬無生物

把人當作無生物來描寫。如：

女人的「折舊率」煞是驚人，從「新」娘變成「老」婆，只消一個晚上的光景。（奇子《笑話麻辣鍋2》，頁51）

本體「女人」，「折舊率」是無生物（如房子、車子等）的屬性，此例以名詞法「折舊率」將「女人」擬爲無生物。

<u>尹雪豔</u>有她自己的旋律。尹雪豔有地自己的拍子。絕不因外界的遷異，影響到她的均衡。（白先勇〈永遠的尹雪豔〉）

此例以「旋律」、「拍子」將「尹雪豔」擬爲無生物的音樂。

2.以物擬物

以物擬物是指將甲物當作乙物來描寫。爲求轉化跡象明顯，一般又可分爲：

(1)生物擬生物

生物擬生物又可分爲「動物擬植物」和「植物擬動物」兩類：

A.動物擬植物

把動物當作植物來描寫。如：

這隻小貓經過小明的施肥、灌溉，已經長得欣欣向榮。（筆者擬句）

此例以「施肥、灌溉」、「長得欣欣向榮」將「小貓」擬爲植物。

「小狗」需要養分，否則剛發芽就會枯萎。（筆者擬句）

此例以「剛發芽就會枯萎」將「小狗」擬物（植物）。

B.植物擬動物

把植物當作動物來描寫。如：

> 小草偷偷地從土裡鑽出來，嫩嫩的，綠綠的。（朱自清
> 〈春〉）

主語「小草」是本體，屬於植物，述語「鑽」是擬詞，屬於動物的行為，「本體」在「擬詞」的催化下，轉變了性質——由植物轉化為動物，屬於甲物轉化為乙物的「擬物」。

> 蒲公英張開翅膀，翱翔於空中，看準適合的地點，俯衝搶
> 占生長的地盤。（筆者擬句）

此例以鳥的特性「張開翅膀，翱翔於空中」「俯衝搶占生長的地盤」，將植物「蒲公英」轉化為動物。

⑵生物擬無生物

生物擬無生物又可分為「動物擬無生物」和「植物擬無生物」兩類：

A.動物擬無生物

把動物當作無生物來描寫。如：

> 買青蛙來捕蚊蠅雖然有效，但使用年限不長，又容易遺
> 失，保管困難。（筆者擬句）

此例本體為「青蛙」，擬詞「使用年限不長，又容易遺失，保管困難」而將青蛙擬為無生物的捕蚊器具。

> 大象的基礎很穩固，卡通影片中許多小動物從它的鼻子往
> 下滑，玩得不亦樂乎！（筆者擬句）

此例本體為「大象」，擬詞「基礎很穩固」、「小動物從它的鼻子往下滑」而將大象擬為無生物的溜滑梯。

B.植物擬無生物

把植物當作無生物來描寫。如：

> 太陽喜歡閱讀稻田，將它讀到熟。（筆者擬句）

此例本體爲「稻田」，擬詞「閱讀」、「將它讀到熟」而將稻田擬爲無生物的書。

> 洋蔥有豐富的故事情節，常常讓讀者感動落淚。（筆者擬句）

此例本體爲「洋蔥」，擬詞「有豐富的故事情節，常常讓讀者感動落淚」而將洋蔥擬爲無生物的小說。

(3)無生物擬生物

無生物擬生物又可分爲「無生物擬動物」和「無生物擬植物」兩類：

A.無生物擬動物

把無生物當作動物來描寫。如：

> 走出不遠，它看到了隧道，隧道口吞吐著兩條瘦瘦的軌。（力哥〈心隧〉）

本體「隧道」是具體的無生物，以動詞法「吞吐著」將它擬爲有生命的動物。

> 樓房在夜裡呈現出銀灰色，靜靜地蜷伏在霧氣沼沼的地平線上。（李英儒《野火春風鬥古城》）

本體「樓房」是具體的無生物，以動詞法「蜷伏」將它擬爲有生命的動物。

B.無生物擬植物

把無生物當作植物來描寫。如：

> 王小二戴一頂非常破的帽子，被一個喜歡譏誚人的傢伙撞見，那傢伙笑著對戴破帽的王小二說：「給我一頂小帽子好不好？」王小二說：「我哪有小帽可以送你？」那傢伙說：「難道你的帽子只開花，不結子的？」（康逸藍《人間笑話天》，頁47）

本體「帽子」是無生物，擬詞「開花，結子」是植物的特性，「你的帽子只開花，不結子」將無生物轉化爲生物中的植物。

⑷無生物擬無生物

把具體的無生物當作另一種具體的無生物來描寫。如：

> 這樣才可用一枝畫筆攝取湖光的滉漾、樹影的參差，和捕捉朝暉夕陰。（蘇雪林《綠天‧鳥居漫興》）

此例用「攝取」將本體「畫筆」擬為照相機，「畫筆」和「照相機」兩者皆為具體的物品。

> 按照常理推測，此鎮已進入真空狀態，他們剛才切斷了電話線，不久便要來占領幾處戰略要點，電臺自然包括在內。（水晶〈瞎里里瞎里〉）

本體「鎮」是具象物，此例以名詞「真空狀態」作為賓語，將主語「鎮」轉化為別的具象物。

3.以抽象概念擬物

以抽象概念擬物，當然都是擬為有具象的物，其中包括生物和無生物。所以它又可分為「以抽象概念擬生物」、「以抽象概念擬無生物」二類：

⑴以抽象概念擬生物

抽象概念是指沒有具體形象的事物，可以擬為動物，也可以擬為植物：

A.以抽象概念擬動物

把抽象概念當作動物來描寫。如：

> 天黑了，黑暗使恐慌張了翅膀，到處飛揚。（桑品載《岸與岸‧岸與岸》）

此例以「張了翅膀，到處飛揚」將「恐慌」擬物（鳥類）。「恐慌」為抽象概念。

> 情人的眼裡放不下一粒砂，嫉妒有最尖的爪。（郝廣才《新世紀童話繪本9‧野獸王子》）

此例以「有最尖的爪」將「嫉妒」擬物（動物）。「嫉妒」為抽象概念。

B.以抽象概念擬植物

把抽象概念當作植物來描寫。如：

> 把忍耐種植在心田，其根雖苦，其果卻甜。（善鎮〈忍耐〉）

此例以「種植在心田，其根雖苦，其果卻甜」將「忍耐」擬物（植物）。「忍耐」為抽象概念。

> 我把青春栽種在這裡，儘管時值嚴冬，卻終於蔚然成林。（孔捷生〈綠色的蜜月〉）

此例以「栽種」、「蔚然成林」將「青春」擬物（植物）。「青春」為抽象概念。

> 「創意」絕不能以意識形態來操控，否則一定是剛發芽就枯萎。（王正方〈創意是產業的靈魂〉，《聯合報》2009年3月2日A4要聞版）

此例以「剛發芽就枯萎」將「創意」擬物（植物），「創意」為抽象概念。

(2)以抽象概念擬無生物

把抽象概念當作具體的無生物來描寫。如：

> 然而謠言很旺盛，說舉人老爺雖然似乎沒有親到，卻有一封長信，和趙家排了「轉折親」。（魯迅《阿Q正傳》）

「謠言」是人所屬的抽象概念，乃此例描述之本體；用形容詞「很旺盛」當表語，將主語「謠言」具體物化。

> 身似菩提，心如明鏡，把心中死角裡那些不正當的欲望、發了霉的愛情、莫須有的悲傷，統統壯士斷腕，驅逐出「鏡」，才能夠心思澄明，身輕如燕，揮羽邀清風，長鳴入青雲。（趙寧〈浮生六記〉）

「愛情」是人所屬的抽象概念，乃此例描述之本體；用動詞「發了霉」當定語，將中心語「愛情」具體物化。

畢竟許許多多的感情，經過了歲月的沉澱，所剩下來的也不過是幾句甜蜜的話語，和一團褪了色的模糊回憶而已。（趙寧〈愛妳在心口常開〉）

「回憶」是人所屬的抽象概念，乃此例描述之本體；用數量詞「一團」、動詞「褪了色」、形容詞「模糊」當定語，將中心語「回憶」具體物化。

以詩歌和春光佐茶。（飲料廣告）

「詩歌」和「春光」都是抽象物，沒有形體，此例以「佐茶」將之轉化為具體物的茶點。

他自己倒保持了學生時代景仰大師的熱情，在臺灣這個唯經濟的社會，這種已超過使用年限的熱情還令他不忍拋棄。（孫瑋芒〈女難〉）

「熱情」是抽象物，沒有形體，此例以「已超過使用年限」做定語，將之轉化為具體的物。

二、依方法分

依方法為原則，可以由擬詞的詞性來分類，分為「名詞法」、「動詞法」、「形容詞法」、「副詞法」、「量詞法」、「代名詞法」、「詞綴法」、「綜合法」八類：

㈠名詞法

以名詞作為擬詞，將本體轉化。如：

夜在這一條街上有著極安穩的睡眠；且有著最長久的睡眠。（王文興〈欠缺〉）

本體「夜」是抽象物，沒有形體，此例以名詞「睡眠」作為賓語，將主語「夜」轉化為人。

這回我就安心些，任性去掐蕨頸，蕨血綠得指肉泛鏽。（簡媜〈採蕨日〉）

本體「蕨」是植物，此例以名詞「頸」、「血」作爲中心語，將修飾語「蕨」轉化爲人。

　　無趣的夏日午後，遠方田野有農人在收割早稻，天空留著淚眼後的清蕩。（簡媜〈桑椹紫衣〉）

本體「天空」是具象物，此例以名詞「淚眼」作爲賓語的修飾語，將主語「天空」轉化爲人。

　　它們是石族中的在野者，永遠無法在櫥窗裡找到，也無法在腦海裡思索出一絲絲的特徵與形象。（簡媜〈有情石〉）

本體「它們（有情石）」是具象物，此例以名詞「在野者」作爲斷語，將主語「它們」轉化爲人。

㈡動詞法

　　以動詞作爲擬詞，將本體轉化。如：

　　當晚，翠袖反反覆覆的把至崇那句話擱在心秤，愈秤愈重，壓得她幾乎窒息。（鍾曉陽〈翠袖〉）

此例將話拿來秤，以「秤」這個動詞將「話」當成具體的物來描寫。

　　在沒有月亮的夜晚，小小的星星只知道交頭接耳，卻無力把它的光芒投射到地面上。（陶純〈一個人的高原〉）

此例以「知道」、「交頭接耳」等動詞，將「星星」擬人。

　　我用力推著鏽蝕的木門，木門呻吟著開了條窄縫。死氣暴烈，朝我撲來，將我頓時薰作漆黑一團。（陳村〈死——給「文革」〉）

此例以動詞「呻吟」，將「木門」擬人。

　　太陽出來了，她的心也許已經生鏽了。（蘇偉貞《陪他一段》）

此例以動詞「生鏽」，將「她的心」擬爲具體的物。

　　趕緊撿了一口袋石頭，劈劈啪啪往樹根草叢丟，蛇鼠沒聽
著，倒聽見江水在喊痛。（簡媜〈採蕨日〉）

此例以動詞「喊痛」，將「江水」擬爲人。

㈢**形容詞法**

　　以形容詞作爲擬詞，將本體轉化。如：

　　「這一品鍋裡的物件，都有徽號，你知道不知道？」老殘
道：「不知道。」他便用筷子指著，說道：「這叫怒髮衝
冠的魚翅，這叫百折不回的海參，這叫年高有德的雞，這
叫酒色過度的鴨子，這叫做恃強拒捕的肘子，這叫做臣心
如冰的湯。」（劉鶚《老殘遊記》第十二回）

此例以形容詞「怒髮衝冠」、「百折不回」、「年高有德」、「酒
色過度」、「恃強拒捕」、「臣心如冰」作爲定語，將中心語「魚
翅」、「海參」、「雞」、「鴨子」、「肘子」、「湯」擬爲人。

　　他在幾聲破碎的呼痛聲後聽見那病床上的少女呼喚他的聲
音。他衝到病房的門，…（東方白〈□□〉）

此例以形容詞「破碎的」做定語，將中心語「呼痛聲」擬爲具象
物。

　　他全身都暴露著飽和的男性，而且還夾著他那一股山地人
特有的原始獷野。（白先勇〈滿天裡晶晶的星星〉）

此例以形容詞「飽和的」做定語，將賓語「男性」擬爲具象物。

㈣**副詞法**

　　以副詞作爲擬詞，將本體轉化。如：

　　這朵花哀怨地凋落了。（筆者擬句）

此例以副詞「哀怨地」做狀語，將主語「花」擬爲人。

這棵小草在岩壁縫頑強地生長。（筆者擬句）

此例以副詞「頑強地」做狀語，將主語「小草」擬為人。

許多重複的血手印，縱橫放恣地抹在白牆上。在這些血腥氣的手印上，另外出現了一行回教文字。（水晶〈瞎里里瞎里〉）

此例以副詞「縱橫放恣地」做狀語，將主語「血手印」擬為人。

小雞賊頭賊腦地往內看，無非是想進來啄米避冷。（筆者擬句）

此例以副詞「賊頭賊腦地」做狀語，將主語「小雞」擬為人。

㈤量詞法

以量詞作為擬詞，將本體轉化。駱小所（2002：208）將這種方法稱為「量詞移用」，他說：「為了修辭上的需要，把用於甲事物的量詞移用於乙事物，或把用於乙事物的量詞而用於甲事物的修辭方式叫量詞移用。」又可分為兩種：

1. 移用借用量詞的

「章大經理，你這一籮筐話是頂真說的呢，還是鬧著玩？若是鬧著玩的，便罷了。若是認起真來，今天夜晚我倒要和你把這筆帳給算算。你們夜巴黎要做生意嗎？」金大班打鼻子眼裡冷笑了一聲。（白先勇〈金大班的最後一夜〉）

此例借用名詞「籮筐」為量詞，本來是借來修飾和限制具體東西，但這裡移來修飾和限制「話」，於是聽覺方面的話就被轉化為具體可見可摸的物。

郵差送來一份包裹，打開一看，裏面藏著一袋子的驚喜（筆者擬句）

此例借用名詞「袋子」為量詞，這本來是用來修飾限制具體的東西，但這裡用來修飾限制抽象的「驚喜」，一方面使「驚喜」具體

化，又使人們喜悅的心情形象具體地表現出來。

2.移用一般量詞的

微風早經停息了，枯草支支直立，有如銅絲。一絲發抖的聲音，在空氣中愈顫愈細，細到沒有，周圍便都是死一般靜。（魯迅〈藥〉）

此例用「一絲」來修飾「聲音」，將只能耳朵聽到的細小聲音，轉化為眼睛看得到的一絲東西。這也是聽覺和視覺的「移覺」。

聽說你們倆要來，他就說：「得，來了兩塊麻煩！」（《老舍劇作選》，頁176）

此例用「兩塊」來修飾限制「麻煩」，使得抽象的「麻煩」轉化成具體的東西。

他說那個女人的時候，嘴角悄悄的迸了朵笑，只有一剎那。（袁瓊瓊〈自己的天空〉）

此例用量詞「朵」來修飾限制「笑」，將抽象（聽覺）的「笑」轉化成具體的花。

賣火柴的女孩就連小小的一株企望都無法達成。（筆者擬句）

此例用量詞「株」將抽象概念的本體「企望」轉化為植物。

黑道老大從嘴角哼出來幾粒冷笑。（筆者擬句）

此例用數量詞「幾粒」將抽象概念的本體「冷笑」轉化為具體的物。

㈥代名詞法

以代名詞作為擬詞，將本體轉化。如：

我大清早起，
站在人家屋角上，

呀呀的啼。（胡適〈老鴉〉）

此例用代名詞「我」將本體「老鴉」轉化爲人。

　　愛晚亭，我真太愧對你了！（謝冰瑩〈愛晚亭〉）

此例用代名詞「你」將本體「愛晚亭」轉化爲人。

㈦詞綴法

　　以詞綴作爲擬詞，將本體轉化。如：

　　Ade，我的蟋蟀們！Ade，我的覆盆子們和木蓮們！（魯迅〈從百草園到三味書屋〉）

詞綴「們」通常只能用在「人」的後面表示複數，不能用在「非人」的後面。此例用詞綴「們」將本體「蟋蟀」、「覆盆子」、「木蓮」臨時轉化爲人。

㈧綜合法

　　兼用上述兩種以上方法者。如：

　　那時，天地只有我一人，人們都在午眠，綠稻們正做著金黃的夢，雞也憩著。（簡媜〈落雨時的井〉）

此例用詞綴「們」、動詞「做著夢」將本體「綠稻」轉化爲人。

　　他可以感覺到，剛才這座電話，還是活的，而此刻，所有聽筒內的雜音，戛然而止——它死了。Y握著冰涼的電話屍體，久久，頹然將它放下。（水晶〈瞎里里瞎里〉）

此例是用形容詞詞「活的」、動詞「死了」、名詞「屍體」將本體「電話」擬人：是爲「綜合法」。

　　事實很明顯，「我」不能停止寫作，哪怕筆折焚稿，在散步的鞋沿、飲水的杯底、耳語的末梢……創作的思維暴力，又破門而入。（簡媜〈一定有一條路通往古厝？〉）

此例以名詞「暴力」和動詞「破門而入」，將「思維」擬為有生命的人。

　　腸斷江春欲盡頭，杖藜徐步立芳洲。
　　顛狂柳絮隨風舞，輕薄桃花逐水流。（杜甫〈漫興〉）

此例以形容詞「顛狂」、「輕薄」，和動詞「隨風舞」、「逐水流」，將「柳絮」、「桃花」擬為人。

表2-5　轉化分類表　　　　　　　　　　　　　　　　　（筆者自製）

辭格	分類基準	次辭格			異名	說明
伍、轉化—比擬	一、依題材分	㈠擬人	1.人的器官擬人			
			2.有生物擬人	(1)動物的擬人		
				(2)植物的擬人		
			3.無生物擬人			
			4.抽象概念擬人			
		㈡擬物	1.以人擬物	(1)以人擬生物	a、以人擬動物	
					b、以人擬植物	
				(2)以人擬無生物		
			2.以物擬物	(1)生物擬生物	a、動物擬植物	
					b、植物擬動物	
				(2)生物擬無生物	a、動物擬無生物	
					b、植物擬無生物	
				(3)無生物擬生物	a、無生物擬動物	
					b、無生物擬植物	
				(4)無生物擬無生物		
			3.以抽象概念擬物	(1)以抽象概念擬生物	a、抽象概念擬動物	
					b、抽象概念擬植物	
				(2)以抽象概念擬無生物		

辭格	分類基準	次辭格	異名	說明
	二、依方法分	㈠名詞法		
		㈡代名詞法		
		㈢動詞法		
		㈣形容詞法		
		㈤副詞法		
		㈥量詞法		
		㈦詞綴法		
		㈧綜合法		

參、辨析

　　「轉化」的辨析，有下列五點應該辨明：

一、習慣用法已非臨時的「轉化」

　　「比擬」又稱「轉化」，是修辭格的一種，它所產生的意義，只是詞語的臨時義項；「比擬義引申」則是指由比擬的臨時義項演變成的固定義項。如：

　　「茱太老了」，「老」字本是指「人的年歲大」，將「老」用在「茱」的上面，本是擬人的用法，剛開始可能只是臨時性的意義，但用久了，它已成為固定義項，被引申為「長得過了適口的時期」。

　　「鐘不走了」、「你這步棋走壞了」，「走」字本是指「人」「跑、疾趨」，將「走」用在「鐘」和「棋」的上面，本是擬人用法，但現在已經成為固定義項，引申為「移動、挪動」。

> 他急忙回頭走，看到前面一座醫院，敞開著大門，便走了進去，毫不猶疑地，經驗告訴他，醫院是安全的避難所，像教堂寺院，對於懺悔者產生的作用一樣。（水晶〈瞎里里瞎里〉）

「經驗告訴他」已是習慣用法,故不再視為以動詞「告訴」將「經驗」擬人的轉化。

> 趙光桿形單影隻觸景生情,不免又要怨天尤人、傷春悲秋一番,今宵寫了一篇<u>臭文</u>,恐怕又要挨幾頓<u>臭罵</u>,想想實在傷心。(趙寧〈笑話一籮筐〉)

「臭文」是指描寫「臭」的文章,而非將「臭」味加諸文章之上,使文章產生臭味,所以不是擬為具體有臭味的事物;「臭罵」是指狠狠地罵,「臭」只是形容詞的引申,並非真的有臭味,所以也不是轉化。尤其「臭罵」已是習慣用法,更不會是臨時性的轉化。

二、「轉化」有別於「譬喻」

轉化(比擬)和譬喻(比喻)都是由兩件不同的事物相比。也都透過類似聯想而產生:因此容易混淆。兩者之間的辨析,有五點可談:

㈠「相似處」與「可變處」不同

許多學者都提到:「譬喻乃就其相似處著筆,比擬乃就其可變處著筆。」(劉煥輝,1997:382)「比喻重點是『喻』,是用不同事物的相似點來進行說明;比擬重點在『擬』,是用其他事物纔有的動作、屬性來進行描繪。」(黎運漢、張維耿,1997:116)這種分辨法,大致上是正確的,但容易讓讀者產生誤解:即誤以為「相似點」只有譬喻才談,而比擬就不必具有。其實,比擬也是建立在類似聯想的基礎上,再運用移情作用加以轉化,則比擬的本體和擬體之間,也具有相似點。如:

> 6和9在一起玩踩汽球遊戲
> 6大聲抗議說
> 你作弊
> 把汽球綁在頭上

此詩由6和9的形狀,聯想到汽球綁在腳下和頭上,再以人的特性去描述,而產生轉化的效果。在形狀上,本體(6和9)和擬體(人把汽球綁在腳下和頭上)有相似點。所以蔡謀芳(2001b:8)說:

「轉化、譬喻二法所使用的材料，基本上都是具有相似點的兩件物事。」

　　黃慶萱（2002：399）曰：「譬喻就本體和喻體間的相似點著筆用喻體來譬方說明本體，是觀念內容的修飾；轉化就兩件不同事物的可變處著筆，將甲事物獨有的稱謂、動作、性質等，用來描繪乙事物，是觀念形態的改變。」由於習慣上將「明喻」的基本架構稱爲：甲（本體）像（喻詞）乙（喻體），此處可將黃慶萱所說的甲乙互換，則轉化的架構爲：用乙（擬體）　獨有的稱謂、動作、性質等（擬詞）描繪甲（本體）。如：

　　　　眉黛有如萱草色，裙紅好似石榴花。

此例就眉黛和萱草色，以及裙紅和石榴花之間的相似點著筆，是爲譬喻。

　　　　眉黛奪將萱草色，裙紅妒煞石榴花。

此例就眉黛和人，以及石榴花和人之可變處著筆，以動詞法「奪將」、「妒煞」擬物爲人。

（二）「本體可省，喻體不可省」與「本體不能省，擬體要省」不同

　　轉化和譬喻的區別，劉煥輝（1997：383）認爲：比喻中的「本體」有時可以省去（借喻），但「喻體」無論如何不能省；比擬不僅可以而且必定省去「擬體」，但「本體」則無論如何不能省。駱小所（2002：143）也有類似看法。如：

　　　　惡霸像狗一樣夾著尾巴逃走了。

本體「惡霸」、喻詞「像……一樣」、喻體「狗」三者兼具，是爲「明喻」。

　　　　這條狗夾著尾巴逃走了。

本體省略，以喻體「狗」取代本體「惡霸」，是爲「借喻」。

　　　　惡霸夾著尾巴逃走了。

本體「惡霸」出現，擬體「狗」省略，只以擬詞「夾著尾巴逃走了」來描寫本體，是為將人擬為動物的轉化。

總之，比喻的喻體是必須出現的，本體可以不出現；比擬的本體是必須出現的，擬體一定不能出現（宗守雲，2005：228）。

下面的例子都是「本體」、「喻詞」、「喻體」三者具備，則是譬喻，而非轉化：

> 為非作歹，違法亂紀的人，是社會的害蟲，也是人類的害群之馬。

蔡宗陽（2001：49）曰：「用『害蟲』、『害群之馬』，使『為非作歹，違法亂紀的人』物性化。」這種看法，有待商榷。此例應是「隱喻」：「為非作歹，違法亂紀的人」是本體，「是」是喻詞，「社會的害蟲」、「人類的害群之馬」是喻體。

> 愛因斯坦說：「專家還不是訓練有素的狗！」這話並不是偶然而發的，多少專家都是人事不知的狗，這種現象是會窒死一個文化的。（陳之藩〈哲學家皇帝〉）

蔡宗陽（2001：50）曰：「『訓練有素的狗』、『人事不知的狗』，都是擬人為物，使『專家』物性化。」這種看法，有待商榷。此例應是「隱喻」：「專家」是本體，「是」是喻詞，「訓練有素的狗」、「人事不知的狗」是喻體。

㈢「轉化」和「譬喻」兼格

「轉化」和「譬喻」也會有兼格現象。如：曹植〈七步詩〉是借喻，借整首詩喻「兄弟相殘」，字面上只有喻體，而無本體。在喻體部分，「豆在釜中泣」，一邊哭泣，還一邊說：「本是同根生，相煎何太急。」則是比擬。

> 雨，是天空的淚水。

此例從整體內容來看，「雨」為本體，「是」為喻詞，「天空的淚水」為喻體，則屬隱喻；若從部分內容「天空的淚水」來看，則以名詞法「淚水」將「天空」擬人，則屬轉化。所以本例是隱喻套用轉化。

另外，張春榮（2001：112）曰：「比喻中出現動詞，係由喻依（即本文之喻體）衍生而出；而比擬中出現動詞，則由主語發展而出。」這個看法，若是針對純比喻或純比擬，應該沒問題；但若有兼格現象時，則無法一刀劃開。如：「2被媽媽罵／低著頭／跪在地上／／」是純比擬；改成「2像個做錯事的小孩／被媽媽罵／低著頭／跪在地上／／」，則首句是明喻，後半部是比擬。若是照張春榮教授的觀點，則後者改寫的詩只能視為比喻，這樣的認知，與大眾的感受有很大差異，而且許多童詩都喜歡先用譬喻做說明，之後再比擬轉化，如：「書是一位面惡心善的人／看他越久／他就越善良／／」、「小河是一位慢跑國手／從白天到晚上／不停的練習／聽見雨點的鼓掌聲／高興的加足馬力／向前衝刺／／」、「鼓是一個最怕打的小孩，／當你輕輕的打他／他就小聲的叫：『疼疼疼！』／當你重重的打他／他就高聲的喊：『痛痛痛！』／／」

所以，宗守雲（2005：229）曰：「如果比擬的擬體出現了，原來的描述仍然還在，那就是比喻和比擬的並用了，應該看作是修辭格的連用現象。」

㈣「轉化」是異常搭配，異常搭配未必是「轉化」

蔡謀芳（2003：26）認為：「轉化修辭」的原理是：異質性的概念構成了文法環境，其中「主體」受「從屬」之催化而起變化。因此，只要是「詞義性質」相異者，搭配而成的詞、句，就是轉化之修辭。亦即「轉化」必定是一種異常搭配，如上文「分類」所舉之例皆是。若不是異常搭配，則絕不可能是「轉化」。如：

> 有人詣王太尉，遇安豐、大將軍、丞相在坐。往別屋，見季胤、平子。還，語人曰：「今日之行，觸目見琳琅珠玉。」（劉義慶《世說新語・容止》）

此例有學者視為轉化（沈謙，1996：299；董季棠，1981：129），則有待商榷。「觸目」可見人，也可見物，所以「觸目琳琅珠玉」是正常搭配，因此不會是「轉化」。所以蔡謀芳（2001b：10）曰：「文中以『諸賢』比『珠玉』，亦應屬譬喻之法。」

但是，異常搭配卻未必是「轉化」，因為另有其他辭格也會有異常搭配的情形。此時則要先將本體找出，才能解讀正確。如：

> 七月又怎麼了？所有的花應該都開了
>
> 而他卻長滿了一頭白白的蘆葦（沙穗〈老宅〉）

蔡謀芳（2001b：27）曰：「末句『他卻長滿了一頭白白的蘆葦』，主詞『他』屬於人的概念；名詞『蘆葦』是屬於物的概念。以物的概念去轉化人的概念，所以這是屬於『物性化的轉化』。」這種看法，有待商榷。因為作者所要表達的概念是：「他卻長滿了一頭白白的頭髮。」本體是「頭髮」，但字面省略，而以相似物「蘆葦」做「喻體」來代替，此為「借喻」之法。

> 你不妨搖曳著一頭的蓬草，不妨縱容你滿腮的苔蘚。（徐志摩〈翡冷翠山居閒話〉）

蔡謀芳（2001b：30、31）曰：「前後句中『一頭的蓬草』、『滿腮的苔蘚』，附加詞『一頭』、『滿腮』均是屬於人的概念；主詞體『蓬草』、『苔蘚』均是屬於物的概念。以物的概念去轉化人的概念，所以這是屬於「物性化的轉化」。」這種看法，有待商榷。此例作者所要表達的本體是「亂髮」、「鬍鬚」，字面省略，而以相似物「蓬草」、「苔蘚」來代替，所以原意應是「你不妨搖曳著一頭的亂髮，不妨縱容你滿腮的鬍鬚」，這是以「蓬草」借喻「亂髮」，以「苔蘚」借喻「鬍鬚」。

綜上所言，辨析「借喻」和「轉化」的差異，第一步驟是找出本體，還原作者的原意，才能看清兩者的真正差別。因為，轉化一定是語文的異常組合；但是，語文的異常組合未必是轉化。所以，上述諸例，形式上都是語文的異常組合，但它們都不是轉化，而是借喻。

㈤語境不明則不易判別

「有的句子（或小句）如果不聯繫上下文，就沒有辦法確定是比喻還是比擬。」（宗守雲，2005：229）亦即語境不明時，則不易判別。例如：

> 一位還在發情期胖胖的小母牛。（宗守雲，2005：229）

此例如果描述的是人，則「小母牛」是借喻；如果描述的是母牛，則是以「一位」來擬人。

三、「轉化」有別於「借代」

在借代中,借體出現而本體不出現;在比擬中,本體出現而擬體不出現。所以仍是先要找出本體,才能做出適當的判別。如:

> 當天晚上一行五人買了三等臥車票在金華上火車,明天一早可到鷹潭,有幾個<u>多情而肯遠遊的蚤虱</u>一路陪著他們。(錢鍾書《圍城》)

此例以擬詞「多情而肯遠遊」將本體「蚤虱」擬人,擬體「人」沒有出現。

> 遠遠近近的人家已紛紛點起燈,一盞盞<u>肯定的希望</u>。田間的阡陌雖然錯綜,每個歸途的人永遠認得出家的方向。(簡媜〈大水〉)

「一盞盞肯定的希望」雖是異常搭配,但它不是轉化。因為本體不是「希望」,而是「燈」,它只是以抽象的效果「肯定的希望」來借代具體的「燈」。

> 一道公文背著36顆印章旅行。(報紙標題)

此例若是將「公文」視為本體,則公文「背著印章」「旅行」,是異常搭配,屬轉化中的擬人。若將「印章」視為「借體」,則是借代「審核」,這是以具體借代抽象。

四、「移就」是「轉化」的一種方式

「移就」和「轉化」的關係,可以從「定義」、「特點」和「辨析」來談:

㈠定義

陳望道(1989:120)曰:「遇有甲乙兩個印象連在一起時,作者就把原屬甲印象的性狀形容詞移屬於乙印象的,名叫移就辭。」駱小所(2002:144)曰:「把描寫甲事物性質狀態的詞,移來修飾和描寫乙事物的修辭方式叫移就。」陳望道的定義強調「甲乙兩個印象連在一起時」,則與「拈連」類似,範圍較小;駱小所取消「甲乙兩

個印象連在一起時」，則範圍擴大，與轉化類似。由此可見：陳望道「移就」的定義比駱小所「移就」的定義範圍窄。而駱小所的定義又只是本文「轉化」中「形容詞法」的內涵，所以「移就」只是「轉化」的一種方式。

㈡特點

駱小所提到「移就」的特點有二：

1.「移就的詞與詞的搭配關係，一般限定為偏正關係。即修飾和被修飾的關係，修飾部分一般為描寫性的形容詞，被修飾部分是名詞。」（駱小所，2002：145）如：

> 於是我便忠心的繼續這件無希望、無發展，也無人知道的愛情。這種絕望，反而替我的愛情染上了一層<u>憂鬱的美</u>。
> （王文興〈欠缺〉）

「美」本為抽象概念，此例用「憂鬱」來修飾描寫，則使抽象的「美」擬人化，是為轉化；此例是「特意將描寫甲事物（人）性狀的修飾語移動過來描寫乙事物（美）的性狀」，是為「移就」。可見「移就」只是「轉化」中的「形容詞法」的運用。

2.「修飾項和被修飾項，從語義上來講，是反常組合。充當修飾項的詞，在一般情況下是不能同被修飾項搭配的。」（駱小所，2002：145）這是「異常搭配」，是「轉化」必然現象。

由「異常搭配」來說，「移就」和「轉化」性質相同；由修飾限定來說，「移就」是偏正關係，以形容詞修飾中心語，只是「轉化」的「形容詞法」而已。

㈢辨析

唐松波、黃建霖（1996：748）曰：

> 「移就」和「比擬」的相似之處是詞語的移用。區別是：移就所移用的詞語起描寫作用，例如：「他把臉埋在膝蓋裡，兩手抱著頭，沉浸在傷心的黑暗之中……」（張賢亮《土牢情話》）「傷心」本寫人情，移來描寫「黑暗」；比擬所移用的詞語起陳述作用，例如：「雖然無人注意，無人知曉，它仍傍著自己的岸，一路唱著流向大海，哪怕

旅途艱險，它卻愉快如初。」（田曉菲《情到深處》）
「唱」和「愉快如初」移來對河水進行陳述，是擬河為
人。

他們認為：「『移就』和『比擬』的相似之處是詞語的移用。」這是
對的；「移就所移用的詞語起描寫作用」，也是對的；但是「比擬
所移用的詞語起陳述作用」，則只是以偏概全。其實「比擬」所移用
的詞語可以起描寫作用，也可以起陳述作用，亦即「比擬」可以涵蓋
「移就」。

另外，駱小所（2002：148、149）提到：

移就是寓情於物，物仍然是物，只是把人的思想觀念移用
到其他事物上，並不要求這個事物人格化。擬人是將物擬
人，物已當作人，它要求某些本來不具有人的思想感情的
事物人格化。

他說「擬人是將物擬人，物已當作人，它要求某些本來不具有人的
思想感情的事物人格化。」這是對的；但是，他說「移就是寓情於
物，物仍然是物，只是把人的思想觀念移用到其他事物上，並不要求
這個事物人格化。」則很難落實，因為既然「把人的思想觀念移用
到其他事物上」，其他事物當然就會人格化，如此則與「擬人」無
異。

綜合上述「定義」、「特點」和「辨析」三個角度，本文認為：
「移就」是「轉化」的一種方式。

五、「轉化」有別於「縮喻」

形容詞法的轉化與縮喻很像，兩者都可以簡化為「甲的乙」形
式，但其內涵卻完全不同。茲說明如下：

㈠轉化的例子

「轉化」的形式是：「本體」被「擬詞」轉為別種事物，「擬
體」不能出現。其中形容詞法的轉化（移就）的形式是：「擬詞＋的
＋本體」，擬詞和本體之間沒有相似點。如：

孔乙己便漲紅了臉，額上的青筋條條綻出，爭辯道：「竊
書不能算偷……竊書……讀書人的事，能算偷麼？」接連
便是難懂的話，什麼「君子固窮」，什麼「者乎」之類，
引得眾人都哄笑起來；店內外充滿了<u>快活的空氣</u>。（魯迅
〈孔乙己〉）

此例「快活的空氣」是「移就」（形容詞法的轉化），而非「快活如
空氣」的「縮喻」。本體「空氣」，用「快活的」來修飾，使「空
氣」擬人，則是轉化。

他只是那麼不聲不響的，像一股溫暖的微風，使大家感到
點<u>柔軟的興奮</u>。（老舍《四世同堂》）

此例「柔軟的興奮」是「移就」（形容詞法的轉化），而非「柔軟如
興奮」的「縮喻」。本體「興奮」，用「柔軟的」來修飾，使抽象的
「興奮」擬為具體的物，則是轉化。

㈡縮喻的例子

縮喻是「（反客為主式比喻）省略喻詞，使喻體和本體直接組
成偏正詞組的比喻，又叫本體修飾喻體的比喻」（唐松波、黃建
霖，1996：12）。「此類比喻有一共同特點，就是把被比喻物（本
體）變成修飾語，把比喻物（喻體）放到中心地位，其結構形式大
致為：本體＋的＋喻體。」（唐松波、黃建霖，1996：13）不要把
「喻體」當作「擬詞」。如：

當<u>人生的咖啡杯</u>裡掉進去一隻蒼蠅的時候，毫不猶豫的最
好連咖啡杯都一齊摔掉，重新換個杯子再斟上一杯。（趙
寧〈浮生六記〉）

「人生的咖啡杯」是「人生如咖啡杯」的縮喻。此例本體是「人
生」，「咖啡杯」是喻體，而不是將「人生」轉化為「咖啡杯」，因
為轉化的「擬體」不能出現，此例卻出現「咖啡杯」。

綜上所述，轉化中的「移就」是「乙（擬體的特性）的甲（本
體）」；譬喻中的「縮喻」是「甲（本體）的乙（喻體）」。

肆、產生因素

轉化的心理基礎是建立在「移情作用」和「聯想作用」之上。

一、移情作用

朱光潛（1994：38、39）說：

移情作用有人稱為「擬人作用」（anthropomorphism）。拿我做測人的標準，拿人做測物的標準，一切知識、經驗都可以說是如此得來的。把人的生命移注於外物，於是本來只有物理的東西可具人情，本來無生氣的東西可有生氣，所以法國心理學家德臘庫瓦教授（H.Delacroix）把移情作用稱為「宇宙的生命化」（Animation de I'univers）。從理智觀點看，移情作用是一種錯覺，是一種迷信。但是如果沒有它，世界便如一塊頑石，人也祇是一套死板的機器，人生便無所謂情趣，不特藝術難產生，即宗教亦無由出現了。詩人，藝術家和狂熱的宗教信徒大半都憑移情作用替宇宙造出一個靈魂，把人和自然的隔閡打破，把人和神的距離縮小。

把自己的生命投射到外物，以我之心，度物之心，則物我交融，萬物有情，透過移情作用，在文學作品中大可以創造無數親切生動的世界。例如：看見花朵上有露水，若是心情快樂時則說「花兒高興地流口水」；反之，心情悲傷時，則說「花兒哀傷地掉眼淚」。就是把自己的情感投射到外物上面，使其帶有人的感情。

二、聯想作用

轉化又建立在聯想的基礎上。詩人、藝術家用善感的心靈觀照萬物，不但人的感情、特性可以投注外物，更可以將物態投注於人。但是要讓讀者能理解作者的聯想，則以有普遍性的類似聯想較為適合，這是它和譬喻容易混淆的原因。

伍、運用原則

「轉化」的運用是轉變其原來性質，化成另一種本質截然不同的

事物，而加以形容敘述。如此則能造成新穎感受的出人意外效果，它會將讀者的認知拉開，形成陌生化的心理距離。但轉化的運用還要配合語境，而且本體和擬體有某方面類似之處，就能將心理距離拉近，合乎情理，讓讀者可以接受。如：

> 你遂閉目雕刻自己的沉默。（洛夫〈初生之黑──石室之死亡〉）

這是一個詩句，不用於自然語言中。平常的說話，我們可以說：「雕刻自己的圖章（或石像，或塑像，或佛像等）」，跟在動詞「雕刻」之後的賓語總具有【＋名詞】、【＋具體】的性質。現在洛夫把賓語改成了「沉默」，性質放寬為【＋名詞】、【－具體】，調整了自然語言的部分規則，成為詩的語言（竺家寧，2001：6、7）。這是將心理距離拉開一部分，只將【＋具體】換成【－具體】，造成藝術美感。仍保留【＋名詞】的性質，還在情理之內，心理距離不致太開，讀者仍能接受。但是，沒有一位詩人會把句子寫成：

> 自雕刻己沉的默

因為這已完全打破了自然語言的組織格局，成為全然不可意會的一堆字，再也稱不上是個「句子」（竺家寧，2001：7）。這是因為距離太遠，令人無法了解。

　　轉化的運用，除了要配合主題及相關語境，還要注意本體和擬體之間本質要迥然不同，但卻有某些相似處，這就和譬喻很類似。本體和擬體的差異性越大，比擬的效果就越明顯。若是用人比擬人，用動物比擬動物，那就違反比擬的差異性，發揮不了轉化的效果。

　　另外，還要注意本體原有的特性，才不致心理距離太遠而無法欣賞。如我們說：「樹的愛情是忠實的，因為他離不開鄉間和泥土。」「石頭的脾氣是頑固的。」一方面將樹和石頭擬人，拉開心理距離；另一方面仍符合樹和石頭的特性，距離不致太遠。若是依樣照句說：「蒲公英的愛情是忠實的。」「雞蛋的脾氣是頑固的。」那就與蒲公英、雞蛋的特性不符，反而偏離太遠，缺乏美感。此例應該改為「蒲公英的愛情是浪漫的」、「雞蛋的個性是脆弱的」就符合它們的特性。

第六節　移覺

壹、定義

　　唐松波、黃建霖（1996：752）認為：移覺是「用形象的詞語，把一種感官的感覺轉移到另一種感官上。換言之，即用描寫甲類感官感覺的詞語去描寫乙類感官的感覺。這種把聽覺、視覺、嗅覺、味覺、觸覺溝通起來的方法，又稱通感。」筆者參考黃麗貞（2000：164）的見解，認為摹狀可增加「心覺」一項，並增加「故意」和「臨時」四字，以強調其「刻意性」和「臨時性」。另外，為配合本書統一用語，因此將移覺的定義修改為：

> 說話行文時，用形象的詞語，故意把一種感官的感覺臨時轉移到另一種感官上。換言之，即用描寫甲類感官感覺的詞語去描寫乙類感官的感覺。這種把聽覺、視覺、嗅覺、味覺、觸覺和心覺溝通起來的修辭方法，叫做「移覺」。又稱「通感」。

貳、分類

　　移覺可以依不同角度而有不同分類：一、依有無兼格分，可以分為「直接移覺」和「間接移覺」兩類；二、依感覺轉移分，可以分為「聽覺轉移」、「視覺轉移」、「嗅覺轉移」、「味覺轉移」、「觸覺轉移」、「心覺轉移」和「綜合移覺」七類。

一、依有無兼格分

　　移覺依有無兼格分，可以分為「直接移覺」和「間接移覺」兩類。

㈠直接移覺

　　不借助其他修辭方式，直接把不同感覺轉移上去，稱為「直接移覺」。楊春霖、劉帆（1996：1130）稱為「直接式移覺」。如：

> 頓時，一種清新而健全，充滿了陽光的音響深深地籠罩了他。他感到從未有過的解脫。（劉索拉《你別無選擇》）

「音響」是聽覺印象，用視覺「充滿了陽光」來表達，是將聽覺轉為視覺。

這都是當年熱戀時小金子的話，那是熱乎乎，燙人心呀！現在呢，冷冰冰的，雖說是大熱天，秦德龍心中冷得發顫。（蕭復興《兩個失戀人的一個夜晚》）

「心中（感受）」是心覺印象，用觸覺「冷得發顫」來表達，是將心覺轉為觸覺。

它，是她使的第三副球拍。提起前兩副球拍她的心裡是什麼滋味呢？苦？甜？都有。（蕭復興《貼深藍色海綿的球拍》）

「心裡滋味」是心覺印象，用味覺「苦」、「甜」來表達，是將心覺轉為味覺。

清冽的泉水滴下深邃的井裡，井上有大樹罩蔭，讓你在那樹下盤旋，傾聽著那有節奏的一點一滴，那是多麼清永的涼味呀！（郭沫若〈丁東草〉）

「傾聽著那有節奏的一點一滴」是聽覺印象，用味覺「清永的涼味」來表達，是將聽覺轉為味覺。

㈡間接移覺

借助其他修辭方式構成的移覺，稱為「間接移覺」。楊春霖、劉帆（1996：1130）稱為「借助式移覺」。若依借助其他修辭方式來分，可以分為「比喻型移覺」、「比擬型移覺」、「夸飾型移覺」和「拈連型移覺」四類：

1.比喻型移覺

即移覺和比喻的兼格。移覺和比喻關係非常密切，它們共同的心理基礎，都是把兩種現象、兩種感受溝通，所以兩者經常結合使用，形成兼格。如：

海在我們腳下沉吟著，詩人一般。那聲音彷彿是朦朧的月

光和玫瑰的晨霧那樣輕柔；又像是情人的密語那樣芳醇；
低低地、輕輕地，像微風拂過琴弦；像落花飄零在水上。
（魯彥〈聽潮〉）

「潮聲」是聽覺印象，透過比喻「像朦朧的月光，晨霧中的玫瑰，飄
零的落花」，將聽覺形象轉換成一系列的視覺形象，潮聲之美被渲染
得淋漓盡致！

突然有一種奇怪的聲音從窗口飄進來。這聲音清晰幽雅，
雖然是微弱，卻鳴響得極有節奏，就像一縷縷美妙的輕
煙，把艙房裡寧靜寂寞的氣氛沖散了。
紡織娘——是紡織娘！（趙麗宏《紡織娘——往事記》）

「奇怪的聲音」是聽覺印象，用視覺「一縷縷美妙的輕煙」來比
喻，是將聽覺轉為視覺。

輕攏慢撚抹復挑，初為霓裳後六么；
大弦嘈嘈如急雨，小弦切切如私語；
嘈嘈切切錯雜彈，大珠小珠落玉盤；
間關鶯語花底滑，幽咽泉流水下灘；
水泉冷澀弦凝絕，凝絕不通聲暫歇。（白居易〈琵琶行〉）

以「鶯語間關」來比喻琵琶之音的悅耳美妙；又以「花底滑」的觸覺
來比喻琵琶之音，則是將聽覺轉移為觸覺。

秦淮河的水卻儘是這樣冷冷地綠著。任你人影的憧憬，歌
聲的擾擾，總像隔著一層薄薄的綠紗面冪似的，牠儘是
這樣靜靜的，冷冷的綠著。（朱自清〈槳聲燈影裡的秦淮
河〉）

「歌聲的擾擾」是聽覺印象，用視覺「隔著一層薄薄的綠紗面冪」來
比喻，是將聽覺轉為視覺。

無風水面琉璃滑，不覺船移，激動漣漪，驚起沙禽掠岸
飛。（歐陽脩〈采桑子〉）

沒風的時候，水面風平浪靜，就像琉璃一樣平滑。是以略喻將視覺
「無風水面」轉爲觸覺「琉璃（滑）」。

2. 比擬型移覺

這是移覺和比擬的兼格。如：

眼睛望著同一塊天空，
心敲擊著暮色的鼓。（北島〈走吧〉）

此例詩人把內心的感受轉移爲聽覺。並把心擬作可以敲擊事物的東
西。

鳳凰樹突然傾斜，
自行車的鈴聲懸浮在空間。（舒婷〈路遇〉）

此例把聽覺「自行車的鈴聲」轉移爲視覺「懸浮在空間」，並把
「鈴聲」擬作可以懸浮在空間的東西。

聽得出，他們的文化水平同我們差不多，不過「三磅」而
已，哭都哭不出能登報的東西。（方方〈「大篷車」上〉）

此例把心覺「文化水平」轉移爲觸覺「三磅」。並把「文化水平」擬
作具體有重量的東西。

悲哀的霧
覆蓋著補釘般錯落的屋頂。（北島〈結局或開始——給遇羅
克烈士〉）

此例把視覺「霧」轉移爲心覺「悲哀」。並把「霧」擬人。

3. 夸飾型移覺

這是移覺和夸飾的兼格。如：

就這一眼，滿園子裡便鴉雀無聲，比皇帝出來還要靜悄得
多呢！連一根針跌在地下都聽得見響！（劉鶚《老殘遊記》
第2回）

「這一眼」是視覺印象，用聽覺「滿園子裡便鴉雀無聲，比皇帝出來

還要靜悄得多呢！連一根針掉在地下都聽得見響」來表達，又是一種
夸飾的聽覺表達，則是將視覺轉為聽覺。

> 明天一早起，李先生在帳房的櫃臺上看見昨天的報，第一
> 道消息就是長沙燒成白地，嚇得聲音都遺失了，一分鐘後
> 才找回來，說得出話。（錢鍾書《圍城》）

「聲音」是聽覺印象，用視覺「遺失、找回來」表達，將聲音擬為具
體的物，又是一種夸飾的表現。

> 今晚成功嶺有月，相思林上薄薄的一彎，利得會割手。
> （黑野〈月〉）

「月薄薄的一彎」是視覺印象，用觸覺「利得會割手」來表達，又是
一種夸飾的表現。

4.拈連型移覺

這是移覺和拈連的兼格。如：

> 胖年輕人用很胖的聲音喊：「這是誰的口袋？」（馮積歧
> 〈我的農民父親和母親〉）

「聲音」是聽覺印象，用視覺「很胖的」來表達，是移覺。「胖」
（拈詞）「年輕人」（本體），是正常搭配；「胖」（拈詞）「聲
音」（拈體），是異常搭配：則是拈連型移覺。

> 街市漸漸平靜了，珠江水啊！載著一船船商品，載著一船
> 船歡笑，載著一船船酒一般香醇的生活味兒，離開小墟。
> （楊羽儀〈沸騰的墟日〉）

「歡笑」是聽覺印象，用視覺「載著」來表達，是移覺。「生活味
兒」是心覺印象，用嗅覺、味覺「酒一般香醇」來表達，是移覺。
「載」是拈詞，與它搭配的賓語之一為「商品」（本體），之二為
「歡笑」（拈體1），之三為「生活味兒」（拈體2）。第一個搭配
是常格，後兩個搭配是變格。則是拈連型移覺。

二、依感覺轉移分

黃麗貞（2000：164、165）認為：摹狀是「根據人們用不同器官，對各種事物情況產生各種感覺，而給以適當的詞彙來形容。但有時也可以把屬於某器官的用詞，移用到其他器官上，稱為『移覺』。亦即感覺詞的移用」。因此「移覺」和「通感」，都是從「摹狀」辭格衍生出來的問題（黃麗貞，2000：163）。

黃麗貞（2000：164）把摹狀的範疇擴展為六類：㈠聽覺：描寫耳朵所聽到的聲音。㈡視覺：描寫眼睛所看到的事物，包括具體的形態、情狀，和抽象的色彩、光彩等。㈢嗅覺：描寫鼻子所聞到的氣味。㈣味覺：描寫口舌所品嘗到的滋味。㈤觸覺：描寫肢體肌膚接觸到事物的感受。㈥心覺：描寫心靈對外在事物情況的感興。

所以，依感覺轉移來分，可以分為「聽覺轉移」、「視覺轉移」、「嗅覺轉移」、「味覺轉移」、「觸覺轉移」、「心覺轉移」和「綜合移覺」七類。

㈠聽覺轉移

將聽覺印象用其他感覺來表達。如：

1.由聽覺轉移到視覺

將聽覺的印象用視覺來表達。如：

> 翠袖問耕耘許多關於香港的風物人情，聽到有趣的便脆脆碎碎的笑起來，酒渦深深，<u>笑聲閃閃</u>，彷彿都到蘇州河那邊做夜景去了。（鍾曉陽〈翠袖〉）

「笑聲」本是聽覺印象，「閃閃」本是視覺描寫。此例將聽覺轉移為視覺。

> 女孩子們朗朗的<u>笑聲，像水上的波紋</u>，在空地的上空蕩漾開去。（魏鋼焰〈綠葉讚〉）

「笑聲」本是聽覺，此例將它比喻為「水上的波紋」，則是向視覺轉移。

> 白流蘇在她母親床前淒淒涼涼跪著，聽見了這話，把手裡的繡花鞋幫子緊緊按在心口上，戳在鞋上的一枚針，扎了

手也不覺得疼。小聲道：「這屋子裡可住不得了！……住不得了！」她的聲音灰暗而輕飄，像斷斷續續的塵灰弔子。（張愛玲〈傾城之戀〉）

「她的聲音」本是聽覺，此例說它「灰暗而輕飄，像斷斷續續的塵灰弔子」，則是轉移爲視覺。

2.由聽覺轉移到嗅覺

將聽覺的印象用嗅覺來表達。如：

那簫聲裡，有八月的桂花香，讓我全身舒暢。（筆者擬句）

「簫聲」是聽覺印象，用嗅覺「八月的桂花香」來表達。

她的歌聲夾帶著陣陣魚腥味，不愧是漁村歌后。（筆者擬句）

「歌聲」是聽覺印象，用嗅覺「陣陣魚腥味」來表達。

3.由聽覺轉移到味覺

將聽覺的印象用味覺來表達。如：

「河邊拴著我的蓮花快船，少爺我接你回天津衛過神仙日子。」湯三圓子捏著甜膩膩的嗓子，花言巧語。（劉紹棠《瓜棚柳巷》）

「嗓子」本是聽覺印象，「甜膩膩」本是味覺描寫。此例將聽覺轉移爲味覺。

在微微搖擺的紅綠燈球底下，顫著釅釅的歌喉，……（指義大利歌女的歌聲）（朱自清〈威尼斯〉）

「歌喉」本是聽覺印象，「釅釅」本是味覺描寫。此例將聽覺轉移爲味覺。

4.聽覺轉移到觸覺

將聽覺的印象用觸覺來表達。如：

鋪著紅格子檯布的小桌，桌上搖曳的燭光，<u>細細的音樂</u>，大半屋子低低的人聲笑語，熱而不鬧。（李黎〈最後夜車〉）

「音樂」本是聽覺，此例則以觸覺「細細」來形容。

<u>蘆管聲音似乎為月光所濕</u>，音調更低鬱沉重了一點。（沈從文〈月下小景〉）

「蘆管聲音」是聽覺，「為月光所濕」則是觸覺，此例是以觸覺來表達聽覺。

促織聲尖尖似針。（賈島〈客思〉）

「促織聲」本是聽覺，此例將它比喻為「針的尖銳」，則是向觸覺轉移。

5.聽覺轉移到心覺
將聽覺的印象用心覺來表達。如：

敲門聲仍然是膽怯的、猶疑的。（王蒙〈表解〉）

「敲門聲」是聽覺印象，「膽怯的、猶疑的」則是心覺，此例是以心覺來表達聽覺。

<u>他的歌聲好像一場夢</u>，有一點不真實的感覺。（筆者擬句）

「他的歌聲」是聽覺印象，「夢」則是心覺，此例是以心覺來表達聽覺。

㈡視覺轉移
將視覺印象用其他感覺來表達。如：

1.由視覺移到聽覺
將視覺的印象用聽覺來表達。如：

紅杏枝頭春意鬧。（宋祁〈玉樓春〉）

「紅杏」是視覺印象,「鬧」則是聽覺感受,中國人認為紅色象徵吉祥,常與熱鬧結合,因此以聽覺來表達視覺。

> 月光是隔了樹照過來的,高處叢生的灌木,落下參差的斑駁的黑影,峭楞楞如鬼一般,彎彎的楊柳的稀疏的倩影,卻又像是畫在荷葉上。塘中的月色並不均勻;但光與影有著和諧的旋律,如梵婀玲上奏著的名曲。(朱自清〈荷塘月色〉)

朱自清描寫月光照射產生的美感,說光與影有著「和諧的旋律」,並用一個譬喻「如梵婀玲上奏著的名曲」,來加強這種和諧的感受,這是用聽覺描寫視覺。梵婀玲,即英文violent,今稱小提琴。

2.由視覺移到嗅覺

將視覺的印象用嗅覺來表達。如:

> 這張風景照片拍得真生動,連青草的香味,花兒的芬芳都拍進去了。(筆者擬句)

「風景照片」是視覺印象,「青草的香味,花兒的芬芳」則是嗅覺,此例是以嗅覺來表達視覺。

> 水池的波紋真像一陣陣的香水味,沁入眼鼻。(筆者擬句)

「水池的波紋」是視覺印象,「一陣陣的香水味」則是嗅覺,此例是以嗅覺來表達視覺。

3.由視覺移到味覺

將視覺的印象用味覺來表達。如:

> 一彎甜甜的弦月,剛剛被西山吞沒,山坳裡的養鹿場,有間小房內就亮起了燈光。(祝金生《彩色的晚霞》)

「弦月」是視覺印象,「甜甜的」則是味覺,此例是以味覺來表達視覺。

黃賓虹曾把畫面的風格分為兩種，一種是甜味的，一種是
苦味的。他說苦味的是筆墨高古，不專求形式，一般人看
了不易懂。苦禪的畫應該是屬於苦味的。（盧光照《淺談李
苦禪其人其畫》）

繪畫是一種視覺藝術，用不同的味覺區分畫的風格，說苦禪的畫是
「苦味的」，則是由視覺轉向味覺。

4.由視覺移到觸覺

將視覺的印象用觸覺來表達。如：

山色逐漸變得柔嫩，山形也逐漸變得柔和，很有一伸手就
可以觸摸到凝脂似的感覺。（碧野《天山景物記》）

「山色、山形」是視覺印象，「凝脂」則是觸覺，此例是以觸覺來表
達視覺。

論季節，北方也許正是攪天風雪，水瘦山寒。（楊朔〈茶
花賦〉）

「水、山」都是視覺印象，用視覺「瘦」和觸覺「寒」來表達。

5.由視覺移到心覺

將視覺的印象用心覺來表達。如：

無邊絲雨細如愁（秦觀〈浣溪沙〉）

將「無邊絲雨」比喻為「愁」，但「絲雨」原是視覺印象，以心覺感
受「愁」來表達。

她飄過
像夢一般地
像夢一般地淒婉迷茫（戴望舒〈雨巷〉）

將「她飄過」比喻為「像夢一般地淒婉迷茫」，但「她飄過」原是視
覺印象，以心覺感受「夢」來表達。

　　　　大海中的落日
　　　　悲壯得像英雄的感歎（覃子豪〈追求〉）

將「大海中的落日」比喻爲「英雄的感歎」，但「落日」原是視覺印象，以心覺感受「英雄感歎」來表達。

(三)嗅覺轉移

　　將嗅覺印象用其他感覺來表達。如：

1.由嗅覺移到聽覺
　　將嗅覺的印象用聽覺來表達。如：

　　　　微風過處，送來縷縷清香，彷彿遠處高樓上渺茫的歌聲似的。（朱自清〈荷塘月色〉）

「清香」本是嗅覺，此例將它比喻爲「歌聲」，則是向聽覺轉移。

　　　　她的身上不時飄來陣陣狐臭味，彷彿斷斷續續的咳嗽聲。（筆者擬句）

「狐臭味」本是嗅覺，此例將它比喻爲「咳嗽聲」，則是向聽覺轉移。

2.由嗅覺移到視覺
　　將嗅覺的印象用視覺來表達。如：

　　　　鳳凰樹重又輕輕搖曳
　　　　鈴聲把碎碎的花香拋在悸動的長街（舒婷〈路遇〉）

「花香」本是嗅覺，此例以「碎碎」來形容，則是向視覺轉移。

　　　　髮上依稀的殘香裡，
　　　　看見渺茫的昨日的影了——
　　　　遠了，遠了。（朱自清〈僅存的〉）

「殘香」是嗅覺印象，看見「影」靠視覺。從「殘香」中看見「影」，是嗅覺轉移爲視覺，表達出對「昨天」的歡樂的依戀之情。

3.由嗅覺移到味覺
將嗅覺的印象用味覺來表達。如：

> 一天晚上，我們終於又在公園裡看到了教主。那是個不尋
> 常的夏夜，有兩個多月，臺北沒有下過一滴雨。風是熱
> 的，公園裡的石階也是熱的，那些肥沃的熱帶樹木，鬱鬱
> 蒸蒸，都是發著暖煙。池子裡的荷花，一股濃香，甜得發
> 了膩。（白先勇〈滿天裡晶晶的星星〉）

「濃香」本是嗅覺，此例以「甜得發了膩」來形容，則是向味覺轉
移。

> 魚腥草的葉子一揉碎，衝鼻而來的是一股濃濃的腥味，苦
> 得不得了。（筆者擬句）

「濃濃的腥味」本是嗅覺，此例以「苦得不得了」來形容，則是向味
覺轉移。

4.由嗅覺移到觸覺
將嗅覺的印象用觸覺來表達。如：

> 煙的味道很硬，有點噎人，還有點吃人，但她使勁忍著，
> 沒讓自己咳嗽出來。她把人家讓她吸煙當成一場考試。
> （劉慶邦〈響器〉）

「煙的味道」是嗅覺印象，用觸覺「硬」來表達。

> 蘭花的清香很柔軟，就像棉花拂面，不會傷人。（筆者擬
> 句）

「蘭花的清香」是嗅覺印象，用觸覺「很柔軟」來表達。

5.由嗅覺移到心覺
將嗅覺的印象用心覺來表達。如：

> 這款香水的味道很固執，一旦沾上就歷久不消。（筆者擬
> 句）

「香水的味道」是嗅覺印象，用心覺「很固執」來表達。

　　腐鼠的屍臭像滿腔的怨恨一洩而出。（筆者擬句）

「腐鼠的屍臭」是嗅覺印象，用心覺「滿腔的怨恨」來表達。

㈣味覺轉移

　　將味覺印象用其他感覺來表達。如：

1.由味覺轉移到聽覺
　　將味覺的印象用聽覺來表達。如：

　　嘴裡嚼口香糖的滋味，就像聽輕音樂那麼輕鬆愉快。（筆者擬句）

「嘴裡嚼口香糖的滋味」是味覺印象，用聽覺「輕音樂」來表達。

　　麻辣鍋吃在嘴裡，如同搖滾音樂令人震撼。（筆者擬句）

「麻辣鍋吃在嘴裡」是味覺印象，用聽覺「搖滾音樂」來表達。

2.由味覺轉移到視覺
　　將味覺的印象用視覺來表達。如：

　　吃小當家煮的料理，好像身在百花盛開的花園裡，萬紫千紅，匯集一處。（筆者擬句）

「吃小當家煮的料理」是味覺印象，用視覺「百花盛開的花園裡，萬紫千紅」來表達。

　　苦澀的茶水，讓我聯想起「枯藤老樹昏鴉」的秋景。（筆者擬句）

「苦澀的茶水」是味覺印象，用視覺「枯藤老樹昏鴉的秋景」來表達。

3.由味覺轉移到嗅覺
　　將味覺的印象用嗅覺來表達。如：

黑糖饅頭的甜味，就像玉蘭花香淡而清爽。（筆者擬句）

「黑糖饅頭的甜味」是味覺印象，用嗅覺「玉蘭花香」來比喻。

魚乾的鹹味，比明星花露水的味道還令人作嘔。（筆者擬句）

「魚乾的鹹味」是味覺印象，用嗅覺「明星花露水的味道」來比較。

4.由味覺轉移到觸覺
將味覺的印象用觸覺來表達。如：

這瓶養生茶的甜味太硬，將喉嚨碰撞得隱隱作痛。（筆者擬句）

「養生茶的甜味」是味覺印象，用觸覺「太硬，將喉嚨碰撞得隱隱作痛」來表達。

這片楊桃蜜餞的酸味太尖銳，刺得我眉頭緊皺。（筆者擬句）

「楊桃蜜餞的酸味」是味覺印象，用觸覺「太尖銳」來表達。

5.由味覺轉移到心覺
將味覺的印象用心覺來表達。如：

這碗麵酸苦的味道，好像失戀的心情，所以叫做「黯然銷魂麵」。（筆者擬句）

「酸苦的味道」是味覺印象，用心覺「失戀的心情」來表達。

又Q又軟的魚丸吃在嘴裡，就像母愛般堅韌而溫柔。（筆者擬句）

「又Q又軟的魚丸」是味覺印象，用心覺「母愛」來表達。

㈤觸覺轉移

將觸覺印象用其他感覺來表達。如：

1.由觸覺轉移到聽覺
將觸覺的印象用聽覺來表達。如：

> 不小心被針扎到，就像耳邊一聲暴喝，嚇人一跳。（筆者擬句）

「被針扎到」是觸覺印象，用聽覺「一聲暴喝」來表達。

> 他的皮膚很粗糙，就像他低沉的嗓音，令人難以忍受。（筆者擬句）

「皮膚很粗糙」是觸覺印象，用聽覺「低沉的嗓音」來表達。

2.由觸覺轉移到視覺
將觸覺的印象用視覺來表達。如：

> 我曾在火炕上坐了三日三夜，屁股還是像窗外的冬夜，深黑地冷。（錢鍾書〈寫在人生邊上〉）

「冷」本是觸覺印象，此例用「深黑」來形容，則向視覺轉移。

> 晚照將消未消，暮霧欲濃未濃，一陣葉喧草響，愈覺墓葬古道清蔭幽寂，使人疑心連風都是綠的。（蘇葉《能不憶江南——常熟印象》）

「風」本是觸覺印象，此例用「綠的」來形容，則向視覺轉移。

3.由觸覺轉移到嗅覺
將觸覺的印象用嗅覺來表達。如：

> 突然遭遇重擊，就像惡臭襲鼻，連呼吸都不順暢。（筆者擬句）

「遭遇重擊」是觸覺印象，用嗅覺「惡臭襲鼻」來表達。

　　鞋內細沙石傳來陣陣刺激，就像玉蘭花若有若無的香味，
　　攪得心癢難熬。（筆者擬句）

「細沙石傳來陣陣刺激」是觸覺印象，用嗅覺「玉蘭花若有若無的香
味」來比喻。

4.由觸覺移到味覺
　　將觸覺的印象用味覺來表達。如：

　　寒流來襲，冷風吹來，皮膚都發辣了。（筆者擬句）

「冷」本是觸覺，此例以「辣」來形容，則是向味覺轉移。

　　箭徑酸風射眼，膩水染花腥。（吳文英〈八聲甘州‧靈巖陪
　　庾幕諸公遊〉）

葉嘉瑩（1998：74）曰：「蓋『風』所予人之感受，原為屬於身體
上之觸覺，如『暖風』、『寒風』；『酸』則為屬於口舌之味覺，如
『酸梅』、『酸醋』。然而當吾人嘗味酸的食物之時，牙根口舌之
間，自會有一種酸軟難以支持的感覺；此種感覺亦可發生於身體之各
部，如腰、腿、眼、鼻之間。今者寒風撲面，乃使人眼鼻之間有酸而
欲泣之感；然則此種之風，豈不正可稱之為『酸風』。這種新辭之創
造，正由於詩人之一份銳敏的聯想與感受。」這是將觸覺轉移為味
覺。

5.由觸覺轉移到心覺
　　將觸覺的印象用心覺來表達。如：

　　冷風割面很無情、很堅毅。（筆者擬句）

「冷風割面」是觸覺印象，用心覺「無情、堅毅」來表達。

　　柔滑的肌膚，就像歡樂的心情，沒有任何疙瘩。（筆者擬
　　句）

「柔滑的肌膚」是觸覺印象，用心覺「歡樂的心情」來表達。

㈥心覺轉移

將心覺印象用其他感覺來表達。如：

1.由心覺移到聽覺
將心覺的印象用聽覺來表達。如：

> 神祕的傷感
> 宛如白晝的幽鳴，又像遠處的琴聲……（韓文戈〈初夏〉）

將「神祕的傷感」比喻爲「白晝的幽鳴」和「遠處的琴聲」，但「傷感」原是心覺感受，以聽覺感受「幽鳴」和「琴聲」來表達。

> 當戀情比滾雷還響亮，卻無法張口吐出閃電時，不得不在午後灰濛濛的雨空中，孤單起來。（簡媜〈鹿回頭〉）

「當戀情比滾雷還響亮」屬於譬喻中的「較喻」。但「戀情」原是心覺感受，以聽覺感受「滾雷」來表達。

2.由心覺移到視覺
將心覺的印象用視覺來表達。如：

> 吳蓀甫突然冷笑著高聲大喊，一種鐵青色的苦悶和失望，在他紫醬色的臉皮上泛出來。（茅盾《子夜》）

「苦悶和失望」是心理感覺，「鐵青色」是視覺效果，此例把心覺轉移到視覺。

> 試問閒愁都幾許？一川煙草，滿城風絮，梅子黃時雨。
> （賀鑄〈青玉案〉）

此例將「閒愁」譬喻爲一川煙草、滿城風絮和梅子黃時雨。但「閒愁」本是屬於「心覺」，而以視覺形象的煙草、風絮和梅雨來表達。

3.由心覺移到嗅覺
將心覺的印象用嗅覺來表達。如：

> 一股濃濁惡臭的苦悶，撲鼻而來。（筆者擬句）

「苦悶」是心覺印象，用嗅覺「濃濁惡臭」來表達。

　一股清香的欣喜，瀰漫在空中。（筆者擬句）

「欣喜」是心覺印象，用嗅覺「清香」來表達。

4.由心覺移到味覺
將心覺的印象用味覺來表達。如：

他們的戀情就像倒吃甘蔗，越來越甜。（筆者擬句）

「戀情」是心覺印象，用味覺「倒吃甘蔗，越來越甜」來表達。

這股酸辣的哀傷，感染了在場的人。（筆者擬句）

「哀傷」是心覺印象，用味覺「酸辣」來表達。

5.由心覺移到觸覺
將心覺的印象用觸覺來表達。如：

我們將緩緩地在追逐中死去，死去如

夕陽不知不覺的冷去。（白萩〈雁〉）

將「死去」比喻為「夕陽不知不覺的冷去」，但「死去」原是心覺感
受，而以觸覺感受「冷去」來表達。

隨著天氣變冷，他的情緒也漸漸變冷。（筆者擬句）

「情緒」是心覺印象，用觸覺「冷」來表達。

㈦綜合移覺
兼有上述兩種方法以上的移覺，稱為綜合移覺。如：

我確實聞過水仙花的香氣，就像聽覺裡的村外的牧笛，就
像視覺裡的淡淡的浮雲，就像觸覺裡的溪邊的細砂，就像
味覺裡的一杯薄薄的茶。（子敏《在月光下織錦》）

「水仙花的香氣」是嗅覺印象，用聽覺「村外的牧笛」、視覺「淡淡的浮雲」、觸覺「溪邊的細砂」、味覺「一杯薄薄的茶」來比喻，是將嗅覺轉爲聽覺、視覺、觸覺、味覺。

> 生活的情懷，一如山間的煙嵐，或像僧人的梵唱，單純而悠遠。（陳列〈山中書〉）

將「生活的情懷」比喻爲「山間的煙嵐」和「僧人的梵唱」，但「情懷」原是心覺感受，而以視覺感受「煙嵐」和聽覺感受「梵唱」來表達。

表2-6　移覺分類表　　　　　　　　　　　　　　　　　（筆者自製）

辭格	分類基準	次辭格		異名	說明
陸、移覺—通感	一、依有無兼格分	㈠直接移覺		直接式移覺	
		㈡間接移覺	1.比喻型移覺	借助式移覺	
			2.比擬型移覺		
			3.夸飾型移覺		
			4.拈連型移覺		
	二、依感覺轉移分	㈠聽覺轉移	1.由聽覺轉移到視覺		
			2.由聽覺轉移到嗅覺		
			3.由聽覺轉移到味覺		
			4.由聽覺轉移到觸覺		
			5.由聽覺轉移到心覺		
		㈡視覺轉移	1.由視覺轉移到聽覺		
			2.由視覺轉移到嗅覺		
			3.由視覺轉移到味覺		
			4.由視覺轉移到觸覺		
			5.由視覺轉移到心覺		

辭格	分類 基準	次辭格		異名	說明
		㈢嗅覺轉移	1.由嗅覺轉移到聽覺		
			2.由嗅覺轉移到視覺		
			3.由嗅覺轉移到味覺		
			4.由嗅覺轉移到觸覺		
			5.由嗅覺轉移到心覺		
		㈣味覺轉移	1.由味覺轉移到聽覺		
			2.由味覺轉移到視覺		
			3.由味覺轉移到嗅覺		
			4.由味覺轉移到觸覺		
			5.由味覺轉移到心覺		
		㈤觸覺轉移	1.由觸覺轉移到聽覺		
			2.由觸覺轉移到視覺		
			3.由觸覺轉移到嗅覺		
			4.由觸覺轉移到味覺		
			5.由觸覺轉移到心覺		
		㈥心覺轉移	1.由心覺轉移到聽覺		
			2.由心覺轉移到視覺		
			3.由心覺轉移到嗅覺		
			4.由心覺轉移到味覺		
			5.由心覺轉移到觸覺		
		㈦綜合移覺			

參、辨析

移覺的辨析，有兩點需要說明：

一、「移覺」有別於「轉化」

「移覺」是就感覺轉移而言，但常會產生轉化的效果；因此它和

「轉化」不同，卻又有交集。茲說明如下：

(一)單純的「移覺」

　　只有「移覺」現象，而無「轉化」效果者。移覺又分「直接移覺」和「間接移覺」兩種方法，它們有些情況並沒有「轉化」效果。如：

1.直接移覺

　　不借助其他修辭方式，直接把不同感覺轉移上去，稱為「直接移覺」。如：

> 東塔西塔的風鈴，輕妙悅耳地傳播出一種令人心醉的鄉情。（《通俗文學》1988年第3期）

「風鈴，輕妙悅耳」是聽覺印象，用心覺「心醉的鄉情」來表達，是為移覺，但卻沒有「轉化」的效果。

> 那笛聲裡，有故鄉綠色平原上青草的香味，有四月的龍眼花的香味，有太陽的光明。（郭風〈葉笛〉）

此例「笛聲」是聽覺，「青草的香味」、「龍眼花的香味」是嗅覺，太陽的光明」是視覺，用嗅覺、視覺來描寫聽覺，是為「移覺」，但卻沒有「轉化」的效果。

2.間接移覺

　　借助其他修辭方式構成的移覺，稱為「間接移覺」，或稱為「借助式移覺」。如：

> 突然是綠茸茸的草坂，像一支充滿幽情的樂曲。（劉白羽《長江三日》）

「綠茸茸的草坂」是視覺印象，用聽覺「一支充滿幽情的樂曲」來比喻，是將視覺轉為聽覺。但「綠茸茸的草坂，像一支充滿幽情的樂曲」則是明喻，不屬「轉化」。

> 天空藍澄澄的好比一塊玻璃，而且像一塊蛋糕一樣地發香。（《郭風作品選》）

「天空藍澄澄的」是視覺印象，用嗅覺「一塊蛋糕一樣地發香」來比喻，是將視覺轉爲嗅覺。但「天空藍澄澄像一塊蛋糕一樣地發香」則是明喻，不屬「轉化」。

> 悅華瞟了世信一眼，這一眼像香檳酒一般使世信禁不住舔著嘴唇。（柏楊《曠野》）

把「瞟」「一眼」的視覺感受，透過譬喻轉成味覺感受，是爲「移覺」。但「這一眼像香檳酒一般使世信禁不住舔著嘴唇」則是明喻，不屬「轉化」。

> 「梧州歌」很動聽，二聲部重唱，節奏明快、跳蕩，有如風中的野火。（葉蔚林《五個女子和一根繩子》）

「梧州歌」是聽覺描寫，透過譬喻轉成視覺感受，是爲「移覺」。但「有如風中的野火」則是明喻，不屬「轉化」。

㈡單純的「轉化」

只有「轉化」效果，而無「移覺」現象者。如：

> 五步來回的院子，鋪著少修整的草坪，有一兩棵瘦乾的夾竹桃，探頭看著外面。（張毅〈蔫了的玉蘭香〉）

此例以「瘦乾」、「探頭看著外面」將「夾竹桃」擬人，是爲「轉化」。而且都是一種視覺描寫，並沒有移用別種感官描寫，因此不是「移覺」。

> 每當騎到這一段路時，我總愛加快速度，「咻」地衝過這道竹之拱門花之山洞，然後出其不意地伸手往上一打。有時候會打下一兩朵仍在睡覺中的牽牛花。（簡媜〈碗公花〉）

此例以「仍在睡覺中」將「牽牛花」擬人，而且都是一種視覺描寫，並沒有移用別種感官描寫，因此不是「移覺」。

> 在電梯裡，只有我的手機不會睡著。（電信廣告）

此例以「不會睡著」將「手機」擬人，是爲「轉化」，而且都是一種視覺描寫，並沒有移用別種感官描寫，因此不是「移覺」。

㈢「移覺」和「轉化」兼格

有「移覺」現象，也有「轉化」效果者。如：

> 大約也因那濛濛的雨，園裡沒了穠郁的香氣，涓涓的東風只吹來一縷縷餓了似的花香。（朱自清〈歌聲〉）

「花香」是嗅覺，本不可見，用視覺「縷縷」來形容，令人聯想煙雨濛濛中，淡淡的花香也如絲絲細雨般可見。「餓了似的」將花香擬人，以人的有氣無力寫花香的似有若無。

> 經過普光居士最近在學理上的精心探究，肉麻話要說得「麻而不辣，入口即化」有一個訣竅，就是激情抽象化。閩南人說「我愛你」三個字喜歡用國語說，國語人喜歡用英語說，英語人喜歡用法語說，往往會事半功倍的原因就在於增加了一份陌生的美感。而且肉麻得得體適時的話，往往可以扭轉乾坤。（趙寧〈孤燈冷茶話肉麻〉）

此例以「麻而不辣，入口即化」將「肉麻話」擬成食物，是爲「轉化」。「肉麻話」屬於聽覺，「麻而不辣，入口即化」屬於味覺，可視爲「移覺」。

> 煙的味道很硬，有點嗆人，還有點吃人，但她使勁忍著，沒讓自己咳嗽出來。她把人家讓她吸煙當成一場考試。（劉慶邦《響器》）

「煙的味道很硬」，將抽象的煙味用「硬」擬爲具體的東西，是爲「轉化」。「煙的味道」屬於嗅覺，「很硬」屬於觸覺，則是「移覺」。

二、「移覺」有別於「拈連」

拈連是將正常搭配的詞語順勢拈用於異常搭配。拈連的異常搭配有時會有移覺現象，因此需要加以辨析：

㈠單純的「移覺」

只有移覺的效果，但沒有拈連的用法。如：

> 獨自一人時，我撫摸著我的理想，撫摸著我的希望，使我信心十足。（筆者擬句）

此例之謂語爲「撫摸著」；賓語「理想」和「希望」；這兩個動賓結構都是異常搭配，都屬變格。兩個「變格」並聯，不是「拈連」，只是兩個「轉化修辭」。「理想」和「希望」都是心覺印象，「撫摸」則是觸覺描寫，這是比擬式移覺。

> 王之輝出言無心，于涉的隱痛卻被深深觸及，他不再回嘴。用鼻子哼出一段憂鬱的旋律，<u>聲音似有若無，像纏綿的霧，像縹緲的風</u>。（敬超《畢業歌》）

「聲音」是聽覺印象，用視覺「纏綿的霧」和觸覺「縹緲的風」來比喻，是將聽覺轉爲視覺、觸覺，則是比喻型移覺。

> 金竹沒有回答。風月的一句話，戳到了她的痛處，她想起了大猛，心裡如有針尖在扎似的。（譚誌《山道彎彎》）

「心裡（感受）」是心覺印象，用觸覺「有針尖在扎」來比喻，是將心覺轉爲觸覺，則是比喻型移覺。

㈡單純的「拈連」

只有拈連的用法，但沒有移覺的效果。如：

> 咱<u>人窮志不窮</u>，想念書的心一直沒死。（李增進〈「東方紅」的故事〉）

「人」（本體）「窮」（拈詞），是正常搭配；「志」（拈體）不「窮」（拈詞），是異常搭配：則是拈連。「志」是心覺印象，「不窮」也是心覺印象，因此不是移覺。

> 「我們人胖，可是口袋不胖！我們那兒獎金也卡那麼死。」胖公民給老戴逼得氣喘喘的。（陳祖芬〈論觀念之變

革〉）

「人」（本體）「胖」（拈詞），是正常搭配；「口袋」（拈體）「不胖」（拈詞），是異常搭配：則是拈連。「口袋」是視覺印象，「不胖」也是視覺印象，因此不是移覺。

㈢「移覺」和「拈連」兼格

有移覺的效果，也有拈連的用法。如：

你別看我<u>耳朵聾</u>，我的<u>心並不聾</u>啊！（筆者擬句）

「耳朵」（本體）「聾」（拈詞），是正常搭配；「心」（拈體）並不「聾」（拈詞），是異常搭配：則是拈連。「心」是心覺印象，用聽覺「不聾」來表達，則是拈連型移覺。

凍壞了皮肉，凍不壞俺們殺敵復仇的決心。（徐光耀〈「心理學家」的失算〉）

「凍壞」為拈詞，「皮肉」為本體，是正常搭配；「凍不壞」（拈詞）「殺敵復仇的決心」為拈體，是異常搭配：則是拈連。「復仇的決心」是心覺印象，用觸覺「凍不壞」來表達，則是拈連型移覺。

肆、產生因素

移覺是把聽覺、視覺、嗅覺、味覺、觸覺和心覺溝通起來的修辭方法，因為人是一完整的個體，各種感官的知能雖然各有不同，但卻可以相互溝通，亦即「通感」。法國象徵派「主張各種感官可以默契旁通，視覺意象可以暗示聽覺意象，嗅覺意象可以旁通觸覺意象」（朱光潛，1994：94）。

移覺之所以能夠表現由一種感覺向另一種感覺轉移，原因就在於這兩種感覺在心理上有相似的反應，則移覺的心理基礎與類似聯想有關。

伍、運用原則

「移覺」的運用是以描寫甲類感官感覺的詞語去描寫乙類感官的感覺，這種突破固定描寫習慣的方法，可以將心理距離拉大，產生

出人意外的陌生美感。但因人類本身是一個有機體，各種感官之間可以互通，這種現象正是人們能夠接受移覺修辭的邏輯基礎。有了這種基礎，就可以拉近心理距離，讓讀者合乎意中。所以，張春榮（1998：28）說：

> 大抵使用移覺，旨在打破固定反應，刷新日趨僵化的想像，拓寬更繁富更適切的藝術世界，充滿創新的意味；如棒球比賽中，投手投的球很好打，很容易被打擊者揮出安打或全壘打，我們或評判員常會說：「這球投得太甜了」；用味覺「太甜」來形容視覺上球不快不慢，投在中央好打的位置，即是鮮活易懂的移覺實例。但移覺除了求出人意表之外，仍要能入人意中；否則一味追求新異怪誕，將形同神經分裂，流於惡趣，反為不美。

誠如張氏所言，一味追求搞怪新異，而忽視各種感官之間的溝通，則會將距離拉遠，而成為晦澀不通的文句。如：

> 他的身上不時飄來陣陣汗臭味，彷彿斷斷續續的咳嗽聲。
> （筆者擬句）

「汗臭味」本是嗅覺，此例將它比喻為「咳嗽聲」，則是向聽覺轉移。此時呈現在讀者面前的有嗅覺和聽覺雙重意象，將心理距離拉大；而汗臭味和咳嗽聲斷斷續續以及令人難耐的特性非常相似，又將心理距離拉近而易於接受。

第七節　拈連

壹、定義

　　陳望道（1989：119）曰：「甲乙兩項說話連說時，趁便就用甲項說話所可適用的詞彙表現乙項觀念的，名叫拈連辭。」該定義已大致將拈連的特徵表達出來，不過文句欠佳，有待修正。
　　楊春霖、劉帆（1996：251）曰：「甲乙兩事物在一起敘述時，把適用於甲事物的詞語順勢拈來用到乙事物上的修辭方式叫拈連。」該定義在陳望道的基礎上稍做修改，意思差不多，但語句較為

通順。

　　筆者認為可增加「故意」二字，以強調其「刻意性」；另在「適用於甲事物的詞語」之上增加「只」字，以區別乙事物之不適用。另外，為配合本書統一用語，因此修改為：

> 話行文時，甲乙兩事物在一起敘述，故意把只適用於甲事物的詞語順勢拈來用到乙事物上的修辭方法，叫做「拈連」。

該定義的重點有：「甲乙兩事物在一起敘述」，是說拈連有甲乙兩事物一起敘述，此其一；「故意」則具有「刻意性」，此其二；「只適用於甲事物的詞語拈來用到乙事物上」，是說甲項為常格搭配，乙項為異常搭配。此其三；「順勢」，則具有「臨時性」，此其四。

　　拈連由「本體」、「拈詞」、「拈體」組成。「本體」和「拈詞」的搭配是常格，即出現在通行的語言環境，合乎語法邏輯規範。「拈體」和「拈詞」的搭配是變格，它超出語法邏輯的規範。

貳、分類

　　拈連的分類，可依不同角度而有不同分法。一、依形態完備與否分，可以分為「明式拈連」和「暗式拈連」兩類；二、依拈詞用法分，可以分為「正面拈連」和「反面拈連」兩類；三、依常項變項順序分，可以分為「順向拈連」和「逆向拈連」兩類；四、依拈詞字面是否相同分，可以分為「拈詞字面相同」和「拈詞字面不同但性質相同」兩類。茲說明如下：

一、依形態完備與否分

　　依形態完備與否分，可以分為「明式拈連」和「暗式拈連」兩類：

㈠明式拈連

　　「明式拈連」簡稱「明拈」，唐松波、黃建霖（1996：213）稱為「嚴式拈連」，黃麗貞（2000：221）稱為「常式拈連」。明式拈連是一種形態完備的拈連，拈連的甲乙兩事物同時在句中出現。

　　依語法結構來分，可分為「主謂式拈連」、「動賓式拈連」和

「偏正式拈連」三類：

1.主謂式拈連

主謂式拈連是指常項和變項都是主謂關係的。如：

> 他說不出的新鮮而且高興，<u>燭火像元夜似的閃閃的跳，他</u>
> <u>的思想也迸跳起來了</u>。（魯迅《阿Q正傳》）

「燭火」（本體）像元夜似的閃閃的「跳」（拈詞），是正常搭配；「他的思想」（拈體）也迸「跳」（拈詞）起來了，是異常搭配。常項和變項都是主謂關係。

> 俗話說：「<u>人窮志不窮。</u>」千萬別被環境打敗。（筆者擬
> 句）

「人」（本體）「窮」（拈詞），是正常搭配；「志」（拈體）不「窮」（拈詞），是異常搭配。常項和變項都是主謂關係。

> 一位耳聾者說：「你別看我<u>耳朵聾</u>，我的<u>心並不聾啊！</u>」
> （筆者擬句）

「耳朵」（本體）「聾」（拈詞），是正常搭配；「心」（拈體）並不「聾」（拈詞），是異常搭配。常項和變項都是主謂關係。

2.動賓式拈連

動賓式拈連是指常項和變項都是動賓關係的。如：

> 山風吹亂了窗紙上的松痕，吹不散我心頭的人影。（胡適
> 〈祕魔崖之夜〉）

「吹」為拈詞，「松痕」為本體，「人影」為拈體。「吹亂松痕」是常格搭配，「吹不散人影」是變格搭配。常項和變項都是動賓關係。

> 清晨，枯草上凝著霜花，一位老大娘肩著竹耙，從古道上
> 走來了。她摟起茅草，<u>摟起豆茬，摟起少吃缺燒的日子</u>。
> （王兆軍〈沙淨天〉）

「摟起」（拈詞）「茅草」（本體1）、「摟起」（拈詞）「豆茬」（本體2），是正常搭配；「摟起」（拈詞）「少吃缺燒的日子」（拈體），是異常搭配。常項和變項都是動賓關係。

> 木犢就罵信貸員父子錢瞎了眼也瞎了心，偏偏鄉長樹他們是好的，這信貸員暗中又給鄉長使了多少黑錢！（賈平凹〈黑氏〉）

「瞎了」（拈詞）「眼」（本體），是正常搭配；「瞎了」（拈詞）「心」（拈體），是異常搭配。常項和變項都是動賓關係。

> 面對小靜這樣的公主，他必須好好表現。他決定把她追到手，娶她進家門，也娶下他工作的這個公司。（劉墉《我不是教你詐2・第一章・一猜就是你》）

「娶」（拈詞）「她」（本體），是正常搭配；「娶」（拈詞）「公司」（拈體），是異常搭配。常項和變項都是動賓關係。

> 橡皮擦可以擦去字跡，但擦不去光陰在臉上留下的痕跡。（張春榮）

「擦去」（拈詞）「字跡」（本體），是正常搭配；「擦不去」（拈詞）「光陰在臉上留下的痕跡」（拈體），是異常搭配。常項和變項都是動賓關係。

3.偏正式拈連

偏正式拈連是指常項和變項都是偏正關係的。如：

> 這是梅花，有紅梅、白梅、綠梅，還有朱砂梅，一樹一樹的，每一樹梅花，都是一樹詩。（楊朔〈茶花賦〉）

「一樹」（拈詞）「梅花」（本體），是正常搭配；「一樹」（拈詞）「詩」（拈體），是異常搭配。常項和變項都是偏正關係。

> 早晨我才看清廠裡同時在蓋四五幢大樓——現代化的車間、新招待所……那高聳的腳手架給我帶來了高聳的希望。（陳祖芬〈論觀念之變革〉）

「高聳」（拈詞）「腳手架」（本體），是正常搭配；「高聳」（拈詞）「希望」（拈體），是異常搭配。常項和變項都是偏正關係。

　　胖年輕人用很胖的聲音喊：「這是誰的口袋？」（馮積歧〈我的農民父親和母親〉）

「胖」（拈詞）「年輕人」（本體），是正常搭配；「胖」（拈詞）「聲音」（拈體），是異常搭配。常項和變項都是偏正關係。

㈡暗式拈連

　　「暗式拈連」簡稱「暗拈」，唐松波、黃建霖（1996：213）稱為「寬式拈連」，黃麗貞（2000：225）稱為「變式拈連」。它是一種形態不完備的拈連。拈詞只出現一次，一個拈詞一次把兩種用法都承擔了，可說是緊縮式的拈連。如：

　　在沒有遮蓋的太陽底下，我們喝了酒，壯了膽，然後把酒瓶連同怯弱一齊扔下了深壑。（熊光炯〈太華登臨記〉）

「把酒瓶連同怯弱一齊扔下了深壑」，等於是「把酒瓶扔下了深壑，也把怯弱扔下了深壑」。前者是正常搭配，後者是異常搭配。

　　這麼冷的天，我的手腳和思想全都凍僵了。（筆者擬句）

「我的手腳和思想全都凍僵了」，等於是「我的手腳凍僵了，我的思想也凍僵了」。「我的手腳」（本體）凍僵了（拈詞），是正常搭配；「我的思想」（拈體）也「凍僵了」（拈詞），是異常搭配。

　　我只是佇立凝望，覺得這一條紫藤蘿瀑布不只在我眼前，也在我心上流過。（宗璞〈紫藤蘿瀑布〉）

「流過眼前」是正常搭配，「流過心上」是異常搭配。不過動詞「流過」只出現一次，原來那是「探下省略」的文法，上下文共用動詞而已。

二、依「拈詞」用法分

依拈詞用法來分，可以分為「正面拈連」和「反面拈連」兩類：

(一)正面拈連

拈連詞用於兩個不同事物時都是肯定的，是為「正面拈連」，簡稱「正拈。如：

> 又問我父親的問題解決得如何了。父親就<u>搖腦殼</u>，<u>搖出沉重的消沉和渺茫</u>。（姜貽斌〈老百姓〉）

「搖」（拈詞）「腦殼」（本體），是正常搭配；「搖出」（拈詞）「沉重的消沉和渺茫」（拈體），是異常搭配。常項和變項的拈詞都是肯定。

> 今年比往年都熱鬧，我記得當人們把種子撒在泥土裡時，同時<u>撒下多少希望和多少幻想</u>啊！（劉白羽〈秋窗偶記〉）

「撒」（拈詞）「種子」（本體），是正常搭配；「撒」（拈詞）「多少希望和多少幻想」（拈體），是異常搭配。常項和變項的拈詞都是肯定。

(二)反面拈連

拈連詞先是肯定的，然後用於第二個事物時卻是否定的；或第一個拈詞否定，第二個拈詞肯定。第二個拈詞是第一個拈詞的反面，故稱「反面拈連」，簡稱「反拈」。如：

> 回到居處，美豐為自己放了一滿缸的冷水，<u>洗滌著那個令自己感到厭恨的軀體</u>，卻<u>洗不去那附影隨形的不潔感</u>。（曹又方〈爪痕〉）

「洗」（拈詞）「軀體」（本體），是正常搭配；「洗不去」（拈詞）「不潔感」（拈體），是異常搭配。常項的拈詞是肯定，變項的拈詞是否定。

> 每日來到小河邊，一坐就是大半天；
> 莫道此河無魚釣，俺不釣魚釣時間。（張維柱〈釣時間〉）

常項「不釣魚」的拈詞「不釣」是否定的，變項「釣時間」的拈詞「釣」是肯定的。

三、依常項變項順序分

依常項變項順序分，可以分爲「順向拈連」和「逆向拈連」兩類：

㈠順向拈連

一般的拈連是正常搭配（常項）在前，異常搭配（變項）在後，是爲「順向拈連」，簡稱「順拈」。黃麗貞（2000：219）稱爲「順位拈連」。如：

> 你默默地吐著絲，吐著溫暖，吐著愛。（馬繼紅〈蠶〉）

動詞「吐著」是拈詞。三個賓語分別是「絲」、「溫暖」、「愛」。「吐著」與「絲」（本體）的搭配是常格；與「溫暖」（拈體1）、「愛」（拈體2）的搭配是變格。常項在前，變項在後。

> 蜜蜂是在釀蜜，又是在釀造生活；不是為自己，而是為人類釀造最甜的生活。（楊朔〈荔枝蜜〉）

「釀」、「釀造」同義，作者讓單音節詞「釀」（拈詞）和「蜜」（本體）結合，是正常搭配；讓雙音節詞「釀造」（拈詞）和「生活」（拈體）結合，是異常搭配。常項在前，變項在後。

㈡逆向拈連

「逆向拈連」簡稱「逆拈」，黃麗貞（2000：220）稱爲「變位拈連」。也有人稱爲「回拈」。它的順序與順向拈連相反，它是異常搭配（變項）在前，正常搭配（常項）在後。如：

> 老牛筋接著說道：「可這些年，整天起來砍資本主義尾巴，把自留地砍了，把副業砍了，把畜牧業也砍了，我看再砍就輪上砍腦袋啦！（馬烽〈結婚現場會〉）

「砍資本主義尾巴」、「把自留地砍了」、「把副業砍了」、「把畜牧業也砍了」都是異常搭配；最後一個「砍腦袋」則是正常搭配。變項在前，常項在後。

> 風吹散死亡，風吹散悲傷，風吹散痛苦，風吹散了知心的小屋。
> 知心抱住的，不再是冰涼的野獸。而是阿比王子，向她伸出溫暖的手。（郝廣才《新世紀童話繪本9‧野獸王子》）

「風吹散死亡，風吹散悲傷，風吹散痛苦」，都是異常搭配；「風吹散了知心的小屋」，則是正常搭配。變項在前，常項在後。

四、依拈詞字面是否相同分

拈連的拈詞，大都字面相同，但也有字面不同而性質相同者。

(一)拈詞字面相同

一般的拈連，拈詞字面都相同。如：

> 「你是個女司機？不簡單嘛！」梁霄忽然對她感興趣了。
> 「什麼不簡單，能把握方向盤，卻不能把握自己的命運，只能到處求爺爺奶奶！」（呂雷〈火紅的雲霞〉）

「能把握方向盤」，是正常搭配；「卻不能把握自己的命運」，是異常搭配。常項和變項的拈詞都是「把握」。

> 這一錘沒敲在鐘上，卻敲在俺的心上。（蕭兵〈太行青松〉）

「沒敲在鐘上」，是正常搭配；「敲在俺的心上」是異常搭配。常項和變項的拈詞都是「敲」。

(二)拈詞字面不同但性質相同

某些拈連，其拈詞字面雖然不同，但性質相同，也能達到順勢拈連的效果。如：

921大地震時，住戶們心驚，連大地都膽戰。（筆者擬句）

「住戶」爲本體，「膽戰」、「心驚」爲拈詞，「大地」爲拈體。兩個拈詞字面雖然不同，但性質卻相同，它們是由「膽戰心驚」這個成語拆開分用。「住戶們心驚」是正常搭配，「大地都膽戰」是異常搭配，開成「一常一變」的拈連關係。

那日，一個清涼得沁人心肺的夏日黃昏，我和兩位中國同學到湖上釣魚。<u>魚是一條也沒有上鉤，我卻網住了一輪溶溶的落日</u>。（鍾玲）

蔡謀芳（2003：57）曰：「『動詞同一』是原則；有時兩個動詞，只是詞面不同，詞義實同。如此仍然能造就『一常一變』的拈連修辭。」此例「魚」是本體，「上鉤」、「網住」是拈詞，「落日」是拈體。「上鉤」和「網住」詞面雖不同，但詞義實同。「魚上鉤」是常格搭配，「網住落日」是變格搭配。

表2-7　拈連分類表　　　　　　　　　　　　　　　（筆者自製）

辭格	分類基準	次辭格		異名	說明
柒、拈連	一、依形態完備與否分	㈠明式拈連	1.主謂式拈連	明拈、嚴式拈連、常式拈連	
			2.動賓式拈連		
			3.偏正式拈連		
		㈡暗式拈連		暗拈、寬式拈連、變式拈連	
	二、依拈詞用法分	㈠正面拈連		正拈	
		㈡反面拈連		反拈	
	三、依常項變項順序分	㈠順向拈連		順拈、順位拈連	
		㈡逆向拈連		逆拈、變位拈連、回拈	
	四、依拈詞字面是否相同分	㈠拈詞字面相同			
		㈡拈詞字面不同但性質相同			

參、辨析

「拈連」的辨析，有幾點需要說明：

一、「拈連」有別於「轉化」

「拈連」和「轉化」的關係，有兩點要說明：

㈠「拈連」套用「轉化」

拈連是「拈詞」由常規用法「拈」至異常用法，而將常項和變項連在一起，所以拈連是一常一變的連用。若將變格獨立來看，則是轉化。所以，拈連會套用轉化。如：

> 水調數聲持酒聽，<u>午睡醒來愁未醒</u>。（張先〈天仙子〉）

「午睡醒來愁未醒」中，「午睡醒來」是正常搭配，「愁未醒」是異常搭配，「醒」字從「午睡」順勢用在「愁」上，則屬「拈連」。「愁未醒」是用「醒」字將抽象的「愁」擬為人，是為「轉化」。

> 馬達聲音響動了，機器上的鋼帶……轆轆地滾著滾著。周仲偉的思想也滾得遠遠的。（茅盾〈子夜〉）

「鋼帶」為「本體」，「滾」為「拈詞」，「周仲偉的思想」為「拈體」。「鋼帶滾著」是正常搭配，「周仲偉的思想也滾得遠遠的」則是異常搭配，是為「拈連」。「周仲偉的思想也滾得遠遠的」，是用「滾得遠遠的」將抽象的「思想」擬為具體的物，是為「轉化」。

㈡只有異常用法，那是轉化

拈連是「拈詞」由常規用法「拈」至異常用法，而將常項和變項連在一起。若只有異常用法，那只是轉化。所以宗守雲（2005：248）曰：「拈連首先要『拈』，如果沒有上下文的詞語相應和，就不能算是拈連。如『你無論如何也留不住我的心』，在沒有上下文的情況下就不能算拈連，只能算是比擬。如果加上上下文『你能留住我這個人，但是你無論如何也留不住我的心』，這就是拈連了。」

> 無言獨上西樓，月如鉤，寂寞梧桐深院鎖清秋。（李煜

〈相見歡〉）

陳望道（1989：119）曰：「『鎖』字本是適合深院的，但卻又拈連了下文的清秋。」這種看法有待商榷。蔡謀芳（2003：60）則認為「『鎖』字固然適合『深院』，但在本文的文法上，『鎖』字的受詞只有『清秋』一個；『深院』不是受詞。所以，視此為『拈連修辭』，乃是一個錯誤的判斷。」又說：「末句『深院鎖清秋』，若換個文法形式作『清秋被鎖於深院中』，……述詞『鎖』，述說主詞『清秋』之狀態。在一般習慣裡，這述詞是用來述說『有形物』的，而『清秋』則是一個『無形物』。所以此述詞是不適合上述之語言環境的；但仍然表成一個意念，所以是個轉化的修辭法。」（蔡謀芳，2001b：36）此例若補足上下文為「深院鎖佳人，也鎖清秋」，則有一常一變，由常項拈來連在變項。

　　那船便將大不安載給了未莊，不到正午，全村的人心就很搖動。（魯迅《阿Q正傳》）

「那船便將大不安載給了未莊」只能視為將抽象的「大不安」轉化為具體的物。此例若補足上下文為「那船便將貨物載給了未莊，也將大不安載給了未莊」則有一常一變，由常項拈來連在變項。

　　夜籟俱寂，只一彎上弦在鉤沉舊事。突然一聲嬰啼，夫妻倆都驚蟄，抱起嬰仔借月色端詳，一對指爪卻是冷森，揉也揉不溫。這就是最後一夜了。（簡媜〈月娘照眠床〉）

「一彎上弦在鉤沉舊事」只能視為將抽象的「舊事」轉化為具體的物，或將「上弦（月）」轉化為具體的鉤子。

　　那一日，伊阿母上鎮買辦什物，順道去藥房問藥，留伊兄弟姊妹在厝。屋子關不住童心，阿鹿溜去找鄰厝孩子玩，天色暗了，也不記得回家。（簡媜〈月娘照眠床〉）

「屋子關不住童心」只能視為將抽象的「童心」轉化為具體的人或物。此例若補足上下文為「屋子關得住人，卻關不住童心」則有一常一變，由常項拈來連在變項，那就是拈連。

母親一把大剪刀，彷彿裁掉了我童年的憂傷，給我剪出一
個原來如此瑰麗的世界。（何紫〈戰爭，我正當童年〉）

此例之主語為「剪刀」；述語「裁」和「剪」，詞面不同但詞義相
同；賓語之一為「童年的憂傷」，之二為「瑰麗的世界」，這兩個賓
語分別和「裁」、「剪」搭配，都屬變格。兩個「變格」並聯，不是
「拈連」，只是兩個「轉化」（蔡謀芳，2003：58）。

二、只有常規用法則不是「拈連」

拈連中的拈詞，它和本體是正常搭配，它和拈體是異常搭配。若
全是正常搭配，那就不是拈連。如：

一顆流星，墜落了；墜落著的，有清淚。（廣田〈流星〉）

「流星墜落」是正常搭配；「清淚墜落」也是正常搭配。兩個「常
格」並用，就不是「拈連」。

他們可以承擔一個浩大的戰爭，可以承擔重建家園的種種
艱辛，可是卻承擔不了如此沉重的離情。（魏巍《依依惜別
的深情》）

「承擔一個浩大的戰爭」、「承擔重建家園的種種艱辛」和「承擔不
了如此沉重的離情」都是正常搭配，因此不是拈連。

肆、產生因素

一、順勢拈用

拈連的心理基礎首先是「順勢拈用」。拈詞和甲事物的搭配是正
常搭配，順勢用到乙事物，而形成異常搭配。這是一種慣性，猶如百
米短跑，跑者衝過終點線仍會繼續跑一小段距離才停得下來。人們在
使用某詞語，有時也會順勢拈用，因此有拈連，也有牽附。

二、相對聯想

拈詞和甲事物的搭配是正常搭配，拈詞和乙事物是異常搭配。常
項和異項之間會形成強烈的映襯，這是建立在相對聯想之上。

三、移情作用、類似聯想

拈詞和乙事物的異常搭配，往往形成轉化，因此，轉化的產生因素也都適用於拈連，如移情作用、類似聯想。

伍、運用原則

拈連的運用，由於拈詞和乙事物是異常搭配，因此能拉大心理距離，出人意外；加上移情作用及類似聯想，以及拈詞和甲事物的搭配是正常搭配，又能拉近心理距離，入乎意中，達到不即不離的適當心理距離。

楊春霖、劉帆（1996：252）曰：「運用拈連，要有巧妙的構思，並選擇恰當、形象的拈連詞語。同時還要注意前後詞語的有機配合，以免出現『拈連不連』、『連非其類』的現象。」

所謂「拈連不連」是只有異常用法，沒有正常用法，那就沒有順勢拈用將常項和變項連在一起。如：「你無論如何也洗不掉心中痛苦的記憶」，在沒有上下文的情況下就不能算拈連，只能算是轉化。如果增加上下文「你洗得掉身上的污垢，但是你無論如何也洗不掉心中痛苦的記憶」，這就是拈連了。

所謂「連非其類」是說拈詞由甲事物連到乙事物，拈詞和甲事物是正常搭配，拈詞和乙事物本來應該是異常搭配，卻也是正常搭配，那就無法形成一常一變的映襯效果。如：「你關得住小的（兒子），卻關不住大的（丈夫）。」前後兩項都是正常搭配，那就不符拈連的要件。下例則符合拈連要求：

> 女朋友送我的情人節禮物是一盒口香糖。它黏住了我的牙齡，也黏住了我的心。（筆者擬句）

「黏住了」（拈詞）「我的牙齒」（本體），是正常搭配；「黏住了」（拈詞）「我的心」（拈體），是異常搭配。透過拈連的手法，很幽默地表達口香糖對作者心情產生的溫馨感受。口香糖的性質可以黏住具體的事物，無法黏住抽象的東西。當讀者看到變項「口香糖黏住了我的心」時，產生陌生感而拉大心理距離；藉由類似聯想及移情作用，將心理距離拉近，則容易接受。

第三章

表意方法的調整⑴

本章所要探討的是映襯、夸飾、婉曲、倒反、引用、藏詞和仿擬七個表意方法調整的辭格。

第一節　映襯

壹、定義

黃慶萱（1988：287）舊版曰：「在語文中，把兩種不同的，特別是相反的觀念或事實，對列起來，兩相比較，從而使語氣增強，使意義明顯的修辭方法，叫做『映襯』」。

黃慶萱（2002：409）新版曰：「在語文中，把兩種不同的，特別是相反的觀念或事實，貫串或對列起來，兩相比較，互為襯托，從而使語氣增強，使意義明顯的修辭方法，叫做『映襯』」。

由於黃慶萱對於「映襯」的分類只有「對襯」、「雙襯」和「反襯」三類，與本文分類內涵不同，因此他對「映襯」所下的定義並不適用於本文。

陳正治（2001：60）曰：「在語文中，把兩種觀念、事物或景象，相互對照或襯托，使情意增強的修辭法，就叫做映襯。」

筆者認為該定義頗能符合本文分類內涵，可以採用。另外再增加「故意」二字，以強調其「刻意性」。並配合本書統一用語，因此修改為：

> 說話行文時，故意把兩種觀念、事物或景象，相互對照或襯托，使情意增強的修辭方法，叫做「映襯」。

貳、分類

陳望道（1989：95）將「映襯」分為兩類：一是一件事物上兩種辭格兩種觀點的映襯，我們稱為反映；二是一種辭格一個觀點上兩件事物的映襯，我們稱為對襯。

陳氏所說的「反映」，如「無事忙」、「好聰明的糊塗法子」、「雅的這樣俗」、「三載為千秋」等，黃慶萱、沈謙都稱為「反襯」。陳氏所說的「對襯」，如「謀事在人，成事在天」、「只許州官放火，不許百姓點燈」等，黃慶萱、沈謙仍是沿用不變。

黃慶萱和沈謙都將「映襯」分為「對襯」、「雙襯」、「反襯」

三類。但略嫌不完備。

　　大陸修辭學著作大都列有「對比（對照）」和「襯托」兩個獨立辭格，其下又各分幾個小類（唐松波、黃建霖，1996：325；成偉鈞、唐仲揚、向宏業，1996：528；楊春霖、劉帆，1996：480、1084；黎運漢、張維耿，1997：126；史塵封，1995：48、53）。這種分法頗可借鏡。

　　筆者參考黎運漢、張維耿的看法，認為：映襯的分類，可依主從關係分為二大類：即「對比（對照）」與「襯托」。這二類之下，又可細分為幾小類：對比（對照）又可分為「一物兩面對比（雙襯）」和「兩物對比（對襯）」兩類；襯托又可分為「正襯」、「反襯」和「側襯（旁襯）」三類。茲說明如下：

一、對比

　　史塵封（1995：48）曰：「將兩個相互對立的事物，或一個事物兩個對立的方面，進行對比，這種修辭格，我們稱它為對照，也有人稱它為對比。」

　　「對比」所要對立比較的兩種觀念、事物，互為主客，蔡謀芳（2003：110、111）稱為「互襯」。蔡氏曰：「若從讀者『注意力之移動』上說，當注意力投在『前一事』時，『後一事』自然退居『客體』之位，而以『前一事』為『主體』；當注意力投在『後一事』時，『前一事』自然退居『客體』之位，而以『後一事』為『主體』。之所以能依『讀者之注意力』而定主、客者，乃因事實上作品本身並未有積極限定的緣故。像這樣，兩件事物『互為主客』的映襯關係，即為『互襯』。」又曰：「『互為主客的映襯關係』有時不發生在兩件事物之間，而發生在『一件事物的兩個觀點』，於是又有『雙襯』一型。」亦即二者皆可為主體；與「襯托」的兩種觀念、事物一主一從，有所區別。它又可以細分為「對襯」和「雙襯」二類：

(一)兩物對比

　　兩物對比，是指兩種事物之間的對立比較。亦即黃慶萱、沈謙所說的「對襯」。黃慶萱（1988：292）舊版曰：「對兩種不同的人、事、物，用兩種不同的觀點加以形容描寫的，叫做『對襯』。」沈謙（1996：82）也說：「對襯：對兩種不同的人、事、物，從兩種不

同的觀點予以形容描寫，恰恰形成強烈的對比。」

　　兩物對比，可以圖示如下：

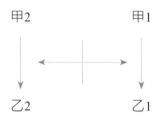

　　此圖的意義是：針對兩種不同的人、事、物（即乙1及乙2），從兩種不同的觀點（即甲1及甲2）予以形容描寫（──→），恰恰形成強烈的對比（←──→）。如：

　　　富人的痛苦是無法在活著的時候把錢花完，窮人的痛苦則是把錢花光了卻還活著。（黎雁書〈金玉涼言〉，《聯合報》2003年8月7日E6繽紛版）

針對富人與窮人兩種不同人物的痛苦，分別從兩種相反的情況──無法在活著的時候把錢花完，和把錢花光了卻還活著──加以比較，因而形成強烈的對比。

　　　幽默，是拿自己開玩笑；刻薄，是拿別人開玩笑。（孫禎國〈金玉涼言〉，《聯合報》2003年9月15日E6繽紛版）

針對幽默與刻薄兩種不同的現象，分別從兩種相反的方法──拿自己開玩笑與拿別人開玩笑，加以比較，因而形成強烈的對比。

　　　成功的人，都有方法；失敗的人，都有藉口。（王飛〈金玉涼言〉，《聯合報》2004年7月1日E6繽紛版）

針對「成功的人」和「失敗的人」兩種不同人物，而有「都有方法」和「都有藉口」兩種相反評價，是為「對襯」。

　　　「朋友」，是「療傷」用的；「敵人」，是「激勵」用的。（蕭銘洲〈金玉涼言〉，《聯合報》2004年6月9日E6繽紛版）

針對「朋友」和「敵人」兩種不同人際關係，而有「療傷」和「激勵」兩種相反功用，是爲「對襯」。

> 把複雜的事情簡單化，叫做科學；把簡單的事情複雜化，叫做文學。（何清傑〈金玉涼言〉，《聯合報》2004年7月27日E6繽紛版）

針對「科學」和「文學」兩種不同事物，而有「把複雜的事情簡單化」和「把簡單的事情複雜化」兩種相反認知，是爲「對襯」。

㈡一物兩面對比

一物兩面對比，是指同一事物的兩個不同方面的相互對照。亦即黃慶萱、沈謙所說的「雙襯」。它是針對同一個人、事、物的同一現象，從兩種不同的觀點予以形容描寫，著眼點迥異，結果適成其反（黃慶萱，2002：416；沈謙，1996：104）。王希杰（2004：307）稱爲「相反相成」。可以圖示如下：

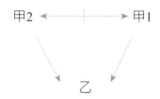

此圖的意義是：針對同一個人、事、物（即乙），從兩種不同的觀點（即甲1及甲2）予以形容描寫（甲1──→乙←──甲2），恰成強烈對比（甲1←──→甲2）。如：

> 情人的謊言分兩種：一種是為了親近妳。一種是為了疏遠妳。（朱德庸《粉紅澀女郎》，頁100）

針對「情人的謊言」，用「爲了親近妳」和「爲了疏遠妳」兩種不同目的加以形容，則屬「雙襯」。

> 雇員評估：我「不止」這薪水；雇主評估：你「不值」這薪水。（楊佳萍〈金玉涼言〉，《聯合報》2004年12月1日E6繽紛版）

針對雇員的身價,雇員自己評估超過薪水,雇主評估低於薪水,則是針對同一個人,而有兩種不同的觀點,是為「雙襯」。

> 喝酒會「傷肝」,但能壯膽。(王芊芊〈金玉涼言〉,《聯合報》2004年5月19日E6繽紛版)

針對「喝酒」這件事,從壞的角度來說「會傷肝」,從好的角度來說「能壯膽」,則是「雙襯」。

> 金錢是個可怕的主人,但也是極佳的僕人。(張春榮《修辭新思維》,頁135)

針對「金錢」,分別從兩種不同的觀點(「可怕的主人」和「極佳的僕人」)加以形容描寫,而形成強烈對比,則屬「雙襯」。

二、襯托

「襯托」是語文中,用客體事物做陪襯,藉以突顯主體事物的修辭方法。它與前述「對比」的差異,在於「襯托」是一主一從,作者所要表達的是主體的意義,與「對比」著重在兩個主體並重,是有差異的。

襯托,也有人稱為「映襯」(唐松波、黃建霖,1996:732;楊春霖、劉帆,1996:1084;史塵封,1995:53)。這是狹義的映襯,本文標題則是廣義的映襯。狹義的「映襯」,僅指一主一從的「襯托」;廣義的「映襯」,則包含兩者皆為主體的「對比」和一主一從的「襯托」。

蔡謀芳(2003:109)則將「襯托」稱為「單襯」,他說:「『單襯』是指在一個『映襯修辭』之中,確定有單一事物為其『主體』,其餘則為『客體』。」蔡氏所說的「客體」,也有人稱為「襯體」,如史塵封(1995:53)曰:「用來做陪襯的事物,我們稱之為襯體。講述的主要事物,稱之為主體。」

「襯托」有「正襯」、「反襯」和「側襯」三種形式:

(一)正襯

所謂「正襯」,是指運用性質相近的客體,來襯托主體。主、客體之間,有的有譬喻關係,有的沒有:

1.有譬喻關係的「正襯」

有譬喻關係的「正襯」，蔡謀芳稱爲「拱托」，他說：

> 「拱托」其實是「譬喻格」的一種特殊形態。因爲將「喻體」視爲「主體」，將「喻依」視爲「客體」，自然就顯出一種「映襯」的關係來。但必須是「喻依」在前，「喻體」隨後，才能稱爲「拱托」。（蔡謀芳，2003：115）

蔡氏所說的「喻體」，本書稱爲「本體」；蔡氏所說的「喻依」，本書稱爲「喻體」。

> 狡兔死，良狗烹；高鳥盡，良弓藏；敵國破，謀臣亡。
> （《史記・淮陰侯列傳》）

句尾「敵國破，謀臣亡」是「主體」，也是「本體」；句首「狡兔死，走狗烹；高鳥盡，良弓藏」是「客體」，也是「喻體」。「喻體」前置，「本體」隨後。前後成一種「映襯」的姿態，是爲「拱托」（蔡謀芳，2003：115）。

> 故不登高山，不知天之高也；不臨深谿，不知地之厚也；不聞先王之遺言，不知學問之大也。（《荀子・勸學》）

「不聞先王之遺言，不知學問之大也」是「主體」，也是「本體」；「不登高山，不知天之高也；不臨深谿，不知地之厚也」是「客體」，也是「喻體」。「喻體」前置以引導「本體」的出現，主、客之間便形成「映襯」之勢，這是「拱托」的辭法（蔡謀芳，2003：117、118）。

> 桃花潭水深千尺，不及汪倫送我情。（李白〈贈汪倫〉）

「汪倫送我情」是「主體」，也是「本體」；「桃花潭水深千尺」是「客體」，也是「喻體」。「喻體」前置以引導「本體」的出現，主、客之間便形成「映襯」之勢，這是「拱托」的辭法。

> 負棟之柱，多於南畝之農夫；架梁之椽，多於機上之工女。（杜牧〈阿房宮賦〉）

天下之農夫、工女，本已極多，而「阿房宮」之柱、椽，比之更多，由此襯托出「阿房宮」建築規模之大。

> 花兒美，新娘子更美。槍口冷酷，林來福更冷酷；山路難走，人生的道路更難走。（陳正治，2001：65）

「新娘子更美」、「林來福更冷酷」、「人生的道路更難走」是「主體」，也是「本體」；「花兒美」、「槍口冷酷」、「山路難走」是「客體」，也是「喻體」。「喻體」前置以引導「本體」的出現，主、客之間便形成「映襯」之勢，這是「拱托」的辭法。

2.沒有譬喻關係的「正襯」

正襯的要件是「運用性質相近的客體，來襯托主體」，主、客體之間不一定是「譬喻」關係。如：

> 任何男人都會說情話，明智的男人說無懈可擊的情話。
> （朱德庸〈粉紅澀女郎〉，頁128）

以「任何男人都會說情話」（襯體）來突顯「明智的男人說無懈可擊的情話」（主體），主、客體性質相近，但沒有譬喻關係。

> 千萬不要覺得戀愛這件事麻煩，結婚才是真正的麻煩。
> （朱德庸《澀女郎2》，頁107）

以「戀愛這件事麻煩」（襯體）來突顯「結婚才是真正的麻煩」（主體），主、客體性質相近，但沒有譬喻關係。

> 這年頭，樂透當道，神的旨意比聖旨更重要。
> （何玄城〈金玉涼言〉，《聯合報》2002年2月27日E6繽紛版）

以「聖旨」（襯體）來突顯「神的旨意」（主體），主、客體性質相近，但沒有譬喻關係。

(二)反襯

筆者發現，「反襯」有兩種類型：一種是與「正襯」定義相反的「反襯」，可稱為「反托」；另一種是陳望道所說的「反映」，亦即

黃慶萱、沈謙所說的「反襯」，可稱為「反飾」。茲說明如下：

1.反托

陳正治（2001：65）曰：「反襯是應用性質相反或相對的客體事物，襯托本體事物，使本體事物更顯明的修辭法。」蔡謀芳則稱為「反托」，他說：

> 「反托」是另一種「間接的」襯托法，作者也將筆墨集中在對「客體」的描述。但「客體」與「主體」之間有著「相反」的關係，所以當作品將這「客體」否定之時，「主體」便呈現出來。（蔡謀芳，2003：114）

蔡氏所言：「『客體』與『主體』之間有著『相反』的關係」，是正確之見。另外，「當作品將這『客體』否定之時，『主體』便呈現出來」，只是其中一種形式，如：

> 人生一死談何易，看得分明是丈夫。猶記息姬歸楚日，下樓還要侍兒扶。（杜牧〈詠綠珠〉）

題目是〈詠綠珠〉，自當以「綠珠」為主體，而「息姬」為客體。兩人都是古代美女，但處世風格不同。全篇只寫「息姬」，不寫「綠珠」。但末句「下樓還要侍兒扶」，批判了「息姬」，同時也表揚了「綠珠」，因為綠珠是投樓而亡的。這技巧是「否定客體」來托出「主體」的，稱為「反托」（蔡謀芳，2003：114）。

> 方其破荊州，下江陵，順流而東也，舳艫千里、旌旗蔽空；釃酒臨江，橫槊賦詩，固一世之雄也！而今安在哉？（蘇軾〈前赤壁賦〉）

此文筆墨集中在對「軍容壯盛」的描述。但這一部分是作品的「客體」，不是「主體」。「主體」沒有直接說出：只在最後一句「而今安在」——對上述「客體」加以否定之後，作品的「主體」才呈現。這種間接的襯托法，就是「反托」（蔡謀芳，2003：115）。

但是，「反托」並不一定要先將「客體」否定，才能呈現「主體」。其實只要將「主體」和「客體」並列，讀者也能從語境中體會作者的用心。此即蔡謀芳所說的「直托」（蔡謀芳，2003：113）。

如：

> 昔我往矣，楊柳依依；今我來思，雨雪霏霏。（《詩經‧
> 小雅‧采薇》）

「昔我往矣，楊柳依依」寫征夫戍役本是離情依依的悲情，卻正值
楊柳柔美的春季，這是以美景襯悲情的反托，可使悲情變得更悲；
「今我來思，雨雪霏霏」寫征夫返鄉的喜情，卻是以大雪霏霏的冬季
來襯托，以悲景反托喜情，可使喜情更突出。但「昔我往矣，楊柳依
依」和「今我來思，雨雪霏霏」二者是對襯。

> 世人皆濁我獨清，眾人皆醉我獨醒。（屈原〈漁父〉）

「世人皆濁」是客體，「我獨清」是主體；「眾人皆醉」是客體，
「我獨醒」是主體。主客分明，直接襯托，是為「直托」。稱為
「直托」是從「直接襯托」而言；若從客體與主體性質相反而言，則
是「反托」。

> 一尺布，尚可縫；
> 一斗粟，尚可春；
> 兄弟二人不相容。（司馬遷《史記‧淮南衡山列傳》）

以布之可縫、粟之可春，反托兄弟二人骨肉相殘。

2.反飾

李忠初、李伯超、盛新華（2000：339）曰：「反飾是用意義
相背反或相否定的詞語互相修飾的修辭方法。」陳望道稱為「反
映」，黃慶萱、沈謙則稱為「反襯」，沈謙（1996：83）曰：「反
襯：對於一件事物，用恰恰與此事物的現象或本質相反的詞語予以形
容描寫。」蔡謀芳曾將之視為「假襯」，他說：「由文字表面的相
對性所造就的映襯法，稱為『假襯』。」（蔡謀芳，1990：23）並
認為是「混同字義」、「混同層次」而造就的，所以稱為「假襯」
（蔡謀芳，1990：23）。後來他則改稱為「反襯」，並認為「反
襯」是將「雙襯」的「兩個敘述」合併成「一個敘述」，因而呈現矛
盾怪異的現象（蔡謀芳，2003：112）。由於反襯用來描寫的詞語和
事物本質恰恰相反，因此會產生二種作用（沈謙，1996：87）：

⑴無理而妙的諷刺性

表面看似無理，細加探究，卻很巧妙，而內含諷刺性。如：

蕭金鉉道：「今日對名花，聚良朋，不可無詩，我們即席
分韻，何如？」杜慎卿笑道：「先生，這是而今詩社裡的
故套。小弟看來，覺得雅得這樣俗，還是清談為妙。」
（吳敬梓《儒林外史》第二十九回）

「雅得這樣俗」表面看似無理，細加探究，卻很巧妙，因為「分韻作
詩」這件事。本是一件雅事；但卻是「而今詩社裡的故套」，因此是
一種俗事。用以諷刺附庸風雅的人。

寶玉道：「我呢？你們也替我想一個。」寶釵笑道：「你
的號早有了，『無事忙』三字恰當得很。」（曹雪芹《紅樓
夢》第三十七回）

「無事忙」是以「無事」（客體）修飾「忙」（主體），形成「反
飾」。諷刺寶玉如沒頭蒼蠅般亂竄。

當你訂做十萬件的時候，他如果造了十一萬件，並且從後
門把那多出的一萬件流入市面，你怎麼可能分辨？除非你
每件衣服上都蓋個章，即使你拿在手上，都分不出那衣服
是真是假。
因為它是「真的假」，百分之百真，卻又不合法的製品。
（劉墉《我不是教你詐・蒼蠅難飛》）

「真的假」是以「真」（客體）修飾「假」（主體），形成「反
飾」。諷刺代工廠以多出的真品流入市場而成為假貨。

無理而妙的諷刺性，還有很多例子，如「蒼老的少年」是諷刺縱
欲過度；「死活人」是諷刺行屍走肉；「睜眼的瞎子」是諷刺視而不
見的人；「熱情得令人心生寒意」是諷刺花癡一類的粉絲；「好聰
明的糊塗法子」是諷刺亂出餿主意；「誤國的忠臣」是諷刺愚忠；
「荒謬的條理」是諷刺不合常情的規則；「貧乏的闊佬」是諷刺有錢
人精神貧乏；「有錢的窮人」是諷刺窮得只剩下錢的富人。

⑵反常合道的啓發性

　　表面看似違反常理，細思之後，卻是合乎道理，而內含人生哲理的啓發性。如：

　　　上德不德，是以有德。（《老子》三十八章）

「不德是以有德」，表面看似矛盾，但細思之後，方覺有理。原來不據有其德，才是真正有德，才可稱爲上德。

　　　知與之爲取，政之寶也。（司馬遷《史記・管晏列傳》）

「與之爲取」是以「與」（客體）修飾「取」（主體），形成「反飾」。這是從政之寶，人生哲理的結晶。

　　　最大的小車。（汽車廣告）

「最大的小車」是以「最大」（客體）修飾「小車」（主體），形成「反飾」。是強調車子的載客容量。

　　　流蘇道：「我什麼都不會，我是頂無用的人。」柳原笑道：「無用的女人是最最厲害的女人。」（張愛玲〈傾城之戀〉）

「無用的女人是最最厲害的女人」是以「無用的女人」（客體）修飾「最最厲害的女人」（主體），形成「反飾」。強調無用之爲大用。

　　　所以我才說「不教育就是最好的教育」，「過度的教育乃是不教育」。（韓廷一《挑戰歷史──超時空人物訪談》，頁21）

「不教育就是最好的教育」是以「不教育」（客體）修飾「最好的教育」（主體），「過度的教育乃是不教育」是以「過度的教育」（客體）修飾「不教育」（主體），形成「反飾」。強調教育要彈性、適當。

　　　民主的弱點就是它的優點。（張春榮《修辭新思維》，頁

243）

「弱點就是它的優點」是以「弱點」（客體）修飾「優點」（主體），形成「反飾」。強調民主有優有弊。

　　反常合道的啓發性，還有很多例子，如「美麗的錯誤」是強調意外之喜；「開明的專制」是最有效率的行政；「大智若愚」是眞智慧；「吃虧就是占便宜」是處世哲學；「光榮的失敗」是雖敗猶榮；「苦澀中的甜美」是努力後的收穫。

(三)旁襯

　　旁襯，又稱側襯，是以旁邊或側邊的客體來襯托主體。蔡謀芳將之稱爲「烘托」。他說：「『烘托』是一種『間接的』襯托法，它雖將筆墨集中在對『客體』的描述，但藉著主、客之間的一種『因果關係』而托出『主體』來。」（蔡謀芳，2003：113、114）

　　王鼎鈞（2003：95）曰：「作文怎樣『烘托』呢？通常是不直接寫我們要寫的事物，去寫那事物引起的反應。」如：

> 羅敷熹蠶桑，採桑城南隅。……行者見羅敷，下擔捋髭鬚；少年見羅敷，脫帽著帩頭。耕者忘其犁，鋤者忘其鋤。來歸相怨怒，但坐觀羅敷。（古辭〈陌上桑〉）

主體是「羅敷」，客體是「路人」。藉著對「客體」路人的描述，以托出「主體」羅敷的美，是謂「烘托」。

> 那雙眼睛……左右一顧一看，連那坐在遠遠牆角裡的人都覺得王小玉看見我了。那坐得近的，更不必説。（《老殘遊記》第二回）

用客體「觀眾的感受」來映現主體「王小玉目光犀利」，則是旁襯。

> 北方有佳人，絕世而獨立。一顧傾人城，再顧傾人國。（《漢書‧李夫人傳》）

此寫佳人之美，「一顧傾人城，再顧傾人國」是美麗的結果，以結果烘托佳人之美。

裁縫師傅看見二娘到；
大襟拼到小襟上；
棺材師傅看見二娘到，
棺材做了二尺六寸寬；
廚房師傅看見二娘到，
十根指頭斬了九根半；
燒火大伯看見二娘到，
拖出一把火來轟轟燒，
一條黑娘魚烘來悉燥。
（浙江民歌〈張二娘〉）

詩中誇張地寫各種人見到「二娘」後失神的狀態，襯托出了「二娘」的美麗動人。

表3-1　映襯分類表　　　　　　　　　　　　　　　　（筆者自製）

辭格	分類基準	次辭格			異名	說明
壹、映襯—廣義	依主從關係分	一、對比—對照、互襯	㈠對襯		兩物對比	
			㈡雙襯		一物兩面對比、相反相成	
		二、襯托—狹義映襯、單襯	㈠ 正襯	1.有譬喻關係的「正襯」	拱托	
				2.沒譬喻關係的「正襯」		
			㈡ 反襯	1.反托		
				2.反飾（反映）		
			㈢側襯		旁襯、烘托	

參、辨析

「映襯」有下列幾點要辨析：

一、「對襯」有別於「雙襯」

「對襯」和「雙襯」都是屬於兩物互為主客的「對比」（對照），「對襯」是兩物對比（兩種人事物，有兩種不同看法），「雙襯」是一物兩面對比（一種人事物，而有兩種不同看法）。原本應該涇渭分明，容易區別。但是，筆者發現其中「一種人事物」的「兩種情形」而有「兩種不同看法」時，究竟該視為「兩種情形而有兩種不同看法」的「對襯」呢？還是視為「一種人事物有兩種不同看法」的「雙襯」呢？這種情形常造成判斷偏差，茲說明如下：

㈠單純的「對襯」

單純的「對襯」，是字面上有「兩種人事物」，而有「兩種不同看法」。如：

浪漫，是美德；浪費，是缺德。（王飛〈金玉涼言〉，《聯合報》2004年8月6日E6繽紛版）

針對「浪漫」和「浪費」兩種不同行為，而有「美德」和「缺德」兩種相反評價，是為「對襯」。

多情，容易自傷；無情，容易傷人。（王飛〈金玉涼言〉，《聯合報》2004年8月4日E6繽紛版）

針對「多情」和「無情」兩種不同行為，而有「容易自傷」和「容易傷人」兩種相反結果，是為「對襯」。

㈡單純的「雙襯」

單純的「雙襯」，是字面上有「一種人事物」，而有「兩種不同看法」。如：

劉福子是個又討人厭又叫人喜歡的人，什麼話從他嘴裡說出來都有滋有味……（張志民〈再等待〉）

針對「劉福子」這個人，用「討人厭」和「叫人喜歡」兩種不同的觀點加以形容，則屬「雙襯」。

鄧拓同志離開我們已經十三年了。那逝去的時日啊！好似

短促卻又漫長。（劍清〈空谷回音——回憶鄧拓同志〉）

針對「那逝去的時日」，用「好似短促」和「卻又漫長」兩種不同的感覺加以形容，則屬「雙襯」。

㈢「對襯」和「雙襯」易混辨析

　　「對襯」和「雙襯」易混，是發生在「一種人事物」的「兩種情形」而有「兩種不同看法」時。如：

這些中老爺的都是天上的文曲星！你不看見城裡張府上那些老爺，都有萬貫家私，一個個方面大耳？像你這尖嘴猴腮，也該撒拋尿自己照照！不三不四！就想天鵝屁吃！
……
我每常說，我的這個賢婿才學又高，品貌又好，就是城裡頭那張府、周府這些老爺，也沒有我女婿這樣一個體面的相貌。（吳敬梓《儒林外史》第三回）

此例黎運漢、張維耿（1997：127）和沈謙（1996：113）都視爲「一物兩面對照」的「雙襯」。沈謙的解釋是：「同一個范進，在胡屠戶心目中前後竟有天壤之別。」（沈謙，1996：113）亦即針對同一個范進，而有中舉前後兩種不同看法。其實此例應視爲：針對范進「中舉前」和「中舉後」兩種不同情況，而有「貶抑」和「吹捧」兩種不同看法，是爲「對襯」。若是此例可視爲「雙襯」，那麼下面這一例是否也可以比照呢？

肝若沒好，人生是黑白的；
肝若顧好，人生是彩色的。（廖峻・肝藥廣告語）

針對肝臟功能好與不好（兩種不同情形），而產生「人生是彩色的」與「人生是黑白的」兩種不同結果。一般視爲「兩物對比」的「對襯」。我們是否也能說它是針對「同一個肝」，而有「肝不好時，人生是黑白的」和「肝好時，人生是彩色的」兩種不同看法，是爲「雙襯」？若是如此，「對襯」和「雙襯」就不容易區別了。
　　筆者認爲：「雙襯」和「反襯」（指「反飾」）都是一種表面矛盾但實際有理的「似非而是」現象。所以成偉鈞、唐仲揚、向宏業

（1996：739.740）另立「對頂」一格，而內容包括「雙襯」和「對襯」（指「反飾」）的例子。「雙襯」既然是一種表面矛盾但實際有理的「似非而是」現象，則應將它落實在「同一個人事物（而且同一種情形）」而有「兩種不同看法」，才會產生「似非而是」的現象。如：針對「一顆石頭丟入池裡而產生漣漪」這一個現象，可以說是「破壞了水池的寧靜」，也可以說是「增添水池的活力」。這是「一物兩面對比」的「雙襯」，表面好像矛盾，實際上卻是合理。

　　但是，「同一個人事物」卻有「兩種不同情形」而有「兩種不同看法」，則應視爲「兩物對比」的「對襯」。因爲既然是「兩種不同情形」，則是「兩種不同事物」，其重點並不在前面「同一個人事物」。如：

> 大凡醫院，皆有一長一短。所謂一長乃是候診室裡等候之長；所謂一短，乃醫師診病之短。兩相比較長者約比一年，短則似可一刻。（顏元叔〈哀者肉體〉）

此例是針對「候診室等候」和「醫師診病」兩種不同現象，從兩種不同結果──「一長」和「一短」，加以比較，而形成強烈對比：它則是「兩物對比」的「對襯」；卻不能說是針對「醫院」這一事物，從兩種不同的角度──「候診室等候之長」和「醫師診病之短」，加以比較，而把它說是「一物兩面對比」的「雙襯」。

> 這體現了他爲人的原則：你對我好，我對你更好；你對我壞，我比你還壞。（王安憶〈舞臺小世界〉）

此例《漢語修辭格大辭典》視爲「一物兩面對比」。其意應該是：針對「他爲人的原則」這個現象，從兩種不同的角度──「你對我好，我對你更好」和「你對我壞，我比你還壞」，加以比較。但這並沒有「似非而是」的矛盾現象，所以不是「雙襯」。筆者認爲它是：針對「你對我好」和「你對我壞」這兩種不同情況，而有不同的態度──「我對你更好」和「我比你還壞」，加以比較，形成強烈對比，它則是「兩物對比」的「對襯」。

二、「對襯」有別於「反襯」

　　「對襯」和「反襯」（指「反托」）都是兩件相反的事物映襯。

「對襯」是「對比」（對照）的一種方式，兩種事物互為主客，兩者皆可為主體；「反襯」（指「反托」）是「襯托」的一種方式，兩種事物之間，一個是主體，一個是客體。要辨析主客關係，應該以語境作為標準。如：

> 寧鳴而死，不默而生。對好人好事讚美而不歌頌；對壞人壞事批評而不謾罵。（王大空《笨鳥慢飛》）

針對「好人好事」和「壞人壞事」兩種不同的人事，分別有「讚美而不歌頌」和「批評而不謾罵」兩種不同心態，是為「對襯」。但是，下面的例子則須慎重考慮：

> 這兩個老大學，似乎把學生當成生物，讓生物生長；別的大學，似乎把學生當成礦物，讓礦物定型。（陳之藩〈古瓶〉）

此例沈謙視為「對襯」，是針對「這兩個老大學（牛津、劍橋）」和「別的大學」兩種不同的事物，用兩種不同的角度「把學生當成生物，讓生物生長」和「把學生當成礦物，讓礦物定型」加以形容。但筆者卻認為語境上：「這兩個老大學，似乎把學生當成生物，讓生物生長」是主體，而「別的大學，似乎把學生當成礦物，讓礦物定型」是客體，這是以反面的襯體突顯主體的「反托」。

肆、產生因素

一、自然之道

　　黃慶萱（2002：409）提到映襯產生的客觀因素在於我們人性內在的矛盾和宇宙內在的矛盾。自然界有天地、日夜、山川、大小、粗細等相反對立的矛盾現象；人性也有善惡、喜怒、崇高卑污、驕傲謙虛等不同性情。藝術效法自然，映襯也就自然而然出現。

二、心理基礎

　　黃慶萱（2002：409）曰：「映襯的主觀因素，在於人類的『差異覺閾』（difference threshold），人類對於不同程度的兩種刺激，先後或同時出現時，只要其間的差異，達到某種程度，便能加以辨

別。」

客觀上人性跟宇宙都存在著許多矛盾，主觀上人類的差異覺閾又足以辨認這些矛盾。於是文學作品中，把這些矛盾現象放在一起，使其映襯成趣，就產生映襯辭格。

另外，人類的聯想力有相對聯想，映襯中的對比、反襯都是以相對聯想為基礎。

三、美學基礎

映襯是將兩種矛盾相反的事物統一在一個基準上，有了矛盾衝突就能給人激越的美感；統一在某個基準上，則有和諧的美感。所以，映襯是衝突與和諧的綜合表現。

伍、運用原則

映襯的運用是把兩種事物加以比較，其間的差異會產生一種新奇效果，將心理距離拉開，引人注意。但兩種事物之間必有某種關聯，才能看出它們之間的差異，這就將心理距離拉近，讓讀者可以接受。如「黑」和「白」是在顏色上構成差異；「軟」和「硬」是在觸覺上構成差異；若是拿「黑」和「軟」來比較，那就沒有共同基準，也就無法產生映襯效果。

> 「降落傘和保險套，最大的差異性在哪裡？」
> 「一個是破了之後，從此世界上少了一個人；一個是破了之後，從此世界上多了一個人——」（莊孝偉《無笑退錢4》，頁97）

針對「降落傘」和「保險套」兩種不同物品，而有「一個是破了之後，從此世界上少了一個人」和「一個是破了之後，從此世界上多了一個人」兩種相反結局，是為「對襯」。由於兩者結果差異巨大，拉開心理距離，引人注意；但兩者又是立基在破了之後的相同現象來比較，則將心理距離拉近，令讀者易於接受。

第二節　夸飾

壹、定義

陳望道（1989：131）曰：「說話上張皇鋪飾過於客觀的事實處，名叫鋪張辭。說話上所以有這種鋪張辭，大抵由於說者當時，重在主觀情意的暢發，不重在客觀事實的記錄。」這個定義只提到「說話上」，指的是口語，忽略了書面語——文字，因此黃慶萱（1988：213）舊版修改為：「言文中誇張鋪飾，超過了客觀事實的，叫做『夸飾』。」已將「說話上」改為「言文中」。

黃慶萱（2002：285）新版曰：「言文中誇張鋪飾，超過了客觀事實，使其所表達的形象益發突顯，情意更為鮮明，藉以加深讀者或聽眾的印象的，叫做『夸飾』。」則更補充夸飾的效果。

筆者認為可以增加「故意」二字，以強調其「刻意性」；另外，為配合本書統一用語，因此修改為：

> 說話行文時，故意誇張鋪飾，超過了客觀事實，使其所表達的形象益發突顯，情意更為鮮明，藉以加深讀者或聽眾印象的修辭方法，叫做「夸飾」。

貳、分類

陳望道（1989：132、133）將「鋪張」分為：「普通鋪張辭」與「超前鋪張辭」二類。黃慶萱（2002：286）將「夸飾」的對象分為空間的、時間的、物象的、人情的四種。沈謙（1996：124）則增加「數量的夸飾」一種，而成五種。筆者認為可以將夸飾的分類，依不同角度而做不同的分類：一、依夸飾題材分，可分為「空間的夸飾」、「時間的夸飾」、「物象的夸飾」、「人情的夸飾」和「數量的夸飾」五類；二、依夸飾對象分，可分為「本體夸飾」和「客體夸飾」兩類；三、依夸飾方向分，可分為「放大性夸飾」和「縮小性夸飾」兩類；四、依夸飾方法分，可分為「直接夸飾」和「間接夸飾」兩類。

一、依夸飾題材分

依夸飾題材分：可分為「空間的夸飾」、「時間的夸飾」、「物

象的夸飾」、「人情的夸飾」和「數量的夸飾」五種。

㈠空間的夸飾

空間之夸飾，亟言其高度之高或低、長度之長或短、面積之廣或窄、體積之大或小。如：

> 他的腳好長，一小步就可跨過日月潭。（筆者擬句）

以「一小步就可跨過日月潭」來夸飾他的腳好長。

> 柔嘉雖然沒有沙拉・貝恩哈脫（Sarah Bernhardt）年輕時的纖細腰肢，不至於吞下一粒奎寧丸肚子就像懷孕，但她的瘦削是不能否認的。（錢鍾書《圍城》）

以「吞下一粒奎寧丸肚子就像懷孕」來夸飾腰身纖細。

㈡時間的夸飾

時間之夸飾，亟言時間之快或慢、動作之速或緩。如：

> 值得用靈魂交換的，速度迅雷不及掩耳的極致的跑車，讓您享受急速的快感。（Mazda RX8汽車廣告）

以「迅雷不及掩耳」來夸飾跑車速度之快。

> 我跳起身來，用飛箭之速度推開床前小窗。（康軒版國小國語科五上第十四課〈歡愉的雪〉）

以「飛箭之速度」來夸飾起身推窗的快速。

> 觀古今於須臾，撫四海於一瞬。（陸機〈文賦〉）

「須臾」是指片刻；「一瞬」是指一眨眼，二者皆是極言時間之短暫。

> 用蓋一棟摩天大樓的時間，打造一個橡木桶。（純麥威士忌廣告）

以「蓋一棟摩天大樓的時間」來夸飾「打造一個橡木桶」的慢工細活。

(三)物象的夸飾

物象之夸飾，亟言其性質之強壯或微弱。如：

勁量電池渾身是勁。（勁量電池廣告）

以擬人「渾身是勁」來夸飾「勁量電池」的功能強勁。

柔柔亮亮，閃閃動人，輕輕一撥回復漂亮的髮型。（Lux麗仕洗髮精廣告）

以「輕輕一撥回復漂亮的髮型」來夸飾「洗髮精」的功效好。

巴拿馬給我的第一個印象是土地肥沃，油光光的紅土，充滿了生育的能力，真個是「插一根筷子下去都會發芽」。（王鼎鈞《海水天涯中國人》）

以「插一根筷子下去都會發芽」夸飾巴拿馬土地之肥沃。

滿清政府是紙老虎，一戳就破。（筆者擬句）

以「一戳就破」夸飾滿清政府之虛有其表、腐敗脆弱。

(四)人情的夸飾

人情之夸飾，極言其能力之強或弱、情感之深或淺。如：

耶孃妻子走相送，塵埃不見咸陽橋。牽衣頓足攔道哭，哭聲直上干雲霄。（杜甫〈兵車行〉）

以「干雲霄」來夸飾送行親人哭聲直達天上，以示悲哀之甚。

我的臉好油，油到可以煎蛋了。（可伶可俐洗面乳廣告）

以「油到可以煎蛋了」來夸飾我的臉很油膩。

晚上，她抱著枕頭，壓著要跳出來的心。（蘇偉貞〈陪他一

段〉）

費敏見到男友和李眷佟手握著手散步，一個人獨自離開，但這股震撼，到晚上仍是不消，所以要「抱著枕頭，壓著要跳出來的心」，以此夸飾心情激盪。

> 茉草爭霸戰一直要持續到村裡的茉草被挽光為止。戰爭期間，孩子們一放學就沿家沿戶搜，一見到茉草，<u>眼睛都會噴火</u>，樂得比拿第一名還痛快。（簡媜〈茉草〉）

以「眼睛都會噴火」來夸飾孩子見到茉草後的喜愛心情。

> 有人生性極為吝嗇，從來不會請客。有一天，傭人拿著一籃碗到河邊洗滌，有人就問了：「你家是不是要請客啊！」傭人回答：「要我家主人請客，等下輩子吧！」事後主人知道這件事，就罵傭人說：「誰叫你輕易和別人定下日子的。」（藍慶源《糗事連篇》，頁160）

傭人回答：「要我家主人請客，等下輩子吧！」意思是不可能。但主人卻罵傭人說：「誰叫你輕易和別人定下日子的。」則更見主人之吝嗇。

> 算盤打得精，襪子改背心。（大陸諺語）

此例夸飾人的節儉吝嗇。

> 尊敬的用戶您好：您的話費已不足0.1元，請在近日內：賣兒賣女賣大米，砸鍋賣鐵賣點兒血，賣地賣房賣老婆，把話費交上。中國移動給您磕頭了！（手機簡信）

這則簡信用誇張的形式寫出了中國移動公司催人繳費的急切心情，使用手機的人可能都有切身體會並且覺得這種誇張十分有意思。

㈤數量的夸飾

數量之夸飾，極言其數量之多或少。如：

> 及明皇御曆，文雅大盛，學者如牛毛，成者如麟角。孔子

曰：「才難！」不其然也？（李延壽《北史·文苑傳》）

學者之多，猶如牛毛；成者之少，猶如麟角。

千呼萬喚始出來，猶抱琵琶半遮面。（白居易〈琵琶行〉）

「千呼萬喚」夸飾呼喚次數之多。

端午繁星滿銀河，騷人墨客吟詩歌。

文化沙漠不寂寞，詩人要比粽子多。（趙寧〈漫畫幽默〉）

「詩人要比粽子多」，夸飾詩人之多。

他的鈔票用十億雙手都數不完。（關紹箕《實用修辭學》，頁92）

此例夸飾鈔票數量之多。

二、依夸飾對象分

依夸飾對象分，可分為「本體夸飾」和「客體夸飾」兩類。

㈠本體夸飾

針對本體所做的夸飾，稱為「本體夸飾」。如：

我為百姓父母，豈可限一衣帶水不拯之乎？（《南史·陳後主紀》）

以「一衣帶水」喻「河水」之狹，也是針對本體「河水」所做的夸飾。

鵬之背，不知其幾千里也。怒而飛，其翼若垂天之雲。（《莊子·逍遙遊》）

以「幾千里」夸飾本體「鵬之背」；以「若垂天之雲」夸飾本體「鵬翼」。

薄得讓我幾乎忘了它的存在。（衛生棉廣告）

以「讓我幾乎忘了它的存在」來夸飾本體「衛生棉」的薄細。

㈡客體夸飾

針對客體所做的夸飾，稱爲「客體夸飾」。雖然只對客體進行夸飾，但本體也連帶被夸飾。如：

子在齊，聞韶，三月不知肉味。（《論語・述而》）

以「三月不知肉味」夸飾客體「孔子聞韶之後的感覺」，則本體「韶」的美善也被夸飾。

桃花潭水深千尺，不及汪倫送我情。（李白〈贈汪倫〉）

以「千尺」夸飾客體「桃花潭水」之深，卻仍不及本體「汪倫送我情」，則本體也被夸飾。

我吃了一大碗菊花羹，好吃得舌頭都要打結了。（林清玄《鴛鴦香爐・菊花羹與桂花露》）

以「舌頭都要打結了」來夸飾客體「我覺得好吃之至」，但連帶的本體「菊花羹」的美味也被夸飾。

阿公講得很精彩，連蚊子都靜靜站在手臂上聽。（廖玉蕙〈我從小喜歡種樹〉）

以「靜靜站在手臂上聽」來夸飾客體「蚊子」，但連帶的本體「阿公講得很精彩」也被夸飾。

三、依夸飾方向分

依夸飾方向分，可分爲「放大性夸飾」和「縮小性夸飾」兩類。

㈠放大性夸飾

即故意把事物往高、多、強、大等方面描述。又稱「擴大的誇張」（黎運漢、張維耿，1997：119）、「正向誇飾」（蔡謀芳，1990：29）。如：

他的一隻大拇指有你胳膊那麼粗。（關紹箕《實用修辭學》，頁92）

以「胳膊那麼粗」來夸飾大拇指之粗大。

後座舒適寬大，整個籃球隊都坐進來也沒問題。（汽車廣告）

以「整個籃球隊都坐進來也沒問題」來夸飾汽車後座舒適寬大。

不知他張口說了什麼，其餘底人立時不叫拳了，軍訓動作那樣子齊一地掉頭注目禮著萬發，臉上神采都鄙夷得很過底，便沒有那一味軍訓嚴穆。又有一個開口說話，講畢<u>大笑得整個人要折成兩段</u>。染患了怪異傳染病一般，其他底人跟著也<u>哄笑得脫了人形</u>。（王禎和〈嫁妝一牛車〉）

以「整個人要折成兩段」、「脫了人形」來夸飾笑得厲害。

㈡縮小性夸飾

即故意把事物往低、少、弱、小等方面描述。又稱「反向誇飾」（蔡謀芳，1990：29）。如：

外疾之害，輕於秋毫，人知避之；內疾之害，重於太山，而莫之避。（北齊・劉晝《劉子・防欲章二》）

「輕於秋毫」是縮小性比喻型夸飾（較喻中的弱喻）；「重於太山」是放大性比喻型夸飾（較喻中的強喻）。兩者又構成映襯。

奪泥燕口，削鐵尖頭，刮金佛面細搜求，無中生有。鵪鶉嗉裡尋豌豆，鷺鷥腿上劈精肉，蚊子腹內刳脂油。虧老先生下手。（元・無名氏〈醉太平・譏貪小利者〉）

作者列舉六個貪小利的行為，從小處夸飾。

國祚不長，八十多天袁皇帝；
封疆何窄，兩三條巷偽政權。（諷汪精衛偽政權）

上聯借袁世凱寓汪精衛；下聯以「兩三條巷」譏諷其勢力不過江浙幾個城市據點。

四、依夸飾方法分

依夸飾方法來分，可分為「直接夸飾」和「間接夸飾」。

(一)直接夸飾

所謂「直接夸飾」，是指不借助其他辭格的夸飾，語句本身就直接帶有夸飾的成分。有人稱「普通誇張」、「一般誇張」（成偉鈞、唐仲揚、向宏業，1996：681），或「單純誇張」（傅惠鈞，2003：333），「自身誇張」（李慶榮，2003：244）。如：

> 稻堆堆得圓又圓，社員堆稻上了天。
> 撕片白雲揩揩汗，湊上太陽吸袋煙。（安徽民歌）

後三句誇大堆稻上了天，能手撕白雲揩汗，湊近太陽吸煙。

> 這個馬國文原名馬國章，奸、懶、饞、滑、壞，一身占全五個字；不必提名道姓，打個噴嚏，頂風臭十里。（劉紹棠〈娥眉——瓜棚柳下雜記之一〉）

以「打個噴嚏，頂風臭十里」，將馬國章五毒全占的特性誇大。

> 鴻漸嚇得頭顱幾乎下縮齊肩，眉毛上升入髮，知道蘇小姐誤會這是求婚的信，還要撒嬌加些波折，忙說：「請你快看這信，我求你。」（錢鍾書《圍城》）

以「頭顱幾乎下縮齊肩，眉毛上升入髮」誇大地描寫鴻漸驚嚇的反應。

> 你想馮老蘭那傢伙，立在街上一跺腳，四條街亂顫，誰敢捋他的老虎鬚？（梁斌〈紅旗譜〉）

以「立在街上一跺腳，四條街亂顫」，誇大馮老蘭的威勢。

(二)間接夸飾

所謂「間接夸飾」，是指兼用其他辭格的夸飾。有人稱「融合誇張」（傅惠鈞，2003：333），「特殊誇張」（成偉鈞、唐仲揚、向宏業，1996：681），「借助誇張」（駱小所，2002：163），「兼格的誇張」（黎運漢、張維耿，1997：120）。其中又有「比喻型夸飾」、「比擬型夸飾」、「借代型夸飾」、「飛白型夸飾」、「反諷型夸飾」、「映襯型夸飾」和「婉曲型夸飾」等。

1.比喻型夸飾

即夸飾和比喻的兼格。如：

> 孫八氣得像惹惱的小青哈蟆一樣，把脖子氣得和肚子一般粗。（老舍〈老張的哲學〉）

「脖子氣得和肚子一般粗」，是比喻型夸飾。

2.比擬型夸飾

即夸飾和比擬的兼格。如：

> 舉著紅燈的遊行的隊伍河一樣流到街上。天空的月亮失去了光輝，星星也都躲藏。（何其芳〈我們最偉大的節日〉）

「星星也都躲藏」是將星星擬人，也烘托遊行隊伍的浩大和紅燈的明亮，渲染國慶之夜的歡樂氣氛。

> 山歌手對歌對到狂熱時會忘掉一切，誰也不服誰，把空氣都能唱燃。（梁信〈龍虎風雲會〉）

「把空氣都能唱燃」是將空氣擬為可燃的物質，誇大山歌手的熱情。

> 肚子瘪得貼到了背脊骨，喉嚨都要伸出手。（古華〈芙蓉鎮〉）

「肚子瘪得貼到了背脊骨」是直接夸飾，「喉嚨都要伸出手」是擬人的夸飾。

天公為我報丁憂，
一夜江山盡白頭。
明日太陽來弔孝，
家家戶戶珠淚流。（金聖歎〈絕命詩〉）

將「天公」、「江山、「太陽」擬人，並夸飾作者之死感動天地。

3.借代型夸飾

即夸飾和借代的兼格。如：

> 「我並不是反對你穿，我是說現在還不是大熱天，穿這樣
> 薄的裙子是不是為時過早？」
> 「早什麼？馬路上的瀝青都讓太陽曬融了，<u>滿街都是裙
> 子</u>。」（錢庭鈞〈病〉）

「滿街都是裙子」是放大的夸飾，「裙子」則借代穿裙子的人。是為
借代型的夸飾。

4.飛白型夸飾

即夸飾和飛白的兼格。如：

> 汽車駕駛班的學生得意洋洋地向朋友誇口道：「今天練習
> 路邊停車，路牌寫著：『此處停車不得超過一小時』，我
> 只花了四十五分鐘就停好了。」（藍慶源《糗事連篇》，頁
> 202）

路牌寫著：『此處停車不得超過一小時』，是說停放車子的時間。該
學生誤會為停進車位花的時間，是為飛白。透過飛白夸飾該生之無知
及停車技術之差。

5.反諷型夸飾

即夸飾和反諷的兼格。如：

> 一個頭上只有三根毛的人到理髮院，請理髮師為他設計髮
> 型。理髮師見他只有三根頭髮，於是建議他綁辮子。但
> 是，理髮師一不小心，拉掉了一根頭髮，只好連忙道歉，
> 然後接口說要幫他將頭髮中分梳直。無奈這理髮師又拉斷

一根頭髮，這時，客人生氣得站起來罵：「你是要讓我披頭散髮是不是？」（將門文物《開懷笑話》，頁12）

客人只剩一根頭髮，生氣得站起來罵：「你是要讓我披頭散髮是不是？」是言詞反諷中的反語。此例反諷中兼有夸飾。

6.映襯型夸飾

即夸飾和映襯的兼格。如：

危乎高哉！蜀道之難難於上青天。（李白〈蜀道難〉）

此例以「難於上青天」來夸飾蜀道之難行，屬「正襯」手法。

莫夸財主家豪富，
財主心腸比蛇毒，
塘邊洗手魚要死，
路過青山樹也枯。（《劉三姐》）

「財主心腸比蛇毒」是「正襯」，並舉例「塘邊洗手魚要死，路過青山樹也枯」來夸飾財主心腸之毒。

那劉姥姥先聽見告艱難，只道是沒有，心裡便突突的，後來聽見給他二十兩，喜得又渾身發癢起來，說道：「咳！我也是知道艱難的，但俗語說的：『瘦死的駱駝比馬大。』憑他怎樣，你老拔根毛比我們的腰還粗呢！」（曹雪芹《紅樓夢》第六回）

「你老拔根毛比我們的腰還粗」，透過映襯將對方財勢誇大。

7.婉曲型夸飾

即夸飾和婉曲的兼格。如：

有一個人半年沒有吃雞，看見了雞毛帚就流涎三尺。（梁實秋〈男人〉）

本意是說這個人嘴饞，而拐個彎說他「看見了雞毛帚就流涎三尺」，則是婉曲兼夸飾。

表3-2　夸飾分類表　　　　　　　　　　　　　　　（筆者自製）

辭格	分類基準	次辭格	異名	說明
貳、夸飾—誇張、鋪張	一、依夸飾題材分	㈠空間的夸飾		
		㈡時間的夸飾		
		㈢物象的夸飾		
		㈣人情的夸飾		
		㈤數量的夸飾		
	二、依夸飾對象分	㈠本體夸飾		
		㈡客體夸飾		
	三、依夸飾方向分	㈠放大性夸飾	正向誇飾、擴大的誇張	
		㈡縮小性夸飾	反向誇飾	
	四、依夸飾方法分	㈠直接夸飾	一般誇張、普通誇張、單純誇張、自身誇張	
		㈡間接夸飾	特殊誇張、融合誇張、借助誇張、兼格的誇張	

參、辨析

夸飾的辨析，有幾點需要說明。

一、「夸飾」有別於說謊

夸飾和說謊的相同點，都是遠超過客觀事實，因此容易造成混淆。它們的差別在於：夸飾所說的內容與主觀感受相符，而說謊所說的內容與主觀感受不符。如：

他窮得連蟑螂都跟他斷交。（關紹箕《實用修辭學》，頁92）

以「蟑螂都跟他斷交」來夸飾他的窮。與「客觀事實」雖然不符，但「主觀感受」卻是如此，則是「夸飾」。

一家整型醫院為了宣傳醫院的整型效果驚人，於是，在門口貼了一張廣告海報，上面寫著：「別和本院走出來的女人調情，因為她可能就是你的祖母！」（將門文物《開懷笑話》，頁204）

以「別和本院走出來的女人調情，因為她可能就是你的祖母」來夸飾整型醫院的整型效果驚人。此例與「客觀事實」雖然不符，但「主觀感受」卻是如此，則是「夸飾」。

甲乙二人相互吹牛。甲：「我爸是神槍手，死海是他殺死的。」乙：「我爸是工程師，喜馬拉雅山是他造的。」（筆者擬句）

以喜馬拉雅山是我爸爸造的、死海是我爸爸殺死的，來表現說謊說得離譜。此例與「客觀事實」不符，與「主觀感受」也不符，則是說謊。

二、「超前誇張」可歸入「放大性夸飾」

陳望道（1989：133）曰：「將實際上後起的現象說成在先呈象之前出現（至少說成與先呈的現象同時並現）的傾向的，就是常有落後者反而超越在前的特點的、因此我們便稱它為超前鋪張辭。」也就是把後發生的事物或行為說成先發生或同時發生的。

楊春霖、劉帆（1996：85）將「誇張」分為「擴大誇張」、「縮小誇張」和「超前誇張」三類。筆者認為這種分類是在兩種不同基準上做的分類，即「擴大」和「縮小」是在同一基準分出來的，而「超前」應該和「延緩」才是一對，不該和「擴大」、「縮小」並列。另外，「超前」都可歸入「擴大」，我們舉一些「超前」的例子來看，即可明白：

當此時也，世非無深慮知化之士也，然所以不敢盡忠拂過者，秦俗多忌諱之禁，<u>忠言未卒於口而身為戮沒矣</u>。（司馬遷《史記·秦始皇本紀》）

「忠言未卒於口而身為戮沒矣」，以超前夸飾說明秦俗多忌諱之禁，忠言易遭災難。此例可歸屬放大的「人情的夸飾」，強調忠言容

易賈禍。

> 寶玉道：「這條路是往那裡去的？」焙茗道：「這是出北
> 門的大道；出去了冷清清，沒有可玩的。」寶玉聽說，點
> 頭道：「正要冷清清的地方好。」說著，<u>越發加了兩鞭，
> 那馬早已轉了兩個彎子</u>，出了城門。（曹雪芹《紅樓夢》第
> 四十三回）

才加了兩鞭，應該還在往城門跑，但卻超前敘述：「那馬早已轉了兩
個彎子，出了城門」，則是超前夸飾。此例可歸屬放大的「時間的夸
飾」，說馬跑的速度快。

> 吃過了茶，擺兩張桌子杯箸，……隨即每桌擺上八九個
> 碗，……叫一聲「請」，<u>一齊舉箸，卻如風捲殘雲一般，
> 早去了一半</u>。（吳敬梓《儒林外史》第二回）

一齊舉箸，應才開動而已，卻「早去了一半」，則是超前夸飾。此例
可歸屬放大的「時間的夸飾」，是說吃的速度快。

> 愁腸已斷無由醉；<u>酒未到，先成淚</u>。（范仲淹〈御街行〉）

本應酒到之後才化爲相思淚，此詞卻說「酒未到，先成淚」，則是超
前夸飾。此例可歸屬放大的「人情的夸飾」，是說愁思之深。

> <u>請字兒不曾出聲，去字兒連忙答應</u>，可早鶯鶯跟前，姐姐
> 呼之，諾諾連聲。（王實甫《西廂記・請宴》）

本應開口說請，才會答應而去，此例卻是「請字兒未曾出聲，去字兒
連忙答應，早飛去鶯鶯跟前」，則是超前夸飾。此例可歸屬放大的
「時間的夸飾」，是說紅娘速度之快。

> 花自飄零水自流，一種相思，兩處閒愁。此情無計可消
> 除，<u>才下眉頭，卻上心頭</u>。（李清照〈一剪梅〉）

「才下眉頭，卻上心頭」，把下眉頭和上心頭說得同時發生，則是超
前夸飾。此例可歸屬放大的「人情的夸飾」，是說閒愁常縈心頭。

老殘拉他坐下，倒了一杯給他。他歡喜的支著牙，<u>連說不</u><u>敢，其實酒杯子早已送到嘴邊了</u>。（劉鶚《老殘遊記》第五回）

超前夸飾「連說不敢，其實酒杯子早已送到嘴邊了」，將他滑稽形象、貪杯戀酒的憨態，和故作客套的可笑神情描繪出來。此例可歸屬放大的「人情的夸飾」，是說此人做作。

<u>七斤嫂沒有聽完，兩個耳朵早通紅了</u>；便將筷子轉過向來，指著八一嫂的鼻子，說：「阿呀，這是什麼話呵！……」（魯迅〈風波〉）

七斤進城被人剪去了辮子，七斤嫂一直耿耿於懷，面對八一嫂的好心勸慰，反而怒形於色，透過超前夸飾「沒有聽完，兩個耳朵早通紅了」，將她惱羞的情態表露無餘。此例可歸屬放大的「人情的夸飾」，是說七斤嫂惱羞至極。

綜上所述，「超前夸飾」不可和「擴大（放大）夸飾」、「縮小夸飾」並列；而且「超前夸飾」可併入「擴大（放大）夸飾」。

肆、產生因素

黃慶萱（2002：285）和沈謙（1995：119）都提到夸飾產生因素有二：主觀因素是作者要「出語驚人」；客觀因素是讀者的「好奇心理」。作者發表意見當然是要讓讀者接受認同，刺激越大越容易惹人注意，因此作者就必須「出語驚人」來引起讀者的注意。讀者都有「好奇心理」，王充《論衡・藝增》曰：「故譽人不增其美，則聞者不快其意；毀人不益其惡，則聽者不愜於心。」若要滿足讀者的好奇心，非用夸飾不可。

伍、運用原則

沈謙（1996：118）認為夸飾的原則有二：一為夸而有節，主觀方面出於情意的自然流露；二為飾而不誣，客觀方面不可使人誤會。

所謂「夸而有節」，是指運用夸飾的時候要有所節制，不能漫無標準。這種節制就是「修辭立其誠」，所謂的「誠」，就是真誠，不

是科學上的「眞」而是文學上的「眞」，包括作者眞實情意的自然流
露和夸飾本體的事實根據，如此則能將心理距離拉近，合乎情理。
若沒有眞情流露而去夸飾或本體沒有事實根據，則會流爲說謊，而
使心理距離拉開過遠，不合情理。如《孟子・盡心上》：「楊子取
爲我，拔一毛而利天下，不爲也。」陳正治（2001：142）解釋說：
「楊朱是抱著『爲我主義』的人，孟子的介紹楊朱，乃根據這個客觀
事實，再配合自己主觀情意，誇飾批評楊朱這個人，……如果把楊朱
拔一毛以利天下不爲也的誇飾，放在主張兼愛的墨子上，那就欠合乎
客觀事實了。」

　　所謂「飾而不誣」，是指讀者要能一眼就看出這是夸飾，而不會
誤以爲眞，那就必須講究遠超過客觀事實，如此則能將心理距離拉
開，吸引注意；若是夸飾不夠，讓人誤以爲眞，那是心理距離拉得不
夠開，無法產生夸飾效果。

第三節　婉曲

壹、定義

　　陳望道（1989：138）曰：「說話時遇有傷感惹厭的地方，就不
直白本意，只用委曲含蓄的話來烘托暗示的，名叫婉曲辭。」
　　史塵封（1995：349）曰：「有話不直接明明白白地講出來，而
採用曲折暗示的說法，這種修辭格我們稱之爲婉轉。婉轉，也有人稱
它爲委婉。」
　　黃慶萱（2002：269）曰：「說話或作文時，不直講本意，只用
委婉閃爍的言辭，曲折地烘托或暗示出本意來，叫做『婉曲』。」
　　沈謙（1996：134）曰：「不直接表達本意，只用委婉曲折的方
式，含蓄閃爍的言辭，流露或暗示本意，是爲『婉曲』。」
　　李忠初、李伯超、盛新華（2000：362）曰：「婉曲就是有話不
直截了當地說，而是故意說得曲折、隱晦的修辭方法，又叫做『婉
轉』。」
　　由上述各家所言，可歸納幾點：一是名稱，可稱爲「婉曲」、
「委婉」或「婉轉」。二是表達重點：不直接表達本意，只用委曲含
蓄的話來烘托暗示。三是故意，以強調其「刻意性」。另外，爲配合
本書統一用語，因此將「婉曲」的定義修改爲：

說話行文時，故意不直接表達本意，只用委婉曲折的方
式，含蓄閃爍的言辭，流露或暗示本意的修辭方法，叫做
「婉曲」。也有稱為「婉轉」、「委婉」。

貳、分類

一、陳望道《修辭學發凡》的分類

陳望道（1989：138.139）曰：「構成這個辭格（婉曲）約有兩
種主要方法。第一是不說本事，單將餘事來烘托本事。……第二類
是說到本事的時候，只用隱約閃爍的話來示意。」這是將婉曲二分
法。但這種分法過於簡單。

二、黃永武《字句鍛鍊法》的分法

婉曲之分類，臺灣的修辭學著作，頗多採用黃永武《字句鍛鍊
法》的觀點，分為曲折、微辭、吞吐、含蓄四類。黃慶萱舊版《修
辭學》、沈謙《修辭學》、陳正治《修辭學》皆是如此。茲說明如
下：

㈠曲折

用紆徐的言辭來代替直截的表達，故意使文句與含義紆曲的修辭
法，叫做「曲折」（黃永武，1989：26）。曲折的運用，一般是不
忍傷害對方，而替對方找下臺階。如：

> 後期年，齊王謂孟嘗君曰：「寡人不敢以先王之臣為
> 臣。」孟嘗君就國於薛。（《戰國策・齊策四・齊人有馮諼
> 者》）

齊湣王的本意是要解除孟嘗君的相位，但不願直說，而以曲折的方
法，只說：「寡人不敢以先王之臣為臣。」點到為止，替君臣各留餘
地。所以孟嘗君就國於薛。

> 臣密言：臣以險釁，夙遭閔凶：生孩六月，慈父見背；行
> 年四歲，舅奪母志。祖母劉愍臣孤弱，躬親撫養。（李密
> 〈陳情表〉）

「見背」是指死亡。所謂「行年四歲，舅奪母志」，其實就是母親改嫁。直接說母親改嫁，對母親是一大侮辱，所以從側面說是「舅奪母志」，替母親隱藏一下。

> 有一個「波霸型」的護士，當她量取男性病患的脈搏時，總是必須把脈數減掉十，如此才能接近實際的數字。（李大同《傑克，這真是太好笑了》，頁82）

作者不直說男性見到「波霸型」護士會心跳加速，而只說「必須把脈搏數減掉十」，能讓讀者發出會心一笑。

> 「你考試不及格後，你父親說了什麼嗎？」
> 「可以省略那些髒話嗎？」
> 「當然。」
> 「那他什麼也沒說。」（將門文物出版有限公司編輯部《校園幽默》，頁121）

直接說是父親對他只罵髒話，此例則拐個彎，先問：「可以省略那些髒話嗎？」然後再回答：「那他什麼也沒說。」

㈡微辭

把不願直陳的話，避開正面，用側面來表達，使人在隱微婉曲的文辭中，體味那隱藏不露的巧意，這種句法，叫做「微辭」（黃永武，1989：29、30）。微辭是多少帶些諷刺不滿的意味，所以才有「頗有微辭」這一成語之存在。如：

> 秦伯使公孫枝對曰：「君之未入，寡人懼之；入而未定列，猶吾憂也；苟列定矣，敢不承命？」（《左傳·僖公十五年》）

公孫枝這一段話，表面上不說秦國要應戰，只用一種婉曲而謙虛的語言來答覆。離開正面，從側面來表達，使得接受者能在隱約的、婉曲的言詞中，體會出隱藏不露的意思。

> 妻子：「親愛的，為了慶祝你的生日，你希望我送給你什麼東西呢？」丈夫：「整整一小時不要說話。」（深藍憂

鬱《笑話專門店之笑到凍未條》，頁12）

言外之意是妻子嘮叨不絕，所以丈夫最希望的生日禮物是要妻子「整整一小時不要說話」。

> 有一次，德國著名詩人歌德在公園裡散步，在一條僅能讓一個人通過的小徑上，遇到了一位傲慢自大的評論家。兩人越走越近。
> 「我是從來不給蠢貨讓路的！」評論家先開口說道。
> 「我卻正好相反！」歌德說完，笑著退到路旁。（魏悌香《幽默櫥窗》，頁161）

對於評論家無理的口氣，歌德說「我卻正好相反」，則是指我常給蠢貨讓路，並藉以諷刺評論家。

> 阿呆：「聽說最近海關限制了征露丸的進口。」大牛：「啊！慘了，麵食部得少去了！」（藍慶源《糗事連篇》，頁74）

征露丸能治腸胃不適，言外之意是諷刺麵食部的衛生太差。

> 一個年輕人對一個老者說：「你還能吃了我？」老者回答說：「不敢，我是回民。」（王希杰，2004：102）

針對年輕人不禮貌的口氣，老人則以「我是回民」來回答，回民是不吃豬肉的，言外之意是——你是豬。此則帶有嘲諷的意味。

㈢含蓄

以撇開正面，不露機鋒的句子，從側面道出，但不說盡，使情餘言外，要讀者自己去尋繹，方感到意味深長的，叫做「含蓄」（黃永武，1989：40）。含蓄語是詞婉意微，不迫不露，重要在於情餘言外，讓讀者有許多想像空間。如：

> 國破山河在，城春草木深。
> 感時花濺淚，恨別鳥驚心。
> 烽火連三月，家書抵萬金。

白頭搔更短，渾欲不勝簪。（杜甫〈春望〉）

司馬光《迂叟詩話》說：「古人爲詩，貴於意在言外，使人思而得之，近世詩人唯杜子美最得詩人之體。如〈春望〉『國破山河在，城春草木深。感時花濺淚，恨別鳥驚心。』『山河在』，明無餘物矣。『草木深』，明無人矣。花鳥，平時可娛之物，見之而泣，聞之而恐，則時可知矣。他皆類此，不可遍舉。」

江上荒城猿鳥悲，隔江便是屈原祠；一千五百年間事，只有灘聲似舊時。（陸游〈楚城〉）

「只有灘聲似舊時」，那麼不似舊時的是什麼？作者沒說，留待讀者聯想，則情餘言外，十分含蓄。

賽因河的柔波裡掩映著羅浮宮的倩影，它也收藏著不少失意人最後的呼吸。（徐志摩〈巴黎的鱗爪〉）

「它也收藏著不少失意人最後的呼吸」是說許多人跳賽因河自殺。

「你在尋什麼？」
「尋找我頰邊失落的顏色。」（張秀亞〈幻想篇〉）

「尋找我頰邊失落的顏色」，是要尋找失掉的青春，意即人已老了。

㈣吞吐

不以直率噴薄的筆法來表達辭意，而只在將說未說之時，強自壓抑，用吞多吐少的語句，欲放還收，這種句法，叫做「吞吐」（黃永武，1989：35、36）。如：

（寶玉死而復生）王夫人道：「……病也是這塊玉，好也是這塊玉，生也是這塊玉──」說到這裡，忽然住了，又流下淚來。（曹雪芹《紅樓夢》第116回）

王夫人的話尾本是要說「死也是這塊玉」，但怕不祥而強自吞下。

當你讚美一位小姐：「你很漂亮！」

> 中國人的反應是羞紅著臉，低下頭，很不好意思地不作一聲。
> 美國人的反應是很大方地微笑：「謝謝！」
> 俄國人的反應是：「我同意你的看法！」
> 可是現在的中國小姐……。（沈謙：《修辭學》，頁143）

最後一句「可是現在的中國小姐……」話吞吞吐吐沒有說完，此時無聲勝有聲，可能是微笑答謝，也可能是「你現在才知道」、「要你管」等。

三、依構成方式來分

李忠初、李伯超、盛新華（2000：362）曰：「根據婉曲的構成，它可以分為正面解釋式、反面排除式和模糊指代式三種。」筆者增加「側面暗示式婉曲」、「吞吞吐吐式婉曲」兩種：茲說明如下：

㈠正面解釋式婉曲

正面解釋式，就是從正面用同義解釋語繞彎子來替代本來要表達的事物（李忠初、李伯超、盛新華，2000：363）。如：

> 在掉隊的兩天裡，這已經是第三次看見戰友倒下來了。
> （王願堅〈七根火柴〉）

「倒下來」是「犧牲、死亡」的委婉說法。

> 我正要掏出手帕為他擦淚時，從車窗的反照裡，看到我自己，我的臉早已模糊了。（王尚義〈失戀〉）

「我的臉早已模糊了」，是指自己也哭了。

> 我愛四鳳，她也愛我。我們年輕，我們都是人。兩個人天天在一起，結果免不了有點荒唐。然而我相信我以後會對得起她，我會娶她做我的太太，我沒有一點虧心的地方。
> （曹禺《雷雨》）

「結果免不了有點荒唐」，是指男女間有越禮的行為。以「荒唐」來替代「男女間越禮」。

㈡反面排除式婉曲

反面排除式是不直接說出事物本身的情況，而用肯定與之矛盾的情況或否定與之並列的情況來替代事物本身的情況（李忠初、李伯超、盛新華，2000：363）。如：

> 黯鄉魂，追旅思，夜夜除非好夢留人睡。（范仲淹〈蘇幕遮〉）

「夜夜除非好夢留人睡」，除非有好夢才能留人睡，言外之意則是失眠無法入睡，是以「肯定與之矛盾的情況」來替代。

> 新來瘦，非干病酒，不是悲秋。（李清照〈鳳凰臺上憶吹簫〉）

此例不直接說「新來瘦」的原因，只是排除了「病酒」、「悲秋」，剩下的就是「相思苦」。這是以「否定與之並列的情況」來替代。

> 他想以後非點名不可，照這樣下去，只剩有腳而跑不了的椅子和桌子聽課了。（錢鍾書《圍城》）

此例是說學生跑了，不來聽課。但作者不直接說，而是以「肯定與之矛盾的情況——只剩有腳而跑不了的椅子和桌子聽課了」來替代。

> 你帶白麻子，去把今天他挖的坑填起來。記住，我只准你一個人回來。（何曉鐘〈活埋〉）

「我只准你一個人回來」，則是不准白麻子回來，意思是把白麻子活埋了。此例是以「肯定與之矛盾的情況」來替代。

> 我挺著胸走進學校的大門，沒有飛簷走壁，沒有屈膝爬行，不靠郵票，不靠電話，不靠「一般等價物」（貨幣）。這是天經地義的變革。我們是第一屆，從我們開始。（陳村《大學‧風俗畫》）

此例說作者進了大學，不靠種種手段拉關係走後門，而是正當地憑本事考進去的。這是以「否定與之並列的情況」來替代。

㈢模糊指代式婉曲

　　模糊指代式的婉曲，就是用意義模糊的「這」、「那」等指示代詞或其他模糊詞語來指代要表達的事物（李忠初、李伯超、盛新華，2000：364）。例如：

　　尤氏道：「我也暗暗的預備了。就是<u>那件東西</u>不得好木頭，暫且慢慢的辦罷。」（曹雪芹《紅樓夢》第11回）

那件東西指「棺木」。

　　我原來在農場的時候，有一個青年指導員給我寫信，表示了<u>那個意思</u>。（張抗抗〈夏〉）

「那個意思」指「愛意」。

　　但始料不及，同時卻迅速地產生了<u>另一種東西</u>。我再三考慮，<u>這東西</u>對我來說，來得太早了，是無益的。（蕭平〈墓場與鮮花〉）

「另一種東西」、「這東西」是指「愛情」。

　　（孟祥英的婆婆）年輕時候<u>外邊朋友多一些</u>，老漢雖然不贊成，可是也惹不起她——說也說不過她，罵更罵不過她。（趙樹理〈孟祥英翻身〉）

「外邊朋友多一些」是指生活作風不正派。

㈣側面暗示式婉曲

　　側面暗示式婉曲，就是不直接說出事物本身的情況，而用旁敲側擊的方式來暗示事物本身的情況。如：

　　他長得很有創意，活得很有勇氣。（張春榮《修辭新思維》，頁25）

此人長相古怪，所以說「長得很有創意」；雖然飽受旁人歧視，但不自卑，所以說「活得很有勇氣」。此例不直接說「他長得很古怪，但不自卑」，卻以旁敲側擊的方式來表達，為他人留下餘地。

「我說醫生啊！你一定賺了一大筆錢。因為你治好了大富
翁的寶貝兒子。」清潔婦對醫生説。

「不錯，他給了我一筆可觀的報酬。妳為什麼要問這一件
事呢？」

「因為我要提醒你，是我兒子用石頭砸富翁的兒子啊！」
（李大同《傑克，這真是太好笑了》，頁92）

清潔婦想向醫生分一杯羹，不直接說出，只說「是我兒子用石頭砸富
翁的兒子」，以示我也有功勞，可以分享。

「我時常會夢到自己所寫小説中的情節。」一位著名的作
家説。

「如此説來，你一定很害怕睡覺囉？」評論家説。（李大
同《傑克，這真是太好笑了》，頁125）

由上述語境，我們可以得到言外之意：這位作家寫的小說情節一定很
恐怖，所以評論家才說：「你一定很害怕睡覺囉。」

㈤呑呑吐吐式婉曲

　　呑呑吐吐式婉曲，就是上文所說的「呑吐」。

表3-3　婉曲分類表　　　　　　　　　　　　　　（筆者自製）

辭格	分類基準	次辭格	異名	說明
參、婉曲—婉轉、委婉	一、依構成方式分	㈠正面解釋式婉曲		
		㈡反面排除式婉曲		
		㈢模糊指代式婉曲		
		㈣側面暗示式婉曲		
		㈤呑呑吐吐式婉曲		
	二、依呈現效果分	㈠曲折		
		㈡微詞		
		㈢含蓄		
		㈣呑吐		

參、辨析

一、廣義「婉曲」有別於狹義「婉曲」

蔡謀芳（1990：116）認為：「很多修辭格都具有『婉曲』的性能。由此看來，『婉曲格』乃是一個綜合性的修辭法。」這是廣義的「婉曲」。於是「設問」、「節縮」、「析字」、「襯托」、「倒反」、「譬喻」、「雙關」、「用典」、「借代」、「藏詞」、「象徵」等，都屬於廣義的「婉曲」。

但是，為了和其他辭格有所區別，本文是探狹義的「婉曲」來談。表達方式上有「正面解釋式婉曲」、「反面排除式婉曲」、「模糊指代式婉曲」、「側面暗示式婉曲」和「吞吞吐吐式婉曲」五類。

二、「曲折」有別於「微辭」

「曲折」和「微辭」都是不直接表達本意，而由側面道出，其方法是差不多的。但兩者之間的區別，就在於「曲折」沒有諷刺不滿的意味，而「微辭」帶有諷刺不滿的意味。如：

㈠「曲折」的例子

女的在樹下等候，男的從後躡足而來，用兩手掩住她的眼睛。他說：「妳猜我是誰，三次猜不中，我就要吻妳。」她猜了：「你是張飛？關雲長？唐伯虎？」（鐘文出版社《笑破肚皮》，頁27）

由於男的說：「妳猜我是誰，三次猜不中，我就要吻妳。」女的說：「你是張飛？關雲長？唐伯虎？」這是故意亂猜，她的用意是希望男的吻她。此例並無諷刺意味，則屬「曲折」。

㈡「微辭」的例子

一位旅客走入一家旅館詢問單人房收費多少？服務臺職員答：「二樓的每天五十元，三樓四十元，四樓三十元。」旅客想了一會，說聲謝謝，便轉身要走。職員問：「你不喜歡我們這家旅館嗎？」

「不！它很漂亮。」旅客說：「只是不夠高。」（陳天華
《小笑話》，頁124）

旅客本意是嫌收費太高，但不直接說，而根據當時語境：「二樓的每
天五十元，三樓四十元，四樓三十元」，類推出越高樓層越便宜，所
以回答說：「只是不夠高。」亦即不夠便宜。此例說話的旅客是諷刺
收費太貴，則屬「微辭」。

三、「吞吐」與「急收」可以並存

黃慶萱新版《修辭學》將「吞吐」一類刪掉，而移入「跳脫格」
中的「脫略」。他說：「吞吐是在將說未說之際，強自壓抑，想說的
仍然沒有完整地說出來。脫略是為之表達情境的急迫，要求文氣的緊
湊，或覺得無須說，因而故意省略。所以吞吐是不忍說、不敢說，
或不方便說；而脫略是不想說、不須說，或沒時間說：其間分別很
細微。實際上，是可以把吞吐併入脫略，成為《跳脫》的一項。」
（黃慶萱，2002：847）

黃慶萱（2002：827）曰：「為了表達情境的急迫，要求文氣的
緊湊，故意省略一些語句，叫做『脫略』。」我們由這個定義及該書
所舉例證來看，可知該書所說的「脫略」，其內涵包括兩類：一是
「為了表達情境急迫」的「急收」；二是「要求文氣緊湊」的「脫
略」。

其中，「急收」一類與「吞吐」十分類似，兩者之間有細微差
別：「吞吐是不忍說、不敢說，或不方便說；而脫略是不想說、不須
說，或沒時間說。」這是以不同角度分類出來的次辭格，不必強加併
合。若是在「婉曲」中刪除「吞吐」一類，「婉曲」則稍嫌內涵不
足。

四、「婉曲」有別於「委婉語」

「婉曲格」是旁敲側擊、不願直陳的修辭方法，它是在語境中臨
時運用；「委婉語」雖然也是不願直說，但卻已成固定含義。茲說明
如下：

㈠委婉語

葛本儀（2002b：111）曰：「因為社會生活中出現了各種禁忌

語，於是便產生了各種替代語。這些代替禁忌語完成交際功能的語言成分就是『委婉語』。」

　　葛本儀（2002b：111）又說：「有時，語言中沒有的禁忌，但在交際時不願意直說，想把意思表達得委婉一些，也能產生委婉語。」並舉例說明如下：

> 例如，把「開刀」說成「手術」，就避開了「用刀子把肉割開」這樣具有刺激性的說法。把談戀愛說成「交朋友」，把結婚說成「成家」、「拜天地」，也都是委婉語。（葛本儀，2002b：111）

葛本儀（2002b：112）又說：「委婉語是語言的功能變體，委婉語已經具有了被替代的語言成分的意義。」又說：「有些委婉語是新造詞語，只表達所要替代的詞語的意義，例如『先父』；而有些委婉語則是已有詞，在原有的意義之下，又增加了新的委婉義項。例如……『方便』，本來在『很方便』、『行個方便』中有自己的意義，在『去方便一下』中又增加了『去廁所』的意義。」並且總結說：「不管什麼情況，委婉語都具有了相對穩定的委婉意義，不同於修辭上的『婉曲』、『婉轉』辭格。」

㈡婉曲格

　　葛本儀（2002b：112）曰：「修辭上的『婉曲』或『婉轉』，只是言語交際中的臨時用法，是一定的語言環境下特定人物的言語行為，是為了達到特殊交際效果而採用的，具有個性化的表達方式。」他並舉例說明如下：

> 例如孫犁小說《荷花淀》中寫到男人們參軍之後，幾個年輕婦女想去看自己丈夫，又不好意思直說，紛紛採用婉曲的方式，有的說：「我不拖尾巴，可是忘下了一件衣服。」有的說「我有句要緊的話得跟他說說。」有的說：「我本來不想去，可是俺婆婆非叫俺去看看他。」總之是找理由要去一趟。這些婉轉的表達方式，就不是委婉語。（葛本儀，2002b：112）

這是因爲上述例子，「並沒有在語言中建立穩定的意義替代關係，也沒有形成固定的音義形式或結構。」（葛本儀，2002b：112）

　　由此可知：「婉曲格」都是表達者「臨時」創製出來的，而非已經固定下來的「委婉語」。

肆、產生因素

一、心理基礎

　　黃慶萱（2002：269）曰：「一件東西隱藏得越嚴密，人們越有興趣去尋覓發掘。所以措辭越委婉曲折，便越能引起對方的注意和研究的興趣。而看出一組文字表面上所沒有的意義，正是讀者快樂的來源，『婉曲』辭格的心理基礎在此。」因爲人類的心理基礎在此，於是延伸而爲文章之美貴在含蓄。

　　另外，沈謙（1996：135）曰：「由文章之創作旨趣而言：作者之情，或不忍明言，不敢直抒，則不得不出之委曲婉約之語。又有不可盡言，不能顯言，則唯有假託蘊藉之語。又或無心於言，而自然流露。於是言外之旨，弦外之音，聲有餘響。要能『祕響旁通，伏采潛發。』爲讀者留下以意逆志，深識鑑奧，靈魂在傑作中尋幽訪勝的空間。」當作者不忍明言、不敢直抒、不可盡言、不能顯言，或無心於言時，亦以婉曲之語出之，常有言外之旨、弦外之音、含蓄之美寓焉。

二、美學基礎

　　沈謙（1996：135）曰：「由文章之藝術價值而言：文章之美，貴在含蓄。蓋言不盡意，理所當然，要蘊藉，忌太盡；要委婉，忌太直。元王構《修辭鑑衡》嘗言：『文有三等：上爲藏鋒不露，讀之自有滋味；中爲步趨馳騁，飛沙走石；下爲用意庸常，專事造語。』故操觚爲文，明說不如暗說，直說不如曲說，實說不如虛說，要能『義生文外』，使讀者觀賞不盡，滋味無窮。」文章藝術貴在含蓄，明說不如暗說，直說不如曲說，實說不如虛說，不宜直陳，則以婉曲爲上。

　　黃慶萱（2002：269）曰：「在效果方面，婉曲的言辭比直接的訴說更容易感動人心，而不致傷害別人的感情呢。」既然婉曲效果容易感動人心，不致傷人，當然能夠受到歡迎而使用。

伍、運用原則

　　婉曲的運用是以旁敲側擊的方式來表達意思，不直接說出本意，則將心理距離拉大，產生陌生新鮮之感。但婉曲的運用要配合語境，說出來的話要和心中原意有某種關聯，才能將心理距離拉回，合乎情理，讓讀者能夠了解。

　　沈謙（1996：134）認為「婉曲」的運用原則有三：一、宜於含蓄而不宜晦澀；二、宜於蘊藉而不宜淺露；三、宜於委婉而不宜直陳。其實，第一點的「宜於含蓄」就是要有距離，「不宜晦澀」就是不要距離太遠；第二點的「宜於蘊藉」也是要有距離，而「不宜淺露」則是不要沒有距離；第三點的「宜於委婉」也是要有距離，而「不宜直陳」也是不要沒有距離。總之，婉曲的原則，就是把握適當的心理距離。

第四節　倒反

壹、定義

　　沈謙（1996：184）指出「反諷」，是指「表象與事實相反的表達方式。」廣義的反諷可以包括「場景反諷」和「言辭反諷」兩類，狹義的反諷只是指言辭反諷。

　　「場景反諷」，是指「事與願違的矛盾事實」（沈謙，1996：184），亦即事情的結果與當初的願望不符，造成一種落差，使人出乎意料之外，透過這種矛盾安排，常充滿滑稽諷刺的意味。

　　場景反諷的呈現，依語境中矛盾現象的媒介來分，可以分為因期待落空而造成的「事與願違」和言行矛盾而產生的「行與言反」兩類（魏聰祺，2006b：293）。

　　「言辭反諷」，是指「意與言反的矛盾語」（沈謙，1996：184）。陳望道（1989：136）將此一現象，列為「倒反」修辭格，並分為「倒辭」和「反語」兩類；但也有學者將「倒反」稱為「反語」者。所以「反語」有廣狹二義：廣義的「反語」是指「倒反」（言辭反諷）；狹義的「反語」只是「倒反」的一部分，是指有諷刺性的那部分。

　　上述「場景反諷」屬於篇章學範圍，只有言辭反諷（倒反）才歸入修辭格（黃慶萱，2002：455）。因此，筆者替「倒反」所下的定

義爲：

> 說話行文時，故意使言辭表面的意思和作者內心真正所想
> 要表達的真意恰恰相反的修辭方法，叫做「倒反」。

貳、分類

「倒反」的分類，可以從不同角度來分：一、依效果分，可分爲
無諷刺性的「倒辭」和有諷刺性的「反語」兩類；二、依方法分，可
分爲「反意正說」和「正意反說」兩類。反意正說在通常情況下，
大都具有濃厚的諷刺意味，但在不同的語境下（如開玩笑、自我調
侃），可能就沒有諷刺意味；正意反說在通常情況下，大都沒有諷刺
的意味，但在不同的語境下（如立場轉移、對象轉移），可能具有濃
烈的諷刺意味。因此，「倒辭」有「反意正說」和「正意反說」兩種
方式，「反語」也有「反意正說」和「正意反說」兩種方式。

一、倒辭

沈謙（1996：187）對「倒辭」的定義是：「或因情深難言，或
因嫌忌怕說，便將正意用了倒頭的語言來表現，但又別無嘲弄諷刺等
意思。」若是再依方法分，可分爲「反意正說」和「正意反說」兩
類：

㈠正意反說

正常的情況下，「正意反說」大都沒有嘲弄諷刺的意味，這是因
爲說出來的話雖是反面，但心中意思既是正面，則給人的感受也是正
面的，當然沒有嘲弄諷刺意味。沒有嘲弄諷刺意味則屬「倒辭」。
如：

> 山不在高，有仙則名；水不在深，有龍則靈；斯是<u>陋室</u>，
> 惟吾德馨。（劉禹錫〈陋室銘〉）

本文篇名爲〈陋室銘〉，而且文中自稱「斯是陋室」（反說），但這
只是作者的自謙之詞，其實它是高雅得很（正意）。此例並無諷刺之
意。

王夫人因說：「……但我不放心者最是一件：我有一個<u>業根禍胎</u>，是這家裡的『<u>混世魔王</u>』，他今日廟裡還願去了，尚未回來，晚間你看見便知了。」（曹雪芹《紅樓夢》第三回）

王夫人口中所說的「業根禍胎」、「混世魔王」（反說），其實是她最心愛的寶貝兒子賈寶玉（正意）。

寶玉道：「沒有枕頭，俗們在一個枕頭上罷。」……黛玉聽了，睜開眼，起身笑道：「真真你就是我命中的『<u>魔星</u>』，請枕這一個！」說著，將自己枕的推與寶玉，又起身將自己的又拿了一個來枕上。二人對著臉兒躺下。（曹雪芹《紅樓夢》第十九回）

黛玉對寶玉說「真真你就是我命中的魔星」，表面上是罵（反說），內心卻是喜悅的（正意）。

(二)反意正說

正常的情況下，「反意正說」大都具有諷刺的意味，這是因為說出來的話雖是正面，但心中意思既是反面，則給人的感受也是反面的，當然具有諷刺意味。但某些特殊語境下（如開玩笑、自我調侃），「反意正說」卻沒有諷刺的意味。如：

丁四：（穿）怎樣？
娘子：挺好！挺合身兒！
大媽：就怕呀，一下水就得抽一大塊！
丁四：大媽，您專會說<u>吉祥話兒</u>！（老舍《龍鬚溝》）

此例表面上是「吉祥話」（正說），其實是「不吉祥話」（反意），但表達者在此只是開玩笑，卻無諷刺之意，因此也屬「倒詞」。

我們的家只有一個房間。我們的房間有兩道牆。第一道是板牆……第二道牆是家具排列成的圓形陣地……房間的中央是我們的<u>廣場</u>，二尺見方。（子敏〈一間房的家〉）

表面上說是「廣場」（正說），其實只有二尺見方，小得很（反意）。這雖是「反意正說」，但卻是作者開玩笑的說法，並沒有諷刺的意味。

> 新婚的賴小姐向她的朋友說：「我燒的菜<u>相當成功</u>，我先生已決定要請女傭了。」（《讀者文摘》）

賴小姐表面上說「我燒的菜相當成功」（正說），其實卻是燒得太差了（反意），所以她先生才會要請女傭來燒菜代替她。但此例只見賴小姐自我調侃的幽默風趣，而無諷刺的意味，故屬倒詞。

二、反語

唐松波、黃建霖（1996：119）曰：「『反語』（反話）使用與本意相反的詞語來表達本意，意在嘲弄、諷刺。」若是再依方法分，可分為「反意正說」和「正意反說」兩類：

㈠反意正說

正常的情況下，「反意正說」大都具有嘲弄諷刺的意味，這是因為說出來的話雖是正面，但心中意思既是反面，則給人的感受也是反面的，當然具有嘲弄諷刺意味。如：

> 公使陽處父追之，及諸河，則在舟中矣。釋左驂以公命贈孟明，孟明稽首曰：「君之惠，不以纍臣釁鼓，使歸就戮於秦。寡君之以為戮，死且不朽；若從君惠而免之，<u>三年將拜君賜</u>。」（《左傳‧僖公三十三年‧秦晉殽之戰》）

百里孟明視口頭上說「三年將拜君賜」（正說），其實是君子報仇三年不晚（反意）。

> 記憶力差也有好處，至少他不敢常說謊。（金童〈金玉涼言〉，《聯合報》2003年6月17日E6繽紛版）

記憶力差一般是不好的，此例表面上說「記憶力差也有好處」（正說），但內心未必認同（反意），這只是無奈的說法，所以後面則加以補充「至少他不敢常說謊」，以資安慰。

㈡正意反說

　　正常的情況下，「正意反說」大都沒有嘲弄諷刺的意味，這是因為說出來的話雖是反面，但心中意思既是正面，則給人的感受也是正面的，當然沒有嘲弄諷刺意味。但某些特殊語境下，「正意反說」也會有嘲弄諷刺的意味。如：

1.立場轉移

　　蔡謀芳（2003：82）曰：「從『甲說』轉到『乙說』，是『說話立場的轉移』。」是說站在對方立場說出對方的意思。當說話立場轉移時，也可使「正意反說」產生嘲諷的效果。如：

　　佚之狐言於鄭伯曰：「國危矣！若使燭之武見秦君，師必退。」公從之。辭曰：「臣之壯也，猶不如人；<u>今老矣，無能為也已</u>。」（《左傳・僖公三十年・燭之武退秦師》）

燭之武的話：「臣之壯也，猶不如人。」表面上是自我批評（反說），但內心卻不認為自己比不上他人（正意）。這是燭之武說出鄭伯以前對自己的觀點。此例蔡謀芳（2003：81）將之視為「立場轉移」的「倒反」。亦即燭之武站在鄭伯的立場說出鄭伯以前的意思，並透過今日鄭伯求助於己，突顯鄭伯錯了，以譏諷鄭伯。「今老矣，無能為也矣」，表面上是說自己年老無能（反說），內心卻不這麼認為（正意）。也是站在鄭伯的立場說出鄭伯的意思，既然認為我年輕體壯時，猶不如人，現在年老體衰，更是無能為力。

　　府尹道：「他做下這般罪，高太尉批仰定罪，定要問他『手執利刃，故入節堂，殺害本官』，怎周全得他？」孫定道：「<u>這南衙開封府不是朝廷的，是高太尉家的</u>！」（施耐庵《水滸傳》第七回）

表面上說「南衙開封府不是朝廷的，是高太尉家的」（反說），顯然是背離事實，而且孫定心中也不是如此認定（正意）。其實孫定是站在高太尉的立場說出高太尉心中潛意識的想法，藉以譏諷高太尉專權及開封府自貶立場。

　　惜春冷笑道：「我雖年輕，這話卻不年輕！你們不看書，

不識字，所以都是獸子，倒說我糊塗！」尤氏道：「你是狀元！第一個才子！我們糊塗人，不如你明白。」（曹雪芹《紅樓夢》第七十四回）

蔡謀芳（2003：84）曰：「『你是狀元！第一才子！我們糊塗人，不如你明白。』話雖出自尤氏的口，但並不代表尤氏的見解；尤氏不過是順著惜春的口吻而說的。所以這話實際只是惜春的見解，尤氏是不以爲然的。兩人見解相反，一人用另一人的立場說話，因此所說的，與實際意思倒反。這就是『立場轉移』的倒反修辭。」此例表面上說：「你是狀元！第一個才子！」（正說）其實內心卻不這麼認爲（反意），透過「反意正說」來譏諷惜春。「我們糊塗人，不如你明白。」（反說）其實內心也不這麼認爲（正意）。雖是「正意反說」，卻因「立場轉移」而產生譏諷之意。

不知是受了哪一位大人先生的恩典，這一條臭水溝被改爲地下水道，上面鋪了柏油路，從此這條水溝不復發生承受垃圾的作用，<u>使得附近居民多麼不便</u>。（梁實秋《雅舍小品》）

水溝並非倒垃圾的地方，表面說「使得附近居民多麼不便」（反說），內心卻是認同該當如此（正意）。梁實秋是站在附近居民的立場說出居民們的心聲，藉此諷刺居民缺乏環保觀念。

流蘇氣到了極點，反倒放聲笑了起來道：「好，好，都是我的不是，你們窮了，是我把你們吃窮了。你們虧了本，是我帶累了你們。你們死了兒子，也是我害了你們傷了陰騭！」（張愛玲《傾城之戀》）

流蘇表面上說是「我把你們吃窮了」、「我帶累了你們」、「我害了你們傷了陰騭」（反說），其實內心卻不這麼認爲（正意），這只是她「氣到極點」時，站在對方的立場說出對方的想法，藉以譏諷對方無理取鬧。

2.對象轉移

蔡謀芳（2003：82）曰：「從『說甲』轉到『說乙』，是『說話對象的轉移』。」說話對象的轉移，也可使「正意反說」產生嘲諷

的效果。如：

> 景公有馬，其圉人殺之。公怒，援戈將自擊之。晏子曰：
> 「此不知其罪而死，臣請為君數之，令知其罪而殺之。」
> 公曰：「諾。」晏子舉戈而臨之，曰：「汝為吾君養馬而
> 殺之，而罪當死；汝使吾君以馬之故殺圉人，而罪又當
> 死；汝使吾君以馬故殺人聞於四鄰諸侯，汝罪又當死。」
> 公曰：「夫子釋之，夫子釋之，勿傷吾仁也。」（劉向
> 《說苑·正諫》）

此例晏子真正所要諷刺的是「景公」，但不直接表達，而以旁敲側
擊之法，去責備圉人，這是「婉曲」的手法。在責備圉人時，則以
「倒反」來呈現，表面上是罵圉人「而罪當死」（反說），但實際卻
是不該死（正意）。這番話對圉人而言，並無諷刺之意。但晏子是要
將這番話講給齊景公聽的，對象已由圉人轉移至景公，因而帶有濃厚
的諷刺意味。此即蔡謀芳所謂「轉移倒反」中的「對象轉移」。

> 莊宗好畋獵，獵於中牟，踐民田。中牟縣令當馬切諫，為
> 民請。莊宗怒，叱縣令去，將殺之。伶人敬新磨知其不
> 可，乃率諸伶走追縣令。擒至馬前，責之曰：「汝為縣
> 令，獨不知吾天子好獵邪？奈何縱民稼穡以供稅賦？何不
> 饑汝縣民而空此地，以備吾天子之馳騁？汝罪當死！」因
> 前請丞行刑，諸伶共唱和之，莊宗大笑，縣令乃得免去。
> （《新五代史·卷三十七·伶官傳》）

此例伶人敬新磨真正所要諷刺的是「莊宗」，但不直接表達，而以旁
敲側擊之法，去數落中牟縣令，這是「婉曲」的手法。在數落中牟
縣令時，則以「反語」來呈現，表面上是罵中牟縣令「汝罪當死」
（反說），但實際卻是該獎勵（正意）。這番話對中牟縣令而言，並
無諷刺之意。但伶人是要將這番話講給後唐莊宗聽的，對象已由中
牟縣令轉移至莊宗，因而帶有濃厚的諷刺意味。此即蔡謀芳所說的
「轉移倒反」中的「對象轉移」。本文是將此例分解說明，以整體
表現而言，是「婉曲」的旁敲側擊法；單就敬新磨數落中牟縣令之
語，則是「倒反」。蔡謀芳則是將兩者合併論述。

表3-4　倒反分類表　　　　　　　　　　　　　　　（筆者自製）

辭格	分類基準	次辭格	異名	說明
肆、倒反——言辭反諷、廣義反語	一、依效果分	㈠倒辭		
		㈡反語（狹義）		
	二、依表達方式分	㈠正意反說		
		㈡反意正說		

參、辨析

在辨析方面，有些辭格與反諷容易混淆。茲舉例說明如下：

一、「場景反諷」有別於「言辭反諷」

所謂「場景反諷」（situational irony），是指事與願違的矛盾事實，亦即事實的結果與當初的願望不符，造成一種落差，使人出乎意料之外，透過這種矛盾安排，常充滿滑稽諷刺的意味。所謂「言辭反諷」（verbal irony），是指意與言反的矛盾語。亦即言辭的表面和作者內心真正所想要表達的真意恰恰相反。

分辨場景反諷和言辭反諷，必須將實例落實於語境之中，才能看得清楚。許多學者惑於「言辭反諷」的「言辭」二字，以為只要是言語說出，就是「言辭」反諷。而沒有考慮到「意與言反」的定義，應該是說話者說出的話，和其內心本意相反，才是言辭反諷。如果說話者內心本意，和說出的話相同，則絕非「意與言反」的言辭反諷。因此必須將其分辨清楚。如：

> 河曲智叟笑而止之曰：「甚矣，汝之不惠！以殘年餘力，曾不能毀山之一毛，其如土石何？」（《列子·湯問》）

河曲智叟說：「甚矣，汝之不惠！以殘年餘力，曾不能毀山之一毛，其如土石何？」絕對是他心口合一的認知，其間並無絲毫「意與言反」的成分，所以不是「言辭反諷」。智叟本以為愚公確實笨得可以，沒想到「事與願違」，愚公的精神感動上天，得到天帝的幫助而派遣兩位大力神將太行、王屋二山移走，則令智叟反而不智，愚公反而不愚，則是場景反諷。

　　《西遊記》中，唐三藏替豬悟能取法號為「八戒」，是希望他遵守佛家八項戒律，沒想到悟能竟是連一條也沒遵守，此亦「事與願違」的「場景反諷」。平常唐僧在叫「八戒！八戒！」時，只是普通呼喊而已，絕對沒有「意與言反」的成分，所以不是「言辭反諷」。假若孫悟空以挖苦的語氣說：「八戒啊！師父幫你取的好名字，真是名如其人，處處遵守佛家八項戒律，竟然還貪睡、好吃、犯淫……」則是「意與言反」的「言辭反諷」。

　　《孟子·離婁下·齊人章》的那一位乞食而驕其妻妾的齊人，其妻妾稱之為「良人」，原本是希望能依靠終身，結果卻是失望透頂，此則「事與願違」的「場景反諷」；但如果妻對妾說：「我們家的良人啊！本來要靠他一輩子的，沒想到竟然會是如此。」特別在「良人」加強語調，則是「意與言反」的「言辭反諷」。

> 一分耕耘，一分收穫。是沒錯，怕的是——你去耕耘，別人收穫。
> （宋妹〈金玉涼言〉，《聯合報》2002年2月23日E6繽紛版）

此例所言，意與言合，所以不是言辭反諷。但當初希望是「一分耕耘，一分收穫」，假如結果是「你去耕耘，別人收穫」，則是「事與願違」的「場景反諷」。

> 張三為了讓自己的運氣能好轉，特地把剛養的一隻狗取名為「好運」，哪曉得情況不但沒有改善，反而每下愈況，他百思不解。有一天出門時，張三才恍然大悟，原來他每天出門前，都對狗兒說：「好運，再見！」（魏悌香《幽默櫥窗·好運，再見》）

張三替狗兒取名「好運」，原意是希望藉此帶來好運，沒想到情況卻是相反，這是事與願違的場景反諷。之所以會造成相反結果，是他每天出門前，都對狗兒說：「好運，再見！」因此無意間形成反效果。當他在說這句話時，只是順口說出的無心之言，並無「意與言反」的成分存在，所以不是言辭反諷。

> 去年九月一日，我陪妻到超級市場，看見收帳女郎使用的那些電子設備，覺得非常好玩。她向我解釋掃瞄器看價

錢，電腦記錄銷售數字，檢點存貨，計算機旁的數字讀出器顯示數目，並給顧客印發帳單，最後說道：「電腦從未錯過。」

我懷疑成性，拿起紙條檢查，帳目果然無誤，只是日期印的是「八二年八月三十二日」。（團康輔導社《歐美捧腹大笑集・電腦失靈》）

此例收帳女郎最後說：「電腦從未錯過。」她是心口合一，並非意與言反的言辭反諷；但結果卻是將日期「九月一日」印成「八月三十二日」，則是事與願違的場景反諷。

二、「反諷」有別於「映襯」

黃慶萱（2002：455）曾對「反諷」和「映襯」的異同做說明，他說：

反諷既指表象與事實的對比，倒反既指意與言反的言辭，所以它們的客觀基礎也就跟「映襯」一樣，在於宇宙內在矛盾以及人性內在矛盾。只是「映襯」把這種矛盾雙雙呈現出來；而反諷中的倒反僅呈現其一而意指其相反的另一。

黃氏一方面指出反諷和映襯的相同點，都是建立在「宇宙內在矛盾和人性內在矛盾」的基礎上。另一方面，又指出反諷和映襯的差異點：「『映襯』把這種矛盾雙雙呈現出來；而反諷中的倒反僅呈現其一而意指其相反的另一。」茲說明如下：

㈠「映襯」的例子

「映襯」要將矛盾現象的兩面都呈現在文字上，如：

1.「反襯」的例子

「父母俱全的孤兒」同時出現「父母俱全」和「孤兒」；「雅得這樣俗」同時出現「雅」和「俗」；「熱情得令人心生寒意」同時出現「熱情」和「令人心生寒意」；「美麗的錯誤」同時出現「美麗」和「錯誤」；「吃虧就是占便宜」同時出現「吃虧」和「占便宜」。

2.「對襯」的例子

> 肝若沒好，人生是黑白的；
> 肝若顧好，人生是彩色的。（廖峻‧肝藥廣告語）

針對肝臟功能好與不好（兩種不同性能），而產生「人生是彩色的」與「人生是黑白的」兩種不同結果，已將矛盾現象的兩面都呈現在文字上。

> 君子喻於義，小人喻於利。（《論語‧里仁》）

針對君子和小人兩種不同人物，分別從兩種相反的方法──喻於義與喻於利，加以比較，因而形成強烈的對比，已將矛盾現象的兩面都呈現在文字上。

3.「雙襯」的例子

> 好奇是發現之母，也可能是犯罪之源。
> （孫槙國〈金玉涼言〉，《聯合報》2002年3月7日E6繽紛版）

針對「好奇」這件事，分別從兩種不同的觀點（「發現之母」和「犯罪之源」）加以形容描寫，而形成強烈對比，已將矛盾現象的兩面都呈現在文字上。

> 「刷卡」是累積「快樂」和「債務」的雙重矛盾。
> （蕭銘洲〈金玉涼言〉，《聯合報》2002年2月28日E6繽紛版）

針對「刷卡」這件事，分別從兩種不同的觀點（「累積快樂」和「累積債務」）加以形容描寫，而形成強烈對比，已將矛盾現象的兩面都呈現在文字上。

㈡「反諷」中「倒反」的例子

「反諷」中的「倒反」只在文字呈現其一，心意卻與之相反。如：

　　<u>我那時真是聰明過分</u>，總覺他說話不大漂亮，非自己插嘴不可，但他終於講定了價錢，就送我上車，他給我揀定了靠車門的一張椅子，我將他給我做的紫毛大衣鋪好坐位；他囑我路上小心，夜裡要警醒些，不要受涼；又囑託茶房好好照應我。我心裡暗笑他的迂。他們只認得錢，託他們直是白託！而且我這樣大年紀的人，難道還不能料理自己麼？唉！我現在想想，<u>那時真是太聰明了</u>。（朱自清〈背影〉）

朱自清在本例之首尾只說「我那時真是聰明過分」、「那時真是太聰明了」，但實際上卻是認為自己蠢，不懂得父親愛護子女的深情（這部分並沒有出現在字面上）。所以是「倒反」，而非「映襯」。

　　她放下畚箕，雙手用力拉我，為了<u>報答</u>她的不合作，我故意放軟力氣讓她耗個半天，要不是躺著背濕，包管她拉到黃昏都拉不起來。（簡媜〈麗花，有妳的信〉）

「為了報答她的不合作」，屬言辭反諷（倒反）。針對「她的不合作」本應用「報復」，但此例卻意與言反，而改用「報答」。字面上只有「報答」而沒有「報復」。

　　尹雪艷名氣大了，難免招忌，她同行的姊妹淘醋心重的就到處嘈起說：尹雪艷的八字帶著重煞，犯了白虎，沾上的人，輕者家敗，重者人亡。誰知道就是為著尹雪艷享了重煞的<u>令譽</u>，上海洋場的男士們都對她增加了十分的興味。（白先勇〈永遠的尹雪艷〉）

「享了重煞的令譽」，屬言辭反諷（倒反）。針對「重煞」本應用「遭了……拖累」，但此例卻意與言反，而改用「享了……令譽」。字面上只有「享了……令譽」而沒有「遭了……拖累」。

　　「今天要不是師娘在這裡，我就要說出<u>好話</u>來了，」朱青走到我身邊，一隻手扶在我肩上笑著說道，「師娘，您老人家莫見怪。我原是召了這群小弟弟來侍候你老人家八圈

的，那曉得幾個小鬼頭平日被我慣壞了，嘴裡沒上沒下混說起來。」（白先勇〈一把青〉）

表面上是「好話」，其實是指「難聽的話」，則是言辭反諷，字面上只有「好話」而沒有「壞話」。

三、「倒反格」有別於「婉曲格」

「倒反格」和「婉曲格」的相似點：是兩者皆有表裡兩層意思，即字面意義和骨子裡的意思。而且表面意義和裡層意義也是不一致的，表達的重點也是在骨子裡的那層意思。「倒反格」和「婉曲格」的相異點：「倒反格」它的兩層意思之間是對立相反關係。而「婉曲格」它的兩層意思之間並沒有對立相反關係，而是一種旁敲側擊的關係。

其中倒反中的「反語」和婉曲中的「微辭」的相同點是：兩者都有表裡兩層意思，而且都有諷刺的意味。「反語」和「微辭」的相異點是：「微辭」的兩層意思之間沒有對立相反關係，「反語」的兩層意思之間是對立相反關係。

㈠婉曲中的「曲折」

在日常生活裡，反諷的實例更是屢見不鮮：人生四大痛苦——生老病死，死明明是最大痛苦，佛家卻說成「身登極樂世界」，道家的說法是「仙去」，基督教美其名曰「蒙主恩召」。表面的言辭美麗動聽，事實卻悲慘悽清！又醫院的停屍房叫「太平間」，殯儀館取名「極樂」，閩南語棺材叫「大壽」，也都是言辭的反諷。（沈謙，1996：185、186）

我們站在佛家的角度來看，將信徒去世往生說是「身登極樂世界」，絕對沒有「言與意反」的言辭反諷（倒反）意思存在，它只能看成是不直說去世，而以旁敲側擊的方式來表達的「婉曲」手法。同樣地，站在道家和基督教的立場來看，他們將死亡說成「仙去」和「蒙主恩召」，也絕對沒有「言與意反」的言辭反諷（倒反）意思存在，它只能看成是婉曲中的「曲折」手法。

上嘗罷朝，怒曰：「會須殺此田舍翁！」后問為誰，上
曰：「魏徵每廷辱我！」后退，具朝服立於庭。上驚問其
故，后曰：「妾聞主明臣直，今魏徵直，由陛下之明故
也。妾敢不賀。」上乃悅。（司馬光《資治通鑑》卷194）

沈謙（1996：137）將此例視為「婉曲」中的「曲折」，這是對的。
長孫皇后是對唐太宗勸諫，本來應該直接說「殺魏徵是不對的行
為」，但並不直說，卻以旁敲側擊之法，說：「妾聞主明臣直，今魏
徵直，由陛下之明故也。」這是「婉曲」；長孫皇后並無諷刺太宗之
意，所以是「曲折」。皇后說出來的話，是「意與言合」，所以不是
「意與言反」的言辭反諷（倒反）。

㈡婉曲中的「微辭」

朋友老阮，住在一棟公寓大廈，有天晚上，他把一臺音響
設備的音量，開到最大。不一會兒，有人敲他的家門。他
開門一看，原來是一個鄰居。「你聽得到我電視機的聲音
嗎？」
「聽不到。」朋友答。
「告訴你，」鄰居說，「我也聽不到。」（深藍憂鬱《笑話
專門店之笑話嘉年華》，頁83）

鄰居說：「我也聽不到（我電視機的聲音）。」是語帶不滿地諷刺老
阮音響噪音太大，則是「微辭」。但是「我也聽不到」，心中也是如
此認為，所以不是意與言反的反語。

㈢倒反中的「反語」

齊有得罪於景公者，景公大怒。縛置之殿下，召左右肢解
之，敢諫者誅。晏子左手持頭，右手磨刀，仰而問曰：
「古者明王聖主，其肢解人，不審從何肢解始也？」景公
離席曰：「縱之，罪在寡人！」（《韓詩外傳》卷8）

沈謙（1996：139）將此例視為「婉曲」中的「微辭」，這是對的。
晏子是對景公勸諫，本來應該直接說「肢解人是不對的行為」，但並
不直說，卻以旁敲側擊之法，說：「古者明王聖主，其肢解人，不審

從何肢解始也？」這是「婉曲」；晏子的話帶有諷刺景公之意，所以是「微辭」。晏子說出來的話，只是反問，是「意與言合」，所以不是「意與言反」的言辭反諷（倒反）。

> 始皇嘗議欲大苑囿，東至函谷，西至雍、陳倉。優旃曰：「善！多縱禽獸於其中，寇從東方來，令麋鹿觸之足矣。」始皇以故輟止（《史記・滑稽列傳》）

對於秦始皇要擴大苑囿的構想，優旃表面上說「善」（正說），但內心卻認為不可（反意），為了不讓始皇誤會，後面加以補充：「多縱禽獸於其中，寇從東方來，令麋鹿觸之足矣。」

> 很多人樂於與他人「分享」，譬如相命師有好風水不留著自己用；投資分析師有賺錢機會不會自己賺。（宋美容〈金玉涼言〉，《聯合報》2003年6月12日E6繽紛版）

表面上說「很多人樂於與他人分享」（正說），但其實內心卻不同意（反意），於是補充舉例：「相命師有好風水不留著自己用」、「投資分析師有賺錢機會不會自己賺」，來挖苦這些人。

四、「倒反格」有別於「說謊」

「倒反」即是言辭反諷，它是「意與言反」的矛盾語；說謊也是「意與言反」的一種表達方式，此為二者相似而易混淆之處。但其差異點：言辭反諷的說者，不希望聽者誤會，所以會明白透露說者的本意；說謊者則希望聽者被騙，不要知道真相。所以，蔡謀芳（2003：75）曰：

> 「反面說話」只是作為一種表達的技巧，而非其目的之所在。因為如此，所以它與「說謊」是不同的。「說謊」之目的在隱藏真相、實意；「倒反」並無隱藏真相、實意的企圖，只是藉反面的方式，間接表達意思，使其所表，呈一種曲折、含蓄的趣味而已。

意與言反的「說謊」可以分為善意的「謊辭」和惡意的「欺騙」兩類。譚永祥（1996：139）曰：「為掩飾真情而故意說點兒謊言假

語，並在言語交際中收到積極的效果，這種功能假信息的修辭手法叫做『譎辭』。」可見「譎辭」是以善意爲出發點，並能提升表達效果，可視爲修辭格的一種。反之，惡意的「欺騙」則無法提升表達效果，因此不能視爲一種修辭格。如：

> 話劇《於無聲處》裡寫「四人幫」爪牙、政治流氓唐有才，在一次接待外賓時滿嘴是「他娘的」，平均半分鐘罵一次「娘」。後來，連外國人都聽得耳熟了，就問翻譯「What is the 他娘」，翻譯愣了半天，只好回答：「這是唐先生家鄉的方言，大概是問你好的意思。」（陳建民《漢語口語》，頁334）

翻譯對外國人的回答，雖是謊言假語，但卻婉曲地搪塞外國人，並替本國保留顏面；這是善意的「譎辭」。

> 操曰：「夫英雄者，胸懷大志，腹有良謀，有包藏宇宙之機，吞吐天地之志者也。」玄德曰：「誰能當之？」操以手指玄德，後自指，曰：「今天下英雄，惟使君與操耳！」玄德聞言，吃了一驚，手中所持匙筋（箸），不覺落於地下。時正值天雨將至，雷聲大作。玄德乃從容俯首拾筋（箸）曰：「一震之威乃至於此。」操笑曰：「丈夫亦畏雷乎？」玄德曰：「聖人迅雷風烈必變，安得不畏？」將聞言失筋（箸）緣故，輕輕掩飾過了，操遂不疑玄德。（《三國演義》第21回）

劉備爲了掩飾自己稱雄的隱情，便謊說聞雷而落筋。既然連打雷都會害怕，那怎能算是英雄？因此騙過曹操而躲過殺身之禍。這是善意的「譎辭」。

> 春生聽了，臉紅得發光了。想說什麼，又結結巴巴地說不出來，只是憨癡地看著秋煙發呆。
> 「你嗓子眼裡卡了魚刺啦？」秋煙嫵媚地笑著，把做好的那雙鞋朝著春生懷裡一塞，說：「這雙鞋，我做大了，不能穿，給你吧！」（《小說月報》1981年第4期，頁17）

秋煙做的棉鞋，明明是爲春生做的，但爲了怕別人認爲自己臉皮太厚，所以說些假話——「這雙鞋，我做大了，不能穿，給你吧！」來掩飾自己的害羞。這是以譎辭婉曲地表達心意。

> 孟之反不伐，奔而殿，將入門，策其馬，曰：「非敢後也，馬不進也。」（《論語‧雍也》）

孟之反在戰敗時殿後斷敵，是勇敢的表現。他並不邀功，而以譎辭表現謙虛。

我們所說的譎辭，應該把它限制在這樣的範圍裡：在社會交際中，能夠收到較好的效果，雖然「利己」，但不「損人」，不屬於不道德的行爲（譚永祥，1996：146）。

五、「倒反格」有別於「雙關格」

有關「倒反格」和「雙關格」的分別，黃慶萱（2002：455）曾提出一個分辨關鍵，他說：「『雙關』重點在兩件事物的『相似』；『倒反』重點在兩件事物的『相反』。」茲說明如下：

> 如期至，即道士與虬髯已到矣；俱謁文靜。時方弈棋，揖而話心焉。文靜飛書迎文皇看棋。道士對弈，虬髯與公旁侍焉。俄而文皇到來，精彩驚人，長揖而坐，神氣清朗，滿坐風生，顧盼煒如也，道士一見慘然，下棋子曰：「此局全輸矣！於此失卻局哉！救無路矣！復奚言！」罷弈而請去。既出，謂虬髯曰：「此世界非公世界，他方可也。勉之，勿以為念！」因共入京。（杜光庭〈虬髯客傳〉）

道士說：「此局全輸矣！」表面上是說這盤棋全輸了，並兼含言外之意：政局也輸了。棋局和政局有相似點，而且兩者兼具：這是雙關。這便是黃慶萱所說的：「『雙關』重點在兩件事物的『相似』。」

> 不過，說實在，我們的公車司機技術是一流的，絕對不會讓計程車司機專美於前。他們在剎車、轉彎當中，還可以讓我們臂力、腰力及平衡感做適當的訓練。（薛仁山〈臺北公車處，天天有進步〉）

此例表面上是在誇獎公車司機（正說），實際上卻是諷刺他（反意），這是倒反。這便是黃慶萱所說的：「『倒反』重點在兩件事物的『相反』。」

六、「倒反格」有別於「異形同義句」

　　陳述句是用來向聽話人報道一件事情，其中有「異形同義」的特殊格式。這是「在一些習慣用法中，句子的肯定形式跟否定形式所表示的意義是相同的」（邵敬敏，2004：217）。如：好熱鬧＝好不熱鬧（都是「熱鬧」）；果然＝果不然（都是「果然」）；好威風＝好不威風（都是「威風」）；難免出錯＝難免不出錯（都是「出錯」）；好容易＝好不容易（都是「不容易」）；當心摔跤＝當心別摔跤（都是「別摔跤」）

　　這種以否定形式表示肯定，以肯定形式表示否定的習慣說法，是一種比較固定的修辭現象，修辭者使用時要遵照習慣，不可隨意類推。例如「好熱鬧」可以說成「好不熱鬧」，「好冷清」也可說成「好不冷清」；而「不容易」雖可說成「好容易」，「不困難」卻不能說成「好困難」（李忠初、李伯超、盛新華，2000：396、397）。

　　既然這種「異形同義句」已是一種固定的習慣用法，則不符合辭格應有的「臨時性」，不應視為「倒反」辭格。它只是「消極修辭」，而非「積極修辭」（辭格屬積極修辭）。如：

> 這裡春紅已謝，沒有賞花的人群，也沒有蜂圍蝶陣。有的就是這一樹閃光的，盛開的藤蘿。花朵兒一串挨著一串，一朵接著一朵，彼此推著擠著。好不活潑熱鬧！（宗璞《紫藤蘿瀑布》）

「好不活潑熱鬧」即是「活潑熱鬧」，它只是一種固定的習慣用法，因此不具備「臨時性」的辭格特性。

肆、產生因素

一、自然之道

　　黃慶萱（2002：455）曰：「反諷既指表象與事實的對比，倒反既指意與言反的言辭，所以它們的客觀基礎也就跟『映襯』一樣，在

於宇宙內在矛盾以及人性內在矛盾。」由於宇宙內在矛盾以及人性內在矛盾，因此「倒反」有此客觀基礎，就可以在字面呈現其中一面，而意指另外相反的一面。

二、心理基礎

　　人類的聯想力有相對聯想，倒反就是以相對聯想為基礎，表達者將正意反說或將反意正說；接受者則由表面意義經由相對聯想探究真意。

三、語文條件

　　黃慶萱（2002：456）曰：「『倒反』的主觀條件為語言。『倒反』只存在於語言與文學作品中。這一點跟映襯手法可存在於所有藝術：如繪畫、建築、音樂等等之中不同。」倒反是意與言反的矛盾語，是言辭反諷，這都和語言有關。作者可以反意正說，也可以正意反說，其他的藝術就做不到這一點。

伍、運用原則

　　倒反的運用，不外乎「正意反說」和「反意正說」，說出來的話和說者心中的意思相反，那就是一種語言表達的偏離，聽者聽到反說或正說，卻與語境所應該傳達的正意或反意不同，那就造成新奇陌生的效果，把心理距離拉大。但透過語境中種種訊息，聽者不致誤會，又把心理距離拉近，合乎邏輯要求。

　　倒反運用時最怕會錯意，王希杰（2004：299）專門針對「避免會錯意」提出看法：「運用反語時必須讓人明白這是正話反說或反語正說，否則，對方按字面意思來理解，那就適得其反了。口語中，有表情、語氣、語調來幫助，一般不會使人誤解。書面語中，可以在上下文中適當點明本意，或用相反的詞語點出來，或使用引號、著重號來暗示。」書面語中能夠將倒反詞語加引號、著重號來暗示，或在上下文中點明本意，那就可以避免會錯意。如：

　　　外界老是抨擊綠色執政的行政效率太低，這絕不是事實，因為，國民黨用50年造成的問題與腐化，民進黨執政不到一年就快要追上，而且是以行政院長張俊雄所說的

「double」速度追趕，照這樣下去，選民可能要說「下次不敢再選你了」。（哈董〈董事長，難得說不敢〉，《聯合晚報》2001年3月17日17版）

如果只看前面「外界老是抨擊綠色執政的行政效率太低，這絕不是事實」（正說），可能會認爲又是一篇御用文人寫的文章；但後文補充說明：「因爲，國民黨用50年造成的問題與腐化，民進黨執政不到一年就快要追上」（反意），讀者即可理解前面是「反意正說」的「反語」。

第五節　引用

壹、定義

陳望道（1989：107）曰：「文中夾插先前的成語或故事的部分，名叫引用辭。」這個定義很簡略地點出「引用」的內涵，但仍有缺點：一、使用範圍：只提到「文中」，而漏掉「說話」；二、使用方法：以「夾插」說明「引用」的方法，不太合適；三、引用對象：雖然已分爲「成語」（引文）和「故事的部分」（用典），但是「成語」和「故事」無法包括「引文」和「用典」的內涵。

史塵封（1995：443）曰：「寫文章或者說話，借用典故、故事或借用別人的話，穿插在自己的表述之中。這種修辭格，我們稱之爲引用。」這個定義已將陳望道的三項缺點略做修改：一、使用範圍：「寫文章或者說話」，則兼指文辭和口語；二、使用方法：「借用……穿插在自己的表述之中」則較貼切地說明「引用」的方法；三、引用對象：「借用典故、故事或借用別人的話」，則兼指「用典」和「引文」。

黃慶萱（2002：125）曰：「話文中引用別人的話或詩詞、成語、俗語等等，來印證、補充、對照作者的本意，藉以增強文章或說話的說服力和感染力的，叫做『引用』。」這個定義，特點有：一、使用範圍：「話文中」，指說話和行文；二、引用方法：「引用……來印證、補充、對照作者的本意，藉以增強文章或說話的說服力和感染力的」，更詳細地說明「引用」的方法及目的、效果；三、引用對象：「引用別人的話或詩詞、成語、俗語等等」，雖然把

「引文」的內涵補充詳細，但卻漏掉「用典」這部分。

　　沈謙（1996：348）曰：「說話作文中，援引現成的語言文辭，以印證、補充、對照作者的本意的修辭方法，是為『引用』。引用的語辭，包括經典精言、名人雋語、詩文中的警句、社會上流傳的成語、諺語等。」這個定義特點有：一、使用範圍：「說話作文中」，包括口語和文辭；二、使用方法：「援引……以印證、補充、對照作者的本意」，點明引用的方法和目的，但少了效果；三、引用對象：「現成的語言文辭」，只有引文，而漏掉用典。

　　綜上所述，各家定義各有優缺點，但可以得知「引用」的要件有：一、使用的範圍：說話（口語）行文（文辭）；二、使用方法：稱為借用、引用或援引，其實名雖異而實同；三、使用目的：以印證、補充、對照作者的本意；四、使用效果：增強文章或說話的說服力和感染力；五、引用對象：現成的語言文辭（引文）或典故（用典）。因此本文將「引用」下定義為：

　　　　說話行文時，有意援引現成的語言文辭或典故，以印證、
　　　　補充、對照作者的本意，藉以增強文章或說話的說服力和
　　　　感染力的修辭方法，叫做「引用」。

貳、分類

　　劉勰《文心雕龍‧事類》云：

　　　　事類者，蓋文章之外，據事以類義，援古以證今者也。

所謂「事類」，是在文辭章法之外，依據事情以類比事理，援引往古以驗證現今的修辭方法。劉勰又指出運用事類的方式有二：一為「略舉人事以徵義」，即援用古事以證今情；二為「全引成辭以明理」，即引用現成的辭語以說明道理。所以引用之分類，若依引用對象來分，可分為「引文」與「用事」二類；若依有無交代出處來分，可分為「明引」和「暗用」兩類；若依引用的意義來分，可分為「正用」、「反用」和「化用」三類。

一、依引用對象來分

　　依引用對象來分，可分為「引文」與「用事」二類：

㈠引文

「全引成辭以明理」者，完全引用現成的辭句來闡明道理，是為「引文」，又稱「引言」。引用的語辭，包括經典精言、名人雋語、詩文中的警句、社會上流傳的成語、俗語、諺語。如：

> 聖人無常師，孔子師郯子、萇弘、師襄、老聃，郯子之徒，其賢不及孔子。孔子曰：「三人行，則必有我師。」是故弟子不必不如師，師不必賢於弟子；聞道有先後，術業有專攻。如是而已。（韓愈〈師説〉）

此例指明引用「孔子」的話來印證有專長的人就能當我們的老師。

> 做倒霉的時候，又以為他們真有「治國平天下」的大道，再問問看，要說的直白一點，就是見於《紅樓夢》上所謂「病篤亂投醫」了。（魯迅《二心集‧知難行難》）

此例指明引用《紅樓夢》的文字，來比喻治國者無能。

> 「我和他『河水不犯井水』，怎麼就沖了他！」（曹雪芹《紅樓夢》第六十九回）

所引「河水不犯井水」是俗語，比喻自己和他沒有過節。

㈡用事

即一般人所謂「用典」或「典故」，就是引用前人的事件或歷史故事，來佐證自己的見解（黃麗貞，2000：366）。即劉勰所謂：「略舉人事以徵義。」其中「略舉」是引用方式，「人事」是引用內容。

1.引用方式

用事的引用方式，以「略舉」為主流。因為所舉典故事例都是古今中外的名人要事，都是大眾熟悉的的內容，不必由頭至尾重新敘述，否則太過冗雜；而且用典的目的是以所引用的事例作為印證事理的證據，並非在介紹事件的來龍去脈、詳細內容。如：

> 昔伯牙絕弦於鍾期，仲尼覆醢於子路。痛知音之難遇，傷門人之莫逮；諸子但為未及古人，自一時之雋也。今之存

者，已不逮矣。後生可畏，來者難誣。然恐吾與足下不及見也。（曹丕〈與吳質書〉）

引「伯牙絕弦於鍾期，仲尼覆醢於子路。痛知音之難遇，傷門人之莫逮」，四句就是兩個典故，不囉嗦。

朱鮪涉血於友于，張繡剚刃於愛子，漢主不以為疑，魏君視之若舊。況將軍無昔人之罪，而勳重於當世。（丘遲〈與陳伯之書〉）

引「朱鮪涉血於友于，張繡剚刃於愛子，漢主不以爲疑，魏君視之若舊」，四句就是兩個典故，不囉嗦。

2.引用內容

用事所引用的內容，以古今中外的名人要事爲主。因爲這些名人要事都是大眾所熟悉的，也都是蓋棺論定、爭議性低的事件，比較具有說服力。如：

句踐臥薪嘗膽，終能雪恥復仇；國父孫文十次革命，推翻滿清，建立民國；愛迪生多次失敗，發明電燈，照亮世界。可見成功的獲得，就如海明威所言：「沒有岩石和暗礁，就激不起美麗的浪花。」

先以排比句並列數例，再引海明威的話作爲歸納。句踐、國父和愛迪生的事證大眾都知道，很有說服力。

昔西伯拘羑里，演《周易》；孔子戹陳蔡，作《春秋》；屈原放逐，著《離騷》；左丘失明，厥有《國語》；孫子臏腳，而論兵法；不韋遷蜀，世傳《呂覽》；韓非囚秦，〈說難〉、〈孤憤〉；《詩》三百篇，大抵賢聖發憤之所為作也。此人皆意有所鬱結，不得通其道也，故述往事，思來者。（司馬遷《史記・太史公自序》）

也是以排比句並列數例，再做最後歸納。西伯、孔子、屈原、左丘明、孫臏、呂不韋、韓非等人的事件，大眾熟知，較有說服力。

二、依有無交代出處分

引用依有無交代出處，可分為「明引」和「暗用」兩類：

㈠明引

明白說出所引用的辭句典故出處者，是為「明引」。「明引」若依引文有無增刪改易來分，可分為「全引」和「略引」兩類：

1.全引

明引原文，加上引號，引號內的文字並未增刪改易，是為「全引」。如：

> 孔子說：「成事不說，遂事不諫，既往不咎」，就是這個道理。當你發現一件事已經「定案」，再也無法挽回，就不要再多說了。（劉墉《你不可不知的人性‧第八章‧良心被狗吃了》）

明引孔子的話：「成事不說，遂事不諫，既往不咎」（《論語‧八佾》），而未增刪改易。

> 形容「經濟」兩個字，最好借用宋玉的話：「增一分則太長，減一分則太短；傅粉則太白，施朱則太赤。」（胡適〈論短篇小說〉）

明引宋玉的話：「增一分則太長，減一分則太短；傅粉則太白，施朱則太赤」（〈登徒子好色賦〉），而未增刪改易。

2.略引

明引原文，加上引號，引號內的文字經過增刪改易，是為「略引」。如：

> 即使十字坡賣人肉饅頭的張青告訴武松說，有三等人不殺：「第一是雲遊僧道……第二等是江湖上行院妓女之人……第三等是各處犯罪流配的人……」（第二十七回）似乎其中已照顧到一種憐憫不幸者的愛，但是實質上還是江湖俠義的有分別的愛。（樂蘅軍〈梁山泊的締造與幻滅〉）

引號內只引重點，其餘則以刪節號加以省略，是爲略引。

> 熟讀典籍，方能脫胎換骨，推陳出新，別創風格。黑格爾
> 說：「廣博的記憶，……是創造活動的首要條件。」旨哉
> 斯言。（黃維樑〈談寫作教學〉）

引號中只引重點，中間則以刪節號加以省略，是爲略引。

㈡暗用

引用時並未指明出處，直接將引文編織在自己的文章或講詞中，是爲「暗用」。暗用有兩種情形，一爲「全用」，一爲「略用」。

1.全用

暗用一句或數句，文字並未刪節更改，是爲「全用」。「全用」有兩種情形，一爲「全暗用」，一爲「半暗用」。

⑴全暗用

所謂「全暗用」，「就是把材料引入文中，形式上沒有絲毫的痕跡，如果沒有相應的知識積累，有時很難判斷是否有引用現象存在」（周春健、李桂生，2005：40）。

> 青青子衿，悠悠我心。但為君故，沉吟至今。呦呦鹿鳴，
> 食野之苹。我有嘉賓，鼓瑟吹笙。明明如月，何時可掇？
> 憂從中來，不可斷絕。（曹操〈短歌行〉）

此例「青青子衿，悠悠我心」二句，暗用《詩經‧鄭風‧子衿》；「呦呦鹿鳴，食野之苹。我有嘉賓，鼓瑟吹笙」四句暗用《詩經‧小雅‧鹿鳴》。

> 寶軫雕輪狹路逢，一聲腸斷繡帷中。身無彩鳳雙飛翼，心
> 有靈犀一點通。金作屋，玉為籠，車如流水馬如龍。劉郎
> 已恨蓬山遠，更隔蓬山一萬重。（宋祁〈鷓鴣天〉）

此例「身無彩鳳雙飛翼，心有靈犀一點通」暗用李商隱〈無題〉二首其一；「車如流水馬如龍」暗用李後主〈望江南〉；「劉郎已恨蓬山遠，更隔蓬山一萬重」暗用李商隱〈無題〉四首其一。

⑵半暗用

所謂「半暗用」，是指「雖然沒有確切指明引文出處，但在行文當中有一定的提示性符號或語言，可以讓人判斷出這裡有引用現象存在。提示性符號主要是引號，上下文中，一段加了引號的文字是比較容易看出來是否屬於引用的；提示性語言如「古人說」、「古書上說」、「有一句老話」等（周春健、李桂生，2005：40）。如：

> 我們的古人有言：「書中自有黃金屋」，現在漸在實現了。（魯迅《三閒集・書籍和財色》）

古人有言：「書中自有黃金屋」，有提示性語言和提示性符號，是為半暗用。

> 北方人說：「舒服不過躺著，好吃不過餃子。」中國人一直沒有很好的物質享受，勞碌之餘，能夠忙裡偷閒擺平了打個盹兒，月兒年把來上一頓半餐餃子，便是神仙一樣。（趙寧〈餃子大王〉）

北方人說：「舒服不過躺著，好吃不過餃子。」有提示性語言和提示性符號，是為半暗用。

> 而一系列膾炙人口的留美學記，則是舊瓶裝新酒採章回體的形式，一回回寫出留美生活的酸甜苦辣，大驚小怪，見怪不怪，高潮起伏，關鍵處戛然而止，回末魄力十足的「欲知後事如何」，引得廣大讀者一次次聽他「下回分解」。（編者〈詩畫雙絕，才藝俱備一茶房——趙寧其人其文〉）

「欲知後事如何」「下回分解」是章回小說回末套語，此例暗用而加引號，屬半暗用。

2.略用

暗用一句或數句，文字酌予刪節更改的，是為「略用」。如：

> 西出陽關，何止不見故人，連紅人也不見了。（余光中〈丹佛城〉）

暗用王維〈渭城曲〉末句「西出陽關無故人」，而增刪更改。

> 可是我並不準備回國打麻將，或是開同學會，或是躲到漢家陵闕去看西風殘照。（余光中〈掌上雨〉）

暗用李白〈憶秦娥〉末句「西風殘照，漢家陵闕」，而順序顛倒。

三、依引用的意義分

依引用的意義來分，可分爲「正用」、「反用」和「化用」三類。

(一)正用

楊春霖、劉帆（1996：321）指出：「正用」就是指「引文的觀點、方向與作者所持的觀點、方向基本一致。」如：

> 是故學，然後知不足；教，然後知困。知不足，然後能自反也；知困，然後能自強也。故曰：教學相長也。〈兌命〉曰：「學學半。」其此之謂乎！（《禮記·學記》）

所引《尚書·兌命》的話，與作者教學相長的意見一致，是爲「正用」。

> 古人云：「以地事秦，猶抱薪救火，薪不盡，火不滅。」此言得之。（蘇洵〈六國論〉）

所引古人云的觀點和作者的觀點一致。

> 贊曰：黔婁有言：「不戚戚於貧賤，不汲汲於富貴。」其言茲若人之儔乎！銜觴賦詩，以樂其志，無懷氏之民歟？葛天氏之民歟？（陶潛〈五柳先生傳〉）

引黔婁的話，來稱揚五柳先生的爲人，這與作者的意見一致。

(二)反用

楊春霖、劉帆（1996：325）指出：「反用」是「引文的思想感情和作者的思想感情基本相反」。如：

> 沐芳莫彈冠，浴蘭莫振衣，處世忌太潔，志（一作至）人
> 貴藏暉。（李白〈沐浴子〉）

此例李白引用《楚辭‧漁父》「新沐者必彈冠，新浴者必振衣」及
《楚辭‧九歌‧雲中君》「浴蘭湯兮沐芳，華采衣兮若英」，而稍加
改動，立意便和屈原完全相反。

> 你自己盡了你的責任沒有？吃花酒打牌，這算是你的「在
> 其位，謀其事」嗎？（夏衍《秋瑾傳》）

秋瑾將俗語「不在其位，不謀其政」反用為「在其位，謀其事」。

> 古書上有幾句頗能啓發人的話，大意是：功不可虛建，名
> 不可僞立，恩不可屢邀，志不可少侈。牛皮匠追求的恰恰
> 相反，是建虛功，立僞名，貪侈志，圖邀恩──不售懲
> 罰。（藍翎〈論吹牛〉）

暗引古書上的話，諷刺牛皮匠與之相反。

> 曹丕說過：「文人相輕，自古而然。」這話其實不確，至
> 少是有片面性。細察中國歷史上各個文化繁榮時期，大抵
> 總有一群或數群傑出的學者、思想家、文學家，由於志同
> 道合而集聚在一起，在友誼篤厚的基礎上，開展學術爭論
> 和文藝批評，求得共同提高，從而對推進當時的文化事業
> 做出了集體的貢獻。（建群〈我更愛真理〉）

曹丕的話引自《典論‧論文》，作者引用的目的是爲了將其作爲批評
的對象，與作者的論述對照，達到突出論點的目的。所引意思與作者
觀點相反。

> 從前有人說過：文章本天成，妙筆偶得之。我說不對，應
> 該是，文章非天成，努力才寫好。天成的文章是不存在
> 的，即使是妙筆，也無從偶得。（吳晗《長短錄‧談寫文
> 章》）

暗用前人的一種說法，然後加以反駁，並提出自己相反的看法。

㈢化用

　　楊春霖、劉帆（1996：306）指出：「化用」是「借引文別出新意的引用，有人稱爲『出新』。在形式上，它可以增減引文詞句，使引文完全爲我所用，語意上已經有了新的創造和發展。」如：

　　「趙光桿」現在是年高德劭，<u>大「妻」晚成</u>。常言道得好：「趙老五，真辛苦，衣服破了沒人補。」（趙寧〈覆王罩馬先生書〉）

「大妻晚成」（仿體）是仿「大器晚成」（本體）而來的仿語，也是一種化用。

　　「<u>敬人者人恆敬之</u>」，在世風日下的今天，唯有在酒席間，才能見到這項美德。（網路笑話）

暗用孟子的話「敬人者人恆敬之」，此例別解爲向人敬酒，別人也經常向你敬酒；也是一種化用。

表3-5　引用分類表　　　　　　　　　　　　　　　　　（筆者自製）

辭格	分類基準	次辭格			異名	說明
伍、引用	一、依引用對象分	㈠引文			引言	
		㈡用事			用典、典故	
	二、依有無交代出處分	㈠明引	1.全引			
			2.略引			
		㈡暗用	1.全用	⑴全暗用		
				⑵半暗用		
			2.略用			
	三、依引用的意義分	㈠正用				
		㈡反用				
		㈢化用			出新	

參、辨析

引用之辨析，有幾點需要說明：

一、「化用」有別於「仿擬」

在說話或寫作中，模仿前人作品，形式結構維妙維肖，稱爲「仿擬」。化用有時會以仿擬的方式呈現，而仿擬往往也是一種化用。

㈠單純的「仿擬」

沒有「化用」現象，卻有「仿擬」現象。如：

> 趙光桿人寄桿籍，身不由己，才一眨眼工夫，早已從金光閃閃直跌至破銅爛鐵。（趙寧《談笑風生趙茶房》，頁147）

「桿籍」是仿「黨籍」、「學籍」等「x籍」而成的近義仿詞，而且是個生造詞，尚未成爲固定用法。此例與引用無關，只是仿擬。

㈡單純的「化用」

只有「化用」現象，而沒有「仿擬」現象。如：

> 如果你真正有心「問鼎中原」，我們懇切期盼你再接再勵，早晚在一兩年之內，總有一天可以「入主中原」。（中原大學校長〈致轉學考落榜生的一封信〉）

「問鼎中原」和「入主中原」的「中原」，本指黃河中下游地區，此指中原大學。文中加以引用是爲「化用」，但沒有仿擬的現象。

> 所謂「好逸」是追求高水準的生活品質；而「惡勞」則是不做沒有效率的事。（施振榮〈新好逸惡勞觀〉）

「好逸惡勞」原係貶詞，此轉作褒義。文中加以引用是爲「化用」，但沒有仿擬的現象。

㈢「化用」與「仿擬」兼格

有「化用」現象，也有「仿擬」現象。如：

前面來了兩個男孩，是那種你一眼望去，就可看出他們是
不折不扣的美術系學生。瞧見兩個「畫」外之民，他們似
乎頗覺訝異，我突然後悔沒把家中那件袍子穿來──上面
塗滿了彩的，是我一時心血來潮，故意裝作是畫畫時不小
心沾上去的。（劉美玲〈希望你不是一片雲〉）

仿「化外之民」而為「畫外之民」，是為諧音仿語。文中加以引用是
為「化用」。

急「工」好義？還是霸王硬上「工」？
第二高速公路列為環境影響評估示範計畫，評估報告未獲
通過，部分路段卻已動工興築。（《中國時報》新聞標題）

仿「急公好義」、「霸王硬上弓」而為「急工好義」、「霸王硬上
工」是為諧音仿語。文中加以引用，是為「化用」。

「包大人，別聽他的。」劊子手機器人鋼爪一緊，又扯斷
了一根電線。「這等狡詐兇手，只會送他一命歸矽。」
（張系國〈第一件差事〉）

機器人的電腦由矽晶片組成，所以機器人不說「一命歸西」而說
「一命歸矽」，是諧音仿語。文中加以引用，是為「化用」。

二、「化用」有別於「別解」

楊春霖、劉帆（1996：172）曰：「在一定的語言環境中，臨時
賦予一個詞語以原來不曾有的新義，這種修辭手法叫做別解。」化用
有時會以別解的方式呈現，而別解往往也是一種化用。

㈠單純「化用」者

只是化用，但非別解。如：

女人不必說，常常「上帝給她一張臉，她自己另造一
張。」不塗脂粉的男人的臉，也有「捲簾」一格，外面擺
著一副面孔，在適當的時候呱嗒一聲如簾子一般捲起，另
露出一副面孔。（梁實秋〈臉譜〉）

「捲簾」本是燈謎之一格，意指謎底必須倒讀，如捲簾一般。梁實秋借此以喻收起假面孔，露出眞面目來。此例屬「借喻」的化用，與「別解」的化用無關。

> 我在想老天很不公平。烈日冷雨中的農夫，一年辛苦，所得比不上電視廣告<u>回眸一笑百萬生</u>。（王關仕〈山水塵緣〉）

「回眸一笑百媚生」是白居易〈長恨歌〉中名句。「回眸一笑百萬生」是仿句，意指電視廣告中女藝人薪酬之多。文中加以引用，是爲「化用」，但沒有別解意思。

> 人對自己的身體健康雖不必時時膽戰心驚，疑神疑鬼。也不可「恃強拒補」，妄充硬漢。（何凡〈運動最「補」〉）

「恃強拒補」仿「恃強拒捕」而來的仿語。文中加以引用，是爲「化用」，但沒有別解意思。

㈡單純「別解」者

只是別解，但非化用。如：

> 在「參軍熱」的年頭裡，有些人不惜把別人的兒子擠掉，以後門把兒子塞進部隊；在「升學熱」的年頭裡，有些家長不惜丟掉自己的本職工作，走後門為子女輔導、延師；在「出國熱」的日子裡，有些父母開洋天窗，把兒子送出去鍍金。難怪有人說，<u>現在的父母成了「孝」子</u>。（《文匯報》1980年9月28日）

「孝子」的原意是孝順的兒子，是偏正結構，其中「孝」是形容詞性語素。而上文中的「『孝』子」是動賓結構，「孝」是動詞，其意是對兒子的孝順。這是別解，但與引用無關。

㈢「化用」與「別解」兼格

有「化用」現象，也有「別解」現象。如：

> 趙某人唇亡齒寒，提心吊膽，不敢輕易請蜜斯來連部玩

耍。久而久之，蜜斯們「苟日新」「又日新」「日日新」紛紛投入了新人的懷抱。（趙寧〈春田錯〉）

「苟日新」、「又日新」、「日日新」本是湯之盤銘，用來勉勵「革新」，此例別解爲「新人」。

給導師：希望老師在懲罰時，不要「重」男「輕」女。不願做男生的人留。（《中國時報》趣味休閒版）

暗用成語「重男輕女」，又別解爲導師打學生手心，男生打得重，女生打得輕。

眼角生出魚尾紋，臉上遍灑黑斑點，都不一定是老朽的徵象。頭髮的黑白更不足爲憑。有人春秋鼎盛，而已皓首皤皤，老人已到黃耇之年，而頂上猶有「不白之冤」，這都是習見的事。（梁實秋〈年齡〉）

暗用成語「不白之冤」，其意原指蒙受不清白的冤屈，此例別解爲頭髮沒有變白的誤會。有些老人，頭髮漆黑，常被人誤以爲是染黑的結果。

他還不到四十歲吧！已經在「反清復明」的功業上——反，返也——很有成就。不久之前，他剛好在美國的一個學術研討會上，發表一篇有關複視白內障的論文。皇天有眼，找對人了。（陳耀南〈刮目相看記〉）

暗用成語「反清復明」，此例別解爲刮去眼中白內障，返回恢復清明的狀態。

三、「引用」有別於「借喻」

凡將「本體」、「喻詞」省略，只剩下「喻體」的，叫做「借喻」（黃慶萱，2002：334）。借喻有時是引用成語、俗語作爲比喻，因此和引用會有交集。

㈠單純的「借喻」

　　沒有「引用」現象，只有「借喻」現象。如：

　　我們喜歡您的狗，但不喜歡牠的「黃金」，請您收回吧！
　　（社區標語）

借「黃金」比喻「狗屎」，「黃金」只是普通詞語，不是引用的對
象。

　　獅子跟老虎向來都是獨來獨往的，只有狐狸與狗才成群結
　　黨。（胡適語）

借「獅子跟老虎」比喻「胡適」自己，借「狐狸與狗」比喻攻擊胡適的
人；「獅子跟老虎」、「狐狸與狗」只是普通詞語，不是引用的對象。

㈡單純的「引用」

　　只有「引用」現象，沒有「借喻」現象。如：

　　趙某人為了自衛，屢加告誡，曉以大義，老二不但置之不
　　理，還要振振有詞：「夫蜜斯者，未嫁之女士也。未嫁之
　　女，天下男士皆有權追而娶之，何搶之有？」強詞奪理如
　　此，真是孺子不可教也。（趙寧〈春田錯〉）

「孺子不可教也」是反用《史記‧留侯世家》圯上老父對張良所說
的：「孺子可教也。」但此例並無「借喻」的成分。

　　不孝有三，無後為大。父母年邁之時，除了奉養天年以
　　外，還要享受含飴弄孫之樂。逾齡未婚待在家裡成天大眼
　　瞪小眼就是不孝順。（趙寧〈心事誰人知〉）

暗用俗語：「不孝有三，無後為大」，正用其意，沒有另外的比
喻。

㈢「引用」與「借喻」兼格

　　既有「引用」現象，又有「借喻」現象。如：

老二長得滿像個樣子，心地善良，道德有時也很高尚。
只是<u>白璧微瑕</u>，有個惡習，喜歡搶奪別人的蜜斯。（趙寧
〈春田錯〉）

「白璧微瑕」則是「暗用」成語，並「借喻」此人本質不錯但仍有小
缺點。

肆、產生因素

引用產生的心理基礎，是透過「聯想作用」來「增強說服力」及
「增進感染力」。

一、增強說服力

在「增強說服力」方面，黃慶萱（2002：125）曰：

引用是一種訴之於權威或訴之於大眾的修辭法，利用一般
人對權威的崇拜及對大眾意見的尊重，以加強自己言論的
說服力。小孩子和小孩子談論事情，常常喜歡引用「媽媽
說」、「老師說」；信教的人，也愛引用「佛說」、「耶
穌說」；我們日常說話也免不了「孔子說」、「亞里士多
德說」：這些都是訴之於權威。有時，人們也會說：「大
家都這麼說」，這是訴之於大眾。

由於說者人微言輕，說出來的話未必有說服力，於是利用一般人對
權威的崇拜及對大眾意見的尊重，而引用權威人士的話或大眾的意
見，以加強說服力。

二、增進感染力

在「增進感染力」方面，黃慶萱（2002：127）曰：

至於文學作品上的引用，除了訴之於權威與訴之於大眾之
外，有時是因為「文境」與古相合。當此之時，自己向所
熟讀的句子就自然地流出。詳細點說，文境等於心境與物
境的乘積。以算式表之於後：「文境＝心境 × 物境」。由
於「心境」、「物境」有與古相合的可能，所以「文境」

也就有與古相合的可能。

自己當前的「心境」和「物境」與古人相合，此時「文境」也就就
與古相合，自然而然地就會聯想到與此文境相關或相似的文句或典
故，然後將之引用出來，這種抒情言志的引用，往往可以增進感染
力。

三、聯想作用

表達者不論是要增強說服力或增進感染力，而去引用權威者的話
或是大眾的意見，必須先經過聯想作用，將與當前情境相關、相似或
相對的前人言行事蹟聯想起來，方能加以運用。所以引用也必須借助
於聯想。

伍、運用原則

引用的運用，當作者訴諸權威或大眾時，是將心理距離拉大，引
起讀者的注意。而且此時文境與古相合，有合乎情理的聯結，可供讀
者了解，則將心理距離拉回。若是所引內容不夠合理，則難以令讀者
信服，則是心理距離偏離過遠。所以黃慶萱（2002：160）對於「引
用」的積極原則，第一項即是：「必須訴之於合理的權威。」合理的
權威就符合邏輯性，能夠讓人們接受，那就把心理距離拉近。

另外，沈謙（1996：367）提到引用的第二項原則為：「新舊交
融，別致有趣。」由於引用的警句名言，多為大眾所熟知，但用久之
後，成為習慣用詞，不易引起讀者注意，則心理距離變得太近，因
此將舊的語詞賦予新的別解義，使讀者在新舊融會中獲得喜悅與滿
足，如此則能拉開心理距離，產生出人意外的新鮮感，並且增加了新
穎的內涵。如：

> 國文老師說：「臺灣的有錢人都移民到國外，我們這些窮
> 人只能留在國內，真是『貧賤不能移』啊！」（筆者擬
> 句）

當讀者看到「貧賤不能移」的語句時，原意是貧賤的環境也無法轉移
我們的心志，現在卻別解為貧賤的人無法移民，新舊交融，產生別致
有趣的新效果。

第六節　藏詞

壹、定義

「藏詞」的定義，陳望道（1989：161）曰：

> 要用的詞已見於習熟的成語，便把本詞藏了，單將成語的別一部分用在話中來替代本詞的，名叫「藏詞」。

這個定義，大略已將藏詞特性做一交代，但仍有微瑕，需要修改。一者是藏詞引用的詞語範圍過小，只提到「習熟的成語」；二者是藏詞的表達效果單一，只提到「替代本詞」。所以黃慶萱修（2002：167）改如下：

> 要用的詞已見於熟悉的成語或俗語中，便把本詞藏了，只講成語俗語中另一部分以代替本詞的，叫做「藏詞」。

這個定義，只注意到第一項「藏詞引用的詞語範圍」，所以將「習熟的成語」增為「熟悉的成語或俗語」，其他則未加修改。所以沈謙（1996：373）又修改如下：

> 將大眾所熟知的成語、諺語、格言、警句，只說一部分，藏去所欲表達的詞語的修辭方法，是為「藏詞」。

這個定義，已經兼顧上述陳望道的兩項缺失：在第一項「藏詞引用的詞語範圍」，擴增為「熟知的成語、諺語、格言、警句」；在第二項「藏詞的表達效果」，只說「藏去所欲表達的詞語」，不再強調「替代本詞」。但仍略有小疵，為求本書用語統一，因此將上述「藏詞」定義修改為：

> 說話行文時，將大眾所熟知的名言（如：成語、諺語、格言、警句等），或當前的語句，故意只說一部分（藏體），藏去所欲表達的詞語（本體）的修辭方法，叫做「藏詞」。

這個定義，有幾個特點：㈠將「熟知的成語、諺語、格言、警句」

等列舉項目，以「大眾所熟知的名言」統合；㈡增加「當前的語句」，來和「大眾所熟知的名言」相對。如此則能產生下文「依引用對象分：可以分為『名言藏詞』與『當前藏詞』二類」；㈢承襲沈謙「只說一部分，藏去所欲表達的詞語」，如此才能有下文「依表達效果分：可以分為『代用藏詞』與『言外藏詞』二類」。

貳、分類

藏詞的分類，可以從三個不同角度加以分類：一是依引用對象分：可以分為「名言藏詞」與「當前藏詞」二類；二是依表達形式分：可以分為「藏頭」、「藏尾」和「藏腰」三類；三是依表達效果分：可以分為「代用藏詞」與「言外藏詞」二類。

為了說明方便，本文將這三種分類法合在一起說明：

一、名言藏詞

所謂「名言藏詞」，是指引用大眾所熟知的成語、諺語、格言、警句等名言，只說一部分（藏體），藏去所欲表達的詞語（本體）的修辭方法，是為「名言藏詞」。名言藏詞所引用的，都是大眾所熟知的成語、諺語、格言、警句，雖然只說一部分，讀者也能知道是引自何處，所以為了簡潔，名言的原句往往不必出現在本文。

名言藏詞之中，若依表達形式分，可以分為「藏頭」、「藏尾」、「藏腰」：

㈠藏頭

沈謙（1996：373）曰：「藏去的詞語在成語或警句的開頭，是為『藏頭』，或稱『拋前藏詞』。」藏頭之中，若依表達效果分，可以分為「代用藏頭」、「言外藏頭」：

1.代用藏頭

所謂「代用」，是指在文句中，以乙取代甲。因此，直接將藏體運用在語句中，用以取代本體，是為「代用藏詞」。此時作者所要表達的意思，不能用藏體直接解釋，藏體只是一個媒介，用以取代本體而已，必須將藏體換成本體，才解釋得通。由於「代用藏詞」往往只是把古書中的詞組或語句割裂開來，只取其中的一部分，所以王占福（2001：83）稱為「割裂」。

所謂「代用藏頭」是指以藏頭形式，用「藏體」代替「本體」。如：

> 今欲使朕無<u>滿堂</u>之念，民有家給之饒。（任昉〈天監三年策秀才文〉）

成語「金玉滿堂」，此例以「滿堂」藏頭「金玉」而代用之。

> 漢世良吏，於茲為甚，故能降<u>來儀</u>之瑞，建中興之功。（《後漢書・左雄傳》）

《尚書・益稷》：「簫韶九成，鳳皇來儀。」此例「來儀」藏頭「鳳凰」而代用之。

> 靈臺有<u>子來</u>之人，武旅有菲藻之士。（《後漢書・劉陶傳》）

《詩經・大雅・靈臺》：「庶民攻之，不日成之。經始勿亟，庶民子來。」以「子來」藏頭「庶民」而代用之。

2.言外藏頭

在說話行文中，引用某一語句，故意只說一部分（藏體），將某一部分藏去不說（本體），但整個文句字面仍然通順，藏去的部分是作者的言外之意，是為「言外藏詞」。言外藏詞較為隱晦，須讀者細思尋繹，它不像「代用藏詞」可以用藏體直接換成本體。

所謂「言外藏頭」是指以「藏頭」形式表現言外之意。如：

> 行行重行行，與君<u>生別離</u>。
> 相去萬餘里，各在天一涯。
> <u>道路阻且長</u>，會面安可知？（《古詩十九首・行行重行行》）

「與君生別離」是引用《楚辭・九歌・少司命》的兩句名言：「樂莫樂兮新相知，悲莫悲兮生別離」中的「生別離」，這是藏頭法，藏去前半「悲莫悲兮」。「與君生別離」一句，本身已是語法完整，若將藏體取代本體，還原為「與君悲莫悲兮」，則不符語意。所以，藏體「生別離」不是直接取代本體「悲莫悲兮」，本體只是藏體的言外之

意。「道路阻且長」是引用《詩經・秦風・蒹葭》：「溯洄從之，道阻且長」中的「道阻且長」，並且藏頭「從之」而暗示之。正因爲女主角有「從之」的念頭，才會有「道阻且長」的疑慮。

> 南陽諸葛廬，西蜀子雲亭，孔子云：「<u>何陋之有</u>？」（劉禹錫〈陋室銘〉）

此例引用《論語・子罕》：「子欲居九夷。或曰：『陋，如之何？』子曰：『君子居之，何陋之有？』」藏頭藏了「君子居之」。「孔子云：『何陋之有？』」本身已是語法完整，「君子居之」只是作者的言外之意，並非以「何陋之有」（藏體）取代「君子居之」（本體）。

㈡藏尾

沈謙（1996：378）曰：「藏去的詞語在成語或警句的末尾，是爲『藏尾』，又稱『棄後藏詞』。」藏尾之中，若依表達效果分，可以分爲「代用藏尾」、「言外藏尾」：

1.代用藏尾

所謂「代用藏尾」是指以藏尾形式，用「藏體」代替「本體」。如：

> <u>願言</u>之懷，良不可任。（曹丕〈與朝歌令吳質書〉）

《詩經・邶風・二子乘舟》：「願言思子，中心養養。」此例以「願言」藏尾「思子」而代用之。

> 隋盧思道嘗共壽陽庾知禮作詩，已成而思道未就，禮曰：「盧之詩何太<u>春日</u>？」（隋・侯白《啓顏錄・盧思道》）

《詩經・豳風・七月》：「春日遲遲。」此例以「春日」藏尾「遲」而代用之。

> 悵悵<u>周餘</u>，竟沉淪於塗炭。（《晉書・卷六十四・武十三王傳論》）

《詩經・大雅・雲漢》：「周餘黎民，靡有孑遺。」此例以「周

餘」藏尾「黎民」而代用之。

2.言外藏尾

所謂「言外藏尾」是指以「藏尾」形式表現言外之意。如：

> 李河南素替杜公兼，時韓吏部為河南令，除職方員外郎，歸朝，問前後之政如何，對曰：「將兼來比素。」（《太平廣記》）

漢樂府〈上山採蘼蕪〉有：「將縑來比素，新人不如故。」此例以「兼」諧音「縑」，言外藏尾「新人不如故」之意。而「將兼來比素」則雙關「將縑絲來比素布」和「將杜兼來比李素」。

> 一士人家貧，與其友上壽，無以得酒，乃持水一瓶稱觴曰：「君子之交淡如。」友應聲曰：「醉翁之意不在。」（《古今譚概·巧言》）

此例上句引用俗語「君子之交淡如水」，故意藏尾「水」字，暗示瓶中裝水；下句引用歐陽脩〈醉翁亭記〉：「醉翁之意不在酒」，故意藏尾「酒」字，暗示酒瓶內無酒。

> 這實在是叫做「天有不測風雲」，她的男人是堅實人，誰知道年紀輕輕，就會斷送在傷寒上？（魯迅〈祝福〉）

俗語：「天有不測風雲，人有旦夕禍福。」藏尾「人有旦夕禍福」而暗示之。

俗語歇後法簡稱「歇後語」，或「諧後語」，是光「譬」不「解」的「譬解語」（黃慶萱，2002：170）。歇後語都可視為一種「言外藏尾」法。如：

> 糞坑裡的石頭——又臭又硬。
> 光屁股坐板凳——有板有眼。
> 關公賣豆腐——人硬貨不硬。
> 菩薩放屁——神氣。
> 馬桶上嗑瓜子——入不敷出。
> 閻王出告示——鬼話連篇。

違章建築——亂蓋。

上述例句，上句是「譬」，下句是「解」。如果聽者爲解人，只須說上句「譬」的部分，而將下句「解」的部分打住，所以稱爲「歇後語」，它屬於「藏尾」。「譬解語」因爲有「譬」有「解」，所以不算「藏尾」，只是普通「引用」而已。如：

> 臺灣的經濟何時回春，套句俏皮話——「海底綠色植物」，你聽不懂嗎？就是「還早」（海藻）啦。這不是我悲觀，經濟部長林信義就說「我們還有三年苦日子要過」，三年過後怎樣呢？大家的日子保證好過，因為，那時候大家都習慣苦日子了。（陳邦〈臺幣起乩　一元喪邦〉，《聯合晚報》2001年6月2日17版）

此例若只說「海底綠色植物」，可算是藏尾；但是本文採「提問」方式，以自問自答說出「還早（海藻）」，則不能視爲藏尾，只能視爲引用。

㈢藏腰

沈謙（1996：384）曰：「藏去的詞語在成語或警句的中間，是爲『藏腰』，或稱『藏腹』、『舍中藏詞』。」藏腰之中，若依表達效果分，可以分爲「代用藏腰」、「言外藏腰」：

1.代用藏腰

所謂「代用藏腰」是指以藏腰形式，用「藏體」代替「本體」。如：

> 豈不念旦夕，為爾惜居諸。（韓愈〈符讀書城南詩〉）

《詩經·邶風·柏舟》：「日居月諸，胡迭而微。」此例以「居諸」藏頭「日」字，及藏腰「月」字而代用之，亦即以「居諸」代「日月」。

2.言外藏腰

所謂「言外藏腰」是指以「藏腰」形式表現言外之意。如：

> 逢君只合千場醉，莫恨今生去日多。（龔自珍〈廣陵舟中為伯恬書扇〉）

曹操〈短歌行〉：「人生幾何？譬如朝露，去日苦多。」以「去日多」藏腰「苦」字。「莫恨今生去日多」本身已是語法完整，作者另暗藏言外之意「苦」。

> 恭喜郎君又有她，賤妾從此不當家；
> 開門諸事都交代：柴米油鹽醬與茶。

俗語：「開門七件事：柴米油鹽醬醋茶。」此例只說「柴米油鹽醬與茶」，藏腰「醋」字而有言外之意：亦即要「留醋自吃」。

二、當前藏詞

所謂「當前藏詞」，是指引用當前的語句（並非大眾所熟知的名言），只說一部分（藏體），藏去所欲表達的詞語（本體）的修辭方法，是為「當前藏詞」。因為所引用的是普通語句，並非大眾所熟知的名言，所以必須先在本文出現，才能使讀者有所對照，產生似曾相識的感覺。它不像名言藏詞的名言原句，可以不必事先出現。

當前藏詞之中，若依表達形式分，可以分為「藏頭」、「藏尾」、「藏腰」：

㈠藏頭

藏去的詞語在所引用當前語句的開頭，是為「藏頭」，或稱「拋前藏詞」。藏頭之中，若依表達效果分，可以分為「代用藏頭」、「言外藏頭」：

1.代用藏頭

所謂「代用藏頭」是指以藏頭形式，用「藏體」代替「本體」。如：

> 小曾幸災樂禍地說：「袁姐，現代社會這麼癡情的男人真是鳳毛麟角啊！」袁姐說：「小曾，我可記仇啊，等下次我非帶一個女鳳毛麟角來給你。」（央哥兒〈來的都是客〉）

由於小曾先說「癡情的男人眞是鳳毛麟角」，袁姐則就當前語句只引「鳳毛麟角」而藏頭「癡情」並代用之。

2.言外藏頭

所謂「言外藏頭」是指以「藏頭」形式表現言外之意。如：

> 母親：「妳再說謊，虎姑婆會把妳抓走。」
> 女兒：「虎姑婆會先抓妳。」

女兒：「虎姑婆會先抓妳。」藏頭的言外之意是「妳（母親）說謊」。

> 某天國文科考試，師為了紓解同學們緊張的氣氛，於是便說道：「考試是小事，作弊是大事。」不料同學們竟異口同聲說道：「老師，我們要立志做大事。」（沈芸生《看笑話》，頁124）

同學們說：「老師，我們要立志做大事」，字面意義是眞的要「做大事」；另一層意義則是指「作弊是大事」，以「大事」藏頭「作弊」而暗示之。

> 俗話說：「吃虧就是占便宜。」但我們千萬不要占人家的便宜。（筆者擬句）

「但我們不要占人家的便宜」，字面上是指眞的不要占人家的便宜；另一層意義則是指「吃虧就是占便宜」，以「占便宜」藏頭「吃虧」而暗示之。

㈡藏尾

藏去的詞語在所引用當前語句的末尾，是爲「藏尾」，或稱「棄後藏詞」。藏尾之中，若依表達效果分，可以分爲「代用藏尾」、「言外藏尾」：

1.代用藏尾

所謂「代用藏尾」是指以藏尾形式，用「藏體」代替「本體」。當前藏詞尚未見「代用」之例。

2.言外藏尾

所謂「言外藏尾」是指以「藏尾」形式表現言外之意。如：

> 孔文舉年十歲，隨父到洛；時李元禮有盛名，為司隸校
> 尉；詣門者皆儁才清稱，及中表親戚乃通。文舉至門，謂
> 吏曰：「我是李府君親。」既通，前坐。元禮問曰：「君
> 與僕有何親？」對曰：「昔先君仲尼，與君先人伯陽，有
> 師資之尊；是僕與君奕世為通好也。」元禮及賓客莫不奇
> 之。太中大夫陳煒後至，人以其語語之。煒曰：「小時了
> 了，大未必佳！」文舉曰：「想君小時必當了了！」（劉
> 義慶《世說新語・言語》）

此例孔文舉說：「想君小時必當了了！」藏尾「大未必佳」而暗示
之。陳煒所言「小時了了，大未必佳」，今日皆視為「名言」，則此
例應屬「名言藏詞」。但這是因為《世說新語》將之記載而流傳至
今，我們無法證明陳煒是否引用「名言」，或是他個人臨時創造而
成的文句。如果這是陳煒臨時在當場所創造的句子，則此例可說是
「當前藏尾」的最早例子。

> 客人：「老闆，這柳丁甜不甜啊？」
> 老闆：「不甜不用錢啦！」
> 客人：「那不甜的秤兩斤給我。」
> 老闆：「……」（魏悌香《幽默櫥窗・難以回答》，頁49）

老闆先說：「不甜不用錢」，客人則以「不甜」藏尾「不用錢」而暗
示之。

> 甲：「字寫得漂亮，人就長得醜。」
> 乙：「你的字寫得很漂亮。」

乙說：「你的字寫得很漂亮。」言外之意藏尾「人長得醜」。

(三)藏腰

藏去的詞語在所引用當前語句的中間，是為「藏腰」，或稱「藏
腹」、「舍中藏詞」。當前藏詞尚未見「藏腰」之例。

表3-6　藏詞分類表　　　　　　　　　　　　　　　　（筆者自製）

辭格	分類基準	次辭格	異名	說明
陸、藏詞	一、依引用對象分	(一)名言藏詞		
		(二)當前藏詞		
	二、依表達方式分	(一)藏頭	拋前藏詞	
		(二)藏尾	棄後藏詞	
		(三)藏腰	藏腹、舍中藏詞	
	三、依表達效果分	(一)代用藏詞	割裂	
		(二)言外藏詞		

參、辨析

藏詞是：「將大眾所熟知的名言（如：成語、諺語、格言、警句等），或當前的語句，只說一部分（藏體），藏去所欲表達的詞語（本體）的修辭方法。」

因為它「只說一部分」，具有省略的外貌，容易和「省略」、「節縮」、「脫略」相混；但它以「引用」為前提，所以和一般行文的「脫略」不同；又因它「藏去所欲表達的詞語」，所以和略去無關緊要字詞的「省略」、「節縮」不同。

「代用藏詞」和「借代」都是以客體代本體，容易相混；但藏詞是以引用為前提，而借代與「引用」無關。此二者之異也。茲辨析於下：

一、藏詞和借代之別

藏詞依表達效果可分為「代用藏詞」和「言外藏詞」兩類。其中，「代用藏詞」是以「藏體」取代「本體」，它和借代以「借體」取代「本體」的形式類似，所以容易混淆。王力（2003：1376）把「藏詞」歸入「代稱」（即通常所謂「借代」）修辭格，稱之為「割裂式的代稱」，即是專指「代用藏詞」而言。所以張其昀（2003：84、85）說：

雖然「藏詞」與「借代」二者，都是曲折地表達語義的手

　　法，都是用別的字面形式來代替本詞的。但是，對於借代格來說，以甲代乙，甲、乙雙方必有其內在聯繫，其替代是有理性的；對於藏詞格來說，以甲代乙，甲、乙雙方沒有內在聯繫，其替代是無理性的。

張氏所言，也是將「藏詞」設定在「割裂」的「代用藏詞」。他認為借代格的替代是「有理性的」，而藏詞格的替代是「無理性的」，這種看法，有待商榷。其實，借代的本體和借體之間，有密切關係，當然是「有理性的」替代；藏詞之中，雖有許多「無理性的」替代，但也有不少例子是「有理性的」替代，如：以「逆耳」藏頭「忠言」，以「金玉其外」藏尾「敗絮其中」，都是「有理性的」。所以用「理性」作為辨析「借代」和「藏詞」的依據，仍是無法切割清楚。其實，「代用藏詞」和「借代」二者之間最重要的差別在於：代用藏詞以引用為前提，它的本體和藏體組合在一起，必須是大眾所熟知的成語、諺語、格言、警句；借代的本體和借體之間，只有相關性，它們不是某一熟語的成分。如：

　　張子房道亞黃中，照鄰殆庶。（傅季友〈為宋公修張良廟教〉）

《周易‧坤‧文言》：「君子黃中通理。」以「黃中」藏頭「君子」而代用之；《周易‧繫辭下》：「顏氏之子，其殆庶幾乎！」以「殆庶」藏頭「顏氏之子」（指「顏淵」）而代用之。

　　固以參軌伊望，冠德如仁。（傅季友〈為宋公修張良廟教〉）

《論語‧憲問》：「子曰：桓公九合諸侯，不以兵車，管仲之力也。如其仁，如其仁。」此例將「如其仁」節縮為「如仁」，再以「如仁」藏頭「管仲」而代用之。
　　另外，借代的例子如：

　　其中往來種作，男女衣著，悉如外人，黃髮垂髫，並怡然自樂。（陶潛〈桃花源記〉）

「黃髮」是老年人的特徵，借代「老人」；「垂髫」是小孩的髮型標

誌,借代為「小孩」。本體和借體之間只有相關性,它們不是某一熟
語的成分。

　　私家收拾,半付祝融。（連橫《臺灣通史・序》）

祝融本是楚國先祖重黎,重黎為帝嚳之火正,帝嚳命曰祝融（《史
記・楚世家》）。此例借「祝融」代「火」,是以事物的作者來相
代。本體和借體之間只有相關性,它們不是某一熟語的成分。

二、藏詞和節縮之別

　　楊春霖、劉帆（1996:370）曰:「節縮是一種節短或縮合語言
文字的修辭方式。換而言之,就是把音節過多的詞、詞組或句子加以
精煉壓縮。」它和藏詞同樣是壓縮、減少文字。但藏詞所強調的是
「把本詞藏了」或「藏去所欲表達的詞語」,留在字面上的,只是作
為引出本詞的媒介;如果藏去的詞語並非「本詞」或「所欲表達」
的意義,則不應視為藏詞。節縮所減去的部分,並非「本詞」,也
不是「所欲表達的詞語」,而是次要部分,留在字面上的才是重要
的關鍵字詞;而且節縮體所要表達的是本體全部意義,所以史塵封
（1995:465）說:

　　節縮是縮詞不縮義……其節約文字的原則是:節縮之後,
　　仍然表義清楚,既不丟失語義,也不發生歧義。

「節縮是縮詞不縮義」,它和藏詞「藏去所要表達的詞語」是重要的
辨析要件。如:

　　受命以來,夙夜憂歎,恐託付不效,以傷先帝之明,故五
　　月渡瀘,深入不毛。（諸葛亮〈出師表〉）

此例「不毛」只是「不毛之地」的節縮,因為藏去的「之地」二
字,並非作者「所欲表達」的意義,所以不是藏詞。

　　重以尸素,抱罪枕席。（《晉書・紀瞻傳》）

沈謙（1996:385）將此例視為「藏腰兼藏尾」,並解釋說:「『尸
位素餐』也是常見的成語,謂居官位不理事,虛耗國家俸祿。此以

『尸素』藏去中間與末尾的『位』、『餐』二字，是典型的藏腰兼藏尾。」並引用季紹德《古漢語修辭》論藏詞的種類，有一類是「截取句子或詞組的一部分，並重新加以組合，來表示整個句子或詞組的意思」，作爲將此例歸於藏詞的依據。但這種看法有待商榷：首先，季紹德的上述定義，其實較符合「節縮」的定義，它和本文對藏詞所下的定義，難以相容。其次，「尸位素餐」節縮爲「尸素」，所藏去的「位」、「餐」二字，並非「所欲表達」的意思，「尸素」所要表達的是「尸位素餐」此一成語的全部意義，因此它不是藏詞。

免懷之歲，天奪聖善；不食三日，哀比成人。（張說〈息國長公主神道碑銘〉）

沈謙（1996：385、386）解釋曰：「『免懷』語出《論語・陽貨》：『子生三年，然後免於父母之懷。』以『免懷』代三歲，藏頭。」這是對的。但接著又說：「『免懷』藏去中間的『父母』，也屬『藏腰』。」則有待商榷。因爲作者所欲表達的，並非「父母」的意思，而是「免於父母之懷」整個詞組的意思，所以它是節縮，而非藏腰。另外，《詩經・邶風・凱風》：「母氏聖善」，此例以「聖善」藏頭「母氏」而代用之。

君看喬鼎中，焦爛者酈其。（白居易〈答四皓廟〉）

「酈其」是「酈食其」的節縮。詩人並不是要表達藏去的「食」字，而是表達整體「酈食其」。

另外，有些學者從其他角度做辨析，卻無法一刀兩斷將「藏詞」和「節縮」分別清楚，則有待商榷：

㈠從方式辨別

史塵封（1995：464、465）認爲：

藏詞是省略去詞語的一個整體部分，或在前，或在後。而且其存留的也是一個完整部分。節縮則不同。它省略的是詞語各部分之間的個別詞或語素。換而言之，藏詞是將詞語的前半部分或後半部分省略去，而節縮的省略是詞語中的個體文字或語素。這是區別之一。

史氏的看法有待商榷，我們以他自己的例子來做說明：

> 日照香爐生紫煙，遙看瀑布掛前川。
> 飛流直下三千尺，疑是銀河落九天。（李白〈望廬山瀑布〉）

史塵封（1995：464）說：「『香爐』是『香爐峰』的節縮語。」所省略的是後半部分「峰」，所存留的是前半部分完整的「香爐」：豈非與藏詞相同？須知「節縮」的形式多樣，有取全稱中每個詞首字者，如：

> 交大（交通大學）
> 清大（清華大學）
> 中廣（中國廣播公司）

也有取前半部（第一詞）者，如：

> 清華（清華大學）
> 中正（中正大學）
> 商務（商務印書館）

也有取後半部（末一詞）者，如：

> 解放軍（中國人民解放軍）
> 內經（黃帝內經）

也有取名稱中最有代表性二字者，如：

> 中視（中國電視公司）
> 臺泥（臺灣水泥公司）
> 央行（中央銀行）

也有節縮一句話而成成語者，如：

> 切磋琢磨（《詩經・衛風・淇奧》：如切如磋，如琢如磨。）
> 見仁見智（《周易・繫辭上》：仁者見之謂之仁，智者見

之謂之智。）

舉一反三（《論語・述而》：舉一隅不以三隅反。）

如此多樣的節縮形式，其中就有像「藏詞」一樣，省略去的是一個詞語中的一個整體部分，或前者的某一部分，或後面的某一部分。所以據此來分辨「藏詞」和「節縮」，是沒有捉住重點。

另外，藏詞中有「藏腰」一類，所藏去的部分，是在詞語的中間，而非前半部或後半部（如：以「居諸」藏「日月」而代用之），豈非與史氏所言「節縮」相同，都是省略詞語各部分之間的個別詞或語素？可見史氏上述看法，並不周延。

㈡從範圍辨別

1.語料範圍

史塵封（1995：468、469）說：

> 藏詞和節縮，其共同點是：壓縮、減少文字。不同點是：藏詞多出現於比較固定的常用詞組或成語中，而節縮的範圍比藏詞要大得多，詞、詞組、句子都可以節縮，有較大的隨意性。

史氏認為：「藏詞多出現於比較固定的常見詞組或成語，而節縮的範圍比藏詞要大得多，詞、詞組、句子都可以節縮。」這點看似明白，但卻不易辨析清楚。因為「藏詞」和「節縮」都是不限於詞語，也都包括句子。因此，這一點也無法當作兩者之間的辨析標準。

2.應用範圍

史塵封（1995：465）說：

> 還有應用的範圍，節縮要大於藏詞。節縮在公文、報紙、雜誌以及人民的口語中比較常見，而藏詞一般局限於文藝語體的書面語。

史氏認為節縮的應用範圍大於藏詞，認為「藏詞」一般局限於文藝語體的書面語。此乃一偏之見，因為許多歇後語都是藏尾，它們可以適

用於任何文體。所以，這並非絕對可以兩分，拿來當作節縮與藏詞辨析的標準。

三、藏詞和省略之別

　　楊春霖、劉帆（1996：840）曰：「省略是一種借助語言環境，對某些內容加以省減或略寫的修辭方式。」它和藏詞同樣是壓縮、減少文字，但也有所不同。如：

> 司馬遷著《史記》，在〈漢高祖本紀〉有：「吾以布衣提三尺劍取天下，此非天命乎！」又〈韓安國列傳〉有：「提三尺劍取天下者，朕也！」及至班固著《漢書》，〈高祖帝紀〉：「吾以布衣提三尺取天下。」〈韓安國傳〉：「提三尺取天下者，朕也！」在「三尺」下棄去「劍」字，已是棄後藏詞之先聲。（黃慶萱，2002：168）

此例乃班固引用《史記》之文而省略「劍」字，並非有意以「三尺」藏尾「劍」而代用之。

> 唐彥謙題漢高廟云：「耳聰明主提三尺，眼見愚民盜一抔。」雖是著題，而語皆歇後。（《石林詩話》）

傅隸樸（1988：152）曰：「按三尺歇後為劍，一抔歇後為土，這是為七言字數所限，而減其一字，並不取其義，語雖歇後，並非本節題旨。」既然此例「減其一字，並不取其義，語雖歇後，並非本節題旨」，則與藏詞定義「藏去所欲表達的詞語」不符，則它不屬「歇後」的「藏尾」，只是省略而已。

四、藏詞和脫略之別

　　黃慶萱（2002：22、23）曾將孔融對陳煒說：「想君小時必當了了」認為屬於「跳脫」，其實是指「跳脫」中的「脫略」。黃慶萱（2002：827）曰：「為了表達情境的急迫，要求文氣的緊湊，故意省略一些語句，叫做『脫略』。」在「故意省略一些語句」的方式上，「脫略」和「藏詞」相同；但「脫略」只是一般行文的故意省略，「藏詞」則是引用文句而藏去一部分。所以，此例孔文舉是引

用陳煒的話「小時了了，大未必佳」而「藏尾」，並非黃氏所說的「脫略」。「脫略」的例子如下：

> 且夫楚唯無彊，六國立者復橈而從之，陛下焉得而臣之？（《史記・留侯世家》）

「且夫楚唯無彊」之下脫略「若楚彊」一句。

> 上既聞廉頗、李牧為人良，說而搏髀曰：「嗟乎！吾獨不得廉頗、李牧時為吾將，吾豈憂匈奴哉！」（《史記・馮唐張釋之列傳》）

「吾豈憂匈奴哉」之上脫略「吾若得廉頗、李牧爲將」句。

肆、產生因素

　　黃慶萱（2002：167）曰：「藝術的最大的祕訣是隱藏藝術。文學有時需要跟讀者捉迷藏，讓讀者尋找作者的用心，享受發現作者眞意的喜悅。藏詞把成語俗語藏了一半，露出一半。露出的一半只是讀者藉以尋找的線索，藏住的一半才是作者要讀者尋覓的對象。一旦眞相大白，於是兩相歡喜。」文章之美，貴在含蓄。藏詞把要表達的意思藏住，只說一半，讓讀者去尋覓，等到眞相大白，就能心滿意足，很有成就感。

　　藏詞是：「作者有意隱藏本意，只說出其他部分，利用人們的『好奇』、『求全』心理，或者委婉、含蓄的需要，激發讀者的聯想，根據作者的提示和讀者的知識經驗，去彌補和塡充殘缺的語意，從而獲得完整而有興趣地理解語意的目的。」（楊春霖、劉帆，1996：931）可見藏詞是建立在人們「好奇」和「求全」的心理，這與黃慶萱所說頗爲相似。另外，聯想力的發揮也是不可少的一環，經由說出來的一部分，讓讀者去聯想沒說出來的另一部分，而將語意補足。

伍、運用原則

　　藏詞的運用是只說一部分，而將所要表達的意思隱藏起來，話沒說完則將心理距離拉大，引人注意。如此一來，當然顯得含蓄。所

以黃慶萱（2002：183）提出「藏詞」的第一項積極原則爲「必須盡
其隱藏之能事」，沈謙（1996：388）提出「藏詞」原則的第一項爲
「語意含蓄，顯現機鋒妙趣」，都是強調藏詞的含蓄性。如：

> 朕無則哲之明，致簡統失序。（《後漢書・樂成靖王黨
> 傳》）

《尚書・皋陶謨》：「知人則哲。」此例以「則哲」藏頭「知人」而
代用之。必須將字面的「則哲」換成「知人」，才能得到作者的本
意，如此則語意含蓄。

　　但是藏詞說出來的是大眾熟悉語句的一部分，有跡象可以尋出沒
說出的另一部分，如此則將心理距離拉近，讓讀者可以接受了解。

第七節　仿擬

壹、定義

　　黃慶萱（2002：93）曰：「刻意模仿前人作品中的語句形式，
甚至篇章格調，藉由原作在讀者心中早已存在的熟悉印象，引發出新
的特殊的旨趣，有時更帶有嘲弄諷刺意味的，叫做『仿擬』。」該定
義只提到「模仿前人作品中的語句形式，甚至篇章格調」，一則範圍
較小，二則沒有說明「換上新內容」，本文則將之改爲「刻意模仿
前人作品的形式，換上新內容」，爲求本書用語統一，因此將上述
「仿擬」定義修改爲：

> 說話行文時，刻意模仿前人作品的形式，換上新內容，藉
> 由原作在讀者心中早已存在的熟悉印象，引發出新的特殊
> 的旨趣，有時更帶有嘲弄諷刺意味的修辭方法，叫做「仿
> 擬」。

　　仿擬是舊瓶裝新酒，亦即承襲套用舊有的形式，換上新的內容，
它的內容，與原作雖然不同，但形式結構卻爲讀者所熟知，常令讀者
感覺親切、熟稔，因而產生共鳴。

　　仿擬的基本要件有二：即本體和仿體。「本體」是指被仿擬的原
形體，「仿體」是指新造的形體。黃麗貞（2000：387）則稱爲「原

形體」和「新擬體」。成偉鈞、唐仲揚、向宏業（1996：594）則稱
爲「原形體」和「變形體」。

貳、分類

仿擬的分類，可以依不同標準做不同的分類：一、依表達效果來
分，可分爲「仿效」和「仿諷」兩類；二、依語法單位來分，可分
爲「仿詞」、「仿語」、「仿句」、「仿段（章）」和「仿篇」五
類；三、依仿擬媒介來分，可分爲「諧音仿」、「語義仿」、「換序
仿」、「格式仿」和「語體仿」五類；四、依仿擬對象來分，可分爲
「名言仿擬」和「當前仿擬」兩類；五、依仿擬結構來分，可分爲
「明仿」和「暗仿」兩類。茲說明如下：

一、依表達效果分

黃慶萱（2002：99）曰：「仿擬可分廣義、狹義兩種。廣義的
仿擬指單純對前人作品的模仿，可稱『仿效』；狹義的仿擬指模仿前
人作品而意含諷刺，可稱『仿諷』。」這種看法，有待商榷。因爲所
謂廣義和狹義，必須廣義的內涵包括狹義的內涵在內，如狹義的文字
學指字形方面，廣義文字學則兼有文字、聲韻、訓詁三方面。黃氏認
爲「仿效」是廣義的仿擬，「仿諷」是狹義的仿擬，但由該書所舉例
證來看，黃氏是以有無諷刺意味爲基準，將「仿擬」分爲沒有諷刺意
味的「仿效」和有諷刺意味的「仿諷」。「仿效」並沒有包括「仿
諷」，而是「仿效」和「仿諷」二者將「仿擬」一分爲二，互不相
屬，所以「仿效」和「仿諷」並非廣義和狹義的區別。

沈謙《修辭學》分爲「仿擬」和「仿諷」兩類。沈謙（1996：
152）說：「仿擬是單純模仿前人的作品，形式結構維妙維肖，題材
內容則相去不遠，並無諷刺意味。」又說：「仿諷是刻意模仿前人作
品，形式結構維妙維肖，題材內容與原作迥異。主要是以用崇高宏偉
的文體敘述微不足道的瑣事，藉形式與內容的不調和，模擬嘲諷，造
成滑稽悅人的效果。」沈謙所說的「仿擬」是狹義的仿擬（即黃慶萱
所說的「仿效」），是指「題材內容」與原作「相去不遠」，沒有諷
刺意味的仿效，而不包括「題材內容與原作迥異」，有諷刺性的仿
諷。

但是沈謙這個定義，有個小缺點，亦即它是在兩個不同的基準

上來分類的。一是「仿體與本體題材內容相去不遠或迴異」，二是「有或沒有諷刺意味」。如此則會造成矛盾牴觸的現象：如果本體原無諷刺意味，仿體的「題材內容」與之「相去不遠」，有時沒有諷刺意味，歸入「仿效」當然沒有問題；但是，在某些語境中卻會有諷刺意味；或是本體原有諷刺意味，仿體的「題材內容」與之「相去不遠」，當然也會有諷刺意味。此時究竟該依「題材內容相去不遠」而歸爲「仿效」呢？還是依「有諷刺意味」而歸爲「仿諷」呢？

筆者認爲：將「仿擬」分爲「沒有諷刺意味」的「仿效」，和「有諷刺意味」的「仿諷」兩類，是依「效果」爲基準來分的。這是因爲「仿諷」既是「模仿嘲諷」，當然帶有諷刺意味；反之，與之相對的「仿效」也就不能有諷刺意味。另外，將仿擬分爲「與原作相去不遠」，和「與原作迴異」兩類，則是依「仿體與本體題材內容相去不遠或迴異」爲基準。上述兩種不同基準的分類，各有其不同要求，不可混爲一談。茲說明如下：

㈠仿效

仿效是單純模仿前人的作品，形式結構維妙維肖，但無諷刺意味。一般來說，本體若無諷刺意味，仿體的題材內容與本體相去不遠時，仿體也不會有諷刺意味。若有例外，而使仿體含有諷刺意味，則應歸入仿諷。

沒諷刺意味的仿效是以青出於藍而勝於藍爲目的，若是比原作差太多，則落於下乘。若以仿體和本體之比較而言，則仿效有超越原作、略遜原作和難分軒輊三類：

1.超越原作之仿效

仿效作品能青出於藍而勝於藍，則是超越原作的仿效，如：

落霞與孤鶩齊飛，秋水共長天一色。（王勃〈滕王閣序〉）

王勃的這兩句是仿效庾信〈馬射賦〉：「落花與芝蓋齊飛，楊柳共春旗一色。」新作比原作更勝一籌。

2.略遜原作之仿效

仿效作品比原作差，只是步人後塵，毫無創意，則落於下乘。如：

安得大裘長萬丈，與君都蓋洛陽城！（白居易〈新製綾襖成
感有詠〉）

此句仿自杜甫〈茅屋爲秋風所破歌〉末段：「安得廣廈千萬間，大庇
天下寒士俱歡顏！」但略爲遜色。

時傾一壺酒，坐望東南山。（白居易〈效陶潛體詩〉）

此句仿自陶淵明〈飲酒〉之名句：「採菊東籬下，悠然見南山。」
但略遜一籌。陶詩用「見」字，乃自然而然，無意做作；白詩用
「望」字，則有意造作，非眞心與大自然融合。

3.難分軒輊之仿效

仿效作品與原作功力相當者：如李白〈登金陵鳳凰臺〉仿崔顥
〈黃鶴樓〉，則與原作難分軒輊。

(二)仿諷

仿諷是刻意模仿前人作品，形式結構維妙維肖，而含有諷刺意
味。若再依「仿體與本體題材內容相去不遠或迥異」爲基準，可以分
爲「題材內容與原作相去不遠」和「題材內容與原作迥異」兩類：

1.題材內容與原作相去不遠

題材內容與原作相去不遠的作品，有時本體雖無諷刺意味，仿體
卻有諷刺意味；有時本體有諷刺意味，仿體必然會有諷刺意味。茲說
明如下：

(1)本體原無諷刺性，仿體卻有諷刺性

本體雖無諷刺性，但仿體卻語帶諷刺者。如全祖望〈梅花嶺
記〉：

吳中孫公兆奎，以起兵不克，執至白下。經略洪承疇與之
有舊，問曰：「先生在兵間，審知故揚州閣部史公果死
耶？抑未死耶？」孫公答：「經略從北來，審知故松山殉
難督師洪公果死耶？抑未死耶？」承疇大恚，急呼麾下驅
出斬之。

本體「先生在兵間，審知故揚州閣部史公果死耶？抑未死耶？」只是

普通詢問，並無諷刺性。但仿體「經略從北來，審知故松山殉難督師洪公果死耶？抑未死耶？」則故意諷刺洪承疇。

⑵本體原有諷刺性，仿體也有諷刺性

本體原有諷刺意味，仿體的「題材內容」與之「相去不遠」，當然也會有諷刺意味。如：

> 當童話作家安徒生戴著一頂破帽子上街時，一個想占點便宜的人借這帽子來嘲笑他。結果這人反而遭受安徒生的嘲笑。那人說：「喂，你腦袋上的那個玩意兒是什麼？能算帽子嗎？」安徒生反唇相稽：「喂，你帽子下的那個玩意兒是什麼？能算腦袋嗎？」（謝進編著《精妙幽默技巧》，頁177）

此例之本體「喂，你腦袋上的那個玩意兒是什麼？能算帽子嗎？」原有諷刺意味，仿體「喂，你帽子下的那個玩意兒是什麼？能算腦袋嗎？」不僅形式結構維妙維肖，而且題材內容與原作相去不遠，並含有諷刺意味。

2.題材內容與原作迥異

黃慶萱（2002：101）曰：「現代文學批評家姜普（John. D.Jump）在《仿諷》（*Burlesque*）一書中粗分仿諷為兩大類：一類是用崇高宏偉的文體敘述微不足道的瑣事，稱為昇格仿諷（Hing Burlesque）。……另一類是將重要嚴肅的論題以降格的文體來表達，……稱為降格仿諷（Low Burlesque）。」這是因仿體的題材內容與原作迥異，會造成舊形式與新內容的不調和，而產生模擬嘲諷，達到滑稽悅人的效果。若再細分，可分為「昇格仿諷」和「降格仿諷」兩類：

⑴昇格仿諷

沈謙（1996：169）替「昇格仿諷」所下的定義是：「借用崇高宏偉的文體敘述微不足道的瑣事。」在大眾傳播媒體尚未流行之前，大部分的仿諷都是「昇格仿諷」，這是因為古代能夠成為口耳相傳的名言佳篇，大都是崇高宏偉的文體，若要藉形式與內容的不調和，模擬嘲諷，造成滑稽悅人的效果，則必套入微不足道的瑣事，因此形成大量的「昇格仿諷」。如：

> 很多名人，成也「關係」──公共關係；敗也「關係」
> ──男女關係。（宋美容：〈金玉涼言〉，《聯合報》2002
> 年10月6日E6繽紛版）

此例仿自俗語：「成也蕭何，敗也蕭何。」

> 天增歲月人「爭瘦」，難怪減肥書利潤似春潮滾滾來。
> （湛秀殷：〈金玉涼言〉，《聯合報》2002年10月7日E6繽紛
> 版）

此例仿自春聯名句：「天增歲月人增壽。」

　⑵降格仿諷

　　沈謙（1996：169）替「降格仿諷」所下的定義是：「借用卑微輕鬆的文體敘述端莊嚴肅的內容。」在大眾傳播媒體流行之後，「降格仿諷」的例子漸增，這是因為大眾傳媒能將從俗、媚俗的廣告語句深入大眾心中，成為口耳相傳、琅琅上口的流行語句。而這些廣告語句往往是卑微輕鬆的文體，若要藉形式與內容的不調和，模擬嘲諷，造成滑稽悅人的效果，則必套入端莊嚴肅的內容，因此形成越來越多的「降格仿諷」。如：

> 新臺幣最近就像西北雨直直落，貶得很難看，新政府執
> 政後，有人說這是必然趨勢，因為，新政府又稱「扁」
> 政府，新臺幣只好「我扁、我扁，我貶、貶、貶」。（陳
> 邦：〈臺幣起乩　一元喪邦〉，《聯合晚報》2001年6月2日17
> 版）

「我扁、我扁，我貶、貶、貶」是仿自流行語「我變、我變，我變、變、變」。莊嚴的財政大事卻用輕鬆的流行語形式表現。

二、依語法單位分

　　仿擬依本體的語法單位為基準，可以分為「仿詞」、「仿語」、「仿句」、「仿段（章）」、「仿篇」等五類（陳正治，2001：76）：

㈠仿詞

楊春霖、劉帆（1996：107）指出「仿詞」是：「按照現成詞的結構，臨時性地仿造出一個新詞來。」如趙寧〈心事誰人知〉：

> 趙光桿人寄桿籍，身不由己，才一眨眼工夫，早已從金光閃閃直跌至破銅爛鐵。

「桿籍」是仿「黨籍」、「學籍」等「x籍」而成的近義仿詞，而且是個生造詞，尚未成為固定用法。

> 政局「僵宜化」（《聯合報》2013年10月5日A2焦點版）

2013年9月馬王政爭，行政院院長江宜樺被綠營立委阻撓，無法上臺施政報告，這種政治僵局應宜化解。此例將「江宜樺」院長的名字當成本體，透過諧音仿造出「僵宜化」的仿體。

㈡仿語

楊春霖、劉帆（1996：107）指出「仿語」是：「按照現成短語（成語、俗語、慣用語）的結構，臨時性地仿造出一個『新』語來。」如趙寧〈浮生六記〉：

> 身似菩提，心如明鏡，把心中死角裡那些不正當的欲望、發了霉的愛情、莫須有的悲傷，統統壯士斷腕，驅逐出「鏡」，才能夠心思澄明，身輕如燕，揮羽邀清風，長鳴入青雲。

「驅逐出鏡」是仿「驅逐出境」而成的諧音仿語，而且是個生造語，尚未成為固定用法。「鏡」一方面比喻內心，一方面兼有「境」的原義，是說把不好的想法驅逐出內心這面「鏡」的範圍（境）。

> 國立臺中師範學院九十一年度春暉專案標語比賽
> 第三名：幼四甲吳亭宜——拒絕「菸菸」一息

「菸菸一息」是仿「奄奄一息」而成的諧音仿語，而且是個生造語，尚未成為固定用法。「菸菸一息」是指吸「菸」損傷健康，造成

身體「奄奄一息」，則有雙關義。

(三)**仿句**

　　楊春霖、劉帆（1996：108）指出「仿句」是：「模擬現成的句子格式仿造新句子。」仿句，講究句子結構形式的相似，允許部分詞語有變動。如電信廣告：

　　不在乎天長地久，只在乎能講多久。

此例是仿「不在乎天長地久，只在乎曾經擁有」（（鐵達時鐘錶廣告）而成的仿句。

　　世人爭名奪利，多<u>不達「墓地」絕不罷休</u>。（古呆〈金玉涼言〉，《聯合報》2002年6月30日E6繽紛版）

此例是仿「不達目的絕不罷休」的仿句。

　　官場打滾心得：<u>路遙知馬屁，日久見人腥</u>。

此例是仿「路遙知馬力，日久見人心」的仿句。

　　避孕的效果：「不成功，便成人。」

此例是仿「不成功，便成仁」的仿句。

(四)**仿段（章）**

　　仿擬前人作品中一段或一章以上的，稱為仿段或仿章。如：

　　失戀後的小明經常喃喃自語：「人也空，財也空，失戀身心兩頭空；想也空，念也空，回憶往事一場空。」（筆者擬句）

此例仿悟空大師〈萬空歌〉的兩段。

(五)**仿篇**

　　楊春霖、劉帆（1996：108）指出「仿篇」是：「故意模擬前人的成篇或語句腔調。」這個定義，有待商榷。因為，既然名為「仿

篇」，當然是以「篇」爲結構單位，所以「語句腔調」不應歸屬於
此，而應另外畫歸模擬對象中的「當前仿擬」。如：

> 碼不在多，六個就贏；簽不用早，有誠則靈；斯是夢境，
> 唯吾不醒。牌支算得準，一次六顆星。頭彩一中後，北銀
> 抱獎金。可以買別墅，堆黃金。無鬧鐘之亂耳，無加班
> 之勞形。晚晚拚酒店，天天自然醒。吾自云：「有中才
> 行。」（佚名〈樂透銘〉，《聯合晚報》2002年3月28日(四)7
> 版）

此例是仿劉禹錫〈陋室銘〉的仿篇。

三、依仿擬媒介分

依仿擬媒介來分，可分爲「諧音仿」、「語義仿」、「換序
仿」、「格式仿」和「語體仿」五類：

(一)諧音仿

仿擬當中，仿體和本體之間有諧音關係，是透過諧音爲媒介而仿
擬，是爲諧音仿。它又可分爲有雙關義的諧音仿和無雙關義的諧音仿
兩類：

1.有雙關義的諧音仿

有雙關義的諧音仿，是指在該語境中，除了有仿體的字面意義
外，還兼含本體原義。如：

> 低腰之美 「溝」引目光
> 一百貨公司辦比賽 不少人大膽秀臀 丁字褲、臀溝全都露
> （《聯合報》2003年2月24日18版）

「溝引」是仿「勾引」而成的諧音仿詞，「臀溝全都露」當然能
「勾引」目光。

> 詹明樹 太極銀家（《中國時報》2002年10月13日31版「釜
> 山亞運專刊」）

「銀家」是仿「贏家」而成的諧音仿詞，詹明樹在釜山亞運中，榮獲太極劍「銀牌」，也是此一競賽中的「贏家」。

2.無雙關義的諧音仿

無雙關義的諧音仿，是指在該語境中，只有仿體的字面意義，並不含本體原義。如：

薯來寶
煮粥配飯樣樣好（《中國時報》2002年12月4日36版）

「薯來寶」是仿「數來寶」而成的諧音仿詞，此例只是指番薯是寶，並無「數來寶」唸唱的意義。

萬象特別越陽（陽間之陽也）訪問了至聖先師孔老夫子。（韓廷一《挑戰歷史——超時空人物訪談》，頁25）

「越陽」是仿「越洋」而成的諧音仿詞，但此例專指「越過陽間」而非「越過海洋」。

(二)語義仿

仿擬當中，仿體和本體之間沒有諧音關係，只就其意義相近或相反而仿擬，是為語義仿。它又可分為近義仿和反義仿兩類：

1.近義仿

仿體和本體意義相近的仿擬，稱為「近義仿」，又稱「類仿」。如趙寧〈餃子大王〉：

趙某人第一次吃鮮魚餃子十分的猴急，囫圇吞「餃」，一口一個，吃到最後，面色發白，冷汗直流，非常的丟臉。

「囫圇吞餃」是仿「囫圇吞棗」而成的近義仿語，而且是個生造語，尚未成為固定用法。

拋佛引玉　兩岸感性交流
法鼓山慨捐隋代古佛頭回歸大陸　盼喚起保護古文物精神
（《中國時報》2002年12月17日5版）

「拋佛引玉」是仿「拋磚引玉」而成的近義仿語，而且是個生造語，尚未成爲固定用法。

2.反義仿

仿體和本體意義相反的仿擬，稱爲「反義仿」，又稱「反仿」。如梁實秋〈男人〉：

> 「群居終日，言不及義。」原是人的通病；但是言談的內容，卻男女有別。……男人談的是另一套。……他們好議論人家的陰私，好批評別人的妻子的性格相貌。「<u>長舌男</u>」是到處有的，不知爲什麼這名詞尚不甚流行。

「長舌男」是仿「長舌婦」而成的反義仿詞，而且是個生造詞，尚未成爲固定用法。

> 海峽兩岸關係的錯綜複雜，就是因為兩岸領導人<u>不學「有」術</u>，在政治上翻雲覆雨，各顯神通，自以為天縱英明。

「不學有術」是仿「不學無術」而成的反義仿語，而且是個新造語，尚未成爲固定用法。

㈢換序仿

徐國珍（2003：66）曰：「換序仿是利用本體語序的變化而構成的仿體。」如：

> 到達了目的地，但見滿山遍野白雪皚皚，萬頭鑽動，凌雲御風，十分的自在，不由得心頭大樂，腳癢難熬，將滑雪板、雪靴緊緊的細綁，大踏步的衝上前去。無奈「<u>腳重頭輕</u>」，力不從心，「<u>兩</u>」步湊成「<u>三</u>」步，拖「<u>雪</u>」帶「<u>冰</u>」的在雪地上蝸行。（趙寧〈滑雪小記〉）

「腳重頭輕」是仿「頭重腳輕」而成的換序仿語，「兩步湊成三步」是仿「三步湊成兩步」的換序仿，而且它們都是個生造語，尚未成爲固定用法。

什麼？你也不相信老趙炒得一手好菜？唉，真氣人！好
了，咱們來個<u>短話長說</u>，你豎起耳朵來，好好給我聽著。
（趙寧〈天下第一鴨〉）

「短話長說」是仿「長話短說」而成的「換序仿」。

㈣格式仿

　　徐國珍（2003：61）曰：「格式仿是根據特定的言語格式進
行的仿擬。」如：仿「X友」的格式而造出「棚友」（「文革」中
關在同一個牛棚中的難友）、「寄友」（寄養在同一老師家中的同
學）、「麻友」（在一起打麻將的人）、「圈友」（同一圈子中的朋
友）、「荒友」（在北大荒勞動時結交的朋友）、「粉友」（吸食白
粉時結交的人）、「樂友」（喜愛音樂的朋友）、「飯友」（在一個
食堂吃飯的人）、「插友」（插隊時的朋友）。

㈤語體仿

　　語體仿即仿造某一特定的語體而擬就的言語。如〈烹飪選戰〉：

主料：藍綠兩黨候選人各1名(知名度高者為佳)，其他小黨
　　　候選人或脫黨參選者1～3名。
調料：統獨議題1份，經濟數字數份，股市漲跌數次，治安
　　　問題1份，民生議題1份，緋聞、貪瀆、弊案、賄選
　　　各1～3份，名嘴若干，狗仔數名，激情3~5勺，抗議
　　　適量，賭咒各1件，虛情假意各1份，失望少許，慶
　　　功少許，謝票數份。
烹製方法：
1.將藍綠兩黨候選人分開，分別用統獨議題中的愛台與賣
　台情節醃漬，以數月為宜，至和味。
2.將藍綠兩黨候選人同時放一容器中，放經濟數字數份，
　如有必要可加入其他小黨候選人或脫黨參選者。
3.將藍綠兩黨候選人及其他小黨候選人或脫黨參選者分
　開，分別加入緋聞、貪瀆、弊案、賄選後拌勻發酵。
4.將發酵好的候選人同時放入烹調選戰的鍋中，加入股市

漲跌數次，治安問題1份，民生議題1份，用舌戰火苗慢慢焙煎，注意：切忌用猛火，用猛火難以燒透入味，容易出現「夾生現象」。

5. 加入名嘴若干，狗仔數名，再加激情3~5勺，抗議適量，賭咒各1件，虛情假意各1份，加大火力，翻炒數次，以增重其味，使其波折重重。

6. 除去名嘴，除去狗仔，再加入選票，用民意火苗反復煎熬。起鍋時，撒失望少許，慶功少許上光。盛盤後，附謝票數份，一起上桌即成。

注意事項：此菜只能數年烹飪一次，切勿經常食用，否則令人倒盡胃口。（筆者仿作）

此例仿「食譜體」而寫選戰內容。

四、依仿擬對象分

依仿擬對象為基準，可以分為「名言仿擬」與「當前仿擬」二類：

㈠名言仿擬

所謂「名言仿擬」，是指模仿大眾耳熟能詳的名言警句佳篇，因為是大眾熟知的內容，只要仿體出現即可，本體不一定要出現，也能引起讀者聽眾似曾相識的感覺，而引起共鳴。如手機簡信：

我是一隻臭臭臭臭腳，想要踢卻怎麼樣也踢不好，也許有一天我衝出了亞洲，卻成為戲弄的目標，我見過了世面，才發現自己是個膿包。

此例仿臺灣歌手趙傳的成名曲〈我是一隻小小鳥〉，寫出了球迷對中國足球寄予的厚望以及所有的失望和無奈

愛空空，情空空，自己流浪在街中；人空空，錢空空，單身苦命在打工；事空空，業空空，想來想去就發瘋；手機空，沒錢充，生活所迫不輕鬆；總之，四大皆空。（手機簡信）

此例仿明‧悟空〈萬空歌〉：「天也空，地也空，人生渺渺在其中；日也空，月也空，東升西墜為誰功；金也空，銀也空，死後何曾在手中；妻也空，子也空，黃泉路上不相逢；權也空，名也空，轉眼荒郊土一封。」

(二)當前仿擬

所謂「當前仿擬」，是指模仿當前的語句。所模仿的對象，雖然不是大家耳熟能詳的名言警句，但因為該對象才在眼前出現，讀者的印象仍在，仿體仍能令讀者有親切、熟稔的感覺，可以立即產生共鳴。這和「名言仿擬」必須選用最佳句調，才能達成令讀者感覺親切、熟稔，立即產生共鳴的效果是相同的。如：

> 有一天，一個秀才遇到一個農夫，那農夫手裡拿著大小兩個桶子，要求秀才為他作一首詩。秀才想了一下，就說：「小桶也是桶，大桶也是桶，小桶裝大桶裡，二桶變一桶。」秀才要農夫作一首詩，那時有一個人出葬，於是農夫說：「秀才也是才，棺材也是材，秀才裝入棺材裡，兩材變一材。」（陳天華《小笑話》，頁13）

此例後者仿擬前者，仿體和本體內容相去不遠，但有諷刺意味。本體「小桶也是桶，大桶也是桶，小桶裝大桶裡，二桶變一桶」並非大眾耳熟能詳的名言佳篇，只是語境中剛剛出現的語句，是為「當前仿擬」。

> 矮子笑瘦子：「我一根手指就比你的大腿還粗。」瘦子反唇相譏說：「我一根手指就比你的大腿還長。」（筆者擬句）

此例後者仿擬前者，仿體和本體相內容相去不遠，但有諷刺意味。本體「我一根手指就比你的大腿還粗」並非大眾耳熟能詳的名言佳篇，只是語境中剛剛出現的語句，是為「當前仿擬」。

五、依結構形態上分

按照本體與仿體是否同時出現，可以把仿擬分為同現式仿擬（明

仿）和隱含式仿擬（暗仿）。

㈠明仿

　　所謂明仿，即本體和仿體都出現在語境中者，它明白地將仿擬本末都呈現出來。如：

> 兩岸別再比飛彈數目了，比一比你們消除貪官的數目吧！梁襄王問孟子，什麼樣的人才能統一國家？他回答：「不嗜殺人者能一之。」戰爭早為大家所摒棄，我們今天似乎可以改幾個字說：「<u>不嗜貪瀆者能一之</u>。」因為天下昇平、四海歸心嘛！（張作錦〈限酒令和限桌令〉，《聯合報》2005年6月9日E7聯合副刊版）

「不嗜貪瀆者能一之」是仿自「不嗜殺人者能一之」而來。本體和仿體都出現在語境中，是為「明仿」。

㈡暗仿

　　所謂暗仿，即本體不出現，語境中只有仿體存在者。它只有仿擬的結果，而將過程省略。

　　運用暗仿，其本體必須是大眾耳熟能詳的名言佳篇，否則讀者無法知道這是仿擬手法，甚至誤會是作者自創的語句。如：

> 「趙光桿」現在是年高德劭，<u>大「妻」晚成</u>。常言道得好：「趙老五，真辛苦，衣服破了沒人補。」（趙寧〈覆王罩馬先生書〉）

「大妻晚成」（仿體）是仿「大器晚成」（本體）而來的仿語，語境中只有仿體，本體並未出現，是為「暗仿」。

表3-7 仿擬分類表　　　　　　　　　　　　　　　　　（筆者自製）

辭格	分類基準	次辭格			異名	說明
柒、仿擬—廣義	一、依表達效果分	(一)仿效	1.超越原作之仿效		狹義仿擬	
			2.略遜原作之仿效			
			3.難分軒輊之仿效			
		(二)仿諷	1.題材內容與原作相去不遠	(1)本體原無諷刺性，仿體卻有諷刺性		
				(2)本體原有諷刺性，仿體也有諷刺性		
			2.題材內容與原作迥異	(1)昇格仿諷		
				(2)降格仿諷		
	二、依語法單位分	(一)仿詞				
		(二)仿語				
		(三)仿句				
		(四)仿段			仿章	
		(五)仿篇				
	三、依仿擬媒介分	(一)諧音仿	1.有雙關義的諧音仿			
			2.無雙關義的諧音仿			
		(二)語義仿	1.近義仿		類仿	
			2.反義仿		反仿	
		(三)換序仿				
		(四)格式仿				
		(五)語體仿				
	四、依仿擬對象分	(一)名言仿擬				
		(二)當前仿擬				
	五、依仿擬結構分	(一)明仿			同現式仿擬	
		(二)暗仿			隱含式仿擬	

參、辨析

仿擬有些概念容易遭人誤解，在此特加辨析：

一、「新瓶裝舊酒」有別於「舊瓶裝新酒」

仿擬是「舊瓶裝新酒」（仿舊形式擬出新內容），但是「新瓶裝舊酒」（將舊內容改寫成新形式），則與仿擬的定義不符：

> 烏鴉口中一塊肉，／狐狸樹下長守候，／想出法子將計售。
> ／他說：／烏鴉小姐體材瘦，／羽毛光亮無污垢，／品行高尚才德厚，／嗓音優美稱歌后，／請妳高歌莫稍候，／洗耳恭聽真享受。／
> 烏鴉不禁陶醉透，／引吭高歌欲作秀。／不料，／口開掉下肉，／狐狸接著，／獨自去享受。／（魏聰祺〈狐狸騙肉〉）

此例是將《伊索寓言·狐狸與烏鴉》的內容改用押韻的詩歌改寫，應屬「新瓶裝舊酒」(新形式改寫舊內容)，而不是仿擬的「舊瓶裝新酒」（舊形式裝新內容）。

二、「構詞性仿擬」不屬於「仿擬格」

徐國珍（2003：54、55）認為：從功能上看，仿擬可分為修辭性的和構詞性的兩大類：

> 一、修辭性仿擬：修辭性仿擬即以提高言語表達效果為目的的仿擬現象。
> 二、構詞性仿擬：構詞性仿擬即以滿足用詞需要為目的的仿擬現象。

徐氏所說的「構詞性仿擬」，雖然它的產生是以仿擬手法形成，但因為已經「固定化」成為普通詞彙，所以不再屬於「臨時性」「超常」的「仿擬格」。如：仿自於「X友」的「文友」、「筆友」、「酒友」、「牌友」、「賭友」、「棋友」、「網友」、「室友」等，應屬構詞性仿詞，不是仿擬格。

　　徐氏所說的「修辭性仿擬」，一則它的產生也是以仿擬手法形成，二則它尚未成為「固定化」的詞彙，三則它仍是「超常」現象；所以仍屬具有「臨時性」「變異性」的「仿擬格」。如：「棚友」（「文革」中關在同一個牛棚中的難友）、「寄友」（寄養在同一老師家中的同學）、「麻友」（在一起打麻將的人）、「圈友」（同一圈子中的朋友）、「荒友」（在北大荒勞動時結交的朋友）、「粉友」（吸食白粉時結交的人）、「飯友」（在一個食堂吃飯的人）、「插友」（插隊時的朋友）等等，則應屬修辭性仿詞，則是仿擬格。

三、仿擬的本體和仿體能否達成修辭效果，應以語境為主

　　徐國珍（2003：13）認為：

> 如果我們把諸如「吃了嗎？」「我昨天去了一趟上海」等一些並不具有明顯的既成性、規約性、定型性的言語形式用作仿擬的本體，恐怕就談不上什麼修辭效果了。

筆者認為：正常情況下，這種說法是可行的，但在特殊的情況下，則會有變例存在。如「當前仿擬」，所仿擬的本體，不必是大眾熟知的名言，而是普通言語，它不一定是具有明顯的既成性、規約性、定型性的言語形式，但也同樣能達到修辭效果。如：

> 甲：「你亂像豬的。」乙：「你亂像人的。」

甲取笑乙的身材像豬，乙以當前仿擬回敬「你亂像人的」，婉曲地表達「你不是人」，只是很像人而已。所以仿擬的本體和仿體之間，能否達成修辭效果，主要是取決於語境。如果語境配合，本體雖不具有明顯的既成性、規約性、定型性，仿體與之對照之下，仍能形成某些修辭效果。

四、「仿擬」和「雙關」之辨析

　　仿擬中的「語義仿」和「詞義雙關」有些相關；另外，「諧音仿」和「諧音雙關」也有些相關，必須加以辨析：

㈠「語義仿」有別於「詞義雙關」

沈謙（1996：62）曰：「詞義雙關」是「一個詞語在句中兼含兩種意思」。仿擬中的「語義仿」和「詞義雙關」都是透過語義爲媒介來達成的修辭活動。兩者之間常因「語義」而混淆，必須加以辨析。

1. 單純的「語義仿」

只具有「語義仿」的形式特點，並無「詞義雙關」的意義內涵，亦即只有仿體的意義，而不兼有本體的意義。如趙寧〈洗澡與我〉：

> 諸君有所不知，趙茶房天生的<u>藝低人膽小</u>，什麼事都害怕。

「藝低人膽小」是仿「藝高人膽大」而成的反義仿語，而且是個生造語，尚未成爲固定用法。此例只有仿體「藝低人膽小」的意思，而無本體「藝高人膽大」的意思，因此不是雙關。

2. 單純的「詞義雙關」

不具有「語義仿」的形式特點，卻只有「詞義雙關」的意義內涵。如：

> 「精子銀行」，歡迎捐贈，<u>有種的</u>快來！（魏子《猛笑話》，頁134）

「有種的」兼指「有膽量的」及「有精子的」二層意思；但並無仿擬的形式。

> 兵役延長一年，已引起大學生的<u>公憤</u>。

「公憤」的「公」字，兼指「公衆」和「男性諸公」；但並無仿擬的形式。

3. 「語義仿」兼用「詞義雙關」

一方面具有「語義仿」的形式特點，同時具有「詞義雙關」的意義內涵。亦即除了仿體的意義外，還兼有本體的意義。如豐胸廣告：

我就這樣<u>胸滿意足</u>了（《聯合報》1988年2月11日17版）

「胸滿意足」是仿「心滿意足」而成的近義仿語，而且是個生造語，尚未成爲固定用法。此例「胸滿意足」兼有雙關，是說胸部豐滿也就心滿意足了。

㈡「諧音仿」有別於「諧音雙關」

沈謙（1996：62）曰：「諧音雙關」是「一個字詞除了本身所含的意義之外，兼含另一個同音或音相近的字詞的意義」。仿擬中的「諧音仿」和「諧音雙關」都是透過諧音爲媒介來達成的修辭活動。兩者之間常因「諧音」而混淆，必須加以辨析。

1.單純的「諧音仿」

只具有「諧音仿」的形式特點，並無「諧音雙關」的意義內涵；亦即只有仿體的意義，而不兼有本體的意義。如：

> 一個巾幗英雌，年輕貌美；一個年已半百，飽經風霜，早就如強弩之末，心餘力絀準備做「<u>淘汰郎</u>」了。（韓廷一《挑戰歷史——超時空人物訪談》，頁74）

「淘汰郎」是仿「桃太郎」而成的諧音仿詞：但此例專指「被淘汰的新郎」，並無日本傳說「桃太郎」的意義。

> 現在的死刑爲什麼比以前多呢？答案很簡單，以前我們的教育是「四育並重」，隨著社會風氣變壞，現在已變成「<u>四育病重</u>」，死刑不多才奇怪！（陳邦〈死刑替天行道，給他不人道〉，《聯合晚報》2001年6月16日17版）

「四育病重」是仿「四育並重」而成的諧音仿語，而且是個生造語，尚未成爲固定用法。「四育病重」是指德智體群四育生病嚴重；「四育並重」是指四育都重視，二者意義相反，沒有雙關義。

2.單純的「諧音雙關」

不具有「諧音仿」的形式特點，卻只有「諧音雙關」的意義內涵。如：

> 昔具<u>蓋</u>世之德，

今有<u>罕見</u>之才。（諷汪精衛）

其中字面上的意義，雖是「蓋世」、「罕見」，但同時兼含諧音的言外之義「該死」、「漢奸」。而「蓋世」、「罕見」並非仿擬的生造詞。

3.「諧音仿」兼用「諧音雙關」

一方面具有「諧音仿」的形式特點，同時具有「諧音雙關」的意義內涵；亦即除了仿體的意義外，還兼有本體的意義。如：

上班族最普遍的現象就是：「薪」情不佳。（李靖《上班族笑話高手》，頁98）

「薪情不佳」是仿「心情不佳」而成的諧音仿語，而且是個生造語，尚未成為固定用法。薪水情況不佳，心情當然也就不佳了，所以具有雙關義。

㈢觀念澄清

徐國珍（2003：158、159）針對「諧音雙關」與「諧音仿擬」提出兩點辨析的看法：

㈠雙關所利用的言語材料都是語言社會中的現成詞，而諧音仿擬則是根據同音或近音的有關言語材料臨時新創的。

㈡諧音雙關所表現的意義比較複雜，其言語材料本身包含著表層與深層兩重意義，且言語者說的是表層義，實際上指的卻是深層義。而諧音仿擬雖然從語音形式上給人以關顧本體、仿體兩者的感覺，而實際意義卻是單純的，指的就是字面意義，與其本體並無關係。

關於第一點，「諧音仿擬則是根據同音或近音的有關言語材料臨時新創的」，這是對的；但是「雙關所利用的言語材料都是語言社會中的現成詞」，則以偏概全，有待商榷。如上所舉「單純的諧音雙關」確實是「社會中的現成詞」，但「諧音仿兼用諧音雙關」者，卻是「臨時新創的」。關於第二點，「諧音雙關……言語者說的是表層義，實際上指的卻是深層義」，這只能指「單純的諧音雙關」；若是

「諧音仿兼用諧音雙關」者，則恰好相反，必須把「深層義」寫在「仿體」的字面上，讀者才能由此聯想到「本體」的「表層義」，如可由仿體「叫室」、「割聲」而聯想到本體「教室」、「歌聲」；卻很難由本體聯想到仿體。「單純的諧音仿」則只有「仿體」的字面意義，而未兼有「本體」的意義，故不屬「諧音雙關」。

綜上所述，我們可以得到這樣的結論：「雙關」是從內容上來說的，「仿擬」是從形式上來說的。它的情況就跟「映襯」和「對偶」的關係相同。

五、「仿擬」和「飛白」之辨析

楊春霖、劉帆（1996：989）曰：「明知其說錯或寫錯，故意將錯就錯如實記錄或援引下來的修辭方式叫飛白。」仿擬的「語義仿」和「字形飛白」、「語義飛白」容易混淆，「諧音仿」和「語音飛白」容易混淆，需要加以辨析：

㈠「語義仿」有別於「字形飛白」、「語義飛白」

故意記錄或仿效字形錯誤，是為「字形飛白」。故意記錄或仿效用錯詞語或誤解語義，是為「語義飛白」。仿擬當中，仿體和本體之間沒有諧音關係，只就其意義相近或相反而仿擬，是為「語義仿」。「語義仿」和「字形飛白」、「語義飛白」之間有些相關，需要辨析：

1.「語義仿」的例子

只具有「語義仿」的形式特點，並無字形飛白、語義飛白的意義內涵。如：

> 當下綜合所得稅有七成五課自「勞動所得」，僅二成五為「資本利得」，改來改去，必然是窮人的稅負更加重，富人則仍逍遙稅外。（張作錦〈限酒令和限桌令〉，《聯合報》2005年6月9日E7聯合副刊版）

「逍遙稅外」是有意仿自「逍遙法外」而來的生造詞，卻不是作者無意犯錯而被有意記錄的字形飛白或語義飛白。

2.字形飛白和語義飛白的例子

不具有「語義仿」的形式特點，卻只有字形飛白或語義飛白的意義內涵。如：

> 昔有宿儒過村學中，聞其「都都平丈我」，知其訛也，校正之，學童皆駭散。時人為曰：「都都平丈我，學生滿堂坐；郁郁乎文哉，學生都不來。」（王利器輯錄《歷代笑話集》，上海古籍出版社，1981年，頁345）

此例將「郁郁乎文哉」看錯字形而讀為「都都平丈我」。「都都平丈我」雖是生造詞語，但並非學童有意為之，所以不是「語義仿」。

㈡「諧音仿」有別於「語音飛白」

楊春霖、劉帆（1996：990）曰：「語音飛白」是「利用各種不準確的語音，如咬舌兒、大舌頭、方音、讀錯音等構成的飛白」。仿擬中的「諧音仿」和「語音飛白」有些相關，必須加以辨析：

1.「諧音仿」的例子

只具有「諧音仿」的形式特點，並無「語音飛白」的意義內涵。如：

> 心理圖書趁「需」而入。（《揚子晚報》1997年11月11日）

「趁需而入」是仿「趁虛而入」而成的諧音仿語，它是生造詞，卻不是作者誤用而被有意記錄或援用的「語音飛白」。

2.「語音飛白」例子

有二種不同情況：首先是只有「語音飛白」的意義內涵，卻不具有「諧音仿」（生造詞）的形式特點。如：

> 老師說：「找兩個人，我要搬花。」班長選出兩位漂亮女同學，並向老師報告：「兩位班花帶到。」（筆者擬句）

此例班長將「搬花」誤聽為「班花」，被有意記錄下來，這是「語音飛白」。本體「搬花」和飛白體「班花」都是現成詞語，不是生造詞，因此不屬於「諧音仿」。

其次，具有「語音飛白」的意義內涵，但形式雖是「生造詞」，

卻不具有「刻意性」，因此也不屬於「仿擬」。如：

> 小販說：「桑椹汁可以固腎。」兒子懷疑地說：「傷腎汁
> 都把腎臟傷了怎能固腎呢？」（筆者擬句）

此例兒子將小販說的「桑椹汁」誤聽為「傷腎汁」，被有意記錄下
來，這是「語音飛白」。而「傷腎汁」雖是生造詞，卻不是兒子故意
模仿「桑椹汁」而臨時創造出來的「諧音仿」。

肆、產生因素

一、心理基礎

　　仿擬是以心理上的模仿（imitation）為基礎，它是人類的一種本
能。黃慶萱（2002：93）曰：「我們可以認為模仿是人類的特性之
一，此特性由於學習而益增強。……模仿是人類學習社會行為的重要
路徑。我們試回憶自己學習語文以及各種行為的歷程，也能發現模仿
占著何等重要的地位。」透過模仿可以學習到基本的東西，但是，單
純的模仿還不足以構成仿擬的修辭效果，它還必須透過聯想，以近
義、反義、諧音等方式進行再創造，才能青出於藍或出人意外。所
以，仿擬是以模仿和聯想作為心理基礎。

二、美學基礎

　　仿擬要達到修辭的美學效果，必須經過再創造的過程，使仿體超
越本體或偏離本體，形成新奇的美感。徐國珍（2003：31）曰：

> 一個語言現象，不管其內部構成多麼巧妙，多麼富有藝術
> 性，也不管其曾經產生過多麼強烈的美感效果，仍難免會
> 因其「習見性」而漸漸失去新鮮誘人的藝術光彩變得平淡
> 無味。因此，要使言語表達具有吸引人的魅力，就必須注
> 意使其不斷更新、不斷變化。

仿擬的仿體就是要擺脫常態、擺脫平淡，產生新異變化的修辭效
果。它是「舊瓶裝新酒」，模仿本體的形式，內容加以改變，使本體
原來習見的、平淡的、常態的言語形式突然變化為一種既新穎、別
致、奇特又讓人感到親切、熟悉的形式。這就能滿足人們喜新尚變的

審美傾向。

三、語文條件

仿擬中的「諧音仿」和漢語同音字很多的特性有關；「語義仿」和漢語一字多義的現象有關；「換序仿」和漢語的語序特性有關。這些都是仿擬產生的語文條件。

伍、運用原則

仿擬的運用是舊瓶裝新酒，仿體新創的內容和本體差異很大，會將心理距離拉大，產生陌生新穎效果，引人注意。但仿體形式上卻和本體相似，讓讀者有似曾相識的熟悉感，而將心理距離拉近。兩相配合，可以使接受者產生一種既新鮮別致又不是無法解讀的言語感知，巧妙地使仿擬現象與人的認知之間保持了一種適度的心理距離。

因此，創造仿體時，首先要遵循「求同性策略」，即「努力使仿體接近、類似本體，努力保持本體的基本面貌，以充分顯示本體和仿體之間依附與被依附的關係，使仿體能較快地被接受者辨認出來，並使人們能較易地從本體身上類推出仿體的含義。」（徐國珍，2003：266）

其次，要遵循「求異性策略」，即「努力顯示仿體與本體的不同之處」（徐國珍，2003：269）。其方法為「追求變異」（與原來的對象有所不同、有所變化）、「追求新異」（除了一般的異之外還應具有新意）、「追求奇異」（指奇特的、出人意料的不同）。

最後，要遵循「求解性策略」，即「求得正確解碼」（徐國珍，2003：272）。其方法為：「本體力求明顯、明確」，選用大眾耳熟能詳的最佳句調，才不會影響仿體的類推；「類推力求合理、合情」，如仿「煙癮」造出「橋癮」，若不加說明是「橋牌之癮」，則頗令人費解（徐國珍，2003：266-274）。

第四章

表意方法的調整㈢

　　本章所要探討的是析字、飛白、轉品、設問、互文、同異和層遞七個表意方法調整的辭格。

第一節　析字

壹、定義

　　陳望道（1989：148）曰：「字有形、音、義三方面，把所用的字析爲形、音、義三方面，看別的字有一面同它相合相連，隨即借來代替或即推衍上去的，名叫析字辭。」這個定義大致把析字的內涵做一交代，但文意不太清晰流暢。所以黃慶萱（2002：215）修改爲：「在講話行文時，刻意就文字的形體、聲音、意義加以分析，由此而創造出修辭的方式來，叫做『析字』。」這個定義就清楚流暢多了。筆者爲配合本書統一用語，因此再將「析字」定義修改爲：

　　　　說話行文時，刻意就文字的形體、聲音、意義加以分析，
　　　　由此而創造出的修辭方法，叫做「析字」。

貳、分類

　　陳望道（1989：156）依形、音、義的差別，將析字分爲「化形析字」、「諧音析字」和「衍義析字」三大類，每大類之下又分三小類。往後各家學者大都承襲，只在小類有所更改，並增加兼有兩種方法以上的「綜合析字」。茲說明如下：

一、化形析字

　　陳望道（1989：149）曰：「變化字形的析字約可分作三式：（甲）是離合字形的，可以稱爲離合；（乙）是增損字形的，可以稱爲增損；（丙）是單單假借字形的，可以稱爲借形。」筆者認爲「借形」和「衍義析字」中的「演化」相同，可以歸併於「演化」。於是「化形析字」只剩「離合」和「增損」兩小類。

㈠離合

　　所謂「離合」就是依文字形體加以離析或合併（黃慶萱，2002：215）。如：

　　獻帝踐祚之初，京都童謠曰：「千里草，何青青；十日
卜，不得生。」（范曄《後漢書‧五行志》）

「千里草」合併則爲「董」字；「十日卜」合併則爲「卓」字。

　　處世須存心上刃，修身切記寸邊而。（明‧吳承恩《西遊
記》第二十六回）

「心」上「刃」則爲「忍」字；「寸」邊「而」則爲「耐」字。

　　張俊民道：「鬍子老官，這事在你作法便了。做成了，少
不得言身寸。」王鬍子道：「我那個要你謝。」（清‧吳
敬梓《儒林外史》第三十二回）

「言身寸」合併則爲「謝」字。

㈡增損

　　故意將字形增添或減損者。如：

　　明末，農民起義軍勢如破竹。崇禎皇帝不安，微服出遊，
逢一測字先生，凡臺上寫著「一字知天下，現世活神
仙」。崇禎隨口說出一字「友」，問「社稷安危」。測字
先生釋曰：「不祥。『友』字爲『反』字出頭，反賊欲奪
天下矣。」崇禎不悅：「我說的不是朋友的友，是有無的
『有』。」測字先生唯恐失了「活神仙」的面子，不肯改
變原意，又釋曰：「仍不祥。『有』上爲『大』字缺一
捺，下爲『明』字一半，大明江山失一半矣。」崇禎更不
悅：「我說的是子卯戌酉的『酉』。」測字先生沉吟一
刻，搖頭如鼓：「更不祥。『酉』字爲『尊』字中段，至
尊者將無頭無足矣。」（梁曉聲〈文字與文學〉）

「『友』字爲『反』字出頭」，是爲「增形」；「『有』字，大明
江山失一半」，是爲「損形」；「『酉』字，至尊者將無頭無足
矣」，是爲「損形」。

二、諧音析字

陳望道（1989：153）曰：「諧合字音的析字，也可分作三式：
（甲）是單純諧音的，叫做借音；（乙）是利用反切上用作反切的
兩音的，叫做切腳；（丙）是利用反切上順倒雙重反切的，叫做雙
反。」

但是，陳望道（1989：179、180）將「節縮」分爲「節短」和
「縮合」兩類。其中「縮合」一項，觀該書所舉例子，如「不可有
時縮合爲叵」、「何不有時縮合爲盍」、「奈何有時縮合爲那」、
「之於或之乎有時縮合爲諸」、「不要有時縮合爲別」、「不用縮成
甭」等，這類縮成字的聲音，通常就是被縮字的合聲。它與「諧音析
字」中的「切腳」正好相反。切腳是把一字析爲兩音，如以蓬爲勃
龍，縈爲勃闌，鐸爲突落，團爲突巒，鉦爲丁寧，頂爲滴顙，角爲矻
落，蒲爲勃盧，精爲即零，螳爲突郎，旁爲步廊（陳望道，1989：
155）。縮合則是把兩字（音）合爲一字（音）。

其實陳望道所言「縮合」及「切腳」，乃是語音急讀和緩讀
的差異。急讀則兩音合爲一音，即是「縮合」（黃慶萱稱爲「合
音」）；緩讀則一音分爲兩音，即是「切腳」。因此都應歸類於
「諧音析字」。陳望道將兩音合爲一音的「縮合」列爲「節縮」
格，應屬不當。

另外，黃慶萱（2002：221）曰：「所謂合音是把二個字的聲
音拼合在一起，只說一個聲音，只寫一個文字，古人或稱爲『切
腳』。」黃氏對「合音」所下之定義，其實就是陳望道所言之「縮
合」。但黃氏又認爲「合音」或稱爲「切腳」，則是把「合音」和
「切腳」看成是同一概念。這與陳望道將「縮合」（合音）、「切
腳」分爲兩種不同概念的看法有別。本文則將「合音」和「切腳」分
爲兩類，且都歸入「諧音析字」之下。

因此，「諧音析字」有「借音」、「合音」、「切腳」和「雙
反」四小類。茲明如下：

(一)借音

二字字形不同，因諧音的關係而借用的，叫做「借音」（黃慶
萱，2002：220）。如：

隋侯白，州舉秀才，至京，機辯捷，時莫之比。嘗與僕射

越國公楊素並馬言話。路旁有槐樹顑頷死，素乃曰：「侯秀
才理道過人，能令此樹活否？」曰：「能。」素云：「何
計得活？」曰：「取槐樹子於樹枝上懸著，即當自活。」
素云：「因何得活？」答曰：「可不聞《論語》云：『子
在，回何敢死？』」素大笑。（《太平廣記》卷二百四十八
引《啓顏錄》）

「子在」的「子」，本指「夫子」，別解爲「槐樹子」，屬語義別
解；「回何敢死」的「回」，本指「顏回」，借音爲「槐」，則是
「諧音別解」。

　　退休後的生活寫照，是「度日如年」、「坐以待斃」——
　　每天度日如過新年，坐在家中等待新臺幣。

此例將「度日如年」語義析詞別解爲「度日如過新年」；將「坐以
待斃」借音爲「坐以待幣」，並將之析詞爲「坐在家中等待新臺
幣」。

㈡合音

　　所謂「合音」，是把二個或三個字的聲音併合在一起，只說一個
聲音，只寫一個文字。如：

　　盍請濟師於王？（《左傳・桓公十一年》）

「盍」爲「何不」的合音，表示反問。

　　齊宣王問曰：「文王之囿方七十里，有諸？」（《孟子・
　　梁惠王下》）

「諸」爲「之乎」的合音。清・王引之《經傳釋詞》：「諸，『之
乎』也。急言之曰『諸』，徐言之曰『之乎』。」

　　布目備曰：「大耳兒最叵信。」（《後漢書・呂布傳》）

「叵」爲「不可」的合音。

女人回回頭問：「你説嗎？小子的爹。」男人好容易抬抬臉，只説句：「有嗎好説的！」（子于〈高梁地裡大麥熟〉）

「嗎」是「什麼」的合音。

一時貪快，乜都冇晒！（香港交通安全標語）

「乜」是「什麼」的合音；「冇」是「沒有」的合音。

另外，現代 e 世代的流行語，也有下列合音現象：就「醬」（這樣）子，就「釀」（那樣）子，眞「達」（的啊），超「ㄅ一ㄤ丶」（不一樣）。

㈢切腳

所謂「切腳」，是把一個字的聲音，分解爲二個字或三個字。如：

搏扶搖而上者九萬里。（《莊子‧逍遙遊》）

「扶搖」是「飆」的切腳。

三軍皆嘩扣以振旅，其聲動天地。（《國語‧吳語》）

「嘩扣」是「吼」的切腳。

【耍孩兒】瞎王留引定火喬男女，胡踢蹬吹笛擂鼓。見一颩人馬到莊門，匹頭裡幾面旗舒：一面旗白胡闌套住個迎霜兔，一面旗紅曲連打著個畢月烏，一面旗雞學舞，一面旗狗生雙翅，一面旗蛇纏葫蘆。（元‧睢景臣〈般涉調‧哨遍‧高祖還鄉〉）

「胡闌」是「環」的切腳，是說月旗上畫個白環（代表月亮），裡頭再畫月兔。「曲連」是「圈」的切腳，是說日旗上畫個紅圈（代表太陽），裡頭再畫三足烏的形象。

㈣雙反

雙反就是順倒雙重反切的簡稱（陳望道，1989：155）。如：

> 先是文惠太子立樓館於鍾山下，號曰「東田」。「東田」
> 反語為「顚童」也。武帝又於青溪立宮，號曰「舊宮」，
> 反之「窮廐」也。果以輕狷而至於窮。（《南史‧卷五‧鬱
> 林王紀》）

「東田」順反爲「顚」，倒反「田東」爲「童」。又「舊宮」順反爲
「窮」，倒反「宮舊」爲「廐」。

> 或言後主名叔寶，反語為「少福」，亦敗亡之徵云。
> （《南史‧卷十‧陳後主紀》）

「叔寶」順反爲「少」，倒反「寶叔」爲「福」。

三、衍義析字

陳望道（1989：156）曰：「衍繹字義的析字也可分作三式：
（甲）是換話達意的，叫做代換；（乙）是隨語牽涉的，叫做牽
附；（丙）是彎彎曲曲，演述得似乎有關聯又似乎沒有關聯，必須細
細推究纔能明白的，叫做演化。」茲說明如下：

㈠代換

這常發現在引用的文中，是利用同義異詞現象的一種措辭法（陳
望道，1989：156）。如：

> 宋人宋子京……與歐陽文忠並修唐史，往往以僻字更易舊
> 文，文忠病之，而不敢言，乃書「宵寐匪禎，札闥洪庥」
> 八字以戲之。宋不知其戲己，因問此二語出何書，當作何
> 解。歐言：『此即公撰唐書法也。宵寐匪禎者，謂夜夢
> 不祥也；札闥洪庥者，謂書門大吉也。』宋不覺大笑。
> （《涵芬樓文談五》）

將「夜夢不祥」代換爲「宵寐匪禎」；將「書門大吉」代換爲「札闥

洪麻」，是以僻字代換舊詞。另外，魯迅與錢玄同曾將「新青年」代換為「鮮蒼稔」、「蠡蒼載」（唐松波、黃建霖，1996：579），也是一例。

(二)牽附

　　陳望道（1989：156）曰：「隨語牽涉的，叫做牽附。」黃慶萱（2002：222）則認為「牽附」，「就是隨著別人的話，故意由甲字牽出乙字來」。這兩家都只強調「隨語牽涉」，並沒有說明牽附出的詞語是否為生造詞。如：

> 黛玉道：「你的那些姑娘們，也該教訓教訓，只是論理不該我說。今日得罪了我的事小，倘或明日寶姑娘來，什麼貝姑娘來，也得罪了，事情可就大了。」（曹雪芹《紅樓夢》第二十八回）

寶姑娘是寶釵，貝姑娘並無此人，只因「寶」「貝」兩字意義相連，即便推演上去，以嘲笑寶玉平日寶愛寶釵，把寶釵當作「寶貝」。

> 宋嬤嬤聽了，心下便知鐲子事發，因笑道：「雖如此說，也等花姑娘回來，知道了，再打發他。」晴雯道：「寶二爺今兒千叮嚀萬囑咐的，什麼花姑娘草姑娘，我們自然有道理。」（曹雪芹《紅樓夢》第五十二回）

「花姑娘」指花襲人，「草姑娘」並無其人，而是牽附。

> 「這個話，你們姊兒倆竟會明白了？難道這個左傳右傳的，也會轉轉清楚了嗎？」（清・文康《兒女英雄傳》第三十三回）

「右傳」並無此書，乃因「左」「右」意義相連，上文曾說左傳，就此推演出來罷了。

> 管他什麼豬太郎、牛太郎的！（繁露〈向日葵〉）

「豬太郎」是卡通人物，「牛太郎」並無其人，而是牽附。

㈢演化

　　所謂「演化」，是由字義推演變化而成（黃慶萱，2002：224）。如：

> 開皇中，有人姓出，名六斤，欲參素，齋名紙至省門，遇白，請為題其姓，乃書曰「六斤半」。名既入，素召其人，問曰：「卿姓六斤半？」答曰：「是出六斤。」曰：「何為六斤半？」曰：「向請侯秀才題之，當是錯矣。」即召白至，謂曰：「卿何為錯題人姓名？」對云：「不錯。」素曰：「若不錯，何因姓出名六斤，請卿題之，乃言六斤半？」對曰：「向在省門，會卒無處見稱，既聞道是出六斤，斟酌只應是六斤半。」素大笑之。（宋・李昉編《太平廣記》二百四十八卷引《啓顏錄》）

將「姓出名六斤」的「出六斤」，故意演化爲「超出六斤」，而斟酌定爲「六斤半」。

> 芸問曰：「今日之遊樂乎？」眾曰：「非夫人之力不及此！」大笑而散。（沈復《浮生六記・閒情記趣》）

「夫人」本是彼人（指秦穆公），此例演化爲沈復的「夫人」。

> 問：「為什麼被有錢有勢的人包養的女人不能叫賣淫？」
> 答：「富貴不能淫。」
> 問：「為什麼有錢的都移民了？」答：「貧賤不能移！」
> 問：「為什麼大人物永遠都不會認錯？」答：「威武不能屈！」

「富貴不能淫」、「貧賤不能移」、「威武不能屈」原指「財富和尊貴，不能動搖其心意」、「貧窮和卑賤，不能改變其節操」、「權勢和武力，不能屈撓其志氣」，此例演化別解爲「被富貴的人包養不叫賣淫」、「貧賤的人不能移民」、「威武的大人物不能認錯」，原義不在，只有新義存在。

四、綜合析字

　　兼有兩種以上析字法者，稱為「綜合析字」。如：

> 人的自大，一點也不能多，不然一定會很「臭」。（《聯合報》副刊「金玉涼言」專欄，鄭建業撰文）

「自大」再加「一點」則為「臭」字，此屬字形之「離合」。但將「臭」解為「自大加一點」則是詞義別解的「演化」。

> 魏武嘗過曹娥碑下，楊脩從。碑背上見題作「黃絹幼婦，外孫齏臼」八字，魏武謂脩曰：「解不？」答曰：「解。」魏武曰：「卿未可言，待我思之。」行三十里，魏武乃曰：「吾已得。」令脩別記所知。脩曰：「黃絹，色絲也，於字為『絕』；幼婦，少女也，於字為『妙』；外孫，女子也，於字為『好』；齏臼，受辛也，於字為『辭』，所謂『絕妙好辭』也。」魏武亦記之，與脩同，乃歎曰：「我才不及卿，乃覺三十里。」（劉義慶《世說新語・捷悟》）

先將「絕」離析為「色絲」；「妙」離析為「少女」；「好」離析為「女子」字；「辭」（通「辤」字）離析為「受辛」：是為「離合」。但將「色絲」解為「黃絹」，為代換；將「少女」解為「幼婦」，將「女子」解為「外孫」，將「受辛」解為「齏臼」，則是「演化」。

　　此外，戲稱「假」為「西貝」，是先將「假」借音為「賈」，再將「賈」離合為「西貝」；稱「豈有此理」為「豈有此外」，是先將「豈有此理」借音為「豈有此裡」，再牽附為「豈有此外」；稱「莫名其妙」為「莫名其土地堂」，是先將「莫名其妙」借音為「莫名其廟」，再牽附為「莫名其土地堂」；稱「謝」為「請問三圍」，先將「謝」離合為「言身寸」，再演化為「請問三圍」；稱「妙不可言」為「妙不可醬油」，是先將「妙不可言」借音為「妙不可鹽」，再牽附為「妙不可醬油」；「請你別誤會」回答說「我還六會呢」，先將「誤會」借音為「五會」，再牽附為「六會」；稱「原來如此」為「原來如貓」，先將「原來如此」借音為「原來如鼠」，再牽附為「原來如貓」。都是綜合析字。

表4-1　析字分類表　　　　　　　　　　　　　　　（筆者自製）

辭格	分類基準	次辭格		異名	說明
壹、 析字	依形音義分	一、化形析字	㈠離合		
			㈡增損		
		二、諧音析字	㈠借音		
			㈡合音		
			㈢切腳		
			㈣雙反		
		三、衍義析字	㈠代換		
			㈡牽附		
			㈢演化		
		四、綜合析字			

參、辨析

　　析字之辨析，有幾點要說明：

一、「析字」有別於「廋辭」、「隱語」

　　楊春霖、劉帆（1996：875）曰：「析字古時稱廋辭，始見於《國語》。也有人稱它爲隱語，但又不完全等同於謎語。謎語重在鬥智，而廋辭、隱語卻重在鬥趣或暗示。」這種說法，有待商榷。因爲謎語又稱廋辭、隱語，它呈現的方式非常多，析字只是其中一種；但並非所有析字都是謎語，所以析字不可以和廋辭、隱語畫等號。亦即有些析字屬謎語，有些析字與謎語無關。

二、「化形析字」有別於「字形飛白」

　　化形析字是刻意就文字的形體加以分析，由此而創造出「離合」和「增損」兩種修辭方式。強調的是作者刻意加以離析、合併、增添、減損字形。楊春霖、劉帆（1996：989）曰：「明知其說錯或寫錯，故意將錯就錯如實記錄或援引下來的修辭方式叫飛白。」其中「字形飛白」是將別人無意中寫錯或看錯字形而故意記錄或援引下

來,強調犯錯者的無意。它們都是字形上的辭格,容易混淆,須加以辨析。茲說明如下:

㈠「離合」有別於「字形飛白」

1.離合的例子

離合是刻意就字形加以離析或合併,並非無意犯錯。如:

> 這「好」字是女子兩字綴合而成。什麼叫女子,凡是未嫁的叫女子,已婚的叫女人,未長大的叫女生。未婚的女子,可以娶來當太太,當然「好」。從另一個角度解釋,凡是會生兒子的女人當然「好」。……那「妙」又含有何意?……少女當然「妙」不可言;還有女人越少越「妙」。(韓廷一《挑戰歷史——超時空人物訪談》,頁105)

作者刻意將「好」離析為「女子」二字,並賦予「未婚的女子,可以娶來當太太,當然『好』。……凡是會生兒子的女人當然『好』。」又刻意將「妙」離析為「少女」二字,並賦予「少女當然『妙』不可言;還有女人越少越『妙』。」

2.字形飛白的例子

無意中寫錯或看錯字形,而被故意記錄或援用,是為「字形飛白」。其中有無意中將字形寫得太開,被誤認為二個字,則與離合很像。如:

> 某人寫字很隨性,將「豬舌」的「舌」字拉太長,別人誤以為是「豬千口」(筆者擬句)

某人將「舌」寫成「千口」,這是無意中犯錯而被故意記錄下來,是為「字形飛白」,並非他故意將「舌」拆為「千口」二字,則不是離合析字。

(二)「增損」有別於「字形飛白」

1.增損的例子

故意將字形增添或減損，並非無意犯錯。如：

> 陳亞有心終是惡，蔡襄無口便成衰。（陳亞、蔡襄互相嘲笑）

此例故意將「亞」字增「心」而為「惡」字，將「襄」字減「吅」而為「衰」字。

> 呂擴無才終入廣，謝暉不日便充軍。（呂擴、謝暉互嘲）

此例故意將「擴」字減「才」而為「廣」字，將「暉」字減「日」而為「軍」字。

2.字形飛白的例子

無意中寫錯或看錯字形，而被故意記錄或援用，是為「字形飛白」。其中有無意中將字形寫得多一兩筆或少一兩筆，被誤認為另一字，則與「增損」很像。如：

> 颱風過後第二天，我照樣去運動，忽然看見一塊招牌上寫著「水鬼出售」四個字！確實嚇了我一跳。一問之下才知是「冰塊出售」四字，而颱風卻吹走了兩字的旁邊。（陳天華《小笑話》，頁33）

「冰塊」二字的左偏旁被風吹掉，則成為「水鬼」，無意中讓人產生誤會，而被笑話書作者有意記錄，是為「字形飛白」。

三、「借音」有別於「語音飛白」

所謂「語音飛白」，是說：利用各種不準確的語音，如咬舌兒、大舌頭、方音、讀錯音等構成的飛白（楊春霖、劉帆，1996：990）。其中有「錯音」一類，說錯音或聽錯音，是為錯音。犯錯者是無意犯錯，而被作者刻意記錄或援用。

二字字形不同，因諧音的關係而借用的，叫做「借音」（黃慶萱，2002：220）。借音是有意借用其音，與無意中犯錯而被故意記

錄援用的語音飛白不同。

㈠「借音」的例子

借音是有意借用其音。如：

> 傳統教學是「蔣光超」，也就是「老師講，學生光會抄」。（筆者擬句）

「蔣光超」是知名演員，此例故意借音為「講光抄」，再析詞為「老師講，學生光會抄」。

㈡「語音飛白」的例子

語音飛白是無意中說錯或聽錯，而被作者刻意記錄或援用。如：

> 某位帶著山東口音的阿婆因闖紅燈而被交通警察攔住，交警問她的姓名，她回答：「安室奈美惠！」交警：「妳是日本人嗎？把駕照拿出來。」阿婆取出駕照，指著自己的名字說：「俺是賴美惠！」（筆者改寫）

此例交警將「俺是賴美惠」誤聽為「安室奈美惠」，這是警察無意犯錯而被筆者有意記錄下來的「語音飛白」。

四、「借音」有別於「諧音別解」

所謂「諧音別解」，是通過諧音手段，賦予詞語新的含義（楊春霖、劉帆，1996：180）。「借音」也是透過諧音手段，有時賦予詞語新的含義，有時別無他義。

㈠別無他義

有些外文譯音，只是諧音，別無他意。如：

> 絞盡腦汁的將那些「狗盜貓奶」之類的句子和「您早」聯在一起。（張毅〈警告逃妻〉）

「狗盜貓奶」為英語goodmorning（早安）的借音，並沒有狗偷吃貓奶的含義。

> 矮仔冬瓜，矮蒙矮，人攏叫我everyday。（白冰冰冬瓜露廣
> 告）

此例須以閩南方言讀之。everyday為閩南語「矮肥短」的借音。但與
everyday（每天）無關。

㈡賦予詞語新的含義

通過諧音手段，賦予詞語新的含義，既是「借音」，也是「諧音
別解」。如：

> 漢八年，上從東垣還，過趙。貫高等乃壁人柏人，要之置
> 廁。上過欲宿，心動。問曰：「縣名為何？」曰：「柏
> 人。」「柏人者迫於人也。」不宿而去。（《史記·張耳陳
> 餘列傳》）

「柏人」本只是縣名，高祖故意將之借音為「迫人」，並諧音析詞別
解為「迫於人」。

> 珠簾乍響，卻是爾珍，這才恍然記起請她吃小荳包的事，
> 她壓根兒忘得乾乾淨淨的了，心裡抱歉，嘴上調笑道：
> 「喲，給個棒錘當個針，果然來了，我還把這事忘了
> 呢……」（鍾曉陽《停車暫借問》）

借「給個棒錘當個針」的「針」音，而作「真」解。

上述㈠別無他義和㈡賦予詞語新的含義，都屬「借音」。但「諧
音別解」只有㈡賦予詞語新的含義，而不包括㈠別無他義。

五、「借音」有別於「諧音雙關」

黃慶萱（2002：842）曰：

> 我又進一步檢查了陳望道《修辭學發凡》的例子，如以魚
> 取「富貴有餘」的意思，似乎也可以歸入字音雙關。看
> 來諧音析字和字音雙關的確很難劃分清楚。拙著修訂本
> （2002）諧音析字目所舉之例，如：「梅庭過」諧音「沒
> 聽過」，「給個棒錘當個針」的「針」諧音「真」，歸之

於「雙關」，似亦無不可。

黃氏所言「諧音析字」中有許多例子可歸入「雙關」，這是正確的；但說「諧音析字和字音雙關的確很難劃分清楚」，則未必如此。茲說明如下：

(一)無雙關義的「借音」

借音之後，語境中只有新義，原義不在，則無法形成雙關。如：

> 藍綠選戰必須靠「蘇盈貴」和「蘇志誠」，因為「輸贏」在此一「跪」，不僅要「輸誠」，而且要「輸至誠」。
> （臺北大學江岷欽教授之言）

此例將「蘇盈貴」、「蘇志誠」借音為「輸贏跪」、「輸至誠」，並將「輸贏跪」析詞為「輸贏在此一跪」。語境中只有「輸贏跪」、「輸至誠」的新義，原義「蘇盈貴」、「蘇志誠」不存在，因此不是諧音雙關。

(二)有雙關義的「借音」

以「借音」手法形成的「諧音雙關」，是說「借音」之後，語境中既有新義，又有原義，則形成諧音雙關。如：

> 他們二個，姓何的嫁給姓鄭的，鄭何氏！（電視劇）

「鄭何氏」借音作「正合適」。原義「鄭何氏」和別解後的新義「正合適」在該語境中都有，是為諧音雙關。

六、「借音」有別於「諧音仿」

仿擬當中，仿體和本體之間有諧音關係，是透過諧音為媒介而仿擬，是為諧音仿。借音也是透過諧音為媒介而借用其音。不過，諧音仿的仿體必須出現在語句中，且必定是新造詞語；而借音所借之詞語未必出現在語句中，也未必是新造詞語。茲說明如下：

(一)單純的「諧音仿」

沒有借音，只有仿體。如：

薯來寶
煮粥配飯樣樣好（《中國時報》2002年12月4日E6版）

「薯來寶」是新造詞，是仿「數來寶」而成的諧音仿詞，並非由「數來寶」借音別解為「薯來寶」。

萬象特別<u>越陽</u>（陽間之陽也）訪問了至聖先師孔老夫子。（韓廷一：《挑戰歷史——超時空人物訪談》，頁25）

「越陽」是新造詞，是仿「越洋」而成的諧音仿詞，並非由「越洋」借音別解為「越陽」。

㈡單純的「借音」

借用其音，但出現在語句中的新詞語不是仿擬，而是別解。如：

所謂「法官」，就是「罰犯人的錢，或是關犯人」。（筆者擬句）

「法官」是偏正式合義複詞，此例運用諧音關係，借音為「罰關」，並將之析詞為「罰犯人的錢，或是關犯人」。但「罰關」並沒有出現在語句中，且「罰關」不是「法官」的仿詞（因結構不同），所以不是諧音仿。

㈢「借音」與「諧音仿」兼格

借用其音，且所產生的詞語是新造詞語。如：

許多女孩子立志要當「第一夫人」，往往只能當「遞衣夫人」。（筆者擬句）

此例將「第一夫人」借音為「遞衣夫人」，且「遞衣夫人」是新造詞語，是仿「第一夫人」而成的諧音仿語。

七、「牽附」有別於「仿詞」

所謂「仿詞」，是說：按照現成詞的結構，臨時性地仿造出一個新詞來（楊春霖、劉帆，1996：107）。「牽附」是由甲詞牽連出乙詞。乙詞若是仿甲詞而成的生造詞，則是仿詞；乙詞若不是生造

詞，則不是仿詞。

(一)單純的「牽附」

只有牽連附帶，而沒有仿詞。如：

> 「我也覺得有點怪。」二馬說，「你跟這座墳子有什麼關係呢？」
> 「裡面埋著我先人。」
> 「你姓戚？」
> 「我還姓八呢！」那個人說，自己點著香菸，把煙霧吐得遠遠的。（段彩華〈酸棗坡的舊墳〉）

此例二馬問「你姓戚？」是問對方也是自己「戚」姓的族人嗎？但對方回答「我還姓八呢」，則是故意先將「戚」借音為「七」，然後再由「七」牽附到「八」。「八」並不是仿詞。

(二)單純的「仿擬」

只有臨時性的仿造，而沒有牽連附帶。如：

> 勇闖好萊塢　最怕菜英文
> 亞洲巨星勤練ABC　發哥作夢都在說英語　成龍舌頭打結不休息　鞏俐家教隨行當字典
> （記者唐在揚《聯合晚報》2002年11月2日5版）

「菜英文」是仿「蔡英文」而成的諧音仿詞，但在此例，它並沒有隨別的詞語牽附而出，因此和「牽附」無關。

(三)「牽附」與「仿詞」兼格

由甲詞牽附出乙詞，而且乙詞是仿甲詞而成的生造詞。如：

> 娘子：那還能不填上嗎？留著它幹什麼呀？老太太，對街面兒上的事您太不積極啦！
> 大媽：什麼雞極鴨極的，反正我沉得著氣，不亂捧場，不多招事。（老舍《龍鬚溝》）

由「雞極」牽出「鴨極」，是「牽附」；「鴨極」又是仿「雞極」而成的仿詞，是個生造詞，則屬「仿擬」。

> 她是「聶小倩」的姊姊——「聶抱歉」。（張春榮《修辭新思維》，頁25）

此例「聶抱歉」是由「聶小倩」牽附而成的新造詞，則是牽附和仿詞的兼格。

> 一個<u>闊人</u>說要讀經，嗡的一陣，一群<u>狹人</u>也說要讀經。（魯迅〈這個和那個〉）

作者利用「闊人」中的「闊」與「狹」的反義關係，仿照現成的詞「闊人」而臨時創造一個新詞「狹人」，且是由「闊人」牽附出「狹人」。

八、「演化」有別於「語義飛白」

用錯詞語或誤解語義所構成的飛白，是爲語義飛白。犯錯者是無意犯錯，而被作者刻意記錄或援用。

所謂「演化」，是由字義推演變化而成。演化是有意由字義推演變化，與無意中犯錯而被有意記錄的語義飛白不同。

㈠「演化」的例子

演化是有意由字義推演變化。如：

> 婚姻是「美好」的：<u>只有女人夠「美」，男人才肯說「好」</u>。（朱德庸《粉紅澀女郎》，頁18）

此例有意將並列式合義複詞「美好」，演化爲「只有女人夠『美』，男人才肯說『好』」。

> 男人有時對老婆也會說情話——<u>「情」勢所逼說出的「話」</u>。（朱德庸《粉紅澀女郎》，頁123）

此例有意將偏正式合義複詞「情話」，演化爲「『情』勢所逼說出的『話』」。

㈡「語義飛白」的例子

語義飛白是無意中用錯詞語或誤解語義，而被作者刻意記錄或援用。如：

學徒將佛像雕壞了，師父生氣地說：「你得從頭刻起。」學徒疑惑地問：「師父，不能從身體刻起嗎？」（筆者擬句）

師父說：「你得從頭刻起」，是說重新刻起；學徒誤會要從頭部刻起，因此才反問：「不能從身體刻起嗎？」學徒是無意中犯錯，而被有意記錄下來，是為語義飛白。

九、「演化」就是「語意別解」

所謂「演化」，是由字義推演變化而成。楊春霖、劉帆（1996：172）認為「語意別解」是：「利用字詞的多義現象，別解詞義和語義。」筆者認為兩者都是有意地利用字詞語義，而「將意義推演變化」和「別解意義」，二者其實相同。觀黃慶萱所舉「演化」例子，也都與「語意別解」有關。如：將「姓出名六斤」的「出六斤」，故意別解為「超出六斤」；將「非夫人之力不及此」的「夫人」（原指彼人秦穆公）別解為「沈復的夫人」；將「堯典舜典」的「典」（原指典籍）別解為「典當」；將「真理是赤裸裸的」的「赤裸裸」（原借喻不被遮掩）別解為「一絲不掛」；將「硬東西」的「硬」（原是形容詞）別解為「硬在一起」的「硬」（動詞）；將「尼采」的「尼」（原是語素，無義）別解為「尼在一起」的「尼」（動詞，結合）；將成藥名「鼻特靈」別解為「鼻子特別靈」；將「羞死了」（原指羞愧到極點）別解為「羞愧上吊死了」；將「兵變」（原指軍事政變）別解為「男友服役當兵，女友感情生變」（黃慶萱，2002：224、234）：可見「演化」就是「語意別解」。

十、「演化」有別於「詞義（句義）雙關」

演化是由字義推演變化而成。詞義（句義）雙關也是和語義有關。兩者不同，卻也有交集現象。茲說明如下：

㈠無雙關義的「演化」

　　演化之後，語境中只有新義，原義不在，則無法形成雙關。如：

　　破案了──打破板橋站前個案行情（站前喜來登房屋）

「破案了」原指案件偵破了；此例語境中原義不在，只有演化後的新義：打破板橋站前個案行情。

　　兵變！燒情敵機車釀禍，軍人落網。（《聯合報》新聞標題）

「兵變」的原義是指軍隊叛變；此例語境中原義不在，只有演化後的新義：當兵時，女友感情生變。

㈡有雙關義的「演化」

　　以「演化」手法形成的「詞義（句義）雙關」，是說「演化」之後，語境中既有新義，又有原義，則形成詞義（句義）雙關。如：

　　<u>大有看頭</u>　昆蟲展桃園場現人潮（《中國時報》2003年3月2日19版）

報載：「巨大昆蟲生態教育博覽會」桃園場邁入開展第二天票房依舊亮麗，計萬人湧入參觀。此例「大有看頭」的「大」字，本指「很」，此例除了原義之外，還兼含語境特有的演化後意義「體形龐大」。

　　真是「羞死了」！
　　少女好事被撞破　回家上吊自殺了（某報新聞標題）

「羞死了」原義是指「羞愧到極點」，此例將之演化為「羞愧上吊死了」。少女一定是「羞愧到極點」，才會上吊自殺。語境中兼有「羞愧到極點」和「羞愧上吊死了」兩義，所以是「雙關」。

肆、產生因素

一、心理基礎

析字的心理基礎也是「意生於權譎，而事出於機急」（劉勰《文心雕龍‧諧讔》）的權譎機急。它和雙關都是一種配合語境的機智的表現，令人驚奇、錯愕、讚歎。化形析字中的「離合」、「增損」很多是類似謎語的機智遊戲；諧音析字中的「借音」，常常是臨時諧音別解；衍義析字中的「演化」，常常是臨時的語意別解。都是在語境中發揮機智聯想而產生新的意義，令人眼睛為之一亮。

二、語文條件

析字格是建立在中國漢語文字的特殊條件上，漢語文字，可分為形、音、義三方面：

「字形方面」，中國文字有「依類象形」的「文」，是獨體的；有「形聲相益」的「字」，是合體的；還有很多是由若干部件組合而成。因此，可以構成「離合」、「增損」。

「字音方面」，中國文字一字可能有不同的讀法，或者不同的字，是相同的讀音；就是「一字多音」、「多字一音」的情形：這就構成「借音」的基礎。字音的構成，粗率地說，有聲母與韻母，可以用二個字合為一音，或將一音析為二字，這就是「合音」、「切腳」、「雙反」產生的基礎。

「字義方面」，中國文字一字有本義、假借義、引申義、古今義變；至於組字為詞後，字詞的解釋就更多樣性，這是構成「代換」、「演化」的基礎。字與字之間，或意義相似，或意義相反，足可由聯想而產生「牽附」。

伍、運用原則

析字的運用是將文字的形音義加以分析，靈活運用，呈現出來的是一種陌生新奇的言語現象，它偏離語言常規，將心理距離拉大，產生出人意外的新奇美感。但析字是以中國文字形音義的特性為基礎，那就將心理距離拉近，讓讀者可以了解。若是違反文字特性，導致不合邏輯，則將心理距離拉開過大，而令人無法接受。所以，黃慶萱（2002：237）提到析字的第一項積極原則為：「要發揮我國文字的特性。」如：

咸通中，優人李可及者，滑稽諧戲，獨出輩流。雖不能
託諷匡正，然智巧敏捷亦不可多得。嘗因延慶節緇黃講
論畢，次及倡優為戲。可及乃儒服險巾，褒衣博帶，攝
齊以升講座，自稱「三教論衡」。其隔坐者問曰：「既
言博通三教，釋迦如來是何人？」對曰：「是婦人。」
問者驚曰：「何謂也？」對曰：「《金剛經》云：『敷坐
而坐。』若非婦人，何煩夫坐，然後兒坐也！」上為之
啟齒。又問曰：「太上老君何人也？」對曰：「亦婦人
也。」問者益所不喻。乃曰：「《道德經》云：『吾有大
患，以吾有身。及吾無身，吾復何患？』倘非婦人，何患
乎有娠乎？」上大悅。又問：「文宣王何人也？」對曰：
「婦人也。」問者曰：「何以知之？」對曰：「《論語》
云：『沽之哉，沽之哉，吾待賈者也。』倘非婦人，待嫁
奚為？」上意極歡，寵錫甚厚。翌日，授環衛之員外職。
（吳兢《唐闕史》卷下）

優人李可及善於滑稽諧戲，借「敷坐而坐」之音為「夫坐兒坐」；借
「有身」之音為「有娠」；借「待賈」之音為「待嫁」；都屬「借
音」。逗得「上為之啟齒」、「上大悅」、「上意極歡」，可見幽默
感極濃。當李可及回答釋迦如來、太上老君、文宣王都是婦人時，與
聽者的預期認知相牴觸，將心理距離拉大，產生陌生的新穎刺激；但
藉由借音後的別解：「夫坐兒坐」、「有娠」、「待嫁」，符合語音
語義特性，使人恍然大悟，獲得心領神會的趣味效果。

第二節　飛白

壹、定義

　　陳望道（1989：164）曰：「明知其錯故意仿效的，名叫飛白。
所謂白就是白字的『白』。」楊春霖、劉帆（1996：989）曰：「明
知其說錯或寫錯，故意將錯就錯如實記錄或援引下來的修辭方式叫飛
白。」
　　上述定義強調重點有二：一是「明知其錯」或「明知其說錯或寫

錯」，是明知有錯，而非不知，若是不知，則是病句。二是「故意
仿效」或「故意將錯就錯如實記錄或援引下來」，則是強調飛白的
「刻意性」。二家定義以楊春霖、劉帆的定義較完整。但爲配合本書
統一用語，因此將「飛白」定義修改爲：

> 説話行文時，明知其説錯或寫錯，故意將錯就錯如實記錄
> 或援引下來的修辭方法，叫做「飛白」。

貳、分類

飛白可以從不同角度來分類：一、依方法分，可分爲「記誤、
「援誤」、「設誤」、「仿誤」和「推誤」五類；二、依媒介分，
可分爲「語音飛白」、「字形飛白」、「語義飛白」、「語序飛
白」、「語法飛白」、「斷讀飛白」和「邏輯飛白」七類。

一、依方法分

依方法分，陳望道（1989：165）分爲「記錄的」和「援用的」
兩類。筆者認爲還可以增加「設誤」、「仿誤」、「推誤」三類。爲
求標目整齊，將「記錄的」改爲「記誤」，將「援用的」改爲「援
誤」。則「飛白」依方法分，可分爲「記誤」、「援誤」、「設
誤」、「仿誤」、「推誤」五類。

(一)記誤

陳望道（1989：165）曰：「記錄的——這是人有吃澀、滑別的
語言，就將吃澀、滑別的語言記錄下來。」但筆者認爲：「吃澀、滑
別」只是語音飛白，無法包括其他類型飛白，因此修改爲：「記誤是
將別人在說話行文時所犯的錯誤記錄下來。」此時說寫者是無意而
犯錯，卻被記錄者有意記錄以存眞。王希杰（2004：328）則稱此爲
「存誤」。他說：「存誤，指的是爲了提高表達效果，記述他人言語
時，明知其錯，而有意保存其錯誤說法。正常情況下，記述他人言
語，目的是傳遞信息，對其中的言語錯誤，都會自覺或不自覺地加以
修正。存誤，是對記述常規的偏離。」

記誤，是小說中刻畫人物、創造個性化的人物語言的常用手段，
也是製造風趣幽默情調的修辭手法。如：

阿巧不能算是通文墨，但也會歪歪倒倒寫幾個字……。
「先生，枕頭上我秀了花，你看喜歡不喜歡？秀的不好，請原亮。」（彭歌〈道南橋下〉）

阿巧將「繡」寫成「秀」，將「原諒」寫成「原亮」。作者故意記錄阿巧寫錯字，達到存眞效果。

匆匆眼睛發亮，拍著手叫：「好漂亮，好好玩囉！爸爸從來都不買給我玩。」
「那你玩什麼？」
「玩刀，玩槍。殺，殺，殺！碰，碰，碰！我現在都不喜歡玩了。爸爸說，要培養我從小有上午（尚武）精神，因為我讀上午班。」
秦怡笑了，孩子畢竟是孩子。（王令嫻〈匆匆〉）

孩子不懂爸爸說的「尚武」精神，誤認爲是自己讀「上午」班的精神，作者故意將孩子語音飛白記錄下來，達到存眞效果。

㈡援誤

陳望道（1989：166）曰：「援用的──這是人有吃澀、滑別的語言，就援用吃澀、滑別的語言去取笑他。」但筆者認爲：「吃澀、滑別」只是語音飛白，無法包括其他類型飛白，因此修改爲：「援誤是故意援用別人在說話行文時所犯的錯誤，而去取笑他。」如：

鄧艾口喫，語稱「艾……艾……」。晉文王戲之曰：「卿云『艾……艾……』，定是幾『艾』？」對曰：「『鳳兮，鳳兮！』故是一『鳳』。」（《世說新語・言語》）

晉文王戲之曰：「卿云『艾……艾……』，定是幾『艾』？」則是援用鄧艾口吃而取笑他。

一日，公子有諭僕帖，置案上，中多錯謬：「椒」訛「菽」，「薑」訛「江」，「可恨」訛「可浪」。女見之，書其後云：「何事可浪，花菽生江。有婿如此，不如

為娼。」（蒲松齡《聊齋志異·卷三·嘉平公子》）

識字不多的嘉平公子寫了錯別字，是字形飛白。女友溫姬加以援用嘲笑。

(三)設誤

王希杰（2004：325）曰：「設誤，是說寫者自己設計出一個錯誤的說法來。」如：

知識分子之間相互開玩笑時，說：「幾天不見，<u>你老兄的造旨大大提高了</u>呀！」（王希杰，2004：325）

故意將「造詣」說成「造旨」，以增趣味。

甲向乙開玩笑說：「快，<u>讓開您的殿部</u>，否則對不起了！」

甲故意將「臀部」說成「殿部」，以增趣味。

(四)仿誤

王希杰（2004：326）曰：「仿誤，是故意重複或模仿他人的語言錯誤。」如：

景泰中，有一蔭生，做蘇州監郡，不甚曉文義，一日呼翁仲為仲翁，或作倒字詩誚之曰：「翁仲將來作仲翁，也緣書讀少夫工。馬金堂玉如何入，只好州蘇作判通。（清·褚人穫《堅瓠七集》）

蔭生將「翁仲」呼為「仲翁」，是語序飛白。或作倒字詩誚之，如「書讀」、「馬金」、「堂玉」、「州蘇」、「判通」都是仿誤而將語序顛倒。「翁仲將來作仲翁」則是援用其誤而嘲笑。

政大中文系教授羅宗濤先生感慨於今日中學生國文程度之低落，他舉了這麼一個實例：有一次，一名我教過的中學畢業生來信說：「羅老師，您走了，害得我們『痛失良師』。」我看了啼笑皆非，回信時就幽了他一默，說：

　　「我很好，現在還『音容宛在』。」（黃訥〈痛失良師〉）

學生信中說「痛失良師」，是誤用成語的病句。羅教授將其錯記錄下來，並仿效其誤而回信說：「現在還『音容宛在』。」則是仿誤。

㈤推誤

　　王希杰（2004：327）曰：「推誤，是一種說話的技巧，就是把自己不相信的、認爲是錯誤的觀點進一步擴大，推出一個更加荒謬的說法來，往往故意不遵守邏輯規則。」此即邏輯學上的「歸謬法」：「先假定對方的意見是正確的，然後以它爲根據推出錯誤的結論，再由這個錯誤的結論反證剛剛的假定是錯的，亦即，對方的意見並不正確。」（袁易，2002：25）如：

　　有人宣揚佛教的輪迴報應，說：「殺豬殺牛的人來世將會變爲豬或牛。」反駁者說：「那麼就殺人！這樣一來，來世就可以做人了！」（王希杰，2004：327）

反駁者不相信「殺豬殺牛的人來世將會變爲豬或牛」的輪迴報應，而將此觀點進一步擴大，推出一個更加荒謬的說法來：「那麼就殺人！這樣一來，來世就可以做人了！」

　　有一天，漢武帝說：「根據相書：人中一寸，壽長一百。」東方朔聽了，就在朝廷上哈哈大笑了起來。有人要辦他不敬皇帝的罪。東方朔說：「我不敢笑陛下，我是笑彭祖的臉好長。傳說彭祖活到八百歲，果然像陛下說的，那麼彭祖的人中要長達八寸囉！臉要長一丈多呢！」

東方朔不相信相書所言：「人中一寸，壽長一百。」而將此觀點進一步擴大，推出一個更加荒謬的說法來：「彭祖活到八百歲，那麼彭祖的人中要長達八寸囉！臉要長一丈多呢！」

二、依媒介分

　　唐松波、黃建霖（1996：575）將「飛白」分爲「語音飛白」、「字形飛白」、「語義飛白」和「句子飛白」四類。黃麗貞（2000：130）則分爲「語音飛白」、「文字飛白」、「用詞飛

白」、「語法飛白」和「邏輯飛白」五類。筆者採唐松波、黃建霖的「語音飛白」、「字形飛白」、「語義飛白」三類，加上黃麗貞的「語法飛白」和「邏輯飛白」兩類，再補充「語序飛白」、「斷讀飛白」，共爲七類。

(一)語音飛白

黃麗貞（2000：130）對「語音飛白」所下的定義爲：「由於知識水準低，或對字詞的意義不明，在使用時發生錯誤。」筆者認爲該定義完全沒有談及「語音」，所以定義有誤。所謂「語音飛白」，是說：「利用各類不準確的語音，如咬舌兒、大舌頭、方音、讀錯音等構成的飛白。」（楊春霖、劉帆，1996：990）

臺灣地區由於歷史發展的因素，先後經歷西班牙人、荷蘭人、鄭成功、清廷、日本、國民政府統治，難免保留一些語言遺跡，尤其日據五十年期間，曾實施皇民化運動，推行日語，所以老一輩的臺籍人士，大都會說日語；國民政府遷臺之後，又極力推動國語運動，至今臺灣地區幾乎無人不懂國語；加上國際化、地球村演進，英語、日語等強勢語言也在本地蓬勃發展；而本土化觀念的興起，使得原本沒落的母語、方言，又得以重新受到重視：基於以上原因，臺灣屬於「移民形態的多語社會」（竺家寧，2000：214），可說是各種語言的大融合，因此經常出現語言學上「雙言現象」、「過渡語現象」、「雙語現象」和「混合語現象」（葛本儀，2002b：98-100）。

由於自幼受特定語音系統的薰陶，一個人往往對母語中具有的語音特徵，聽覺上比較敏感，發起來也容易；對母語中所無的語音特徵，則不易聽出，也不容易發出。如西方人對漢語的四聲，和漢族人對西方語言顫音、濁音，都是不易分辨和難以準確發音的（葛本儀，2002：129、130）。因此誤讀、聽錯而產生的飛白現象，乃所在多有。

「語音飛白」的類型有「口吃」、「方音」、「譯音」和「錯音」四種：

1.口吃

黃慶萱（2002：190）曰：「吃澀是指說話結結巴巴，一個字要講好幾聲才講得完。也有人管它叫『口吃』。」口吃乃一種言語病

態，與常人有異，將之記錄，一方面可以表現當時眞情實景，一方面
會造成誤會的笑料。如：

> 及帝欲廢太子，而立戚姬子如意為太子。大臣固爭之，莫
> 能得。上以留侯策即止。而周昌廷爭之彊，上問其説。昌
> 為人吃，又盛怒，曰：「臣口不能言，然<u>臣期期知其不</u>
> <u>可</u>；陛下雖欲廢太子，<u>臣期期不奉詔</u>。」上欣然而笑。
> （《史記·張丞相列傳》）

周昌爲人口吃，又在盛怒當頭，口吃現象更爲嚴重，司馬遷特筆摹寫
「臣期期知其不可」、「臣期期不奉詔」，而有存眞的效果。

2.方音

方言之存在，自古已然。如《論語·述而》：「子所雅言：詩、
書、執禮。」是說孔子平常講魯國方言，在誦讀《詩經》、《書
經》和執行禮節活動時，就用當時的官話（雅言）。又如：《孟
子·滕文公下》：「一齊人傅之，眾楚人咻之。」及《戰國策》：
「鄭人謂玉未理者璞；周人謂鼠未腊者朴。」可見各地自有不同方
言。因此，揚雄有《方言》之作。

方言之使用，對懂得此種方言的人而言，有一種親切感；對不懂
此種方言的人而言，有一種新奇感。更要緊的是，方言豐富了國語
的詞彙，使國語永保新鮮而不腐朽（黃慶萱，2002：185、186）。
如：

> 入宮，見殿屋帷帳，客曰：「<u>夥頤</u>！涉之為王沉沉者。」
> 楚人謂多為夥，故天下傳之。（《史記·陳涉世家》）

司馬遷自己解釋：「楚人謂多爲夥」，「頤」是語尾助詞，此例直接
記錄陳涉舊友在訝異之下，所發出的感歎語氣。

> 噯唷，你<u>莫知樣</u>，我一日無來看我的有酒窩的，就會<u>病相</u>
> <u>思</u>。（楊青矗〈在室男〉）

「莫知樣」是閩南語「不知道」；「病相思」是閩南語「害相
思」。

　　尹雪豔站在門框裡，一身白色的衣衫，雙手合抱在胸前，像一尊觀世音，朝著徐壯圖笑吟吟的答道：「那裡的話，隔日徐先生來<u>白相</u>，我們再一道研究研究麻將經。」（白先勇〈永遠的尹雪豔〉）

「白相」是上海話「玩」的意思。

　　3.譯音
　　將外語音譯為中文，顯得新奇有趣。如：

週一，不回家吃晚飯，甫上餐廳電梯，見有兩名美女駕到，急忙挺胸收腹，擺出<u>尖頭鰻</u>的風度，禮讓小姐先上。（趙寧〈攤開稿紙說胖話〉）

「尖頭鰻」是gentleman紳士的音譯。

　　4.錯音
　　說錯音或聽錯音，是為錯音。又可依語言來分，可分為「國語錯音」、「臺語錯音」、「國語和臺語之錯音」、「國語和其他方言之錯音」、「國語和英語之錯音」、「臺語和英語之錯音」六類。
　　⑴國語錯音
　　國語錯音，是指飛白的部分，不管說者和聽者都是使用國語。如：

一位好心的男子提醒說：「小姐妳<u>鑰匙</u>掉了。」卻被小姐罵：「你才要死掉了。」（筆者擬句）

此例小姐將男子說的「鑰匙掉了」誤聽為「要死掉了」，這是「語音飛白」。
　　⑵臺語錯音
　　臺語錯音，是指飛白的部分，不管說者和聽者都是使用臺語。如：

兩兄弟開著水肥車進到一條死巷子。弟弟下車捐揮說：「來！來！」哥哥沒聽見弟弟大聲喊：「叫你ㄅㄛ丶ㄙㄞ丶你是沒聽到？」哥哥啟動開關，屎尿一起湧出。（筆者

擬句）

臺語「倒屎」、「倒駛」都讀成「ㄅㄜˋㄙㄞˋ」。

⑶國語和臺語之錯音

國語和臺語之錯音，是指飛白的部分，說者用國語而聽者聽成臺語，或是說者用臺語而聽者聽成國語。

A.說者用國語而聽者聽成臺語

客人：「你們有沒有賣<u>無花果</u>？」老闆娘用臺語答：「我們沒賣<u>牛仔褲</u>。」（筆者擬句）

老闆娘將國語「無花果」聽成臺語「牛仔褲」。

B.說者用臺語而聽者聽成國語

甲用臺語說：「我是永松」。乙：「你那麼膽小，怎麼會是英雄呢？」（筆者擬句）

將臺語「永松」聽成國語「英雄」。

⑷國語和英語之錯音

國語和英語之錯音，是指飛白的部分，說者用國語而聽者聽成英語，或是說者用英語而聽者聽成國語。

A.說者用國語而聽者聽成英語

鄧小平自我介紹：「窩姓鄧」，常被老美誤聽為：「Washington」（華盛頓）。（筆者擬句）

國語「窩姓鄧」被老美聽成英文「Washington」。

B.說者用英語而聽者聽成國語

書店裡一位老先生問：「請問有沒有賣炭？」店員回答：「對不起，我們這裡是書店，沒有賣炭，您要不要去雜貨店看看？」後來他在雜誌區找到了他要的東西——《TIME》（時代雜誌）！（筆者改寫）

老先生國語夾雜英語「TIME」，店員聽成國語「炭」。

(5)臺語和英語之錯音

臺語和英語之錯音，是指飛白的部分，說者用臺語而聽者聽成英語，或是說者用英語而聽者聽成臺語。

A.說者用臺語而聽者聽成英語

甲用臺語對老美說：「我要發球。」老美聽了很生氣，回說：「Fuck You！」（筆者擬句）

臺語「發球」，被聽成英文「Fuck You」。

B.說者用英語而聽者聽成臺語

甲衝進廁所，拉開門發現有一位老先生坐在馬桶上，他趕緊說：「I am sorry」老先生用臺語回答：「不是不鎖，是鎖壞了。」（筆者擬句）

英文「I am sorry」，被聽成臺語「也不鎖」。

(二)字形飛白

黃麗貞（2000：131）所列「文字飛白」，其定義爲：「由於知識水準低，不懂某字的意義而用了同音或音近的字，造成不通的錯誤。」筆者認爲該定義針對「同音或音近的字」，則應是「語音飛白」。觀該書所舉「積極」誤爲「雞極」，「好餓」、「煮飯」誤爲「好俄」、「主飯」。也是語音飛白。若是如此，該書「語音飛白」和「文字飛白」就混淆不清了。所以本文基於「形、音、義」三者的區別，將「文字飛白」改爲「字形飛白」，如此可以和「語音飛白」、「語義飛白」畫分清楚。

故意記錄或仿效字形錯誤，是爲「字形飛白」。如：

1.看錯字形

薛蟠道：「你提畫兒，我纔想起來了：昨日我看見人家一卷春宮，畫的著實好，上頭還有許多的字。我也沒細看，只看落的款，原來是什麼『庚黃』的。真正好的了不得！」（曹雪芹《紅樓夢》第二十六回）

「庚黃」是「唐寅」的錯別字，因字形相近而訛誤。

昔有宿儒過村學中，聞其「都都平丈我」，知其訛也，校
正之，學童皆駭散。時人為曰：「都都平丈我，學生滿堂
坐；郁郁乎文哉，學生都不來。（王利器輯錄《歷代笑話
集》，上海古籍出版社，1981年，頁345）

此例將「郁郁乎文哉」看錯字形而讀爲「都都平丈我」。

2.寫錯字形

一位名叫「黃月坡」的小朋友，因為寫字比例不對，經常
變成「黃肚皮」。（筆者擬句）

「黃月坡」寫的比例不對，而被看錯爲「黃肚皮」。

㈢語義飛白

黃麗貞（2000：133）所列「用詞飛白」，其定義爲：「就是用
了不正確的詞，造成錯誤之趣。」楊春霖、劉帆（1996：990）認爲
「語義飛白」，是指：「由語義的誤解或錯誤構成的飛白。」筆者認
爲「用錯詞語」和「誤解語義」兩者都是語義飛白。因此重新將語
義飛白定義爲：「用錯詞語或誤解語義所構成的飛白，是爲語義飛
白。」因此，語義飛白可分爲「用錯詞語」和「誤解語義」兩類：

1.用錯詞語

同學們故意學阿扁：「臺灣的志工對社會的貢獻，真是罄
竹難書。」（筆者擬句）

「罄竹難書」只用於壞事，志工做的是善事，不該用此成語。同學們
故意加以援用。

他故意模仿孩子造句：「我的母親徐娘半老，風韻猶
存。」（筆者擬句）

「徐娘半老，風韻猶存」不該用在母親身上。他故意用錯，以製造趣
味。

2.誤解語義

（旦念書介）「關關雎鳩，在河之洲。窈窕淑女，君子好逑。……」（貼）「是了。不是昨日是前日，不是今年是去年，俺衙內關著個斑鳩兒，被小姐放去，一去去在何知州家。」（明・湯顯祖《還魂記・閨塾》）

丫鬟將「關關雎鳩」誤解為「關在籠子裡的斑鳩」，是為語義飛白；將「河之洲」誤解為「姓何的知州」，是為語音飛白。

㈣語法飛白

故意仿效、記錄不符合一般通行漢語語法的錯誤（黃麗貞，2000：135）。如：

沁西亞道：「不，因為她還沒有。在上海，有很少的好俄國人、英國人，美國人也少。現在沒有了，德國人只能結婚德國人。」（張愛玲〈年輕的時候〉）

「德國人只能結婚德國人」是將英語文法直接用中文來表達。

㈤語序飛白

因為語序弄錯而產生的飛白，又可分為「說錯或寫錯語序」和「聽錯或看錯語序」。如：

1.說錯或寫錯語序

麝月道：「你死不揀好日子，你出去白站一站瞧，把皮不凍破了你的！」（曹雪芹《紅樓夢》第五十一回）

末句語序當為「不把你的皮凍破了」，後面應有「才怪」的口氣。

2.聽錯或看錯語序

甲：「這家店的名字很奇怪，居然叫『吃小朋友』。」
乙：「你看錯了，是『友朋小吃』啦！」（筆者擬句）

將「友朋小吃」看成「吃小朋友」，這是語序飛白。

㈥斷讀飛白

因為斷讀有誤而產生的飛白。如：

熟客打電話請早餐店老闆送早餐，老闆說：「現在沒有人可以幫你送。」客人以為老闆太忙了，不能外送。沒想到十分鐘後，老闆把早餐送來了。原來老闆是說：「現在沒有人，可以幫你送。」

老闆說：「現在沒有人，可以幫你送。」熟客聽成：「現在沒有人可以幫你送。」這是斷讀飛白。

㈦邏輯飛白

邏輯飛白是寫記下不合情理的見解（黃麗貞，2000：136）。邏輯飛白從某一角度看有其道理，但從語境上來看，卻是不合道理，因此常常會有似是而非的現象。如：

甲：「我媽說，她懷我時，常吃蘋果，所以我的臉很像蘋果。」
乙：「我媽媽很愛吃雞蛋，難怪我有張雞蛋臉。」
丙：「天啊！我得阻止我媽媽，不要再吃苦瓜了。」（黃麗貞《實用修辭學》，頁136）

媽媽常吃蘋果，所以我的臉很像蘋果；媽媽很愛吃雞蛋，難怪我有張雞蛋臉：這都是不合邏輯的說法。丙怕變苦瓜臉，所以要阻止媽媽再吃苦瓜，也是不合邏輯。

表4-2　飛白分類表　　　　　　　　　　　　　　　　（筆者自製）

辭格	分類基準	次辭格	異名	說明
貳、飛白—非別	一、依方法分	㈠記誤	存誤、記錄的飛白	
		㈡援誤	援用的飛白	
		㈢設誤		
		㈣仿誤		
		㈤推誤	歸謬法	

辭格	分類基準	次辭格		異名	說明
	二、依媒介分	(一)語音飛白	1.口吃	吃澀	
			2.方音		
			3.譯音		
			4.錯音		
		(二)字形飛白	1.看錯字形		
			2.寫錯字形		
		(三)語義飛白	1.用錯詞語		
			2.誤解語義		
		(四)語序飛白	1.說錯或寫錯語序		
			2.聽錯或看錯語序		
		(五)語法飛白			
		(六)斷讀飛白			
		(七)邏輯飛白			

參、辨析

飛白之辨析，有幾點要說明：

一、「飛白」有別於「語病」

陳望道（1989：164）曰：「明知其錯故意仿效的，名叫飛白。」黃慶萱（2002：185）也說：「為了存真或逗趣，刻意把語言中的方言、俚語、吃澀、錯別、以至行話、黑話，加以記錄或援用的，叫做『飛白』。」他們對「飛白」所下的定義，都強調「故意」、「刻意」，可見飛白格必須符合「刻意性」。

胡習之（1998：46）曰：「作為辭格必須依賴於使用者（說者、作者）的自覺意識，使用者的言語有意違背社會的約定俗成方是辭格。如飛白、別解等，使用者的言語如果無意違背了社會的約定俗成則是一種語言錯誤。」這是辨別「飛白」和「語病」的一項重要原

則。如：

> 「另外，我要告訴大家，法國著名漢學家，《夢中的遠
> 山》的法文版譯者，白富隆先生也趕來參加咱們今天的
> 會。這位就是白先生，他為我國文學在西方的介紹做出過
> 很大貢獻。」
> 「歇歇，肥常榮幸認識各位，倭是鄭女士地蕭説地反譯，
> 今年蠢天，我地打學要請她去訪吻了。倭們肥常感興趣她
> 地蕭説，她地蕭説表示：中國今天地吻學已經有了以些真
> 正的女性一識……」（胡習之，1998：46）

法國漢學家的這番話，從說者本人角度而言，不是飛白，因爲他不
是有意發出這些不標準的漢語語音。但從小說作者角度而言，是飛
白，因爲作者故意以此來刻畫人物的洋腔洋調，造成幽默風趣的表達
效果。

二、「語音飛白」有別於「諧音雙關」

諧音雙關是指：一個字詞除了本身所含的意義之外，兼含另一個
同音或音相近的字詞的意義。它必須同時兼有兩義，才是雙關；若只
有一義，則不屬雙關。語音飛白中的「錯音」，是說錯音或聽錯音而
被故意記錄下來，說者只有一個意思，聽者誤聽爲另一個意思，因此
不是雙關。

㈠語音飛白的例子

聽錯或讀錯音而被故意記錄下來：

> 「詩、劇本、散文、小説，都不合規定。我們要的是『學
> 術著作』。」
> 「瞎説豬炸？什麼是——」
> 「正正經經的論文。譬如說，名著的批評、研究、考證
> 等等，才算是瞎説豬炸。」（余光中《給莎士比亞的一封
> 信》）

作者原註：「他把『學術』兩字特別加強，但因爲他的鄉音很重，聽

起來正像說『瞎說豬炸』。」則此例應屬語音飛白。

一位中學生去商店，用閩南語向看店的阿婆說：「我要買<u>筆和尺</u>。」結果阿婆拿出「<u>皮卡丘</u>」玩偶。

看店的阿婆無意中將臺語「筆和尺」聽成國語「皮卡丘」，而被作者有意記錄下來。說者只有一個意思，聽者誤會為另一個意思。

㈡諧音雙關的例子

除了字面意思還兼含音同或音近的言外之意。如：

不寫情詞不寫詩，一方素帕寄心知。心知接了顛倒看，橫也絲來豎也絲，這般心事有誰知？（馮夢龍〈山歌〉）

字面的「絲」字，是針對「素帕」的材質而言；由「絲」字引出諧音字「思」，則是就「心事」而言。

三、「語義飛白」有別於「詞義雙關」

「語義飛白」是指用錯詞語或誤解語義。它是無意中犯錯而被有意記錄下來。說話者只有一個意思，聽者卻誤會成另一個意思，因而造成誤解的趣味。「詞義雙關」，則是說者一語兼有兩義。

㈠語義飛白的例子

用錯詞語或誤解詞語而被故意記錄下來：

弟弟對哥哥說：「我比你更重要。」「為什麼？」「許多廣告都在『急徵二胎』，你是頭胎，我是二胎。」（筆者擬句）

「急徵『二胎』」的「二胎」，本是第二胎貸款，弟弟將它誤會為第二胎生的孩子。

㈡詞義雙關的例子

一個詞語在與境中同時兼有兩個意思：

院長豪氣干雲地說：「花崗石醫院，真不是蓋的！」原不

是蓋的，它是用炸藥，用空壓機，用鐵鎚及雙手開鑿，搥
打出來的！（張拓蕪《桃花源‧洞天福地》）

「眞不是蓋的」的「蓋」字，兼指「吹牛」和「搭蓋」。

四、「語序飛白」有別於「字同序異」

所謂「字同序異」，又稱「序換」，是指：在同一個語境中，字
數相等，字面成分相同或字音相同相近，但次序有異的兩個或兩個以
上的詞語，互相對照，相映成趣。它和「語序飛白」有類似之處，也
有不同之點。茲辨析於下：

㈠單純的「語序飛白」

語境中只有「本體」，「飛白體」並未出現，或是只有「飛白
體」，「本體」並未出現，則只是單純的「語序飛白」。如：

不是焦大一個人，你們做官兒享榮華富貴？你祖宗九死一
生，掙下這家業，到如今了，不報我的恩，反和我充起主
子來了。不和我說別的還可，若再說別的，咱們紅刀子進
去白刀子出來！（曹雪芹《紅樓夢》第七回）

語序當爲「白刀子進去紅刀子出來」，因焦大酒醉而錯用，是爲
「語序飛白」。但字面上只有飛白體「紅刀子進去白刀子出來」
字，本體「白刀子進去紅刀子出來」字並未出現，所以無法形成
「字同序異」的「同異」效果。因此，此例只是單純的「語序飛
白」。

㈡單純的「字同序異」

「字同序異」所映照的兩個或兩個以上的詞語，它們之間如果沒
有飛白關係，則與「語序飛白」完全無關。它只是單純的「字同序
異」。如：

女人在乎的是愛的功能性；男人在乎的是愛的性功能。
（蕭銘洲〈金玉涼言〉，《聯合報》2002年5月29日E6繽紛
版）

「功能性」重點在功能;「性功能」的重點在「性」。兩個詞語之間,並無飛白關係,所以此例只是單純的「字同序異」。

(三)「字同序異」兼用「語序飛白」

如果「本體」和「飛白體」在同一語境中出現,形成映照的效果,則是「字同序異」兼用「語序飛白」的兼格現象。如:

> 顧客:「你們廣告上寫的『Q麵濃湯』是什麼?」老闆:「那是『湯濃麵Q』啦!」(筆者擬句)

將「湯濃麵Q」看成「Q麵濃湯」,這是語序誤解,被筆者故意記錄下來是「語序飛白」;而且「湯濃麵Q」和「Q麵濃湯」兩個詞語,在同一語境中,互相映照,形成「字同序異」的「同異」修辭效果。

五、「語序飛白」有別於「回環」

語文上半部的末尾,用作下半部的開端,下半部的末尾,又疊用上半部的開頭,中間的字語可略具彈性,是為「寬式回文」(魏聰祺,2008b:227)。又稱為「回環」,可以寫成「A~B+B~A」。回環是作者有意造成的循環往復現象。如:

> 男人有錢就變壞,女人變壞就有錢。

「有錢就變壞」和「變壞就有錢」,是作者有意造成「有錢~變壞+變壞~有錢」的格式,屬於回環。

「語序飛白」若只有本體或飛白體,則無法形成「A~B+B~A」的回環形式。如:

> 甲:「你看!『雞扒手』吔!雞都能當扒手,還掛出招牌。」乙:「你語序弄錯了。」(筆者擬句)

將「手扒雞」看成「雞扒手」,這是語序飛白。「手扒雞」是指用手扒開吃的雞肉;「雞扒手」是指雞當扒手。只有飛白體「雞扒手」出現,本體「手扒雞」沒出現,無法形成「A~B+B~A」格式,所以不是回環。

　　語序飛白的本體和飛白體都出現，但飛白體是無意中犯錯而形成，並非作者有意為之，則不屬回環。如前面例子將「湯濃麵Q」看成「Q麵濃湯」，這是語序誤解，而被筆者故意記錄下來的「語序飛白」。

六、「語序飛白」有別於「交磋語次」

　　交磋語次只是語序顛倒，但前後意思不變；語序飛白的語序也是顛倒，但前後意思不同。如：

> 自然界給他安慰、快樂，他也在自然界找到快樂、安慰。
> （張秀亞〈談靜〉）

本來應是「安慰、快樂」的「類詞」，為求變化而交磋語次，換成「快樂、安慰」。「安慰、快樂」和「快樂、安慰」都是並列結構，意思相同，只是次序前後不同。

> 甲本來要買「雞塊兩份」，一時可誤，說成「雞份兩塊。」（筆者擬句）

將「雞塊兩份」說成「雞份兩塊」，這是語序飛白。「雞塊兩份」是指雞塊要兩份，「雞份兩塊」一來沒有「雞份」這個詞，二來易被誤會為「雞糞」，兩者意思不同，則不是交磋語次。

肆、產生因素

一、心理基礎

　　飛白之能產生，在於人類的「差異覺閾」（difference threshold），人們對於正確與錯誤都有分辨的能力，不至於將對的當成錯的，或將錯的當成對的。因此，作者可以明知其錯而故意將其記錄或援引下來。讀者也能發現這種錯誤而引發各種反應，而達到飛白的修辭效果。

　　飛白是一種錯誤而將之故意記錄或援引，它能產生令人發笑的逗趣效果。這種效果，在柏拉圖來說，是人的妒忌心產生幸災樂禍的心理（朱光潛，1994：270、271）；在霍布士來說，則是「鄙夷說」：「笑的情感只是在見到旁人的弱點或是自己過去的弱

點時，突然念到自己某優點所引起的『突然的榮耀』感覺（sudden glory）。」（朱光潛，1994：272）

史塵封（1995：399）則將之結合：「飛白之所以造成濃烈的情趣，主要是利用飛白造成的錯誤和現實正確性的反差。由於飛白造成的這種反差，打破了正常生活中的固有模式，所以給人以出其不意之感。從心理學上講，由於新的刺激不同一般，這種特殊的刺激，便產生了一種特殊的心理感受。在這種特殊的心理感受作用下，人們便忍俊不止地要發笑。」史氏所說的「飛白造成的錯誤和現實正確性的反差」，是人類「差異覺閾」發揮的功能；史氏所說「這種特殊的刺激，便產生了一種特殊的心理感受」，是指見到他人的醜、弱點而產生幸災樂禍、鄙夷他人的優越感，因而發笑。

二、語文條件

飛白中的「語音飛白」和語音及方言、外語有關；「字形飛白」、「語義飛白」、「語法飛白」、「語序飛白」、「斷讀飛白」分別和字形、語義、語法、語序、斷讀有關，這些都屬於語言文字範疇。

伍、運用原則

正常的記錄或援引，都是以正確無誤的內容為對象；飛白的運用則偏離常規，將錯誤記錄援引下來，如此則拉大心理距離，產生新奇陌生的效果而引人注意。但因人類有辨明正確與錯誤的能力，不致誤錯為真，那就能將心理距離拉近，了解真相。但它畢竟是錯誤的內容，若是錯誤不明顯，讓人誤會而以錯為對，那就偏離不夠大，失去原有的表達目的。反之，若是偏離過大，不可能有這種錯誤產生的可能性，那就變成偽造欺騙，因此必須將心理距離拉回，讓飛白的產生合理化，所以飛白往往呈現「似是而非」的特徵。如：

甲對乙說：「你是個怕老婆的。」
乙說：「我還沒結婚呢。」
甲說：「如果你不怕老婆，為什麼還不結婚？」（筆者擬句）

此例甲說：「如果你不怕老婆，爲什麼還不結婚？」表面看似有理，但實際上卻是不符邏輯，因爲怕老婆的前提必須先有老婆，乙還沒結婚，怎會怕老婆呢？所以這是似是而非的「邏輯飛白」。這種情形和「夸飾」頗爲類似。夸飾也是偏離常規，將事實誇大，產生陌生新奇效果；若是夸飾程度不夠大，會讓人誤以爲眞；反之，偏離過大，沒有這種夸飾的事實根據，那就變成說謊。因此，夸飾要以某些事實爲基礎，將心理距離拉近，才能讓讀者接受。

第三節　轉品

壹、定義

　　陳望道（1989：191）曰：「說話上把某一類品詞移轉做別一類的品詞來用的，名叫轉品。」

　　黃慶萱（2002：241）曰：「一個詞彙，改變其原來詞品而在語文中出現，使含義更新穎豐富，意義表達得更靈活生動，叫做『轉品』。『品』指的就是文法上所說的詞的品類。」

　　楊春霖、劉帆（1996：267）曰：「轉類又叫轉品，就是把某一類詞轉化做別一類詞來用。」

　　史塵封（1995：411）曰：「根據上下文表達上的需要，特意讓詞的詞性臨時發生變化，起到它平時所起不到的作用，這種變化詞性作特殊使用的修辭格，我們稱之爲轉類。」

　　王占福（2001：149）曰：「由於表達的需要，憑藉上下文，臨時把甲類詞轉化爲乙類詞來使用，這種修辭方式叫做轉類，又稱轉品。」

　　蔡謀芳（2001：190）曰：「『轉品』就是轉變詞性。詞性轉變的結果，通常是：新意增生而舊意猶在。文意增加而字數不變，節奏當然加快。」

　　張海銘（2002：40）曰：「詞類活用是指在一定語言環境裡，爲了適應表達的需要，有意識地把某一類詞臨時用作另一類詞的語言現象，也叫詞的轉類、變性、轉品、詞類的變格用法。」

　　上述各家的說法，可歸納三項要點：一是名稱不同，有「轉類」、「轉品」、「詞類活用」、「詞類的變格用法」四種。若是辭格名稱，則以「轉品」、「轉類」爲佳。二是產生效果，新意增生而

舊意猶在。文意增加而字數不變，節奏當然加快。三是史塵封的定義最完備，它強調㈠「根據上下文表達上的需要」，指出轉變詞性是根據上下文來判斷；㈡「特意讓詞的詞性臨時發生變化」，指出轉品格帶有辭格三項特性：「刻意性」、「臨時性」和「變異性」。筆者以史塵封的定義為基礎，並配合本書統一用語，將「轉品」的定義修改為：

> 說話行文時，根據上下文表達上的需要，特意讓詞的詞性臨時發生變化，起到它平時所起不到的作用，這種變化詞性做特殊使用的修辭方法，叫做「轉品」。又稱為「轉類」。

貳、分類

目前語法學界關於詞的語法分類的標準雖然尚未取得完全一致，但基本上認為，「對漢語來說，比較現實的是根據詞的語法功能來畫分詞類。」（許嘉璐，2001：57、58）也就是說，在漢語中，某一個詞的語法類別是由它的語法功能決定的，而每一個詞都可以根據其語法功能歸入某一類或幾類，形成詞有定類，類有定詞。

漢語詞類的第一層次是分為「實詞」和「虛詞」兩大類：能充當句法成分的詞是實詞，包括名詞、動詞、形容詞、數詞、量詞、代詞、區別詞、副詞、歎詞、擬聲詞等十類；不能充當句法成分的詞是虛詞，包括介詞、連詞、助詞、語氣詞四類（邵敬敏，2004：176）。

從理論上講，雖然所有的詞類都有活用的可能，但是，由於現代漢語詞類活用是一個涉及語義、語法、語用諸多因素的複雜語言現象，而在所有的詞類中，實詞既有詞彙意義，又有語法意義，能獨立充當句法成分，虛詞卻只有語法意義，無詞彙意義，且不能獨立充當句法成分，所以，現代漢語中能活用的詞類一般是實詞，並且主要出現在名詞、動詞、形容詞三大類詞彙意義明確，語法功能顯著的實詞中。

依據詞性類別區分，轉品之分類，筆者找到「名詞轉品」、「動詞轉品」、「形容詞轉品」、「副詞轉品」、「數詞轉品」、「稱代詞轉品」、「歎詞轉品」、「擬聲詞轉品」、「助詞轉品」。茲說明如下：

一、名詞轉品

凡人、物、事以及各種學科所使用的名稱，都是名詞。名詞的文法特點是：受形容詞和數量詞的修飾，而不受副詞的修飾（國立編譯館，1998：12）。

名詞轉品，筆者找到「名詞轉品為動詞」、「名詞轉品為形容詞」、「名詞詞轉品為副詞」、「名詞詞轉品為量詞」，茲說明如下：

㈠名詞轉品為動詞

名詞轉品為動詞，是指在言語交際中，表達者有意將名詞用作動詞，使原來的名詞臨時具備動詞的特徵和功能。其作用主要是「把動態和靜態有機結合起來，增強言語感染力」（馮廣藝，2004b：83）。如：

> （海瑞）歷兩京左、右通政。三年夏，以右僉都御史巡撫莊天十府。屬吏憚其威，墨者多自免去。有勢家朱丹其門，聞瑞至，黝之。（《明史・海瑞傳》）

「朱丹」指紅色，從名詞轉品為動詞，是說「將其門漆成丹紅色」。

> 有錢便當歸鴨去，一生莫曾口福得這等！（王禎和〈嫁妝一牛車〉）

「當歸鴨」本是食物名，此例轉品為動詞，是說「吃當歸鴨」。

> 拜升學主義至上的高三皇帝，接受老師在白天孔子了八小時，晚上的睡眠還要拿破崙一番，結果呢？隔天一早的考試，看到題目，手竟然不自覺地齒輪了起來。（王昌煥，2004：183）

「孔子」一詞轉品為動詞，則有「諄諄告誡」、「誨人不倦」的意思；「拿破崙」一詞轉品為動詞，則有「少睡」的意思；「齒輪」一詞轉品為動詞，則有「機械式無意識地轉動」的意思。

在他心的深處，他似乎很怕變成張大哥第二——「科員」了一輩子，以至於對自己的事都一點也不敢豪橫。（老舍〈離婚〉）

「科員」本是名詞，此例則轉品為動詞，是「當科員」的意思。

(二)名詞轉品為形容詞

名詞轉品為形容詞，是指在言語交際中，表達者有意將名詞用作形容詞，使原來的名詞臨時具備形容詞的特徵和功能。其作用主要是「強調人或事物具有的屬性、特徵，使言語表達具有直觀性和感召力，能增強接受者的聯想意識」（馮廣藝，2004b：87）。如：

你這個人真是比電線桿子還電線桿子！（筆者擬句）

以「電線桿子」的「直」來形容人的「老實、耿直」。後一個「電線桿子」從名詞轉品為形容詞，是說「比電線桿子還老實、耿直」。

你的名字真是比姑娘還姑娘。（筆者擬句）

「比姑娘還姑娘」後一個「姑娘」是指「姑娘的性格和特徵」，是從名詞轉品為形容詞。

這個連長太「軍閥」了！年紀不大，脾氣可不小！（曲波《山呼海嘯》）

「軍閥」本是名詞，轉品為形容詞，則是指「專橫、粗暴」。

她把條紋的T恤條紋的短褲褪去，只留下條紋的胸衣以及非常比基尼的條紋內褲。（陳輝龍〈你好麼？千面人〉）

「比基尼」本是名詞，轉品為形容詞，則是指「暴露」。

(三)名詞轉品為副詞

名詞轉品為副詞，是指在言語交際中，表達者有意將名詞用作副詞，使原來的名詞臨時具備副詞的特徵和功能。如：

床上的人似乎受了亮光的刺激，虎的跳下來，抓起被自

己打落的衣物，把洪俊興使勁推到門外。（施叔青〈愫細怨〉）

「虎」本是名詞，轉品爲副詞，指「像老虎般」。

聽風呼，聽海嘯，一隻低飛的海鳥便很尼采的棲立觀音竹高呼：我是漂泊者。（陳紹磻〈觀音竹的歲月〉）

「尼采」本是名詞，轉品爲副詞，指「很哲理地棲立」。

㈣名詞轉品爲量詞

名詞轉品爲量詞，是指在言語交際中，表達者有意將名詞用作量詞，使原來的名詞臨時具備量詞的特徵和功能。如：

雖然面對著的是苦難，是抉擇，是一色貧血的日子，但是，她依然選擇了生命。（曹又方〈爪痕〉）

「色」本是名詞，轉品爲量詞。

寂寞的胭脂醒在高處，一唇水月迷濛地棲進很薄很薄的夢幃。（于新萍〈茉莉〉）

「唇」本是名詞，轉品爲量詞，讓人對迷濛的月有了美如唇的形態。

撐一傘綠蔭庇護你睡。（聞一多〈也許〉）

「傘」本是名詞，轉品爲量詞，讓人對抽象的綠蔭有了具體的形象。

二、動詞轉品

表示人、事、物的動作、行爲、發展、存在、類屬、關係判斷等現象的詞，叫做動詞。動詞的文法特點是：能受副詞修飾；大多數可以重疊；常帶時態助詞表示動作的持續、完成和經過；並且能用肯定否定相疊的方式表示疑問（國立編譯館，1998：13）。

動詞轉品又可以依其臨時用法爲根據，分爲「動詞轉品爲名

詞」、「動詞轉品為形容詞」、「動詞轉品為副詞」、「動詞轉品為量詞」。茲說明如下：

㈠動詞轉品為名詞

　　動詞轉品為名詞，是指在言語交際中，表達者有意將動詞用作名詞，使原來的動詞臨時具備名詞的特徵和功能。如：

> 且念一些渡　一些飲　一些啄
> 且返身再觀照　（鄭愁予〈梵音〉）

「渡」、「飲」、「啄」本是動詞，前面加「一些」，則轉品作名詞用。

> 你常常航到我的夢中來，現在，你又航到我的醒中來，我的醒是我更深的夢。　（黃慶萱，2002：258）

「醒」本是動詞，轉品為名詞。

㈡動詞轉品為形容詞

　　動詞詞轉品為形容詞，是指在言語交際中，表達者有意將動詞用作形容詞，使原來的動詞臨時具備形容詞的特徵和功能。如：

> 低頭沉思讓風雨隨意鞭打／他委棄的暴猛／他風化的愛
> （楊牧〈孤獨〉）

「風化」本是動詞，轉品為形容詞。

> 有人送給你羨慕的秋波呢！（宣建人《抒情小品》）

「羨慕」本是動詞，轉品為形容詞。

> 你的臂彎圍一座睡城／我的夢美麗而悠長（敻虹〈懷人〉）

「睡」本是動詞，轉品為形容詞。

㈢動詞轉品為副詞

　　動詞轉品為副詞，是指在言語交際中，表達者有意將動詞用作副

詞，使原來的動詞臨時具備副詞的特徵和功能。如：

> 讓蝴蝶死吻夏日最後一瓣玫瑰（周夢蝶〈囚〉）

「死」由動詞轉品爲副詞，以修飾「吻」。

㈣動詞轉品爲量詞

動詞轉品爲量詞，是指在言語交際中，表達者有意將動詞用作量詞，使原來的動詞臨時具備量詞的特徵和功能。如：

> 如果我的口袋還有石頭就好，要不，有一把紫葛的果子也行，我只有<u>一抱睏睏的綠蕨</u>而已！（簡媜〈採蕨日〉）

「抱」本是動詞，轉品爲量詞，使得靜態的「綠蕨」有了被抱的動感。

> 我熱興未褪，搖一枝老竹取鬧，頓然萬珠齊落，都沁入骨肉，又剝了<u>一握乾竹籜</u>，要給竈君吃。（簡媜〈阿ㄅ伯公〉）

「握」本是動詞，轉品爲量詞，使得靜態的「竹籜」有了被握的動感。

> 我看見她那一頭長髮在晚風裡亂飛起來，她那<u>一捻細腰</u>左右搖曳得隨時都會斷折一般。（白先勇〈孤戀花〉）

「捻」本是動詞，轉品爲量詞，使得靜態的「細腰」有了可捻在手中的動感。

> 午夜，<u>一掬清淚</u>，又濺起了夢的漣漪。（王靜遠〈內心的河流〉）

「掬」本是動詞，轉品爲量詞，使得靜態的「清淚」有了動感。

三、形容詞轉品

用來區別人、事、物的形態、性質的詞，叫做形容詞。它的文法特點是：受程度副詞「很」和否定副詞「不」的修飾；大多數也可以

重疊（國立編譯館，1998：14）。

　　形容詞轉品又可以依其臨時用法爲根據，分爲「形容詞轉品爲名詞」、「形容詞轉品爲動詞」、「形容詞轉品爲量詞」。茲說明如下：

㈠形容詞轉品爲名詞

　　形容詞轉品爲名詞，是指在言語交際中，表達者有意將形容詞用作名詞，使原來的形容詞臨時具備名詞的特徵和功能。其作用主要是通過對人或事物的性質、狀態等在言語表達中的凸現，使言語表達具有形象性、可感受性（馮廣藝，2004b：88）。如：

　　　我這時突然感到一種異樣的感覺，覺得他滿身灰塵的後
　　　影，剎時高大了，而且愈走愈大，須仰視纔見。而且他對
　　　於我，漸漸的又幾乎變成一種威壓，甚而至於要搾出皮袍
　　　下面藏著的「小」來。（魯迅〈一件小事〉

「小」本是形容詞，此例轉品爲「名詞」，意指「渺小卑微的思想」，強調其渺小。

　　　伍長工也怔怔地望著那邊，毫無遁逃之意，他倒希望那
　　　邊射來一槍，將他擊倒，就此完成一個壯烈。（張弛〈甲
　　　光〉）

「壯烈」本是形容詞，此例轉品爲「名詞」，意指犧牲的事情。

　　　頭一發桃花水漲過了，嘉陵江又流出了柔軟的綠。（曾憲
　　　國〈霧都〉）

「綠」本是形容詞，此例轉品爲「名詞」，意指綠色的江水。

㈡形容詞轉品爲動詞

　　形容詞轉品爲動詞，是指在言語交際中，表達者有意將形容詞用作動詞，使原來的形容詞臨時具備動詞的特徵和功能。其作用主要是化靜爲動，增強言語表達的動態感。如：

　　　我是在恭候一架箏，一架能讓我對它傾訴心情的古箏，高

山流水樣明朗的跳躍，<u>清麗</u>著我的情思。（孫琪〈家有古箏〉）

「清麗」本是形容詞，此例轉品為動詞。

兩岸的豆麥和河底的水草所發散出來的清香，夾雜在水氣中撲面的吹來；<u>月色便朦朧在這水氣裡</u>。（魯迅〈社戲〉）

「朦朧」本是形容詞，此例轉品為動詞，是「顯得朦朧」的意思。

姓簡底衣販子和阿好<u>凹凸</u>上了啦！就有人遠視著他們倆在塋地附近，在人家養豬底地方底後邊，很不大好看起來。（王禎和〈嫁妝一牛車〉）

「凹凸」本是形容詞，此例轉品為動詞，是說「拼湊、搭配、交媾」。

年曲旺被于師傅喝住，臉上<u>厚起一層驚白</u>。（星竹〈豆腐〉）

「厚」本是形容詞，此例轉品為動詞，是說「堆起」。

諷刺<u>苦澀</u>了我拿破崙式的志得意滿。（王昌煥，2004：180）

「苦澀」本是形容詞，此例轉品為動詞，是說「使……苦澀」。

(三)形容詞轉品為量詞

形容詞轉品為量詞，是指在言語交際中，表達者有意將形容詞用作量詞，使原來的形容詞臨時具備量詞的特徵和功能。如：

旅館頂樓是餐廳，有鋼琴和小提琴的演奏。更棒的是那落地大玻璃窗，正對著遠處臺北的十里紅塵和<u>一彎</u>如帶的淡水河。（劉墉《我不是教你詐2‧第一章‧一猜就是你》）

「彎」本是形容詞，此例轉品為量詞。

而一旦切開我們的肺腑，長安啊還會掛一彎唐詩裡的月亮？（耿翔〈西安〉）

「彎」本是形容詞，此例轉品為量詞。

四、副詞轉品

對動詞所表示的動作或形容詞所表示的性狀，從程度、狀態、範圍、時間、頻率、語氣、然否等方面加以修飾、限制、補充的詞，叫做副詞，也叫限制詞。……副詞只能修飾動詞、形容詞；偶亦可以修飾副詞本身和介詞等；但是不能修飾名詞。除表示狀態者外，通常不能重疊，也不能以肯定否定相疊表示疑問（國立編譯館，1998：15）。

副詞轉品又可以依其臨時用法為根據，分為「副詞轉品為名詞」、「副詞轉品為動詞」、「副詞轉品為形容詞」。茲說明如下：

㈠副詞轉品為名詞

副詞轉品為名詞，是指在言語交際中，表達者有意將副詞用作名詞，使原來的副詞臨時具備名詞的特徵和功能。如：

她的蓬髮已束，衣褲雖是粗布，也還乾淨。去了肩頭的竹擔、吊袋，總難相信眼前老婦亦有曾經。（簡媜〈消味，那個消查某〉）

「曾經」本是副詞，此例轉品為名詞。

㈡副詞轉品為動詞

副詞轉品為動詞，是指在言語交際中，表達者有意將副詞用作動詞，使原來的副詞臨時具備動詞的特徵和功能。如：

那些高談闊論，不過是契訶夫……所指出的登了不識羞的頂顛傲視著一切，被輕者是無福和他們比較的，更從什麼地方「相」起？現在謂之「相」，其實是給他們一揚，靠了這「相」，也是「文人」了。（魯迅〈再論文人相輕〉）

題目中「文人相輕」的「相」是副詞，正文中第一個「相」轉品爲動詞，第二、第三個「相」則轉品爲名詞。

> 聽娘説，那天<u>幸虧</u>了這個人，不然就會凍死了。（遲子建〈北片蒼茫〉）

「幸虧」本是副詞，此例用作動詞，是說幸虧碰到這個人。

㈢副詞轉品爲形容詞

　　副詞轉品爲形容詞，是指在言語交際中，表達者有意將副詞用作形容詞，使原來的副詞臨時具備形容詞的特徵和功能。如：

> 雖然抄得麻煩，但中國現今「有根」的學者和「尤其」的思想家及文人，總算已經互相選出了。（魯迅〈無花的薔薇〉）

魯迅先引西瀅教授的一段話：「尤其是志摩他非但在思想方面，就是在體制方面，他的詩及散文，都已經有一種中國文學裡從來不曾有過的風格。」（楊澤，1999：258）然後才將副詞「尤其」轉品爲形容詞。

五、數詞轉品

　　表示數目多少或次序先後的詞，叫做數詞。包括基數詞：一、十、百、千、萬、半、幾等；和序數詞：第一、第二、初五、初十、頭一（次）、正（月）、長（子）、ㄠ（女）等（國立編譯館，1998：14）。

　　數詞轉品，筆者找到「數詞轉品爲名詞」、「數詞轉品爲動詞」、「數詞轉品爲副詞」。茲說明如下：

㈠數詞轉品爲名詞

　　數詞轉品爲名詞，是指在言語交際中，表達者有意將數詞用作名詞，使原來的數詞臨時具備名詞的特徵和功能。如：

> 子謂子貢曰：「女與回也孰愈？」對曰：「賜也何敢望回？回也聞<u>一</u>以知<u>十</u>，賜也聞<u>一</u>以知<u>二</u>。」子曰：「弗如

也，吾與女弗如也。」（《論語·公冶長》）

「一」、「十」、「二」本是數詞，此例轉品爲名詞，是說「一件事物」、「十件事物」、「二件事物」。

自從李鳴打定主意退學後，他索性常躲在宿舍裡畫畫，或者拿上速寫本在課堂上畫幾位先生的面孔。畫面孔這事很有趣，每位先生的面孔都有好多「事情」。畫上這位的<u>一二三四</u>，再憑想像添上<u>五六七八</u>，不到幾天，每位先生都畫遍了，唯獨沒畫上女講師。（劉索拉〈你別無選擇〉）

把數詞「一二三四」和「五六七八」轉品爲名詞。

㈡數詞轉品爲動詞

數詞轉品爲動詞，是指在言語交際中，表達者有意將數詞用作動詞，使原來的數詞臨時具備動詞的特徵和功能。如：

彼蒼者天，殲我良人，如可贖兮，人<u>百</u>其身。（《詩經·秦風·黃鳥》）

「百」本是數詞，此例轉品爲動詞，是說「死百次」，既表示次數，又有死的動作。

女也不爽，士貳其行。士也罔極，<u>二三</u>其德。（《詩經·衛風·氓》）

「二三」本是數詞，此例轉品爲動詞，是說「使他們品德三心兩意」。

㈢數詞轉品爲副詞

數詞轉品爲副詞，是指在言語交際中，表達者有意將數詞用作副詞，使原來的數詞臨時具備副詞的特徵和功能。如：

人齊了，開個會。場長<u>一二三</u>信口講一通。（宋元〈墨面〉）

數詞「一二三」轉品爲副詞，作狀語。

六、稱代詞轉品

能指稱代替名詞、動詞、形容詞、數量詞、副詞，甚至詞語結構和子句的詞，叫做稱代詞。……它的文法特點是：除人稱詞外，通常不受別種詞的修飾和限制；只能連用而不能重疊；人稱詞除「您」外，都可以加「們」表示多數（國立編譯館，1998：15、16）。

稱代詞轉品，筆者只找到「稱代詞轉品爲動詞」。茲說明如下：

㈠稱代詞轉品爲動詞

稱代詞轉品爲動詞，是指在言語交際中，表達者有意將稱代詞用作動詞，使原來的稱代詞臨時具備動詞的特徵和功能。如：

> 晉王戎妻語戎爲卿。戎謂曰：「婦那得卿婿？於禮不順。」答曰：「我親卿愛卿，是以卿卿；我不卿卿，誰當卿卿？」戎笑遂聽。（《太平廣記》卷二百四十五引《啓顏錄》）

上述三個「卿卿」中間，第二個「卿」字都是代名詞，第一個「卿」字都是轉品爲動詞。

> 見公卿不爲禮，無貴賤，皆汝之。（《隋書・楊伯醜傳》）

「汝」本是稱代詞，此例轉品爲動詞，是說「以汝稱之」。

> 「你愛人是教語文的楊老師？」
> 「對！對！」
> 「您怎麼不早說這些呀？」
> 姑娘對他也『您』起來。（梁曉聲〈預碎〉）

「您」本是稱代詞第二人稱的尊稱，此例轉品爲動詞，是尊敬的意思。

> 諸位，諸位！這算什麼暗什麼呀？「……這，這這……」可沒等宗二爺「這」完就有人……（馮苓植〈虬龍爪〉）

「這」本是指示代詞，此例轉品為動詞，是指宗二爺說話愛帶「這」的特點。

七、歎詞轉品

表示感歎、呼喚或答應等聲音的詞，叫做歎詞。歎詞是很特殊的詞類，不但不與別的語言成分發生結構上的關係，也不附著在別的語言成分上，總是獨立在句子之外，單獨使用。通常用於句首，偶爾用於句末。口語要和上面分開，停頓一下；書面要用標點隔開。有時一個歎詞也可獨立成句，即所謂「獨詞句」（國立編譯館，1998：17）。

歎詞轉品，筆者找到「歎詞轉品為名詞」、「歎詞轉品為動詞」、「歎詞轉品為副詞」。茲說明如下：

㈠歎詞轉品為名詞

歎詞轉品為名詞，是指在言語交際中，表達者有意將歎詞用作名詞，使原來的歎詞臨時具備名詞的特徵和功能。如：

> 進屋替他退了衣褲，洗乾淨，發現傷了多處。想是一路摸黑，摔的。尤其膝蓋，翻開寸多長一條口子，顯了白生生的筋骨。眾人為他叫出一片唉喲。（宋元〈墨面〉）

「唉喲」本是歎詞，此例轉品為名詞，使它具有質感。

㈡歎詞轉品為動詞

歎詞轉品為動詞，是指在言語交際中，表達者有意將歎詞用作動詞，使原來的歎詞臨時具備動詞的特徵和功能。如：

> 忽然她聽見有人在房裡「哎」——小紅帽走進臥房，裡面好暗，外婆躺在床上只露出臉，可是眼睛、鼻子、嘴巴⋯⋯都變了樣？（郝廣才《新世紀童話繪本16‧小紅帽來啦》）

「哎」本是歎詞，此例轉品為動詞，使它兼具動作和聲音。

范正字當時攤著手歪在沙發上，一面嘴巴張成「O」形，

很同情地點著頭，「啊啊」了半天卻沒有下文。（陳世旭〈馬車〉）

「啊啊」本是歎詞，此例轉品為動詞，使它兼具動作和聲音。

文雅書生中也真有特別善於下淚的人物，說是因為近來中國文壇的混亂，好像軍閥割據，便不禁「嗚呼」起來了，但尤其痛心誣陷。（魯迅〈中國文壇的悲觀〉）

「嗚呼」本是歎詞，此例轉品為動詞，意指悲憤地說出什麼。

⑤歎詞轉品為副詞

歎詞轉品為副詞，是指在言語交際中，表達者有意將歎詞用作副詞，使原來的歎詞臨時具備副詞的特徵和功能。如：

柳柳站在門檻的一側納著鞋底，她哎呀叫了一聲，像是讓針尖扎破了手。（格非《敵人》）

「哎呀」本為歎詞，轉品為副詞。

這時站在秋芋面前的矮胖漢子噢地叫了一聲，扭身提刀便向爹撲來。（周大新《鐵鍋》）

單音節歎詞「噢」轉品為副詞，修飾動詞「叫」，要加上結構助詞「地」。

八、擬聲詞轉品

擬聲詞是用來模擬自然界的聲音。擬聲詞轉品，筆者只找到「擬聲詞轉品為動詞」。茲說明如下：

㈠擬聲詞轉品為動詞

擬聲詞轉品為動詞，是指在言語交際中，表達者有意將擬聲詞用作動詞，使原來的擬聲詞臨時具備動詞的特徵和功能。如：

快用「微型」給我「咔嚓」下來，（蘇策〈重武器〉）

「咔嚓」本是擬聲詞，摹寫照相機按下快門的聲音。此例轉品為動詞，使它兼具動作和聲音。

> 他對小老鼠輕聲的喵，是說：「別害怕，小東西，沒有人會傷害你。」（郝廣才《新世紀童話繪本8‧長靴貓大俠》）

「喵」本是擬聲詞，摹寫貓叫聲，此例轉品為動詞，使它兼具「叫」的動作和「喵」的聲音。

九、助詞轉品

附著在詞的前面，或附著在詞、語、句的後面，能起輔助作用，以表示某種結構、時態和語氣的詞，叫做助詞。……助詞的文法特點：獨立性最差，要附著在別的語言成分上，才能起輔助作用。不能單獨使用。大部分都唸輕聲（國立編譯館，1998：17）。

助詞轉品，筆者只找到「助詞轉品為動詞」。茲說明如下：

㈠助詞轉品為動詞

助詞轉品為動詞，是指在言語交際中，表達者有意將助詞用作動詞，使原來的助詞臨時具備動詞的特徵和功能。如：

> 據我的經驗，這樣譯來，較之化為幾句，更能保存原來的精悍的語氣，但因為有待於新造，所以原先的中國文是有缺點的。有什麼「奇蹟」，幹什麼「嗎」呢？（魯迅〈「硬譯」與「文學的階級性」〉）

魯迅先引梁實秋的原文：「假如『硬譯』而還能保存『原來的精悍的語氣』，那真是一件奇蹟，還能說中國文是有『缺點』的嗎？」梁實秋原文中的「嗎」字是語氣助詞，質問的情態充足。被魯迅活用為動詞，意為：「幹什麼對『原先的中國文是有缺點的』做出『嗎』的大驚小怪的質疑？」

> 「聽說這東西現在還很值錢呢！日本人用一臺彩色電視機還換不去呢！真可以說是價值連城呢！」「你呢呢嘛？吝嗇！」她大聲斥責。（孫芸夫〈幻覺〉）

「呢呢」本是語助詞，此例用為動詞，是「說」的意思，表達語意刻薄、咄咄逼人。

表4-3　轉品分類表　　　　　　　　　　　　　　　（筆者自製）

辭格	分類基準	次辭格		異名	說明
參、轉品—轉類	依詞性分	一、名詞轉品	㈠名詞轉品為動詞		
			㈡名詞轉品為形容詞		
			㈢名詞轉品為副詞		
			㈣名詞轉品為量詞		
		二、動詞轉品	㈠動詞轉品為名詞		
			㈡動詞轉品為形容詞		
			㈢動詞轉品為副詞		
			㈣動詞轉品為量詞		
		三、形容詞轉品	㈠形容詞轉品為名詞		
			㈡形容詞轉品為動詞		
			㈢形容詞轉品為量詞		
		四、副詞轉品	㈠副詞轉品為名詞		
			㈡副詞轉品為動詞		
			㈢副詞轉品為形容詞		
		五、數詞轉品	㈠數詞轉品為名詞		
			㈡數詞轉品為動詞		
			㈢數詞轉品為副詞		
		六、稱代詞轉品：稱代詞轉品為動詞			
		七、歎詞轉品	㈠歎詞轉品為名詞		
			㈡歎詞轉品為動詞		
			㈢歎詞轉品為副詞		
		八、擬聲詞轉品：擬聲詞轉品為動詞			
		九、助詞轉品：助詞轉品為動詞			

參、辨析

　　詞類活用是對現代漢語現成的語法規則的突破和「偏離」，是漢語詞性相對自由這一特點的具體體現。所以，分析詞類活用，一是要依賴具體的語言環境，尤其是上下文；二是要緊緊抓住「臨時」這個特點。一個詞，從詞義上說有臨時義和固定義，從詞類上說，有「臨時類」和「常規類」，詞性活用在具體的語言環境中顯示的只是臨時義和臨時類，脫離了具體的語言環境，這種臨時的「義」和「類」便不存在了。

　　詞的跨類現象，是指：「一個語音和文字形式相同的詞可能表現出兩類詞的語法功能。」（邵敬敏，2004：187）它有「兼類」、「同音同形」、「活用」和「借用」四種類型，其中詞類「活用」是表達者有意地臨時改變詞的詞性，屬「轉品格」；另外三者，都已是固定的正常詞性，因此不能視爲「轉品格」。茲說明如下：

一、「轉品」有別於「兼類詞」

　　某個詞屬於A類，只是由於表達的特殊需要，偶爾被用作B類詞，這屬於臨時性的「活用」（邵敬敏，2004：187）。詞性的臨時活用屬於「轉品」，如「比陳景潤更陳景潤」中的後一個「陳景潤」是轉品，它是由前一個名詞「陳景潤」轉變過來的，臨時改變了詞性，具有了形容詞的性質。又如「春風又綠江南岸」中的「綠」，本是形容詞，在句中活用爲動詞，就成了轉品。又如「你這人太阿Q了。」「阿Q」是專有名詞活用爲形容詞。離開這個特定的語境，「阿Q」就不具有形容詞的特徵。

　　兼類詞是甲類的某個詞，同時具有乙類或丙類詞的某些特點和用法，即一詞多類。如：「他在教室裡」（「在」爲動詞），「他在教室裡讀書」（「在」爲介詞）。……詞的兼類是指某個詞具有兩種或兩種以上詞類的特點和用法，意義上具有一定的聯繫。如上述用例中的兩個「在」，在意義上是有聯繫的，前一個「在」是動詞，意義較實在；後一個「在」是介詞，意義較虛（馬景倫，2002：408）。

　　又如：⑴買了一把鎖。⑵把門鎖好！「鎖」在上一例中是名詞，在下一例中是動詞，而且做動詞的「鎖」與做名詞的「鎖」意義之間有密切的聯繫，兩個詞有共同的來源，因而是兼類詞，即「鎖」兼有名詞和動詞兩類詞的語法特徵。

　　關於詞的兼類和詞類活用的區別，學術界多有論述且已達成共識：詞的活用（轉品）跟兼類詞的本質區別是：活用是臨時的、偶爾出現的用法，活用的義項在詞典上不必另做解釋；兼類是經常具有兩類詞的意義和用法，因而不管用作哪一類，人們都沒有「新鮮」的感覺。

二、「轉品」有別於「同音同形詞」

　　邵敬敏（2004：187）曰：「兩個詞同音又同形，語法功能分別屬於A和B兩類詞，但意義上沒有什麼聯繫，則是語法上的同音詞。」邵氏稱為「同音詞」稍嫌籠統，本文稱為「同音同形詞」則較準確。

　　如「這個人很怪」和「這事兒不能怪他」中的「怪」，讀音雖然相同，但前一個「怪」是「奇怪」的意思，是形容詞；後一個「怪」是「責備、埋怨」的意思，是動詞。兩個「怪」不是形容詞活用為動詞，它們是「同音同形詞」。

　　又如「射出一束光來」中的「光」，和「光說不做」中的「光」，是同音同形詞。前一個「光」是名詞，後一個「光」是副詞，兩者在意義上沒有任何聯繫（馬景倫，2002：409）。而且兩者都是正常固定用法，並不是由名詞臨時轉變為副詞，所以不是「轉品」。

三、「轉品」有別於「借用詞」

　　某個詞通常被看作A類，但在詞彙意義基本不變的情況下可以臨時「借用」為B類，而且這種用法是全社會公認的。如一些表示容器、肢體以及工具的名詞直接出現在數詞後面時，「借用」為量詞，例如：一桶油、三車煤、畫一筆、咬一口、打兩巴掌（邵敬敏，2004：187）。這種借用雖是臨時借用，卻是社會公認的習慣用法，就猶如「上聲變調」雖是兩個上聲字連讀，第一字要臨時變為陽平，但卻是國音學正常規則。因此，借用詞還是一種常規用法，而與轉品格的偏離常規不同。

四、詞性誤用的語病，不能視為轉品

　　辭格是為了提升表達效果，而有意識地臨時偏離常規。所以王希

杰說它是「正偏離」，沈謙說它是「巧」的層次。但是，誤用的語病，是一種「負偏離」，一種「拙」的層次，兩者不能混為一談。如：

> 所以我們相信讀者會<u>可愛</u>我們，<u>可愛</u>我們的雜誌，為我們投稿，為我們提建議而把雜誌辦好。

例中的「可愛」是個形容詞，不能當動詞用。應將「可愛」換成「愛」、「喜愛」之類的詞。

> 王家的公狗<u>愛情</u>了周家的母狗，周家就大罵，說王家欺負周家，周家倒楣了王家要負責。

例中的「愛情」是個名詞，也不能當動詞用，應將「愛情」換成「愛」或「喜歡」之類的動詞。上述二例都屬於詞性誤用造成的語病。

五、「轉品」有別於固定習慣用法的自然語

「轉品」是詞性的臨時活用，活用的詞語應該是較少的一部分詞語。從語法這一層面來看，「活用」說理論的核心規則是由一種詞性臨時轉換為另一種詞性，語法功能也隨之變化。因此，一些習慣的而非臨時的、偶然的用法則不應包含在內。如：

㈠名詞做狀語（副詞）

有些名詞做狀語（副詞）已是習慣用法，則不應該屬於「轉品」。如：

> 其後秦稍<u>蠶</u>食魏。十八歲而虜魏王，屠大梁。（《史記·魏公子列傳》）

「蠶」用來描繪動作的方法，這是名詞做狀語（副詞），在文言文中已是習慣用法，則不應視為轉品。

㈡名詞作定語（形容詞）

有些名詞做定語（形容詞）已是習慣用法，則不應該屬於「轉品」。如黃慶萱（2002：256）曰：

兩名詞相連，在前者如果既不是表態句之主語，又不是偏正詞組之修飾語，則成形容詞。如「花香」、「月明」中的「花」、「月」，仍為名詞；「花容」、「月貌」中的「花」、「月」，則已轉品為形容詞。不過「花容」、「月貌」已為熟語，非作者刻意為之，視之為修辭轉品之例，仍不甚妥。

黃氏此言甚是，「花容」、「月貌」已為熟語，「花」、「月」由名詞用作定語（形容詞），非作者刻意為之，則不能視為轉品。

㈢動詞作狀語（副詞）

有些動詞做狀語（副詞）已是習慣用法，則不應該屬於「轉品」。如：

氣候極似臺灣的德州海岸，又已是躑躅花飄香，鳳凰木怒放的季節。（芳子《夕陽山外山》）

黃慶萱（2002：259）曰：「『怒放』的『怒』，與其說是修辭上的『轉品』，不如視之為文法上的『詞類活用』，因為這已是自然語，而非刻意加工的藝術語言。」此言甚是。不過，「轉品」是修辭上臨時的「詞類活用」，而黃慶萱所說的文法上的「詞類活用」則是非刻意的習慣用法。

六、「轉品」有別於「借代」

說話行文時，故意放棄通常使用的本名或語句不用，而另找其他與本名密切相關的名稱或語句來代替的修辭方法，叫做「借代」。

借代是用借體代替本體，本體和借體之間是有相關性，但並不計較詞性是否臨時轉變。轉品是臨時詞性轉變，但不計較是否有相關性的替代。轉品和借代是不同辭格，但它們之間有些地方會有交集，需要加以辨析：

㈠單純「轉品」

只有臨時詞性轉變，並沒有借體代替相關的本體。如：

爾欲吳王我乎？（《左傳・定公十年》）

「吳王我」是「讓我做吳王」的意思。「吳王」習慣上做名詞用，此例臨時轉品爲動詞。但是「吳王」並沒有要借代別的相關事物，則與「借代」無關。

> 原本胖嘟嘟的臉兒<u>柳</u>成葉片樣。（魏豔〈女孩兒〉）

不說「變成柳葉臉」，而說「臉兒柳成葉片樣」，把靜態描寫變成動態描寫。「柳」本是名詞，此例轉品爲動詞。「柳」和「變成」之間沒有相關性，則與「借代」無關。

㈡單純「借代」

借體和本體之間有相關性，但是借體本身並沒有臨時詞性活用。如：

> （呂）布目（劉）備曰：「<u>大耳兒</u>最叵信！」（《後漢書・呂布傳》）

相傳劉備兩耳垂肩，異於常人。故以「大耳兒」借代劉備，這是以事物的特徵或標誌代替事物。「大耳兒」本是名詞，此處也是名詞，並沒有臨時轉變詞性，則與「轉品」無關。

> 一杯甜茶飲焦焦，乎你年底生<u>卵巴</u>。（李赫《呷新娘茶講好話》頁144）

「卵巴」是男性生殖器睪丸，此處以特徵借代「男兒」，這是以事物的特徵或標誌代替事物。「卵巴」本是名詞，此處也是名詞，並沒有臨時轉變詞性，則與「轉品」無關。

㈢「借代」與「轉品」兼格

借體和本體之間有相關性，而且借體本身臨時詞性活用。如：

> 至於負者歌於途，行者休於樹，前者呼，後者應，<u>傴僂提攜</u>，往來而不絕者：滁人遊也。（歐陽脩〈醉翁亭記〉）

「傴僂」爲駝背，是老人的特徵，故以「傴僂」借代「老人」；「提攜」是牽引著走，乃小孩行走特徵，故以「提攜」借代「小孩」，這是以事物的特徵或標誌代替事物。「傴僂」本是形容詞，

「提攜」本是動詞，此處都臨時轉變爲名詞，則屬轉品。

> 連你信奉基督教的女兒都有意中人，你還阿Q呢！（張笑天《公開的內參》）

「阿Q」是魯迅塑造的一個精神勝利的典型。名詞「阿Q」在此例轉品爲動詞，則屬「轉品」。本體「自我空想」和借體「阿Q」之間有相關性，這是以特定代普通，則屬借代。

七、「轉品」有別於「拈連」

說話行文時，甲乙兩事物在一起敘述，故意把只適用於甲事物的詞語順勢拈來用到乙事物上的修辭方法，叫做「拈連」。

轉品和拈連是不同辭格，但它們之間有些地方會有交集，需要加以辨析：

㈠單純的「轉品」

只有詞性臨時活用，而沒有順勢拈用的詞，則與拈連無關。如：

> 寶玉聽説，便猴向鳳姐身上立刻要牌，説：「姐姐，給出牌子來，叫他們要東西去。」（曹雪芹《紅樓夢》第十四回）

「猴」字從名詞轉品爲動詞，將寶玉在鳳姐面前嬌寵又隨便的情態，表露無遺。但它卻沒有順勢拈用，則與拈連無關。

> 有一天，我和一位新同事閒談，我偶然問道：「你第一次上課，講些什麼？」他笑著答我：「我古今中外了一點鐘！」（朱自清〈「海闊天空」與「古今中外」〉）

「古今中外」本是名詞，此例轉品爲動詞，是說「談古今中外談了一點鐘」；但它卻沒有順勢拈用，則與拈連無關。

㈡單純的「拈連」

拈連詞前後並沒有詞性臨時活用，則與「轉品」無關。

> 春天裡花開處處香，聲聲布穀催人忙。
> 播下了種籽，播下了希望，
> 一籽下地萬籽歸倉。（故事片《豐收》插曲）

「希望」本是無法播種的，但作者從「播下了種籽」而順勢將「播下」拈連用在「希望」上，此乃「拈連」。但前後兩個拈連詞「播下」都是動詞，並沒有詞性臨時活用，則與「轉品」無關。

㈢「拈連」與「轉品」兼格

拈連詞經過臨時活用，則屬「拈連」兼「轉品」。如：

> 我同時便機械的擰轉身子，用力往外只一擠，覺得背後已是滿滿的，大約那彈性的胖紳士早在我的空處胖開了他的右半身了。（魯迅〈社戲〉）

例中的「胖開了他的右半身子」中的「胖」從前面的「胖紳士」中順勢拈來，則屬「拈連」。「胖」本是形容詞，此處轉品為「動詞」，所以帶上了賓語「他的右半身子」，還帶著它的補語「開」。

肆、產生因素

一、心理基礎

黃麗貞（2000：104）曰：「古人因為詞彙的貧乏，當他們要表達某種比較繁複的情感思想的時候，卻找不到很恰當妥切的詞彙，便藉著變化某個字詞的詞性，使它衍生出較多的意義，以期讓情思表達得十分妥貼，並且覺得這種詞性轉變的方法，又給人以十分新穎奇特的印象，具有非常好的表達效果。」這是從表達者的心理著眼，古人詞彙貧乏，找不到恰當的詞彙來表達複雜的情思，比較方便的方法，就是將某詞彙的詞性改變而新增意義，於是轉品就大行其道。

二、語文條件

轉品產生的語文條件有三：

㈠「漢語特質」方面：漢語屬於一種孤立語，又稱詞根語。它的特徵是：「一個詞常常只有詞根，很少詞頭、詞尾等變化，因此各種

詞類在形態上缺乏明顯的標誌。句子裡詞與詞之間的關係，常由詞序、輔助詞等語法手段來表示。」（黃慶萱，2002：242）所以漢語不是由字形變化來決定詞性，而是以詞序決定詞性。「漢語中的同一詞彙，由於在句中位置次序的不同，可以作名詞、動詞、形容詞使用，而不須改變字形。漢語自古多轉品，語言學上的基礎在此。」（黃慶萱，2002：243）

㈡「世界語言的共同**趨勢**」方面：黃慶萱（2002：251）曰：「世界語言在語法上**趨**向省簡。一個詞彙若是形式變化過多，有礙記憶；由於形式變化使詞的音節加長，更使學習困難；……不如讓語詞的語尾變化脫離語詞本身而獨立，用語詞的邏輯次序代替語尾變化來表示詞性，使語句有一定次序，組織固定，容易表達意思。」世界潮流**趨**勢使得語言文化相互激盪，漢語的詞性活用現象當然更是歷久不衰。

㈢「**漢語複音化**」方面：古漢語大都單音詞，為了避免語音混淆及語意分歧，而往複音詞發展。「漢語由單音節**趨**向於多音節的結果，詞類的界限不像從前那樣清楚，於是現代漢語轉品現象就更為活躍。」（黃慶萱，2002：251）

由上述可知，轉品的產生，是以漢語孤立語特質為基礎，加上世界語言趨勢影響及漢語複音化演變，使得轉品現象越發活躍。

伍、運用原則

轉品的運用是詞性的臨時活用，本身已將心理距離拉開，偏離常規而產生新穎的效果。但是轉品仍要配合語境，可將心理距離拉近，讓讀者能夠接受。若是心理距離拉得太遠，造成意義的晦澀、意義的分歧，則讀者無法了解其意義。所以，張春榮（1993：93）曰：「唯活用詞性仍要入情合理，不可怪誕荒謬，令人無法接受。如瘂弦『海，藍給它自己看』，若仿擬為『飯，白給它自己吃』，雖說文法上解釋得通，然終屬想像中之不可能，窒礙不通。」

聯考一聲聲地逼近，看著同學們閒適的從容不迫，與哀鴻遍野的滿江紅，平時溫柔的老師也<u>父親</u>起來。

「父親」本是名詞，此例轉品為動詞，除了原義「一日為師終身為父」之外，還有父親「嚴厲」的管教態度。當讀者看到「父親」臨時

當動詞用,則會拉大心理距離,產生陌生新穎效果;其後再聯繫漢語語法及父親嚴屬的印象,則符合語境,將心理距離拉近,形成適當心理距離的美感要求。

第四節　設問

壹、定義

陳望道(1989：143)曰:「胸中早有定見,話中故意設問的,名叫設問。」這個定義強調兩點:一是「胸中早有定見」,是指表達者「明知」結果;二是「話中故意設問的」,是指「故問」:所以「設問」是一種「明知故問」。筆者認為:可以明知答案而故問,也可以明知沒答案而故問。

沈謙(1996：259)說:「講話行文,刻意設計問句的形式,以吸引對象注意的修辭方法,是為設問。」該定義少了「胸中早有定見」,而增加效果「以吸引對象注意」。筆者將兩家意見綜合,並配合本書統一用語,將「設問」的定義修改為:

胸中早有定見,說話行文時,刻意設計問句的形式,以吸引對象注意的修辭方法,叫做「設問」。

貳、分類

設問的分類,筆者先依問答方式來分,可以分為「自問自答」和「問而不答」兩大類,這兩大類之下,又可分為幾小類:

一、自問自答(提問)(狹義的設問)

提問是一種自問自答的方式,作者先提出問題,引起對方注意與好奇,再自行回答。所以沈謙(1996：260)曰:「『提問』是作者先假設問題,激發讀者的疑惑,然後再說出答案。」另外,史塵封(1995：308)曰:「為了表達上的需要,故意先提出問題,然後再做出回答。這種修辭格,我們稱之為設問。」史氏所說的「設問」是狹義的「設問」,專指自問自答的「提問」。本文標題「設問」則是廣義的「設問」。若再依問答數多寡來分,提問又可分為下列五類:

㈠一問一答

一問一答是提問最基本的架構，表達者先提出一個問題，然後再回答一個答案。如：

> 丞相祠堂何處尋？錦官城外柏森森。
> 映階碧草自春色，隔葉黃鸝空好音。
> 三顧頻煩天下計，兩朝開濟老臣心。
> 出師未捷身先死，長使英雄淚滿襟。（杜甫〈蜀相〉）

詩的開頭作者先提出「丞相祠堂何處尋？」的問題，以切合「詩題」，並開啟下文；然後再自己回答「錦官城外柏森森」，祠堂的位置就在成都（古稱錦官城）城外柏樹森森的地方。

> 細雨微風岸，危檣獨夜舟。
> 星垂平野闊，月湧大江流。
> 名豈文章著，官因（一作應）老病休。
> 飄飄何所似？天地一沙鷗。（杜甫〈旅夜書懷〉）

詩末作者先提出「飄飄何所似？」的問題，然後再自己回答「天地一沙鷗」，原來杜甫覺得自己飄泊的人生猶如天地間翱翔的一隻沙鷗。這是用以總結上文，點出詩人的情懷。

> 人生到處知何似？應似飛鴻踏雪泥。
> 泥上偶然留指爪，鴻飛那復計東西？
> 老僧已死成新塔，壞壁無由見舊題。
> 往日崎嶇還記否？路長人困蹇驢嘶。（蘇軾〈和子由澠池懷舊〉）

作者在詩的開頭提出「人生到處知何似？」的問句，以引起讀者的注意，然後再自己回答「應似飛鴻踏雪泥」，點出本詩所要表達的重點，並開啟下文。

> 風俗之厚薄奚自乎？自乎一二人之心之所嚮而已。（曾國藩〈原才〉）

作者在文章的開頭提出「風俗之厚薄奚自乎？」的問句，以引起讀者的注意，然後再自己回答「自乎一二人之心之所嚮而已」，點出本文所要表達的重點，並開啟下文。

(二)一問多答

一問多答是表達者只提一個問題，卻回答多個答案。如：

然則何時而樂耶？其必曰：「先天下之憂而憂，後天下之樂而樂」歟！（范仲淹〈岳陽樓記〉）

范仲淹先提出「何時而樂耶？」，照理只須回答「後天下之樂而樂」即可，但作者又多回答「先天下之憂而憂」，則是一問多答。

(三)多問一答

多問一答是表達者先提出多個問題，然後再回答一個答案。如：

然者此畫果真邪，幻邪？幻想而同於真邪？真者而同於幻邪？斯二者蓋皆有之。（薛福成〈觀巴黎油畫記〉）

此例先提出「然者此畫果真邪，幻邪？幻想而同於真邪？真者而同於幻邪？」三個問題，然後再回答「斯二者蓋皆有之」一個答案，則是多問一答。

父親是什麼？代表支配，代表權益，代表責任？是一種負荷，還是一種福分？父親是另一尊神？這都不是我的心中圖畫。在我的心目中，「父親」只是一個「人」，是子女毫無選擇餘地而又必須面對的「人」。（子敏《現代爸爸·序》）

此例先提出「父親是什麼？代表支配，代表權益，代表責任？是一種負荷，還是一種福分？父親是另一尊神？」四個問題，然後再回答「這都不是我的心中圖畫」一個答案，則是多問一答。

阿比看到他從沒見過的害怕，他不知道別人為什麼尖叫？為什麼逃走？難道看到了野獸？不錯，阿比變成了野獸。（郝廣才《新世紀童話繪本9·野獸王子》）

此例先提出「別人為什麼尖叫？為什麼逃走？難道看到了野獸？」三個問題，然後再回答「不錯，阿比變成了野獸」一個答案，則是多問一答。

(四)多問多答

多問多答是表達者先提出多個問題，然後再一一回答多個答案。如：

> 什麼彎彎升上天？
> 什麼彎彎分兩邊？
> 什麼彎彎能割稻？
> 什麼彎彎會種田？
> 月亮彎彎升上天。
> 牛角彎彎分兩邊。
> 鐮刀彎彎能割稻。
> 雙手彎彎會種田。 （宜興民歌〈什麼彎彎升上天〉）

此例先提出「什麼彎彎升上天？什麼彎彎分兩邊？什麼彎彎能割稻？什麼彎彎會種田？」四個問題，然後再回答「月亮彎彎升上天。牛角彎彎分兩邊。鐮刀彎彎能割稻。雙手彎彎會種田」四個答案，則是多問多答。

> 無論從事何種學術研究，首先必須考慮三個問題：一是研究什麼？二是如何研究？三是為何研究？第一個問題是找出研究的方向，第二個問題是選擇研究的方法，第三個問題是決定研究的目的。 （周何〈漢學研究的方向和方法〉）

此例先提出「一是研究什麼？二是如何研究？三是為何研究？」三個問題，然後再回答「第一個問題是找出研究的方向，第二個問題是選擇研究的方法，第三個問題是決定研究的目的」三個答案，則是多問多答。

(五)連問連答

連問連答是一問一答的連用。如：

（經文：元年春王正月）「元年」者何？君之始年也。「春」者何？歲之始也。「王」者孰謂？謂文王也。曷為先言「王」而後言「正月」？王正月也。何言乎「王正月」？大一統也！（《春秋公羊傳・隱公元年》）

此例「元年者何？君之始年也」、「春者何？歲之始也」、「王者孰謂？謂文王也」、「曷爲先言王而後言正月？王正月也」、「何言乎王正月？大一統也」是五組一問一答的連用。故稱連問連答。

桃花開，一片霞，新娶的媳婦走娘家。
穿啥哩？月白褲子花夾襖。
戴啥呢？鬢角戴朵白梨花。
誰送她？哥送她。
誰見啦？我見啦。
我還聽見體己話。……（河南民歌〈新媳婦走娘家〉）

此例「穿啥哩？月白褲子花夾襖」、「戴啥呢？鬢角戴朵白梨花」、「誰送她？哥送她」、「誰見啦？我見啦」是四組一問一答的連用。故稱連問連答。

二、問而不答（廣義的激問）

問而不答是表達者提出問題以引起接受者注意，但自己並未回答。表達者之所以不回答，是欲藉此問句以激發接受者的思索，故稱爲「激問」。這是廣義的「激問」，至於狹義的「激問」，則是專指答案必在問句反面的「反問」。

「問而不答」若依表達性質來分又可分爲「正問」、「反問」、「擇問」、「質問」和「奇問」五類：

㈠正問

唐松波、黃建霖（1996：526）認爲：「正問」是「明知故問，無須回答，答案寓於問句的正面」。

正問依問答數可分爲「一問不答」和「多問不答」兩類：

1.一問不答

表達者只提出一個問題，但不回答，卻能表達確定的意思。若從

問句的語氣來分，可分為「肯定的正問」和「否定的正問」兩類：
　　⑴肯定的正問
　　問句本身語氣是肯定，則答案亦是肯定。如：

　　「這把銅酒壺倒是不錯的，」她當時又搭訕的說，「<u>是你賣給他們的吧？</u>」她指的是上房夷家的房東。（余之良〈家・鳥窩和浮萍〉）

此例是肯定形式的問句，而作者的意思也是肯定的，故屬肯定的正問。亦即：「是你賣給他們的吧！」

　　「怎麼了，小夥子？<u>這次回來，該有些苗頭了吧</u>？」我笑著向他說道。
　　「別的沒什麼，師娘，倒是在外國攢了幾百塊美金回來。」郭軫說道。（白先勇〈一把青〉）

此例是肯定形式的問句，而作者的意思也是肯定的，故屬肯定的正問。亦即：「這次回來，該有些苗頭了吧！」
　　⑵否定的正問
　　問句本身語氣是否定，則答案亦是否定。如：

　　看過了表演他（詩人卜郎寧──編者）和伊莉沙白婚史的《閨怨》，<u>諸君大概不會忘記那關窗主義的老人、伊莉沙白的父親吧？</u>（阿英《關窗哲學》）

此例的意思是：「諸君大概不會忘記那關窗主義的老人、伊莉沙白的父親吧！」

　　因為對西湖的印象究竟只是浮光掠影，這篇小文很可能是鞋匠的議論，然而心到神知，<u>想西湖不會怪我唐突罷？</u>（宗璞《西湖漫筆》）

此例的意思是：「西湖不會怪我唐突吧！」

　　2.多問不答
　　表達者提出兩個以上的問題，但不回答，卻能表達確定的意思。

若從問句的語氣來分，可分為「肯定的正問」和「否定的正問」兩類：

(1)肯定的正問

問句本身語氣是肯定，則答案亦是肯定。如：

> 「鋼絲床要的吧？澡盆要的吧？沙發要的吧？鋼琴要的吧？結婚要花錢的吧？蜜月要花錢的吧？家庭是家庭喲！」他想了想：「結婚請牧師也得送錢的！」（老舍《犧牲》）

此例是肯定形式的問句，而作者的意思也是肯定的，故屬肯定的正問。亦即：「鋼絲床要的吧！澡盆要的吧！沙發要的吧！鋼琴要的吧！結婚要花錢的吧！蜜月要花錢的吧！」

> 警察把小偷抓回教堂，問阿福說：「這些東西是你的，對吧？這個人偷了你的東西，對吧？」（郝廣才《新世紀童話繪本5·學說謊的人》）

此例是肯定形式的問句，而警察的意思也是肯定的，故屬肯定的正問。亦即：「這些東西是你的，對吧！這個人偷了你的東西，對吧！」

(2)否定的正問

問句本身語氣是否定，則答案亦是否定。如：

> 才過了幾分鐘，不必休息吧？不必換人吧？（筆者擬句）

「不必休息吧？不必換人吧？」意為：「不必休息！不必換人！」是多問不答的「否定的正問」。

(二)反問（狹義的激問）

沈謙（1996：268）曰：「『激問』是為激發本意而發問。」沈氏所指是狹義的「激問」，所以它也是「問而不答」；而且是以問句表達確定的意思，答案必在問題的反面，故又稱作「反問」。

唐松波、黃建霖（1996：520）認為「反問」又稱「反詰」、「激問」、「詰問」，並下定義為：「用疑問的形式表達確定的意思，不需要回答，答案寓於問語的反面。」

　　由激問「問而不答」的特性，可以分為「一問不答」與「多問不答」二類；由反問「答案必在問題的反面」的特性，可以分為「以肯定形式表達否定意思」與「以否定形式表達肯定意思」二類。本文則將此二種分類合併敘述：

　　1.一問不答

　　表達者只提出一個問題，但不回答，卻能表達確定的意思。若再依「答案必在問題的反面」特性來分，可以分為「以肯定形式表達否定意思」與「以否定形式表達肯定意思」二類：

　　⑴以肯定形式表達否定意思

　　以偏向肯定形式的問句，來表達否定的意思。如：

　　　子在，<u>回何敢死？</u>（《論語‧先進》）

「回何敢死？」答案是：「（顏）回不敢死！」

　　　彼，丈夫也；我，丈夫也。<u>吾何畏彼哉？</u>（《孟子‧滕文公上》）

「吾何畏彼哉？」答案是：「吾不畏彼！」

　　　孟子曰：「存乎人者，莫良乎眸子。眸子不能掩其惡。胸中正，則眸子瞭焉；胸中不正，則眸子眊焉。聽其言也，觀其眸子，<u>人焉廋哉？</u>」（《孟子‧離婁下》）

「人焉廋哉？」答案是：「人無法躲藏！」

　　　清江一曲抱村流，長夏江村事事幽。
　　　自去自來梁上燕，相親相近水中鷗。
　　　老妻畫紙為棋局，稚子敲針作釣鉤。
　　　多病所須惟藥物，<u>微軀此外更何求？</u>（杜甫〈江村〉）

「微軀此外更何求？」答案是：「微軀此外無所求！」

　　⑵以否定形式表達肯定意思

　　以偏向否定形式的問句，來表達肯定的意思。如：

　　　孔子謂：「季氏八佾舞於庭，是可忍也，<u>孰不可忍也？</u>」

（《論語‧八佾》）

「孰不可忍也？」答案是：「什麼都可忍！」

以此攻城，<u>何城不克？</u>（《左傳‧僖公四年》）

「何城不克？」答案是：「每城皆克！」

<u>人生自古誰無死？</u>留取丹心照汗青。（文天祥〈過零丁洋〉）

「人生自古誰無死？」答案是：「人生自古皆有死！」

臺灣頭走到臺灣尾，<u>臺灣哪一條路我沒有走過？</u>（電信廣告）

「臺灣哪一條路我沒有走過？」答案是：「臺灣每一條路我都走過！」

2.多問不答

表達者提出多個問題，但不回答，卻能表達確定的意思。若再依「答案必在問題的反面」特性來分，可以分為「以肯定形式表達否定意思」與「以否定形式表達肯定意思」二類：

⑴都以肯定形式表達否定意思

以多個偏向肯定形式的問句，來表達否定的意思。如：

「……有人傳話給我聽，說是我們徐先生外面有了人，而且人家還是個有頭有臉的人物。親媽，<u>我這個本本分分的人那裡經過這些事情？人還撐得住不走樣？</u>」（白先勇〈永遠的尹雪豔〉）

答案是：「我這個本本分分的人沒有經過這些事情！」「人無法撐得住不走樣。」

朱青聽了我的話，突然顫巍巍地掙扎著坐了起來，朝我點了兩下頭，冷笑道：「<u>他知道什麼？他跌得粉身碎骨那裡還有知覺？</u>他倒好，轟地一下便沒了——我也死了，可是

我卻還有知覺呢。」（白先勇〈一把青〉）

答案是：「他什麼都不知道。」「他跌得粉身碎骨已經沒有知覺。」

(2)都以否定形式表達肯定意思

以多個偏向否定形式的問句，來表達肯定的意思。如：

> 蒼蒼蒸民，<u>誰無父母</u>？提攜捧負，畏其不壽。<u>誰無兄弟</u>？
> 如足如手。<u>誰無夫婦</u>？如賓如友。<u>生也何恩？殺之何咎？</u>
> （李華〈弔古戰場文〉）

答案是：「人皆有父母。」「人皆有兄弟。」「人皆有夫婦。」這是三個「一問不答」且以否定形式表達肯定意思；「生也無恩」、「無咎而殺」這是「多問不答」且以肯定形式表達否定意思。

> 假若虧了本，我的差事也丟了，<u>那豈不是兩頭空？</u>而且，
> 看魚池，得一天到晚守在那兒，<u>那不是和各方面的關係完</u>
> <u>全斷絕了？</u>（聶華苓〈王大年的幾件喜事〉）

答案是：「那確是兩頭空。」「那確是和各方面的關係完全斷絕。」

> 大海呵，<u>那一顆星沒有光？那一朵花沒有香？那一次我的</u>
> <u>思潮裡沒有你波濤的清響？</u>（冰心〈繁星〉）

答案是：「每一顆星都有光。」「每一朵花都有香。」「每一次我的思潮裡都有你波濤的清響。」

> 小舅公爭著說：「問問街坊鄰居，<u>誰拜菩薩不用他家的</u>
> <u>香？誰娶親做壽不點他家的紅蠟？</u>」（段彩華〈酸棗坡的舊
> 墳〉）

答案是：「誰拜菩薩都用他家的香！」「誰娶親做壽都點他家的紅蠟。」

⑶部分以肯定形式表達否定意思，部分以否定形式表達肯定意思。如：

> 年紀輕的男人，那裡肯這麼安分？那次秦雄下船回來，不鬧得她周身發疼的？她老老實實告訴他：她是四十靠邊的人了，比他大六七歲呢，那裡還有精神來和他窮糾纏？偏他娘的，秦雄說他就喜歡比他年紀大的女人，解事體，懂溫存。（白先勇〈金大班的最後一夜〉）

「年紀輕的男人，那裡肯這麼安分？」答案是：「年紀輕的男人，不肯這麼安分！」這是以肯定形式表達否定意思。「那次秦雄下船回來，不鬧得她周身發疼的？」答案是：「每次秦雄下船回來，都鬧得她周身發疼的！」這是以否定形式表達肯定意思。

> 「晚上早點回來好嗎？」他要求他太太，「吳柱國要來。」
> 「吳柱國又有什麼不得了？你一個人陪他還不夠？」他太太用手絹子包起一紮鈔票，說著便走出大門去了。（白先勇〈冬夜〉）

「吳柱國又有什麼不得了？」意思是：「吳柱國沒有什麼不得了！」這是以肯定形式表達否定意思。「你一個人陪他還不夠？」意思是：「你一個人陪他已夠了！」這是以否定形式表達肯定意思。

㈢擇問

用肯定與否定並列的形式發問，雖然沒有回答，但作者已認定其中一項為答案。表面看似隨聽讀者選擇答案，其實卻是已有定見，故稱為「擇問」。若再依答案來分，可分為「肯定的擇問」和「否定的擇問」兩類：

1.肯定的擇問
表達者的答案是肯定的，如：

> 聽聽人家二叔這話，說的透亮不透亮？（文康《兒女英雄傳》）

答案是：「透亮。」

> 不，還是讓它自然而然地生存吧。現代文明固然是一種不可阻擋的潮流，然而在美的領域，是不是應該留下一席原始的純自然的位置呢？因為審美是有差異的，時髦女郎雖然引人注目，而清雅自然的少女不也令人愛慕麼！（馮君莉《青海湖，夢幻般的湖》）

此例的語意是肯定的，就是主張要「在美的領域」「留下一席原始的純自然的位置」，但加上「是不是……呢」的選擇形式，語氣就變得婉轉而留有餘地了。

> 「阿囡，快來！快來！『四喜臨門』！這真是百年難見的怪牌。東、西、南、北──全齊了，外帶自摸雙！人家說和了大四喜，兆頭不祥。我倒楣了一輩子，和了這副怪牌，從此否極泰來。阿囡、阿囡，儂看看這副牌可愛不可愛？有趣不有趣？」（白先勇〈永遠的尹雪豔〉）

答案是：「儂看看這副牌可愛吧！有趣吧！」

2.否定的擇問

表達者的答案是否定的，如：

> 假如我如今不叫你「人」，叫你個「老物兒」，你答應不答應？（文康《兒女英雄傳》）

「你答應不答應？」答案是：「不答應。」

㈣質問

表達者和接受者雙方都知道答案，表達者用質詢的形式發問，藉以提醒對方記住。雖然沒有回答，其實卻是已有定見，故稱為「質問」。若再依答案來分，可分為「答案為『自己』的質問」、「答案為『他人』的質問」和「答案為『某事物』的質問」三類：

1.答案為「自己」的質問

> 「莫怪我講句居功的話：這五六年來，夜巴黎不靠了我玉

觀音金兆麗這塊老牌子，就撐得起今天這個場面了？<u>華僑的臺柱小如意蕭紅美是誰給挖來的？</u>（白先勇〈金大班的最後一夜〉）

「華僑的臺柱小如意蕭紅美是誰給挖來的？」這是「質問」，意在質詢對方，並告知對方：「華僑的臺柱小如意蕭紅美是我給挖來的！」

2.答案為「他人」的質問

甲：「上次陷害你的是誰？你還幫他。」（筆者擬句）

「上次陷害你的是誰？」當然是「他」，甲和乙都知道，甲以「質問」提醒乙。

3.答案為「某事物」的質問

甲：「當年我們參加革命的目的是什麼嗎？現在你卻是如此墮落。」乙羞紅了臉，不發一語。（筆者擬句）

「當年我們參加革命的目的是什麼嗎？」這是「質問」，表面上提出問題，但雙方都知道答案，只是藉問題以提醒對方注意。

(五)奇問

成偉均、唐仲揚、向宏業（1996：726）曰：「奇問即結合上下文，故意提出奇特的無須回答也無法回答的問題，使語言生動、別致，富有情趣，造成一種詩意境界。」因為提出的是「奇特」的問題，所以叫做「奇問」。而其關鍵是「無須回答也無法回答」。

奇問可以只提出一個問題，也可以一連數問。一般說，問得越多，境界越深。只提一個問題的奇問叫單提式奇問，提出兩個以上問題的奇問叫複提式奇問（成偉均、唐仲揚、向宏業，1996：726）。

1.單提式奇問

只提一個問題的奇問叫單提式奇問。如：

南湖秋水夜無煙，耐可乘流直上天？
且就洞庭賒月色，將船買酒白雲邊。（李白〈陪族叔刑部侍

郎曄及中書賈舍人至遊洞庭五首其二〉）

南湖即洞庭湖的別名。秋夜在洞庭泛舟，萬里碧空，天連水，水連天，勾人情思，詩人不由發出「耐可（那可）乘流直上天」這一奇問（成偉均、唐仲揚、向宏業，1996：726）。

　　俗語說「光陰似箭」，請問是什麼弓呢？（筆者擬句）

此例提出奇問：「光陰似箭，請問什麼是弓呢？」無須回答也無法回答，卻增添讀者想像空間。

2.複提式奇問
　　提出兩個以上問題的奇問叫複提式奇問。如：

　　青天有月來幾時？我今停杯一問之。……
　　但見宵從海上來，寧知曉向雲間沒？
　　白兔搗藥秋復春，姮娥孤棲與誰鄰？（唐・李白〈把酒問月〉）

此例開頭一句劈頭便問，明月何時存在於青天，突如其來，提挈全篇，極有氣勢，把人帶入神奇魅人的意境之中。下面一個奇問，是說月出東海而消逝於西天，蹤跡難測，詩人驚奇之中，又接著發出第三個奇問：神兔年復一年地搗藥，嫦娥夜夜獨處，又有誰與之為鄰呢？其實詩人發問，無須也無法回答，只是運用奇問的手法，渲染出一種神奇深邃的詩的意境，藉對寂寞嫦娥的同情，表達出自己孤寂的情懷（唐松波、黃建霖，1996：532）。

表4-4　設問分類表　　　　　　　　　　　　　　　（筆者自製）

辭格	分類基準	次辭格		異名	說明
肆、設問—廣義	依問答方式分	一、自問自答—提問	㈠一問一答	狹義設問	
			㈡一問多答		
			㈢多問一答		
			㈣多問多答		
			㈤連問連答		

辭格	分類基準	次辭格			異名	說明
		二、問而不答（廣義激問）	(一)正問	1.一問不答		
				2.多問不答		
				1.肯定的正問		
				2.否定的正問		
			(二)反問	1.一問不答	反詰、詰問、狹義激問	
				2.多問不答		
				1.肯定形式表達否定意思		
				2.否定形式表達肯定意思		
			(三)擇問	1.肯定的擇問		
				2.否定的擇問		
			(四)質問	1.答案為「自己」的質問		
				2.答案為「他人」的質問		
				3.答案為「某事物」的質問		
			(五)奇問	1.單提式奇問		
				2.複提式奇問		

參、辨析

「設問」的辨析，說明如下：

一、非刻意設計的問句不屬「設問」

黃慶萱（2002：47）曰：「講話行文，不採通常直述方式，而刻意用詢問的語氣，藉以突顯論點，引起注意，甚或啟發思考，而使話語、文章激起波瀾的修辭法，叫做『設問』。」該定義強調「刻意」二字。

沈謙（1996：258）曰：「講話行文，刻意設計問句的形式，以吸引對象注意的修辭方法，是為設問。」也是強調「刻意」二字。

沈謙（1996：259）更進一步認為：問句之中，又可分為三類：

㈠疑問：這是內心確有疑問的問句，屬普通問句。

㈡提問：自問自答，先提出問題，引起對方注意，再自行作答。

㈢激問：以問句表達確定的意思，增強語勢。答案必在問題的反面，故又作反問、詰問。

並且加以說明：「嚴格說來，修辭方法中的『設問』，僅包括『提問』和『激問』。因為這兩種問句非屬內心確有疑問的『普通問句』，而是內心已有定見的『設問』，屬刻意設計的『明知故問』。」（沈謙，1996：259）沈謙認為「疑問」不屬於「設問格」的看法，是正確的；而且「設問格」是刻意設計的明知故問，也是正確的。但「明知故問」不僅只有「提問」和「反問」兩種，它包括本文上述所言「提問」、「正問」、「反問」、「擇問」、「質問」、「奇問」等六種。

下面只舉不是刻意設計問句的普通問句：

徐壯圖果然受到尹雪豔特別的款待。在席上，尹雪豔坐在徐壯圖旁邊一逕殷懃的向他勸酒讓菜，然後歪向他低聲說道：「徐先生，這道是我們大師傅的拿手，你嚐嚐，比外面館子做的如何？」（白先勇〈永遠的尹雪豔〉）

這是普通詢問句。

小姐，請問貴姓芳名？（筆者擬句）

不知對方姓名，本來就要發問，這是普通詢問句。

甲：「請問動物園怎麼走？」乙：「直走右轉就到了。」（筆者擬句）

甲不知怎麼走才要發問，這是甲問乙答，不是自問自答的「提問」。

劉太太笑得俯倒在桌子上，然後又轉過身來對賴鳴升說

道：

「大哥，你請我一次客，我保管給你弄個嫂子來。我們街口賣香菸的那個老闆娘，好個模樣，想找老闆，大哥要不要？」（白先勇〈歲除〉）

此例並非「明知故問」的「擇問」，只是普通詢問而已。

二、「正問」、「提問」、「反問」有別

「正問」與「提問」、「反問」既有相同點，又有區別。它們都是以疑問語氣為基礎的，但又都是無疑而問，明知故問，答案都是明確的。這是它們的相同點。區別點在於：「提問」是自問後再自答；「反問」是問而不答，答案在問題的反面；「正問」雖然也是問而不答，但答案就在問題的正面；從這個意義上看，「反問」和「正問」恰是相反的一對修辭格。

肆、產生因素
一、心理基礎

黃慶萱（2002：48）曰：「就發展心理學（developmental psychology）和學習心理學（psychology of learning）的觀點而言，疑問是好奇心的表現，心智趨向成熟的象徵，以及獲取知識的重要手段。」從孩童到成人，常常是有疑必問，甚至是明知故問，以滿足好奇心、求知欲。

二、語文條件

設問屬於問句，與語法中的句型有關。「假如把語句表出的形式粗分為四：敘事句，表態句，判斷句，詢問句。在這四種形式中，詢問句文多波瀾，語氣增強，最能引起人的注意，表態句跟判斷句次之，敘事句最差。」（黃慶萱，2002：51）例如《周易·繫辭傳》：「何以守位？曰：仁。何以聚人？曰：財。」屬自問自答的提問，最能引人注意。若改成判斷句：「仁，守位者也；財，聚人者也。」效果略差，但仍有決斷語氣。改成敘事句：「以仁守位，以財聚人。」則波瀾盡失，平淡而寡味（黃慶萱，2002：51、52）。

伍、運用原則

設問是刻意設計問句形式，以引起注意的修辭方法，它是明知故問，將心理距離拉開，引起讀者注意。但設問也有它的限制，亦即：「運用時，必須服從於內容表達的需要，用在必要的地方，使具有提示性和針對性，不要在不當用的地方濫用和亂用設問句。」（黎運漢、張維耿，1997：157）如此則將心理距離拉回，使讀者易於接受。

黃慶萱（2002：58-64）提到設問的原則有五：㈠用於篇首以提起全篇主旨；㈡用於篇末以製造文章餘韻；㈢首尾均用以構成前後呼應；㈣連續設問以加強語文氣勢；㈤設計問題以誘導對方認同。這些都是善用設問的方式，符合語境需要，因此能產生好的效果。

第五節　互文

壹、定義

唐松波、黃建霖（1996：491）認為：互文又稱「互辭、互言、互義、互見、互備、參互」，是「在連貫性的語句中，某些詞語依據上下文的條件互相補充，合在一起共同表達一個完整的意思，或者說上文裡省下了下文出現的詞語，下文裡省了上文出現的詞語，參互成文，合而見義」。

楊春霖、劉帆（1996：709）曰：「所謂互文，就是相互為文，指的是這樣一種語言現象：一個完整的意思，根據表達需要，有意地將它拆開，分別放在兩句中，在解釋時必須前後拼合，才能理解語意，也就是說，上文裡省了在下文出現的詞，下文裡省了在上文出現的詞，參互成文，合而見義，這種修辭手法叫做互文，又稱為互辭。」

筆者參考上述見解，並配合本書統一用語，將「互文」定義修改為：

> 說話行文時，根據表達需要，有意地將一個完整的意思拆開，分別放在上下文中，在解釋時必須前後拼合，才能理解語意，也就是說，上文裡省了在下文出現的詞，下文裡省了在上文出現的詞，參互成文，合而見義的修辭方法，

叫做「互文」。又稱互辭、互言、互義、互見、互備、參互。

貳、分類

互文分類，可依不同角度做不同分類：一、依結構形式分，可分為「當句互文」、「偶句互文」、「多句互文」三類；二、依意義顯晦分，可分為「明式互文」和「暗式互文」兩類。

一、依結構形式分

互文在結構形式上有以下幾種類型：

㈠當句互文

就是指在同一個句子中，存在互文的情況。也稱為「句中互文」、「同句互文」。如：

> 秦時明月漢時關，萬里長征人未還；
> 但使龍城飛將在，不教胡馬渡陰山。（唐·王昌齡〈出塞〉）

字面上「秦時明月」是無法照在「漢時關」，如此則顯得矛盾。它實際上是「秦漢時明月秦漢時關」的壓縮。意指：秦漢時的明月，一直照臨在秦漢時築起的關塞。

> 我醉君復樂，陶然共忘機。（唐·李白〈下終南山過斛斯山人宿置酒〉）

「我醉君復樂」是我醉君亦醉；我樂君復樂。

> 主人下馬客在船，舉酒欲飲無管弦。（白居易〈琵琶行〉）

是說主人、客人都下了馬來到船上，當他們舉酒欲飲之時，因沒有管弦助興而不快。

> 濁酒一杯家萬里，燕然未勒歸無計，羌管悠悠霜滿地。人不寐，將軍白髮征夫淚。（宋·范仲淹〈漁家傲〉）

此闋詞的末句，是：將軍、征夫全都白髮又落淚。

㈡偶句互文

又稱爲「對句互文」，上下兩句互文，這是大多數互文的表達方式，閱讀時，要上下兩句文意拼合起來理解。如：

父兮生我，母兮鞠我。（《詩經‧小雅‧蓼莪》）

此二句可以寫成「父母兮生我、鞠我」或「父母兮生我，父母兮鞠我」或「父兮生我、鞠我，母兮生我、鞠我」。

迢迢牽牛星，皎皎河漢女。（《古詩十九首‧迢迢牽牛星》）

河漢女即織女星，此二句的意思，是說：牽牛星和織女星，都皎皎地在迢迢的天上。

將軍百戰死，壯士十年歸。（〈木蘭詩〉）

此兩句應是：將軍壯士百戰死，將軍壯士十年歸。

雄兔腳撲朔，雌兔眼迷離。（〈木蘭詩〉）

雄兔舉「腳撲朔」而省略了「眼迷離」；雌兔舉「眼迷離」而省略了「腳撲朔」。實際上雄兔與雌兔的腳都撲朔，眼都迷離。正因爲如此，才「雙兔傍地走，安能辨我是雄雌」。如果望文生義，一個腳撲朔，一個眼迷離，那麼雄兔雌兔便很容易辨別了。

枝枝相覆蓋，葉葉相交通。（〈焦仲卿妻〉）

此兩句的意思是：枝枝葉葉相覆蓋、相交通。

感時花濺淚，恨別鳥驚心。（杜甫〈春望〉）

這兩句應是：「感時恨別花濺淚鳥驚心」，詩人是有感於時局的動亂和由此造成的親人離散，遂見到自然界自開自謝的花而落淚，聽到春鳥的和鳴而心驚。

> 思家步月清宵立，
> 憶弟看雲白日眠。（唐‧杜甫〈恨別〉）

此例是由於「思家」，或「步月清宵立」或「看雲白日眠」；由於「憶弟」，或「看雲白日眠」，或「步月清宵立」。如果理解成晚上「思家」，白天「憶弟」、「思家」則「步月」，「憶弟」則「看雲」，就不對了。

> 悍吏之來吾鄉，<u>叫囂乎東西，隳突乎南北</u>，譁然而駭者，雖雞狗不得寧焉。（唐‧柳宗元〈捕蛇者說〉）

這是說悍吏來吾鄉時，叫囂隳突於東西南北。

> 予嘗求古仁人之心，或異二者之為，何哉?<u>不以物喜，不以己悲</u>；居廟堂之高則憂其民，處江湖之遠則憂其君。（宋‧范仲淹〈岳陽樓記〉）

此例是不以物和己或悲或喜的意思，即不要因為外物的好壞和自己的得失而高興或悲傷。

> 前者呼，後者應。（歐陽脩〈醉翁亭記〉）

這兩句，若按字面來解，亦會使人產生疑惑：為什麼只是「前者呼」「後者應」？難道就不可以「後者呼」「前者應」嗎？因此，只有將其視為互文，解作「前後的人彼此呼應」，才能與句意相吻合。

> 魏明正想到自己二十多歲的那個年代，跨山越水，行軍打仗，那時候，「旅遊」這個詞。根本就沒有聽說過。<u>睡在曠野，吃在山顛</u>，過河，是端著槍衝上去的，受了傷，睡在月夜的營地裡；誰想到去領略大自然的風光啊。（姜滇《巧克力豆》）

此例意思並非只在曠野睡，只在山顛吃。而是既在曠野睡，也在山顛睡；既在山顛吃，也在曠野吃。意思互相補，合起來理解。

㈢**多句互文**

　　就是三句或三句以上的互文。閱讀時應將幾句的文意組合起來理解。如：

　　　　公入而賦：「大隧之中，其樂也融融。」姜出而賦：「大隧之外，其樂也洩洩。」遂為母子如初。（《左傳・隱公元年・鄭伯克段於鄢》）

這是寫鄭莊公與其母武姜冰釋前嫌，為了實踐當日「不及黃泉毋相見」的誓言，所以母子在隧道內相見。二人都出、入了隧道，也一同賦歌。孔穎達疏中引用服虔注云：「入言公，出言姜。明俱出入，互相見。」

　　　　十三能織素，十四學裁衣，十五彈箜篌，十六誦詩書。（〈焦仲卿妻〉）

如依字面來解讀上述四句，則肯定會將「能織素」、「學裁衣」、「彈箜篌」、「誦詩書」的年齡理解為實指。而實際上，任何人也不會是一「歲（年）」只專學一門技藝的。因此這四句亦應按互文理解為：「（劉蘭芝）自小就聰慧勤快，多才多藝。」

　　　　東市買駿馬，西市買鞍韉，南市買轡頭，北市買長鞭。（〈木蘭詩〉）

此言木蘭到各地市場去買軍需用品，並非只有東市才有馬，西市才有鞍韉，南市才有轡頭，北市才有長鞭。

　　　　燕趙之收藏，韓魏之經營，齊楚之精英，幾世幾年，剽掠其人，倚疊如山。（唐・杜牧〈阿房宮賦〉）

此言：「燕趙韓魏齊楚之收藏、經營、精英」。

二、依意義顯晦分

　　依意義顯晦分，可分為「明式互文」和「暗式互文」兩類：

㈠明式互文

「明式互文」是指上下文相應詞語結合起來就得出完整意義的互文。此類互文,往往上文中含有下文相對應的詞義,下文中含有上文對應詞的詞義。如:

> 子建援牘如口誦,仲宣舉筆似宿構。(《文心雕龍·神思》)

句中「援牘」、「舉筆」互文,「口誦」、「宿構」互文。此兩句話的意思即是:「子建援牘舉筆如口誦似宿構,仲宣舉筆援牘如口誦似宿構。」

> 當窗理雲鬢,掛(一作對)鏡帖花黃。(〈木蘭詩〉)

此兩句是說:木蘭當窗、對鏡梳理雲鬢,又帖花黃。

> 將軍角弓不得控,都護鐵衣冷猶著。(岑參〈白雪歌送武判官歸京〉)

此兩句是說:將軍都護角弓不得控,將軍都護鐵衣冷猶著。

> <u>煙籠寒水月籠沙</u>,夜泊秦淮近酒家。(杜牧〈泊秦淮〉)

煙籠寒水月籠沙,實際是「煙月籠寒水,煙月籠沙」的互文。

㈡暗式互文

「暗式互文」是指上下文相應詞語結合起來仍無法得出完整意義,必須補足未出現的詞語才算完整的互文。如:

> 吾說夏禮,杞不足徵也;吾學殷禮,有宋存焉。(《禮記·中庸》)

杞,杞國,夏的後裔。徵,驗證。宋,宋國,殷的後裔。吾說夏禮,為什麼偏偏要說杞不足徵呢?莫非說齊魯鄭也就足徵嗎?看到第二個結構才明白,原來第一個結構中還可以補出「有杞存焉」這樣的話,意思就完整了;從第一個結構中,我們還可以抽象概括出「X不足徵」這樣的意思,這樣第二個結構就可以補出「宋不足徵」,意思

就完善了。字面上只有「杞不足徵」和「有宋存焉」，必須補出未出現的「有杞存焉」和「宋不足徵」，意義才算完整。

　　君子約言，小人先言。（《禮記・坊記》）

鄭玄注：「『約』與『先』互言爾：君子『約』，則小人『多』矣；小人『先』，則君子『後』矣。」亦即：君子約言，小人多言；小人先言，君子後言。字面上只有「約言」和「先言」，必須補出未出現的「多言」和「後言」，意義才算完整。

　　國危則無樂君，國安則無憂民。（《荀子・王霸》）

兩句如果直譯就是：「國家危亡就沒有歡樂的君王，國家安定就沒有憂慮的百姓。」顯然，這個譯文的文義是不完備的。試想，國家危亡，當然沒有樂君，難道有樂民？國家安定，當然沒有憂民，難道還會有憂君？以「君」包民，以「民」包君，這也是互文。因此，這兩句話的本意是：「國危則無樂君樂民，國安則無憂民憂君。」字面上只有「樂君」和「憂民」，必須補出未出現的「樂民」和「憂君」，意義才算完整。

　　花徑不曾緣客掃，蓬門今始為君開。（杜甫〈客至〉）

上句說「花徑」，下句說「蓬門」；上句說「不曾緣客掃」，下句說「今始為君開」，各說一事，互不關聯。實際上這兩句詩表述部分互相補充，但又不單純是字句的互補，而是意義上的相互滲透。它完整的解釋應該是：「花徑不曾緣客掃，今始為君掃；蓬門不曾緣客開，今始為君開。」這樣就把主人平時不輕易接待客人，而對崔明府來訪的歡迎和尊重描繪了出來。字面上只有「不曾緣客掃」和「今始為君開」，必須補出未出現的「今始為君掃」和「不曾緣客開」，意義才算完整。

　　不聞夏殷衰，中自誅褒妲。（杜甫〈北征〉）

褒，褒姒，西周亡國之君幽王的寵妃。妲，妲己，商紂王的寵妃。這兩句詩上一句說的是夏、殷兩朝。而下一句說的是殷、周兩朝的兩個人，似乎聯繫不上，令人費解。其實「夏殷」和「褒妲」屬「分析互文」。從下句「褒妲」二人可概括補出上句還應有周朝，從上句

「夏殷」兩朝分析可知下句還可補出夏桀的寵妃妹喜，這樣兩句話的意思就明白暢達了。整句詩上句說的是夏、殷、周三朝，下句說的是妹喜、褒姒、妲己三人。意為：夏朝亡，是因為夏桀王寵愛妹喜；商朝亡，是因為商紂王寵愛妲己；西周亡，是因為周幽王寵愛褒姒。唐朝未亡是因為唐玄宗在途中殺了寵愛的楊貴妃。字面上只有「夏殷」和「褒妲」，必須補出未出現的「周」和「妹喜」，意義才算完整。

表4-5　互文分類表　　　　　　　　　　　　　　　　　　（筆者自製）

辭格	分類基準	次辭格	異名	說明
伍、互文—互辭、互言、互見、互備、參互	一、依結構形式分	㈠當句互文	句中互文、同句互文	
		㈡偶句互文	對句互文	
		㈢多句互文		
	二、依意義顯晦分	㈠明式互文		
		㈡暗式互文		

參、辨析

「互文」的辨析，有兩點需要說明：

一、「互文」有別於「對偶」

由於互文修辭手法常常借助對偶形式出現，所以有人混淆了這兩個辭格的界限。其實互文與對偶既有聯繫又有區別，是兩個完全不同辭格。它們有著各自的特點：對偶著重於語言結構的形式方面，互文主要在意義方面（參互成文，合而見義）。大多數對偶不是互文，有許多互文也不採用對偶形式。如果既是對偶又是互文，那是兩個辭格兼用，不可偏廢一方（楊春霖、劉帆，1996：709）。茲說明如下：

㈠單純的「互文」

意義上有互相補足，形式上則不是對偶。如：「秦時明月漢時關」（唐·王昌齡〈出塞〉）、「我醉君復樂」（唐·李白〈下終

南山過斛斯山人宿置酒〉）、「主人下馬客在船」（白居易〈琵琶行〉）、「將軍白髮征夫淚」（宋・范仲淹〈漁家傲〉）意義上都是互文，但形式上卻不是句中對。

㈡單純的「對偶」

意義上沒有互相補足，形式上卻是對偶。如：

欲渡黃河冰塞川，將登太行雪暗天。（李白〈行路難〉）

此例形式上是對偶，意義上無法互相補足，則與互文無關。

兩箇黃鸝鳴翠柳，一行白鷺上青天。（杜甫〈絕句四首之三〉）

此例形式上「兩箇」對「一行」，「黃鸝」對「白鷺」，「鳴翠柳」對「上青天」，是對偶，意義上無法互相補足，則與互文無關。

㈢「互文」和「對偶」兼格

意義上有互相補足，形式上也是對偶。唐松波、黃建霖（1996：494）稱之爲「互對」。如：

將軍百戰死，壯士十年歸。（〈木蘭詩〉）

此兩句意義上應是：將軍壯士百戰死，將軍壯士十年歸。形式上爲單句對。

雄兔腳撲朔，雌兔眼迷離。（〈木蘭詩〉）

意義上雄兔與雌兔的腳都撲朔，眼都迷離，是爲互文。形式上爲單句對。

二、「互文」有別於「錯粽」之「抽換詞面」

黃慶萱（2002：755）曰：「以同義的詞語取代形式整齊的句子中的某些詞語，叫做抽換詞面。」「互文」和「抽換詞面（避複）」是兩種不同修辭方法，茲說明如下：

㈠「互文」是「參互成文，合而見義」

所謂「參互成文」，是指「二物各舉一邊而省文」（唐·賈公彥《儀禮》疏）所謂「合而見義」是指解釋時要把上下文的意思互相補足，才能表達完整的意義。如：

> 主人下馬客在船。（白居易〈琵琶行〉）

字面上「主人下馬」和「客在船」，無法形成在船上飲宴的結果。必須解爲「主人和客下馬，主人和客在船」，爲求簡約，乃「二物各舉一邊而省文」。

> 叫囂乎東西，隳突乎南北。（柳宗元〈捕蛇者說〉）

字面上「叫囂乎東西」是善待，「隳突乎南北」是嚴懲，於理不合。必須解爲「叫囂隳突乎東西南北」才合理，爲求簡約，乃「二物各舉一邊而省文」。

> 東市買駿馬，西市買鞍韉；南市買轡頭，北市買長鞭。（〈木蘭詩〉）

此例必須解爲「東市西市南市北市買駿馬、買鞍韉、買轡頭、買長鞭」才合理，爲求簡約，乃「二物各舉一邊而省文」。

㈡「抽換詞面（避複）」是「不同詞面的同義詞」

「抽換詞面（避複）」的主要特點是採用不同詞面的同義詞來表達相同的意義，以避免語言的單調、板滯，使其音律諧協，靈活多變。如：

> 殫其地之出，竭其廬之入。（柳宗元〈捕蛇者說〉）

句中「殫」、「竭」同義，但聲調一仄一平，對舉使用，字面既見錯綜，音響也更加和諧。

> 秦孝公據殽函之固，擁雍州之地，君臣固守而窺周室。（《史記·秦始皇本紀贊》）

「據殽函之固，擁雍州之地」是對偶，「據」和「擁」在此同義，字

面上的變化，避免了重複。

肆、產生因素

一、心理基礎

互文和婉曲、藏詞一樣，都是以隱藏爲能事，將要表達的意思暗藏言外，只說一部分，讓讀者自行尋繹另一部分，等到眞相大白，而後皆大歡喜。只不過互文的線索是上下兩部分相互補足。

二、美學基礎

徐毅（2000：57）提到互文產生的原因有三：

> 一、在詩詞一類的韻文中，由於受音節和字數的限制，為了壓縮字句，不得不用互文。……二、有時，互文的使用也並不是為了語言的簡練，而是為了求得語句的整齊對稱，音律的和諧。……三、中國古代的詩詞講究意境的整體美。詩人在詩詞中有意識地採用「互文」的表達方法，往往會收到婉轉含蓄，格調新穎的效果。

第一點是說爲了使語句簡練而使用互文；第二點是說爲了求得語句的整齊對稱，音律的和諧而使用互文；第三點是說爲了提升意境的整體美而使用互文：這些都是從美學角度來談的。

伍、運用原則

互文的運用是參互成文，合而見義，它的修辭功用是「簡潔精練，用最少的詞語表達最豐富的內容。」（王希杰，2004：277）這是「參互成文」的新穎形式，將心理距離拉開，引起讀者注意、深思。但是互文必須配合語境，上下文有某些關聯，可以互爲補充，這是「合而見義」，能讓讀者了解並接受，這是將心理距離拉近。若是精簡過分，導致晦澀難明，那就將心理距離拉得過大，令人無法接受。如：

> 戰城南，死郭北，野死不葬烏可食。（《樂府詩集・戰城南》）

「戰城南，死郭北」句，乍一看，似乎不近情理，怎麼戰爭發生在城南，將士卻死在郭北呢？這是拉大心理距離，偏離邏輯常規，以引起讀者注意。但一分析，才知詩人在這裡用了互文的修辭手法。將「戰城南郭北，死城南郭北」的「城南」和「郭北」拆開分置在前後兩句中，它又合乎邏輯，將心理距離拉近。這樣不僅使詩句簡潔、精練，又符合三字句的對偶要求。

第六節　同異

壹、定義

楊春霖、劉帆（1996：646）曰：「把字數相等，字面同中有異、異中有同的兩個以上的詞或短語，放在同一語境中互相對照的修辭手法叫同異。」但是這種定義只就「字有同異」而言，它只能算是「同異」格的狹義定義。本文則是爲求本書用語統一，並以廣義的角度爲「同義」下定義：

> 説話行文時，有意將某一語境中，同中有異、異中有同的兩個或兩個以上的詞語並提，形成對照的修辭方法，叫做「同異」。

本文之所以如此下定義，乃因筆者認爲「同異」的內涵，可以分爲五類：亦即同異格之分類，依同異點爲根據，可以分爲「音同字異」、「字有同異」、「字同序異」、「字同字數異」、「字同義異」等五類。因爲有「字同字數異」，所以將「字數相等」刪除；因爲不只是「字有同異」，所以只強調「同中有異，異中有同」即可，而把「字面」兩字刪除。

貳、分類

同異格之分類，依同異點爲根據，可以分爲「音同字異」、「字有同異」、「字同序異」、「字同字數異」、「字同義異」等五類：

一、音同字異

所謂「音同字異」，是指在同一個語境中，字數相等，字音相同或相近，但字面相異的兩個或兩個以上的詞語，互相對照，相映成趣。透過「音同或音近」，使讀者有類似之感，但因「字異」卻有完全不同的內涵，於是產生「同中有異、異中有同」的辨析效果。

「音同字異」又可以分爲「音全同，字全異」和「音全同，部分字異」兩類：

㈠音全同，字全異

「音全同，字全異」，是指在同一個語境中，字數相等，字音完全相同或相近，但字面完全相異的兩個或兩個以上的詞語，互相對照，相映成趣。

茲依「同異」詞語的字數來分：

1.一字例

窮人因書而富，富人因「輸」而窮。（施順騰〈金玉涼言〉，《聯合報》2002年10月16日E6繽紛版）

「書」和「輸」音同字異，窮人可以因讀書而致富，不論是物質上或精神上皆是；富人卻因賭輸而敗家貧窮。

當你一下子結交許多新朋友的時候，你的「心」被許多「新」占據了，你很忙，過得很充實。（劉墉《你不可不知的人性・第十章・我們不認這個好朋友》）

「心」和「新」音同字異，是說內心被許多新人新事占據。

「施」未必失；「授」未必瘦。（張權松〈金玉涼言〉，《聯合報》2004年6月2日E6繽紛版）

「施」和「失」、「授」和「瘦」音同字異。施捨未必會失，反而可能有得；授予未必會使自己荷包瘦，反而可能有意想不到的回報。

2.二字例：

賈島醉倒非假倒，劉伶飲盡不留零。

「賈島」和「假倒」，「劉伶」和「留零」音同字異。意思是：賈島是醉倒並非假裝跌倒，劉伶將酒飲盡不留下任何零星酒滴。

經濟不景氣，老闆在找不到「財源」的情況下，只好「裁員」囉！（施順騰〈金玉涼言〉，《聯合報》2002年10月4日E6繽紛版）

「財源」和「裁員」音同字異，沒有財源只好裁員。

來也匆匆，去也沖沖。（洗手間廣告語）

「匆匆」、「沖沖」音近字異，是說來上廁所時很匆忙，離開時要記得沖水。

買「嘉裕」方便，穿「佳譽」體面。（嘉裕西服廣告詞）

「嘉裕」和「佳譽」音同字異。是說買「嘉裕」西服很方便，穿上有「美好聲譽（佳譽）」的西服顯得體面。

㈡音全同，部分字異

「音全同，部分字異」，是指在同一個語境中，字數相等，字音完全相同或相近，但字面部分相異的兩個或兩個以上的詞語，互相對照，相映成趣。

茲依「同異」詞語的字數來分：

1.二字例

「同異」詞語二個字者，又可分為：

⑴首字同，末字異

「同異」詞語的首字相同，末字音同形異者。如：

師生變成同事，同事進而同室。（《聯合報》2003年1月14日8版）

「同事」和「同室」音全同而末字異。女老師和多年前教過的高中男學生，變成「同事」關係，由於日久生情，進而「同室」同居在一起。

時光「不再」，只是惋惜；時光「不在」，連惋惜的機會
都沒了。（老和尚〈金玉涼言〉，《聯合報》2004年3月2日
E6繽紛版）

「不再」和「不在」音全同而末字異。時光不再，是說時光一去不
回，所以令人惋惜；時光不在，是說生命已逝，一切皆無法挽回。

喝「好醋」「好處」多（食用醋廣告）

「好醋」和「好處」音全似而末字異。醋對人的身體有益，尤其是
「好醋」，對人身體的「好處」更多。
　　⑵末字同、首字異
　　「同異」詞語的末字相同、首字音同形異者。如：

小人「食言」自肥，君子「實言」招禍。（吳進財〈金玉涼
言〉，《聯合報》2002年12月23日E6繽紛版）

「食言」和「實言」音全同而首字異。小人無誠信，往往「食言」自
保；君子重然諾，說的都是「實言」，卻容易招禍。

裸照曝光　遊學豔遇變厭遇（記者莊琇閔／臺北報導，《聯
合報》2007年6月19日A11繽紛版）

「豔遇」和「厭遇」音全同而首字異。「豔遇」是遇上美豔的情
人；「厭遇」是遇上討厭的事。

　2.三字例
　　「同異」詞語三個字者。如：

甲：「你覺得現在談戀愛，跟從前有什麼不同？」乙：
「從前是靠『信』關係來交往，現在則是用『性』關係來
維持。」（《時報周刊》第1273期，2002年7月16日-7月22
日，頁101）

「信關係」與「性關係」為音全似而首字異。以前靠通信來交往，現
在觀念開放，則用性關係來維持。

熱中攀龍附鳳的人，總以為冠蓋雲集的場合，「沒出席」等於「沒出息」。（夏侯川〈金玉涼言〉，《聯合報》2002年12月1日E6繽紛版）

「沒出席」和「沒出息」音全同而末字異。沒辦法出席冠蓋雲集的場合，則表示身分不夠，等於是沒出息。

3.四字例

「同異」詞語四個字者。如：

人生只有兩種結果：得意的人認為「不虛此行」，失意的人情願「不需此行」。（喜巴啦〈金玉涼言〉，《聯合報》2003年4月3日E6繽紛版）

「不虛此行」和「不需此行」音全同而一字異。得意者當然覺得此生不虛，失意者則覺得此生沒有必要。

只會「你儂我儂」，不懂得「你聾我聾」的道理，大概一生也不會了解情為何物。（趙寧〈告女同胞書〉）

「你儂我儂」和「你聾我聾」音全同（似）而二字異。「你儂我儂」是兩人情投意合；「你聾我聾」是裝作不知道。

4.五字例

「同異」詞語五個字者。如：

情到濃時，無聲勝有聲；婚姻破裂，無生勝有生。（阿米〈金玉涼言〉，《聯合報》2003年5月1日E6繽紛版）

「無聲勝有聲」和「無生勝有生」音全同而二字異。無聲勝有聲，是說兩人的愛意盡在不言裡；無生勝有生，是說生不如死。

二、字有同異

所謂「字有同異」，是指「在同一個語境中，字數相等，字面同中有異、異中有同的兩個或兩個以上的詞語，互相對照，相映成趣。」（唐松波、黃建霖，1996：441）透過「字同」使讀者有類似之感，但因「字異」卻有完全不同的內涵，於是產生「同中有異、異

中有同」的辨析效果。

　　一般修辭學著作所說的「同異」格，都是指這一類型。前輩學者的分類，也只分爲「前同後異」和「前異後同」二類（楊春霖、劉帆，1996：647；史塵封，1995：497）。本文則先以字數分類，再細分其同異。

㈠二字例

　　「同異」詞語二個字者，又可以分爲「首字同，末字異」和「末字同，首字異」兩類。如：

1.首字同，末字異

　　「同異」詞語中，相同的字（語素）或者詞在前、相異的字（語素）或者詞在後者。如：

> 她是有風韻，不是有風塵；他是很豪邁，不是很江湖。
> （劉墉《你不可不知的人性・第八章・良心被狗吃了》）

「風韻」和「風塵」前同後異。「風韻」是指女人有風度韻味，「風塵」是指女人染有風塵女郎的特質。

> 實在是慚愧，趙老大雖然長相肉感，卻最不擅長肉麻，頂撞了母親說一句對不起都覺得難爲情。（趙寧〈愛妳在心口常開〉）

「肉感」和「肉麻」前同後異。「肉感」是長相豐滿，「肉麻」是言語行爲噁心。

2.首字異，末字同

　　「同異」詞語中，相異的字（語素）或者詞在前、相同的字（語素）或者詞在後者。如：

> 寂寞可以忍受，但是不容易享受。鑽進了戀愛的墳墓，打是親罵是愛。小兩口子成天相敬如兵，雞飛狗跳也圖個熱鬧。痛苦分擔了只剩一半，而快樂兩人分享可以加倍。（趙寧〈心事誰人知〉）

「忍受」是忍耐承受，「享受」是樂在其中。

「現實」是需要，「理想」是想要。（蕭銘洲〈金玉涼言〉，《聯合報》2004年3月3日E6繽紛版）

「需要」與「想要」爲「前異後同」。迫於現實，那是眼前有此需要；未來所想要的，那是長期的理想。

（三）三字例

「同異」詞語三個字者，又可以分爲「首字同，末二字異」、「首二字同，末字異」、「首字異，末二字同」、「首二字異，末字同」、「前後異，中間同」和「前後同，中間異」六類。如：

1.首字同，末二字異

「同異」詞語中，相同的字（語素）或者詞在首字，相異的字（語素）或者詞在末二字者。如：

窮人工作是為了度日子，富人工作是為了度時間。（王芊芊〈金玉涼言〉，《聯合報》2002年5月21日E6繽紛版）

「度日子」與「度時間」爲「首字同，末二字異」。度日子，是爲了活下去；度時間，只是爲了打發時間。

2.首二字同，末字異

「同異」詞語中，相同的字（語素）或者詞在首二字，相異的字（語素）或者詞在末字者。如：

女人婚後，最怕男人變了心；男人婚後，最怕女人變了形。（張賢光〈金玉涼言〉，《聯合報》2002年6月23日E6繽紛版）

「變了心」與「變了形」爲「首二字同，末字異」。女人看重的是另一半的心意，所以怕男人變了心；男人重視的是另一半的外表，所以怕女人變了形。

3.首字異，末二字同

「同異」詞語中，相異的字（語素）或者詞在首字，相同的字（語素）或者詞在末二字者。如：

　　男：「我喜歡找刺激。」女：「太好了，娶我就很刺
　　激。」男：「我是要找刺激，不是要受刺激。」（改自朱
　　德庸〈粉紅澀女郎〉，頁130）

「找刺激」與「受刺激」為「首字異，末二字同」。找刺激，是尋求
新的對象；受刺激，遭受打擊。

　　4.首二字異，末字同
　　　「同異」詞語中，相異的字（語素）或者詞在首二字，相同的字
（語素）或者詞在末字者。如：

　　「草莓族」過生活，靠的是「信用卡」；「銀髮族」過生
　　活，靠的是「健保卡」。（木子〈金玉涼言〉，《聯合報》
　　2004年8月16日E6繽紛版）

「信用卡」與「健保卡」為「首二字異，末字同」。草莓族靠信用卡
借錢生活，銀髮族靠健保卡看醫生過活。

　　5.前後異，中間同
　　　「同異」詞語中，相異的字（語素）或者詞在前後二字，相同的
字（語素）或者詞在中間者。如：

　　美麗的女人讓男人睜大眼。
　　不美麗的女人讓男人張大嘴。（朱德庸《粉紅澀女郎》，頁
　　48）

「睜大眼」與「張大嘴」為「前後異，中間同」。睜大眼，是驚豔的
結果；張大嘴，是驚嚇的結果。

　　6.前後同，中間異
　　　「同異」詞語中，相同的字（語素）或者詞在前後二字，相異的
字（語素）或者詞在中間者。如：

　　不怕吃苦的人，吃苦一陣子；怕吃苦的人，吃苦一輩子。
　　（黃壽華〈金玉涼言〉，《聯合報》2002年5月5日E6繽紛
　　版）

「一陣子」與「一輩子」為「前後同,中間異」。不怕吃苦,只要一陣子,就能翻身;怕吃苦,則是一輩子受苦。

㈣四字例

「同異」詞語四個字者。如:

> 甲女:「真想來一段刻骨銘心的戀愛。」乙女:「那是妳們小女孩的玩意。」甲女:「大人呢?」乙女:「刻苦耐勞的戀愛。」(改自朱德庸《粉紅澀女郎》,頁46)

「刻骨銘心」與「刻苦耐勞」為「首字同,末三字異」。小女孩想要刻骨銘心的戀愛,是希望永生難忘;大人的戀愛,則是刻苦耐勞,是希望能過現實生活。

> 打開天窗說亮話,很乾脆,就怕對方聽不懂,而你卻已開了天窗。(阿米〈金玉涼言〉,《聯合報》2003年4月4日E6繽紛版)

「打開天窗」與「開了天窗」為「首二字異,末二字同」。打開天窗,是單刀直入式的表白;開了天窗,是出了紕漏。

> 人不自私,天誅地滅;人人自私,天崩地裂。(老頑童〈金玉涼言〉,《聯合報》2003年6月25日E6繽紛版)

「天誅地滅」與「天崩地裂」為「一三字同,二四字異」。人不自私,天誅地滅:是感慨人性自私,乃是常情;人人自私,天崩地裂:是說明人人都自私,則社會崩潰。

三、字同序異

所謂「字同序異」,又稱「序換」,是指:在同一個語境中,字數相等,字面成分相同或字音相同相近,但次序有異的兩個或兩個以上的詞語,互相對照,相映成趣。透過「字同」使讀者有類似之感,但因「序異」卻有完全不同的內涵,於是產生「同中有異、異中有同」的辨析效果。

本文則分為「字面序換」和「諧音序換」兩類:

㈠字面序換

所謂「字面序換」，是指序換的詞語字面完全相同者。其下再以字數分爲：

1.二字例

「序換」詞語二個字者。如：

> 結婚不是什麼「人生」大事，只是合法「生人」的一道手續而已。

「人生」是指人的一生，「生人」是指生孩子。

> <u>好看</u>，就被<u>看好</u>？外貌，新的歧視（本報記者梁玉芳，《聯合報》2006年3月27日A10話題版）

「好看」是指外貌出眾，「看好」是指看好他的未來發展。

2.三字例

「序換」詞語三個字者。如：

> 有錢，沒什麼<u>了不起</u>；沒錢，什麼都<u>起不了</u>。（施順騰〈金玉涼言〉，《聯合報》2002年4月6日E6繽紛版）

「了不起」是指高人一等，「起不了」是指起不了作用。

> 「<u>有人緣</u>」不一定能覓得「<u>有緣人</u>」。（羅漢腳〈金玉涼言〉，《聯合報》2003年7月18日E6繽紛版）

「有人緣」是指人際關係好，「有緣人」是指有緣份的人。

> 有一段期間，曾是資深黃金單身漢的趙寧，他的終身大事是大家注目的焦點，打油詩「一年容易又春季，出得門來歎口氣，到處都是<u>意中人</u>，就是沒有<u>人中意</u>。」戲說單身漢的心事。（編者〈詩畫雙絕，才藝俱備一茶房——趙寧其人其文〉）

「意中人」是合意的對象；「人中意」是別人中意自己。

3.四字例

「序換」詞語四個字者。如：

> 有些人能成功，是因為他在玩真的；
> 有些人會失敗，是因為他真的在玩。
> （蔡清和〈金玉涼言〉，《聯合報》2002年3月25日E6繽紛版）

「在玩真的」是努力以赴；「真的在玩」只是玩玩而已。

> 大千世界，無奇不有，有的久婚不孕，有的久孕不婚，各種疑難雜症，紛紛來電求教。（趙寧〈5711438〉）

「久婚不孕」是婚後不孕，「久孕不婚」是未婚懷孕。

4.五字例

「序換」詞語五個字者。如：

> 有錢有勢，說什麼都是；沒錢沒勢，什麼都說是。（施順騰〈金玉涼言〉，《聯合報》2007年5月9日E6繽紛版）

財大勢大者，「說什麼都是」，沒人敢反駁他；貧窮卑賤者，「什麼都說是」，唯唯諾諾。

㈡諧音序換

所謂「諧音序換」，是指序換的詞語字音相同或相近者。其下再以字數分為：

1.二字例

「序換」詞語二個字者。如：

> 人類因夢想而顯得「偉大」；匪類因妄想而自認「大尾」。

「偉大」和「大尾」諧音又序換。有夢想，則偉大；妄想，則自大，所以自認大尾。

漸漸地，他們之間的文字由抒情變成了情書。

「抒情」和「情書」諧音又序換。抒情，只是抒發情感；情書，則是表達愛意。

3.三字例

「序換」詞語三個字者。如：

> 外國有個加拿大，中國有個大家拿。不要白不要，不拿白不拿。（棟林《透視現代民謠》）

「加拿大」是音譯國家名稱，諧音序換爲「大家拿」，將損公肥私的亂象加以批判。

4.四字例

「序換」詞語四個字者。如：

> 欠人情債常過意不去，欠情人債則不易過去。（張權松〈金玉涼言〉，《聯合報》2003年8月13日E6繽紛版）

「過意不去」和「不易過去」諧音又序換。過意不去，是指人情上不好意思；不易過去，是指不易過關。

四、字同字數異

所謂「字同字數異」，是指：在同一語境中，字面相同，但字數不同的兩個或兩個以上的詞語，互相對照，相映成趣。透過「字同」使讀者有類似之感，但因「字數異」卻有完全不同的內涵，於是產生「同中有異、異中有同」的辨析效果。

茲依字數差異，分爲數類：

(一)一、二字例

「同異」詞語一二個字者。如：

> 其實，製造「呆帳」愈多的人，愈不呆。（夏侯川〈金玉涼言〉，《聯合報》2003年3月23日E6繽紛版）

「呆帳」是指「借而不還的欠帳」，「呆」是「笨」的意思。

　　　任何事一旦「秀」過頭，看起來就像「秀逗」。（夏侯川
　　〈金玉涼言〉，《聯合報》2002年6月3日E6繽紛版）

「秀」是英文「show」的音譯，亦即「表演」；「秀逗」是英文
「short」的音譯，亦即「短路」的意思。

(二)二、三字例

　　「同異」詞語二三個字者，又可以分為「前同後異」和「後同前
異」兩類。

　1.前同後異
　　「同異」詞語前二字同，後一字是多出來者。如：

　　「沒品味」的人頂多糟蹋自己，
　　「沒品」的人卻會踐踏別人。
　　（王麗青〈金玉涼言〉，《聯合報》2002年2月6日E6繽紛
　　版）

「沒品」是指「沒品格、沒品德」，「沒品味」是指「沒有分辨品質
優劣能力」。

　　九大行星中的水星，連半點水星兒都沒有。

「水星」是指九大行星之一，「水星兒」是指「水珠兒」。

　2.前異後同
　　「同異」詞語前一字是多出來，後二字相同者。如：

　　我的頭比較大，人家雖然叫我大頭，但我卻不願成為冤大
　　頭。

「大頭」是指大的頭，「冤大頭」是指吃大虧。
　　另外，有一類是「字有同異」和「字同字數異」兼用者。如：

　　單身主義者就是：寧願獨自抱著一個枕頭，也不願意抱著
　　一個冤大頭。（朱德庸《粉紅澀女郎》，頁86）

「枕頭」與「冤大頭」為「前異後同」。抱著枕頭，是單身獨寢；抱著冤大頭，是抱著怨偶。

另外，英文詞彙也有字同而字數異者，如：

Acer能再使出Ace嗎？（《聯合報》2013年11月23日A17民意論壇版）

宏碁（Acer）虧損，董事長王振堂請辭，創辦人施振榮重回戰場，他能打出Ace好牌嗎？「Acer」與「Ace」為四個字母和三個字母的「前同後異」。

五、字同義異

所謂「字同義異」，是指：在同一語境中，字面相同，但意義不同的兩個或兩個以上的詞語，互相對照，相映成趣。透過「字同」使讀者有類似之感，但因「義異」卻有完全不同的內涵，於是產生「同中有異、異中有同」的辨析效果。

「字同義異」，一般稱為「換義」。所謂「換義」是指：「利用某些詞語的多義性，在一定語境中，將原本表示彼義的詞語用來表示此義，並使這兩種意義互相關聯起來。」（唐松波、黃建霖，1996：125）由上述定義可知「字同義異」和「換義」其實是相同的。

「漢語中存在著豐富的多義詞語和一定數量的同音同形的詞語，為換義的運用提供了有利的條件。」（成偉鈞、唐仲揚、向宏業，1996：782）亦即「字同義異」的對象，有「多義詞語」和「同形同音詞語」的差別，所以可以依此分為「多義性換義」和「同形同音性換義」二類：

(一)多義性換義

多義性換義，是指利用一個多義詞（語）的兩個或兩個以上義項，構成換義。所謂「多義詞（語）」，是指：「一個詞（語）表示著兩個或兩個以上既有聯繫又不相同的詞彙意義，這樣的詞就叫做多義詞（語）。」（葛本儀，2002a：139）如：

大家推他當記錄，把看到的內容記錄下來，成為本次會議記錄。

本例三個「記錄」是多義詞，第一個是名詞，指記錄者；第二個是動詞，指記載下來；第三個是名詞，指記錄的內容。

㈡同形同音性換義

同形同音性換義，是指利用兩個或兩個以上「同形同音詞（語）」，構成換義。所謂「同形同音詞（語）」，是指：「書寫形式、語音形式相同而意義完全不同的詞（語）。」

同形同音詞（語）和多義詞（語）的相同點，是：語音形式相同，而且書寫形式也相同，「所以表面看來，好像和多義詞一樣，都表現為一種形式具有多種意義的現象，往往使人分辨不清。」（葛本儀，2002a：152）兩者的區分就在於：「同音詞都是各自獨立的不同的詞，它們的詞義之間沒有任何的聯繫。多義詞卻是不管它有多少個義項，它都是一個詞，因為這個詞所表示的各個意義之間都是有所關聯的。」（葛本儀，2002a：152）如：

最貪女檢猛A錢 品德操守拿A（《自由時報》2013年12月24日）

A錢的A，是閩南語ㄟ的借音；拿A的A，指A級優等：二者字同義異。

別看他儀表堂堂，卻連最簡單的機器儀表都看不懂。

這兩個「儀表」是屬「同形同音詞」，第一個是指容貌儀表，第二個是指機器的儀表。二者的意義並無任何聯繫。

過火過火23信徒腳底冒泡
太燙了 神轎未走完 鹽巴全撒光 11名灼傷者住院
（記者陳積碩／宜蘭縣報導《聯合報》2004年2月22日A11綜合版）

前一個「過火」，是指信徒抬著神轎赤腳踏過火堆的一種儀式；後一個「過火」，是說火勢太旺、太燙了，所以信徒才會「腳底冒泡」灼傷住院。

用大金，省大金。（大金牌冷氣機廣告）

前一個「大金」是指冷氣機品牌名（DAIKIN）；後一個「大金」是指「大筆金錢」。

表4-6　同異分類表　　　　　　　　　　　　　　　　　（筆者自製）

辭格	分類基準	次辭格		異名	說明
陸、同異—廣義	依同異點分	一、音同字異	㈠音全同，字全異		
			㈡音全同，部分字異		
		二、字有同異		狹義同異	
		三、字同序異	㈠字面序換	序換	
			㈡諧音序換		
		四、字同字數異			
		五、字同義異	㈠多義性換義	換義	
			㈡同形同音性換義		

參、辨析

「同異」格的某些現象和許多辭格有所類似，因此發生混淆，必須加以辨析：

一、音同字異

「音同字異」的「音同」包括字音相同或相近，亦即是所謂的「諧音」。但是，以諧音作為手段的修辭方法，包括諧音雙關、諧音別解（借音）、諧音仿擬、語音飛白等。它們和「音同字異」有類似之處，也有不同之點。茲辨析於下：

㈠有別於「諧音雙關」

沈謙（1996：62）曰：「一個字詞除了本身所含的意義之外，兼含另一個同音或音相近的字詞的意義，是為『諧音雙關』。」這個定義最重要的是，要符合「一語同時關顧到兩種事物或兼含兩種意義」（沈謙，1996：62）的「雙關」要求。並非所有「諧音」的字詞，都屬於「諧音雙關」；若是該字詞在此一語境中，只有一個意義，則不是「雙關」。如：

昔具<u>蓋世</u>之德，

今有<u>罕見</u>之才。（諷汪精衛）

其中字面上的意義，雖是「蓋世」、「罕見」，但同時兼含諧音的言外之義「該死」、「漢奸」，所以是諧音雙關。

　　「音同字異」是一詞一義，並無表裡之別，兩個諧音詞均在文中出現，在對照之下，相映成趣。如：

歷史研究是「<u>實事求是</u>」，歷史劇作是「<u>實事求似</u>」。

（郭沫若）

「實事求是」和「實事求似」諧音；但前者指歷史要「求眞」，後者指劇作只要「求似」。一詞只有各自一義。

㈡有別於「諧音別解」（借音）

　　所謂「別解」，是指：「在一定的語言環境中，臨時賦予一個詞語以原來不曾有的新義。」（楊春霖、劉帆，1996：172）史塵封（1995：220、221）認爲：「別解，實際上是指一個詞的一種特殊解釋，這個特殊解釋，是在特定的語境中形成的。……其所以『特殊』，是因爲別解中的解釋不能按一般詞義來理解，而只能依照特定語言環境的特殊意義去解釋。」

　　所謂「諧音別解」，是「通過諧音手段，賦予詞語新的含義」（楊春霖、劉帆，1996：180）。它與「諧音析字」中的「借音」大同小異，可算是「借音」的一種。它和「音同字異」有所區別，也有所交集。茲辨析於下：

1.單純的「諧音別解」（借音）

　　透過諧音析詞的手段，而產生意義別解，叫做「諧音析詞別解」。「諧音析詞別解」與「音同字異」在形式上完全不同，所以不會產生混淆。如：

甲：「為什麼市面上胸罩品牌那麼多，而做丈夫的卻只喜歡買『黛安芬』給老婆使用呢？」乙：「因為黛安芬，女人一『<u>戴</u>』就『<u>安分</u>』。」（《時報周刊・解頤篇》第1283期，2002年9月24日-9月30日，頁116）

「黛安芬」是知名胸罩品牌，此例故意運用諧音關係別解為「戴安分」，再析詞為「一戴就安分」。字面上只有「黛安芬」和「一戴就安分」，形式上並無「同異」的映照關係。

2.單純的「音同字異」

「音同字異」所映照的兩個或兩個以上的詞語，它們之間如果沒有別解關係，則與「諧音別解」完全無關。它只是單純的「音同字異」。如：

君子不忘施展「抱負」；小人不忘藉機「報復」。（古呆〈金玉涼言〉，《聯合報》2002年9月27日E6繽紛版）

「抱負」和「報復」音同字異。但兩者之間，只有「同異」的映照，並無別解關係。

3.「音同字異」兼用「諧音別解」（借音）

透過諧音仿詞的手段，而產生意義別解，叫做「諧音仿詞別解」。「諧音仿詞別解」的重點，在於將詞義故意由甲別解為乙；「音同字異」的重點，則在甲、乙兩詞之間的映照。它們之間一方面有「別解」的內涵，一方面也有「同異」的映照，所以是兩個辭格的兼用。如：

遇到學生時代就立志將來要當「第一夫人」的小琪，我問她：「第一夫人都出訪美國了，什麼時候輪到妳？」
「我早就是了啊！」小琪笑：「我現在每天早上都得幫老公準備上班服裝，早就當『遞衣夫人』了！」（《時報周刊・解頤篇》第1285期，2002年10月8日-10月14日，頁100）

此例將「第一夫人」諧音仿詞別解為「遞衣夫人」；而且「第一夫人」和「遞衣夫人」兩個詞語，在同一語境中，互相映照，形成「音同字異」的「同異」修辭效果。

㈢有別於「諧音仿」

仿擬當中，仿體和本體之間有諧音關係，是透過諧音為媒介而仿擬，是為諧音仿。如：為了形容北國冰城哈爾濱，仿「草木皆兵」而造「草木皆冰」；又有人仿「年關」而造「廉關」（拜年是中華民

族的傳統習俗，但對一些官員來說，拜年也是一個「廉關」）（蕪崧，2003：40）。

　　諧音仿具有臨時仿造性，因此，所仿擬的諧音詞絕大多數是生造詞，根本不是現成的詞語。若不是用在一定的修辭場合，單獨使用是不成立的。如成語中有「以身作則」，卻沒有「以聲作則」；現成詞語中有「中央軍」、「國民黨」，卻沒有「遭殃軍」、「刮民黨」；有「總編輯」，卻沒有「總編急」（曹衛東，1994：99）。

　　諧音仿，它和「音同字異」有所區別，也有所交集。茲辨析於下：

1.單純的「諧音仿詞」

　　語境中只有「仿體」，「本體」並未出現，則只是純粹的諧音仿詞。如：

> 一個人的胃口很大，一餐可以吃掉許多東西，萬一請客的對象是這種「大胃王」，主人就要愁眉苦臉了。（引自關紹箕《實用修辭學》，頁151）

「大胃王」是仿「大衛王」而成的諧音仿詞。字面上只有「大胃王」，並沒有「大衛王」，所以無法形成「同異」的映照效果。

> 民國萬稅，天下太貧。（民國年間劉師亮句）

「萬稅」是「萬歲」的諧音仿詞，「太貧」是「太平」的諧音仿詞。字面上只有「萬稅」和「太貧」，所以無法形成「同異」的映照效果。

2.單純的「音同字異」

　　「音同字異」所映照的兩個或兩個以上的詞語，如果全都是現成的詞語，如此，則與「諧音仿」完全無關。它只是單純的「音同字異」。如：

> 會失業，往往事出有因：年紀太輕缺「經歷」，年紀太大沒「精力」。（王芊芊〈金玉涼言〉，《聯合報》2003年1月11日E6繽紛版）

「經歷」和「精力」音同字異，而且二者都是現成詞，所以和諧音仿無關。

3.「音同字異」套用「諧音仿詞」

如果「本體」和「仿體」在同一語境中出現，形成映照的效果，則是「音同字異」套用「諧音仿」的兼格現象。如：

莫讓<u>崑曲</u>成<u>困曲</u>。（郭仁昭，2001：51）

此例借「崑」、「困」音近而諧，意指不要讓崑曲滯留困境。「崑曲」和「困曲」是音近義異的同異；但「困曲」則是針對「崑曲」所造的諧音仿詞。所以，此例是「音同字異」套用「諧音仿」的兼格現象。

㈣有別於「語音飛白」

所謂「語音飛白」，是說：「利用各種不準確的語音，如咬舌兒、大舌頭、方音、讀錯音等構成的飛白。」（楊春霖、劉帆，1996：990）其中「錯音」也是透過諧音手段而形成的修辭效果，它和「音同字異」之間，有所區別，但也有所交集。茲辨析於下：

1.單純的「語音飛白」

語境中只有「本體」，「飛白體」並未出現；或是只有「飛白體」，「本體」並未出現，則只是單純的「語音飛白」。如：

一位外籍神父向某女傳教。女：「對不起，我<u>信</u>佛。」神父：「喔！原來是佛小姐。」

此例神父將「信」誤聽為「姓」，是「語音飛白」。但字面上只有本體「信」字，飛白體「姓」字並未出現，所以無法形成「音同字異」的「同異」效果。因此，此例只是單純的「語音飛白」。

阿嬤：「夭壽哦，我真替阿扁和他的外孫，感到不公又生氣。」孫子：「阿嬤，不要那麼激動嘛，發生什麼代誌了？」阿嬤：「小孩還沒生，就要拿走『<u>幾袋血</u>』，真是惡質。」（《時報周刊》第1286期，2002年10月15日-10月21日，頁108）

此例阿嬤將「臍帶血」誤聽為「幾袋血」，是「語音飛白」。但字面上只有飛白體「幾袋血」，本體「臍帶血」並未出現，所以無法形成「音同字異」的「同異」效果。因此，此例只是單純的「語音飛白」。

　　2.單純的「音同字異」

　　「音同字異」所映照的兩個或兩個以上的詞語，它們之間如果沒有飛白關係，則與「語音飛白」完全無關。它只是單純的「音同字異」。如：

　　國親聯盟「不計<u>嫌</u>、不忌<u>賢</u>」
　　蔡鐘雄、林豐正會商達四共識　確立兩黨主體性對等　用人唯才
　　（劉添財／臺北報導，《中國時報》2003年2月19日4版）

「計嫌」和「忌賢」音同而字異。不計前嫌、不妒忌賢能。兩個詞語之間，並無飛白關係，所以此例只是單純的「音同字異」。

　　3.「音同字異」兼用「語音飛白」

　　如果「本體」和「飛白體」在同一語境中出現，形成映照的效果，則是「音同字異」兼用「語音飛白」的兼格現象。如：

　　小李是廣東人，一天，去同學小馬家吃飯，見了馬伯母就說：「不要麻煩，<u>簡單</u>就好。」結果開飯時，馬媽媽端出來一盤「<u>煎蛋</u>」。（深藍憂鬱《笑話專門店之笑話嘉年華》，頁56）

此例將「簡單」誤聽為「煎蛋」，是「語音飛白」；而且「簡單」和「煎蛋」兩個詞語，在同一語境中，互相映照，形成「音同字異」的「同異」修辭效果。

二、字有同異

　　「字有同異」其字面「同中有異」的特性，「語義仿」的「本體」和「仿體」也有，所以容易混淆。茲辨析於下：

　　「語義仿」具有臨時仿造性，因此，所仿擬的近義或反義詞語都是生造詞語，而不是現成的詞語。若不是用在一定的修辭場合，

單獨使用是不成立的。如成語中有「佳評如潮」，卻沒有「惡評如潮」；現成詞語中有「熱線」，卻沒有「冷線」。

駱小所（2002：235）認為：「仿詞」（其實是語義仿）和「同異」的差別有三：

1. 仿詞是一種偶發詞，它具有臨時性，詞庫中是沒有的，離開一定的語言環境，它就不能存在；同異中的詞都是既有的，被選用的詞都有獨立性。例如：「被動」和「主動」都是既有詞，但「後烈」是臨時由「先烈」仿造的，不是既有詞，所以「被動」和「主動」是同異，「後烈」和「先烈」是仿詞。
2. 同異必須是兩個或兩個以上字面既同又異的詞組成；但是，仿詞可以單獨出現。
3. 仿詞大都具有詼諧或幽默的諷刺意味，但對同異來說，詼諧和冷嘲熱諷不是它最主要的諷刺意味。

這個說法，可以拿來說明如下：

㈠單純的「語義仿」

根據第二點，如果語境中只有「仿體」，「本體」並未出現，則只是單純的語義仿。如：

眾位女生的意見一致，真是所謂「英雌」所見略同。

「英雌」是仿「英雄」而造的新詞。字面上只有仿體「英雌」，本體「英雄」並未出現，無法形成「同異」映照，所以只是單純的語義仿。

㈡單純的「字有同異」

根據第一點，如果「字有同異」所映照的兩個或兩個以上的詞語，全都是現成的詞語，如此，則與「仿詞」完全無關，駱氏所舉「主動」和「被動」是也。類似的例子，如：

人在無法適應工作壓力時，「跳槽」是上策，「跳樓」是下策。（王芊芊〈金玉涼言〉，《聯合報》2003年12月12日E6繽紛版）

「跳槽」和「跳樓」前同後異。「跳槽」是變換工作以避免壓力；「跳樓」是想不開而輕生。兩個詞語都是現成詞語，所以只是「同異」，它與「仿詞」無關。

㈢「字有同異」套用「仿詞」

另外，第一點仍有待修正：如果「本體」和「仿體」在同一語境中出現，形成映照的效果，則是「字有同異」套用「仿詞」的兼格現象，所以駱氏所言「先烈」和「後烈」應是「字有同異」套用「仿詞」的兼格現象。類似的例子，如：

> 滿心「婆理」而滿口「公理」的紳士們的名言暫且置之不論不議之列，即是真心人所大叫的公理，在現今的中國，也還不能救助好人，甚至於反而保護壞人。（魯迅〈論「費厄潑賴」應該緩行〉）

「婆理」與「公理」為「字有同異」，而且「婆理」是仿「公理」而造的新詞。所以這是「字有同異」套用「仿詞」的兼格現象。

三、字同序異

「換序仿」和「字同序異」都是透過語序變化而形成的修辭方法，如：仿「先禮後兵」而造「先兵後禮」。但是「換序仿」所生成的言語形式都是超常的言語形式，「字同序異」則不拘。茲辨析於下：

㈠單純的「換序仿」

如果語境中只有「仿體」，「本體」並未出現，則只是單純的換序仿。如趙寧〈八寶菜〉：

> 趙某人一見了大夫好像看到救命菩薩一樣，稀哩嘩啦十分熱情的說個不停，從蛋炒飯到冬菇粉絲，把個病情說得十分詳細。無奈做大夫的無論中外，總是一副面孔，處驚不變。還打趣說他最愛吃雞絲蛋炒飯，肚子從來沒有痛過。

此例「處驚不變」是仿「處變不驚」而成的「換序仿」。只有仿體出現，本體並未出現，無法形成前後對照的「同異」效果。

㈡單純的「字同序異」

如果「字同序異」所映照的兩個或兩個以上的詞語，全都是現成的詞語，如此，則與「換序仿」完全無關。如：

人們最常求發財夢「實現」；最後常因發財而「現實」。（安東尼〈金玉涼言〉，《聯合報》2003年7月7日E6繽紛版）

希望發財夢能「實現」是人們常求的，但是發財之後卻變得勢利、「現實」。兩個詞語都是現成詞語，所以只是「字同序異」，它與「仿詞」無關。

㈢「字同序異」套用「換序仿」的兼格現象

如果「本體」和「仿體」在同一語境中出現，形成映照的效果，則是「字有同異」套用「換序仿」的兼格現象。如趙寧〈MNOPQRSTUVWXYZ〉：

當今之時猶談「女子無才便是德」，固然無立足處，但是為人妻母者競以「女子無德便是才」是從，恐怕也是矯枉過正。

此例「女子無德便是才」與「女子無才便是德」為「字同序異」，而且「女子無德便是才」是仿「女子無才便是德」而造的新句。所以，這是「字同序異」套用「換序仿」的兼格現象。

但是，仿擬的前提是仿體和本體的形式必須相同，如果兩者的外形結構不同，則不應視為仿擬。如《演講與口才》1994年第十二期有：

懷才不遇是時代的不幸，遇不懷才是個人的悲哀。

此例只是「序換」，並無「仿擬」成分。因為「懷才不遇」和「遇不懷才」的語言結構不同，所以並無「仿擬」所必備的「舊瓶裝新酒」要件。

四、字同字數異

所謂「字同字數異」，是指：在同一語境中，字面相同，但字數不同的兩個或兩個以上的詞語，互相對照，相映成趣。它也有一些觀念需要釐清：

㈠有別於「同義詞語」

如果「字同字數異」的兩個或兩個以上的詞語，其意義相同，則只是表面現象不同，實際意義仍然一樣，這種情況，並不符合「同異」格必須意義不同的要求，所以不能視為「同異」。如：

單音詞與疊音詞：「媽—媽媽」、「爸—爸爸」、「哥—哥哥」。
單音詞與派生詞：「花—花兒」、「鳥—鳥兒」、「鷹—老鷹」。
單音詞與同義複詞：「書—書籍」、「信—書信」。
單音詞與偏義複詞：「窗—窗戶」、「國—國家」。

這些例子，雖然都具有「字同字數異」的外形，但並不具有「意義不同」的內涵，所以不屬於「同異」。

但是單音詞與疊音詞中，「爺—爺爺」、「奶—奶奶」的意義不同，複音詞語與派生詞中，「水星—水星兒」、「白麵—白麵兒」、「有門—有門兒」的意義不同，則可視為「同異」。

㈡有別於「字同義異」

所謂「字同義異」，是指：在同一語境中，字面相同，但意義不同的兩個或兩個以上的詞語，互相對照，相映成趣。所以它強調的是「字面相同」，亦即連字數都要一樣；但「字同字數異」則強調「字數異」。所以，字數多少，應以擁有完整詞義的詞語為基準。如：

「我愛這個彩虹坪！」吳仲曦迴避了楊苡的問題，說：「我要在這裡追求我生命中的彩虹。」（魯彥周〈彩虹坪〉）

唐松波、黃建霖（1996：126）認為：「前一個『彩虹』是地名，後

一個『彩虹』是指人生活中有意義的閃光的東西。形同義異。」他們的解釋，前面都沒錯，只是後面「形同義異」則有待商榷。因為「彩虹坪」是地名，不能節縮為「彩虹」，所以此例應視為「彩虹坪」與「彩虹」兩個「字同字數異」；而不是前後兩個「彩虹」的「字同義異」。

> 曉莊是為農民而辦的學校。農民是曉莊師生的好朋友。……所以我是以一個「種田漢」的代表的資格在這兒歡迎田漢。（戴自庵〈「田漢」歡迎「田漢」〉）

周雙娥（2002：68）解釋說：「文中及題目中第一次出現的田漢為『種田的人』，第二次出現的田漢為人名。」這種看法有待商榷。因為文中第一次出現的是「種田漢」，第二次出現的是「田漢」，此例應屬「字同字數異」，而非「字同義異」的換義。

五、字同義異

「字同義異」，一般稱為「換義」。換義不同於轉類、拈連、詞義雙關、語義飛白和語意別解。茲辨析於下：

㈠有別於「轉類」

「轉類」也稱「轉品」。換義同轉類的主要區別是：「換義是一個詞語表示兩種不同的意義。前後重複出現的詞語，字形相同，意義不同；而轉類只是對一個詞語的活用，因詞性不同而引起意義不同。」（楊春霖、劉帆，1996：145、146）但它們仍有兼格現象，茲辨析於下：

1.單純「換義」者

前後重複出現的兩個或兩個以上的詞語，字形相同，意義不同，但皆為它們固有的詞性。如：

> 最地道的遊金門，就是去參觀縱橫交錯的地道網絡。（筆者擬句）

前一個「地道」是指「純粹、真正的」，後一個「地道」是指「地下通道」。雖然前者是形容詞，後者是名詞，但那是它們固有的詞

性，所以不屬「轉類」。

這篇文章的<u>大意</u>是說：凡事不可<u>大意</u>。（筆者擬句）

前一個「大意」是指「大概的意思」，後一個「大意」是指「疏忽、不注意」。雖然前者是名詞，後者是形容詞，但那是它們固有的詞性，所以不屬「轉類」。

而且上述二例，都是在同一語境中，有兩個「同形義異」的詞，一起出現，互相映照，所以是「同異」格。

2.單純「轉類」者

字面上只出現一個活用詞性的詞語。如：

不如說是嗅得出，或者<u>雷達</u>得出——那一個有味道。（朱西寧《冶金者》）

「雷達」本是名詞，此例轉品為動詞，是說「像雷達一樣偵測」。

席夢思<u>吐魯番</u>著我們。（余光中〈吐魯番〉）

「吐魯番」本是名詞，當地氣候溫熱，此例轉品為動詞，是說「席夢思溫熱著我們」。

上述二例，都是在同一語境中，只有一個詞出現，無法互相映照，所以不是「同異」格。

3.「換義」套用「轉類」

前後重複出現的兩個或兩個以上的詞語，字形相同，意義不同，但其中有一個（含以上）是轉類用法，則屬「換義」套用「轉類」的兼格現象。如：

首先聲明，本文對<u>哥兒們</u>倘有失敬之處，純屬巧合，絕非鄙人不夠<u>哥兒們</u>。（安定志〈哥們義氣的命運〉）

第一個哥兒們指的是「人」，第二個哥兒們指的是「哥兒們的義氣」，構成「字同義異」的「換義」效果。另外，第一個哥兒們，是名詞，屬原詞的固定詞性；第二個哥兒們，是形容詞，屬詞性活用的「轉類」。所以，此例是「換義」套用「轉類」的兼格現象。

㈡有別於「拈連」

成偉鈞、唐仲揚、向宏業（1996：782）曰：「換義與拈連都包含著在上下文中把同一詞語用於不同對象的情況，有相似之處。但它們有如下區別：⑴運用換義，詞語的形式不換，意義卻換了；運用拈連，詞語的形式不換，意義也不換。⑵換義中，詞語的運用對象雖然可以改變，但甲乙兩個適用對象都屬於詞彙意義所規定的範圍；拈連中，把適用於甲事物的詞語換用在乙事物上，乙事物已不屬於詞彙意義所規定的適用對象範圍，是臨時性的。」茲說明如下：

1.「拈連」的例子

春天到了，農夫播下了種子，也播下了希望。（筆者擬句）

「希望」本是無法播種的，但作者從「播下了種籽」而順勢將「播下」拈連用在「希望」上。其中，兩個「播下」意義相同，所以不是「字同義異」的「換義」，它只是「拈連」。

2.「字同義異」的「換義」例子

東西文化交流，傳進許多從沒見過的東西。

前一個「東西」是指「東方和西方」，後一個「東西」是指「事物」。兩個「東西」意義不同，所以是「字同義異」的「換義」，而非「拈連」。

清明之日不清明，青天作淚雨紛紛。（童懷周編《天安門詩抄》）

前一個「清明」是指「清明節」，後一個「清明」是指「清徹光明」。兩個「清明」意義不同，所以是「字同義異」的「換義」，而非「拈連」。

㈢有別於「詞義雙關」

楊春霖、劉帆（1996：146）曰：「換義也不同於詞義雙關。雖然二者都是借助詞語的多義性而獲取修辭效果的，但是雙關只是用一個詞語表示雙層含義，而換義必須用兩個形同的詞語表示不同的含義。」茲說明於下：

1.「詞義雙關」的例子

做女人挺好（豐胸廣告）

「挺好」一詞兼指「豐挺才好」及「很好」兩層意思。

穿會呼吸的皮鞋，「足下」沒煩惱。（皮鞋廣告）

「足下」兼指「腳下」和「閣下」。

以上二例都是一個詞語兼含兩層意思的詞義雙關。

2.「字同義異」的「換義」例子

幾個相當用功的學生興沖沖地給老師送上了幾道答題卷子。他們說，他們已經做出來了，能夠證明那個德國人的猜想了。……「你們算了！」老師笑著說，「算了！算了！」「我們算了，算了。我們算出來了！」「你們算啦！好啦好啦，我是說，你們算了吧，白費這個力氣做什麼？……」（徐遲〈哥德巴赫猜想〉）

第一、第二、第三、第六個「算了」，是老師所說的，指「放棄吧」；第四、第五個「算了」，是學生們說的，指「計算了」。師生之間雖然都是用「算了」一詞，但其意義卻是不同。

㈣有別於「語義飛白」

所謂「語義飛白」，是指：「由語義的誤解或錯誤構成的飛白。」（楊春霖、劉帆，1996：990）它和「字同義異」之間，有所區別，但也有所交集。茲辨析於下：

1.單純的「語義飛白」

語境中「本體」和「飛白體」並未同時出現，無法構成相互映照的「同異」效果，則只是純粹的「語義飛白」。

⑴只有「本體」，「飛白體」並未出現者。如：

董事長：「我叫你去買一些『白手套』，你找這些身分證影本給我幹什麼？你這總務課長是怎麼當的？」總務課長：「抱歉！抱歉！原來您說的是真的白手套，不是指

『人頭』。」（《時報周刊》第1284期，2002年10月1日-10月7日，頁99）

兩個「白手套」，都是指白色的手套，因此無法構成「字同義異」的「同異」效果；不過一開始總務課長將它誤會爲「人頭」，則是單純的「語義飛白」。

　　⑵只有「飛白體」，「本體」並未出現者。如：

甲：「經濟不景氣，國營事業也加入搶錢行列，竟然還未營運的單位也都推出產品了！」乙：「什麼單位這麼厲害？」甲：「高鐵啊！高鐵都還沒建，就開始廣告『高鐵牛奶』、『高鐵奶粉』這些周邊產品了。」（筆者改寫）

四個「高鐵」，甲的意思都是指「高速鐵路」，所以並無「字同義異」的「同異」效果；但是第三、第四個「高鐵」，本義應是指「高單位鐵質」（本體），卻被甲誤會爲「高速鐵路」（飛白體）；而且意義上只出現飛白體，沒有出現本體，所以這只是單純的「語義飛白」。

　　⑶「本體」和「飛白體」都未出現者。如：

某位滿腦子電腦程式的工程師開車到加油站加油。加油站人員問：「請問您是九五還是九八？」工程師回答：「都不是，我是用二○○○。」（筆者改寫）

此例加油站人員問「九五還是九八」，是指汽油成分；電腦工程師誤解爲視窗等級，所以回答「二○○○」，是指「window2000」。字面上本體和飛白體都有所省略，並無兩個或兩個以上的相同詞語，所以不是「字同義異」的「換義」，只是單純的「語義飛白」。

2.單純的「字同義異」

　　「字同義異」所映照的兩個或兩個以上的詞語，它們之間如果沒有飛白關係，則與「語義飛白」完全無關，它只是單純的「字同義異」。如：

有本事的學者，能夠考證出各種文學作品的本事。（筆者擬句）

前一個「本事」是指「本領」，後一個「本事」是指「原本的故事
情節」。兩者之間，並無「飛白」關係，所以只是單純的「字同義
異」。

　　3. 「字同義異」兼用「語義飛白」
　　如果「本體」和「飛白體」在同一語境中出現，形成映照的效
果，則是「字同義異」兼用「語義飛白」的兼格現象。如：

> 阿毛騎機車載著女朋友，打算去加油站加油。沒想到就在
> 到達加油站的時候，阿毛的假髮，因為風太大而被風吹走
> 了。在女朋友面前，第一次露出禿頭的阿毛，倒也真能處
> 變不驚。他先把車停下來，準備回頭去撿他的假髮；阿毛
> 把車子交給後座的女友，說：「我去撿假髮，妳幫我加
> 油！」女友說：「好！你趕快去——」阿毛往後跑，去撿
> 假髮。這時，阿毛的女友開始做著啦啦隊的動作，大聲的
> 喊：「加油！加油！加油……」（莊孝偉《無笑退錢1》，
> 頁159）

第一個「加油」，是指「加汽油」；第二、三、四個「加油」，是
女友誤會為「鼓勵加油」，這是「語義飛白」；而且前後兩種「加
油」，在同一語境中，互相映照，形成「字同義異」的「同異」修辭
效果。

(五)有別於「語意別解」（演化）

　　所謂「語意別解」（就是「衍義析字」中的「演化」），是指：
「利用字詞的多義現象，別解詞義和語義。」（楊春霖、劉帆，
1996：172）它和「字同義異」的「換義」有所區別，也有所交集。
茲辨析於下：

　　1. 單純的「語意別解」（演化）
　　如果演化的本體和演化體形式不同，就無法形成字同義異的映
照。如：

> 男人有時對老婆也會說情話——「情」勢所逼說出的
> 「話」。（朱德庸《粉紅澀女郎》，頁123）

此例將偏正式合義複詞「情話」，演化析詞爲「『情』勢所逼說出的『話』」。字面上只有「情話」和「『情』勢所逼說出的『話』」，形式上並無「同異」的映照關係。

如果演化的「本體」和「演化體」沒有在語境中一起出現，也無法形成同異映照。如：

> 放映員忙亂中倒放了膠片，銀幕上人物、飛機、汽車全是「倒行逆施」，惹得人們捧腹大笑。（張杰《方舟》）

「倒行逆施」原指做事違反常理，做了許多壞事，此例則將之演化爲「倒過來行走」。字面上只有一個「倒行逆施」，所以無法形成前後映照的「同異」效果。

2. 單純的「字同義異」

「字同義異」所映照的兩個或兩個以上的詞語，它們之間如果沒有演化關係，則與「演化」完全無關，它只是單純的「字同義異」。如：

> 孫子想學兵法，成為春秋時代的孫子。（筆者擬句）

前一個「孫子」是指「兒子的兒子」，後一個「孫子」是指「孫武」。兩者之間，只有「同異」的映照，並無別解關係。

3. 「字同義異」兼用「演化」

如果「本體」和「演化體」形式相同，且同時出現在語境中，則它們之間一方面有「演化」的內涵，一方面也有「同異」的映照，所以是兩個辭格的兼用。如：

> 所謂多元入學方案，其實就是多元入學，有錢人的入學方案。（筆者擬句）

第一個「多元」，是指「多管道」；第二個「多元」，是指「很多錢」，已構成「字同義異」的映照關係。並且是將多管道演化爲多錢。

肆、產生因素

一、心理基礎

　　「同異」格和「映襯」一樣，都是以人類的「差異覺閾」（difference threshold）爲基礎，能夠將不同的刺激分辨出其中的差異。另外，人們的心理對於同中有異或異中有同的情形而能辨別出其中的差異，比辨別出完全不同的兩事物更有成就感。因爲完全相異的兩事物，任何人都可以輕易地發現它們的不同點，這就沒有挑戰性；若是兩事物雖然不同，卻有許多相似處，能夠將其中關鍵差異點分辨出來，那是經過深思熟慮、反覆推敲而後得到的結果，辛苦後的收穫才是最寶貴的，才可滿足人們的成就感。「同異」格是將兩個或兩個以上同中有異、異中有同的詞語前後映照，人們可以在相同之中看出相異點，辨析出少爲人知的差異關鍵，然後得到提升智慧的喜悅。

二、語文條件

　　同異中的「音同字異」和語音有關；「字有同異」、「字同字數異」、「字同義異」和語義有關：「字同序異」（序換）和語序有關。都和漢語特性有關聯。尤其「序換」和回文一樣，都是以漢語孤立語的兩種特性爲產生基礎。一是漢語的詞性不固定，往往隨語序不同而改變；二是詞形不變，漢語的詞性改變但詞形不會隨之改變，還是保留原來的形體。

伍、運用原則

　　「同異」的運用是一種相近詞彙的映照，張春榮（1998：176）認爲其效果有二：「一是藉其中單字相同，增強音節，使人印象深刻。二是藉相近而不相同的詞義，並列對照，或用以抒情寫景，或用以辨析說理。」透過其中相同的部分，可以拉近心理距離，產生親切熟悉感；藉著不同的部分，可以拉大心理距離，產生差異的新奇效果。所以，「同異」格本身就具備適當的心理距離的特性。如：

　　　　「戒掉」菸，很難；「借調」菸，常常。（米方〈金玉涼言〉，《聯合報》2010年1月5日D4繽紛版）

透過「戒掉」和「借調」音同字異，表現癮君子對於香煙難以割捨的
情形，顯得風趣幽默。當讀者聽到「戒掉」與「借調」音同時，會
有似曾相識的感覺，而將心理距離拉近；但看到用「戒掉」與「借
調」字異時，會有陌生化的新穎刺激，而將心理距離拉大。等到細思
之後，則能領略其中奧妙。

第七節　層遞

壹、定義

　　陳望道（1989：203）曰：「層遞是將語言排成從淺到深，從低
到高，從小到大，從輕到重，層層遞進的順序的一種辭格。」這個定
義所強調的重點有二：一是層遞的材料為「語言」；二是「排成從淺
到深、從低到高、從小到大、從輕到重，層層遞進的順序」。它的缺
點有三：一者層遞的材料不是語言，而是語言文字所描述的事物或
概念；二者未說明層遞材料最少需要幾項；三者層遞的方向不僅是
「從淺到深，從低到高，從小到大，從輕到重」。

　　史塵封（1995：59）曰：「用兩個或兩個以上的詞語或句子，
語義上由低到高，或由弱到強，或由高到低，由強到弱，範圍由
大到小，這種層層推進、節節遞升或遞降的修辭格，我們稱之為
層遞。」這個定義已略有改善：一者層遞的材料改為「詞語或句
子」，仍是不妥；二者層遞的項數「兩個或兩個以上」，仍是有
誤，因為「兩個」只是映襯比較，無法形成層遞；三者層遞的方向已
增為「遞升或遞降」。

　　成偉鈞、唐仲揚、向宏業（1996：844）曰：「層遞即用結構相
似的語句表達層層遞進或遞降的意思，也稱漸層、遞進。」這個定
義已將層遞方向增為「遞進或遞降」。但仍有兩個缺點：一是強調
「用結構相似的語句」，這是排比的要件，但不是層遞的要件；二是
未說明層遞材料最少需要幾項。

　　唐松波、黃建霖（1996：380）曰：「『層遞』用三個或三個以
上的句子按事物的深淺、高低、大小、輕重等順序連續排列，表達層
層遞進的意思。」這個定義已大為改善，但仍有微瑕，需要指出：即
是「用三個或三個以上的句子」，很有問題，因為「大事化小，小事
化無」只有兩句，但卻有「大事」、「小事」和「無（事）」三個事

物形成層遞。

　　楊春霖、劉帆（1996：574）曰：「層遞是一種表達客觀事物間層次關係的修辭方式。」這個定義表面看起來沒什麼問題，但因太過空泛，令讀者只能意會，無法確切了解層遞的內涵。

　　黃慶萱（1988：481）舊版曰：「凡要說的有兩個以上的事物，這些事物又有大小輕重等比例，而且比例又有一定秩序，於是說話行文時，依序層層遞進的，叫『層遞』。」仍有微瑕：即是「兩個以上的事物」，兩個事物只能映襯比較，無法形成層次。

　　黃慶萱（2002：669）新版曰：「凡要說的有三件或三件以上的事物，這些事物又有大小輕重等比例，於是說話行文時，依序層層遞進的，叫『層遞』。」這個定義有四項優點：一者層遞的材料已變為「要說的……事物」，點明「事物」才是層遞的材料；二者層遞的項數點明「三件或三件以上」，如此才會有層次；三者強調「這些事物又有大小輕重等比例」；四者強調「依序層層遞進」。

　　筆者將黃慶萱的定義略加精省文字，並配合本書統一用語，修改為：

　　　　說話行文時，有意針對至少三種、有大小輕重等比例的概念，依序層層排列的修辭方法，叫做「層遞」。

這個定義強調五點：一是將黃慶萱「凡要說的……於是說話行文時」精簡為「說話行文時」，才能符合修辭格是以語言文字為表達材料的條件；二是將黃慶萱「三件或三件以上的事物，這些事物又有大小輕重等比例」精簡為「至少三種以上有大小輕重等比例的概念」；三是將黃慶萱「事物」改為「概念」，因為「概念」可以涵蓋「事物」，而且層遞的材料有的不是「事物」，只是「概念」；四是將黃慶萱「依序層層遞進」改為「依序層層排列」，避免「遞進」被誤解，以為是「遞降」的反義詞；五是增加「有意」二字，以強調其「刻意性」。

貳、分類

　　層遞的分類，一般學者都簡單地分成兩類，如：

　　成偉鈞、唐仲揚、向宏業（1996：845）曰：「根據事理變化的方向，層遞可分為遞升和遞降兩類。遞升，又叫遞增、階升（像階梯

一樣步步上升）。如由小漸大，由淺漸深，由低漸高，由短漸長，由近漸遠，由少漸多，由輕漸重。遞降，又叫遞減、階降（像階梯一樣步步下降）。如由大漸小，由深漸淺，由高漸低，由長漸短，由遠漸近，由多漸少，由重漸輕。」

　　唐松波、黃建霖（1996：380）曰：「層遞大致可按照各項排列的方式分爲遞升（順層遞）和遞降（倒層遞）兩種。」

　　楊春霖、劉帆（1996：575）曰：「根據排列形式的不同，層遞可分爲兩類：一、遞升……二、遞降……。」

　　史塵封（1995：59）曰：「層遞，可分爲遞升和遞降兩大類。」

　　上述諸家都將層遞分爲「遞升」（遞增、階升、順層遞）和「遞降」（遞減、階降、倒層遞）兩類。

　　層遞的分類，以黃慶萱的分類最爲完備詳細。該書早期將之分爲「單式層遞」和「複式層遞」兩大類。單式層遞又分爲「前進式」、「後退式」和「比較式」三類；複式層遞又分爲「反復式」、「並立式」和「雙遞式」（黃慶萱，1988：488-490）。後來該書在「複式層遞」中又增加「遞對式」一類（黃慶萱，2002：676）。

　　本文分類主要依黃慶萱之觀點，另在「單式層遞」中增加「循環式」一類。因此「單式層遞」又分「前進式」、「後退式」、「比較式」和「循環式」四類；「複式層遞」又分「反復式」、「並立式」、「雙遞式」和「遞對式」四類。茲說明於下：

一、單式層遞
　　單式層遞是指單獨一條層遞線索，它可以細分爲四類：

㈠前進式
　　黃慶萱（2002：676）曰：「凡層遞排列的次序是從淺到深、從低到高、從小到大、從輕到重、從前到後、從始到終，諸如此類的，屬前進式。」前進式又稱爲「遞增」、「遞升」、「階升」、「順層遞」。其基本形式爲：甲1→甲2→甲3。如：

　　天命之謂性，率性之謂道，修道之謂教。（《禮記・中庸》）

上天賦予的稱為本性，遵循本性去做就會合乎正道（因為人性本善），（但環境會有很多誘惑，使行為偏差），修養行為使合乎正道就是教育。這是按事情發展依序前進，是為前進式。

> 好太太，好媽媽，好婆婆。（藥品廣告）

女子結婚後是「好太太」，生小孩後成為「好媽媽」，小孩長大成家就成為「好婆婆」：屬由前而後的前進式層遞。

> 金聖歎批《西廂記》，拷豔一折，有三十三個「不亦快哉」。……仿此，我也寫來臺以後的快事二十四條，……<u>讀書為考試，考試為升學，升學為留美</u>。（林語堂〈來臺後二十四快事〉）

「讀書為考試，考試為升學，升學為留美」是依目的由先而後的前進式層遞，此例又套用頂針。

> 甜言蜜語（勸酒），斜風細雨（斟酒），豪言壯語（快了），胡言亂語（醉了），不言不語（睡了），傾盆大雨（吐了）（沈錫倫《民俗文化中的語言奇趣》，頁60）

這是形容喝酒的過程，由始而終的前進式層遞。

> 目光往來→言語往來→熱線往來→情書往來→禮物往來→手足往來→嘴唇往來→性器往來→金錢往來→媒人往來→戒指往來→婚約往來→子女往來→負擔往來→咒罵往來→拳腳往來→偷腥往來→律師往來→法庭往來→債務往來→斷絕往來。（李靖《搞笑高手‧情史》，頁10）

這是描寫男女由交往而結婚而離婚的過程，屬由始而終的前進式層遞。

㈡後退式

黃慶萱（2002：674）曰：「凡層遞排列的次序是從深到淺，從高到低，從大到小，從重到輕，從後到前，從終到始，諸如此類的，屬後退式。」後退式又稱為「遞減」、「遞降」、「階降」、

「倒層遞」。其基本形式爲：甲3→甲2→甲1。如：

> 他父親留下的一份家產就這麼變小，變做沒有，而且現在還負了債。（茅盾〈春蠶〉）

此例由「父親留下的一份家產」而「變小」而「變做沒有」而「負了債」，是財產由多而少的後退式層遞。

> 石像的整個姿態應該怎樣，面目應該怎樣，小到一個手指應該怎樣，細到一根頭髮應該怎樣，他都想好了。（葉聖陶〈古代英雄的石像〉）

此例由「整個姿態」而「面目」而「一個手指」而「一根頭髮」，是體積由大而小的後退式層遞。

> 一個時代總該有個把言行高潔的志士；如果沒有，也應該有個把叱吒風雲的英雄；再沒有，也應該有個把豪邁不羈的好漢。如果連這類屠狗的人全找不到，這個時代就太可憐了。（陳之藩〈願天早生貴人〉）

此例由「言行高潔的志士」而「叱吒風雲的英雄」而「豪邁不羈的好漢」而「沒有」，是人才由好而差的後退式層遞。

> 大事化小，小事化無。（俗語）

此例由「大事」而「小事」而「無（事）」，是事件由大而小的後退式層遞。

> 你騎馬來我騎驢，看看眼前我不如；回頭一看推車漢，比上不足下有餘。

此例由「你騎馬」而「我騎驢」而「推車漢」，是境遇由好而差的後退式層遞。

㈢比較式

黃慶萱（2002：674）曰：「舉凡數量之比較、程度之差池，都屬比較式。」其基本形式爲：甲1勝於（不如）甲2勝於（不如）甲

3。只要有「勝於」（不如）等比較詞而形成的層遞，即屬比較式層遞。如：

　　天時不如地利，地利不如人和。（《孟子・公孫丑下》）

此例「天時」、「地利」和「人和」靠著比較詞「不如」而形成層遞，故屬比較式層遞。

　　生氣不如忍氣，忍氣不如爭氣。（俗語）

此例「生氣」、「忍氣」和「爭氣」靠著比較詞「不如」而形成層遞，故屬比較式層遞。

　　話多不如話少，話少不如話好。（俗語）

此例「話多」、「話少」和「話好」靠著比較詞「不如」而形成層遞，故屬比較式層遞。

　　買書不如借書，借書不如抄書。（俗語）

此例「買書」、「借書」和「抄書」靠著比較詞「不如」而形成層遞，故屬比較式層遞。

　　聽一遍不如看一遍，看一遍不如做一遍。（俗語）

此例「聽一遍」、「看一遍」和「做一遍」靠著比較詞「不如」而形成層遞，故屬比較式層遞。

　　閉門畫花不如走馬看花，走馬看花不如下馬栽花。（俗語）

此例「閉門畫花」、「走馬看花」和「下馬栽花」靠著比較詞「不如」而形成層遞，故屬比較式層遞。

　　天助不如人助，人助不如自助。（俗語）

此例「天助」、「人助」和「自助」靠著比較詞「不如」而形成層遞，故屬比較式層遞。

如果功名利祿是世態炎涼的溫度計，那麼在今日臺北，金錢早已經是「義」的計值單位。<u>道義不如法律，法律不如交情，交情不如新臺幣</u>，於是見利忘義，向錢看齊，也屬情理之外，意料之中。（趙寧〈身懷六假〉）

此例「道義」、「法律」、「交情」和「新臺幣」靠著比較詞「不如」而形成層遞，故屬比較式層遞。

走到西門町，滿街漂亮的女郎，花花的耀眼，但總是衣服比臉漂亮，臉比心漂亮。不錯，衣服和臉都可以是愛的敲門磚，但只有心才有愛。（曾昭旭〈工具發達的時代〉）

此例由「衣服」而「臉」而「心」，透過比較詞「比……漂亮」，呈現出一個比一個更醜的比較式。

㈣循環式

所謂「循環式」是指單式層遞中，首尾用同一個概念，形成首尾循環的層遞。其基本形式爲：甲1→甲2→甲3→甲1。如：

集報，促進了看報；看報，促進了學習；學習，促進了知識的增長；知識的增長又促進了集報。（《新民晚報》1986年2月22日）

此例由「集報」（甲1）而「看報」（甲2）而「學習」（甲3）而「知識增長」（甲4）而「集報」（甲1）。首尾都是「集報」（甲1），故屬「循環式層遞」。

社會決定了讀者，讀者造就了作者，作者產生了文章，文章推動了社會。（洪珉《文章美學論稿》，第16頁，中州古籍出版社，1994年9月第1版）

此例由「社會」（甲1）而「讀者」（甲2）而「作者」（甲3）而「文章」（甲4）而「社會」（甲1）。首尾都是「社會」（甲1），故屬「循環式層遞」。

貧賤生勤儉，勤儉生富貴，富貴生驕奢，驕奢生淫佚，淫

佚又生貧賤。（《劇心要覽》）

此例由「貧賤」（甲1）而「勤儉」（甲2）而「富貴」（甲3）而「驕奢」（甲4）而「淫佚」（甲5）而「貧賤」（甲1）。首尾都是「貧賤」（甲1），故屬「循環式層遞」。

警察怕議員，議員怕記者，記者怕流氓，流氓怕警察。（關紹箕《實用修辭學》，頁278）

此例由「警察」（甲1）而「議員」（甲2）而「記者」（甲3）而「流氓」（甲4）而「警察」（甲1）。首尾都是「警察」（甲1），故屬「循環式層遞」。

二、複式層遞

複式層遞是指兩條層遞線索交互作用，可以細分爲四類：

㈠反復式

黃慶萱（2002：675）曰：「把前進式跟後退式的層遞一前一後連接起來，屬複式層遞中的反復式。」其基本形式爲：甲1→甲2→甲3，甲3→甲2→甲1。因爲兩條線索內容相同，而且語序相反，會造成回文形式。如：

古之欲明明德於天下者，先治其國；欲治其國者，先齊其家；欲齊其家者，先修其身；欲修其身者，先正其心；欲正其心者，先誠其意；欲誠其意者，先致其知；致知在格物。物格而後知至，知至而後意誠，意誠而後心正，心正而後身修，身修而後家齊，家齊而後國治，國治而後天下平。（《禮記・大學》）

此例由「欲明明德於天下者」（甲1）→「治其國」（甲2）→「齊其家」（甲3）→「修身」（甲4）→「正其心」（甲5）→「誠其意」（甲6）→「致其知」（甲7）→「格物」（甲8）：是由大而小的後退式；從「物格」（甲8）→「知至」（甲7）→「意誠」（甲6）→「心正」（甲5）→「身修」（甲4）→「家齊」（甲3）→「國治」（甲2）→「天下平」（甲1）：是由小而大的前進式。內

容相同（大學之八目）且一前一後連接起來，形成回文現象，是爲反復式。

> 房子裡有箱子，箱子裡有匣子，匣子裡有盒子，盒子裡有鐲子；鐲子外有盒子，盒子外有匣子，匣子外有箱子，箱子外有房子。（吳超〈繞口令・子字令〉）

此例由「房子」（甲1）→「箱子」（甲2）→「匣子」（甲3）→「盒子」（甲4）→「鐲子」（甲5）：是由外而內的後退式；從「鐲子」（甲5）→「盒子」（甲4）→「匣子」（甲3）→「箱子」（甲2）→「房子」（甲1）：是由內而外的前進式。內容相同且一前一後連接起來，形成回文現象，是爲反復式。

㈡並立式

黃慶萱（2002：675）曰：「把兩種性質相對的層遞並列起來，屬複式層遞中的並立式。」其基本形式爲：甲1→甲2→甲3，乙1→乙2→乙3。

1.兩條線索都是前進式

> 民富則安鄉重家，安鄉重家則敬上畏罪，敬上畏罪則易治也。
> 民貧則危鄉輕家，危鄉輕家則敢陵上犯禁，陵上犯禁則難治也。（《管子・治國》）

此例由「民富」（甲1）→「安鄉重家」（甲2）→「敬上畏罪」（甲3）→「易治」（甲4）：是甲現象（民富由因而果）的前進式層遞；從「民貧」（乙1）→「危鄉輕家」（乙2）→「陵上犯禁」（乙3）→「難治」（乙4）：是乙現象（民貧由因而果）的前進式層遞。兩條層遞線索都是由物質（因）而精神（果）的前進式，而且關係相反，將之平列在一起，是爲並立式。

> 君子寡欲，則不役於物，可以直道而行；小人寡欲，則能謹身節用，遠罪豐家。……君子多欲，則則貪慕富貴，枉道速禍；小人多欲，則多求妄用，敗家喪身。（司馬光〈訓儉示康〉）

此例有兩組並立式層遞。第一組由「君子寡欲」（甲1）→「不役於物」（甲2）→「直道而行」（甲3）：是甲現象（君子寡欲由因而果）的前進式層遞；從「小人寡欲」（乙1）→「謹身節用」（乙2）→「遠罪豐家」（乙3）：是乙現象（小人寡欲由因而果）的前進式層遞。兩條層遞線索都是前進式，而且關係相似，將之平列在一起，是爲並立式。第二組由「君子多欲」（甲1）→「貪慕富貴」（甲2）→「枉道速禍」（甲3）：是甲現象（君子多欲由因而果）的前進式層遞；從「小人多欲」（乙1）→「多求妄用」（乙2）→「敗家喪身」（乙3）：是乙現象（小人多欲由因而果）的前進式層遞。兩條層遞線索都是前進式，而且關係相似，將之平列在一起，是爲並立式。第一組和第二組放在一起，形成對襯現象。

> 醫院附近設火葬場，火葬場附近設肥料場，肥料場附近設農場；人在醫院裡死了以後屍體送火葬場，火葬場火化骨灰後送肥料場，肥料廠加工成肥料後送農場，農場就用它肥田。這是康有為〈大同書〉對大同世界的一項政治理想。（楊柳青青〈利用屍體〉）

此例由「醫院附近設火葬場」（甲1）→「火葬場附近設肥料場」（甲2）→「肥料場附近設農場」（甲3）：是甲現象（場所由近而遠）前進式的層遞；從「人在醫院裡死了以後屍體送火葬場」（乙1）→「火葬場火化骨灰後送肥料場」（乙2）→「肥料廠加工成肥料後送農場」（乙3）→「農場就用它肥田」（乙4）：是乙現象（作用由始而終）前進式的層遞。甲乙兩現象雖有因果關係，但卻各自形成層遞線索，所以此例是兩條相關層遞線索平列的並立式，而非交互遞進的雙遞式。

2.兩條線索都是後退式

> 客人常被分為若干流品，有能啓用平夙主人自己捨不得飲用的好茶者，有能享受主人自己日常享受的中上茶者，有能大量取用茶滷沖開水者，饗以「玻璃」者是為未入流。至於座處，自以直入主人的書房繡閣者為上賓，因為屋內零星物件必定甚多，而主人略無妨閒之意，於親密之中尚

含有若干敬意，作客至此，毫無遺憾；次焉者廊前簷下隨處接見，所謂班荊道故，了無痕跡；最下者則肅入客廳，屋內只有桌椅板凳，別無長物，主人著長袍而出，寒暄就座，主客均客氣之至。在廚房後門佇立而談者是為未入流。（梁實秋《雅舍小品‧客》）

此例由「有能啓用平夙主人自己捨不得飲用的好茶者」（甲1）→「有能享受主人自己日常享受的中上茶者」（甲2）→「有能大量取用茶滷沖開水者」（甲3）→「饗以玻璃者」（甲4）：是甲現象（喝茶由好而差）的層遞；從「直入主人的書房繡閣者」（乙1）→「廊前簷下隨處接見」（乙2）→「肅入客廳」（乙3）→「在廚房後門佇立而談者」（乙4）：是乙現象（見客地點由內而外）的層遞。兩條層遞線索都是由好而壞的後退式，而且關係相近，將之平列在一起，是為並立式。

3.兩條線索都是比較式

會說話不如會做事，會做事不如會做人；
能心動不如能行動，能行動不如能自動。（筆者擬句）

此例由「會說話」（甲1）→「會做事」（甲2）→「會做人」（甲3）：是甲現象的層遞；從「能心動」（乙1）→「能行動」（乙2）→「能自動」（乙3）：是乙現象的層遞。兩條層遞線索都是透過比較詞「不如」而比較出優劣的比較式，而且關係相似，將之平列在一起，是為並立式。

㈢雙遞式

黃慶萱（2002：677）曰：「當甲乙兩現象有因果關聯時，乙現象於是視甲現象的層遞也自成層遞狀態，屬複式層遞中的雙遞式。」其基本形式為：甲1，乙1→甲2，乙2→甲3，乙3。

1.兩條線索都是前進式

子曰：「吾十有五而志於學，三十而立，四十而不惑，五十而知天命，六十而耳順，七十而從心所欲不踰矩。」（《論語‧為政》）

此例從「十有五」而「三十」而「四十」而「五十」而「六十」而「七十」是甲現象（年齡由小而大）的前進式層遞；從「志於學」而「立」而「不惑」而「知天命」而「耳順」而「從心所欲不踰矩」是乙現象（學養由低而高）的前進式層遞，乙現象和甲現象之間有因果關係，是爲雙遞式。

> 居十日，扁鵲望桓侯而還走。桓侯故使人問之，扁鵲曰：「疾在腠理，湯熨之所及也；在肌膚，鍼石之所及也；在腸胃，火齊之所及也；在骨髓，司命之所屬，無奈何也。今在骨髓，臣是以無請也。」（《韓非子·喻老》）

此例從「疾在腠理」而「在肌膚」而「在腸胃」而「在骨髓」是甲現象（病症由淺而深）的前進式層遞；從「湯熨之所及」而「鍼石之所及」而「火齊之所及」而「無奈何」是乙現象（治病方法由易而難）的前進式層遞，乙現象和甲現象之間有因果關係，是爲雙遞式。

> 始發之時，終日可愈；三日，越旬可愈；今疾已成，非三月不能瘳。（方孝孺〈指喻〉）

此例從「始發之時」而「三日」而「今疾已成」是甲現象（染病時間由短而長）的前進式層遞；從「終日可愈」而「越旬可愈」而「非三月不能瘳」是乙現象（治療時間由短而長）的前進式層遞，乙現象和甲現象之間有因果關係，是爲雙遞式。

> 英國經濟學家凱因斯的經濟理論在今天大部分已不合時宜，但是他對銀行和貸款人關係的看法卻還是很正確。他說：「如果你欠銀行一百萬美元，你有了麻煩；如果你欠銀行十億美元，銀行有了麻煩；如果你欠銀行一千億美元，整個世界就有了麻煩。（包可華專欄〈好貸款和壞呆帳〉）

此例從「如果你欠銀行一百萬美元」而「如果你欠銀行十億美元」而「如果你欠銀行一千億美元」是甲現象（欠錢由少而多）的前進式層遞；從「你有了麻煩」而「銀行有了麻煩」而「整個世界就有了麻煩」是乙現象（麻煩由小而大）的前進式層遞，乙現象和甲現象之間

有因果關係，是爲雙遞式。

2.兩條線索都是後退式

摽有梅，其實七兮。求我庶士，迨其吉兮！
摽有梅，其實三兮。求我庶士，迨其今兮！
摽有梅，頃筐墍之。求我庶士，迨其謂之！（《詩經・召
南・摽有梅》）

此例從「其實七兮」而「其實三兮」而「頃筐墍之」是甲現象（喻女
子青春由多而少）的後退式層遞，從「迨其吉兮」而「迨其今兮」而
「迨其謂之」是乙現象（指女子心境由好而差）的後退式層遞，乙現
象和甲現象之間有因果關係，是爲雙遞式。

孟子告齊宣王曰：「君之視臣如手足，則臣視君如腹心；
君之視臣如犬馬，則臣視君如國人；君之視臣如土芥，則
臣視君如寇讎。」（《孟子・離婁下》）

此例從「君之視臣如手足」而「君之視臣如犬馬」而「君之視臣如土
芥」是甲現象（君視臣的態度由好而壞）的後退式層遞；從「臣視
君如腹心」而「臣視君如國人」而「臣視君如寇讎」是乙現象（臣視
君的態度由好而差）的後退式層遞，乙現象和甲現象之間有因果關
係，是爲雙遞式。

東郭子問於莊子曰：「所謂道，惡乎在？」莊子曰：「無
所不在。」東郭子曰：「期而後可。」莊子曰：「在螻
蟻。」曰：「何其下邪？」曰：「在稊稗。」曰：「何其
愈下邪？」曰：「在瓦甓。」曰：「何其愈甚邪？」曰：
「在屎溺。」東郭子不應。莊子曰：「夫子之問也，固不
及質。正獲之問於監市履狶也，每下愈況。」（《莊子・
知北遊》）

此例從「在螻蟻」而「在稊稗」而「在瓦甓」而「在屎溺」是甲現
象（道存在的地方由差而更差）的後退式層遞；從「何其下邪」而
「何其愈下耶」而「何其愈甚邪」而「東郭子不應」是乙現象（東郭

子的反應由差而更差）的後退式層遞，乙現象和甲現象之間有因果關係，是為雙遞式。

> 上帝創造人才；人才重用人才；蠢才埋沒人才；奴才打擊人才。

此例從「上帝」而「人才」而「蠢才」而「奴才」是甲現象（才智由高而低）的後退式層遞；從「創造人才」而「重用人才」而「埋沒人才」而「打擊人才」是乙現象（對人才由好而壞）的後退式層遞，乙現象和甲現象之間有因果關係，是為雙遞式。

> 大本事的當大官，小本事的去擺攤，沒本事的就上班。
> （大陸順口溜）

此例從「大本事的」而「小本事的」而「沒本事的」是甲現象（能力由強而弱）的後退式層遞；從「當大官」而「去擺攤」而「就上班」是乙現象（工作賺錢由多而少）的後退式層遞，乙現象和甲現象之間有因果關係，是為雙遞式。

3.一條線索前進式，一條線索後退式

> 客有歌於郢中者，其始曰下里巴人，國中屬而和者數千人；其為陽阿薤露，國中屬而和者數百人；其為陽春白雪，國中屬而和者不過數十人；引商刻羽，雜以流徵，國中屬而和者，不過數人而已：是其曲彌高，其和彌寡。
> （宋玉〈對楚王問〉）

此例從「其始曰下里巴人」而「其為陽阿薤露」而「其為陽春白雪」而「引商刻羽，雜以流徵」是甲現象（音樂程度由低而高）的層遞，屬前進式層遞；從「國中屬而和者數千人」而「國中屬而和者數百人」而「國中屬而和者不過數十人」而「國中屬而和者，不過數人而已」是乙現象（應和人數由多而少）的層遞，屬後退式層遞。乙現象和甲現象之間有因果關係，是為雙遞式層遞。

> 乃下令：「群臣吏民能面刺寡人之過者，受上賞；上書諫寡人者，受中賞；能謗議於市朝，聞寡人之耳者，受下

賞。」令初下，群臣進諫，門庭若市；數月之後，時時而間進；期年之後，雖欲言，無可進者。（《戰國策・齊策一・鄒忌修八尺有餘》）

此例有兩組雙遞式層遞，第一組從「群臣吏民能面刺寡人之過者」而「上書諫寡人者」而「能謗議於市朝，聞寡人之耳者」是甲現象（進諫方式由直接而間接）的後退式層遞；從「受上賞」而「受中賞」而「受下賞」是乙現象（賞賜由高而低）的後退式層遞，乙現象和甲現象之間有因果關係，是為雙遞式。第二組從「令初下」而「數月之後」而「期年之後」是甲現象（時間由短而長）的前進式層遞；從「群臣進諫，門庭若市」而「時時而間進」而「雖欲言，無可進者」是乙現象（進諫人數由多而少）的後退式層遞，乙現象和甲現象之間有因果關係，是為雙遞式。

對長輩謙恭，是本分；對平輩謙虛，是和善；對晚輩謙遜，是高貴。（T・摩爾）

此例從「對長輩謙恭」而「對平輩謙虛」而「對晚輩謙遜」是甲現象（對象輩份由高而低）的後退式層遞；從「本分」而「和善」而「高貴」是乙現象（成效由低而高）的前進式層遞，乙現象和甲現象之間有因果關係，是為雙遞式。

有些話（如：下次不敢了），兒子說時很可愛，大人說時很好笑，大官說時很爆笑。

此例從「兒子說時」而「大人說時」而「大官說時」是甲現象（人物身分由低而高）的前進式層遞；從「很可愛」而「很好笑」而「很爆笑」是乙現象（效果由好而壞）的後退式層遞，乙現象和甲現象之間有因果關係，是為雙遞式。

㈣遞對式

黃慶萱（2002：676）曰：「兩種性質相對的事物，以兩兩相對方式，依序遞進，為遞對式層遞。」該定義所說的「兩種性質相對的事物」是並立式的內涵；「以兩兩相對方式，依序遞進」是雙遞式的形式：所以遞對式是並立式的內容，改採雙遞式的形式呈現。其基

本形式為：甲1，乙1→甲2，乙2→甲3，乙3：和雙遞式相同；不過甲、乙兩事物之間並無因果關係，只有相對並立關係。如：

> 第一階段，男的是「張惶失措」（甲1），女的是「顧影自憐」（乙1）；
> 第二階段，男的是「東張西望」（甲2），女的是「左顧右盼」（乙2）；
> 第三階段，男的是「明目張膽」（甲3），女的是「奮不顧身」（乙3）；
> 第四階段，男的是「擇期開張」（甲4），女的是「銘謝惠顧」（乙4）。（魏子《猛笑話》，頁160）

這是男女交往的四個階段，從內容來看，是並立式的相對內涵（甲現象是男方反應的前進式層遞，乙現象是女方反應的前進式層遞，而且甲乙兩現象之間只有相似關係，而無因果關係）；從敘述形式來說，則是雙遞式的形式（甲1，乙1→甲2，乙2→甲3，乙3→甲4，乙4）：故屬「遞對式」。

> 滄浪論詩拈出神字，漁洋論詩更拈出韻字。論神，如畫中之神品；論神韻，則如畫中之逸品。神品難到，故前後七子，只成膚廓之音；而逸品之入妙者自然也入神境，故漁洋之詩，風神獨絕，又能自成一格。（郭紹虞《中國文學批評史‧性靈與神韻》）

此例是「滄浪論詩拈出神字」（甲1），「漁洋論詩更拈出韻字」（乙1）→「論神，如畫中之神品」（甲2），「論神韻，則如畫中之逸品」（乙2）→「神品難到，故前後七子，只成膚廓之音」（甲3），「逸品之入妙者自然也入神境」（乙3）：故屬遞對式。

遞對式的基本形式雖是「甲1，乙1→甲2，乙2→甲3，乙3」，但也可略做變化，只要掌握住甲乙兩現象交互遞進的原則即可。如：

> 文有二道：辭令褒貶，本乎著述者也；導揚諷諭，本乎比興者也。著述者流，蓋出於《書》之〈謨〉、〈訓〉，

《易》之〈象〉、〈繫〉，《春秋》之筆削，其要在於高
壯廣厚，詞正而理備，謂宜藏於簡冊也；比興者流，蓋出
於虞夏之詠歌，殷周之風雅，其要在於麗則清越，言暢而
意美，謂宜流於謠誦也。（柳宗元〈楊評事文集後序〉）

此例是「辭令褒貶，本乎著述者也」（甲1），「導揚諷諭，本乎比
興者也」（乙1）→「著述者流，蓋出於《書》之〈謨〉、〈訓〉，
《易》之〈象〉、〈繫〉，《春秋》之筆削」（甲2），「其要在於
高壯廣厚，詞正而理備，謂宜藏於簡冊也」（甲3）→「比興者流，
蓋出於虞夏之詠歌，殷周之風雅」（乙2），「其要在於麗則清越，
言暢而意美，謂宜流於謠誦也」（乙3）。

我以為「超物之境」所以高於「同物之境」者，就由於
「超物之境」隱而深，「同物之境」顯而淺。在「同物之
境」中物我兩忘，我設身於物而分享其生命，人情和物理
相滲透而我不覺其滲透。在「超物之境」中，物我對峙，
人情和物理卒然相遇，默然相契，骨子裡它們雖是訢合，
而表面上卻仍是兩回事。在「同物之境」中作者說出物理
中所寓的人情，在「超物之境」中作者不言情而情自見。
「同物之境」有人巧，「超物之境」見天機。（朱光潛
《詩論‧詩的隱與顯》）

此例是「超物之境隱而深」（甲1），「同物之境顯而淺（乙1）→
「在同物之境中物我兩忘」（乙2），「在超物之境中，物我對峙」
（甲2）→「在同物之境中作者說出物理中所寓的人情」（乙3），
「在超物之境中作者不言情而情自見」（甲3）→「同物之境有人
巧」（乙4），「超物之境見天機」（甲4）。

老年人常思既往，少年人常思將來。惟思既往也，故生留
戀心；惟思將來也，故生希望心。惟留戀也，故保守；惟
希望也，故進取。惟保守也，故永舊；惟進取也，故日
新。惟思既往也，事事皆其所已經者，故惟知照例；惟思
將來也，事事皆其所未經者，故常敢破格。（梁啟超〈少年
中國說〉）

此例是「老年人常思既往」（甲1），「少年人常思將來」（乙1）
→「惟思既往也，故生留戀心」（甲2），「惟思將來也，故生希望
心」（乙2）→「惟留戀也，故保守」（甲3），「惟希望也，故進
取」（乙3）→「惟保守也，故永舊」（甲4），「惟進取也，故日
新」（乙4）→「惟思既往也，事事皆其所已經者，故惟知照例」
（甲5），「惟思將來也，事事皆其所未經者，故常敢破格」（乙
5）。

表4-7　層遞分類表　　　　　　　　　　　　　　　（筆者自製）

辭格	分類基準	次辭格		異名	說明
柒、層遞	依層遞線索分	一、單式層遞	(一)前進式	遞增、遞升、階升、順層遞	甲1→甲2→甲3
			(二)後退式	遞減、遞降、階降、倒層遞	甲3→甲2→甲1
			(三)比較式		甲1勝於（不如）甲2勝於（不如）甲3
			(四)循環式		甲1→甲2→甲3→甲1
		二、複式層遞	(一)反復式		甲1→甲2→甲3，甲3→甲2→甲1
			(二)並立式　1.兩條線索都是前進式		甲1→甲2→甲3，乙1→乙2→乙3
			2.兩條線索都是後退式		甲3→甲2→甲1，乙3→乙2→乙1
			3.兩條線索都是比較式		甲1勝於（不如）甲2勝於（不如）甲3，乙1勝於（不如）乙2勝於（不如）乙3

辭格	分類 基準	次辭格		異名	說明
		㈢雙 遞式	1.兩條線索都 是前進式		甲1，乙1→甲2，乙 2→甲3，乙3（甲和 乙有因果關聯）
			2.兩條線索都 是後退式		甲3，乙3→甲2，乙 2→甲1，乙1（甲和 乙有因果關聯）
			3.一條線索前 進式，一條線 索後退式		甲1，乙3→甲2，乙 2→甲3，乙1（甲和 乙有因果關聯）
		㈣遞對式			甲1，乙1→甲2，乙 2→甲3，乙3（甲和 乙為相對並立關係）

參、辨析

有關「層遞」的辨析，筆者提出下列幾項常見易混的情形：

一、「單式層遞」有別於「複式層遞」

只有一條層遞線索者稱為「單式層遞」，有兩條層遞線索者稱「複式層遞」。這本來很容易區別，但有時語境中同時出現甲乙兩現象，必須甲乙兩現象都自成層遞，才是複式層遞。若只有甲現象自成層遞或只有乙現象自成層遞，而另一個現象不算層遞，則只是單式層遞。茲說明如下：

㈠單式層遞者

只有一條層遞線索者。如：

人因為缺乏判斷力而結婚，因為缺乏耐力而離婚，因為缺乏記憶力而再婚。（筆者擬句）

此例從「缺乏判斷力」而「缺乏耐力」而「缺乏記憶力」是甲現象，只從甲現象來看，看不出層遞關係；從「結婚」而「離婚」而「再婚」是乙現象（婚姻關係由始而終）的層遞；甲現象必須配合乙現象才能看出層遞關係。雖然甲現象和乙現象之間有因果關係，但只有一條乙現象層遞，所以此例是「單式層遞」中的「前進式」，而非「複式層遞」中的「雙遞式」。

> 「娘家」是：女人小時候的觀護所，長大後的監理所，結婚後的避難所。

此例從「小時候」而「長大後」而「結婚後」是甲現象（年齡由小而大）的層遞，從「觀護所」而「監理所」而「避難所」是乙現象，只從乙現象來看，看不出層遞關係，必須配合甲現象才能看出層遞關係。雖然乙現象和甲現象之間有因果關係，但只有一條甲現象層遞，所以此例是「單式層遞」中的「前進式」，而非「複式層遞」中的「雙遞式」。

(二)複式層遞

有兩條層遞線索者。如：

> 一飯十金，一衣百金，一室千金，奈何不且貧至匱也？
> （李文炤〈儉訓〉）

此例從「一飯」而「一衣」而「一室」是甲現象（物品由小而大）的前進式層遞；從「十金」而「百金」而「千金」是乙現象（價值由低而高）的前進式層遞，乙現象和甲現象之間有因果關係，是為雙遞式。

> 外遇，第一次是無知，第二次是無奈，第三次是無聊！
> （楊惠珊論外遇）

第一次外遇，是無知而犯錯；第二次是本性難移，事出無奈；第三次外遇，則見怪不怪，無聊至極。此例從「第一次」而「第二次」而「第三次」是甲現象（次數由前而後）的層遞；從「無知」而「無奈」而「無聊」是乙現象（心態由無知而故意）的層遞，乙現象和甲現象之間有因果關係，是為雙遞式。

一回生疏，二回熟練，三回滾瓜爛熟，四回播上種子，五
回收穫豐盛。（高雄縣‧吳英領〈有始有終〉）

此例從「一回」而「二回」而「三回」而「四回」而「五回」是甲
現象（次數由少而多）的層遞，從「生疏」而「熟練」而「滾瓜爛
熟」而「播上種子」而「收穫豐盛」是乙現象（經驗由生疏而熟
練）的層遞，乙現象和甲現象之間有因果關係，是爲雙遞式。

二、「反復式」有別於「前進式」和「後退式」的連用

　　把前進式跟後退式的層遞一前一後連接起來，屬複式層遞中的反
復式。其基本形式爲：甲1→甲2→甲3，甲3→甲2→甲1。因爲兩條
線索內容相同，而且語序相反，必定造成回文形式。若是內容不同的
「前進式」和「後退式」連用，則不是「反復式」。如：

太上不辱先，其次不辱身，其次不辱理色，其次不辱辭
令；其次詘體受辱，其次易服受辱，其次關木索被箠楚
受辱，其次毀肌膚斷肢體受辱，最下腐刑極矣！（司馬遷
〈報任安書〉）

此例由「不辱先」而「不辱身」而「不辱理色」而「不辱辭令」，是
不受辱由深而淺的後退式層遞；從「詘體受辱」而「易服受辱」而
「關木索被箠楚受辱」而「毀肌膚斷肢體受辱」而「腐刑」，是受辱
由淺而深的前進式層遞。雖然將前進式與後退式的層遞一前一後連接
起來，但因兩者內涵不同，無法形成「回文」現象，因此不屬「反復
式」，而只是「前進式」和「後退式」的連用。

三、「循環式」有別於「反復式」

　　「循環式」是屬於「單式層遞」，只有一條層遞線索；「反復
式」屬於「複式層遞」，有兩條層遞線索。

㈠「循環式」例子

　　「循環式」是指單式層遞中，首尾用同一個概念，形成首尾循環
的層遞。其基本形式爲：甲1→甲2→甲3→甲1。如：

看中有想，想中有讀，讀中有看。（李曉華等編《實用口語技能》，河南出版社，1991年4月第1版）

此例由「看」（甲1）而「想」（甲2）而「讀」（甲3）而「看」（甲1）。首尾都是「看」（甲1），故屬「循環式層遞」。

㈡「反復式」例子

「反復式」是複式層遞，其基本形式為：甲1→甲2→甲3，甲3→甲2→甲1。如：

大魚不來小魚來，小魚不來蝦米來；蝦米來了小魚來，小魚來了大魚來。

此例由「大魚」（甲1）→「小魚」（甲2）→「蝦米」（甲3）：是由大而小的後退式：從「蝦米」（甲3）→「小魚」（甲2）→「大魚」（甲1）：是由小而大的前進式。內容相同且一前一後連接起來，形成回文現象，是為反復式。

四、「遞對式」是「並立式」內容與「雙遞式」形式的組合

黃慶萱（2002：676）曰：「兩種性質相對的事物，以兩兩相對方式，依序遞進，為遞對式層遞。」該定義所說的「兩種性質相對的事物」是並立式的內涵；「以兩兩相對方式，依序遞進」是雙遞式的形式：所以遞對式是並立式的內容，改採雙遞式的形式呈現。其基本形式為：「甲1，乙1→甲2，乙2→甲3，乙3」：和雙遞式相同；不過甲、乙兩事物之間並無因果關係，只有相對並立關係。如：

民富則安鄉重家，安鄉重家則敬上畏罪，敬上畏罪則易治也。
民貧則危鄉輕家，危鄉輕家則敢陵上犯禁，陵上犯禁則難治也。（《管子·治國》）

此例是由「民富則安鄉重家」（甲1）→「安鄉重家則敬上畏罪」（甲2）→「敬上畏罪則易治也」（甲3）的前進式，和「民貧則危鄉輕家」（乙1）→「危鄉輕家則敢陵上犯禁」（乙2）→「陵上犯禁則難治也」（乙3）的前進式並立，但內容卻是相反的映襯，故屬

並立式。若將上例「並立式」改成「雙遞式」形式，則成爲「遞對式」：

> 民富則安鄉重家，民貧則危鄉輕家；安鄉重家則敬上畏罪，危鄉輕家則敢陵上犯禁；敬上畏罪則易治也，陵上犯禁則難治也。

此例形式已成爲「民富則安鄉重家」（甲1），「民貧則危鄉輕家」（乙1）→「安鄉重家則敬上畏罪」（甲2），「危鄉輕家則敢陵上犯禁」（乙2）→「敬上畏罪則易治也」（甲3），「陵上犯禁則難治也」（乙3）：是爲遞對式。

反之，將「遞對式」的例子，改成「並立式」形式，則成爲「並立式」。如：

> 乾以易知，坤以簡能。易則易知，簡則易從。易知則有親，易從則有功。有親則可久，有功則可大。可久則賢人之德，可大則賢人之業：易簡而天下之理得矣。（《周易‧繫辭》）

此例是「乾以易知」（甲1），「坤以簡能」（乙1）→「易則易知」（甲2），「簡則易從」（乙2）→「易知則有親」（甲3），「易從則有功」（乙3）→「有親則可久」（甲4），「有功則可大」（乙4）→「可久則賢人之德」（甲5），「可大則賢人之業」（乙5）：是爲遞對式。

若將上例「遞對式」改換順序，則成「並立式」：

> 乾以易知，易則易知，易知則有親，有親則可久，可久則賢人之德；
> 坤以簡能，簡則易從，易從則有功，有功則可大，可大則賢人之業：
> 易簡而天下之理得矣。

此例已是「甲1→甲2→甲3→甲4→甲5；乙1→乙2→乙3→乙4→乙5」的並立式。

肆、產生因素

一、自然之道

　　黃慶萱（2002：669）曰：「自然界中，我們常可發現層遞的現象：爵床（Acanthus）的發芽，顯示植物成長過程所形成的數列……；向日葵種子排列成對數螺線……，表示出它具有高次方程式的比例，雛菊的花心亦然；卷貝的渦線具有漸增的幾何秩序……；蜘蛛之結網從中心到四周由密而疏地遞減著。上升的太陽漸漸增加其光度，到了傍晚光線又慢慢地轉弱；月亮的盈缺也同樣具有週期性的節奏。這種種事實，告訴我們自然界也以層遞現象構成秩序之和諧。」人類的許多知識或學說，常常是效法大自然而發展出來的。修辭中的層遞也是效法大自然這種有規律、有層次的美感事物而發展出來。

二、心理基礎

　　黃慶萱（2002：672、673）曰：「就心理學的立場來說，層遞由於其上下句意義的規律化，易於了解與記憶，因而滿足了人類邏輯思維而使人快樂。……而人類的思維作用中有一種邏輯思維（logical thinking），或為歸納的，或為演繹的，是一種受控制有方向的神經活動。而層遞的形式同樣是受控制有方向的，恰好滿足了人類的邏輯思維，於是神經活動因省力而產生快感。」人類有邏輯思維，層遞的規律化現象就是符合邏輯，因此能夠滿足人類邏輯思維的快感。

三、美學基礎

　　黃慶萱（2002：669）曰：「自然界這種現象反映在美學上，於是有比例（proportion）、秩序（order）、漸層（gradalion）等理論的出現。」人類效法大自然的規律而形成美學，其中就有「比例」、「秩序」、「漸層」等內涵，這恰好就是層遞的要件：至少三種、有大小輕重等「比例」的概念，「依序」「層層排列」。

伍、運用原則

　　層遞的運用是將三種以上有比例關係的概念，依序層層排列，成為一種新穎的刺激，這是將心理距離拉大，引人注意。但層遞各句之

間有邏輯性，合情入理，讓讀者易於接受了解，這是將心理距離拉近。

　　沈謙（1996：521、522）對層遞提出「一貫的秩序」和「適度的變化」兩項原則。「一貫的秩序」是合乎邏輯，可以拉近心理距離，入人意中；「適度的變化」則是稍微拉開心理距離，出人意外，產生新鮮感。如：

> 曹元朗料想方鴻漸認識的德文跟自己差不多，並且是中國文學系學生，更不會高明──因為在大學裡，理科學生瞧不起文科學生，外國語文系學生瞧不起中國文學系學生，中國文學系學生瞧不起哲學系學生，哲學系學生瞧不起社會學系學生，社會學系學生瞧不起教育系學生，教育系學生沒有誰可以給他們瞧不起了，只能瞧不起本系的先生。（錢鍾書《圍城》）

從理科、文科、外文系、中文系、哲學系、社會系、教育系的學生，有規律而帶著一貫性，依序層層遞進地瞧不起別人，這就符合「一貫的秩序」，將心理距離拉近，讓讀者容易接受。但最後「教育系學生沒有誰可以給他們瞧不起了，只能瞧不起本系的先生」，則是和前面不同，適度變化造成新奇陌生的效果，拉大心理距離，引人注意。

第五章

優美形式的設計㈠

　　本章所要探討的是鑲嵌、類疊、對偶、排比、頂針和回文六個優美形式設計的辭格。

第一節　鑲嵌

壹、定義

　　黃慶萱（1988：391）舊版曰：「在詞語中，故意插入數目字、虛字、特定字、同義或異義字，來拉長文句的，叫做『鑲嵌』。」

　　黃慶萱（2002：719）新版曰：「鑲，指外邊上的配襯；嵌，指中間的填塞：都是裝飾的方法。修辭學中，凡是在語句的頭尾或中間，故意插入虛字、數目字、特定字、同義或異義字，來拉長文句，使語義更鮮明，語趣更豐富的修辭方法，就叫『鑲嵌』。」

　　沈謙（1996：392）曰：「在詞語中，故意插入數目字、虛字、特定字、同義字、異義字的修辭方法，是為『鑲嵌』。」

　　上述三種定義大同小異，其重點有二：一是強調「故意」二字，以符合辭格的「刻意性」；二是插入的內容有「數目字」「虛字」（指鑲字），「特定字」（指嵌字）、「同義字」（指增字）和「異義字」（指配字）；三是效果為「拉長文句，使語義更鮮明，語趣更豐富」。筆者綜合其意見，並配合本書統一用語，將「鑲嵌」定義修改為：

　　　　說話行文時，故意在語句中插入數目字、虛字、特定字、同義字、異義字，來拉長文句，使語義更鮮明，語趣更豐富的修辭方法，叫做「鑲嵌」。

貳、分類

　　鑲嵌的分類，陳望道（1989：167-170）分為「鑲字」、「嵌字」和「拼字」三類。黃慶萱（1988：392）舊版則分為「鑲字」、「嵌字」、「增字」和「配字」四類。沈謙（1996：392）承襲黃慶萱舊版的分類，也是分為「鑲字」、「嵌字」、「增字」和「配字」四類。但是黃慶萱（2002：722-741）新版則將「鑲字」與「嵌字」合併，稱為「鑲嵌」，並改以插入內容作為分類依據，而分為「把語詞拆開，插入虛字」、「在語句中，插入數目字」、「在語句

中，分別插入特殊的詞」、「在單音詞上下，增一同義字或配一異義字而成複詞」四類。

本文認為陳望道的「拼字」，黃慶萱舊版將它歸入「錯綜」中的「詞的錯綜」；黃慶萱新版則將它刪除。筆者認為「拼字」大都已成為一種固定詞語，不符合辭格「臨時性」的要求，因此不列入分類中。因此鑲嵌依插入字詞的不同，可以分為「鑲字」、「嵌字」、「增字」和「配字」四類：

一、鑲字

陳望道（1989：167）曰：「有時為要話說得舒緩些或者鄭重些，故意用幾個無關緊要的字來拉長緊要的字的，我們可以稱為鑲字。鑲字以鑲加虛字和數字為最常見。」

沈謙（1996：394）曰：「以無關緊要的虛字或數字，插在有實際意義的字中間，藉以拉長詞語，是為『鑲字』。」

所謂「無關緊要」，是指對字面上的理性意義並無影響，但言外的感情意義卻有重要的提升效果。猶如求婚者以陽春戒指套上女友無名指，或以鑲十克拉鑽石的戒指套上女友無名指，其求婚成功並無差別；但每位女孩總是希望男友為自己套上的是鑲有鑽石的戒指，可見鑲上的「鑽石」對於主要的理性意義（同意結婚），是「無關緊要」，但卻有提升表達效果的言外感情色彩。

鑲字所插入的詞語有「虛字」或「數字」，茲說明如下：

㈠鑲「虛字」者

鑲入虛字的例子，如：

> 有女同車，顏如舜華。將翱將翔，佩玉瓊琚。（《詩經‧鄭風‧有女同車》）

「將翱將翔」鑲入兩個虛字「將」，若將此句改為「二人翱翔」，其理性意義差別不大。但感情意義卻有很大的不同：「二人翱翔」給人的感覺是情侶二人出來遊玩，草草了事，毫不浪漫；「將翱將翔」兩個「將」字把聲音拉長，表現出情侶拍拖消磨時間的浪漫氣氛。

詩者志之所之也，在心為志，發言為詩。情動於中而形於

言，言之不足故嗟歎之，嗟歎之不足故永歌之，永歌之不
足，不知手<u>之</u>舞<u>之</u>足<u>之</u>蹈<u>之</u>也。（《毛詩・詩大序》）

「不知手之舞之足之蹈之也」鑲入四個虛字「之」，若將此句改爲
「不知手舞足蹈也」，其理性意義差別不大，但感情意義卻有很大的
不同：「手舞足蹈」給人的感覺是硬梆梆，沒有舞蹈的柔美感受；
「手之舞之足之蹈之」四個「之」字把聲音拉長，則呈現出舞蹈曼妙
的美姿效果。

火車行到<u>伊著阿麥伊著丟</u>，
<u>哎喲</u>，磅空內，
磅空的水<u>伊著丟丟</u>銅仔，
<u>伊著阿麥伊著丟啊</u>，
<u>伊著</u>滴落來。（臺灣傳統唸謠）

此例歌詞內容只是說「火車行到磅空內，磅空的水滴落來」，但爲了
配合唸誦旋律，加了很多襯字虛詞，若沒有這些鑲上的虛字，整首歌
謠就無法表現其民謠特色。

君恩深似海<u>矣</u>，臣節重如山<u>乎</u>？（諷洪承疇）

明末寵臣洪承疇備受皇帝恩寵，他有感於君恩浩蕩，於是在自己家門
口張貼了一副對聯，以表達對皇帝的感激之情。對聯是：「君恩深似
海，臣節重如山。」後來清兵入侵，洪承疇成了戰俘，禁不起清政府
的誘降，叛變投敵。於是，老百姓在他家門口的對聯上只加上了兩個
虛詞，變成：「君恩深似海矣，臣節重如山乎？」其意就與原意大相
逕庭，充滿了諷刺的意味。

㈡鑲「數字」者

鑲「數字」的例子，如：

一遊一豫，為諸侯度。（《孟子・梁惠王下》）

「一遊一豫」鑲入了兩個「一」字，但只是強調「每一個」舉止動
作。

斗酒隻雞人笑樂，十風五雨歲豐穰。（陸游〈村民初夏詩〉）

「十風五雨」鑲入了「十」和「五」，並非實際指「十」和「五」，而是強調次數多。

二、嵌字

陳望道（1989：169）曰：「至於嵌字，是故意用幾個特定的字來嵌入話中，比較不容易用得自然，所以用處也就異常地少。只在詩詞歌曲小說中，偶然一見。」陳氏指出嵌字是「故意」用「特定的字」嵌入話中，則強調其「刻意性」和嵌入「特定的字」的內涵。但他說「嵌字」「比較不容易用得自然，所以用處也就異常地少。只在詩詞歌曲小說中，偶然一見」。則與實情相差甚大，本文所分各類及所舉例證，即能看出「嵌字」運用之廣。

唐松波、黃建霖（1996：587）認為「嵌字」是「把幾個特定的字、詞，分別嵌入幾句詩或話中，暗含另一層意思」。也是強調其嵌入「特定的字詞」的內涵。

沈謙（1996：398）曰：「故意用特定字詞嵌入語句中，是為『嵌字』。嵌字往往詞涉雙關，暗藏巧義，耐人尋味。」也是強調其嵌入「特定字詞」的內涵。

上述諸家都是強調「特定的字」或「特定字詞」嵌入語句、詩或話中。不過，特定字詞若隨便嵌入任何位置，則讀者無法領會作者嵌字之用心，因此，為求令讀者能順利明白，作者可以將「特定字詞」嵌入語句「特定位置」中，方能達成嵌字效果。因此本文將「嵌字」定義為：「故意用特定字詞嵌入語句特定位置中，是為『嵌字』。」

嵌字的定義如上，則可以根據「特定字詞」和「特定位置」這兩個關鍵概念作為分類的依據；另外，根據嵌入方法亦可分成不同細項。茲說明如下：

㈠依嵌入特定位置分

嵌字依嵌入的特定位置來分，可分為五類：

1.句首嵌字

句首嵌字是指將特定字詞嵌在各句之首，又稱「頭嵌」，俗稱

「鶴頂格」。如：

> 空間真無限，
> 大器可晚成。（吳永猛：題國立空中大學花蓮學習指導中心
> 新廈落成）

此例是空中大學花蓮學習指導中心新廈落成時，吳永猛所題對聯，句首嵌入「空」、「大」二字。

> 福德福由德，正神正是神。（土地公廟聯）

此例是某土地公廟的對聯，土地公又稱「福德正神」，句首嵌入「福德」和「正神」共四字。另外，又以「析詞」手法將「福德」析爲「福由德」，是說福分是由修德而來；將「正神」析爲「正是神」，是說行得正，不偏私，才是神。

2.句末嵌字

句末嵌字是指將特定字詞嵌在各句之末，又稱「尾嵌」，俗稱「鳳尾格」。如：

> 江南可採蓮，蓮葉何田田。魚戲蓮葉間：魚戲蓮葉東，
> 魚戲蓮葉西，魚戲蓮葉南，魚戲蓮葉北。（樂府古辭〈江
> 南〉）

此爲漢代樂府古辭〈江南〉，末四句的句末嵌入「東」、「西」、「南」、「北」四字。

> 國之將亡必有
> 老而不死是爲（章太炎諷康有爲）

此例乃章太炎諷康有爲的對聯，共用四種修辭方法：既是對聯，則屬「對偶」，一也；上聯出自《禮記‧中庸》：「國家將亡，必有妖孽。」下聯出自《論語‧憲問》：「老而不死是爲賊。」則屬「引用」，二也；上聯藏尾「妖孽」，下聯藏尾「賊」，則屬「藏詞」，三也；句末嵌入「有」、「爲」二字，則屬「嵌字」，四也。

3.句中嵌字

　　句中嵌字是指將特定字詞嵌在各句中間，又稱「腹嵌」，俗稱「蜂腰格」。如：

　　悲哉<u>秋</u>之為氣，
　　慘矣<u>瑾</u>其可懷。（輓秋瑾）

此例在每句中間（第三字）嵌入「秋」、「瑾」二字，是為句中嵌字。

　　其地之<u>鳳</u>毛麟角，
　　其人如<u>仙</u>露名珠。（蔡鍔：贈小鳳仙）

此例在每句中間（第四字）嵌入「鳳」、「仙」二字，是為句中嵌字。

4.**綜合嵌字**

　　綜合嵌字是指同時將特定字詞嵌入各句之首、中、末兩種以上者。如：

　　<u>順</u>泰<u>康</u>寧，<u>雍</u>然<u>乾</u>德<u>嘉</u>千古；
　　<u>治</u>平<u>熙</u>世，<u>正</u>是<u>隆</u>恩<u>慶</u>萬年。（李紹方：祝嘉慶皇帝壽聯）

此例上下聯的第一字嵌入「順」「治」，第三字嵌入「康」「熙」，第五字嵌入「雍」「正」，第七字嵌入「乾」「隆」，第九字嵌入「嘉」「慶」，將滿清入關後幾位帝王的年號依序嵌入。

5.**加符號或提示者**

　　有些嵌字所嵌的位置並不固定，讀者聽眾不易了解作者的用心，因此，將特定字詞加上符號標示，則能起提示作用：

　　中華大地無「中華」，「牡丹」雖好不開花，
　　「前門」沒有後門有，「鳳凰」何時到我家。
　　——註：「中華」、「牡丹」、「大前門」、「鳳凰」皆為中國四大名煙，以煙名來諷刺中國「走後門」之風，可謂絕妙。（劉言《笑說中國》，頁19）

此例「中華」是句末嵌字,「牡丹」、「前門」、「鳳凰」都是句首嵌字,它們平常只是普通名詞,此例則是中國大陸四大名煙的牌子,若作者不加引號,再加注解,可能很多讀者會丈二金剛摸不著頭緒。

(二)依嵌入特定字詞分

嵌入的特定字詞,常見的有下列數種:

1.專有名詞

專有名詞之中,人名(別號)、地名(國名)、機關(單位)名、作品(產品)名都很常見。

(1)人名、別號

嵌入人名、別號者,如:

> 虞兮奈何,自古紅顏多薄命;
> 姬耶安在?獨留青塚向黃昏。(題虞姬墓)

此例句首分別嵌入「虞」、「姬」二字,恰是將主角的名字嵌入。

> 渡之西,渡之東,西東兩渡;
> 也是古,也是今,古今一也。(史紫忱〈贈渡也〉)

此例是已故書法家前文化大學教授史紫忱贈詩人「渡也」的對聯,上下聯的句首、句中、句末各嵌入三個「渡」和「也」,屬綜合嵌字。「渡也」是國立彰化師範大學國文學系退休教授陳啓佑的筆名。

(2)地名、國名

嵌入地名、國名者,如:

> 仙氣此山中,風光鍾秀;
> 跡痕留石上,雲樹生春。(題臺北景美仙跡岩)

此例是臺北市景美仙跡岩的對聯,句首嵌入地名「仙」、「跡」二字。

(3)機關、單位名

嵌入機關、單位名者,如:

善渡群生，人成即佛成，到此悉由忠孝路；

導歸極樂，心淨則土淨，從茲共入聖賢門。（臺北市善導寺山門聯）

此例是臺北車站附近「善導寺」的山門對聯，句首分別嵌入「善」、「導」二字的寺名。上聯「到此悉由忠孝路」嵌了「忠孝」二字，且詞義雙關，一則指明此寺位置在「忠孝西路」，一則指向佛要從「忠」、「孝」二字入手。下聯「心淨則土淨」，嵌入「淨土」二字，且詞義雙關，一則表明善導寺屬佛教「淨土宗」，二則說明淨心修行是淨土宗的要義。

南都施教化，科技登王座；

臺省立標竿，大學領先鋒。（南臺科技大學對聯）

此例乃南臺科技大學的對聯，上下聯首句句首分別嵌入「南」、「臺」二字，上下聯的次句又分別嵌入「科技」、「大學」二詞，將該校全名拆開分別嵌入。

竹碧風聲動，

溪深泉氣清。（臺南竹溪寺聯）

此例上下聯句首分別嵌入「竹」、「溪」二字寺名。

⑷作品、產品名

嵌入作品、產品名者，如：

雪山壓垮望夫崖；

飛狐踹倒張三豐。（題《雪山飛狐》）

此例乃1981年3月14日《中國時報》所載，臺視晚間八點檔連續劇《雪山飛狐》開播，希望收視率能勝過兩家友臺——中視的《望夫崖》和華視的《張三豐》。上下聯句首分別嵌入「雪山」和「飛狐」，上下聯句末分別嵌入「望夫崖」和「張三豐」，都是老三臺晚間八點檔的連續劇名稱。

紹興花雕竹葉青；

總統長壽新樂園。（某菸酒配銷所春聯）

此例上聯嵌入「紹興」、「花雕」、「竹葉青」三種酒名；下聯嵌入
「總統」、「長壽」、「新樂園」三種香煙品牌名。

> 在你生日來臨之即，祝你百事可樂，萬事芬達，天天娃哈
> 哈，月月樂百事，年年高樂高，心情似雪碧，永遠都醒
> 目。（大陸手機簡信）

此例祝福語中連用飲料商品名稱：「百事可樂、芬達、娃哈哈、樂百
事、高樂高、雪碧、醒目」，它們與前面的詞語搭配貼切。

2.數序詞：數字、數量、序數

　　嵌入的數字、數量、序數，都是順序相連的數序詞，形成一種
巧義。又可分為「順嵌數」、「逆嵌數」和「環嵌數」（李勝梅，
2000：96）：

　　⑴順嵌數：數字從小到大排列分別嵌入本體。這種例子最多，
如：

> 一看考卷，二眼發呆，三思不解，四肢無力，五臟俱焚，
> 六神無主、七孔流血，八面受敵，九死一生，十萬火急，
> 百廢待舉，千瘡百孔，則天下萬事休矣，不如歸去。

此例是某考生寫在考卷上的嵌字打油詩。每句句首嵌入「一」至
「十」和「百」、「千」等數字，「萬」字則嵌在倒數第二句的句
中。

> 靠一點關係，跩兩句洋文，具三分姿色，備四季行頭，會
> 五種表情，惹六欲過癮，挑七情逗趣，顯八面玲瓏，挾九
> 分膽量，就十分可以。（〈十字打油詩〉）

此例每句的第二字嵌入「一」至「十」等數字。

　　⑵逆嵌數：數字從大到小排列分別嵌入本體。這種例子不多，
如：

> 想十年身到鳳凰池，和九卿相八元輔勸金杯，則他那七言
> 詩，六合裡少人及。端的個五福全，四氣備，占掄魁，震
> 三月春雨，雙親行，先報喜，都為這一紙登科記。（鄭光

祖《倩女離魂》）

此例嵌入由「十」至「一」等數字。

> 十里長亭無客走，九重天上現星辰。八河船隻皆收港，七千州縣盡關門。六宮五府回官宰，四海三江罷釣綸。兩座樓頭鐘鼓響，一輪明月滿乾坤。（吳承恩《西遊記》第三十六回）

此例嵌入由「十」至「一」等數字。

⑶**環嵌數**：數字從大到小再從小到大，或從小到大再從大到小排列，分別嵌入本體。如：

> 一別之後，二地懸念。只說三四月，又誰知五六年！七弦琴無心彈，八行書無可傳，九連環從中折斷，十里長亭望穿眼。百思想，千繫念，萬般無奈把郎愁。
>
> 萬言千語說不完，百無聊賴十依欄。重九登高看孤雁，八月中秋月兒不圓，七月半燒香秉燭問蒼天，六月伏天人人搖扇我心寒！五月石榴火樣紅，偏遇陣陣冷雨瀽花端。四月枇杷未黃，我欲對鏡心意亂，忽匆匆三月桃花隨風轉，飄零零，二月風箏線兒斷。噫！郎呀郎，巴不得下一世你為妹來我為男！（無名氏〈倒順書〉）

此例先由「一」至「十」再「百」「千」「萬」，然後由「萬」「千」「百」再「十」至「一」。

3.**數概詞**

所謂「數概」，又稱「統括」，是「把一段話中某一個多次出現的字或詞抽取出來，再標上跟項數相等的數字，構成一種臨時性的節縮形式」（唐松波、黃建霖，1996：269）。這是一種修辭格，但「數概詞」已是固定用法，成為詞彙中的一環，則不能視為一種辭格（唐松波、黃建霖，1996：270、271）。茲舉例說明如下：

⑴四方、四季、四則

> 坐南朝北吃西瓜，皮往東甩；
> 思前想後看左傳，書向右翻。

此例上聯嵌入「南」「北」「西」「東」四個方向；下聯嵌入「前」「後」「左」「右」四個方位。

總結問題用<u>加法</u>，接受任務用<u>減法</u>，彙報成績用<u>乘法</u>，談到問題用<u>除法</u>。這些都是壞做法，遲早都要受王法。（劉言《笑說中國》，頁107）

此例前四句句末分別嵌入「加法」、「減法」、「乘法」、「除法」四則運算法。

　　(2)五行、五色、五味

淚<u>酸</u>血<u>鹹</u>，悔不該手<u>辣</u>口<u>甜</u>，只道世間無<u>苦</u>海；
金<u>黃</u>銀<u>白</u>，但見了眼<u>紅</u>心<u>黑</u>，那知頭上有<u>青</u>天？（安徽定遠城隍廟的警世聯）

此例上聯嵌入「酸」「鹹」「辣」「甜」「苦」五味；下聯嵌入「黃」「白」「紅」「黑」「青」五色。

<u>綠</u>酒映<u>紅</u>燈，誰能夢醒<u>黑</u>甜？笑他潦倒<u>黃</u>衫，歲月銷磨歎<u>白</u>髮；
<u>土</u>音歌<u>水</u>調，畢竟星沉<u>火</u>滅，任爾生花<u>木</u>筆，心思多少為<u>金</u>釵？（安徽定遠城隍廟的警世聯）

此例上聯嵌入「綠」「紅」「黑」「黃」「白」五色；下聯嵌入「土」「水」「火」「木」「金」五行。

　　(3)十二生肖

一鼠賊仔名，二牛駛犁兄，三虎爬山棚，四兔遊東京，五龍皇帝命，六蛇給人驚，七馬走兵營，八羊食草嶺，九猴爬樹頭，十雞啼三聲，十一狗仔顧門埕，十二豬是菜刀命。（臺灣傳統唸謠）

此例每句句首先嵌入「一」至「十二」等數字，然後再嵌入十二生肖內容。

4.**普通名詞**

苦可回甘如諫果；
茶能除病似仙醪。（臺北市某苦茶店對聯）

此例上下聯句首分別嵌入「苦」和「茶」二字。

自從益智登山盟，王不留行送出城。
路上相逢三稜子，途中催趲馬兜鈴。
尋坡轉澗求荊芥，邁嶺登山拜茯苓。
防己一身如竹瀝，茴香何日拜朝廷？（《西遊記》第三十六回）

這一首是唐三藏感懷取經歷程的詩。詩中嵌入「益智」、「王不留行」、「三稜子」、「馬兜鈴」、「荊芥」、「伏苓」、「防己」、「竹瀝」、「茴香」等九味中藥。這些藥名生動地描述了《西遊記》的情節，藉中藥名稱和全詩渾然一體，巧妙地緊扣小說的主要情節，令人歎爲觀止。

5.**成語、熟語、俗語、諺語**

一世英名，代代出ㄘㄝˇ，完完全全，人中之傑。（蕭蕭《詩從趣味始》，頁13）

此例每句句首嵌入「一」「代」「完」「人」。

狗仔橫行之，名人心驚乎？產業升級者，桃色交易也。

此例乃電視節目《主席有約》中〈新聞之乎者也〉單元的內容，在每句句末嵌入「之」「乎」「者」「也」。

6.**某主題語句**

有時嵌入的特定字詞合起來形成某一主題的暗示。如：

天生我才必有用，唯獨是情弄不懂！某日王帝託夢來，明早八點該起床，吃完蛋糕就會懂。（試讀每句第三字）（手機簡信）

此例每句句中（第三字）嵌入「我是王八蛋」五字，以提示主旨。

㈢依嵌入方法分

1.拆嵌法

　　所謂「拆嵌法」，是指將嵌入的特定字詞拆開，分別嵌入語句中，若依文句順讀，不易看出什麼獨特之處，必須將分開的特定字詞組合在一起，才能看出它的特色。有的學者稱為「分嵌」（萬震球，1995：33）。如：

> 我聞西方大士，為人了卻凡心。秋來明月照蓬門，香滿禪房出徑。
> 屈指靈山會後，居然紫竹成林。童男童女拜觀音，僕僕何嫌榮頓。（唐伯虎〈西江月〉）

此例每句句首嵌入「我為秋香屈居童僕」八字，以提示主題。

2.直嵌法

　　所謂「直嵌法」，是指將嵌入的特定字詞直接嵌入語句中，特定字詞並未被拆開。有的學者稱為「整嵌」（萬震球，1995：33）。如：

> 送你一束五月花外加幾朵康乃馨，祝你新的一年，身心舒爽！事事圓滿意，工作靠得住，生活好自在，平平安安摩黛思！（子言〈祝你好自在〉，《聯合報》2003年1月30日38版）

此例嵌入的「五月花」、「康乃馨」、「舒爽」、「圓滿意」、「靠得住」、「好自在」、「摩黛思」都是衛生棉品牌，而且是直接嵌入語句中，並未被拆開，是為「直嵌法」。

三、增字

　　同義字的重複，是為「增字」，旨在拉長音節，使語氣完足，語意充實（沈謙，1996：410）。如：

> 覽相觀於四極兮，周流乎天余乃下！（屈原《離騷》）

「覽相觀」三字同義而連用，以「增字」法加強語義。

　　噫吁戲！危乎高哉！蜀道之難難於上青天！（李白〈蜀道難〉）

「噫吁戲」三字皆歎詞，同義連用，使得本詩開端音節拉長，充滿氣勢。

　　人喜則斯陶。（《禮記・檀弓》）

「則」即「斯」，都是關係詞。

　　女得人焉耳乎？（《論語・雍也》）

「焉耳乎」都是語助詞。

　　昔歲入陳，今茲入鄭，民不罷勞，君無怨讟。（《左傳・宣公十二年》）

「今」即「茲」，二字同義連用。

　　齊城之不下者，獨唯聊、莒、即墨。（《史記・燕世家》）

「獨」即「唯」，二字同義連用，意在強調「唯有」、「獨有」。

四、配字

　　在語句中，用一個平列而異義的字作陪襯，只取其聲以舒緩語氣，而不取其義，是爲「配字」（沈謙，1996：414）。楊樹達（1969：162）將之稱爲「連及」，傅隸樸（1988：49）則稱爲「腠詞」。黃慶萱（2002：744）根據黃季剛之言：「古人文多用配字，如〈出師表〉『危急存亡之秋』，存字係配字；〈游俠傳序〉『緩急人所時有』，緩字係配字」，而稱之爲「配字」。

　　「配字」是異義字的重複，多出來的字，義無所取，有淡化語義的作用；「增字」是同義字的重複，義可並存，有加強語氣的作用。「增字」與「配字」二者恰恰相反。

　　「配字」依搭配字與本體意義關係，可分爲「義反配字」和「義類配字」兩類：

㈠義反配字

把兩個意義相反的詞並列在一起，由其中一個詞起作用，另一個詞作陪襯（王占福，2001：121）。如：

> 司馬遷觸天子喜怒。（柳宗元〈與韓愈論史官書〉）

「喜怒」指的只有「怒」而已。

> 苟利社稷，死生以之。（《左傳‧昭公四年》）

「死生」指的只有「死」而已。

> 奉事循公姥，進止敢自專？畫夜勤作息，伶俜縈苦辛。（無名氏〈焦仲卿妻〉）

「作息」指的只有「作」而已。

㈡義類配字

把表示兩個相關事類的詞放在一起，其中一個詞承擔意義，而另一個詞只是作陪襯（王占福，2001：123）。如：

> 鼓之以雷霆，潤之以風雨。（《周易‧繫辭上》）

「風雨」指的只有「雨」而已。

> 金鼓以聲氣也。（《左傳‧僖公二十二年》）

「金鼓以聲氣」是「以聲音鼓舞士氣」，古時鳴金收兵，擊鼓進軍，用來鼓舞士氣的是「鼓」，而不是「金」。

> 鄭，伯男也，而使從公侯之貢，懼弗給也。（《左傳‧僖公九年疏》）

諸侯分為公、侯、伯、子、男五等爵位，鄭本屬伯爵，「男」因「伯」而連及。

> 華周杞梁之妻，善哭其夫而變國俗。（《孟子‧告子下》）

趙岐注：「華周，華旋也；杞梁，杞殖也。」據《左傳‧襄公二十三年》記載，「善哭其夫而變國俗」的是「杞梁之妻」，「華周」是因「杞梁」而連及。

> 管寧、華歆共園中鋤菜，見地有片金，管揮鋤與瓦石不異，華捉而擲去之。又嘗同席讀書，有乘軒冕過門者，寧讀如故，歆廢書出看。（劉義慶《世說新語‧德行》）

「軒」是車子，「冕」是帽子，帽子是不能乘坐的，此例「冕」只是陪襯而已。

> 便可白公姥，及時相遣歸。（〈焦仲卿妻〉）

本是向婆婆稟告，「公」字因「姥」而連及。

> 鳳皇上擊九千里，絕雲霓，負蒼天，翱翔乎杳冥之上，夫藩籬之鷃豈能與之料天地之高哉？（宋玉〈對楚王問〉）

「天地」指的只有「天」而已。

> 禹稷當平世，三過其門而不入，孔子賢之。（《孟子‧離婁下》）

「禹稷」指的只有「禹」而已。

> 宋人有酤酒者，升概甚平，遇客甚謹；為酒甚美，懸幟甚高。著然不售，酒酸。（《韓非子‧外儲說右上》）

升是一種量器，概是量米粟時用以刮平斗斛的木尺。因為升和概經常連用，就連類而及了。此例「概」只是陪襯而已。

表5-1　鑲嵌分類表　　　　　　　　　　　　　　　（筆者自製）

辭格	分類基準	次辭格				異名	說明
壹、鑲嵌	依插入字詞分	一、鑲字	(一)鑲「虛字」者				
			(二)鑲「數字」者				
		二、嵌字	(一)依嵌入特定位置分	1.句首嵌字		頭嵌、鶴頂格	
				2.句末嵌字		尾嵌、鳳尾格	
				3.句中嵌字		腹嵌、蜂腰格	
				4.綜合嵌字			
				5.加符號或提示者			
			(二)依嵌入特定字詞分	1.專有名詞	(1)人名、別號		
					(2)地名、國名		
					(3)機關、單位名		
					(4)作品、產品名		
				2.數序詞	(1)順嵌數		
					(2)逆嵌數		
					(3)環嵌數		
				3.數概詞	(1)四方、四季、四則		
					(2)五行、五色、五味		
					(3)十二生肖		
				4.普通名詞			

辭格	分類基準	次辭格		異名	說明
			5.成語、熟語、俗語、諺語		
			6.某主題語句		
		㈢依嵌入方法分	1.拆嵌法	分嵌	
			2.直嵌法	整嵌	
	三、增字				
	四、配字	㈠義反配字		連及、賸詞	
		㈡義類配字			

參、辨析

鑲嵌是「把一物體嵌入另一物體內」，前者「即特意嵌入的詞語或句子等」稱為「嵌體」；後者「即嵌體進入的語言片斷」稱為「本體」；本體和嵌體共同構成的修辭成品，稱為「鑲嵌成品」（李勝梅，2000：93）。鑲嵌之辨析，有下列幾點須說明：

一、「鑲字」有別於固定詞語

插入數字的「鑲字」，剛開始只是臨時插入數字，但時間久了，也就變成固定詞語，那就不能再視為「鑲字格」。如：

約束既布，乃設鈇鉞，即三令五申之。（司馬遷《史記·孫子吳起列傳》）
移船相近邀相見，添酒回燈重開宴。
千呼萬喚始出來，猶抱琵琶半遮面。（白居易〈琵琶行〉）

上述例子，剛開始可視為臨時插入數字的「鑲字」。但今日我們使用「三令五申」、「低三下四」、「四通八達」、「四平八穩」、「五顏六色」、「歪七扭八」、「七嘴八舌」、「千瘡百孔」、「千錘百鍊」、「千頭萬緒」、「千呼萬喚」等，因已成為固定詞

語，我們只是引用現成詞語，而不是臨時在詞語中鑲入數字，因此不能視為「鑲字」格。

二、「鑲字」有別於「析詞」

楊春霖、劉帆（1996：891）曰：「析詞就是為了一定的表達目的把多音節的合成詞或者成語、諺語等固定詞組拆開來用的一種修辭方式。換句話說，就是把詞和固定詞組內不能獨立運用的語素當作詞來運用。」

插入虛字的「鑲字」和「析詞」有別：一者鑲字插入的是「虛字」；析詞插入的可以是虛詞，也可以是實詞。二者鑲字只插入虛字（鑲體），不一定將原有詞語（本體）拆開，亦即本體可拆開也可不拆開；析詞則必須將本體拆開。三者鑲字的本體並不限定是原本不能拆開的固定詞語，析詞的本體則必須是原本不能拆開的固定詞語。茲說明如下：

(一)單純「鑲字」

單純的鑲字只是插入虛詞，而沒有把固定的詞語（本體）拆開。如：

> 仕宦而至將相，富貴而歸故鄉。此人情之所榮，而今昔之所同也。（歐陽脩〈相州畫錦堂記〉）

此例插入兩個虛字「而」，屬「鑲字」。且「仕宦至將相，富貴歸故鄉」並非不可拆開的固定詞語，所以和「析詞」無關。

(二)單純「析詞」

單純的析詞插入的是實詞，而非虛詞，則與鑲字無關。如：

> 說是王木犢曾任一個小單位的負責人，但官不大，僚不小。

此例將合義複詞「官僚」析為「官不大，僚不小」，是為「析詞」。插入的「不大」和「不小」都是實詞，則與「鑲字」無關。

> 小市民痛恨貪官污吏，土豪劣紳，於是武俠小說或影片中

也得攻擊貪污土劣，但同時也抬出了清官廉吏，<u>有土而不</u>
<u>豪，是紳而不劣</u>，作為對照，替統治階級辯護。（《茅盾
選集》328頁）

此例將「土豪」、「劣紳」兩個複詞，拆成「有土而不豪，是紳而不
劣」，是為「析詞」。插入的「有……而不」和「是……而不」算是
實詞，則與「鑲字」無關。

㈢「鑲字」與「析詞」兼格

插入的既是虛字，又把固定詞語（本體）拆開。如：

郭三麻子<u>害了怕</u>，也託病到鎮上療養。

此例將「了」鑲在動詞「害怕」的中間，強調說話的時態和語氣。
若從另一角度看，「害怕」是合義複詞，不能分開，此例則插入
「了」字，將「害怕」拆開，形成「析詞」的效果。

出了餐室，方鴻漸<u>抱著歉</u>把髮釵還給鮑小姐。（錢鍾書
《圍城》）

此例將複詞「抱歉」拆為「抱著歉」，是為「析詞」。若從另一角度
看，將「著」鑲在動詞「抱歉」的中間，強調說話的時態和語氣。

像丁平子要算是他們之中的佼佼者了。他擔任世界地理，
他的講義模仿的是章太炎的筆法，寫些<u>古而怪之怪而古之</u>
的奇字，用些<u>顛而倒之倒而顛之</u>的奇句。他並不是在講科
學，他是拚命在熬文章。（郭沫若〈我的童年〉）

「古怪」、「顛倒」兩個合成詞，將它拆成「古而怪之怪而古之」
和「顛而倒之倒而顛之」，以突出丁平子這位老師愛用奇文怪句、
「拚命在熬文章」的特點。若從另一角度看，則是將「而」、
「之」虛字鑲在動詞「古怪」、「顛倒」的中間。

童謠有之曰：「鴝之鵒之，公出辱之。」（《左傳·昭公
二十五年》）

「鴝鵒」乃一種鳴禽，亦名「八哥」，係雙音節單純詞。此例為了歌謠的音節調諧，而將它拆開使用，是為「析詞」。若從另一角度看，則是將虛字「之」鑲在名詞「鴝鵒」中間。

三、「鑲字」有別於「嵌字」

「鑲字」是以無關緊要的虛字或數字，插在有實際意義的字中間。「嵌字」是以特定字詞插入語句中。因此，「鑲字」是以本體為主要意義，鑲體只是無關緊要的虛字或數字。「嵌字」則是以嵌體為主要意義，本體只是次要的媒介性質。茲說明如下：

(一)「鑲字」例子

> 有女同車，顏如舜華。將翱將翔，佩玉瓊琚。（《詩經·鄭風·有女同車》）

在「翱翔」（本體）一詞中鑲入「將……將」（鑲體）虛字，主要意義在「翱翔」，而不在「將……將」，則屬「鑲字」。

> 他相信波拿伯只是一位平者常也的法國人。（郭沫若〈戰爭與和平〉）

在「平常」（本體）一詞中鑲入「者……也」（鑲體）虛字，以強調波拿伯的平凡。主要意義在「平常」，而不在「者……也」，則屬「鑲字」。

(二)「嵌字」例子

> 韓愈送窮，劉伶醉酒；
> 江淹作賦，王粲登樓。（潮州「韓江酒樓」對聯）

此例上下聯首句句首嵌入「韓」「江」二字；上下聯末句末字嵌入「酒」「樓」二字：恰是店名「韓江酒樓」四字。重點在嵌體「韓江酒樓」，其他部分（本體）則是媒介，應屬「嵌字」。

四、「嵌字」有別於無特定作用的普通字詞

　　「嵌字」是將特定字詞嵌入語句中，所謂「特定字詞」，是指該字詞在語境中有特殊作用，若該字詞在語境中沒有特殊作用，則不能視爲「嵌字」。如：

> 赤面秉赤心，騎赤兔追風，馳驅時無忘赤帝；
> 青燈觀青史，仗青龍偃月，隱微處不愧青天。（許昌關帝廟懸一聯）

　　此例黃慶萱（2002：734）認爲是「嵌入四赤字、四青字」。這種看法有待商榷。因爲「赤」和「青」在語境中並沒有組成特殊作用，不能視爲「特定字詞」。此例與其視爲「嵌字」，倒不如視爲「類字」（即同一字隔離使用）爲佳。

> 「黑板上來，白板裡去」，言其教書賺來的錢在中發白裡送去不少。（逯耀東〈又來的時候〉）

　　此例黃慶萱（2002：724）認爲「此條嵌『黑白』」。這種看法，有待商榷。雖然此例「黑板上來，白板裡去」句首有「黑」「白」二字，但卻不是作者有意將「黑白」二字拆開嵌入這兩句句首，以表達「黑白」相關意義；既然特定字詞沒有特殊效果，則不能算是特定字詞，只是一般普通字詞而已，因此不能視爲嵌入「特定字詞」的「嵌字格」。另外，「嵌字」嵌入的是有特殊作用的特定字詞，如：

> 一線情緣牽白頭，日日思念排憂愁，不要怪我癡情種，見你常在夢境中，如果你我本有緣，隔山離水一線牽，三月桃花正旺盛，秋後果實最香甜。（手機短信）

　　此例句首分別嵌入「一日不見如隔三秋」，則是嵌入特定字詞。

五、「嵌字」有別於「析詞」

　　嵌字的直嵌法沒有將嵌體拆開，因此和析詞完全無關，但拆嵌法和析詞都是將特定詞語拆開，因此兩者之間會有混淆之處。

　　析詞是把特定詞語拆開，嵌字的拆嵌法也是把特定詞語拆開，這

是兩者相同之處。但其差別則在於：一、析詞的特定詞語本來是不能拆開使用的，但在語境中故意臨時將它拆開使用；拆嵌法的特定詞語不必計較它原來能不能拆開使用。二、析詞的特定詞語雖然拆開使用，卻是屬於同一句；拆嵌法的特定詞語卻是分屬不同句子。茲說明如下：

㈠析詞例子

> 翻身，翻身，翻了一身破衫褲，這像啥話？（周立波《暴風驟雨》，第151頁）

「翻身」是複詞，本來不能拆開使用，此例臨時拆成「翻了一身破衫褲」，仍是同一句，則屬「析詞」。並非將「翻身」拆開嵌入不同句子，所以不是「嵌字」。

㈡嵌字例子

> 民猶是也，國猶是也，何分南北？
> 總而言之，統而言之，不是東西。（章太炎諷曹錕）

民國初年，北洋軍閥弄權，曹錕靠賄選當選總統，舉國大譁。章太炎作此聯來諷刺曹錕，上聯嵌入「民國何分南北」，下聯嵌入「總統不是東西」。「民國」、「總統」雖是偏正式合義複詞，原則上不能拆開使用，此例將之拆開而分散在不同句子，則屬「嵌字」。若是拆成「民主之國」、「總而統之」仍是同一句，則屬「析詞」。

> 我叫你們知道，壁上二十八個字，每一句頭上出一個字。「蘆花灘上有扁舟」，頭上盧」字；「俊傑黃昏獨自遊」，頭上「俊」字；「義士手提三尺劍」，頭上「義」字；「反時須斬逆臣頭」，頭上「反」字。（施耐庵《水滸傳》第六十一回）

此例每句句首嵌入「蘆」（諧音「盧」）「俊」「義」「反」四字。是將特定字詞拆開而分散在不同句子，則屬「嵌字」。

> 顧此失彼，問東答西。（諷顧問）

顧影自憐，問心有愧。（諷顧問）
顧之則笑，問而不答。（諷顧問）

以上三副對聯是針對「顧問」一職僅是酬庸，並無實用，而加以嘲諷。每聯各句句首嵌入「顧」「問」二字。是將特定字詞拆開而分散在不同句子，則屬「嵌字」。若是改為「顧問，顧問，顧而不問」，將「顧問」拆為「顧而不問」，仍是同一句，則是「析詞」。

六、「嵌字」有別於「析數」

嵌字中有嵌入數字者，它與「析數」格雖然都是文句中有數字出現，但兩者本質並不同。

成偉均、唐仲揚、向宏業（1996：647）曰：「析數即在一定的語言環境裡，用幾個小數量經過暗合的數學運算表示某個大數量，或者用幾個小數量分析、解剖某個大數量，讓人們在事物數量的變換過程中認識事物的特點和本質，並收到語言活潑生動、語意含蓄豐富的效果。」

「某一大數分解為幾個小數，小數和大數之間的關係存在著兩種情況。一種情況是，幾個小數，通過數學運算，可以直接代替那個大數，如用『二九』（相乘）來代替『十八』，用『十有五』（相加）來代替『十五』；另一種情況是，幾個小數分別表達事物整體的性質、特點，而不是由它們通過運算代替那個大數，如『他三分像人，七分像鬼』，是用『三分』和『七分』來表述、剖析『他』的模樣和本質，而不是用『三分』加『七分』來代替『十分』。根據這一特點，析數可分為兩種。關於第一種情況的，稱為替代型析數；屬於第二種情況的，稱為分析型析數。」（成偉均、唐仲揚、向宏業，1996：641）

析數是把大數拆為幾個小數，大數和小數之間存在著整體和部分的關係；插入數字的嵌字，則將一連串相連數字拆開分別嵌入語句中，只有個別數字，而無整體數字。茲說明如下：

㈠析數例子

公子取季隗，生伯儵、叔劉；以叔隗妻趙衰，生盾。將適齊，謂季隗曰：「待我二十五年，不來而後嫁。」對曰：

「我二十五年矣，又如是而嫁，則就木焉。請待子。」
（《左傳‧僖公二十三年》）

此例二十五年（小數）加二十五年（小數），是五十歲（大數）。

凡兵車百乘，歌鐘二肆及其鎛、磬，女樂二八。（《左
傳‧襄公十一年》）

二（小數）八（小數）指十六人（大數）。

民參其力，二入於公，而衣食其一。（《左傳‧昭公三
年》）

謂人力三分之二（小數）用於公，三分之一（小數）用於自家生
活。大數則是全部。
黃慶萱（2002：730）曰：「以上例子，雖可視為在語句中
插入數目字，為寬式的『鑲嵌』，但也有些修辭學家名之為『析
數』，《漢語修辭格大辭典》就有『析數』一格，是可以參考的分類
法。」筆者認為上述例子，都是「析數」，若將之視為「嵌字」，則
略嫌牽強。

㈡嵌字例子

一心贏錢，兩眼熬紅，三餐無味，四肢乏力，五業荒廢，
六親難認，七竅生煙，八方借債，久陷泥淖，十成災難。
（賭徒「十字令」）

此例每句句首嵌入「一」至「十」等數字，只有小數，而無大數，因
此不是「析數」。

一杯兩杯不算酒，三杯四杯漱漱口，五杯六杯才開頭，七
杯八杯扶牆走，九杯十杯牆走我不走。（沈錫倫《民俗文化
中的語言奇趣》，頁59）

此例每句句首嵌入「一杯」至「十杯」等數量詞，只有小數，而無大
數，因此不是「析數」。

七、「增字」有別於「同義複詞」

在古代漢語中，因絕大多數是單詞，所以將同義字重複，可以拉長音節，使語氣完足，語意充實，可以視爲臨時創造的「增字」修辭法。

但在現代漢語中，因爲要避免語音混淆，往往由單詞變爲複詞，如「狀」增爲「狀態」、「方」增爲「方法」、「信」增爲「書信」、「意」增爲「意義」、「樂」增爲「娛樂」、「幸」增爲「幸福」、「重」增爲「重要」、「全」增爲「完全」、「獨」增爲「單獨」、「苦」增爲「痛苦」、「僞」增爲「虛僞」、「慶」增爲「慶祝」、「識」增爲「認識」、「讀」增爲「閱讀」等，已是正常詞彙（同義複詞），則不能視爲一種修辭方法（沈謙，1996：413、414）。

黃慶萱（2002：744）也說：「『增字』後的『同義複詞』已是自然語，而非經過藝術加工之後的語言，不再具有『修辭』性質。」

八、「配字」有別於「偏義複詞」

在古代漢語中，因絕大多數是單詞，所以將異義字拿來做陪襯，只取其聲以舒緩語氣，而不取其義，有淡化語義的作用，可以視爲臨時創造的「配字」修辭法。

但在現代漢語中，因爲要避免語音混淆，往往由單詞變爲複詞，如「國」配上「家」而爲「國家」、「窗」配上「戶」而爲「窗戶」、「忘」配上「記」而爲「忘記」等，已是正常詞彙（偏義複詞），則不能視爲一種修辭方法。

黃慶萱（2002：744）曰：「異義複詞中，有一個單詞只做陪襯，取其聲以舒緩語氣，而不用其義的，語法學家稱之爲『偏義複詞』。由於它在語法之外，又具修辭功能，所以可以視爲一種修辭方式。」這種看法，有待商榷。因爲黃慶萱既然認爲「同義複詞」已是自然語，而非經過藝術加工之後的語言，不再具有「修辭」性質，那麼，「偏義複詞」也應一視同仁，它只是詞彙學中的一種「構詞法」，而不再是一種修辭格。

另外，異義字的搭配，未必是偏義的「配字」，必須以上下文意作爲判斷依據。如：

> 多人不能無生得失，生得失則語泄。（《史記・刺客列
> 傳》）

此例之「得失」指的只有「失」而已，「得」是配字。

> 文章千古事，得失寸心知。（杜甫〈偶題〉）

此例之「得失」則各表其義，不能視爲「配字」。

> 一旦緩急，杜絕河津，足以自守。（《後漢書・竇融傳》）

此例之「緩急」指的只有「急」而已，「緩」是配字。

> 故鹽鐵均輸，所以通委財而調緩急。（桓寬《鹽鐵論・本
> 議》）

此例之「緩急」則各表其義（王占福，2001：126），不能視爲「配
字」。

> 我們應該互通有無。

沈謙（1996：418）認爲「有無，其義偏在無」，視爲「配字」，
則有待商權。「有無」應二字各表其義，以我所「有」通彼所
「無」，以彼所「有」通我所「無」，所以不是「配字」。

九、「配字」有別於「斷取」

在現代漢語中，有一種新辭格叫「斷取」，它與「配字」頗爲類
似，也是只取某部分的意義，而不取另一部分的意義。

譚永祥（1996：16）曰：「只截取一個詞語中的一個或幾個
字的意義，而置其餘於不顧，這種『斷章取義』的修辭手法叫『斷
取』。」

斷取的運用，一般有三個步驟：㈠引用詞語；㈡對引用詞語進
行截取；㈢對截取的詞語進行想像和補充（楊春霖、劉帆，1996：
161）。如：

> 小燕姑娘想：「吃飯用篙子做啥？」所以立著不動。鐵桂
> 蘭笑著說：「船上的筷子叫篙子，你不去拿，難道用『五

爪<u>金龍</u>』來抓？」小燕恍然大悟，忙去拿了。（《大海的波濤》。29頁）

「五爪金龍」原指有五個爪子的金色龍，這裡捨棄「金龍」，只取「五爪」之意，來比喻人的五個手指。

近幾年來，有不少知識分子離開陝西，或南下，或東去，奔向沿海地區。對此，人們稱之為<u>「一江春水向東流」</u>，<u>「孔雀東南飛」</u>。（〈畸形的「雙向流動」〉，《西安晚報》1988年7月6日）

「一江春水向東流」是李後主〈虞美人〉的名句，「孔雀東南飛」是漢樂府的名作，此例斷取「向東流」、「東南飛」，來說明陝西人才的東去與南下。

那個原先負責給這類事簽字畫押的書記，這時候，正戴著堂堂皇皇的高帽子，不知道在哪條街上，<u>「鞠躬盡瘁」</u>呢！（陳世旭〈打賭〉）

「鞠躬盡瘁」只斷取「鞠躬」二字，意思是：在低頭彎腰挨批鬥。
　　方式上「配字」是臨時取異義字來搭配，「斷取」則是臨時將完整語句去除某部分，與配字恰好相反。但意義上兩者都是只取其中一部分，而另一部分只是陪襯，並不表義。

肆、產生因素

一、自然之道

　　黃慶萱（2002：719、720）舉天際原是鑲星嵌月，大地正是錦繡鑲嵌而成的。而人生於兩間，鑲嵌在天、地間，才成為「三才」，文心原道，鑲嵌修辭法，也原於天、人、地三才自然之道！又舉「晶體的對稱」關係著「藝術上」的「觀念」，得知「物理」、「藝術」間本有相通之道（黃慶萱，2002：720、721）。

二、心理基礎、語文條件

　　「鑲嵌」中的「鑲字」，在詞語中插入數目字、虛字；「嵌字」

在語句中插入特定字詞;「增字」是插入同義字;「配字」是插入異義字。它們一方面是爲了避免字音的混淆,這是因漢語同音字太多的緣故,在口語上容易混淆所做的補救;另一方面爲了避免語意分歧,這是因一字多義的原故,在書面上所做的補救。如:「還欠款五百元。」若是在口語上讀爲「ㄏㄨㄢˊ欠款五百元」或「ㄏㄞˊ欠款五百元」,都不會有混淆情形,但在書面上就會造成語意分歧,此時增一同義字爲「歸還欠款五百元」或「還有欠款五百元」,就不會有語意混淆的情形;它們都可以增加意義的區別。

伍、運用原則

鑲嵌的運用是爲了來拉長文句,使語義更鮮明,語趣更豐富。鑲字、嵌字、增字、配字,原來都是將心理距離拉大,引起讀者注意,達到強調語意、蘊藏巧義、加強語氣、語意委婉的效果。但它們在運用時都要配合語境及漢語語法,因此能將心理距離拉回,而讓讀者可以接受。但後來因爲用多了、用久了,形成一種固定用法,增字成爲同義複詞,配字成爲偏義複詞,那又把心理距離拉得太近,因而失去辭格應有的臨時性和變異性的特徵,也就不能再視爲是一種辭格。

沈謙(1996:419-421)對於鑲嵌的原則,提出四點:

「一、強調語意」,是指「鑲字是在實字中插入無關緊要的虛字或數目字,除了拉長音節,使語氣完足之外,往往有強調語意的作用。」如:

仕宦而至將相,富貴而歸故鄉。(歐陽脩〈相州畫錦堂記〉)

此例插入兩個虛字「而」,強調仕宦至將相,富貴歸故鄉中間經過無數奮鬥與掙扎,才顯得歸隱的可貴。

「二、蘊藏巧義」,是指:「嵌字用特定字詞嵌入語句中,往往詞涉雙關,暗藏巧義。」如:

伊有人,尹無人,伊尹一人宰相;
馮二馬,馴三馬,馮馴五馬大夫。(愚庸笨《中國文字的創意與趣味》,頁148)

此例上聯嵌入「伊尹」人名，且「伊尹一人宰相」語涉雙關：一指「伊尹」二字只有一個人字旁，二指伊尹一人獨當宰相。下聯嵌入「馮馴」人名，且「馮馴五馬大夫」語涉雙關：一指「馮馴」二字乃五馬組成，二指馮馴官職爲五馬大夫。

「三、音節和諧」，是指：「增字藉同義字的重複，易單詞爲複詞，消極上可以拉長音節，湊足字句，便於對偶；積極上亦可以加強語氣，使音節和諧。」如：

借問此何誰？云是鬼谷子。（郭璞〈遊仙詩〉）

「何」與「誰」爲同義字，是爲增字，是爲了湊足音節，讀來和諧悅耳。

「四、語意委婉」，是指：「配字藉異義字的重複並列，不但可以舒緩語氣，更可以使語意委婉。」如：

罵其女曰：「生子不生男，有緩急，非有益也。」（《史記・孝文本紀》）

「緩急」指的只有「急」而已。「急」字配上「緩」字，可使語意委婉。

第二節　類疊

壹、定義

黃慶萱（2002：531）曰：「同一個字、詞、語、句，或連接，或隔離，重複地使用著，以加強語氣，使講話行文具有節奏感的修辭法，叫做『類疊』。」該定義已恰當地將類疊的特性表達出。筆者以此爲基礎，並配合本書統一用語，將「類疊」的定義修改爲：

說話行文時，有意將同一個字、詞、語、句，或連接，或隔離，重複地使用，以加強語氣，增添節奏感的修辭方法，叫做「類疊」。

貳、分類

陳望道（1989：171、198）分為「複疊」和「反復」兩種辭格，他說：「複疊是把同一的字接二連三地用在一起的辭格。」又說：「用同一的語句，一再表現強烈的情思的，名叫反復辭。」黃慶萱在此基礎上，將「複疊」和「反復」結合而成「類疊」。並分為「疊字」、「類字」、「疊句」、「類句」四類。前二類與陳望道的「複疊」大同小異，後二類即陳望道的「反復」。

但如此分類，稍嫌粗疏。筆者參考黃麗貞（2000：413-420）的分類，認為類疊的分類，若依內容分，可以有字的類疊、詞的類疊、和句的類疊；若依表達方式分，可以有連接的類疊、間隔的類隔。由此可以分為「疊字」、「類字」、「疊詞」、「類詞」、「疊句」和「類句」六類：

一、疊字

修辭格「疊字」的定義，許多修辭學者認為：同一字的連續使用，是為「疊字」。這只是疊字的基本概念，它容易和「轉品」、「句中頂針」混淆，如：「君君、臣臣、父父、子子」，雖然也是同一字連續使用，但因前後的詞性不同，所以是「轉品」；又如「抽刀斷水水更流」的「水水」，雖然也是同一字連續使用，而且詞性相同，但因前一字連上而讀，下一字連下而讀，兩字無法連讀，則是「句中頂針」。因此，疊字辭格必須同時具備三個條件：疊用、連讀、詞性同。

重疊詞的分類，語言學者是就其重疊前後的關係，將之分為疊音詞與疊義詞兩類。我們可以採用「疊音」與「疊義」的特性，將「疊字」辭格也分為「疊音性疊字」和「疊義性疊字」兩類。但是，疊字辭格既然有上述三個必備條件，則亦可依此作為分類根據：

㈠依疊用分

依疊用之必須性，可分為二類：

1.不疊不能用：

所謂「不疊不能用」，是指重疊時的意義和不重疊時的意義不同，即$AA \neq A$，$ABB \neq AB$，$AAB \neq AB$或$AABB \neq AB$。

　　許多學者認為：疊音詞不能不疊，不疊就完全是另一個不相關的詞。其實，這個說法只對了一半。所謂「疊音詞」，是指「借用兩個相同的字構詞，以描摹某一種聲音，或形容某一種狀態。和字的本來意義無關，這時的『字』只是一個聲音的符號而已。疊音詞雖然有兩個音節，卻只能算一個『詞彙』單位」（竺家寧，1999：280）。所以疊音詞中，有兩種不同作用的詞：一為擬聲詞，一為摹狀詞。擬聲詞不疊也能用，摹狀詞則不疊不能用。

　　但許多學者對於擬聲詞的解釋如下：《詩經‧周南‧關雎》：「關關雎鳩」的「關關」，並不是開關的「關」，而是雎鳩鳥雌雄和鳴的聲音；《秦風‧黃鳥》：「交交黃鳥」的「交交」，表示鳥的叫聲，與交往的「交」意義無關；所以：關關≠關，交交≠交，「關」與「交」不疊則不能用。

　　但是，上述的分析只是以此單字的本義為基準，來作為AA與A意義不同的判別根據。卻忽略了此單字既作為擬聲詞，早已不存在原義，它只是一個表音的符號而已。如果從擬聲詞的角度來看，AA＝A，所以「關關」＝「關」，「交交」＝「交」，它們都是擬聲而已。不能再把「關」看成開關之關，不能把「交」看成交往之交，只能把「關」視為雎鳩的單鳴一聲，把「交」視為黃鳥的單鳴一聲。因為擬聲詞的內部結構可以有多種類型：

　　A式、AA式、AB式、AAA式、ABB式、AAB式、AAAA式、AABB式、ABAB式、A里AB式、A里BC式、ABBB式、AABA式、AAAB式、ABCD式（竺家寧，1999：42、43）

　　這些類型，雖然有單音詞、雙音詞、三音詞、四音詞之分，其實都是只有一個語素的擬聲詞，重不重疊，意義都一樣，只有音感不同而已。

　　而且，擬聲詞的另一項特性，是個人主觀音感不同，則所用的擬聲詞也不同，如鳥聲，《詩經》中用了「關關」、「喈喈」、「雝雝」、「膠膠」、「交交」、「嚶嚶」等；鼓聲則用了「坎坎」、「淵淵」、「逢逢」、「咽咽」、「簡簡」等擬聲詞（竺家寧，1999：45）。此時的「關」、「喈」、「雝」、「膠」、「交」、「嚶」等字，都只是鳥叫聲的模擬詞，「坎」、「淵」、「逢」、

「咽」、「簡」等字，都是鼓聲的模擬詞，它們都是假借其音而不用其義，所以單叫一聲是「關」，連叫兩聲是「關關」，都是鳥鳴聲，其意義相同，只有音節數不同而已。因此，所有的擬聲詞，AA都等於A，AABB都等於AB，它是不疊也能用，疊與不疊，其意義全都一樣。

一般人之所以會認為「關關」、「交交」不能單獨使用成為擬聲詞，是因為擬聲以複音詞較易表現，再加上《詩經》是四言詩，單字的擬聲詞不方便使用。如果真的要使用單字的擬聲詞，它也會在此單字的前或後加上詞綴，以延長音節。如：《詩經·邶風·擊鼓》：「擊鼓其鏜」的「其鏜」，毛傳：「鏜然，擊鼓聲也。」的「鏜然」；《陳風·宛丘》：「坎其擊鼓」的「坎其」；《小雅·伐木》：「嚶其鳴矣」的「嚶其」，《衛風·氓》：「咥其笑矣」的「咥其」，都是單用一個擬聲詞，再加詞頭或詞尾，以拉長音節。

至於疊音詞中的摹狀詞則是不疊不能用。如：《周南·桃夭》：「桃之夭夭，灼灼其華」的「夭夭」，是形容桃樹茁壯貌，與夭折的「夭」意義無關；《大雅·行葦》：「方苞方體，維葉泥泥」的「泥泥」，朱傳解為「柔澤貌」，屈萬里（1988：343）解為「茂盛貌」，與泥土的「泥」無關。

但是，「桃之夭夭」的「夭夭」、「維葉泥泥」的「泥泥」，可能都是假借字。如：「桃之夭夭」，《說文》：「枖，木少盛。從木夭聲。詩曰：『桃之枖枖』」（出自《說文解字》六篇上23頁），則「夭」、「枖」通用；「維葉泥泥」的「泥泥」，屈萬里（1988：343）曰：「泥泥，讀為苨苨」，則「泥」、「苨」假借通用。若能找出其本字，則單字與疊字之間，有意義關聯，應屬疊義詞。只不過我們不易找出本字，只好暫時將之視為疊音詞。

另外，有的摹狀詞的意義，是經由疊音詞的聲音而聯想到發出此聲音的相關狀態，如「胖嘟嘟」的「嘟嘟」，是一個疊音語素，借由發出此音時嘴巴會鼓起的情狀（嘟著一張嘴）而產生摹狀的功能，因而用以描摹「胖」的可愛情狀。又如「冷丁丁」的「丁丁」和「髒兮兮」的「兮兮」，都是只取其聲而不取其義的疊音語素，用以產生強調作用。

2.不疊也能用：

所謂「不疊也能用」，是指重疊時的意義和不重疊時的意義相同，即AA＝A，ABB＝AB，AAB＝AB或AABB＝AB。但是，一般

學者都認爲：疊義詞和疊音詞最大不同是疊義詞可以不疊，疊音詞不能不疊。疊義詞無論是名詞、動詞、形容詞，重疊與單用，意義相去不遠（竺家寧，1999：297）。因爲它是由兩個形音義完全相同的語素所構成的，方麗娜稱爲「語素重疊詞」。它的意義，基本上就是單音詞的意義，因爲這類詞的構詞形式很像「詞＋詞」，如：《詩經・王風・黍離》：「悠悠蒼天」的「悠悠」，是悠遠的意思，與「悠」同義，是語素「悠」的重疊；又如《詩經・鄭風・風雨》：「風雨淒淒」的「淒淒」，是寒涼的意思，與「淒」同義，是語素「淒」的重疊；如果從結構來分析，這種「語素重疊詞」，其實是由詞組轉化成的合成詞，這種重疊法合成詞，是由語素重疊而成，不疊也可以成詞，而重疊之後，既保留原單音詞的基本意義，又添加了附加的意義（方麗娜，1999：136）。又如：「爸爸、媽媽、哥哥、姊姊、弟弟、妹妹」等親屬稱謂，可以單用成詞，寫爲「爸、媽、哥、姊、弟、妹」，後一個詞素有輕讀的現象，而且單用與疊用的意義相同，此時AA＝A，也是不疊也能用。

　　另外，有些疊義詞則是不疊不能用的。如：「爺爺、奶奶、公公、婆婆」等親屬稱謂，則不能單獨使用，此時AA＝C，詞義已轉移爲C，成爲另一種意義，有的學者認爲是疊音詞（江碧珠，1994：49），則有待商榷。其實，「爺爺、奶奶、公公、婆婆」是疊義詞，是單字意義的引申，與「爺、奶、公、婆」的意義相關。

㊁依連讀分

　　疊字依連讀形式可分爲四類：

1.AA式：

　　即同一字疊用。如：《古詩十九首・青青河畔草》的「青青」，「鬱鬱園中柳」的「鬱鬱」，「盈盈樓上女」的「盈盈」，「皎皎當窗牖」的「皎皎」，「娥娥紅粉妝」的「娥娥」，「纖纖出素手」的「纖纖」等，單用與疊用的意義相同，只是疊用後有附加效果。這種情形的後一個語素不能輕讀，兩個語素都同時發揮意義。

　　但AA形式有的可擴大爲AAA三次相疊，或AAAA四次相疊。前者如：

　　孩子跑馬似的，樓上跑到樓下蹬蹬蹬奔來，在門口張一張，又逃走了。（張愛玲《半生緣》）

他他他，傷心辭漢主，我我我，攜手上河梁。他部從入
窮荒，我鑾輿返咸陽。（馬致遠《漢宮秋》第三折〈梅花
酒〉）

分別以「蹬」、「他」、「我」三次相疊，摹寫小孩快速奔下、漢元
帝送昭君出塞內心激烈情緒。後者如：

我家門鈴不是普通一按就滋滋響的那種，也不是八音盒似
的那樣叮叮噹噹奏樂，而是一按就啾啾啾啾如鳥鳴。（梁
實秋《雅舍散文一集·聾》）

百合謝了，不謝的是那天你抱百合衝進屋來的那份滿滿滿
滿的感覺。（張曉風《我在·禮物》）

分別以「啾」、「滿」四次相疊，摹寫門鈴聲、內心感受（張春
榮，1993：151、152）。其中，「蹬蹬蹬」、「啾啾啾啾」是疊音
詞組；「他他他」、「我我我」、「滿滿滿滿」是疊義詞組。

　　AA式並非全都可以擴大爲AAA式三次相疊，或AAAA式四次相
疊。凡是「構詞性重疊」的疊字，它具有社會規範性，已經是一種
約定俗成的慣例，不能隨意擴大。如：「桃之夭夭」的「夭夭」，
「習習谷風」的「習習」，「餘音嫋嫋」的「嫋嫋」，「胖嘟嘟」的
「嘟嘟」，「笑咪咪」的「咪咪」，「惡狠狠」的「狠狠」，都不能
隨意擴增。雖然擬聲詞可以有A式、AA式、AAA式、AAAA式的類
型，也必須遵守社會約定俗成的規範，不可任意擴增；但是「修辭性
重疊」的疊字，它可以二次、三次、四次相疊，完全由作者個人自
主，展現個人語言風格。

　　2.ABB式：
　　即在某字（A）後面加上疊字（BB）。它的組成形式又可分
爲：
　　⑴ABB＝AB（不疊也能用）
　　疊音詞之擬聲詞，不疊也能用。如：呼嚕嚕＝呼嚕，轟隆隆＝轟
隆，叮噹噹＝叮噹。
　　疊義詞（詞組）有的不疊也能用。如：陰森森＝陰森，冷清清＝
冷清，黑黝黝＝黑黝。它之所以不疊也能用，是因爲單用與疊用的詞

性相同，並未改變詞性。

　　⑵ABB≠AB（不疊不能用）

　　疊音詞之摹狀詞，不疊不能用。如冷丁丁≠冷丁，髒兮兮≠髒兮。

　　疊義詞（詞組）有的不疊不能用。如：軟綿綿≠軟綿，綠油油≠綠油，白花花≠白花。這些例子中，在ABB式中的A是形容詞，BB也是形容詞；在AB式中的A仍為形容詞，但B則用本字的原始詞性——名詞，所以ABB≠AB。

　　又如：圓滾滾≠圓滾，香噴噴≠香噴。這些例子中，在ABB式中的B是形容詞，在AB式中的B是動詞，所以ABB≠AB。

　　3.AAB式：

　　即在疊字（AA）後面加上某字（B）。它的組成形式，又可分為二類：

　　⑴AAB＝AB（不疊也能用）

　　疊音詞的擬聲詞，不疊也能用。如：叮叮噹＝叮噹，轟轟隆＝轟隆。

　　疊義詞（詞組）有的不疊也能用。如：嗑嗑牙＝嗑牙，幫幫腔＝幫腔，散散步＝散步。此時AB是具有動作性質的詞，它重複動詞A，強調A的動作（江碧珠，1994：50）。

　　⑵AAB≠AB（不疊不能用）

　　疊義詞有的不疊不能用。這類形式AA和B的結合十分緊密，只表示單一的概念，其主要意義在B，但是B的詞義縮小，成為一種特有物或狀態的專名。如：棒棒糖、毛毛雨、翹翹板、甜甜圈、娃娃谷、啦啦隊、家家酒、對對碰、刮刮樂、日日春、悄悄話、毛毛蟲、乖乖牌、碰碰車、可可粉。

　　上述ABB式、AAB式，黃麗貞（2000：345-350）將之另列為「鑲疊」修辭格。並以修辭功能為基準，分為「擬聲鑲疊詞」及「狀物鑲疊詞」二類；又依鑲疊字之音義取捨為準，分為四類：

　　⑴鑲字、疊字只取音：

　　「擬聲鑲疊詞」主要用於模擬人物的聲音，所用的鑲字、疊字，都跟字義無關，只當作一種記音符號來用。如：「吱格格」模擬骨節聲響，「咕嚕嚕」摹寫喝水聲。另外，口語上也常用「嘩拉拉」、「淅瀝瀝」來模擬雨聲，用「劈劈啪」來模擬爆竹聲。

(2)鑲字取義，疊字取音：

鑲字大都是一個動詞表示一種動作，或是一個形容詞表示一個意思；疊字則用以摹寫這個動詞或形容詞的聲音。如：「笑哈哈」、「響瑝瑝」分別用擬聲疊字「哈哈」、「瑝瑝」，來摹寫「笑」及「響」這二個動詞的聲音。而「熱呼呼」則是用「呼呼」摹寫形容詞「熱」的感覺。

(3)鑲字取義，疊字無義：

疊字僅做鑲字的詞尾，用來加強鑲字的意義與氣氛。如：「冷丁丁」、「喜孜孜」。「丁丁」雖常用來摹寫聲音，但在其上鑲上形容詞「冷」字，則「丁丁」只有加強「冷」的效果，而無擬聲作用；「孜孜」上面鑲上「喜」字，只是用來加強喜的程度。

(4)鑲字、疊字都取義：

鑲字、疊字都有意義，可用來摹寫人、物的各種形狀和情思，如：「白茫茫的一片晨霧」，既寫霧的白色，又寫霧的茫茫一片；「烏溜溜的頭髮」，既寫頭髮的烏黑，又寫頭髮的滑溜光亮（黃麗貞，2000：345-350）。

4. AABB式：

AABB式也可分為兩類：

(1) AABB＝AB（不疊也能用）

疊音詞的擬聲詞，不疊也能用。如：叮叮噹噹＝叮噹，轟轟隆隆＝轟隆，滴滴答答＝滴答。

疊義詞（詞組）有的不疊也能用。這是將兩個音節的合義複詞AB兩字拆開而各自重疊，而形成AABB，此時AABB的意義與AB相同，但更具加強效果。如：「冷冷清清」、「歡歡喜喜」、「高高興興」、「平平安安」、「吞吞吐吐」等，是由「冷清」、「歡喜」、「高興」、「平安」、「吞吐」等複詞的兩字拆開各自重疊而成。

合義複詞有主謂式、動補式、動賓式、主從式、並列式幾種結構形態。各種形態的重疊狀況並不相同。主謂式（如「眼紅」、「肉麻」、「面熟」、「年輕」、「性急」、「膽怯」、「膽小」、「頭痛」、「心軟」）、動補式（如「說明」、「提高」）一律不重疊。動賓式原則上不重疊，如「出差」、「出名」、「成功」、「知足」、「失禮」、「無聊」、「乏味」、「進步」、「落後」、「復原」、「放心」、「生氣」、「挑戰」、「具體」、

「抽象」、「守法」、「守信」、「懂事」等都不重疊；只有少數描寫行爲外表的動賓式形容詞例外，如「認眞」、「隨便」、「徹底」、「拘謹」、「含糊」可以說成「認認眞眞」、「隨隨便便」、「徹徹底底」、「拘拘謹謹」、「含含糊糊」。主從式原則上也不重疊，如「火車」、「飛機」、「西瓜」、「風箏」、「戲院」、「熱愛」、「粉碎」、「外銷」、「雪白」、「預見」、「瓜分」等都不重疊；只有描寫行爲外表或事態情狀者，如「正式」、「正派」、「正經」、「厚道」、「公道」、「小心」、「和氣」、「秀氣」、「客氣」、「高興」、「富態」、「空洞」、「體貼」、「筆挺」、「公開」、「自由」、「自在」、等，可以重疊爲AABB式（湯廷池，1982：286、287；竺家寧，1999：303、304）。

最容易重疊的合義複詞是並列式，在語義上可以從外表辨別或認定的形狀（高大、矮小、肥胖）、情狀（整齊、端正、潦草、零散、孤單、清楚、明白、模糊、樸素、平凡）或行爲外表（大方、匆忙、快樂、恩愛、甜蜜、輕鬆、緊張、瘋狂、老實、冷淡、斯文、自在、爽快），都可以重疊爲AABB式。但是，表示心理反應（驚訝、驚奇、害怕、羞恥）、感受（感動、感激、滿足、憤慨、矛盾）或主觀評價（偉大、下賤、殘忍、重要、莊嚴）等的形容詞，則不易重疊爲AABB式。我們可以說「恭恭敬敬」，而不說「尊尊敬敬」，因爲「恭敬」可以描寫行爲外表，而「尊敬」只能表示心中的感受。我們可以說「高高大大」，卻不說「重重大大」或「遠遠大大」，因爲「高大」是事物外表可以辨認的屬性，而「重大」和「遠大」則是憑主觀判斷決定的程度（湯廷池，1982：289、290）。

就詞性來說，形容詞最常重疊，如「高高大大」、「漂漂亮亮」、「平平安安」、「彎彎曲曲」、「零零碎碎」；名詞則不重疊，如「聲音」、「意義」、「朋友」、「隊伍」、「村莊」、「牆壁」、「形狀」、「顏色」等，在結構上本來都是並列式，應該是很容易重疊的一種結構類型，但由於是名詞，所以不重疊（竺家寧，1999：304）。

⑵AABB≠AB（不疊不能用）

疊義詞（詞組）有的不疊則不能用。因爲AABB的意義，不等於AB的意義，而是另一個新義C，如：口口聲聲≠口聲，花花綠綠≠花綠，堂堂正正≠堂正，婆婆媽媽≠婆媽，花花草草≠花草，鶯鶯燕

燕≠鶯燕（江碧珠，1994：49），此時AABB並非由雙音節合義複詞AB兩字拆開各自重疊，而是由AA加BB組成，AB並非合義複詞，而是兩個單詞，所以它是由AA＋BB組成的新詞。

另外，指指點點≠指點，說說笑笑≠說笑，也因為它們是由AA＋BB組成的新詞，並不是由AB兩字拆開各自重疊。

有些學者將「ABAB」形式，也列為疊字的一種，則有待商榷。其實，「一片一片」、「冰涼冰涼」、「考慮考慮」、「轟隆轟隆」等，並不符合疊字「同一字的連接使用」條件，應可依黃麗貞（2000：414）的分法，將其歸為「詞的接連複疊」。這種ABAB形式，它也有幾種不同的結構內涵：

⑴詞組的重疊，如「一片一片」的「一片」，「大口大口」的「大口」，是詞組而非複詞。

⑵合義複詞的重疊，如「冰涼冰涼」的「冰涼」，「考慮考慮」的「考慮」，「研究研究」的「研究」，是合義複詞。

⑶擬聲詞的重疊，如「轟隆轟隆」的「轟隆」，「嘀咕嘀咕」的「嘀咕」，是擬聲詞。

其中擬聲詞可以是AABB式（轟轟隆隆、嘀嘀咕咕），也可以是ABAB式（轟隆轟隆、嘀咕嘀咕）。合義複詞若是動詞，則是循ABAB式重疊，如「試驗試驗」、「盤算盤算」、「討論討論」、「找尋找尋」、「湊合湊合」、「研究研究」、「洗刷洗刷」、「整理整理」；也有動詞重疊不循ABAB形式，而用AABB形式，如「塗塗畫畫」、「哭哭啼啼」、「走走停停」，其實這只是兩個重疊詞「塗塗」、「畫畫」，「哭哭」、「啼啼」，「走走」、「停停」組合在一起，並非由「塗畫」、「哭啼」、「走停」拆開分別重疊（竺家寧，1999：313）。

㈢依詞性分

疊音詞的兩個字，只是一個語素，所以沒有詞性同不同的問題；疊義詞（詞組）的重疊字必須詞性相同，則可依詞性分為：

1.動詞疊字：

動詞疊字是由二個以上相同的動詞疊用在一起，它是同一動作重複，持續時間不必太久，有輕鬆感覺。如「洗洗」、「切切」、「抓抓」、「跑跑」、「跳跳」等。其實，它們與動詞重疊後加中綴詞「一」的意義相同，是表示動作的一次體，如：「洗一洗」、

「切一切」、「抓一抓」、「跑一跑」、「跳一跳」（竺家寧，1999：296）。在這種情形之下，北平人常把重疊式的第二個音節讀成輕聲（湯廷池，1982：282）。

另外，相同的動詞疊用在一起，也有加強原意的效果。如：「念去去千里煙波，暮靄沉沉楚天闊」（柳永〈雨霖鈴〉），透過「去去」的動詞疊字，能傳達出沉重別離心緒，有加重離別遠去的功用。又如：「行行重行行，與君生別離」（古詩十九首），透過「行行」的動詞疊字，能表現一直行走的強調效果。此時「去去」、「行行」的後一個字不能輕讀，兩個字都同時發揮意義。

2.形容詞疊字：

形容詞疊字是由二個以上相同的形容詞疊用在一起。未重疊的原式形容詞表示單純的屬性或事態，而重疊形容詞除了表示屬性程度的加強以外，還暗示說話者對這個屬性的主觀評價或情感色彩。如：「青山綠水」中的「青」和「綠」只表示單純的顏色，但在「青青的山、綠綠的水」中的「青青」和「綠綠」，則除了顏色以外，還表示這些顏色在說話者心目中所呈現的鮮豔、生動情狀。又如「高個子」和「小眼睛」是客觀描寫，但是「高高的個子」和「小小的眼睛」就注入說話者的主觀評價或情感色彩。而重疊的「骯骯髒髒」比不重疊的「骯髒」更能表示說話者的憎惡感（湯廷池，1982：282）。

形容詞大部分都能重疊使用，特別是容易用我們的感官去辨別的一些屬性，總可以重疊，如：視覺方面的「大小、高矮、胖瘦、粗細、寬窄、濃淡、直、彎、歪、斜、尖、圓、黃、白」等；味覺方面的「酸、甜、苦、辣、鹹」；嗅覺方面的「香、臭」；觸覺方面的「軟、硬、嫩、冷、熱、乾、濕、鬆、緊」等。在現代漢語中，形容詞的重疊總是要加上一個詞尾「的」作爲標誌，如：「高高的」個子、「黑黑的」頭髮、「厚厚的」書等。

另外，有名詞轉品爲形容詞者，單用與疊用其意義相同，如：「花」的臉＝「花花」的臉，「油」的皮膚＝「油油」的皮膚。但是在ABB式中，白花花≠白花，綠油油≠綠油，是因爲「花花、油油」爲形容詞疊字，而「白花、綠油」的「花」、「油」仍是名詞。在AABB式，花花綠綠≠花綠，是因爲「花花」是形容詞疊字，「花綠」的「花」則是名詞；若將「花」也轉品爲形容詞，變爲

「花的綠的」，則與「花花綠綠」意義相似。

3. 名詞疊字：

名詞疊字是由二個以上相同的名詞疊用在一起，它有三種不同效果：

(1)暱稱：

將對方的名字疊用在一起，可以表達親暱的效果。如將「魏謙」叫成「謙謙」，將「趙敏」叫成「敏敏」，更有親暱的效果。

(2)童語：

兒童說話習慣，會將某名詞截取一字而疊用，如「汽車」說成「車車」，「糖果」說成「糖糖」，「鞋子」說成「鞋鞋」。

(3)每一：

有些名詞疊用在一起，會產生「每一」的意義。如「山山水水」是指「每一座山每一條水」，「家家戶戶」是指「每一家每一戶」；「年年難過年年過，處處無家處處家」的「年年、處處」，是指「每一年」及「每一處」。

4. 量詞疊字：

量詞疊字是由二個以上相同的量詞疊用在一起，用以表示多數，它會產生「每一」的意義，上述名詞疊字的第三種效果，其實已是將名詞轉品為量詞。量詞是漢語的一項特色，也可以疊用，如「片片」即是「每一片每一片」，「條條大道通羅馬」的「條條」即是「每一條每一條」；「軍書十二卷，卷卷有爺名」（〈木蘭詩〉）的「卷卷」，是指「每一卷」。

有些名詞轉品為量詞，如「一家人、一戶人口」的「家」、「戶」，都已是量詞。將其重疊為「家家、戶戶」，也有「每一」的意義。

量詞疊字可以在前面加個「一」，或再在中間塞個「一」，如：「雙雙」、「一雙雙」、「一雙一雙」；「場場」、「一場場」、「一場一場」；「件件」、「一件件」、「一件一件」（竺家寧，1999：303）。

5. 副詞疊字：

副詞疊字是由二個以上相同的副詞疊用在一起。大部分的副詞都單用，極少重疊的，如：「很」、「更」、「都」、「也」、「又」、「先」、「能」、「會」、「該」、「不」等；能重疊的

只有「常常」、「往往」、「剛剛」、「漸漸」幾個表示動相的副詞，或「僅僅」、「稍稍」幾個表示程度的副詞（口語中也可以說：「這是我最最愛的水果」、「我要一個更更大的汽球」），所以副詞疊字的效果是加強作用。

有些形容詞可以轉品為副詞，如「真假」的「真」，本為形容詞，在「真真你就是我命中的魔星」（《紅樓夢》第十九回）的「真真」，則是副詞疊字。

二、類字

黃慶萱（2002：533）曰：「類字：字詞隔離的類疊。」沈謙（1996：424）曰：「類字：同一字詞的隔離使用。」筆者認為：比照上述「疊字」定義，「類字」這樣的定義過寬，所以修改為「同一字隔離使用，是為『類字』。」黃麗貞（2000：417）則稱為：「字的隔離複疊」。如：

> 父兮生我，母兮鞠我。
> 拊我畜我，長我育我。
> 顧我復我，出入腹我。
> 欲報之德，昊天罔極！（《詩經·小雅·蓼莪》）

九個「我」字都是第一人稱代名詞做賓語用，隔離使用。強調父母無微不至地照顧「我」。

> 魏公子無忌與王論韓事曰：「韓必德魏、愛魏、重魏、畏魏，韓必不敢反魏。」十餘語之間五用「魏」字。（洪邁《容齋五筆·卷五·史記簡妙處》）

五個「魏」字都是名詞做賓語用，隔離使用，強調「魏」的重要性。

> 今以酒醋論之，酒價賤之，醋價貴之。因何賤之？為甚貴之？其所分之，在其味之。酒味淡之，故爾賤之；醋味厚之，所以貴之。人皆買之，誰不知之？他今錯之，必無心之。先生得之，樂何如之！第既飲之，不該言之。不獨言之，而謂誤之。他若聞之，豈無語之？苟如語之，價必增

之。先生增之，乃自討之，你自增之，誰來管之。但你飲
之，即我飲之；飲既類之，增應同之。向你討之，必我討
之；你既增之，我安免之？苟亦增之，豈非累之？既要累
之，你替與之。你不與之，他肯安之？既不肯之，必尋我
之。我縱辯之，他豈聽之？他不聽之，勢必鬧之。儻鬧
急之，我惟跑之。跑之，跑之，看你怎麼了之！（李汝珍
《鏡花緣》第23回）

林之洋與唐敖等人在淑士國一家酒店喝酒，酒保錯把一壺醋給了他
們，林喝了一口，忙喊：「酒保，錯了，把醋拿來了。」這時旁邊的
一位老儒連連擺手，示意他不要喊，而說了這段話。明明可以幾句話
就說清的事，他卻不厭其煩地一連用了五十四個「之」字句，可謂重
複、囉嗦之極。然而，作者通過這種語言的鋪排，活畫出了這位老儒
極盡賣弄之能事的窮酸相。此例是「之」字隔離使用。

畫虎畫皮難畫骨，知人知面不知心。（俗語）

三個「畫」字在同一句內隔離使用；三個「知」字在同一句內隔離使
用。

陰報陽報，善報惡報，遲報早報，終須有報；
天知地知，神知鬼知，你知我知，何謂無知？（城隍廟
聯）

上聯七個「報」字，下聯七個「知」字隔離使用，強調報應不爽和無
所不知。

三、疊詞

黃麗貞（2000：414）稱為「詞的接連複疊」，是說「由二個以
上不同的字所構成的詞，連接著使用」。此處所說的「詞」，包括
「複詞」和「詞組」。如：

㈠複詞接連使用

恭喜恭喜真恭喜，新郎學問了不起。

新娘賢慧知鄉里，二人適配無處比。（李赫《呷新娘茶講好話》，頁22）

「恭喜恭喜」是複詞接連使用。

公關公關，無酒不沾；
友誼友誼，酒來墊底。（劉言，2001：51）

「公關公關」和「友誼友誼」都是複詞接連使用。

㈡詞組接連使用

從天空往下看，馬路把城市切成一塊一塊的，看起來像棋盤。（康軒版國語第七冊第三課〈在空中飛行〉）

「一塊一塊」是詞組接連使用。

那麼高的金字塔，可能要建造好久好久吧！（翰林版國語第七冊第十二課〈不可思議的金字塔〉）

「好久好久」是詞組接連使用。

四、類詞

黃麗貞（2000：418）稱爲「詞的隔離複疊」，是說：由二個以上不同的字所構成的詞，隔離著使用。此處所說的「詞」，包括「複詞」和「詞組」。如：

㈠複詞隔離使用

吃葡萄不吐葡萄皮，不吃葡萄卻吐葡萄皮。（繞口令）

四個「葡萄」隔離著使用，是爲「複詞隔離使用」。

儘管風呼呼的吹過樹林，儘管雨淅瀝淅瀝的落入林間，儘管鳥兒啾啾催促，我們依舊靜靜的等待著。（仁林版國語第九冊第十四課〈等待的蛹〉）

三個「儘管」隔離著使用，是爲「複詞隔離使用」。

㈡詞組隔離使用

> 君侯自料能<u>孰與蒙恬</u>？功高<u>孰與蒙恬</u>？謀遠不失<u>孰與蒙恬</u>？無怨於天下<u>孰與蒙恬</u>？長子舊而信之<u>孰與蒙恬</u>？（《史記・李斯列傳》）

此例隔離使用五個詞組「孰與蒙恬」來反詰，不僅不會覺得累贅，反而加強語氣，將趙高看破李斯的心思，表露無遺。

> 楚戰士<u>無不</u>一以當十，楚兵呼聲動天，諸侯軍<u>無不</u>人人慴恐。於是已破秦軍，項羽召見諸侯將，入轅門，<u>無不</u>膝行而前，莫敢仰視。（《史記・項羽本紀》）

三個「無不」隔離著使用，是爲「詞組隔離使用」。

> 一塘月光一塘銀，一塘歌聲一塘人，
> 一塘 頭丁當響，一塘黑泥變黃金。（陝西民歌〈金銀塘〉）

六個「一塘」隔離著使用，是爲「詞組隔離使用」。

五、疊句

　　黃慶萱（2002：533）曰：「疊句：語句連接的類疊。」沈謙（1996：435）曰：「語句連續的類疊，是爲『疊句』，或稱『連續反覆』。」筆者認爲這樣的定義過寬，因爲「語句」包括「短語（詞組）」和「句子」。所以本文將「同一短語（詞組）連接使用」排除於「疊句」之外，而劃歸於上述的「疊詞」。因此，「疊句」的範圍就要縮小爲「同一句的連接使用」黃麗貞（2000：416），則稱爲「句的接連複疊」。如：

> 伯牛有疾，子問之。自牖執其手曰：「亡之，命矣夫！<u>斯人也，而有斯疾也！斯人也，而有斯疾也！</u>」（《論語・雍也》）

「斯人也，而有斯疾也！斯人也，而有斯疾也！」是感歎句連接使用，是爲「疊句」。

翩翩少年，弱不禁風；皤皤老成，尸居餘氣。無三年能持
續之國士，無百人能固結之法團。嗚呼！有國如此，<u>不亡
何待哉</u>！<u>不亡何待哉</u>！（梁啟超〈論毅力〉）

「不亡何待哉！不亡何待哉！」是感歎句連接使用，是爲「疊
句」。

　　盧先生一邊走，兩隻手臂猶自在空中亂舞，滿嘴冒著白泡
子，喊道：「<u>我要打死她</u>！<u>我要打死她</u>！」（白先勇〈花橋
榮記〉）

「我要打死她！我要打死她！」是敘事句連接使用，是爲「疊
句」。

　　<u>請你原諒我啊</u>，<u>請你原諒我</u>。親愛的朋友，你給了我你流
浪的一生，我卻只能給你一本薄薄的詩集。（席慕蓉〈最後
的一句〉）

「請你原諒我啊，請你原諒我」是敘事句連接使用，是爲「疊
句」。

六、類句

　　黃慶萱（2002：533）曰：「類句：語句隔離的類疊。」沈謙
（1996：440）曰：「語句隔離的類疊，是爲『類句』，或稱『間
隔反覆』。」筆者認爲這樣的定義過寬，因爲「語句」包括「短
語（詞組）」和「句子」。所以本文將「同一短語（詞組）隔離
使用」排除於「類句」之外，而劃歸於上述的「類詞」。因此，
「類句」的範圍就要縮小爲「同一句的隔離使用」黃麗貞（2000：
416），則稱爲「句的隔離複疊」。如：

　　子曰：「予欲無言。」子貢曰：「子如不言，則小子何述
焉？」子曰：「<u>天何言哉</u>？四時行焉，萬物生焉，<u>天何言
哉</u>？」（《論語・陽貨》）

「天何言哉？」是反問句隔離使用，是爲「類句」。

朝辭爺娘去，暮宿黃河邊。

<u>不聞爺娘喚女聲</u>，但聞黃河流水鳴濺濺！

朝辭黃河去，暮宿黑山頭。

<u>不聞爺娘喚女聲</u>，但聞燕山胡騎聲啾啾！（〈木蘭詩〉）

「不聞爺娘喚女聲」隔離使用，是為「類句」。

表5-2　類疊分類表　　　　　　　　　　　　　　（筆者自製）

辭格	分類基準	次辭格				異名	說明
貳、類疊	依表達方式分	一、連接的類疊	(一)疊字	1.依疊用之必須性分	(1)不疊不能用		
					(2)不疊也能用		
				2.依連讀形式分	(1)AA式		
					(2)ABB式		
					(3)AAB式		
					(4)AABB式		
				3.依詞性分	(1)動詞疊字		
					(2)形容詞疊字		
					(3)名詞疊字		
					(4)量詞疊字		
					(5)副詞疊字		
			(二)疊詞	1.複詞接連使用			
				2.詞組接連使用			
			(三)疊句				
		二、隔離的類疊	(一)類字				
			(二)類詞	1.複詞隔離使用			
				2.詞組隔離使用			
			(三)類句				

參、辨析

「類疊」的辨析，有下列幾項要說明：

一、「疊字」有別於「疊句」

同一字的連接使用，連讀且詞性同者，是為「疊字」。同一句的連接使用，是為「疊句」。兩者都是接連使用，但其差別在於「字」或「句」。如：

> 紅酥手，黃縢酒，滿園春色宮牆柳。東風惡，歡情薄，一懷愁緒，幾年離索。錯！錯！錯！
>
> 春如舊，人空瘦，淚痕紅浥鮫綃透。桃花落，閒池閣。山盟雖在，錦書難託。莫！莫！莫！（陸游〈釵頭鳳〉）

沈謙（1996：432）將「錯！錯！錯！」、「莫！莫！莫！」歸為疊字，雖然它們看似同一字疊用在一起，而且詞性也相同，但是它們卻是被驚歎號（！）斷讀開來，無法連讀在一起，因此不能視為疊字，應依照標點符號的作用，將其歸為文法上「簡略句」中的「獨詞句」，亦即只有一個詞或詞語結構構成的句子（國立編譯館，1998：68）。以此觀之，則「錯！錯！錯！」、「莫！莫！莫！」即可視為「獨詞句」的「疊句」。如果該處是寫成「錯錯錯」、「莫莫莫」，中間沒有標點符號斷開，則可視為同一字連讀的疊字，這是因為標點符號也有表意功能，不能將之忽略。

二、「疊字」有別於「句中頂針」

「疊字」和「句中頂針」，都有「同一字疊用在一起」的共同外形特徵，因此容易造成混淆。但它們之間的差異在於：疊字必須具備連讀、詞性同；句中頂針只要斷讀，不必計較詞性。

㈠單純的「疊字」

同一字疊用，連讀，詞性同，是為「疊字」。如：

> 穿花蛺蝶深深見，點水蜻蜓款款飛。（杜甫〈曲江〉二首之二）

「深深」和「款款」都是同一字疊用，連讀，詞性同，是為「疊字」。

㈡單純的「句中頂針」

沈謙（1996：547）曰：「句中頂針，是指文句中片語和片語之間，用同一字來頂接。」如：

抽刀斷水水更流，舉杯銷愁愁更愁。（李白〈宣州謝朓樓餞別校書叔雲〉）

第一個「水」、「愁」都要連上而讀，第二個「水」、「愁」都要連下而讀，形成「斷讀」現象。

國士無雙雙國士，忠臣不二二忠臣。（張巡許遠廟聯）

第一個「雙」、「二」都要連上而讀，第二個「雙」、「二」都要連下而讀，形成「斷讀」現象。

「句中頂針」其實可以把它看成句中省略一個逗號或頓號，如：「有意栽花花不發，無心插柳柳成蔭」，可以標為「有意栽花、花不發，無心插柳、柳成蔭」。

㈢「疊字」連用「句中頂針」

有時「疊字」和「句中頂針」連用。如：

庭院深深深幾許？楊柳堆煙，簾幕無重數。玉勒雕鞍遊冶處，樓高不見章臺路。
雨橫風狂三月暮，門掩黃昏，無計留春住。淚眼問花花不語，亂紅飛過鞦韆去。（歐陽脩〈蝶戀花〉）

此例「庭院深深深幾許」一句，前兩個「深」字連讀為「深深」，而且詞性相同，是為「疊字」；此句又斷讀為「庭院深深」和「深幾許」兩部分，並以「深」字作為頂接字，其位置在「文句之中」，是為句中頂針。

三、「類疊」有別於「複辭」

陳望道（1989：171）曰：「複疊是把同一的字接二連三地用在一起的辭格。共有兩種：一是隔離的，或緊相連接而意義不相等的，名叫複辭；一是緊相連接而意義也相等的，名叫疊字。」該書並舉「複辭」四例以印證：

㈠知之為知之，不知為不知，是知也。（《論語・為政》）
㈡老吾老以及人之老，幼吾幼以及人之幼。（《孟子・梁惠王上》）
㈢君君，臣臣，父父，子子。（《論語・顏淵》）
㈣故有生者，有生生者；有形者，有形形者；有聲者，有聲聲者；有色者，有色色者；有味者，有味味者。（《列子・天瑞》）（陳望道，1989：171）

例㈠的「知」字是隔離而意義相等；例㈡的「老」和」幼」字，是隔離且意義不相等；例㈢的「君君」、「臣臣」、「父父」、「子子」和例㈣的「生生」、「形形」、「聲聲」、「色色」、「味味」，是緊相連接而意義不相等。

㈠「疊字」有別於「複辭」

上述例㈠和例㈡隔離使用，和疊字連接使用的外形不同，不易混淆。但例㈢和例㈣也是連接使用，和疊字外形相同，容易混淆。但它們之間的差異在於：疊字必須詞性同；緊相連接的複辭必須詞性不同。如：

聖人不病，以其<u>病病</u>；夫唯<u>病病</u>，是以不病。（《老子・七十一章》）

「病病」雖然連用，但詞性不同，屬於「複辭」。

知<u>能能</u>而不能所不能。（《莊子・知北遊》）

「能能」雖然連用，但詞性不同，屬於「複辭」。

無邊落木蕭蕭下，不盡長江滾滾來。（杜甫〈登高〉）

「蕭蕭」和「滾滾」都連用，而且上下字詞性相同，屬「疊字」。

㈡「類字」有別於「複辭」

上述例㈢和例㈣連接使用，和類字隔離使用的外形不同，不易混淆。但例㈠和例㈡也是隔離使用，和類字外形相同，容易混淆。但它們之間的差異在於：類字必須詞性同；隔離使用的複辭必須詞性不同。如：

㈠知之為知之，不知為不知，是知也。（《論語‧為政》）

「知」字隔離使用且詞性同，則是「類字」。

㈡老吾老以及人之老，幼吾幼以及人之幼。（《孟子‧梁惠王上》）

「老」字、「幼」字隔離使用，但詞性不同，不是「類字」，只是「複辭」。

本文之所以強調「類字」的詞性必須相同，是比照前述「疊字」也要求詞性同，如此標準方能一致。如：

便後沖便，以便後便，便來便去，大家方便。（臺北市某公廁內之文案）

此例「便」字做動詞者有第一個、第四個、第五個、第六個：它們隔離使用，可視為「類字」。「便」字做名詞用者，只有第二個，它和其他「便」字並非「類字」。

作文愛用「而」字，長篇累牘而來而去的，十分彆扭不通，閱卷者批道：「當而而不而，不當而而而，而今而後，已而已而。」

「愛用而字」的「而」是「名詞」；「而來而去」兩個「而」都是「動詞」；「當而而不而」，第一、第三個「而」是動詞，第二個「而」是連接詞；「不當而而而」，第一、第三個「而」是動詞，第二個「而」是連接詞；「而今而後」兩個「而」字都是連接詞；「已而已而」兩個「而」字都是語助詞。詞性相同的「而」字隔離使

用，可視爲「類字」；詞性不同的「而」字，則是「複辭」。

四、「類疊」有別於「對偶」

「類疊」是同一個字詞語句重複發生，或爲重疊的，或隔離的。「對偶」是兩個句組、單句或語詞，成雙成對地排列在一起，兩者不同但卻有兼格現象。

㈠單純的「類疊」

類疊是同一個字、詞、語、句，或連接，或隔離，重複地使用著。如：

> 子曰：「視其所以，觀其所由，察其所安。人焉廋哉？人焉廋哉？」（《論語・爲政》）

「人焉廋哉？人焉廋哉？」是反問句的疊句，兩句完全一樣，是同一句連接使用，而不是兩個不同句子的對偶。

㈡單純的「對偶」

對偶是兩個字數相等，語法相似的句組、單句或語詞，成雙成對地排列在一起。如：

> 欲渡黃河冰塞川，將登太行雪暗天。（李白〈行路難〉）

這兩句是單句對，沒有重複的字詞語句，所以和類疊無關。

> 兩個黃鸝鳴翠柳，一行白鷺上青天。（杜甫〈絕句四首之三〉）

這兩句是單句對，沒有重複的字詞語句，所以和類疊無關。

㈢「對偶」和「類疊」兼格

「對偶」和「類疊」也會有兼格現象。如：
「青青河畔草，鬱鬱園中柳」從整體形式看，是單句對；從部分形式看，「青青」、「鬱鬱」是疊字，則是「對偶」套用「疊字」。

「畫虎畫皮難畫骨，知人知面不知心」從整體形式看，是單句對；從部分形式看，三個「畫」、三個「知」隔離使用是類字，則是「對偶」套用「類字」。

五、「類疊」有別於「同異」

「類疊」和「同異」之間的差別，有兩項要說明：

㈠「類字」有別於「字有同異」

所謂「類字」，是指：同一字隔離使用。所謂「字有同異」，又稱「同異」（是指狹義的「同異」），是指：「在同一個語境中，字數相等，字面同中有異，異中有同的兩個或兩個以上的詞語，互相對照，相映成趣。」（唐松波、黃建霖，1996：441）類字，強調的是「相同」的字隔離重複使用，重點在「同」；同異，強調的是「同中有異，異中有同」的映照，但是「異中有同」與「類字」共有，所以它和類字的區別，只能落在「同中有異」。茲辨析於下：

1.單純的「類字」

在齊太史簡，在晉董狐筆，在秦張良椎，在漢蘇武節；為嚴將軍頭，為嵇侍中血，為張睢陽齒，為顏常山舌。（文天祥〈正氣歌〉）

字面上只有四個相同的「在」和「為」，它們強調的是「同」；並沒有互相映照的「異」，所以只是單純的「類字」。

2.「字有同異」和「類字」有兼格現象

愛情是冒險，婚姻是保險，外遇則是好險。（朱德庸《粉紅澀女郎》，頁62）

此例三個「是」，強調其「同」，屬「類字」。另外，「冒險」、「保險」、「好險」三者，若強調其互相映照，則是「前異後同」的「同異」格；若強調三個「險」字，則屬於「類字」。

㈡「類詞」有別於「字同義異」

由二個以上不同的字所構成的詞，隔離著使用，是為「類詞」。

所謂「字同義異」，是指：在同一語境中，字面相同，但意義不同的兩個或兩個以上的詞語，互相對照，相映成趣。「字同義異」，一般稱爲「換義」。類詞，強調的是「相同」的詞隔離重複使用，重點在「同」；換義，強調的是「同中有異，異中有同」的映照，但是「異中有同」與「類詞」共有，所以它和類詞的區別，只能落在「同中有異」。茲辨析於下：

> 辦事一定要找關係，找不到關係就大有 關係 ，找到了關係就沒 關係 。（劉言，2001：74）

此例「關係」下加橫線者，是指人際關係；「關係」加外框者，是指麻煩、問題：它們是字同義異的「換義」，不能視爲「類詞」。三個下加橫線的「關係」，它們意義相同且隔離使用，屬於「類詞」；兩個加外框的「關係」，它們意義也相同並隔離使用，也是屬於「類詞」。

肆、產生因素

一、自然之道

黃慶萱（2002：531）曰：「當夜幕低垂，仰望滿天星斗，遠眺萬家燈火；或於晴天白日，只見城中車輛相連，鄉下阡陌縱橫。我們曾否覺察：我們生存的是一個怎樣『多數』的空間？太陽下山明早依舊爬上來；花兒謝了明年還是一樣的開。天體的律動，生命的延綿；又無一不在顯示出時間的連續！面對空間的多數與時間的連續，我們的心靈豈能一無所感？而世事滄桑，人生哀樂，又每每使我們一而再再而三地發出無窮的慨歎。『類疊』格就是基於這種種現象而產生的。」大自然的時間和空間存在著種種的「多數」，它們有連續或隔離再現的規律，這些都是類疊效法的對象。

二、心理基礎

黃慶萱（2002：531、532）曰：「心理學上關於學習的理論，有一種叫做聯結論（Connectionism）的。主張此說的是美國心理學家桑代克（E.L., Thorndike）。桑氏認爲：刺激與反應間的聯結就是學習，而聯結又受練習的多寡、個體自身的準備狀態，以及反應的效果所支配。這就是桑氏有名的學習三定律——練習律（Law of Exercise）、準備律（Law of Readiness），與效果律（Law of Effect）了。根據練習律，刺激反應間的感應結，因刺激次數的增多而加強。換句話說：感應結的強度與練習的次數成正比。把這種學說移用到修辭上，我們可以體會：一個字詞語句，如果反覆出現，會比單次出現更能打動聽者或讀者的心靈。」根據練習律，類疊是同一字詞語句連續或間隔重複出現，更能打動接受者的心靈，可以提升修辭效果。

三、美學基礎

　　黃慶萱（2002：532）曾舉徐志摩「數大便是美」的看法，及桑塔耶那（George Santayana）在《美感》（*The Sense of Beauty*）一書中的說法：構成無限的原始意象乃是空間，也就是劃一中的多數（multiplicity in uniformity）。這種意象，因為其刺激之幅度（breadth）、體積（volume），與全在（omnipresence）而具有一種有力的效果。類疊就是同一字詞語句多次出現，形成一種「數大」的美感刺激。

伍、運用原則

　　類疊的運用是透過同一字詞語句連續或間隔出現，它就已偏離正常語文表達方式，拉大心理距離，以新奇陌生的形式引起讀者注意；但因為類疊本身符合「練習律」及「數大便是美」的心理認知，因此，心理距離不會拉的太遠，仍在合乎邏輯的範圍之內，讀者仍能接受：所以，類疊本身就是一種不即不離的適當心理距離。

　　但是，類疊經常使用，就會變成一種慣性，而將原本合乎邏輯的心理距離拉得更近，而缺乏美感。所以黃慶萱（2002：568、569）提到類疊有三個固有的限制：第一個固有的限制是單調，第二個固有的限制是使人官能怠倦，第三個固有限制是可供聯想的容積太少。這都是類疊用久了，心理距離太近而造成的弊病。

　　沈謙（1996：448）提到類疊的第三項原則為「噴薄而出，因情立文」：

> 類疊……必須妥善運用，掌握分寸。誠如劉勰《文心雕龍‧情采篇》所謂「為情而造文」。如鄭玄〈戒子益恩書〉疊用「可不深念耶？可不深念耶？」，朱炎〈敵意的

功用〉疊用「原諒他，原諒他，原諒他！」，是由於內心有強烈的情感，不得不用疊句，噴薄而出，適足以在文章的情境與氣氛中渲染情感。

類疊的運用，不能為類疊而類疊，只求形式符合而已。必須配合內容的需要而去類疊。所以好的類疊，應該「因情立文」，在情之所至，方才為之，則能恰到好處，達到形式與內容兼美。

第三節　對偶

壹、定義

陳望道（1989：199）曰：「說話中凡是用字數相等，句法相似的兩句，成雙作對排列成功的，都叫做對偶辭。」這個定義將對偶的基本條件已概略提出：「字數相等」、「句法相似」、「兩句成雙作對排列」。但仍有微疵：即「兩句」只能指「單句對」，無法包括「句中對」、「隔句對」和「長偶對」。

黃慶萱（1988：447）舊版曰：「語文中上下兩句，字數相等，句法相似，平仄相對的，就叫『對偶』。」也是犯了「定義過窄」之誤，因為「上下兩句」的條件，只能指「單句對」，無法包括「句中對」、「隔句對」和「長偶對」；「平仄相對」只能指「嚴對」，而無法包括「寬對」。所以，黃慶萱（2002：591）在新版中，便將「對偶」的定義修正為：

把字數相等，語法相似，意義相關的兩個句組、單句或語詞，一前一後，成雙成對地排列在一起，就叫「對偶」。嚴格的「對偶」，更講究上下兩語言成分平仄相對，而且避用同字。

這個定義已能將「對偶」的內涵掌握良好。它指出「對偶」（指「寬對」）的條件為：一、「字數相等」，上下聯多一字或少一字，都不可以；二、「語法相似」，上下聯的語法結構相似即可；三、「意義相關」，上下聯的意義要有關聯，如此就能產生下文「從意義內容上分」，可以分為「正對」、「反對」和「串對」；四、「兩個句組、單句或語詞，一前一後，成雙成對地排列在一

起」，如此則能產生下文「從句型結構上分」，可以分為「句中
對」、「單句對」、「隔句對」和「長偶對」：這是「寬對」的定
義。若是「嚴對」，則要求「平仄相對」、「避用同字」。筆者以此
為基礎，並配合本書統一用語，將「對偶」的定義修改為：

> 說話行文時，有意把字數相等，語法相似，意義相關的兩
> 個句組、單句或語詞，一前一後，成雙成對地排列在一起
> 的修辭方法，叫做「對偶」。嚴格的「對偶」，更講究上
> 下兩語言成分平仄相對，而且避用同字。

貳、分類

　　對偶的分類，可以從三個角度來談：一、從寬嚴上分，可以分
為「寬對」和「嚴對」；二、從意義上分，可以先分為「平對」和
「串對」，平對又可分為「正對」和「反對」；三、從句型上分，可
以分為「句中對」、「單句對」、「隔句對」和「長偶對」。茲說明
如下：

一、從寬嚴上分

　　從寬嚴上分，可以分為「寬式對偶（寬對）」和「嚴式對偶（嚴
對）」。

㈠寬式對偶（寬對）

　　寬對的基本條件，必須同時兼具下列三者：
　　1.成雙成對：亦即具備一聯的上下二部分。
　　2.字數相等：上下聯的字數必須相同。
　　3.語法相似：上下聯的語法結構必須相似。
　　在成雙成對方面，有人習慣說成上下二句，但這樣只是指單句
對，而無法兼指句中對、隔句對、長偶對。所以我們說是成雙成對或
一聯上下二部分，它可包括兩個句組、單句或語詞。在字數相等方
面，有人認為只要字數大體相等即可，若是如此，則不易規範，究竟
上下聯之間可以差幾個字？或那些字可以不必對偶？都無法提出合理
解釋，所以我們強調上下聯的字數必須相等。但成雙成對且字數相
等的一聯，未必是對偶，如：「朱門酒肉臭，路有凍死骨。」（杜

甫〈自京赴奉先縣詠懷五百字〉）它符合成雙成對及字數相等的條件，但是語法則不同，因此不是對偶。所以，我們說對偶的第三個條件是語法相似。但寬對「不必講平仄和詞性，字面上也可以出現個別詞的重複」（楊春霖、劉帆，1996：454）。如：

> 引進外籍勞工，造成很多人找不到「飯碗」；
> 引進外籍新娘，造成很多人找不到「飯票」。（王芊芊〈金玉涼言〉，《聯合報》2003年5月8日E6繽紛版）

此例字數相等，語法結構相似，成雙作對，算是寬對。

> 洩漏天機的人，易遭天譴；打聽人機的人，易招人怨。（劉墉《我不是教你詐‧好個知心朋友》）

上下聯字數相等，語法結構相似，成雙作對，有些字相同，算是寬對。

㈡嚴式對偶（嚴對）

嚴對又叫做工對，亦即格律工整的對偶。它的條件除了必須具備寬對的三個條件之外，還必須兼具下列條件：

1. 力避字同義同：亦即上下聯不要有相同的字，也不要上下聯的意義一樣。
2. 平仄相對：上下聯字的聲調必須平聲和仄聲相對。
3. 詞性一致：上下聯字的詞性必須相同。

所以，黃慶萱（2002：591）說：「嚴格的『對偶』，更講究上下兩語言成分平仄相對，而且避用同字。」若有能力，可以要求更多條件，如析字、析詞、雙關等，則該對偶更加工整。如：

> 海內存知己，天涯若比鄰。（王勃〈送杜少府之任蜀州〉）

此例上下聯「字數相同」（皆為五字），「語法相同」，「詞性相同」，「成雙作對」，「平仄相對」（仄仄平平仄，平平仄仄平），又避字同義同，是為「嚴對」。

> 無邊落木蕭蕭下，不盡長江滾滾來。（杜甫〈登高〉）

此例上下聯「字數相同」（皆爲七字），「語法相同」，「詞性相同」，「成雙作對」，「平仄相對」（平平仄仄平平仄，仄仄平平仄仄平），又避字同義同，是爲「嚴對」。

　　　　福德福由德，正神正是神。（土地廟對聯）

形式上「福德」對「正神」，「福由德」對「正是神」；且將「福德」析爲「福由德」，「正神」析爲「正是神」；並嵌入「福德」「正神」土地公的尊稱。

二、從意義上分

　　從對偶的意義上，可以先分爲「平對」和「串對」二類：

(一)平對

　　對偶中上下聯的意義平行並列，稱爲「平對」。它又可分爲「正對」和「反對」兩類：

1.正對

　　對偶中上下聯的意義相關或相近，是爲「正對」。如：

　　　　欲渡黃河冰塞川，將登太行雪暗天。（李白〈行路難〉）

此例形式上是對偶，意義上相近，是爲「正對」。

　　　　兩箇黃鸝鳴翠柳，一行白鷺上青天。（杜甫〈絕句四首之三〉）

此例形式上「兩箇」對「一行」，「黃鸝」對「白鷺」，「鳴翠柳」對「上青天」，是對偶，意義上相近，都是描寫自然景色，是爲「正對」。

　　　　「信用卡」，攸關財力；「健保卡」，攸關體力。（AC〈金玉涼言〉，《聯合報》2003年9月10日E6繽紛版）

此例形式上是對偶，意義上相近，是爲「正對」。

2.反對

對偶中上下聯的意義相對或相反，是為「反對」。「反對」在形式上是對偶，在意義上是「對襯」。如：

生則天下歌，死則四海哭。（《荀子·解蔽》）

形式上是單句對，意義上針對「生」和「死」兩種不同情況，而有「天下歌」和「四海哭」兩種不同結局，是為「對襯」。

青山有幸埋忠骨，白鐵無辜鑄佞臣。（岳王廟對聯）

形式上是單句對，意義上針對「青山」和「白鐵」兩種不同事物，而有「有幸埋忠骨」和「無辜鑄佞臣」兩種不同結局，是為「對襯」。

只許州官放火，不准百姓點燈。（俗語）

形式上是單句對，意義上針對「州官放火」和「百姓點燈」兩種不同人事，而有「只許」和「不准」兩種不同結局，是為「對襯」。

㈡串對

對偶中上下聯的意義有先後相關條件者（如承接、連貫、因果、假設、條件等），是為「串對」。因為「串」字必須先串前者，再串後者，形成先後關係，故以之為喻。串對又叫「連對」，是說上下聯意義前後相連。也叫「流水對」，因為上下聯意義關聯，順流而下，如行雲流水，連綿不斷，因而得名。也稱為「走馬對」，因走馬燈皆順同一方向而轉，故有先後關係，因以為喻。如：

少壯不努力，老大徒傷悲。（《漢樂府·長歌行》）

上下聯構成「因果複句」。

野火燒不盡，春風吹又生。（白居易〈賦得古原草送別〉）

上下聯構成「因果複句」。

欲窮千里目，更上一層樓。（王之渙〈登鸛雀樓〉）

上下聯構成「假設複句」。

> 即從巴峽穿巫峽，便下襄陽向洛陽。（杜甫〈聞官軍收河南河北〉）

上下聯構成「承接複句」。

> 烽火連三月，家書抵萬金。（杜甫〈春望〉）

上下聯構成「承接複句」。

> 山中一夜雨，樹杪百重泉。（王維〈送梓州李使君〉）

上下聯構成「因果複句」。

> 行到水窮處，坐看雲起時。（王維〈終南別業〉）

上下聯構成「遞進複句」。

三、從句型結構上分

對偶從句型結構上分，可分為「句中對」、「單句對」、「隔句對」和「長偶對」四類（沈謙，1996：452）：

㈠句中對

同一句中，上下兩個短語，自為對偶，是為「當句對」，又名「句中對」（沈謙，1996：454）。如：

> 大道之行也，天下為公。選賢與能，講信修睦。（《禮記·禮運》）

「選賢與能」、「講信修睦」均屬當句對。「選賢」對「與能」，即選拔賢良，委任才能之意。「講信」對「修睦」，即講求信義，修習和睦之意。

> 襟三江而帶五湖，控蠻荊而引甌越。物華天寶，龍光射牛斗之墟；人傑地靈，徐孺下陳蕃之榻。（王勃〈滕王閣序〉）

「襟三江」對「帶五湖」，「控蠻荊」對「引甌越」，「物華」對「天寶」，「人傑」對「地靈」，「徐孺」對「陳蕃」，幾乎連續每句用「當句對」。

㈡單句對

語文中上下兩句，自爲對偶，是爲「單句對」。如：

<u>讀書要解書中義</u>，學道能悟道內因；
一生二熟三生巧，紀錄轉化銘在心。（新竹市／徐文祿〈讀書〉）

「讀書要解書中義」對「學道能悟道內因」，是爲「單句對」。

蓮子心中苦，梨兒腹內酸。（金聖歎）

金聖歎因哭廟案被連坐處斬，臨刑前，其子前往哭別，聖歎出上聯囑對，其子無法對出，乃由聖歎續成下聯。此例爲單句對，「蓮」諧音「憐」，「梨」諧音「離」，是爲諧音雙關。「子」與「兒」在字面上本爲「詞綴」，此處又兼指「兒子」，則爲詞義雙關。

㈢隔句對

語文中，第一句與第三句對，第二句與第四句對，是爲「隔句對」（沈謙，1996：464）。又稱爲「扇對」，這是因摺扇打開，也是一根扇骨（中間隔著扇面）和另一根扇骨相對，一個扇面（中間隔著扇骨）和另一個扇面相對，因以爲喻。如：

統帥有權丟大陸，自可復職；
將軍無力保孤城，當然坐牢。（韓廷一《八卦歷史—超時空人物訪談》，頁214）

此例第一句對第三句，第二句對第四句，是爲「隔句對」。

大肚能容，容天下難容之事。
開口便笑，笑世間可笑之人。（題北京潭柘寺彌勒殿）

上聯寫彌勒佛之大肚，能容天下間種種事物；下聯寫彌勒佛之笑

口，笑世間庸人自擾。以「隔句對」幽默風趣地看開一切。

㈣長偶對

語文中上下兩部分，各自至少三句，多則數十句的對偶，是為「長偶對」，又稱「長對」。如：

> 東啓明，西長庚，南箕北斗，朕乃摘星手；
> 春牡丹，夏芍藥，秋菊冬梅，臣為探花郎。（傅春升〈乾隆巧試探花郎〉）

清・乾隆年間，劉風浩進京趕考，得中探花。但因其貌不揚，乾隆便當場出了此一上聯，以東西南北方星斗暗喻天下英才，而「朕乃摘星手」一句，又點明自己是天子身分，同時也流露出延攬天下英才「入吾彀中」的躊躇滿志。劉某對的下聯，以春夏秋冬四季花卉為對，工整巧穩，尤其「臣為探花郎」一句，語涉雙關，既表明自己的臣民身分，又強調了自己的才學和地位（胡佑章，2002：93）。

> 能攻心，則反側自消，自古知兵非好戰；
> 不審勢，即寬嚴皆誤，後來治蜀要深思。（成都武侯祠聯）

上下聯各有三句，是為「長偶對」。

> 音聲優美，人間稱獨步，獨攬梅花掃臘雪；
> 教化諸生，循序必依材，依睨山勢舞流溪。（筆者為音教系音教週所寫對聯）

上下聯各有三句，是為「長偶對」。句首嵌「音」「教」二字，上聯稱讚該系師生音聲優美，獨步人間；「獨攬梅花掃臘雪」諧音歌聲是Do、Re、Mi、Fa、Sol、La、Si，並雙關希望該系師生能獨攬有生命的梅花（喻正統音樂），而掃除沒有生命的臘雪（喻靡靡之音）。下聯指該系學生以後為人師表，在教化諸生時，能運用孔子「循序漸進」和「因材施教」的理念，「依睨山勢舞流溪」諧音簡譜1、2、3、4、5、6、7，並雙關教學時要依學生資質而靈活變化，就像看著山勢高低溪水依其起伏而舞動一般。

表5-3　對偶分類表　　　　　　　　　　　　　　　　　（筆者自製）

辭格	分類基準	次辭格		異名	說明
參、對偶	一、依寬嚴分	㈠寬式對偶		寬對	
		㈡嚴式對偶		嚴對、工對	
	二、依意義分	㈠平對	1.正對		
			2.反對		
		㈡串對		連對、流水對、走馬對	
	三、依句型分	㈠句中對		當句對	
		㈡單句對			
		㈢隔句對		扇對	
		㈣長偶對		長對	

參、辨析

　　對偶爲語文運用之基本形式之一，常兼用其他修辭方法，其形式與排比、映襯之異同，不可不辨：

一、「對偶」有別於「排比」

　　黎運漢・張維耿（1997：150）以爲，排比可視爲對偶的擴展，其區別有四：

> 1.對偶是事物對立對應關係的反映，排比是同一範圍事物的列舉。
> 2.對偶限於兩個對句，排比的句數則不受限制。
> 3.對偶的兩個對句意思互相對應，字數大體相等，而排比只須句子結構相同或相似就可以了，字數不必相等。
> 4.對偶的兩個對句避免用同樣的字，組成排比的各句則常出現相同的字。

針對第一點：「對偶是事物對立對應關係的反映」，其實「對立對應關係」也可以說是「同一範圍」下的事物關係，若依此點，對偶和排

比仍難區別。

針對第二點:「對偶限於兩個對句」,這是對的;「排比的句數則不受限制」,則有待商榷,排比如果兩句時,容易和對偶混淆,三句或三句以上,即能和對偶做明確區別,所以沈謙和黃慶萱都將排比定義在「最少三句」或「三個或三個以上的語句」。

針對第三點:對偶「字數大體相等」,「大體」二字稍嫌籠統,可以刪除;排比「字數不必相等」,言外之意排比也可以「字數相等」,兩者之間仍有混淆。

針對第四點:「對偶的兩個對句避免用同樣的字」,這是「嚴對」,但是「寬對」則常用相同的字,如此則與排比「常出現相同的字」混淆。

上述四點,只有第二點將對偶限於「兩個語句」,排比限於「三個或三個以上的語句」,才能將對偶、排比明確區分。其他三點,都會有混淆情形,無法明確區隔。

「對偶」和「排比」之辨析,詳情請見本書第五章第四節「排比」。

二、「對偶」有別於「對襯」

「對襯」是意義上的對比,「對偶」是形式上並列,二者著重點不同。茲說明如下:

(一)單純的「對偶」

單純的「對偶」,是形式上對偶,但意義上沒有對比。如:

欲渡黃河冰塞川,將登太行雪暗天。(李白〈行路難〉)

形式上,「欲渡」對「將登」,「黃河」對「太行」,「冰塞川」對「雪暗天」:這是對偶。意義上,上下兩句並沒有對襯關係而是相近關係:這不是對襯。

(二)單純的「對襯」

單純的「對襯」,是意義上對比,但形式上沒有對偶。如:

朱門酒肉臭,路有凍死骨。(杜甫〈自京赴奉先縣詠懷五百字〉)

形式上「朱門」無法對「路有」，「酒肉臭」無法對「凍死骨」：
這不是對偶。意義上針對「朱門（富貴人家）」和「路上（貧困人
家）」兩種不同的人物，分別以「酒肉臭」和「凍死骨」兩種不同結
局加以形容，是爲「對襯」。

㈢「對襯」與「對偶」兼格

　　對偶中上下聯的意義相對或相反，是爲「反對」。「反對」在形
式上是「對偶」，在意義上則是「對襯」。如：

　　　　青山有幸埋忠骨，白鐵無辜鑄佞臣。（岳王廟聯）

形式上「青山」對「白鐵」，「有幸」對「無辜」，「埋忠骨」對
「鑄佞臣」：這是對偶。意義上針對「青山」和「白鐵」兩種不同的
事物，分別以「有幸埋忠骨」和「無辜鑄佞臣」兩種不同結局加以形
容，是爲「對襯」。

　　　　只許州官放火，不准百姓點燈。（俗語）

形式上「只許」對「不准」，「州官」對「百姓」，「放火」對
「點燈」：這是對偶。意義上針對「州官放火」和「百姓點燈」兩種
不同的事物，分別以「只許」和「不准」兩種不同結局加以形容，是
爲「對襯」。

三、「鼎足對」應屬「排比」

　　黃麗貞（2000：318）曰：「『鼎足對』是『對偶』的一種；它
是由三個句子組成的對偶。」又說：「鼎足對是元曲文學中特有的一
種對偶句式，也可簡稱爲『鼎對』，它的結構形式，三個句子就像一
個鼎下的三足對立。鼎足對又有通行的俗名叫做『三槍』。」如：

　　　　長醉後方何礙？不醒時有甚思？<u>糟醃兩個功名字，醅渰千
　　　　古興亡事，麴埋萬丈虹霓志</u>。不達時皆笑屈原非，但知音
　　　　盡説陶潛是。（白樸〈寄生草·飲〉）

「糟醃兩個功名字，醅渰千古興亡事，麴埋萬丈虹霓志」即是。

　　　　<u>枯藤老樹昏鴉，小橋流水人家，古道西風瘦馬</u>。夕陽西

下，斷腸人在天涯。（馬致遠〈天淨沙·秋思〉）

「枯藤老樹昏鴉，小橋流水人家，古道西風瘦馬」即是。

愛秋來那些：<u>和露摘黃花，帶霜烹紫蟹，煮酒燒紅葉</u>。（馬致遠〈離亭宴帶歇指煞〉）

「和露摘黃花，帶霜分紫蟹，煮酒燒紅葉」即是。

筆者認為黃麗貞對「鼎足對」的解釋，恰好可以作為我們反駁她的理由：

1.黃麗貞（2000：318）曰：「無論是『對』或『偶』，在字義上都是『雙數』；所以『鼎足對』的『三』句組合，是對偶中的一個特殊而例外的結構。」根據上述「對偶」和「排比」的區分，唯一可以明確區隔兩者的條件是：「對偶」限於「兩個語句」，「排比」限於「三個或三個以上的語句」。若是將三句的「鼎足對」歸入「對偶」，那麼「對偶」和「排比」就更難區分了。

2.黃麗貞（2000：323）曰：「『鼎足對』這個名稱，也只限在『元曲』中，如果相同的組合句式，是在元曲以外的文體，它也就要歸列到『排比』格去了。」對偶和排比的區分，是現代修辭學系統化研究之後提出的，古人並沒有這種認知。我們不能僵守古人觀念而將系統化學術界限弄得處處是例外，而應一視同仁，凡三個或三個以上的語句都歸入「排比」，元曲中的現象也不能例外。

綜上所論，本文認為：「鼎足對」應屬「排比」，而非「對偶」。

肆、產生因素

一、自然之道

自然界有天就有地，有陰就有陽，有日就有夜，有善就有惡：這是相對的兩方面。人有雙手兩腳，鳥獸昆蟲有雙翅偶腳：這是相稱並生。所以，《文心雕龍·麗辭》就指出：

造化賦形，支體必雙；神理為用，事不孤立。夫心生文辭，運裁百慮，高下相須，自然成對。

明白指出文辭之對偶源於自然事物之對偶。黃慶萱（2002：591）

也說：「自然界各種事物的奇偶對稱，爲修辭上『對偶』法之淵源。」

二、心理基礎

對偶之產生，源於人類的聯想，主要有類似聯想、接近聯想和相對聯想。看到菊花而想到向日葵，因兩者都是黃色而有相似點，此爲類似聯想；看到櫻花而想到日本，因櫻花是日本國花，此爲接近聯想；看到美就想到醜，因兩者觀點相反，這是相對聯想。類似聯想和接近聯想形成「正對」、「串對」，相對聯想形成「反對」。所以黃慶萱（2002：592）曰：「就心理學而言，對偶起於觀念聯合之作用。」所謂「觀念聯合之作用」，即是人類聯想力所產生的作用。

三、美學基礎

黃慶萱（2002：593）曰：「就美學而言，早期的美學概念，比較傾向於：對比（contrast）、調和（harmony）、均衡（balance）、對稱（symmetry）。尤其是『對稱』，有時它兼攝『對比』、『調和』、『均衡』諸特性，而爲三者之綜合。根據煩瑣哲學（Scholastic Philosophy）的說法，個體的統一性與單純性皆植根於其各元素之韻律與呼應上，所以個體常以對稱性線條，或對稱性的音程爲其界限。桑塔耶那在《美感》一書《對稱》章中對此有更詳細的發揮。他說：如果客體的安排情狀不能使眼睛肌肉亢奮得到平衡，而使視覺重心勉強注視著某一點，那麼視覺會因左右搜索其對稱的界限而造成激動與不安。當感官在迷惘混亂中藉著對稱性而認識了個體，其快樂滿足，尤勝於乾渴的喉嚨之得水。再者，當客體是按某種規律間隔出現時，心意中就會起一種期待。這時，如果繼續出現的果然按照原來的規律，便會帶給人快樂的完整狀態，使人回復一種內在的平靜。」對稱是一種平衡、勻稱的美感，可以使肌肉活動獲得快感，給人滿足。對偶修辭的功效就植基於此。

四、語文條件

漢語的特性爲單音節、孤立語，而且聲調有平仄變化，從南朝聲律說盛行之後，駢文偶句日益發達。黃慶萱（2002：594、595）曰：

> 漢語由於其「單音」、「平仄」的特性，所以對仗起來可
> 以一字對一字，一音對一音，要比別的語言更整齊。英語
> 雖然有輕重音，拉丁語雖然有長短音，但是要想做到上下
> 兩句音節數目相同，本句輕重長短相間排列，上下句輕重
> 長短兩兩互異，如漢語中「仄仄平平仄，平平仄仄平，平
> 平平仄仄，仄仄仄平平」者然，到底是十分困難的呀！

漢語有「單音」、「平仄」的特性，所以對偶的語句就非常普遍。

　　由上述說明，可知對偶是源於自然界的對稱、心理學上的聯想作
用，美學上的對稱原理，漢語單音節孤立語和平仄的特性。

伍、運用原則

　　對偶的運用是字數相等、語法相似、意義相關的語句，成雙成對
地排列在一起。它就已偏離正常語文表達方式，拉大心理距離，以新
奇陌生而美妙的形式引起讀者注意；但因為對偶本身符合心理上的聯
想作用及美學上的對稱原理，可以使人們有合理的聯想，以及感覺舒
適快感，因此，心理距離不會得太遠，仍在合乎邏輯的範圍之內，讀
者仍能接受；所以，對偶本身就是一種不即不離的適當心理距離。

　　黃慶萱（2002：625）提出對偶的第一項原則為：「工整」：

> 求工太過，就往往弄到同義相對，如「室」對「房」，
> 「別」對「離」，「懶」對「慵」，「同」對「共」等，
> 兩句話差不多只有一句的意思。意簡言繁，是詩人所忌；
> 所以工對最好是「妙手偶得之」，其次是在不妨礙意境的
> 情形下，盡可能求其工。

工對是將心理距離拉大，以引起讀者注意，但求工太過，則心理距離
過大，導致妨害意境，反而不美。

　　黃慶萱（2002：626）提出對偶的第二項原則為：「自然」。黃
氏說：「好的對偶，應該是自自然然，看不出詩人運斤施鑿的痕跡來
的。」太過人工雕鑿，則使心理距離拉得太開，不易令人接受；若能
自然施對，則心理距離拉回，符合讀者習性，較易接受。前述兩項原
則都是在適當心理距離的要求之下，求其工整產生對偶的美感；求其
自然，沒有雕鑿痕跡，讓讀者樂於接受，才能得體地發揮對偶的修辭

效果。

黃慶萱（2002：626）提出對偶的第三項原則爲：「意遠」，黃氏說：「意涉合掌，是對偶大病。反過來說，對偶上下句以意遠爲原則。」「合掌」是上下聯意思相同，兩句只說一個意思，顯得言多意少。如：劉琨〈重贈盧諶〉：「宣尼悲獲麟，西狩涕孔丘。」「宣尼」就是「孔丘」，「悲」和「涕」同義，「獲麟」和「西狩」是同一件事。好的對偶應避免內容重複，「意遠」則要求上下聯的意思不同，就含有豐富的內涵。

運用對偶要自然天成，切勿生拼硬湊。有人爲追求形式而忽略了內容，刻意爲之，就適得其反，以文害意了。如：

> 李廷彥獻百韻詩於一上官，其間有句云：「舍弟江南歿，家兄塞北亡。」
> 上官惻然傷之曰：「不意君家凶禍重並如是！」
> 廷彥遽起自解曰：「實無此事，但圖屬對親切耳。」
> （宋・范正敏《遯齋閒覽・諧謔》）

爲求屬對工整而虛構內容，誠不足取。有笑話說：某人欲爲母親祝壽，將「天增歲月人增壽」改爲「天增歲月娘增壽」，爲求對偶工整，而將下聯「春滿乾坤福滿門」改爲「春滿乾坤爹滿門」，因而貽笑大方。

第四節　排比

壹、定義

陳望道（1989：201）曰：「同範圍同性質的事象用了結構相似的句法逐一表出的，名叫排比。」這個定義，已經點出三個「排比」的特性：一者，排比內容爲「同範圍同性質的事象」；二者，排比形式爲「結構相似的句法」；三者，排比方式爲「逐一表出」。由於陳望道（1989：202）又說：「排比格中也有只用兩句互相排比的，這與對偶最相類似。」因此造成「對偶」和「排比」混淆。

黃慶萱（1988：469）舊版，完全採用陳望道的定義，只在文字上略爲改寫：「用結構相似的句法，接二連三地表出同範圍同性質的意象，叫做『排比』。」其中「結構相似的句法」、「同範圍同性質

的意象（事象）」完全一樣；另外，以「接二連三」代替「逐一表
出」，二者含義應無多大不同。不過「接二連三」一詞，強調「連續
不斷」，亦即「排比」的「意象」必須「連續不斷」，不可中間插入
其他文句，以免破壞「並排比列」的效果，此即陳望道所說的「逐
一表出」；但有些學者望文生義，將「接二連三」中的「二」、
「三」落實，因此產生「排比」可以二句者，也可以三句（或以
上）者。黃慶萱舊版即有此種趨向。其後，黃慶萱（2002：653、
654）採納沈謙《修辭學》和大陸學者編《漢語修辭格大辭典》的看
法，認為排比「最少三句」，而將定義修改為：

> 用三個或三個以上結構相似、語氣一致、字數大致相等的
> 語句，表達出同範圍同性質的意象，叫做「排比」。（黃
> 慶萱，2002：651）

筆者認為「排比」的要件有三：一者，排比內容為「同範圍同性質的
意象」；二者，排比形式為「三個或三個以上結構相同或相似的語句
段」，增加「段」字，才會有分類中的「段落排比」一項；三者，排
比方式為「逐一排列」。基於上述認知，本文以黃慶萱的定義為基
礎，並配合本書統一用語，將「排比」的定義修改為：

> 說話行文時，有意將同範圍、同性質的意象，用三個或三
> 個以上結構相同或相似的語句段，逐一排列起來的修辭方
> 法，叫做「排比」。

貳、分類

　　排比之分類，可以從兩個角度來談：一是從句型結構上分，可以
分為「短語的排比」、「單句的排比」、「複句的排比」和「段落的
排比」四類；二是從排比層次來分，可以分為「單式排比」和「複式
排比」兩類。

一、從句型結構來分

　　沈謙（1996：482）將「排比」分為「單句排比」和「複句排
比」兩類；黎運漢、張維耿（1997：147、148）分為「句子成分的

排比」、「句子的排比」和「段落的排比」三類；史塵封（1995：248-250）分爲「詞組的排比」、「句子的排比」和「段落的排比」三類；陳正治（2001：244）分爲「短語的排比」、「句子的排比」和「段落的排比」三類。本文參考上述諸家見解，認爲「排比」可以分爲「短語的排比」、「單句的排比」、「複句的排比」和「段落的排比」四類：

(一)短語的排比

　　所謂「短語的排比」，是將同範圍、同性質的意象，用三個或三個以上結構相同或相似的短語，逐一排列起來。又稱「詞組排比」、「句中排比」、「句子成分的排比」。如：

　　毋意、毋必、毋固、毋我，是做學問最好的心得。（毛子水〈青年與科學〉）

「毋意、毋必、毋固、毋我」四個並列短語作爲主語。

　　別看鄉下人沒讀什麼書，他們可是「心中有神，目中有人，胸中有度，腹中有理……」，哪像現在人，呸！（韓廷一《八卦歷史──超時空訪談》，頁321）

「心中有神，目中有人，胸中有度，腹中有理」四個並列短語作爲賓語。

　　在這短暫的時間裡，他活得多麼純潔，多麼高尚，多麼光彩啊！（魏巍〈路標〉）

「多麼純潔，多麼高尚，多麼光彩」三個並列短語做補語。

(二)單句的排比

　　所謂「單句的排比」，是將同範圍、同性質的意象，用三個或三個以上結構相同或相似的單句，逐一排列起來。如：

　　我們為您痛哭！歷史為您飲泣！神州為您嗚咽！（韓廷一《挑戰歷史──超時空人物訪談》，頁262）

此三句是單句排比。

> 後臺要越硬越好，聯繫要越多越好，腦袋要越尖越好，
> 嘴巴要越油越好，爪子要越長越好，臉皮要越厚越好。
> （劉言，2001：20）

此六句是單句排比。

㈢複句的排比

所謂「複句的排比」，是將同範圍、同性質的意象，用三個或三個以上結構相同或相似的複句，逐一排列起來。如：

> 渴望自然，就住進自然；迷戀歐洲，就住在歐洲；喜歡音樂，就用音符譜出夢想；愛上花園，就給自己一座花園。
> （房屋廣告）

四個複句形成排比。

> 天也空，地也空，人生渺渺在其中；
> 日也空，月也空，東升西墜為誰功？
> 金也空，銀也空，死後何曾在手中！
> 妻也空，子也空，黃泉路上不相逢；
> 權也空，名也空，轉眼荒郊土一封！（明・悟空大師〈萬空歌〉）

五個複句形成排比。

㈣段落的排比

所謂「段落的排比」，是將同範圍、同性質的意象，用三個或三個以上結構相同或相似的段落，逐一排列起來。如：

> 蔽芾甘棠，勿翦勿伐，召伯所茇。
> 蔽芾甘棠，勿翦勿敗，召伯所　。
> 蔽芾甘棠，勿翦勿拜，召伯所說。（《詩經・召南・甘棠》）

此例三個段落形成排比。

二、從排比層次來分

由於短語、單句、複句、段落的分辨，常給許多語法觀念不清的人造成困擾，於是本文另從排比層次來分，可以分爲「單式排比」和「複式排比」二類：

㈠單式排比

所謂「單式排比」，是指只有一層排比現象。如：

> 展出的作品，有美麗的風景畫，生動的人物畫，逼真的靜物畫。（南一版國語第四冊第二課〈參觀文化中心〉）

「美麗的風景畫」、「生動的人物畫」、「逼眞的靜物畫」只有一個層次，是爲「單式排比」。一共三個短語並列作爲賓語，是爲「短語的排比」。

> 貪污集體化，作假現代化，哄騙千面化，環境大惡化。
> ——新「四化」。（劉言，2001：22）

「貪污集體化」、「作假現代化」、「哄騙千面化」、「環境大惡化」，只有一個層次在排比，是爲「單式排比」。一共四個單句並列，是爲「單句的排比」。

㈡複式排比

所謂「複式排比」，是指有兩層或兩層以上排比現象。如：

> 沒有恩，哪有怨；沒有愛，哪有恨；沒有情，哪有仇；沒有生，哪有死；沒有聚，哪有散；沒有分，哪有合；若沒有你，哪有白癡會把我的短信看完？！（手機簡信）

「沒有恩，哪有怨」有兩個層次，形成排比，是爲「複式排比」。

> 胖是胖，長得壯。肥是肥，有腰圍。醜是醜，有戶口。排是排，有身材。（手機簡信）

「胖是胖，長得壯」有兩個層次，形成排比，是爲「複式排比」。

表5-4　排比分類表　　　　　　　　　　　　　　　（筆者自製）

辭格	分類基準	次辭格	異名	說明
肆、排比	一、依句型結構分	㈠短語的排比	詞組排比、句中排比、句子成分的排比	
		㈡單句的排比		
		㈢複句的排比		
		㈣段落的排比		
	二、依排比層次分	㈠單式排比		
		㈡複式排比		

參、辨析

　　「排比」的辨析，有下列幾點需要說明：

一、「單式排比」、「複式排比」之由來

　　本文將「排比」依層次分爲「單式排比」、「複式排比」兩類，其原因有二：

㈠避免語法分辨困擾

　　語法上「複詞」、「短語」、「單句」、「複句」、「段落」的分辨，有時不是那麼容易，常造成讀者困擾。如：

　　子曰：「知者不惑，仁者不憂，勇者不懼。」（《論語·子罕》）

沈謙（1996：482）曰：「如此平列的三句話，結構相似，表達同範圍同性質的意象，當然是典型的『排比』。」這是正確的。但他又說：「這三句話都是單句，所以屬『單句的排比』。」則有待商權。因爲上述例子，「子」是主語，「曰」是「述語」，「知者不惑，仁者不憂，勇者不懼」是「賓語」，所以賓語部分只是三個短語

的排比，應屬「短語的排比」。如果此例沒有「子曰」二字，則可視爲「單句排比」。

> 我承認，有些人是特別的善於講價，他有政治家的臉皮，外交家的嘴巴，殺人的膽量，釣魚的耐心；堅如鐵石，韌如牛皮；所以他能壓倒那待價而沽的商人。（梁實秋〈議價〉）

沈謙（1996：485）曰：「『政治家的臉皮，外交家的嘴巴，殺人的膽量，釣魚的耐心』四個結構相同的單句。」則有待商榷。因爲「他」是「主語」，「有」是「述語」，「政治家的臉皮，外交家的嘴巴，殺人的膽量，釣魚的耐心」是「賓語」。所以賓語部分只是三個短語的排比，應屬「短語的排比」。

> 孟子曰：「……由是觀之，無惻隱之心，非人也；無羞惡之心，非人也；無辭讓之心，非人也；無是非之心，非人也。惻隱之心，人之端也；羞惡之心，義之端也；辭讓之心，禮之端也；是非之心，智之端也。人之有是四端也，猶其有四體也；有是四端而自謂不能者，自賊者也；謂其君不能者，賊其君者也。」（《孟子·公孫丑上》）

沈謙（1996：491）曰：「用『無惻隱之心，非人也』等四個複句，排比而出，強調人皆有惻隱、羞惡、辭讓、是非之心。又用『惻隱之心，人之端也』等四個複句，排比而出，重申仁義禮智人皆有之。」黃麗貞（2000：433）也說：「這是兩句爲一組，並排了四組複句，來說明人涵養心性之重要。」此爲排比，沒有疑問；但將之視爲「複句排比」，則有待商榷。因爲「無惻隱之心，非人也」，是單句中的繁句，並非複句。「無惻隱之心」是主語，「非」是繫語，「人」是斷語（國立編譯館，1998：62）。另外，「惻隱之心，人之端也」，也是單句中的繁句，而非複句。「惻隱之心」是主語，繫語省略，「人之端」是斷語。所以它們都是判斷繁句。

由上所述，我們知道沈謙對於「單句」和「複句」的分法，是以一般人的概念爲標準，亦即「一個逗號就算一句」，這和語法學的概念不符。爲了避免違反語法規則，也爲了能眉目清晰，易於分辨，我們可以將分類改依排比層次分爲「單式排比」和「複式排比」，如

此，或許能夠避免語法分辨上的困擾。

㈡比照「單式層遞」、「複式層遞」

黃慶萱（2002：676）將「層遞」分爲「單式層遞」和「複式層遞」兩大類。本文即是比照而分爲「單式排比」和「複式排比」兩類。

二、「排比」有別於「對偶」

黃慶萱（2002：844）給對偶、排比劃一簡明的界線：

　1.字數相同，結構相同或相近，上下相連的兩個語句，無論上下句有無同字，也無論意同反，都算對偶。

　2.三個或三個以上的語句，結構相同或相近，都算排比。

　3.上下相連的兩個句子，結構相同或相近，但字數不同，既非對偶，亦非排比，當歸於「錯綜」之「伸縮文身」。

根據黃慶萱的論點，筆者舉例說明如下：

㈠單純「對偶」

字數相同，結構相同或相近，上下相連的兩個語句，無論上下句有無同字，也無論意同反，都算對偶。如：

> 盡得大的責任，就得大快樂；盡得小責任，就得小快樂。（梁啓超〈最苦與最樂〉）

此例蔡宗陽（2001：14）曰：「就整體形式而言，是排比。」這種看法，有待商榷。此例符合第一點，應是「隔句對」的「寬對」。

> 吃苦的人多，享現成福的人少，社會國家自然富強；吃苦的人少，享現成福的人多，社會國家自然衰落。（何仲英〈享福與吃苦〉）

此例蔡宗陽（2001：15）曰：「就整體形式而言，是排比。」這種看法，有待商榷。此例符合第一點，應是「長偶對」的「寬對」。

> 鍥而舍之，朽木不折；鍥而不舍，金石可鏤。（《荀子·勸學》）

此例蔡宗陽（2001：18）曰：「就整體形式而言，是排比。」這種看法，有待商榷。此例符合第一點，應是「隔句對」的「寬對」。

　　上述三例，並無「排比」現象，則是單純的「對偶」。

㈡單純「排比」

　　三個或三個以上的語句，結構相同或相近，都算排比。如：

　　我的家在海邊。澎湃的潮聲，鹹鹹的海風，淡淡的魚腥味，還有美麗的晚霞，陪著我長大。（仁林版國語第七冊第一課〈漁家樂〉）

「澎湃的潮聲」、「鹹鹹的海風」、「淡淡的魚腥味」、「美麗的晚霞」四個結構相近的語句，是為「排比」。

㈢「對偶」的「伸縮文身」，既非「對偶」，也非「排比」

　　上下相連的兩個句子，結構相同或相近，但字數不同，既非對偶，亦非排比，當歸於「錯綜」之「伸縮文身」。如：

　　閃動著，閃動著的，是你的眼睛；
　　流過來，流過來的，是我們的愛情。（楊喚〈懷劉妍〉）

此例本來應該是「寬對」，但下聯多了一字，則形成「伸縮文身」。

　　他走近那鏡子前，隔著那管靜脈似的花，鏡子裡一個陌生的人，彷彿滲著水的黏土像，眉是長而濃的，眼是暗而深的，口鼻輪廓卻被歲月不停塑捏，給喜怒哀愁不住修改，柔和迷渺；猛地給嫉妒和自疚一沖一擦，又水漾漾的化開去。（鍾偉民《水色‧望海圖》）

「被歲月不停塑捏，給喜怒哀愁不住修改」本來應該是「寬對」，但下聯多了兩字，則形成「伸縮文身」。

㈣「對偶」套用「排比」

　　整體形式為「對偶」，部分形式是「排比」。如：

> 風聲、雨聲、讀書聲，聲聲入耳；
> 家事、國事、天下事，事事關心。（顧憲成〈無錫東林書院楹聯〉）

此例整體形式為「隔句對」；部分形式「風聲、雨聲、讀書聲」是排比，「家事、國事、天下事」也是排比。此例是「對偶」套用「排比」。

> 志於道，據於德，依於仁，止於至善；
> 踐其位，行其禮，奏其樂，敬其所尊。（宗孝忱〈題臺灣師範大學禮堂〉）

此例整體形式為「長偶對」；部分形式「志於道，據於德，依於仁，止於至善」是排比，「踐其位，行其禮，奏其樂，敬其所尊」也是排比。此例是「對偶」套用「排比」。

(五)「排比」套用「對偶」

整體形式為「排比」，部分形式是「對偶」。如：

> 於是我自列三類學習的課程來自勉
> 雕香刻翠──學習文人墨客的藝文之美。
> 麗情慧性──學習怡情養性的人際之美。
> 感花惜鳥──學習鷗閒鶴靜的自然之美。（黃永武《山居功課‧山居依然做功課》）

此例整體形式為「排比」，部分形式「雕香刻翠」「麗情慧性」「感花惜鳥」都是「句中對」：此例是「排比」套用「對偶」。

(六)「排對」只是對偶連用，不是「排比」套用「對偶」

黃慶萱（2002：621）在「對偶」中有「排對」一項，是說「由兩個以上的對偶句排列而成。亦稱排偶對或排比對。」如：

> 北海如豔妝的美女，南海如灑脫的名士。北海多朱欄翠閣，南海多老樹枯藤。北海紅藥欄邊，宜喁喁清談；南海鷓鴣聲裡，宜沉思假寐。北海漪瀾堂的彩燈，雙虹榭的雪

藕，惹人遐思；南海卍字廊的岑寂，流水音的清爽，滌人塵懷。賞北海紅蓮，如靜觀少女曼舞，玩南海煙月，如諦聽老僧談禪。（王怡之〈不如歸〉）

此例共有五組兩兩相對的句子，其實是五個對偶連用，黃慶萱把它稱為「排對」，筆者認為此例五組對偶雖然並列，但它們的結構並不相似，所以不符「排比」要件，因此黃慶萱將之稱為「排對」（排比對）也就名不副實。正因為此例只是五個對偶連用，完全沒有「排比」現象，所以黃慶萱（2002：846）說：「從前寫《修辭學》時，把它歸入排比。現在仔細想想，還是視為對偶中的排對較妥。」黃氏已承認過去將此例視為「排比」有誤，可見此例與「排比」無關，當然不會是「排比」套用「對偶」。

羅敷熹蠶桑，採桑城南隅。青絲為籠係，桂枝為籠鉤。頭上倭墮髻，耳中明月珠。緗綺為下裙，紫綺為上襦。行者見羅敷，下擔捋髭鬚；少年見羅敷，脫帽著帩頭。耕者忘其犁，鋤者忘其鋤。來歸相怨怒，但坐觀羅敷。（古辭〈陌上桑〉）

從「青絲為籠係」到「鋤者忘其鋤」，共有五個對偶連用。這五組對偶的結構並不相似，因此與「排比」無關。

三、「排比」有別於「類疊」

黃慶萱（2002：651）曰：「類疊是一種意象重複發生，或為重疊的，或為反覆的。排比卻是數種意象有秩序有規律地連接發生。類疊在美學上，基於劃一中的多數；而排比卻基於多樣的統一與共相的分化。」可知「類疊」和「排比」不同，但兩者卻有兼格現象。

㈠單純的「類疊」

類疊是一種意象重複發生，或為重疊的，或為反覆的。類疊中的疊字如「青青河畔草，鬱鬱園中柳」的「青青」和「鬱鬱」是同一個「青」字、「鬱」字重疊；類字如「畫虎畫皮難畫骨，知人知面不知心」中的「畫」字和「知」字隔離使用；疊詞如「這眼神好熟悉、好熟悉」的「好熟悉」連接使用；類詞如「生氣的確不能解決問

題，只會製造問題」的「問題」隔離使用；疊句如「視其所以，觀其所由，察其所安。人焉廋哉？人焉廋哉？」的「人焉廋哉」接連使用；類句如「天何言哉？四時生焉，萬物生焉，天何言哉？」的「天何言哉」隔離使用：都只是一種意象的重疊或反覆。

(二)單純的「排比」

排比是數種意象有秩序有規律地連接發生。如：

> 別來相憶，知是何人。有湖中月，江邊柳，隴頭雲。（蘇軾〈行香子·冬思〉）

「湖中月」、「江邊柳」、「隴頭雲」，原是三種不同的景象，但在作者人間少知音的感慨下，竟全都成為作者相憶的對象了！而這三個不同景象並沒有相同的字詞語句重複，所以和類疊無關。

(三)「排比」套用「類疊」

在「多樣的統一」和「共相的分化」中包含著「劃一中的多數」的現象是可能存在的。尤其排比不避同字，所以每含有類疊的成分。亦即整體形式為「排比」，部分形式是「類疊」。如：

> 富貴不能淫，貧賤不能移，威武不能屈：此之謂大丈夫。
> （《孟子·滕文公》）

前三句從整體形式來看，是為「單句排比」；從部分形式來看，「不能」隔離使用，是為「類詞」：亦即「排比」套用「類疊」。

四、「排比」有別於「層遞」

「層遞」和「排比」的相同點：兩者都是「三個或三個以上」（層遞是概念，排比是語句）。兩者的相異點：「層遞」是內容上依序層層遞進，形式上不受語言結構約束；「排比」在形式上是相似的語句結構的排列，內容上則不受限制。

(一)單純的「排比」

形式上是「排比」，內容上沒有「層遞」現象。如：

太太是越變越老，鈔票是越用越少。

汽車是越坐越大，房子是越住越小。（趙寧〈漫畫幽默‧退休老闆搭公車自嘲〉）

此例形式上是四個語法結構相似的句子並列，是為「排比」。內容上並無層遞現象。

㈡單純的「層遞」

形式上不是「排比」，內容上是「層遞」。如：

大事化小，小事化無。（俗語）

此例形式上只有兩句，不是「排比」；內容上由「大事」到「小事」到「無（事）」，則是後退式層遞。

終日奔忙只為飢，才得溫飽又思衣；
衣食兩般皆足夠，房中缺少美嬌娘；
娶了嬌妻並美妾，又無田產做根基；
置下良田千萬頃，因無官職怕人欺；
三品四品還嫌小，一品二品仍覺低；
一日當朝為宰相，又想帝王做一回；
做得君王猶不足，還把長生不老期；
欲壑未滿夢未醒，一棺長蓋抱憾歸。（悟空大師〈貪心歌〉）

此例形式上並無三個或三個以上語法結構相似的語句並列，因此不是「排比」。內容上由「飢」而「衣」而「嬌妻美妾」而「田產」而「官職」而「三四品」而「一二品」而「宰相」而「帝王」而「長生不老」，欲望由小而大，是為前進式層遞。

㈢「排比」和「層遞」兼格

形式上是「排比」，內容上是「層遞」，是「層遞」和「排比」兼格。如：

大吃大喝做報告，小吃小喝作檢討，不吃不喝聽訓導。

（劉言，2001：56）

此例整體形式上是「單句排比」；整體內容上是「層遞」：是為「排比」兼用「層遞」。

肆、產生因素

一、心理基礎

排比的心理基礎，黃慶萱（2002：654、655）提到學習遷移：

學習心理學有一種關於學習遷移（Transfer of Learning）的理論，認為：在新學習的情境中，刺激雖有改變，而所需的反應仍保持與舊學習者相同時，學習遷移的效果是正向的。又遷移量的大小，跟新刺激與舊刺激之間的相似程度成正比。

排比句在學習遷移理論中，因為「排比句的句法相似，顯示了前後句具有相同的原則；排比句的不避同字，顯示了前後句具有相同的元素。」（黃慶萱，2002：654）屬於「正向遷移」，易於學習記誦。而且，「排比在變化中有統一，在統一中有變化」（黃慶萱，2002：655），比類疊更是合乎適當的心理距離。

二、美學基礎

黃慶萱（2002：651）曰：「類疊在美學上，基於劃一中的多數；而排比卻基於多樣的統一（Einheit in der Mannigfaltigkeit）與共相的分化（Differenzierungeines Gemeinsamen）。」又說：「在美學上，對偶和排比都基於平衡與勻稱的原理，某種情形的排比只是對偶的擴大或延伸。……對偶傾向於『對比』（contrast），而排比傾向於『和諧』（hamony）。……排比基於多樣的統一與共相的分化，事實上多樣的統一和共相的分化，正是形成『和諧』的兩條基本原則。」（黃慶萱，2002：654）由此可知，排比的美學基礎是「平衡」、「勻稱」、「和諧」。

伍、運用原則

　　排比的運用是同範圍、同性質的意象，用三個或三個以上結構相同或相似的語句段，逐一排列起來的修辭方法。它已偏離正常語文表達方式，拉大心理距離，以新奇陌生而美妙的形式引起讀者注意；但因爲排比本身符合心理學上的正向遷移，及美學上的「平衡」、「勻稱」、「和諧」原理，可以使人們便於記憶，以及感覺舒適快感，因此，心理距離不會拉的太遠，仍在合乎邏輯的範圍之內，讀者仍能接受；所以，排比本身就是一種不即不離的適當心理距離。尤其排比在變化中有統一，在統一中有變化，更是合乎適當的心理距離。

　　排比主要作用是「壯文勢，廣文義」（陳騤《文則》）。如何達成呢？黃慶萱（2002：665）提到排比的第一項原則爲「恰當地配合各種的內容」：

> 在語文中，排比的運用是多方面的。排比的功能，不只是使句子勁健奔騰；排比的旋律，可能是動態的，也可能是靜態的；可能是雄壯的，也可能是柔美的。可以用來說理，可以用來記事，可以用來寫景，也可以用來抒情。排比的形式適於配合各種要表現的內容，使人激昂、輕快或消沉。

排比的功能是多方面的，運用時應該和各種內容恰當地配合，才能發揮最恰當的修辭功效。

　　黃慶萱（2002：668）提到排比的第二項原則爲「鮮明地表現多樣的統一」，我們可以理解爲「先目後凡」的歸納形式：

> 吾始困時，嘗與鮑叔賈，分財利多自與，鮑叔不以我爲貪，知我貧也。
> 吾嘗爲鮑叔謀事而更窮困，鮑叔不以我爲愚，知時有利不利也。
> 吾嘗三仕三見逐於君，鮑叔不以我爲不肖，知我不遭時也。
> 吾嘗三戰三走，鮑叔不以我爲怯，知我有老母也。
> 公子糾敗，召忽死之，吾幽囚受辱，鮑叔不以我爲無恥，

知我不羞小節而恥功名不顯於天下也。

生我者父母，知我者鮑子也。（《史記‧管晏列傳》）

此例以五個相似句型排比敘說鮑叔對待管仲之恩，顯得文勢雄壯、內容廣包，此即「凡」的部分；最後再歸納為「生我者父母，知我者鮑子也」的結論，此即「目」的部分：合起來即是「多樣的統一」。

黃慶萱（2002：668）提第三項原則為「具體地表達共相的分化」，我們可以理解為「先目後凡」的演繹形式：

其為政也，善因禍而為福，轉敗而為功。貴輕重，慎權衡。

桓公實怒少姬，南襲蔡，管仲因而伐楚，責包茅不入貢於周室。

桓公實北征山戎，而管仲因而令燕修召公之政。

於柯之會，桓公欲背曹沫之約，管仲因而信之，諸侯由是歸齊。（《史記‧管晏列傳》）

此例先提出管仲施政的原則：「善因禍而為福，轉敗而為功」，此即是「凡」的部分；然後以演繹法將三個相似句型排比列出三件事，達到「壯文勢，廣文義」的效果，此即是「目」的部分：合起來即是「共相的分化」。

「多樣的統一」，是用歸納法將多樣的鮮明意象統一在籠統的全體之中；「共相的分化」則是用演繹法將某一共相的抽象概念分化為各種具體的意象。猶如「凡目法」中的「凡」與「目」，「凡」是全體或共相，較為籠統抽象；「目」是「條分」或「部分」，以排比句法呈現鮮明具體的意象。

第五節　頂針

壹、定義

「頂針」又名「頂真」，沈謙（1996：552）曰：「『頂針』原為刺繡或縫衣時中指所戴之金屬指環，銅環上滿布小凹點，俾推針穿布。尤其是古人縫布鞋，不用頂針則無從著力。而『頂針』一詞由具

體工具之銅指環，借爲抽象名詞之修辭方法。」

　　頂針的定義，陳望道（1989：212）曰：

　　　　頂真是用前一句的結尾來做後一句的起頭，使鄰接的句子
　　　　頭尾蟬聯而有上遞下接趣味的一種措詞法。

這個定義，大略已將頂針特性做一交代。所以，黃慶萱（2002：689）完全承襲，並稍加補充：

　　　　用上一句結尾的詞彙，作下一句的起頭，使鄰接的句子頭
　　　　尾藉同一詞彙的蟬聯而有上遞下接趣味的修辭法，稱為
　　　　「頂真」。

但陳、黃二氏對頂針所下的定義，仍有微瑕，需要修改。這是因爲「用前一句的結尾來做後一句的起頭」，只能指「連環體」和「聯珠格」，無法包括「句中頂針」。也只能指「字的頂針」、「詞的頂針」，而無法包括「句的頂針」。所以，沈謙（1996：526）將之修改爲：

　　　　後面的開端，與前面的結尾，重複相同的字、詞、語、
　　　　句，前後緊接，蟬聯而下，使得文章緊湊而顯現上遞下接
　　　　趣味的修辭方法，是為「頂針」。

這個定義主要是以「後面的開端，與前面的結尾，重複相同的字、詞、語、句」取代「用前一句的結尾來做後一句的起頭」，如此則有二個功能：㈠「後面的開端，與前面的結尾」可以包括「連環體」、「聯珠格」和「句中頂針」三類。㈡「重複相同的字、詞、語、句」可以包括「字的頂針」、「詞的頂針」和「句的頂針」三類。但仍有所不足，因此，爲求本書用語統一，將頂針之定義修正爲：

　　　　說話行文時，有意將後面的開端，與前面的結尾，重複相
　　　　同的成分，前後緊接，蟬聯而下，使得文章緊湊而顯現
　　　　上遞下接趣味的修辭方法，叫做「頂針」。又稱為「頂
　　　　真」。

這個定義除了承襲上述沈謙的兩個功能，更進一步將「重複相同的字、詞、語、句」改爲「重複相同的成分」，如此，則能產生下文：依頂接成分之結構分，可以分爲㈠常例：「字的頂針」、「詞的頂針」、「句的頂針」三類；㈡變例：「諧音頂針」和「破字頂針」二類。

貳、分類

頂針的關鍵，在於「頂接的成分」，因此可以就此關鍵做不同分類：一、依頂接成分之位置分：可以分爲「段與段之間的頂針（連環體）」、「句與句之間的頂針（聯珠格）」和「句中頂針」三類；二、依頂接成分之結構分：可以分爲(一)常例：「字的頂針」、「詞的頂針」和「句的頂針」三類；(二)變例：「諧音頂針」和「半字頂針」兩類；三、依頂接成分是否阻隔：可以分爲「直接頂針」和「間隔頂針」兩類。茲說明如下：

一、依頂接成分之位置分

依頂接成分所處位置來分，可以分爲「段與段之間的頂針（連環體）」、「句與句之間的頂針（聯珠格）」和「句中頂針」三類：

㈠段與段之間的頂針（連環體）

段與段之間的頂針，陳望道（1989：212）稱爲「連環體」，沈謙（1996：527）稱爲「段與段之間的頂針」或「段與段之頂針」，張春榮（2000：153）稱爲「段落頂眞」，黃麗貞（2000：453）稱爲「章段頂眞」，陳正治（2001：297）稱爲「段間頂眞」。它是指文章上一段的末尾，與下一段的開端，重複同樣的成分。如：

> 下武維周，世有哲王。三后在天，王配于京。王配于京，世德作求。永言配命，成王之孚。成王之孚，下土之式。永言孝思，孝思維則。媚茲一人，應侯順德。永言孝思，昭哉嗣服。昭茲來許，繩其祖武。於萬斯年，受天之祜。受天之祜，四方來賀。於萬斯年，不遐有佐。（《詩經‧大雅‧下武》）

此例以「王配于京」、「成王之孚」、「受天之祜」作爲頂接成分，其所處位置在於「章段之間」。

> 覆舟山下龍光寺，玄武湖畔五龍堂。
> 想見舊時遊歷處，<u>煙雲渺渺水茫茫</u>。
>
> <u>煙雲渺渺水茫茫</u>，繚繞蕪城一帶長。
> 蒿目黃塵憂世事，<u>追思陳跡故難忘</u>。
>
> <u>追思陳跡故難忘</u>，翠木蒼藤水一方。
> 聞說精廬今更好，好隨殘汴理歸艎。（王安石〈憶金陵三首〉）

此例以「煙雲渺渺水茫茫」、「追思陳跡故難忘」作爲頂接成分，其所處位置在於「章段之間」。

㈡句與句之間的頂針（聯珠格）

句與句之間的頂針，陳望道（1989：212）稱爲「聯珠格」，沈謙（1996：534）稱爲「句與句之間的頂針」或「句與句之頂針」，張春榮（2000：153）、黃麗貞（2000：450）、陳正治（2001：295）都稱爲「句間頂眞」。是指前一句的末尾，與下一句的開端，重複同樣的成分。如：

> 姬謂太子曰：「君夢齊姜，必速祭之。」太子祭於曲沃，歸胙於公。公田，姬置諸宮六日，公至，毒而獻之。公祭之<u>地</u>，<u>地</u>墳；與<u>犬</u>，<u>犬</u>斃；與<u>小臣</u>，<u>小臣</u>亦斃。姬泣曰：「賊由<u>太子</u>。」<u>太子</u>奔新城。（《左傳·僖公四年》）

此例以「地」、「犬」、「小臣」、「太子」作爲頂接成分，其位置在「句與句之間」。

> 青青河畔草，綿綿思<u>遠道</u>；<u>遠道</u>不可思，宿昔<u>夢見</u>之；
> <u>夢見</u>在我傍，忽覺在<u>他鄉</u>；<u>他鄉</u>各異縣，展轉不相見。
> （《樂府詩集·相和歌辭十三·飲馬長城窟行》）

此例以「遠道」、「夢見」、「他鄉」作爲頂接成分，其位置在

「句與句之間」。

> 將軍百戰死，壯士十年<u>歸</u>。<u>歸</u>來見<u>天子</u>，<u>天子</u>坐明堂。
> （《樂府詩集‧橫吹曲辭五‧木蘭詩》）

此例以「歸」、「天子」作為頂接成分，其位置在「句與句之間」。

> 幽泉怪石，無遠不<u>到</u>。<u>到</u>則披草而坐，傾壺而<u>醉</u>。<u>醉</u>則更相枕以<u>臥</u>。<u>臥</u>而夢，意有所極，夢亦同趣。覺而<u>起</u>，<u>起</u>而歸。（柳宗元〈始得西山宴遊記〉）

此例以「到」、「醉」、「臥」、「起」作為頂接成分，其位置在「句與句之間」。

㈢句中頂針

沈謙（1996：547）曰：「句中頂針，是指文句中片語和片語之間，用同一字來頂接。」如：

> 抽刀斷水<u>水</u>更流，舉杯消<u>愁愁</u>更愁。（李白〈宣州謝朓樓餞別校書叔雲〉）

此例以「水」、「愁」作為頂接字，其位置在「文句之中」。

> 有意栽<u>花花</u>不發，無心插<u>柳柳</u>成蔭。

此例以「花」、「柳」作為頂接字，其位置在「文句之中」。

> 春風吹<u>花花</u>怒開，春風吹<u>人人</u>老矣。

此例以「花」、「人」作為頂接字，其位置在「文句之中」。

> 酒不醉<u>人人</u>自醉。

此例以「人」作為頂接字，其位置在「文句之中」。

> 國士無<u>雙雙</u>國士，忠臣不<u>二二</u>忠臣。（張巡許遠廟聯）

此例以「雙」、「二」作為頂接字，其位置在「文句之中」，而且也形成「當句回文」。

「句中頂針」其實可以把它看成句中省略一個逗號或頓號，如：「有意栽花花不發，無心插柳柳成蔭。」可以標為：「有意栽花、花不發，無心插柳、柳成蔭。」

二、依頂接成分之結構分

依頂接成分之結構來分，有「常例」和「變例」兩大類，其下又各自分為數類：

㈠常例

一般修辭學的著作中，是以頂接成分的語言結構來作為分類的標準，此即本文所謂「常例」。若以語言結構作為分類根據，一般是照語言學的的標準，分為「字（詞素）」、「詞」、「語（詞組）」和「句」四類。但在實際歸類上，這種分類法，有時會遇到雖是同樣的成分，但卻分屬不同的語言結構。如：「瞻前不顧後，後悔總不夠」，前一個「後」是單詞，後一個「後」則是詞素；請問此例該屬「字（詞素）的頂針」或是「詞的頂針」？有時複詞和短語（詞組）也混合著用。若要將其徹底區分，則徒增困擾。因此有的學者就採用變通的方法，將之分為「字」（單詞或單音節詞素）、「詞」（複詞和詞組）和「句」三個層次。如：黃麗貞（2000：413-420）將「複疊」分為「接連複疊」和「隔離複疊」二大類。「接連複疊」又可分為：「字的接連複疊」、「詞的接連複疊」、「句的接連複疊」三類；「隔離複疊」又可分為：「字的隔離複疊」、「詞的隔離複疊」、「句的隔離複疊」三類。

因此，本文為了方便說明，採黃麗貞教授的三個層次觀點，依頂接成分之結構來分，可以分為「字的頂針」、「詞的頂針」和「句的頂針」三類：

1.字的頂針

字的頂針，是指頂接成分為單字（單音節詞素）或單詞。如：

我這時突然感到一種異樣的感覺，覺得他滿身灰塵的後影，剎時高大了，而且愈走愈大，須仰視纔見。而且他對

於我，漸漸的又幾乎變成一種威壓，甚而至於要搾出皮袍下面藏著的「小」來。（魯迅〈一件小事〉）

此例以「覺」作爲頂接字，第一個「覺」爲詞素，第二個「覺」也是詞素，其位置在「句與句之間」。

其季父項梁，梁父即楚將項燕。（《史記·項羽本紀》）

此例以「梁」作爲頂接字，第一個「梁」爲詞素，第二個「梁」爲單詞。其位置在「句與句之間」。

打起黃鶯兒，莫教枝上啼；
啼時驚妾夢，不得到遼西。（金昌緒〈春怨〉）

此例以「啼」作爲頂接字，兩個「啼」都是單詞，其位置在「句與句之間」。

民之所好好之，民之所惡惡之，此之謂民之父母。（《禮記·大學》）

此例以「好」、「惡」作爲頂接字，也都是單詞，其位置在「文句之中」。

2.詞的頂針

詞的頂針，是指頂接的成分爲複詞或詞組。如：

做戲的鑼鼓，在阿Q耳朵裡彷彿在十里之外；他只聽得椿家的歌唱了。他贏而又贏，銅錢變成角洋，角洋變成大洋，大洋又成了疊。他興高采烈得非常。（魯迅〈阿Q正傳〉）

此例以「角洋」、「大洋」作爲頂接複詞，其位置在「句與句之間」。

世人結交需黃金，黃金不多交不深，不信但看筵中酒，杯杯先敬有錢人。（趙寧〈身懷六假〉）

此例以「黃金」作爲頂接複詞，其位置在「句與句之間」。

願儂此日生雙翼，隨花飛到天盡頭。天盡頭，何處有香坵？（曹雪芹《紅樓夢》第二十七回）

此例以「天盡頭」作爲頂接詞組（短語），其位置在「句與句之間」。

3.句的頂針

句的頂針，是指頂接的成分爲句子。如：

那光潔的樹身　仍舊
吾人擁有最真實的存在
——只要我們有根

只要我們有根
縱然沒有一片葉子遮身
仍舊是一株頂天立地的樹（蓉子〈只要我們有根〉）

此例以「只要我們有根」作爲頂接句子，其所處位置在於「章段之間」。

據我看這脈息，大奶奶是個心性高強、聰明不過的人；但聰明太過，則不如意事常有；不如意事常有，則思慮太過：此病是憂慮傷脾，肝木忒旺，經血所以不能按時而至。（曹雪芹《紅樓夢》第十回）

此例以「不如意事常有」作爲頂接句子，其位置在「句與句之間」。

㈡變例

以頂針成分之結構作爲分類根據，除了上述三種常見的類型外，尚有以下兩種罕見的「變例」，可視爲「寬式頂針」的類型之一：

1.諧音頂針

後面的開端，與前面的結尾，重複諧音的字、詞、語、句，前後緊接，蟬聯而下，使得文章緊湊而顯現上遞下接趣味的修辭方法，是爲「諧音頂針」。如：

　　小姐小姐別生氣，明天帶妳去看戲。看什麼戲？看妳爸爸
流鼻<u>涕</u>。<u>涕</u>，<u>剃</u>光<u>頭</u>；<u>頭</u>，<u>投</u>大<u>海</u>；<u>海</u>，海龍<u>王</u>；<u>王</u>，王
八<u>蛋</u>；<u>蛋</u>，<u>盪</u>鞦<u>韆</u>；<u>韆</u>，<u>千</u>千<u>萬</u>；<u>萬</u>，萬萬<u>歲</u>；<u>歲</u>，<u>睡</u>午
<u>覺</u>；<u>覺</u>，叫妳起來上學校。（筆者童時念謠）

此例以「海」、「王」、「萬」，作為頂接字，是正常的頂針。
另外，以諧音字「涕」和「剃」、「頭」和「投」、「蛋」和
「盪」、「韆」和「千」、「歲」和「睡」，構成頂接字，而產生上
遞下接的橋樑趣味，則是諧音頂針。許多文字接龍或童謠，往往以諧
音字作為頂接成分，因而形成「諧音頂針」。

　　魯大海　（掙扎）放開我，你們這一群強盜！
　　周　萍　（向僕人們）把他拉下去！
　　魯侍萍　（大哭）這真是一群強盜！（走到周萍面前）你
　　　　　　是<u>萍</u>，……<u>憑</u>——<u>憑</u>什麼打我的兒子！（曹禺《雷雨》）

此例「萍」與「憑」相頂接，完全是靠它們的諧音關係，意義上沒有
絲毫關係，但是語氣上卻絲絲入扣。

　　海峽隔離造成鄉<u>愁</u>，<u>相仇</u>也因此而生。
　　養生喝好<u>醋</u>，<u>好處</u>多很多。
　　某女總裁只是<u>MISS</u>，<u>密使</u>非其所長。（筆者擬句）

上述諸例，「鄉愁」和「相仇」諧音，「好醋」和「好處」諧音，
「MISS」和「密使」諧音，形成上遞下接的橋樑效果。

2.半字頂針

　　後面開端的字，重複前面結尾末字的半形，前後緊接，蟬聯
而下，形成上遞下接趣味的修辭方法，是為「半字頂針」。孟昭
泉（1994：63）則稱為「破字頂真」，他說：「破字頂真是指後
一句開頭的字詞，是前一句末尾字詞漢字的一個部件或是一個部
分。……這樣的頂真同語氣語義毫不相干，只在形式上破開漢字，頂
其一隅。」他並舉白居易〈遊紫霞宮〉為例：

　　水洗塵埃道未<u>嘗</u>，<u>旨</u>於名利兩相<u>忘</u>。

心懷六洞丹霞客，口誦三清紫府章。
十里採蓮歌達旦，一輪明月桂飄香。
日高公子還相覓，見得山中好酒漿。

此例「旨」是「嘗」的下半部，「心」是「忘」的下半部，「口」是
「客」的下半部，「十」是「章」的下半部，「一」是「旦」的下半
部，「日」是「香」的下半部，「見」是「覓」的下半部，首句起字
「水」又是末句末字「漿」的下半部。

　　湖南省桃源縣遇仙橋頭有一塊詩碑，碑上有七七四十九個字（如
下圖），隱藏八句七言詩。讀的方法是：自中心的「牛」字開始，按
順時針方向，由裡圈向外旋轉，每七字一句，每句最後一字的半個字
爲下一句的第一個字（朱懷興，1995：175）。

機 時 得 到 桃 源 洞
忘 鐘 鼓 響 停 始 彼
盡 聞 會 佳 期 覺 仙
作 惟 女 牛 下 星 人
而 靜 織 郎 彈 斗 下
機 詩 賦 又 琴 移 象
觀 道 歸 冠 黃 少 棋

全詩爲：「牛郎織女會佳期，月下彈琴又賦詩；寺靜惟聞鐘鼓響，音
停始覺星斗移。多少黃冠歸道觀，見機而作盡忘機；幾時得到桃源
洞，同彼仙人下象棋。」此例「月」是「期」的右半部，「寺」是
「詩」的右半部，「音」是「響」的下半部，「多」是「移」的右半
部，「見」是「觀」的右半部，「幾」是「機」的右半部，「同」是
「洞」的下半部。

三、依頂接成分有無阻隔分

　　頂針以「斷讀」爲前提，猶如一條河流阻斷兩岸交往，於是以相
同的成分頂接，而形成上遞下接的橋樑功用。頂接的成分猶如兩塊磁
鐵，中間沒有其他文字阻隔，當然可以產生銜接效果；就算中間參雜
有其他文字，只要不是太多，仍然擋不住兩塊磁鐵的吸引力，它還是
可以產生上遞下接的功能。這兩塊磁鐵的磁力強弱，主要是參考它們

的背後腹地大小而成正比，亦即「段與段之間的頂針（連環體）」的磁力比「句與句之間的頂針（聯珠格）」來得大，「句與句之間的頂針（聯珠格）」的磁力比「句中頂針」來得大。磁力大者，中間夾雜的其他字詞也可以多一些，並不會影響其上遞下接的效果。磁力小者，則只能夾雜少許字詞，至於「句中頂針」則完全不能參雜任何文字在頂接成分之中。

依頂接成分有無阻隔來分，可以分為「直接頂針」和「間隔頂針」二類：

㈠直接頂針

頂接成分之間沒有夾雜其他文字者，稱為「直接頂針」。如：

> 我們曾經與「彈彈子」、「跳橡皮筋」，與「官兵捉強盜」告別，告別不是停止，而是生命的一個必經過程，而且籃球不是唯一的運動，運動更不是人生的全部。（趙寧〈48──14〉）

此例分別以「告別」和「運動」作為頂針成分；頂接成分之間，沒有夾雜其他文字，是為「直接頂針」。其位置在「句與句之間」，則屬「聯珠格」。

㈡間隔頂針

頂針成分之間夾雜其他文字者，稱為「間隔頂針」。也可視為「寬式頂針」的類型之一。如：

> 啊，一個希臘向我走來
> 金雞在宮殿上飲露水
> 荷馬彈一隻無弦琴
>
> 啊，無弦琴
> 我感覺那芬芳的溫暖
> 像海倫沐浴時的愛琴海（瘂弦〈希臘〉）

此例以「無弦琴」作為頂接成分，其位置在「章段之間」，是「連環體」；但在頂接成分之間，插入「啊」字，是為「間隔頂針」。

但你隱身時絕不能出聲，一出聲就逃不了。（郝廣才《新世
紀童話繪本7・皇帝與夜鶯》）

此例以「出聲」作為頂接成分，其位置在「句與句之間」，屬「聯珠
格」；但在頂接成分之間，插入「一」字，是為「間隔頂針」。

表5-5　頂針分類表　　　　　　　　　　　　　　　　（筆者自製）

辭格	分類基準	次辭格		異名	說明
伍、頂針—頂真	一、依頂接成分之位置分	㈠段與段之間的頂針		連環體、段與段之頂針、段落頂真、章段頂真、段間頂真	
		㈡句與句之間的頂針		聯珠格、句與句之頂針、句間頂真	
		㈢句中頂針			
	二、依頂接成分之結構分	㈠常例	1.字的頂針		
			2.詞的頂針		
			3.句的頂針		
		㈡變例	1.諧音頂針		
			2.半字頂針	破字頂針	
	三、依頂接成分是否阻隔分	㈠直接頂針			
		㈡間隔頂針			

參、辨析

一、「句中頂針」有別於「複辭」

陳望道（1989：171）曰：「一是隔離的，或緊相連接而意義不
相等的，名叫複辭。」「複辭」之中有兩類，一是隔離的，有意義相
等的，如：「知之為知之，不知為不知，是知也。」（《論語・為
政》）也有意義不相等者，如：「老吾老以及人之老，幼吾幼以及人
之幼。」（《孟子・梁惠王上》）一是緊相連接而意義不相等者，

如：「君君、臣臣、父父、子子。」（《論語‧顏淵》）「故有生
者，有生生者；有形者，有形形者；有聲者，有聲聲者；有色者，有
色色者；有味者，有味味者。」（《列子‧天瑞》）

　　句中頂針和複辭中「緊相連接而意義不相等」的那一類，都有
「同一字疊用在一起」的共同外形特徵，因此容易造成混淆。但它們
之間的差異在於：頂針只要斷讀，不必計較詞性；複辭必須連讀、詞
性不同。

　　要辨析頂針與其他辭格之不同，須先掌握頂針的必備要件，我們
可以先看下列數例：

　　安得萬丈梯，為君上上頭。（杜甫〈鳳凰臺〉）
　　聖人不病，以其病病；夫唯病病，是以不病。（《老子‧
　　七十一章》）
　　知能能而不能所不能。（《莊子‧知北遊》）
　　大學之道，在明明德。（《禮記‧大學》）

其中「上上」、「病病」、「能能」、「明明」四例，沈謙
（1996：549、551）都視為「句中頂針」，則有待商榷；但一般人
認為它們不是頂針，則是因為詞性不同，這也是誤解。因為下列例子
之頂針，其詞性也是不同。如：

　　陳餘為將，將卒數萬人而軍鉅鹿之北，此所謂河北之軍
　　也。（《史記‧項羽本紀》）

此例以「將」字作為頂接字，雖然二者都是單詞，但第一個「將」字
是名詞，第二個「將」字是動詞：二者的詞性不同。

　　項王乃立章邯為雍王，王咸陽以西……故立司馬欣為塞
　　王，王咸陽以東至河……立董翳為翟王，王上郡……徙魏
　　王豹為西魏王，王河東……故立卬為殷王，王河內……故
　　立耳為常山王，王趙地……項王自立為西楚霸王，王九
　　郡，都彭城。（《史記‧項羽本紀》）

此例共有七組頂針，每一組的第一個「王」字都是名詞，第二個
「王」字都是動詞。

陳勝、吳廣乃謀曰：「今亡亦死，舉大事亦死，等<u>死</u>，<u>死</u>國可乎？」（《史記·陳涉世家》）

此例「等死，死國可乎」，是以「死」字作爲頂接字，但第一個「死」字是名詞，第二個「死」字是動詞：二者的詞性不同。

牽衣頓足攔道<u>哭</u>，<u>哭</u>聲直上干雲霄。（杜甫〈兵車行〉）

「攔道哭」的「哭」是動詞，「哭聲」的「哭」是形容詞，二者詞性不同，仍是頂針。可見頂針與詞性並無絕對關係。

然則判斷頂針的關鍵何在？在於「斷讀」。因爲頂針的重點，在於「上遞下接」形成的橋樑效果。但是，如果沒有阻隔，搭起來的橋樑只是裝飾作用，白費功夫而已。所以頂針的必備條件是「斷讀」，不論是「連環體」、「聯珠格」或「句中頂針」，都是上下兩部分斷讀開來，然後才以相同的成分來頂接，如此才會有定義所說的「前後緊接，蟬聯而下，使得文章緊湊而顯現上遞下接趣味」的修辭效果。

而上述數例，「爲君上上頭」中，「上頭」爲一帶詞尾的派生詞，「上上頭」則是一個動賓結構的詞組，此句不能斷讀爲「爲君上、上頭」，只能斷爲「爲君、上上頭」，所以兩個「上」字之間不能斷讀，因此，它不是「句中頂針」。

「以其病病」（因爲他討厭毛病）和「夫唯病病」（正因爲他討厭毛病）中，「病病」是一個動賓結構的詞組，此二句不能斷讀爲「以其病、病」、「夫唯病、病」，只能斷爲「以其、病病」、「夫唯、病病」，所以兩個「病」字之間不能斷讀，因此，它不是「句中頂針」。

「知能能而不能所不能」（知道能夠做能力所做得到的事，而不能做能力所做不到的事）中，「能能」是一個動賓結構的詞組，此句不能斷讀爲「知能、能而不能所不能」，只能斷爲「知能能、而不能所不能」，所以兩個「能」字之間不能斷讀，因此，它不是「句中頂針」。

「在明明德」中，「明德」爲一偏正式複詞，「明明德」則是一個動賓結構的詞組，此句不能斷讀爲「在明、明德」，只能斷爲「在、明明德」，所以兩個「明」字之間不能斷讀，因此，它不是「句中頂針」。

二、「句的頂針」與「疊句」之別

　　所謂「疊句」，是指「句的接連複疊」（黃麗貞，2000：416），它和「句的頂針」絕對不同。如：

> 少年不知愁滋味，<u>愛上層樓</u>；<u>愛上層樓</u>，為賦新詞強說愁。
> 而今識盡愁滋味，<u>欲說還休</u>；<u>欲說還休</u>，卻道天涼好個秋。（辛棄疾〈醜奴兒〉）

此例一般人都將「愛上層樓」、「欲說還休」誤認為是「疊句」，其實它們應是頂針，因為前一句「愛上層樓」或「欲說還休」必須是連上而讀，而下一句必須連下而讀，在整體感覺上，前二句和後二句是明顯分開的，而非重疊。另外，就頂接字句的結構而言，是「句的頂針」；就頂接字句的位置而言，是「聯珠格」；就頂接字句有無阻隔而言，是直接頂針。

　　另外，黃麗貞（2000：458）曰：

> 文辭中出現頂真，是作者特意的安排，使文意有遞接的作用，如果只做疊句，尤其有牌譜格律依據的詞、曲，某個地方規定要「疊用前句」，應該不能以「頂真」來看待。

這種看法，有待商榷。我們以她書中所舉例子來說明：

> 昨夜雨疏風驟，濃睡不消殘酒。試問捲簾人，卻道海棠依舊。<u>知否？知否？</u>應是綠肥紅瘦。（李清照〈如夢令〉）

此例「知否？知否？」確是「疊句」。

> 人生一串艱難路：幼時學步頻顛仆，少年苦讀開頑固，壯年奔競光門戶。<u>老了人也麼哥，老了人也麼哥</u>，氣衰力竭驚秋暮。（黃麗貞〈叨叨令〉）

此例「老了人也麼哥，老了人也麼哥」確是「疊句」。但是，李白〈憶秦娥〉則未必：

> 簫聲咽，秦娥夢斷秦樓月。<u>秦樓月</u>，<u>秦樓月</u>，年年柳色，灞陵傷

別。　樂遊原上清秋節，咸陽古道<u>音塵絕</u>。<u>音塵絕</u>，西風
殘照，漢家陵闕。

此例「秦樓月」及「音塵絕」在詞譜上雖然規定必須「疊用」，但
疊用者未必是「疊句」。此例上半闋前一個「秦樓月」必須是連上
而讀，而下一個「秦樓月」必須連下而讀，在整體感覺上，「簫聲
咽，秦娥夢斷秦樓月」和「秦樓月，年年柳色，灞陵傷別」是明顯分
開的，而非重疊；此例下半闋前一個「音塵絕」必須是連上而讀，而
下一個「音塵絕」必須連下而讀，在整體感覺上，「樂遊原上清秋
節，咸陽古道音塵絕」和「音塵絕，西風殘照，漢家陵闕」是明顯分
開的，而非重疊。

我鑾輿，返咸陽；返咸陽，過宮牆；過宮牆，繞迴廊；繞
迴廊，近椒房；近椒房，月昏黃；月昏黃，夜生涼；夜生
涼，泣寒螿；泣寒螿，綠紗窗；綠紗窗，不思量。呀！不
思量，除是鐵心腸；鐵心腸，也愁淚滴千行。（元・馬致
遠《漢宮秋》第三折）

此例以「返咸陽」、「過宮牆」、「繞迴廊」、「近椒房」、「月昏
黃」、「夜生涼」、「泣寒螿」、「綠紗窗」、「不思量」、「鐵心
腸」作為頂接句子。每兩句為一個單位，並用「分號」隔開，「分
號」的停頓時間比「逗號」久，可知偶數句要連上而讀，奇數句要連
下而讀，則上述頂接句子絕非「疊句」。

另外，疊句在整體感覺上，應是重疊，並非上句連上而讀，下句
連下而讀。如：

子曰：「視其所以，觀其所由，察其所安。<u>人焉廋哉</u>？<u>人
廋哉</u>？」（《論語・為政》）

兩句「人焉廋哉」是重疊的加強效果，並非分開的頂接效果。所以此
例是疊句。

三、「間隔頂針」有別於「類字」、「類詞」

所謂「類字」，是指「字的隔離複疊」（黃麗貞，2000：
417）；所謂「類詞」，是指「詞的隔離複疊」（黃麗貞，2000：

414）。不論是「類字」或「類詞」，它們所強調的是「重複使用」；而「間隔頂針」雖然也有「隔離」的現象，但它強調的是「上遞下接」的銜接效果。如：

> 父兮生我，母兮鞠我。
> 拊我畜我，長我育我。
> 顧我復我，出入腹我。
> 欲報之德，昊天罔極！（《詩經‧小雅‧蓼莪》）

此例隔離使用「我」字，是「類字」。

> 尋夢？撐一支長篙，
> 向青草更青處漫溯
> 滿載一船星輝，
> 在星輝斑斕裡放歌。
>
> 但我不能放歌，
> 悄悄是別離的笙簫；
> 夏蟲也為我沉默，
> 沉默是今晚的康橋！（徐志摩〈再別康橋〉）

此例以「放歌」作為頂接成分，屬「詞的頂針」；其所處位置在於「章段之間」，屬「連環體」；兩個頂接成分之間插入其他字詞，屬「間隔頂針」。不過，「在星輝斑斕裡放歌」和「但我不能放歌」能不能視為頂針，則有不同見解。如果此例的位置是在「句與句之間」，則不能視為頂針，只能視為「詞的隔離使用」（類詞），這是因為前一個「放歌」是在上一句的末尾，而後一個「放歌」是在下一句的末尾，所以不符「後面的開端，與前面的結尾，重複相同的成分」的「頂針」定義；像本例的位置是在「段與段之間」，則可視為頂針，這是因為前一個「放歌」是在前段之末尾，而後一個「放歌」是在後段的開頭（後段有四句，「放歌」在第一句），所以符合「後面的開端，與前面的結尾，重複相同的成分」的「頂針」定義。亦即因為聯珠格的腹地較小，頂接成分中間可以插入的字詞不能太多，而連環體的腹地較大，頂接成分中間可以插入較多的字詞。

四、「頂針」有別於「層遞」

　　黃慶萱（2002：702）曰：「頂眞和層遞有許多相似之處。在本質上，兩者都根據觀念的聯接而形成；頂眞著重以一個中心觀念連接其他概念；層遞著重的卻是比例和因果。因此頂眞在形式上，以同一語詞貫串上下句，講求環環相連；而層遞卻以數句意義的關聯爲主，層層遞進，講求層次和秩序。」所以，「頂針」談的是形式上的頂接，而「層遞」則是意義上的遞進。它們之間既有明確的區分，也有兼具的「兼格」現象。

㈠單純的「頂針」

　　只有形式上的頂接，而無意義上的遞進者，是單純的頂針。如：

　　人生何處不相逢，相逢有如在夢中。（嚴寬作詞，國語歌曲〈重逢〉）

此例只有形式上以「相逢」作爲頂接成分，並無意義上的遞進，所以是單純的「頂針」。

　　修辭十二招，招數果然高；高眼出高手，手把玉龍雕。（關紹箕，2000：278）

關紹箕（2000：278）曰：「本書列舉的十二種修辭技巧，招招都有獨特的地方，熟練這些『辭林祕笈』，不僅眼界日高，手法也日漸生巧，巧得可以放膽去雕刻玉龍這麼難雕的東西呢！」此例只有形式上以「招」、「高」、「手」作爲頂接成分，並無意義上的遞進，所以是單純的「頂針」。

㈡單純的「層遞」

　　只有意義上的遞進，而無形式上的頂接，是單純的層遞。如：

　　夫妻關係：相敬如賓，相敬如冰，相敬如兵，相敬如殯。

此例在意義上由「如賓」遞進爲「如冰」，由「如冰」遞進爲「如兵」，由「如兵」遞進爲「如殯」：是爲層遞；在形式上並無頂接成分，故非頂針；所以它只是單純的「層遞」。

(三)「層遞」套用「頂針」

意義上有遞進，形式上也有頂接者，是兩種辭格的兼格現象。而且從整體意義而言，是層遞；從部分形式而言，是頂針；因此，它是「層遞」套用「頂針」。如：

歌而優則演，演而優則商，商而優則政。（關紹箕，2000：277）

從整體意義而言，此例由「歌」遞進爲「演」，由「演」遞進爲「商」，由「商」遞進爲「政」：是爲層遞；從部分形式而言，此例以「演」、「商」作爲頂接成分，是爲頂針；所以，此例乃「層遞」套用「頂針」。

五、「雙蟬式頂針」、「多線頂針」有待商榷

吳禮權（2002：67）根據蟬聯詞句蟬聯的項目多少，將頂針分爲「雙蟬」和「單蟬」兩大類。「單蟬」又分爲「多線頂針」和「單線頂針」兩小類。其中「雙蟬式頂針」和「多線頂針」列入「頂針」格，尚有待商榷。

(一)「雙蟬式頂針」有待商榷

吳禮權（2002：67）對「雙蟬」下定義爲：「是指一個詞句同時蟬聯兩個項目的頂眞。」如：

門內有徑，徑欲曲；徑轉有屏，屏欲小；屏進有階，階欲平；階畔有花，花欲鮮；花外有牆，牆欲低；牆內有松，松欲古；松底有石，石欲怪；石面有亭，亭欲樸；亭後有竹，竹欲疏；竹盡有室，室欲幽；室旁有路，路欲分；路合有橋，橋欲危；橋邊有樹，樹欲高；樹陰有草，草欲青；草上有渠，渠欲細；渠引有泉，泉欲瀑；泉去有山，山欲深；山下有屋，屋欲方；屋角有圃，圃欲寬；圃中有鶴，鶴欲舞；鶴報有客，客不俗；客至有酒，酒欲不卻；酒行有醉，醉欲不歸。（林語堂，1989：273、274）

吳禮權（2002：67）加以說明：這裡「徑」、「屏」、「階」等語

詞都同時蟬聯了兩個項目，是很典型的「雙蟬」。

筆者認為：以「門內有徑，徑欲曲；徑轉有屏，屏欲小」為例，「門內有徑，徑欲曲」及「徑轉有屏，屏欲小」是分別以「徑」、「屏」作為頂接字，形式上符合頂針的要素，當然是頂針。但是，「門內有徑，徑欲曲」和「徑轉有屏」，只有在意義上有遞進承接關係，在形式上則無頂接現象，因此它只是層遞，而非頂針。

> 安民之本，在於擇交。擇交而得則民安，擇交不得則民終身不得安。（《戰國策‧趙策二‧蘇秦從燕之趙始合從》）

梁頌成（1996：100）曰：「雙蟬式的頂針是前句結尾的詞語直接作為後句的開頭，並且同一詞語蟬聯兩次，即形成『A—A1—A2』形式的頂針。」又說：此例是「蘇秦遊說趙王談『擇交』的重要性的話，先總說『安民之本，在於擇交』，再對照分說『擇交而得』與『擇交不得』的兩種截然不同的效果。動賓短語『擇交』蟬聯兩次，構成雙蟬式頂針。」

筆者認為：「安民之本，在於擇交。擇交而得則民安」是以「擇交」作為頂接成分，形式上符合頂針的要素，當然是頂針。但是，「安民之本，在於擇交。擇交而得則民安」和「擇交而不得則民終身不得安」，只有在意義上有映襯承接關係，在形式上則無頂接現象，因此它只是映襯，而非頂針。

㈡「多線頂針」有待商榷

吳禮權（2002：67）曰：「所謂『單蟬』，是指一個詞句只蟬聯一個項目的頂真。『單蟬』根據蟬聯單位連貫與否，可以分為『多線頂真』和『單線頂真』兩小類。」又說：「所謂『多線頂真』，是指蟬聯的語言單位不連貫，中間有其他語言單位間隔，呈現非單線直進的特點。」並舉韓愈〈原毀〉為例：

> 古之君子，其責己也重以周，其待人也輕以約。重以周，故不怠；輕以約，故人樂為善。

又加以說明：「這裡兩個蟬聯語言單位『重以周』、『輕以約』皆未緊密相連，而是中間有所隔離，它可以描寫為『ABAB』格式。這種格式的頂真，我們稱為『順頂式』。」（吳禮權，2002：67）此

種類型，孟昭泉稱爲「間接頂眞」。孟昭泉（1994：65）曰：「承接頂眞是一種遠距離頂眞，這種頂眞也可叫做『間接頂眞』。它不是一條線下來的頂眞，而是兩條平行的線，各自承接各自所要頂的詞語，井然有序，自找家門。」又說：「『重以周』是一條線；『輕以約』是一條線，各自承接上文相頂。」（孟昭泉，1994：65）

　　筆者認爲：此例只有在意義上有承接，但在形式上卻無頂接成分，因此不是頂針。雖然孟昭泉認爲：「承接頂眞」是一種遠距頂眞，這種頂眞也可叫做「間接頂眞」。但我們在「分類」部分提到「間隔頂針」，頂接字句之間雖然可以插入其他字詞，但必須視其位置而有不同的規定。此例爲「句與句之間」的類型，中間不能插入太多字詞，但它卻隔了一句以上，則不能再視爲「頂針」。

　　吳禮權又舉《孟子・公孫丑下》爲例：

　　得道者多助，失道者寡助；寡助之至，親戚叛之；多助之至，天下順之。

並加以說明：「這裡兩個蟬聯語言單位『多助』、『寡助』均未緊緊相連，中間有所隔離，它可以描寫爲『ABBA』格式。這種格式的頂眞，我們稱爲『逆頂式』。」（吳禮權，2002：67）

　　筆者認爲：「失道者寡助；寡助之至」，在形式上以「寡助」作爲頂接成分，符合頂針要素，當然是頂針。但是「得道者多助」和「多助之至」只有意義上的承接，並無形式上的頂接，所以不是頂針。

　　頂針的要素在於「形式上」的「頂接成分」，而「雙蟬式頂針」及「多線頂針」都是在意義上有所承接，但都有某一部分缺少「形式上的頂接成分」，所以，將之視爲頂針，則有待商榷。

肆、產生因素

一、心理基礎

　　在心理學上，頂眞基於自主意識中的中心觀念而形成。黃慶萱（2002：689、690）曰：

　　人類的意識，總是在不停地流動著。意識的流動可分自主（voluntary）與自動（automatic）二種。自主的聯想是受一

種中心觀念的支配。……至於自動的聯想則無中心觀念以支配之。

頂針的心理基礎，是利用上下語句的相同成分作爲自主意識的「中心觀念」，使上下文句的意識貫穿銜接。

二、美學基礎

在美學上，頂眞是基於統調的原理。黃慶萱（2002：690-693）曰：

> 美學上有所謂「統調」（Tone Unity），是指在許多複雜的事物中，以一共通點，來統率全體。如以某種色彩遍布全體，便是色彩統調。……除了色彩統調外，也有以某種形象構成統調的。……音樂中，主調之統御全曲，主題的反復出現，也是統調的表現。……統調能使全體不至於零散，而有統一整齊的感覺。修辭上的「頂眞」，實際上可視爲語文上的統調手法。

色彩、形象、音樂都有以一共通點，來統率全體的現象，形成一種將繁雜統一協調的美感效果。修辭上的頂針也是將不同的上下文用銜接的相同成分加以統一協調。

伍、運用原則

頂針的運用是首尾蟬聯，上遞下接的形式，本身就是一種特殊表現，它將心理距離拉開，容易吸引讀者眼光，達到橋樑效果。但頂針在心理學上符合自主意識中的中心觀念，在美學上又符合「統調」的美感，已將心理距離拉至恰當距離，易於讀者接受。所以頂針本身已經是一種適當心理距離的呈現。

只求頂針形式之運用，而忽略思想內容之配合，則只是一種文字遊戲，那就不得體。張春榮（1993：145）曾舉例說明：

> 運用頂眞的正途，旨在增益文章形式、音節之美。唯若只藉此以臻嬉笑怒罵之能，則誤走偏鋒。如今人有的好逞口舌，往往對人道：「你是我心目中的神。」而後停頓一

下，接說：「神經病！」前後兩句以「神」銜接，正是頂真技巧。只不過如此戲謔，沒什麼特別意義。

頂針之運用，若要得體，不能只求形式符合，而流於文字遊戲，應該追求文質合一，形式內容兼美。如：

北山愚公長息曰：「汝心之固，固不可徹；曾不若孀妻弱子！雖我之死，有子存焉；子又生孫，孫又生子，子又有子，子又有孫，子子孫孫，無窮匱也！而山不加增，何苦而不平？」（《列子・湯問》）

此例以「固」字作為頂接字詞，形式上是頂針，內容上強調智叟內心之頑固；另外，又以「孫」、「子」作為頂接字詞，形式上有上遞下接之效，內容上更是要呈現愚公的子孫綿延無窮，永不斷絕之效。這就是內容與形式統一的最佳語例。

第六節　回文

壹、定義

黃慶萱（2002：629）曰：「上下兩句或句組，詞彙部分相同，而詞序大致相反的辭格，叫做『回文』，也稱『迴文』或『迴環』。」這個定義大致已將「回文」的內涵做說明。但仍有三點瑕疵，需要修改。一是回文的範圍：「上下兩句或句組」，則無法包括「當句回文」是由「上下兩短語」構成的現象；二是回文的順序：「詞序大致相反」，則無法包括「字序」和「句序」；三是回文的異稱：「『回文』，也稱『迴文』或『迴環』」，將「回」寫成「迴」，只是字形不同，意義不變，但將「迴文」與「迴環」看成一樣，則混淆「嚴式回文」與「寬式回文」的界限。

沈謙（1996：560）曰：「上下兩句，詞彙大多相同，詞序排列恰好相反，造成回環往復的形式的修辭方法，是為『回文』。」這個定義仍有兩點需要修正：一為「上下兩句」，則回文只限於「雙句回文」，無法包括「當句回文」、「多句回文」，這就如同「對偶」的定義，不能說是「上下兩句」，否則它只是指「單句對」，而無法包括「當句對」（「句中對」）、「隔句對」、「長偶對」，所以本

文將之修改爲「語文的上下兩部分」，它就能夠包括較廣的範圍；二爲「詞序排列」，則回文倒讀的順序只有依照「詞序」，那就無法包括「字序」、「句序」，所以本文將之修改爲「語序排列」，因爲「語序」可以包括「字序」、「詞序」、「句序」，如此才可以比較完整地把回文的定義掌握，而無缺失。爲求本書用語統一，因此將「回文」定義修改爲：

> 説話行文時，有意造成語文的上下兩部分，關鍵詞彙大都相同，語言順序排列恰好相反，形成回環往復形式的修辭方法，叫做「回文」。又稱爲「迴文」。

貳、分類

回文的分類，可以從不同角度加以區分：一、依要求寬嚴分，可以分爲「嚴式回文」和「寬式回文」兩類；二、依語序分，可以分爲「字序回文」、「詞序回文」和「句序回文」三類；三、依體裁分，可以分爲「回文詩」、「回文詞」、「回文曲」、「回文聯」、「回文句」五類；四、依結構分，可以分爲「句的回文」、「段的回文」和「篇的回文」三類。茲説明如下：

一、依要求寬嚴分

回文依倒讀要求的寬嚴來分，可以分爲「嚴式回文」和「寬式回文」二類。廣義的回文包括「嚴式回文」和「寬式回文」；狹義的回文，專指上半部依字序倒讀即成下半部的「嚴式回文」。其他要求不嚴的，則屬「寬式回文」，「寬式回文」又稱爲「回環」。茲説明如下：

㈠嚴式回文

唐松波、黃建霖（1996：465）認爲「回文」是「刻意追求字序的迴繞，使同一語句可順讀，也可倒讀」。這個定義，強調「刻意追求字序的迴繞」，則是「嚴式回文」的關鍵。

沈謙（1996：566）也説：「刻意追求字序的迴繞，使同一語句或同一段文字既可以順讀，又可以倒讀，是爲『嚴式回文』。」可見「嚴式回文」專指上半部依「字序」倒讀，即成爲下半部的回文，而

不包括「詞序回文」和「句序回文」。如：

> 南海護衛艦衛護海南。
> 香山碧雲寺雲碧山香。

這是本句中，上半部依字序倒讀，即成為下半部的「當句回文」。

> 人來調驗所，所驗調來人。
> 人怕虎，虎怕人。

這是上句依字序倒讀，即成為下句的「雙句回文」。

> 嶠南江淺紅梅小，小梅紅淺江南嶠。
> 窺我向疏籬，籬疏向我窺。
> 老人行即到，到即行人老。
> 離別惜殘枝，枝殘惜別離。（蘇東坡〈菩薩蠻〉）

這是兩句一組，上句依字序倒讀，即成為下句的「雙句回文」，然後再組成的「回文詞」。

㈡寬式回文

　　沈謙（1996：582）曰：「上句的末尾，用作下句的開頭，下句的末尾，又疊用上句的開頭，是為『寬式回文』。……『寬式回文』只要求上句末尾與下句開頭相同或近似，下句末尾與上句開頭相同或近似即可，中間的字語可略具彈性。」該定義有一個瑕疵，即「上句的末尾，用作下句的開頭，下句的末尾，又疊用上句的開頭」，只能指「雙句回文」，而無法包括「當句回文」和「多句回文」。

　　所以該定義可修改為：語文上半部的末尾，用作下半部的開端，下半部的末尾，又疊用上半部的開頭，中間的字語可略具彈性，是為「寬式回文」。

　　根據上述定義，「寬式回文」（回環）的語句結構形式，可以用下列公式表示：

$$(A \sim B) + (B \sim A)$$
　　上半部　　　下半部

　　「寬式回文」（回環）依要求寬嚴來分，又可分爲：「嚴式回環」、「寬式回環」二類：

1.嚴式回環

　　「回環」上下兩部分的成分完全相同且緊連在一起者，是爲「嚴式回環」。又可分爲下列五類：

　　⑴ABCD，DBCA，如：

（知）（者）（不）　（博），（博）（者）（不）　（知）
（你）（來）（照顧）（我），（我）（來）（照顧）（你）
（來）（者）（不）　（善），（善）（者）（不）　（來）
（難）（者）（不）　（會），（會）（者）（不）　（難）
（用）（人）（不）　（疑），（疑）（人）（不）　（用）
（同）（中）（有）　（異），（異）（中）（有）　（同）
（靜）（中）（有）　（動），（動）（中）（有）　（靜）
（溼）（了）（又）　（乾），（乾）（了）（又）　（溼）
（開）（了）（又）　（謝），（謝）（了）（又）　（開）
（分）（久）（必）　（合），（合）（久）（必）　（分）
（動）（中）（有）　（靜），（靜）（中）（有）　（動）
（哭）（了）（又）　（罵），（罵）（了）（又）　（哭）
（青）（了）（又）　（黃），（黃）（了）（又）　（青）
（甜）（中）（有）　（苦），（苦）（中）（有）　（甜）
（圓）（中）（有）　（缺），（缺）（中）（有）　（圓）
（吐）（了）（再）　（吃），（吃）（了）（再）　（吐）
（城）（是）（一座）（山），（山）（是）（一座）（城）
（哥哥）（身上）（有）（妹妹），（妹妹）（身上）
（有）（哥哥）
（生）（者）（可以）（死），（死）（者）（可以）（生）
（天上）（的月亮）（在）（水裡），（水裡）（的月
亮）（在）（天上）
（山）（中）（躲著）（雲），（雲）（中）（躲著）（山）

⑵A̲B̲C̲D，A̲D̲C̲B，如：

（自）（外）（而）（內），（自）（內）（而）（外）
（自）（上）（而）（下），（自）（下）（而）（上）
（自）（左）（而）（右），（自）（右）（而）（左）
（似）（是）（而）（非），（似）（非）（而）（是）
（如）（真）（似）（幻），（如）（幻）（似）（真）

⑶A̲B̲C̲D，C̲B̲A̲D，如：

（鶴）（立）（雞）（群），（雞）（立）（鶴）（群）
（人）（以）（文）（傳），（文）（以）（人）（傳）
（你）（來）（我）（往），（我）（來）（你）（往）
（日）（往）（月）（來），（月）（往）（日）（來）
（人）（油）（嘴）（不油），（嘴）（油）（人）（不油）

⑷A̲B̲C，C̲B̲A，如：

（針）（不離）（線），（線）（不離）（針）
（色）（即是）（空），（空）（即是）（色）
（長相知），（才能）（不相疑）；（不相疑），（才
能）（長相知）
（春天）（的）（江南），（江南）（的）（春天）
（微雨）（的）（黃昏），（黃昏）（的）（微雨）
（成人）（不）（自在），（自在）（不）（成人）
（當差）（不）（自在），（自在）（不）（當差）
（留髮）（不）（留頭），（留頭）（不）（留髮）
（龍）（就是）（中國），（中國）（就是）（龍）
（你）（吃了）（我），（我）（吃了）（你）
（日本特務）（殺）（中國特務），（中國特務）（殺）
（日本特務）
（生）（不知）（死），（死）（不知）（生）
（來）（不知）（去），（去）（不知）（來）
（她）（就是）（產院），（產院）（就是）（她）

（我）（望了望）（他），（他）（望了望）（我）
（我）（笑）（諸仙），（諸仙）（笑）（我）
（無聊）（的）（文人），（文人）（的）（無聊）
（我）（不認得）（他），（他）（不認得）（我）
（月光）（戀愛著）（海洋），（海洋）（戀愛著）（月光）
（有志）（方）（有智），（有智）（方）（有志）

⑸AB，BA，如：

（分散）（聯合），（聯合）（分散）
（茫茫）（雲海），（雲海）（茫茫）
（汪洋）（一片），（一片）（汪洋）
（我越幫忙），（她越跟我好）；（她越跟我好），（我越幫忙）
（越窮）（越開山），（越開山）（越窮）
（越窮）（越砍樹），（越砍樹）（越窮）

2.寬式回環

「回環」上下兩部分的成分，並不要求完全相同或緊連在一起者，是爲「寬式回環」。又可分爲二類：
⑴普通寬式回環
回環的上下兩部分雖不完全相同，但卻緊連在一起者。如：

（病人）（怕）（鬼），（鬼）也（怕）（病人）
（從）（天邊）直（響）入（雲中），（從）（雲中）又回（響）到（天邊）
（弟子）（不必）不如（師），（師）（不必）賢於（弟子）
（我）靜靜地（望著）（它），（它）也便默默地（望著）（我）
（磕倒）了，（爬起來）；（爬起來），又（磕倒）
（浪）（是）（那）（海）（的）赤子，（海）（是）

（那）（浪）（的）依托

（你）站在橋上（看風景），（看風景）的人在樓上看
（你）

曲（水）（抱）（山）（山）（抱）（水），閒（人）
（觀）（伶）（伶）（觀）（人）

（人類）必須生存在（地球）上，（地球）卻並不依靠
（人類）而存在

（人）攀明（月）不可得，（月）行卻與（人）相隨

（山）馱著（樓），（樓）壓著（山）

（死）（馬）不能再（活），（活）（馬）可早晚得
（死）

（獅子）跳起摘（柿子），（柿子）落下打（獅子）

（月光）（好像）透明的（水），江（水）（好像）流動
的（月光）

（戰鬥）必須有（休養），（休養）正是為了（戰鬥）

（事業）高於（愛情），（愛情）服從（事業）

⑵變體回環

回環的上下兩部分並未緊連在一起者。其中又有「間隔回環」和
「局部回環」兩種形式：

a.間隔回環

回環的兩個分句被別的語句隔開，是為「間隔回環」。如：

味摩詰之詩，詩中有畫；觀摩詰之畫，畫中有詩。（蘇軾
《東坡題跋·書摩詰藍田煙雨圖》）

天朝人打死漢人，照例不抵命；漢人打死天朝人，就要凌
遲處死。（吳趼人《痛史》）

這些例子都是回環的上句和下句被其他語句隔開，是為「間隔回
環」。

b.局部回環

回環的上下兩部分只是各分句的局部，稱為「局部回環」。如：

不知是我戀瘦竹，還是瘦竹戀我。（王遼生〈笑·給·

竹〉）

不知<u>人長中之短</u>，不知<u>人短中之長</u>，則不可用人，不可以教人。（魏源《默觚下·治篇七》）

君子<u>周而不比</u>，小人<u>比而不周</u>。（《論語·為政》）

男人<u>有錢就變壞</u>，女人<u>變壞就有錢</u>。（某名言）

<u>歷史給他們留下了什麼</u>？<u>他們將給歷史留下什麼</u>？（胡發雲〈只要自己不倒下〉）

女人善於用一針一線<u>把你縫在她身上</u>，或是<u>把她縫在你身上</u>。（張賢亮〈男人的一半是女人〉）

這些都是回環的成分只占全句的部分，故稱「局部回環」。

二、依語序分

回文依倒讀語序來分，可以分為「字序回文」、「詞序回文」和「句序回文」三類：

㈠字序回文

語文的上下兩部分，關鍵詞彙大都相同，字序排列恰好相反，造成回環往復的形式，此種修辭方法，是為「字序回文」。又可分為「嚴式回文」的「字序回文」和「寬式回文」的「字序回環」：

1.「嚴式回文」的「字序回文」

回文的下半部依字序倒讀回去，即成為下半部，是為「嚴式回文」的「字序回文」。如：

中國出人才人出國中。
北京輸油管油輸京北。

這是上半部依字序倒讀，即成為下半部的「當句回文」，也是「字序回文」的一種。

花香滿園亭，亭園滿香花。
人來交易所，所易交來人。
人欺病，病欺人。

這是上半部依字序倒讀，即成爲下半部的「雙句回文」，也是「字序回文」的一種。

2.「寬式回文」的「字序回環」

回環的上半部與下半部，關鍵詞彙的字序排列恰好相反，是爲「寬式回文」的「字序回環」。如：

（信）（言）（不）（美），（美）（言）（不）（信）。
（善）（者）（不）（辯），（辯）（者）（不）（善）。（《老子》八十一章）
（學）（而）（不）（思）則罔；（思）（而）（不）（學）則殆。（《論語・為政》）
（父）（為）（子）（隱），（子）（為）（父）（隱）。（《論語・子路》）

這些都是上下兩部分，關鍵詞彙的字序排列恰好相反的「字序回環」。

㈡詞序回文

回文的下半部依詞彙的順序倒讀回去，是爲「詞序回文」。此處所謂「詞彙」，包括單詞、複詞及詞組。「詞序回文」都屬「寬式回文」，所以也可稱爲「詞序回環」。如：

（讀書）（不忘）（救國），（救國）（不忘）（讀書）。──（蔡元培）
（國語）（的）（文學），（文學）（的）（國語）。──（胡適）
（享受）（犧牲），（犧牲）（享受）。──（蔣經國）
（喝酒）（不）（開車），（開車）（不）（喝酒）。──（交通安全標語）（沈謙，1996：581）

其中例一的「讀書」、「救國」是動賓式詞組，「不忘」則是偏正式詞組；例二的「國語」、「文學」是偏正式合義複詞，「的」則是虛詞中的介詞，屬於單詞；例三的「享受」與「犧牲」，都是並立式合

義複詞；例四的「喝酒」、「開車」是動賓式詞組，「不」是否定副
詞，屬於單詞。它們的順序前後正好相反。

㈢句序回文

回文的下半部依句子的順序倒讀，是為「句序回文」。「句序回
文」都屬「寬式回文」，所以也可稱為「句序回環」。如：

> 群眾的幹勁越大，黨越要關心群眾生活；黨越是關心群眾
> 生活，群眾的幹勁也會越大。

「群眾的幹勁越大，黨越要關心群眾生活」和「黨越是關心群眾生
活，群眾的幹勁也會越大」構成句序回文。其中「群眾的幹勁越
大」和「黨越要（是）關心群眾生活」兩個子句順序相反。

三、依體裁分

回文依體裁分：可以分為「回文詩」、「回文詞」、「回文
曲」、「回文聯」、「回文句」。

㈠回文詩

「回文詩」是以回文形式寫成的詩，又有「嚴式回文」的「回文
詩」和「寬式回文」的「回環詩」之分。

1.「嚴式回文」的「回文詩」

> 碧蕪平野曠，黃菊晚村深；
> 客倦留甘飲，身閒累苦吟。（王安石《回文詩・碧蕪》）

此詩依字序倒讀即成另一首詩：

> 吟苦累閒身，飲甘留倦客；
> 深村晚菊黃，曠野平蕪碧。

又如：

> 斜峰繞徑曲，曲徑繞峰斜。
> 聳石帶山連，連山帶石聳。

花餘拂鳥戲，戲鳥拂餘花，
樹密隱鳴蟬，蟬鳴隱密樹。（王融〈後園作〉）

齊・王融這首〈後園作〉則由四組回文句組成，奇句依字序倒讀即成偶句，每相鄰兩句是回文。

2.「寬式回文」的「回環詩」

說是寂寞的秋的清愁，
說是遼遠的海的相思，
假如有人問我的煩憂，
我不敢說出你的名字。

我不敢說出你的名字。
假如有人問我的煩憂，
說是遼遠的海的相思，
說是寂寞的秋的清愁。（戴望舒〈煩憂〉）

此詩前段的第一、二、三、四句，依句序倒讀，即為後段的第四、三、二、一句。這是「句序回環」組成的「回環詩」，應屬「寬式回文」。

另外，向陽〈大暑・試作迴文體〉也是「句序回環」組成的「回環詩」。

(二)回文詞

「回文詞」是以回文形式寫成的詞。如：

雪花飛暖融香頰，頰香融暖飛花雪。欺雪任單衣，衣單任雪欺。
別時梅子結，結子梅時別。歸不恨開遲，遲開恨不歸。
（蘇軾〈菩薩蠻・冬〉）

此闋詞每兩句形成回文，上句依字序倒過來唸，即為下句。

細細風清撼竹，遲遲日暖開花。香幃深臥醉人家，媚語嬌聲妮。

嬌聲嬌語媚，家人醉臥深幃香。花開暖日遲遲，竹撼清風細細。（黃庭堅〈西江月·用惠洪韻〉）

黃庭堅的〈西江月〉，將上半闋依字序倒讀，即為下半闋。

上述這兩闋都是「嚴式回文」的「回文詞」。筆者尚未見過「寬式回文」組成的「回環詞」。

(三)回文曲

「回文曲」是以回文形式寫成的曲。如：

難離別，情萬千，孤枕眠，愁人伴。閒庭小院深，關河傳信遠，魚和雁天南，看明月，中腸斷。
斷腸中，月明看。南天雁，和魚遠。信傳河關深，院小庭閒伴。人愁眠枕孤，千萬情，別離難。（佚名〈捲簾雁兒落〉）

這曲上半闋依字序倒讀，即為下半闋。這是「嚴式回文」的「回文曲」。筆者尚未見過「寬式回文」組成的「回環曲」。

(四)回文聯

「回文聯」是以回文形式寫成的對聯，又稱為「回文對」。又有「嚴式回文」的「回文聯」和「寬式回文」的「回環聯」之分：

1.「嚴式回文」的「回文聯」

紅日落高峰，峰高落日紅。（雷峰塔對聯）
人過大佛寺，寺佛大過人。（大佛寺對聯）
僧遊雲隱寺，寺隱雲遊僧。（雲隱寺對聯）

這些都是將上聯依字序倒讀，即成為下聯。

2.「寬式回文」的「回環聯」

喝酒不開車，開車不喝酒。（交通安全標語）
知者不博，博者不知。（《老子》第八十一章）

這些都是「寬式回文」組成的「回環聯」。

㈤回文句

「回文句」是以回文形式寫成的句子，又有「嚴式回文」的「回文句」和「寬式回文」的「回環句」之分：

1.「嚴式回文」的「回文句」

碧潭清水崖水清潭碧。
中山停雲堂雲停山中。
狂風暴雨夜雨暴風狂。
天上龍捲風捲龍上天。
船上女子叫子女上船。（網路資料）

這些都是句中前半部分依字序倒讀，即成為後半部分的「回文句」。

2.「寬式回文」的「回環句」

（木匠）製（枷）（枷）（木匠）。（戴名世）

這句本身就是「當句回環」。

四、依結構分

回文按照其結構形式來分，可分為「句的回文」、「段的回文」和「篇的回文」。茲說明如下：

㈠句的回文

回文中的「句的回文」，若依句數為基準來分，可以分為「當句回文」、「雙句回文」和「多句回文」三類：

1.當句回文

本句自成回文現象者，稱為「當句回文」，又有「嚴式回文」的「當句回文」和「寬式回文」的「當句回環」之分：

⑴「嚴式回文」的「當句回文」

本句中分為上下兩部分，詞彙完全相同，字序排列恰好相反，造成回環往復的形式，是「嚴式回文」中的「當句回文」。如：

上海自來水來自海上

這是一種「123454321」的回文形式，它的上下兩部分「1234」與「4321」，詞彙完全相同，字序排列恰好相反，中間由「5」銜接，造成回環往復的形式，而且前半部「上海自來」與後半部「來自海上」，意義不同，產生音諧義異的描繪效果。這種例子頗多，如：「山東落花生花落東山」、「黃山落葉松葉落山黃」、「花蓮噴水池水噴蓮花」、「西湖靈隱寺隱靈湖西」、「內湖養魚池魚養湖內」、「內湖回塡土塡回湖內」、「大湖比目魚目比湖大」、「洛河飄香茶香飄河洛」、「山西落日時日落西山」、「中國山中有中山國中」、「南海滯留鋒留滯海南」、「山西過路人路過西山」、「花蓮印刷廠刷印蓮花」。

這種回文形式，字數可以隨意增減，如減爲「1234321」形式：「霧鎖山頭山鎖霧」、「天連水尾水連天」、「象外空分空外象」、「無中有作有中無」、「樹中雲護雲中樹」、「山外樓遮樓外山」、「路人行上行人路」、「居士隱留隱士居」等，是屬於「1234321」模式。

這種形式的回文，除了上下兩部分合乎回文的定義要求外，它還有一個特色，亦即從頭順讀與從後倒讀完全相同。

⑵「寬式回文」的「當句回環」

　　（翰林）監（斬）（斬）（翰林）。（戴名世）

這句本身就是「當句回環」。

　2.雙句回文

　　雙句回文是回文句型中最常見的一種，是說語文中上下兩句構成回文現象者，稱爲「雙句回文」，又有「嚴式回文」的「雙句回文」和「寬式回文」的「雙句回環」之分：

　　⑴「嚴式回文」的「雙句回文」

　　語文的上下兩句，詞彙完全相同，字序排列恰好相反，造成回環往復的形式，是爲「嚴式回文」中的「雙句回文」。如：

　　人磨墨，墨磨人。（蘇東坡）
　　針連線，線連針。（阮章競〈漳河水〉）
　　客上天然居，居然天上客。（乾隆、紀曉嵐〈題天然居酒樓〉）

這些都是「上下兩句，詞彙完全相同，字序排列恰好相反」的「雙句回文」。

> 白楊長映孤山碧，碧山孤映長楊白。春暮傷別人，人別傷暮春。
> 雁歸迷塞遠，遠塞迷歸雁。樓倚獨深愁，愁深獨倚樓。
> （王元美〈菩薩蠻・暮春〉）

這闋詞兩句一組，上句依字序倒讀，即為下句，則是由「雙句回文」形成的「回文詞」。

(2)「寬式回文」的「雙句回環」

> 國語的文學，文學的國語。（胡適）
> 享受犧牲，犧牲享受。（吳經國）
> 宇宙即是人生，人生即是宇宙。（梁啟超〈為學與做人〉）

這些都是「詞序回環」形成的「雙句回環」。

3.多句回文

語文中超過兩句以上而構成回文現象者，稱為「多句回文」。又有「嚴式回文」的「多句回文」和「寬式回文」的「多句回環」之分：

(1)「嚴式回文」的「多句回文」

語文中超過兩句以上，而上下兩部分詞彙完全相同，字序恰好相反，造成回環往復的形式，是為「嚴式回文」中的「多句回文」。如：

> 池蓮照曉月，幔錦拂朝風。
> 風朝拂錦幔，月曉照蓮池。（王融〈春遊〉）

齊・王融這首〈春遊〉的後兩句，是將一二句依字序倒讀而成，則是「嚴式回文」中的「多句回文」。

(2)「寬式回文」的「多句回環」

> 房子裡有箱子，箱子裡有匣子，匣子裡有盒子，盒子裡有鐲子；鐲子外有盒子，盒子外有匣子，匣子外有箱子，箱

　　子外有房子。（吳超〈繞口令・子字令〉）

此例上下兩部分各有四句，合爲八句。又不是依字序倒讀，而是詞序
排列相反，中間又有「裡」字、「外」字之變化，所以應是「多句回
環」。

㈡段的回文

　　段的回文，是指段的反序逆讀來說的，即前一段爲正向順讀句，
下一段爲反向逆讀句。又有「嚴式回文」的「段的回文」和「寬式回
文」的「段的回環」之分：

1.「嚴式回文」的「段的回文」

　　遇雨輕風弄柳，湖東映日春煙。晴蕪平水遠連天，隱隱飛
　　翻舞燕。
　　燕舞翻飛隱隱，天連遠水平蕪晴。煙春日映東湖，柳弄風
　　輕雨過。（吳文英〈西江月・泛湖〉）

吳文英的〈西江月〉，是將上半闋依字序倒讀，即爲下半闋。

　　馬趁香微路遠，沙籠月淡煙斜。渡波清澈映妍華，倒綠枝
　　寒鳳掛。
　　掛鳳寒枝綠倒，華妍映澈清波渡。斜煙淡月籠沙，遠路微
　　香趁馬。（蘇軾〈西江月・詠梅〉）

這闋詞分上下兩闋，下闋是根據上闋依字序倒讀而成。

2.「寬式回文」的「段的回環」

　　如上述戴望舒〈煩憂〉、向陽〈大暑・試作迴文體〉都是上一段
依句序倒讀，即成爲下一段的「句序回環」，也是「段的回環」。

㈢篇的回文

　　篇的回文，是指：正序順讀爲一篇，反序逆讀又是一篇，即同一
篇文章，正序順讀和反序逆讀均可成篇。如：

　　枯眼望遙山隔水，往來曾見幾心知？壺空怕酌一杯酒，筆
　　下難成和韻詩。途路阻人離別久，訊音無雁寄回遲。孤

> 燈夜守長寥寂，夫憶妻兮父憶兒。（宋・李禺〈丈夫尋妻詩〉）

此詩是丈夫尋妻詩，若將之依字序倒讀，則成為「妻憶夫」詩：

> 兒憶父兮妻憶夫，寂寥長守夜燈孤。遲回寄雁無音訊，久別離人阻路途。詩韻和成難下筆，酒杯一酌怕空壺。知心幾見曾來往，水隔山遙望眼枯。（愚庸笨《中國文字的創意與趣味》，頁199）

這是「嚴式回文」的「篇的回文」，筆者尚未見過「寬式回文」的「篇的回環」。

表5-6　回文分類表　　　　　　　　　　　　　　　（筆者自製）

辭格	分類基準	次辭格			異名	說明
陸、回文—迴文（廣義）	一、依寬嚴分	㈠嚴式回文			狹義回文	
		㈡寬式回文	1.嚴式回環	⑴ABCD，DBCA	回環	
				⑵ABCD，ADCB		
				⑶ABCD，CBAD		
				⑷ABC，CBA		
				⑸AB，BA		
			2.寬式回環	⑴普通寬式回環		
				⑵變體回環 　a.間隔回環		
				b.局部回環		
	二、依語序分	㈠字序回文	1.「嚴式回文」的「字序回文」			
			2.「寬式回文」的「字序回環」			
		㈡詞序回文				
		㈢句序回文				

辭格	分類基準	次辭格			異名	說明
	三、依體裁分	㈠回文詩	1.「嚴式回文」的「回文詩」			
			2.「寬式回文」的「回環詩」			
		㈡回文詞				
		㈢回文曲				
		㈣回文聯	1.「嚴式回文」的「回文聯」			
			2.「寬式回文」的「回環聯」			
		㈤回文句	1.「嚴式回文」的「回文句」			
			2.「寬式回文」的「回環句」			
	四、依結構分	㈠句的回文	1.當句回文	(1)「嚴式回文」的「當句回文」		
				(2)「寬式回文」的「當句回環」		
			2.雙句回文	(1)「嚴式回文」的「雙句回文」		
				(2)「寬式回文」的「雙句回環」		
			3.多句回文	(1)「嚴式回文」的「多句回文」		
				(2)「寬式回文」的「多句回環」		
		㈡段的回文	1.「嚴式回文」的「段的回文」			
			2.「寬式回文」的「段的回環」			
		㈢篇的回文				

參、辨析

　　回文的辨析，應以回文定義爲基準，凡不符該定義者，即不屬回文。

一、「盤中詩」不是回文

　　〈盤中詩〉相傳是蘇伯玉出使在蜀，歷久不歸，其妻在家思念

丈夫，特地將此詩寫在盤中寄給伯玉。伯玉讀後，感悟而歸。圖如下：

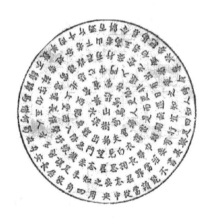

此詩讀法是從中心點的「山」字讀起，接第二圈向右轉，再接第三圈向左轉；如此右轉左轉，從中央回旋到四周，取宛轉回環的思念之意。此詩內容為：

> 山樹高，鳥鳴悲。泉水深，鯉魚肥。空倉雀，常苦飢；吏人婦，會夫稀。出門望，見白衣。謂當是，而更非。還入門，中心悲。北上堂，西入階。急機絞，杼聲催。長歎息，當語誰？君有行，妾念之。出有日，還無期。結巾帶，長相思。君忘妾，未知之；妾忘君，罪當治。妾有行，宜知之。黃者金，白者玉。高者山，下者谷。姓者蘇，字伯玉。人才多，智謀足。家居長安身在蜀，何惜馬蹄蹄不數。羊肉千斤酒百斛，令君馬肥麥與粟。今時人，智不足。與其書，不能讀。當從中央周四角。（蘇伯玉妻〈盤中詩〉）

這首詩只有順讀，不能逆讀，因此不能視為回文。所以沈謙（1996：567）說：「這首詩嚴格說來，還不能算真正的回文詩，因為不（案：「不」應作「只」）能順讀，不能倒過來唸。只是一首詩，排列成圓形，表示情思宛轉，離情深長。」這種現象，倒有些像是現代興起的「圖象詩」。

二、「循環詩」不是回文

有人在茶壺上題「可以清心也」五字，每個字都可以開頭順讀：

可以清心也、以清心也可、清心也可以、心也可以清。
（沈謙，1996：579）

它只能順讀，不能逆讀。所以不符「回文」的定義，當然不能視爲「回文」。

三、「神智體」不是回文

《回文類聚》卷三把「以意寫圖，使人自悟」的「神智體」也當作「回文」。蘇東坡有一首神智體〈晚眺〉，圖如下：

其意爲：

長亭短景無人畫，
老大橫拖瘦竹笻。
回首斷雲斜日暮，
曲江倒蘸側山峰。（黃慶萱，2002：641）

據《回文類聚》言：

神宗熙寧間，北朝使至，每以能詩自矜，以詰翰林諸儒。

上命東坡館伴之，北使乃以詩詰東坡。東坡曰：「賦詩，亦易事也；觀詩稍難耳。」遂作晚眺詩以示之。北使惶愧莫知所云，自後不復言詩矣。（黃慶萱，2002：633、634）

這也是只有順讀，不能逆讀，因此不能視為回文。它只是透過字形變化而表意，並未符合回文「語序逆反」的必要條件。

　　另外，黃慶萱（2002：647）認為：「自『盤中詩』以至『神智體』，我們只認為是文人好奇的文字遊戲，不承認它是修辭的方法。」則黃氏將蘇伯玉妻〈盤中詩〉、蘇蕙〈璇璣圖詩〉，及「回文詩」、「回文詞」、「回文曲」、「回文聯語」，以及刻在茶壺、印章上的「循環詩」，和蘇東坡的「神智體」，都不承認它們是「回文」修辭法。這種看法，仍有待商榷。筆者認為：「盤中詩」、「循環詩」、「神智體」，都不符回文「語序逆反」的必要條件，當然不能視為「回文」。但是「回文詩」、「回文詞」、「回文曲」、「回文聯語」，都符合「回文」定義，為何不能視為回文呢？我們只要將它們劃歸為「嚴式回文」，即可以和「寬式回文」作區隔。至於蘇蕙〈璇璣圖詩〉，若只有圖形文字，仍不能視為「回文詩」，必須將其正讀、逆讀並列，才能符合「回文」定義。

四、有別於「單回環」、「多回環」

　　唐松波、黃建霖（1996：479）曰：「回環又可按詞組或句子的項數分為單回環、雙回環和三回環以至多回環等。」我們由該書所舉語例及其說明，可以知道該書是以「句數」作為回環的分類標準。如：「他不喜歡我猶如我不喜歡他」，該書說這是「在一個句子中自成回環，叫單回環」。又如「科學需要社會主義，社會主義需要科學」，該書說這是「兩個句子首尾銜接，循環往復，這種回環最多，叫雙回環。」又如：「豬多肥多，肥多糧多，糧多豬多」，該書說這是「三個句子，首尾蟬聯，末句的尾又回復為第一句的首，形成三回環」（唐松波、黃建霖，1996：480）。

　　其實，該書所謂「單回環」的例子，與「雙回環」並沒有什麼差別，只要將「他不喜歡我猶如我不喜歡他」中間加逗號，變為「他不喜歡我，猶如我不喜歡他」，即可視為「雙回環」。所以要將回環分為「單回環」、「雙回環」、「三回環」，不是以「句數」為標準，而應以「主體項數」為標準。如「愚公不愚」，首尾皆是

「愚」字，稱為「單回環」；「他不喜歡我猶如我不喜歡他」，由「他」和「我」互為首尾，稱為「雙回環」；「豬多肥多，肥多糧多，糧多豬多」，由「豬多」、「肥多」、「糧多」三項形成「三回環」。但是，除了「雙回環」符合「寬式回文」的要求外，「單回環」、「三回環」以至「多回環」，全都不符「回環」的定義。茲說明如下：

㈠有別於「單回環」

「愚者不愚」、「散文不散」、「孤兒不孤」、「虛詞不虛」、「錢老愛錢」、「豬年話豬」、「打假歸來話打假」等「單回環」，其實只是「追求某一個別字眼的反覆出現，而與『回環往復』無關，因此，不應看作回環」（張曉、徐廣州，1997：28），而應視為「類字」。

> 惶恐灘頭說惶恐，零丁洋裡歎零丁。（文天祥〈過零丁洋〉）

此例沈謙（1996：587）將之視為「兩個回文句構成巧對」，則有待商榷。此例即是一般所謂的「單回環」組成的對偶。它各句的形式可簡化為「A～A」，與「寬式回文」的形式「A～B＋B～A」不符。如果這種「A～A」形式可視為「寬式回文（回環）」，那請問：「乞丐看到路邊一位更可憐更可悲的乞丐」，首尾都是「乞丐」，簡化為「乞丐～乞丐」形式，它仍有回環的效果嗎？

㈡有別於「多回環」

「多回環」是指三個項數以上的回環，有「三回環」、「四回環」、「五回環」等。「豬多肥多，肥多糧多，糧多豬多」是最常見的「三回環」，但此例缺少回環必要的基礎。所以張曉、徐廣洲（1997：28）曰：

> 在這種形式中，相連的每兩項間講求的都是上遞下接，因此，只能形成一般的頂真關係。如果縱觀全體，可以說是一種特殊的頂真，其特殊性只在於起句的首同於末句的尾。

此例從整體內容來看，是「循環式層遞」；從部分形式來看，是「頂針」。所以它是「層遞」套用「頂針」。

> 春天像你，你像煙，煙像吾，吾像春天。（管管〈荒蕪之臉〉）

此例黃慶萱（2002：650）視為「回文」，筆者認為：此例一般稱為「四回環」。它可以簡化為「A～B，B～C，C～D，D～A」，但「四回環」並不符「寬式回文」（A～B＋B～A）形式及定義。我們可以把它視為「循環式層遞」並套用「頂針」。

這些「多回環」都不符「回環」的定義，因此本文不將它們視為「回環」。

五、有別於「同異」格中的「字同序異」

所謂「字同序異」，又稱「序換」，是指：在同一個語境中，字數相等，字面成分相同或字音相同相近，但次序有異的兩個或兩個以上的詞語，互相對照，相映成趣（魏聰祺，2004a：624）。

由於「回文」和「序換」，都是在語序上做變化，因此容易混淆。但它們之間仍有所區別，茲辨析如下：

㈠「嚴式回文」有別於「序換」

嚴式回文的形態，整個篇章句都是回文的範圍；它與「序換」的兩個或兩個以上的詞語，只是占整個篇章句的部分，有所不同。如：

> 有「辦法」的人，很少被「法辦」。（夏侯川〈金玉涼言〉，《聯合報》2002年9月28日E6繽紛版）

有辦法則會鑽漏洞，所以很少被法辦。「辦法」和「法辦」構成序換，但它們只占整個篇章句的部分，而非全部。它們與上述「回文詩」、「回文詞」、「回文曲」、「回文聯」等「嚴式回文」有明顯的不同。

㈡「寬式回文」有別於「序換」

就形式而言：「寬式回文」（回環）的形式，可以寫成「A～B

＋B～A」的架構，而序換只是「～AB～BA～」架構。「回環」的
A和B可分開，也可不分開：「序換」的A和B卻絕對不能分開。就意
義而言：「寬式回文」（回環）的上下兩部分，其意義有的不同，有
的相同；但「序換」的兩個「字同序異」詞語，其意義必須不同。所
以二者之間，有所區別，但也有所交集，茲辨析於下：

1.單純的「回環」

回環的「A」和「B」分開，則與序換完全無關。如：

積極的人，會「自己」想辦法解決「問題」；
消極的人，遇「問題」會先想解決「自己」。（楊淑惠
〈金玉涼言〉，《聯合報》2003年10月28日E6繽紛版）

此例形式架構爲「自己～問題，問題～自己」，其中A（自己）和
B（問題）是分開的，所以屬「回環」；它與「序換」的AB不可分
開，完全不同。

我麻木的神經在清醒，我滾滾的熱血在沸騰！奇恥大辱，
大辱奇恥，如毒蛇之齒，撕咬著我的心！（李存葆《高山下
的花環》）

「奇恥大辱，大辱奇恥」的形式，可寫成「AB，BA」，「A」和
「B」沒有分開，符合「回環」和「序換」的形式要求：但是「奇恥
大辱」和「大辱奇恥」的意義相同，所以它們不屬於「序換」；卻符
合「回環」的要求。

2.單純的「序換」

不怕一萬，只怕萬一，還是小心謹慎為佳。（司馬文森〈風
雨桐江〉）

此例「不怕一萬，只怕萬一」，並不符合「A～B，B～A」的「回
環」形態，所以不是「回環」；但其中的「一萬」（AB）和「萬
一」（BA），AB沒有分開，則構成「序換」的特性，所以屬「序
換」。

哪有「主民」幾十年不許「民主」一分鐘的道理。（沙葉

新〈陳毅市長〉）

此例並不符合「A～B，B～A」的「回環」形態，所以不是「回環」；但其中的「主民」（AB）和「民主」（BA），AB沒有分開，則構成「序換」的特性，所以屬於「序換」。

3.「回環」兼用「序換」

另外，有些例子的A和B不分開，而且「AB」和「BA」的意義不同，已符合「序換」的特性；但它又構成由A至B，再由B至A的「回環」要求，則可以視為「回環」和「序換」的兼用。如：

世界舒樂，舒樂世界。（舒樂襯衫廣告）
遼西空調，空調遼西。（《錦州廣播電視報》1994年5月11日）

上述二例既符合由A至B，再由B至A的「回環」要求；也符合AB不分開的「序換」的要求。而且「AB」和「BA」的意義不同。所以可視為「回環」和「序換」的兼用。

六、有別於「交蹉語次」

把詞、語、句等語言成分的次序，穿排得前後不同，叫做交蹉語次。（黃慶萱，2002：758）「交蹉語次」是「錯綜」的一類，而「錯綜」的目的是寓變化於整齊規律之中，故意使上下文詞語互異，句法參差，文法語氣迥異。使得文章生動活潑，靈動多姿。（沈謙，1996：597）所以它只要求形式變化，而不要求內容改變。

就形式而言：「寬式回文」（回環）的形式，可以寫成「A～B＋B～A」的架構，而「交蹉語次」只求某種關係前後順序不同即可，它有時與「回環」形式相同，有時則不同。就意義而言：「寬式回文」（回環）的上下兩部分，其意義有的不同，有的相同；但「交蹉語次」的前後兩個詞語，其意義必須相同。所以二者之間，有所區別，但也有所交集，茲辨析於下：

(一)單純的「回環」

回環的上下兩部分意義不同，則與「交蹉語次」完全無關。如：

犧牲享受，享受犧牲。

此例前半部與後半部意義不同，則與「交磋語次」完全無關。

㈡單純的「交磋語次」

　　形式上無法形成「A～B＋B～A」的架構，則與「回環」無關。如：

　　　有盛饌，必變色而作。<u>迅雷風烈</u>，必變。（《論語・鄉黨》）

「迅雷風烈」本應作「迅雷烈風」的「句中對」，但為求變化而「交磋語次」。此例則無法形成「A～B＋B～A」的架構。

㈢「回環」兼用「交磋語次」

　　形式上符合「A～B＋B～A」的架構；而且「A～B」和「B～A」意義不變，則屬「回環」兼用「交磋語次」。如：

　　　君子有酒，<u>旨且多</u>；君子有酒，<u>多且旨</u>。（《詩經・小雅・魚麗》）

此例從「旨且多」到「多且旨」的形式來看，可視為「隔句回環」；但「旨且多」與「多且旨」的意義不變，也可視為將類疊「交磋語次」，以求變化。

　　　四碗菜，以<u>青菜豆腐</u>為主；一隻火鍋，以<u>豆腐青菜</u>為主。（梁實秋〈記張自忠將軍〉）

此例黃慶萱（2002：644）視為「回文」，亦即本文所說的「寬式回文（回環）」。沈謙（1996：608）則視為「交磋語次」。筆者認為：從「青菜～豆腐，豆腐～青菜」的形式來看，它符合「回環」的要求，可視為「局部回環」。但「青菜豆腐」和「豆腐青菜」的意義不變，只是為了增添趣味而「交磋語次」，以求變化。所以此例屬「回環」兼用「交磋語次」。

七、有別於「頂針」

　　「頂針」的形式可寫成「～B＋B～」，它與「回環」「A～B＋B～A」的形式不同。兩者之間有所區別，但也有所交集，茲辨析於

下：

㈠單純的「回環」

回環的形式雖然可寫成「A～B＋B～A」，但若兩個「B」隔離太遠，則無法形成「頂針」現象，那就只屬「回環」，而與「頂針」無關。如：

> 入山但見藤纏樹，出山又見樹纏藤。
> 樹死藤生纏到死，藤死樹生死都纏。（梅縣情歌）

「藤纏樹」和「樹纏藤」各為前後句的部分，屬「局部回環」。但前一個「樹」和後一個「樹」無法形成「上遞下接」的「頂針」效果。

㈡單純的「頂針」

「頂針」的形式可寫成「～B＋B～」，它與「回環」「A～B＋B～A」的形式不同。如：

> 打起黃鶯兒，莫教枝上啼。啼時驚妾夢，不得到遼西。
> （金昌緒〈春怨〉）

此例只有「～啼，啼～」的頂針形式，而無「回環」形式。

㈢「回環」套用「頂針」

回環的形式可寫成「A～B＋B～A」，從整體形式來看，屬「回環」；從部分形式來看，屬「頂針」：所以回環通常都是「回環」套用「頂針」。如：

> 是故弟子不必不如師，師不必賢於弟子。（韓愈〈師說〉）

此例從整體形式來看，「弟子～師，師～弟子」屬「回環」；從部分形是來看，「～師，師～」屬「頂針」：所以是「回環」套用「頂針」。

> 對醜類的恨加深著對人民的愛，對人民的愛又加深著對醜類的恨。（劉心武〈班主任〉）

此例從整體形式來看，「對醜類的恨～對人民的愛，對人民的愛～對醜類的恨」屬「回環」；從部分形是來看，「～對人民的愛，對人民的愛～」屬「頂針」：所以是「回環」套用「頂針」。

肆、產生因素

一、自然之道

　　黃慶萱（2002：629）曰：「自然與人生，有時是周而復始，循環不息的。日月的麗天，星辰的運行，晝夜的交替，四時的來往，人事的滄桑，情緒的週期：都是很好的例子。我們的先民老早就發覺這些現象。《周易》六十四卦，次第非反即覆，所謂『否極泰來』，『剝極而復』，就是對宇宙人生循環律的確認。有時又是兩兩相關，互為因果的。……而宇宙人生的循環、相關、因果等等現象，也就形成語文上『回文』辭格的淵源。」回文是淵源於宇宙人生的循環、相關、因果等現象，基本形式是首尾回環相合，中間頂針重疊。透過相似語彙而詞序不同，造成音諧義異的辨析特色，易於打動讀者的心，感覺情味盎然。

二、美學基礎

　　黃慶萱（2002：629、630）曰：「回文與圓形頗有相似之處，……圓是平面上對於一定點有等距離之各點所環成的『軌跡』。就美學觀點而論，圓形被認為具有純粹簡單之美，以及連續不斷之妙。由於純粹簡單，所以能節省注意力；由於連續不斷，所以有圓滿的感覺。這種情緒上的性質，又成為回文在美學上的基礎。」回文具有純粹簡單之美，所以能節省注意力；具有連續不斷之妙，所以有圓滿的感覺：這是它的美學基礎。

三、語文條件

　　回文正讀和倒讀的意思不同，是建立在漢語屬「孤立語」的兩種特性之上。一是漢語的詞性不固定，往往隨語序不同而改變，如「放狗屁」、「狗放屁」和「放屁狗」，同樣三個字，因語序不同形成各字詞性不同，因而意義也不同。二是詞形不變，漢語的詞性改變但詞形不會隨之改變，還是保留原來的形體。這與英語不同，英語的形容詞往往要加ful，名詞要加ness或cess，副詞要加ly，過去式

加ed，現在進行式加ing，主格和受格、所有格也各不相同。如中文「我愛你」可以倒說爲「你愛我」，英文「I love you」不能倒讀爲「You love I」，而要讀爲「You love me」，這是主格、受格詞形不同所致。

伍、運用原則

　　回文的運用是首尾回環相合，中間頂針重疊的形式，本身就是一種特殊表現，它將心理距離拉開，產生陌生新奇的感覺，容易吸引讀者眼光，達到回環反復的效果。但回文又符合圓形純粹簡單之美，連續不斷之妙的美學原理。已將心理距離拉至恰當距離，易於讀者接受。所以回文本身已經是一種適當心理距離的呈現。

　　黃慶萱（2002：648）提出回文的第一項原則爲：「回文應力求簡潔」。回文給人圓滿無缺的感覺，這是圓形規律所產生的效果，若是發揮這項性質，可以做成警句，它是將回文的形式與內容結合所造成的美感。如：

　　　　宗教是合法的迷信，迷信是不合法的宗教。

以回文形式將「宗教」和「迷信」的差別，一語道破：以執政者的立場而言，合法者是宗教，不合法者是迷信。而且，相同的語彙及逆反的語序，令人印象深刻，易於記誦。

　　黃慶萱（2002：649）提出回文的第二項原則爲：「回文應講究變化」，由於圓形太過規律就會造成機械單調，產生慣性，使得心理距離縮短，那就不得體，像「上海自來水，水來自海上」這種嚴式回文太過規律，往往流於文字遊戲；像「時代考驗青年，青年創造時代」這種寬式回文（回環）就能靈活變化，可以拉開心理距離，不致僵化呆板，才能得體地運用回文。又如：

　　　　年輕的時候，尿憋得住，話卻憋不住；年老的時候，話倒
　　　　憋得住，就是尿憋不住。（李敖）

此例形式活潑，並不僵化。透過「尿」和「話」的「憋得住」和「憋不住」，語序逆反，形成回環往復的形式，也讓讀者體會到「年輕時」和「年老時」的差別，原來各有優缺點，尤其將缺點提出，卻不傷人，頗有謔而不虐的幽默。

第六章
優美形式的設計(二)

　　本章所要探討的是錯綜、倒裝和跳脫三個優美形式設計的辭格。它們都是具有特殊標誌的辭格。

　　錯綜是寓變化於整齊規律之中，倒裝是故意顛倒語序，跳脫是半途斷了語路。它們都是在形式上略有殘缺，卻能表達更好的效果，是一種變化美的呈現，故歸為一章。

第一節　錯綜

壹、定義

　　陳望道（1989：204）曰：「凡把反復、對偶、排比或其他可有整齊形式，公同詞面的語言，說成形式參差，詞面別異的，我們稱為錯綜。」

　　黃慶萱（2002：753）曰：「凡把形式整齊的辭格，如類疊、對偶、排比、層遞等，故意抽換詞彙、交蹉語次、伸縮文句、變化句式，使其形式參差，詞彙別異，叫做『錯綜』。」該定義列舉的錯綜方法只有「抽換詞彙、交蹉語次、伸縮文句、變化句式」四種，而分類卻多了「調整語法」一項，顯得名實不符。而且定義中所說的「抽換詞彙」、「伸縮文句」和分類中次辭格「抽換詞面」、「伸縮文身」名詞不統一。另外，為配合本書統一用語，因此將「錯綜」的定義修改為：

> 說話行文時，有意把形式整齊的辭格，如類疊、對偶、排比、層遞等，故意抽換詞面、交蹉語次、調整語法、伸縮文身、變化句式，使其形式參差，詞面別異的修辭方法，叫做「錯綜」。

貳、分類

　　錯綜之分類，可以由定義中，找到兩個分類基準。一為依原始句型分，可以分為：原型類疊的錯綜、原型對偶的錯綜、原型排比的錯綜、原型層遞的錯綜等四類；二為依錯綜方法分，可以分為：抽換詞面、交蹉語次、調整語法、伸縮文身、變化句式等五類。為了說明方便，本文以錯綜方法為主，配合原始句型加以敘述：

一、抽換詞面

黃慶萱（2002：755）曰：「以同義的詞語取代形式整齊的句子中的某些詞語，叫做抽換詞面。」沈謙（1996：597）曰：「在形式整齊的句式上，將詞面略爲抽動，以同義的詞語取代原本重複的詞語，是爲『抽換詞面』。」兩者定義相似，只是敘述不同而已。唐松波、黃建霖（1996：196）稱爲「變文」，是說：「爲避免文字重複單調，有意變換字面，表達相同或相近的意思。」

依原始句型來分，又可分爲「原型類疊的抽換詞面」、「原型對偶的抽換詞面」、「原型排比的抽換詞面」、「原型層遞的抽換詞面」四類。

㈠原型類疊的抽換詞面

原始句型是類疊形式，爲避免重複而以同義詞語抽換詞面。如：

桃之夭夭，灼灼其華；之子于歸，宜其室家。
桃之夭夭，有蕡其實；之子于歸，宜其家室。
桃之夭夭，其葉蓁蓁；之子于歸，宜其家人。（《詩經‧周南‧桃夭》）

「桃之夭夭」、「之子于歸」都是「類句」，「宜其室家」、「宜其家室」和「宜其家人」意思差不多，原本應該也是「類句」，但爲避免重複而以同義詞語抽換詞面。

南山烈烈，飄風發發。民莫不穀，我獨何害！
南山律律，飄風弗弗。民莫不穀，我獨不卒！（《詩經‧小雅‧蓼莪》）

「律律」猶「烈烈」也，「弗弗」猶「發發」也。此爲「類句」抽換詞面而成的錯綜。

參差荇菜，左右流之。……
參差荇菜，左右采之。……
參差荇菜，左右芼之。……（《詩經‧周南‧關雎》）

「流」、「采」、「芼」三個同義詞，基本義都是「採取」的意義，但採取的方式有所不同。「流」是順水而取，含有尋找的意

思；「采」是摘取；「茞」是一邊摘取，一邊選擇。這樣分別運用，將動作情態表現得很精確、生動。這也是原始句型「類句」抽換詞面而成的錯綜。

(二)原型對偶的抽換詞面

原始句型是對偶形式，為避免重複而以同義詞語抽換詞面。如：

> 子張問明。子曰：「浸潤之<u>譖</u>，膚受之<u>愬</u>，不行焉，可謂明也已矣。（《論語・顏淵》）

「浸潤之譖，膚受之愬」是對偶。邢昺疏：「愬，亦譖也，變其文耳。」則「譖」和「愬」是抽換詞面。

> 今大道既隱，天下為家，……故謀<u>用是</u>作，而兵<u>由此起</u>。（《禮記・禮運》）

「謀用是作，兵由此起」是對偶，「用是」即「由此」，「作」與「起」義同。此乃「對偶」為避免上下聯字同的抽換詞面。

> 鄭衛之女不<u>充</u>後宮，而駿良夬騠不<u>實</u>外廄。（《史記・李斯列傳》）

「鄭衛之女不充後宮，駿良夬騠不實外廄」是對偶，「充」和「實」在此同義，字面上的變化，避免了重複。

> 當是之時，彭王一顧，與楚<u>則</u>漢破，與漢<u>而</u>楚破。（《史記・季布欒布列傳》）

「與楚則漢破，與漢而楚破」是對偶，「則」和「而」在此同義，用法相同。

> 持規而非矩，執準而非繩，<u>通</u>一孔，<u>曉</u>一理，而不知權衡。（漢・桓寬《鹽鐵論・相刺》）

「通一孔，曉一理」是對偶，「通」和「曉」同義，此乃對偶句為避免字同而抽換詞面。

東西植松柏，左右種梧桐。（古辭〈焦仲卿妻〉）

「植」和「種」同義，此乃對偶句爲避免字同而抽換詞面。

謀於管仲，齊桓有邵陵之師；邇於易牙，小白掩陽門之扇。（唐・李延壽《南史・恩倖傳序》）

「齊桓」即「小白」，此乃隔句對爲避免字同而抽換詞面。

自吾氏三世居是鄉，積於今六十歲矣，而鄉鄰之生日蹙，殫其地之出，竭其廬之入，號呼而轉徙，飢渴而頓踣，觸風雨，犯寒暑，呼噓毒癘，往往而死者相藉也。（柳宗元〈捕蛇者説〉）

「殫其地之出，竭其廬之入」是對偶，「殫」和「竭」同義，皆言「盡」也，此乃單句對爲避免字同而抽換詞面。

小則獲邑，大則得城。（蘇洵〈六國論〉）

「獲」和「得」同義，此乃單句對爲避免字同而抽換詞面。

含鄱口左望揚子江，右瞰鄱陽湖，天下壯觀，不可不看。（豐子愷〈廬山極目〉）

「左望揚子江，右瞰鄱陽湖」是對偶，「望」和「瞰」同義。

其時，腦子裡是紛亂一片，好像波濤洶湧，載浮載沉，不知何處是岸；弄不清是為晶兒著急，還是為自己掛慮。（陳若曦〈晶晶的生日〉）

「爲晶兒著急，爲自己掛慮」是對偶，「著急」和「掛慮」同義。

感冒不吃藥，七天會好；感冒有吃藥，一週會好。（筆者擬句）

「七天」和「一週」同義。此乃隔句對爲避免字同而抽換詞面。

(三)原型排比的抽換詞面

原始句型是排比形式，爲避免重複而以同義詞語抽換詞面。如：

流共工于幽洲，放驩兜于崇山，竄三苗于三危，殛鯀于羽山。（《尚書‧堯典》）

「流」、「放」、「竄」和「殛」同義。此乃單句排比爲避免重複而抽換詞面。

天下之馬者，若滅若沒，若亡若失。（《列子‧説符》）

「滅」、「沒」、「亡」、「失」四字同義，變換同義詞來反覆形容千里馬的體態特徵。

上古競於道德，中世逐於智謀，當今爭於氣力。（《韓非子‧五蠹》）

「競」、「逐」、和「爭」同義，此乃單句排比爲避免重複而抽換詞面。

惠王用張儀之計，拔三川之地，西并巴蜀，北收上郡，南取漢中，包九夷，制鄢郢，東據成皋之險，割膏腴之壤，遂散六國之縱，使之西面事秦，功施到今。（李斯〈諫逐客書〉）

「拔」、「并」、「收」和「取」同義。此乃單句排比爲避免重複而抽換詞面。

秦孝公……有席卷天下，包舉宇內，囊括四海之意，并吞八荒之心。……於是六國之士，有寧越、徐尚、蘇秦、杜赫之屬爲之謀；齊明、周 、陳軫、邵滑、樓緩、翟景、蘇厲、樂毅之徒通其意；吳起、孫臏、帶他、兒良、王廖、田忌、廉頗、趙奢之倫制其兵。嘗以什倍之地，百萬之衆，仰關而攻秦。（賈誼〈過秦論〉）

「席卷」、「包舉」、「囊括」和「并吞」同義。「屬」、「徒」和

「倫」同義。此乃兩組單句排比爲避免重複而抽換詞面。

> 昔仲宣獨步於漢南，孔璋鷹揚於河朔，偉長擅名於青土，
> 公幹振藻於海隅，德璉發跡於此魏，足下高視於上京。
> （曹植〈與楊德祖書〉）

「獨步」、「鷹揚」、「擅名」、「振藻」、「發跡」和「高視」同
義。此乃單句排比爲避免重複而抽換詞面。

> 坐著，躺著，打兩個滾，踢幾腳球，賽幾趟跑，捉幾回迷
> 藏。風輕悄悄的，草綿軟軟的。（朱自清〈春〉）

「個」、「腳」、「趟」和「回」都是量詞，可以全用「回」代
替。此乃單句排比爲避免重複而抽換詞面。

> 讀書人家的子弟熟悉筆墨，木匠的孩子會玩斧鑿，兵家兒
> 識刀槍……（魯迅〈不應該那麼寫〉）

「子弟」、「孩子」和「兒」同義。此乃單句排比爲避免重複而抽換
詞面。

㈣原型層遞的抽換詞面

原始句型是層遞形式，爲避免重複而以同義詞語抽換詞面。如：

> 東南山水，餘杭郡為最。就郡言，靈隱寺為尤。由寺觀，
> 冷泉亭為甲。（白居易〈冷泉亭記〉）

由「東南山水」至「餘杭郡」至「靈隱寺」至「冷泉亭」，由大至
小，是爲「後退式」層遞。「最」、「尤」和「甲」同義。此乃層遞
爲避免重複而抽換詞面。

二、交蹉語次

把詞、語、句等語言成分的次序，穿排得前後不同，叫做交蹉
語次（黃慶萱，2002：758）。唐松波、黃建霖（1996：498）稱爲
「錯舉」，是說：「把下文的詞句順序同上文的交錯開來。」依原始
句型來分，又可分爲「原型類疊的交蹉語次」、「原型對偶的交蹉語

次」、「原型排比的交蹉語次」、「原型層遞的交蹉語次」四類。

(一)原型類疊的交蹉語次

原始句型是類疊形式，為避免重複而將語次穿排得前後不同。
如：

> 孟子見梁惠王，王曰：「叟不遠千里而來，亦將有以利
> 吾國乎？」孟子對曰：「王何必曰利？亦有仁義而已
> 矣。……王亦曰仁義而已矣，何必曰利？」（《孟子·梁惠
> 王上》）

本來應是「王何必曰利？亦有仁義而已矣」的「類句」，為求變化而
交蹉語次，換成「王亦曰仁義而已矣，何必曰利？」

> 只如今我像失了什麼，
> 原來她不見了！
> 她的美在沉默的深處藏著，
> 我這兩日便在沉默裡浸著。
> 沉默隨她去了，
> 教我茫茫何所歸呢？
> 但是她的影子卻深深印在我心坎裡了！
> 原來她不見了，
> 只如今我像失了什麼！（朱自清〈悵惘〉）

本來應是「只如今我像失了什麼，原來她不見了」的「類句」，為求
變化而交蹉語次，換成「原來她不見了，只如今我像失了什麼」。

> 他招待我們一餐永不能忘的飯食，四碗菜，一隻火鍋。四
> 碗菜，以青菜豆腐為主；一隻火鍋，以豆腐青菜為主。
> （梁實秋〈記張自忠將軍〉）

本來應是「以青菜豆腐為主」的「類句」，為求變化而交蹉語次，換
成「以豆腐青菜為主」。

㈡原型對偶的交蹉語次

原始句型是對偶形式，為避免重複而將語次穿排得前後不同。如：

裙拖六幅<u>湘江水</u>，鬢聳<u>巫山</u>一段雲。（李群玉〈贈鄭相并歌姬詩〉）

「裙拖六幅湘江水，鬢聳一段巫山雲」本是單句對，故意將「一段」和「<u>巫山</u>」交蹉語次而成「裙拖六幅湘江水，鬢聳<u>巫山</u>一段雲」。

有人認為文學是時代的產兒：飛揚的時代，有飛揚的文學；頹廢的文學，有頹廢的時代。（梁實秋《實秋雜文》）

「飛揚的時代，有飛揚的文學；頹廢的文學，有頹廢的時代」本是隔句對，故意將「時代」和「文學」交蹉語次而成「飛揚的時代，有飛揚的文學；頹廢的文學，有頹廢的時代」。

㈢原型排比的交蹉語次

原始句型是排比形式，為避免重複而將語次穿排得前後不同。如：

熊羆咆我東，虎豹號我西，
我後鬼長嘯，我前狨又嗁。
天寒昏無日，山遠道路迷。
驅車石龕下，仲冬見虹蜺。（杜甫〈石龕〉）

「熊羆咆我東，虎豹號我西，鬼長嘯我後，狨又嗁我前」本是單句排比，故意將「我後」和「我前」挪前，而與「我東」、「我西」語次不同，而成：「熊羆咆我東，虎豹號我西，我後鬼長嘯，我前狨又嗁。」

臣聞：求木之長者，必固其根本；欲流之遠者，必浚其泉源；思國之安者，必積其德義。源不深而豈望流之遠，根不固而何求木之長；德不厚而思國之治，雖在下愚，知其

不可，而況於明哲乎？（魏徵〈諫太宗十思疏〉）

「求木之長者，必固其根本；欲流之遠者，必浚其泉源；思國之安者，必積其德義」是複句排比。「源不深而豈望流之遠，根不固而何求木之長；德不厚而思國之治」是單句排比。先以根、源、德為序，再換以源、根、德為序，則是交蹉語次。

㈣原型層遞的交蹉語次

原始句型是層遞形式，為避免重複而將語次穿排得前後不同。如〈奶粉廣告〉：

> 買奶粉的人有三種：第一種人以品質的好壞為標準，第二種人以價格高低為標準，第三種人以贈品多少為標準。您是哪一種人？如果您是第二種人，我們祝您發財；如果您是第三種人，我們祝您幸運；如果您是第一種人，我們將向您推薦愛大力。（黃慶萱，2002：761）

「第一種人以品質的好壞為標準，第二種人以價格高低為標準，第三種人以贈品多少為標準」要求由高而低，是為後退式層遞。其後則順序改為「第二種人」、「第三種人」、「第一種人」，是為交蹉語次。

三、調整語法

把原本結構相近的語句，刻意更改其結構形態，使語法參差別異，叫做調整語法（黃慶萱，2002：761）。依原始句型來分，又可分為「原型類疊的調整語法」、「原型對偶的調整語法」、「原型排比的調整語法」、「原型層遞的調整語法」四類。

㈠原型類疊的調整語法

原始句型是類疊形式，為避免重複而將語法調整得前後不同。如：

> 冬天是冷卻的街道，冷卻的心；寒流來襲更是街道冷卻，心也冷卻。（筆者擬句）

「冷卻的街道」、「冷卻的心」是偏正結構,「街道冷卻」、「心也冷卻」則是主謂結構。此例本是「類詞」,為避免重複而將語法調整得前後不同。

㈡原型對偶的調整語法

原始句型是對偶形式,為避免重複而將語法調整得前後不同。如:

> 有盛饌,必變色而作。迅雷風烈,必變。(《論語・鄉黨》)

「迅雷」為形名結構,「風烈」為主謂結構,為迴避句中對而更改語法。

> 蕙肴蒸兮蘭藉,奠桂酒兮椒漿。(屈原《九歌・東皇太一》)

「蕙肴蒸」為被動式,賓語「蕙肴」提前到動詞「蒸」之前,迴避了與「奠桂酒」對偶。

> 秋風起兮白雲飛,草木黃落兮雁南歸。
> 蘭有秀兮菊有芳, 佳人兮不能忘。
> 汎樓舡兮濟汾河,橫中流兮揚素波。
> 簫鼓鳴兮發棹歌,歡樂極兮哀情多。
> 少壯幾時兮奈老何!(漢武帝〈秋風辭〉)

「簫鼓鳴」為被動式,賓語「簫鼓」提前到動詞「鳴」之前,迴避了與「發棹歌」的句中對。

㈢原型排比的調整語法

原始句型是排比形式,為避免重複而將語法調整得前後不同。如:

> 試問閒愁都幾許?一川煙草,滿城風絮,梅子黃時雨。
> (賀鑄〈青玉案〉)

「一川煙草，滿城風絮，梅子黃時雨」本應是排比句型，前二者都是數量詞加名詞的偏正結構，最後則調整爲形容詞加名詞的偏正結構。

> 這枝筆的任務，主要的是傳達出大地上一片愛的呼聲，愴痛的呼聲。讓沉睡的人<u>清醒過來</u>，讓糊塗的人<u>明白過來</u>，讓戰慄的人<u>勇敢起來</u>，讓充滿了恨的人<u>知道怎樣去愛</u>。
> （張秀亞〈懷念〉）

「讓沉睡的人清醒過來，讓糊塗的人明白過來，讓戰慄的人勇敢起來，讓充滿了恨的人知道怎樣去愛」本是排比句型，前三句句型相同，最後一句「知道怎樣去愛」是述賓結構，和「清醒過來」、「明白過來」、「勇敢起來」動補結構不同。

㈣原型層遞的調整語法

原始句型是層遞形式，爲避免重複而將語法調整得前後不同。如：

> 問國君之富，<u>數地以對</u>；……問士之富，<u>以車數對</u>；問庶人之富，<u>數畜以對</u>。（《禮記・曲禮下》）

「數地以對」和「數畜以對」都是連動結構，前項「數地」「數畜」是動賓結構，後項「對」是省略賓語的動詞，中間用連詞「以」連接。「以車數對」則是由介賓結構「以車數」加動詞謂語「對」而成。此例形式上是排比，意義上是層遞，爲避免重複而將語法調整得前後不同。

四、伸縮文身

把原本形態相同、字數相等的句子，故意伸縮變化字數，使長短不齊，叫做伸縮文身（黃慶萱，2002：763）。唐松波、黃建霖（1996：499）稱爲「參差」，是說：「複句中分句長短配用，以避呆板。」

依原始句型來分，又可分爲「原型類疊的伸縮文身」、「原型對偶的伸縮文身」、「原型排比的伸縮文身」、「原型層遞的伸縮文身」四類。

㈠原型類疊的伸縮文身

原始句型是類疊形式，為求變化而故意伸縮字數，使長短不齊。
如：

> 矮師爺忙著問：
> 「那，總帥大人的披甲將軍呢？可碾成了？」
> 「沒，沒有，沒看見！」（子于〈巧奪〉）

本是「沒」的疊句，為求變化而故意漸增字數，使長短不齊，又有層遞效果。

㈡原型對偶的伸縮文身

原始句型是對偶形式，為求變化而故意伸縮字數，使長短不齊。
如：

> （袁渙）居官數年卒，太祖為之流涕，賜穀二千斛，一教
> 「以太倉穀千斛賜郎中令之家」，一教「以垣下穀千斛與
> 曜卿家」，外不解其意。教曰：「以太倉穀者，官法也；
> 以垣下穀者，親舊也。」（《三國志‧魏書‧袁渙傳》）

太祖（曹操）對同一個人，或稱「郎中令」——他的職位，或呼
「曜卿」——他的字；同樣是給他穀子，一說「賜」——以上對
下，一說「與」——朋友關係。這就是同義異形（王希杰，2004：
123），亦即本文所說的「抽換詞面」。另外，此例本應是「單句
對」形式，但將「賜郎中令之家」改為「與曜卿家」，則字數不
同，於是構成「伸縮文身」。

㈢原型排比的伸縮文身

原始句型是排比形式，為求變化而故意伸縮字數，使長短不齊。
如：

> 我是一個生命的信徒，起初是的，今天還是的，將來我敢
> 說，還是的。（徐志摩〈迎上前去〉）

「起初是的，今天還是的，將來我敢說，還是的」從形式上看是排

比，從內容上看是層遞。字數一句比一句多，形成伸縮文身。

> 話不多，暖人；酒不多，醉人；罐頭不多，卻留下永久甜甜的回憶。（蕭復興〈姜昆「走麥城」〉）

此例是複式排比。前兩句字數相同，後一句將字數增加，形成伸縮文身。

> 璀璨的燈光，浮動的海水，雜沓的市聲，乘涼的街景，構成了香港的「美麗」，令遊人讚歎，令冒險家狂熱，也令清醒者感覺到越來越不容易找到生存的空間了。（曾敏之〈空間〉）

「璀璨的燈光，浮動的海水，雜沓的市聲，乘涼的街景」是單句排比，字數相同。「令遊人讚歎，令冒險家狂熱，也令清醒者感覺到越來越不容易找到生存的空間了」也是單句排比，但字數增加，形成伸縮文身。

㈣原型層遞的伸縮文身

原始句型是層遞形式，為求變化而故意伸縮字數，使長短不齊。如：

> 居有頃，倚柱彈其劍，歌曰：「長鋏歸來乎！食無魚。」左右以告。……居有頃，復彈其鋏，歌曰：「長鋏歸來乎！出無車。」左右皆笑之，以告。……後有頃，復彈其劍鋏，歌曰：「長鋏歸來乎！無以為家。」左右皆惡之，以為貪而不知足。（《戰國策・齊策四・齊人有馮諼者》）

第一次「倚柱彈其劍」，第二次「復彈其鋏」，第三次「復彈其劍鋏」，為求變化而故意伸縮字數。第一次「左右以告」，第二次「左右皆笑之，以告」，第三次「左右皆惡之，以為貪而不知足」，為求變化而故意伸縮字數。

> 客有歌於郢中者：
> 其始曰下里巴人，國中屬而和者數千人；
> 其為陽阿薤露，國中屬而和者數百人；

其為陽春白雪，國中屬而和者，<u>不過數十人</u>；
引商刻羽，雜以流徵，國中屬而和者，<u>不過數人而已</u>；
是其曲彌高，其和彌寡。（宋玉〈對楚王問〉）

中間四句形式上是排比，內容上是層遞。「陽春白雪」句，「數十人」上加「不過」二字；「引商刻羽，雜以流徵」句法加長，「數人」之上有「不過」，之下有「而已」。整齊之中，而有一番變化。

五、變化句式

把肯定句和否定句，直述句和詢問句，駢式句和散式句等等，穿插使用，叫做變化句式（黃慶萱，2002：770）。唐松波、黃建霖（1996：499）稱為「換型」，是說：「不同句型在表述中交錯使用。」

依原始句型來分，又可分為「原型類疊的變化句式」、「原型對偶的變化句式」、「原型排比的變化句式」、「原型層遞的變化句式」四類。

㈠原型類疊的變化句式

原始句型是類疊形式，為求變化而故意變化句式。如：

鄒忌脩八尺有餘，身體昳麗。朝服衣冠，窺鏡，謂其妻曰：「我孰與城北徐公美？」其妻曰：「君美甚，<u>徐公何能及公也</u>？」城北徐公，齊國之美麗者也。忌不自信，而復問其妾曰：「吾孰與徐公美？」妾曰：「<u>徐公何能及君也</u>？」旦日，客從外來，與坐談。問之客曰：「吾與徐公孰美？」客曰：「<u>徐公不若君之美也</u>。」（《戰國策·齊策一·鄒忌脩八尺有餘》）

鄒忌分別問其妻、妾、客的話，都是他和徐公誰比較美的同樣問題，原本應是「類句」。可是問法各有不同：「我孰與城北徐公美？」「吾孰與徐公美？」「吾與徐公孰美？」第一個問句用「我」，後面的兩個問句用「吾」，是意同詞異的「抽換詞面」。前兩個問句用「孰與徐公美」，第三個問句用「與徐公孰美」，是詞語

順序參差的「交蹉語次」。第一個問句比後兩個問句多「城北」二字，是使文句長短不齊的「伸縮文身」。

再看三次回答，意思一樣，都說鄒忌比徐公美，原本應是「類句」。然而表達的方式也是各不相同：「君美甚，徐公何能及公也？」「徐公何能及君也？」「徐公不若君之美也！」妻的回答多了「君美甚」三個字，句子比較長，是「伸縮文身」。妻的回答是複句，妾與客的回答是單句。妻與妾的回答均用疑問句中的「激問」，客的回答則用感歎語氣的準判斷句。這是穿插不同句式的「變化句式」。

> 母親一知道就很著急，幾乎幾夜睡不著。──她又自己能看信的。然而我能有什麼法子呢？沒有錢，沒有工夫，當時什麼法子也沒有。（魯迅〈在酒樓上〉）

本應是「能有什麼法子呢？」的類句，魯迅先用激問，再用陳述，變化句式，將沒辦法的無可奈何之情充分顯現。

(二)原型對偶的變化句式

原始句型是對偶形式，為求變化而故意變化句式。如：

> 民勇者，戰勝；民不勇者，戰敗。能壹民於戰者，民勇；不能壹民於戰者，民不勇。（《商君書‧畫策第十八》）

「民勇者，戰勝；民不勇者，戰敗」本應為隔句對，「能壹民於戰者，民勇；不能壹民於戰者，民不勇」本應為隔句對，都用肯定句和否定句來變化句式。

> 朱鮪涉血於友于，張繡剚刃於愛子；漢主不以為疑，魏君待之若舊。（丘遲〈與陳伯之書〉）

前兩句都是肯定語氣，後兩句則一為否定，一為肯定，形成變化句式。

(三)原型排比的變化句式

原始句型是排比形式，為求變化而故意變化句式。如：

漫長而幸福的婚後生活，就像是一座七彩琉璃塔。

從腳到頂，堆積的不是磚，不是石，不是泥，不是沙；

而是容忍，是體貼，是寬恕，是犧牲。（孟谷〈琉璃塔〉）

孟谷連續用四個否定排比句，四個肯定排比句，闡明漫長而幸福的婚姻生活要素。句式變化，對比映襯，使得說理更加有力。

我不是逃避生活，世上儘管有躲避烈日的篷帳，有躲避風雨的場屋，但沒有躲避生活的所在。（艾雯〈一束小花〉）

「有躲避烈日的篷帳，有躲避風雨的場屋，但沒有躲避生活的所在」本應三句都是肯定的單句排比，但第三句改為否定句，形成變化句式。

㈣原型層遞的變化句式

原始句型是層遞形式，為求變化而故意變化句式。如：

當我遇到那些已經解決的難題，就把它交付給課堂；當我遇到那些可以解決的難題，就把它交付給學術；當我遇到那些無法解決的難題，也不再避開，因為有一個稱之為散文的籮筐等著它。（余秋雨〈寫作感受〉）

此例形式上是複句排比，意義上是雙遞式層遞。「就把它交付給課堂」、「就把它交付給學術」是肯定句，「也不再避開」是否定句，形成變化句式。

一個人拿不起，兩個抬得動，三個不費力，四個更輕鬆。（諺語）

由「一個」、「兩個」、「三個」至「四個」是由少而多，是為層遞。第一和第三句用否定句，第二和第四句用肯定句，是為變化句式。

表6-1　錯綜分類表　　　　　　　　　　　　　　　　（筆者自製）

辭格	分類基準	次辭格	異名	說明
壹、錯綜	一、依原始句型分	㈠原型類疊的錯綜		
		㈡原型對偶的錯綜		
		㈢原型排比的錯綜		
		㈣原型層遞的錯綜		
	二、依錯綜方法分	㈠抽換詞面	變文	
		㈡交蹉語次	錯舉	
		㈢調整語法		
		㈣伸縮文身	參差	
		㈤變化句式	換型	

參、辨析

「錯綜」之辨析，有幾點需要說明：

一、「錯綜」的前提是「寓變化於整齊規律之中」

　　類疊、對偶、排比、層遞等修辭法，要求形式整齊規律，但過分整齊規律的結果，容易流於刻板、重複，而欠缺變化。「錯綜」是寓變化於整齊規律之中，故意使上下文詞語互異，句法參差，使得文章生動活潑，靈動多姿。所以本文在分類上特別強調：依原始句型分，可以分為：原型類疊的錯綜、原型對偶的錯綜、原型排比的錯綜、原型層遞的錯綜等四類。如果原本就是參差不齊的文句，已經令讀者眼花撩亂，此時再使用錯綜，那豈不是亂上加亂？

二、「調整語法」有別於「交蹉語次」

　　黃慶萱（1988：529-543）舊版將「錯綜」分為「詞的錯綜」和「句的錯綜」兩大類。「詞的錯綜」又分「拼字」和「複詞」兩小類；「句的錯綜」又分「抽換詞面」、「交蹉語次」、「伸縮文身」和「變化句式」四小類。

　　黃慶萱（2002：755-770）新版則將「詞的錯綜」刪除，這是正

確的；另外將「錯綜」分爲「抽換詞面」、「交蹉語次」、「調整語法」、「伸縮文身」和「變化句式」五類，增加了「調整語法」一類，該類應是從「交蹉語次」分化出來。茲說明兩者的差異：

㈠交蹉語次

交蹉語次是把詞、語、句等語言成分的次序，穿排得前後不同，但語法結構仍是不變。如：

> 自然界給他<u>安慰、快樂</u>，他也在自然界找到<u>快樂、安慰</u>。（張秀亞〈談靜〉）

本來應是「安慰、快樂」的「類詞」，爲求變化而交蹉語次，換成「快樂、安慰」。「安慰、快樂」和「快樂、安慰」都是並列結構，只是次序前後不同。

> 昔伯牙絕弦於鍾期，仲尼覆醢於子路；痛知音之難遇，傷門人之莫逮。諸子但爲未及古人，自一時之雋也。（曹丕〈與吳質書〉）

「伯牙絕弦於鍾期，痛知音之難遇；仲尼覆醢於子路，傷門人之莫逮」本是隔句對，故意將「痛知音之難遇」和「仲尼覆醢於子路」交蹉語次而成「伯牙絕弦於鍾期，仲尼覆醢於子路；痛知音之難遇，傷門人之莫逮」。此例只是語次交錯不齊，語法結構仍是相同。

㈡調整語法

調整語法是把原本結構相近的語句，刻意更改其結構形態，使語法參差別異。有時看似語次交錯，但語法結構已經不同。如：

> 青，<u>取之於藍</u>，而青於藍；冰，<u>水爲之</u>，而寒於水。（《荀子‧勸學》）

不說冰「凝之於水」，而說「水爲之」，更改語法以避與「取之於藍」對偶。「取之」爲動賓結構，「於藍」爲介賓結構，「取之於藍」爲無主句。「水爲之」爲準判斷句，有主語「水」，準繫語「爲」，賓語稱代詞「之」。

附枝大者<u>賊本心</u>，私家盛者<u>公室危</u>。（《漢書‧蕭望之傳》）

「賊本心」和「公室危」看似交蹉語次，但「賊本心」為動賓結構，「公室危」，為主謂結構，迴避對偶，而形成錯綜。

三、「交蹉語次」有別於「字同序異」

所謂「字同序異」，又稱「序換」，是指：在同一個語境中，字數相等，字面成分相同或字音相同相近，但次序有異的兩個或兩個以上的詞語，互相對照，相映成趣（魏聰祺，2004a：624）。「序換」的兩個詞語意義必須不同，但「交蹉語次」的兩個詞語意義必須相同，這是它們最大的區別點。

楊春霖、劉帆（1996：696）曰：「漢語的語法意義主要靠詞序和虛詞來表達。具有一定語言形式的語意內容，正是賴以這種固定的詞序（有時輔助於虛詞）才變得準確、明晰的。序換就是對已經固定的語言形式進行變形，並通過這種變形來獲取變化語意的表達目的。但是改變詞序不一定都能改變語意，修辭格中的反覆與錯綜，有時為了調整音節，強調語意，變化語言形式，也採取改變詞序的方法，不能看作是序換。因為它們雖然調換了某個語言單位的位置，但是並未獲得出新出奇的語言表達效果。」這種見解是對的。

唐松波、黃建霖（1996：485）的看法，則有待商榷。他們說：

序換有時能使字面避免重複，其實質不但沒變，而且更加強調是半斤八兩，完全一樣；但有時卻使詞或詞組的意思發生很大變化，甚至變得意思相反，帶有諷刺意，使人感到巧妙而深刻。

認為「序換」只要詞序更換即可，意義可以相同，也可以不同。若是如此，則「序換」和「交蹉語次」就沒有可以區別的地方。

㈠交蹉語次的例子

語序改變但意義不變。如：

另外有些比較機靈的人，他們不搞「站隊」，而一心搞平衡。見到朱老是<u>笑容滿面</u>，見到小趙是<u>滿面笑容</u>。見到小

趙是寒暄一番，見到朱老是一番寒暄。　見到朱老是親切愉快，見到小趙是愉快親切。半斤八兩，不差分毫，小心翼翼，不偏不倚。（王蒙《加拿大的月亮》）

「笑容滿面」和「滿面笑容」；「寒暄一番」和「一番寒暄」；「親切愉快」和「愉快親切」的意義相同，所以它們只是「交磋語次」。

他又張開大嘴哭了説：「幹是傾家敗產，不幹也是敗產傾家，我就決心和他打了這場官司。」（梁斌《紅旗譜》）

「傾家敗產」和「敗產傾家」的意義相同，所以它們只是「交磋語次」。

迂緩綿遠的金色沙岸，沉靜而又溫柔地向大海環抱過去，萬頃碧波也溫柔而又沉靜地環繞過來。（秦兆陽《海邊銷魂記》）

「沉靜而又溫柔」和「溫柔而又沉靜」的意義相同，所以它們只是「交磋語次」。

我麻木的神經在清醒，我滾滾的熱血在沸騰！奇恥大辱，大辱奇恥，如毒蛇之齒，撕咬著我的心！（李存葆《高山下的花環》）

「奇恥大辱」和「大辱奇恥」的意義相同，所以它們只是「交磋語次」。

區長他們把菜端來，兩頭都放了一大盆肉，一大盆魚，還配搭兩碟子涼菜——一碟子是粉條豆腐白菜，一碟子是白菜豆腐粉條。（袁靜、孔厥《新兒女英雄傳》）

「粉條豆腐白菜」和「白菜豆腐粉條」的意義相同，所以它們只是「交磋語次」。

詞序不同形成了同義詞，如「覺察—察覺」、「情感—感情」、「相互—互相」、「嫉妒—妒嫉」，它們雖然詞序互換，形式上與

「序換」無異，但內容意義卻完全一樣，則與「序換」有異，它們只能當成錯綜中的交蹉語次。

㈡字同序異的例子

語序改變且意義不同。如：

人們最常求發財夢「實現」；最後常因發財而「現實」。
（安東尼〈金玉涼言〉，《聯合報》92年7月7日E6繽紛版）

希望發財夢能「實現」是人們常求的，但是發財之後卻變得勢利、「現實」，齊之中帶有變化。

肆、產生因素
一、自然之道

黃慶萱（2002：753）曰：「風景是一個現成而精美的錯綜例子，自然的風景是一種不確定的客體，它總是包含了足夠的複雜性和多變性，使我們的感官有充分的自由去選擇、強調、組織、並賦予意義。在人類的行為中，也多的是不按牌理出的牌，叫人感到詫異與莫測！」又說：「自然既然以其整齊、變化，與整齊中有變化、變化中有整齊等等現象取悅我們，所以模擬自然的文學作品，也不妨以整齊、變化、整齊中有變化、變化中有整齊來回報自然。」（黃慶萱，2002：754）前一章各節所談到的優美形式的設計，如類疊、對偶、排比、頂針、回文等，都是基於統一、秩序、聯貫等整齊的原理，錯綜則是基於「變化」、「複雜」的原理，它們都是取法於自然之道。宇宙本就包羅萬象，有整齊的事物，也有變化的現象；藝術模擬自然，當然也會「整齊」與「變化」、「複雜」並存。

二、美學基礎

沈謙（1996：597）曰：「對偶、排比等修辭法，要求形式整齊規律，富麗堂皇，但過分整齊規律的結果，也容易流於刻板、重複而欠缺變化。『錯綜』是寓變化於整齊規律之中，故意使上下文詞語互異，句法參差，文法語氣迥異。使得文章生動活潑，靈動多姿。」太過整齊規律的結果，會造成呆板重複，若能適度變化，可帶來靈動多姿。錯綜「寓變化於整齊規律之中」的方式，能避免刻板單調，而產

生靈活的美感。

伍、運用原則

　　錯綜的運用要點爲「寓變化於整齊規律之中」，它本身就符合適當的心理距離。因爲太過整齊規律的形式，用多用久之後會產生刺激疲乏，造成呆板單調之弊，這是心理距離太近的原因；此時稍加變化，則能拉大心理距離，以陌生新奇的面貌來吸引讀者注意。若沒有整齊規律的基礎，只求變化，容易造成蕪雜紊亂，則心理距離拉開過大，也是不美。

　　沈謙（1996：621）提到錯綜的第一項原則爲「靈活變化」。將整齊規律的形式，加以錯綜變化，可使心理距離拉開，以陌生新穎的姿態出現，達到生動活潑，靈動多姿的效果。

　　沈謙（1996：622）提到錯綜的第二項原則爲「錯落有致」。錯綜如果運用不當，則難免流於蕪雜凌亂，弄巧成拙，反爲不美。這是因爲將心理距離拉得太開，連原有的整齊規律形式都消失不見。因此錯綜貴在寓變化於整齊規律之中，有變化則拉大心理距離，有整齊規律則能將心理距離拉回，形成適當的心理距離。

　　沈謙（1996：623）提到錯綜的第三項原則爲「綜合使用」。單用一種錯綜方法，可能變化度不夠，心理距離尚未拉開，引不起讀者注意；若是綜合運用數種錯綜方法，心理距離可以拉大，使讀者感覺文章更生動靈活。

第二節　倒裝

壹、定義

　　陳望道（1989：214）曰：「話中特意顛倒文法上邏輯上普通順序的部分，名叫倒裝辭。」該定義強調兩點：一是「特意顛倒」，所以倒裝辭格只是指特意顛倒者，而不含非刻意的自然顛倒。二是「顛倒文法上邏輯上普通順序」，則依倒裝順序來分，可分爲「文法順序倒裝」和「邏輯順序倒裝」兩類。

　　黃慶萱（2002：783）曰：「語文中特意顛倒複詞詞素、句子成分，或複句的通常次序，而語法形態或關係卻未改變的，叫做『倒裝』。」該定義針對陳望道的定義有所修改：一是將「話中」

改爲「語文中」，則包含「口語」和「文辭」，較符合修辭的對象
要求；二是繼承陳望道「特意顚倒」的觀念；三是只提「文法倒
裝」，而忽略了「邏輯倒裝」，此則不妥；四是將「文法倒裝」細分
爲「顚倒複詞詞素、句子成分、或複句的通常次序」，看似詳細，卻
包含不全；五是強調倒裝前後「語法形態或關係卻未改變」，若語法
形態或關係改變，則不是倒裝。

　　沈謙（1996：628）曰：「語文中刻意顚倒文法上、邏輯上正常
順序的語句，是爲『倒裝』。倒裝可以加強語勢、突現重點，調和
音節，使文章激起波瀾。」該定義特色有：一是繼承黃慶萱「語文
中」的修辭對象；二是繼承陳望道和黃慶萱「特意顚倒」，雖改爲
「刻意顚倒」，但毫無差別；三是繼承陳望道「顚倒文法上邏輯上
普通順序」，雖然將「普通順序」改爲「正常順序」，也沒多大差
別；四是提出倒裝的功用。

　　筆者綜合上述諸家意見，並配合本書統一用語，將「倒裝」的定
義修改爲：

　　　　說話行文時，刻意顚倒文法上、邏輯上正常順序的語句，
　　　　而語法形態或關係卻未改變的修辭方法，叫做「倒裝」。

貳、分類

　　倒裝的分類，可以從不同角度來分類：一、依規律與否分，可
分爲「隨語倒裝」和「變言倒裝」兩類；二、依倒裝的順序分，可
以分爲「文法順序倒裝」和「邏輯順序倒裝」二類；三、依倒裝範
圍分，可分爲「本句倒裝」和「跨句倒裝」兩類；四、依倒裝目的
分，可以分爲「爲詩文格律而倒裝」和「爲文章波瀾而倒裝」兩
類。茲說明如下：

一、依規律與否分

　　陳望道（1989：215）將「倒裝」分爲「隨語倒裝」和「變言倒
裝」兩類，即是依規律與否來區分的。

㈠隨語倒裝

　　陳望道（1989：215）曰：「隨語倒裝……這類純粹只是語次
或語氣上的顚倒，並不涉思想內容和文法組織。」楊春霖、劉帆

（1996：737）曰：「隨言倒裝，是有規律地變動句子成分或分句的一般順序，並不涉及思想條理和語法結構的一般倒裝形式。」如：

1.主謂倒裝

漢語的主謂句，通常是主語在前，謂語在後；把謂語置於主語之前，往往具有強調突出謂語的作用。如：

　　若崩，厥角稽首。（《孟子・盡心下》）

厥，頓也；角，額角。厥角即頓首。正常語序為：「厥角稽首，若崩。」為強調殷之百姓感激周武王，才將語序倒裝。

　　流著，溫馴的水波；流著，纏綿的恩怨。（徐志摩〈巴黎的鱗爪〉）

此例正常語序為「溫馴的水波流著，纏綿的恩怨流著」，是兩句敘事句，作者將謂語前置。

　　靜極了，這朝來水溶溶的大道。（徐志摩〈我所知道的康橋〉）

正常語序為「這朝來水溶溶的大道靜極了」，作者將謂語「靜極了」前置。

　　她想：接下來的一定又是那句：
　　好麼？這些日子。
　　當然這不是一句聰明的問話，從美豐懶散而不起勁卻又帶著三分怨的表情裡，可以想得出那份日漸生疏的感情來。（曹又方〈爪痕〉）

正常語序為「這些日子好麼？」作者將謂語「好麼」前置。

　　當我帶著夢裡的心跳，
　　睜大發狂的眼睛，
　　把黎明叫到了我的窗子上——
　　你真理一樣的歌聲。（臧克家〈春鳥〉）

「當我」二行是時間狀語，本可置於句首。三、四行的正常語序應是：「你真理一樣的歌聲，把黎明叫到了我的窗子上」。第三行是謂語，前置的謂語部分突出了「黎明」和鳥的叫聲，表達出我的驚喜與振奮；而破折號後的停宕，使讀者對後面出現的主語，產生思索和回味。末行是主語，倒置在謂語之後。

2.動賓倒裝

將動詞謂語後面的賓語提前到謂語前的倒裝形式。如：

> 「雷峰夕照」的真景我也見過，並不見佳，我以為。（魯迅〈論雷峰塔的倒掉〉）

正常語序為「我也見過『雷峰夕照』的真景」、「我以為並不見佳」，作者將賓語「『雷峰夕照』的真景」、「並不見佳」提前。

> 是不是爸爸去世，給媽太大的打擊，而有點傷了媽的神經？她想。否則媽的轉變，又能怎樣解釋？（歐陽子〈魔女〉）

正常語序為：「她想是不是爸爸去世，給媽太大的打擊，而有點傷了媽的神經？」作者將賓語提前。

> 花褪殘紅青杏小。燕子飛時，綠水人家繞。枝上柳綿吹又少，天涯何處無芳草！
> 牆裡秋千牆外道，牆外行人，牆裡佳人笑。笑漸不聞聲漸悄，多情卻被無情惱。（蘇軾〈蝶戀花〉）

「綠水人家繞」是「綠水繞人家」的倒裝。將賓語「人家」提到述語「繞」之前，是為了押韻。

> 春風桃李花開日，秋雨梧桐葉落時。
> 西宮南內多秋草，落葉滿階紅不掃。（白居易〈長恨歌〉）

「紅不掃」是「不掃紅」的倒裝。「紅」指落花，將賓語「紅」提到述語「不掃」之前，是為了用「掃」字押韻。

> 君臣相顧盡霑衣，東望都門信馬歸。

歸來池苑皆依舊，太液芙蓉未央柳。

芙蓉如面柳如眉，<u>對此如何不淚垂？</u>（白居易〈長恨歌〉）

「對此如何不淚垂」是「對此如何不垂淚」的倒裝。將賓語「淚」提到述語「垂」之前，是為了用「垂」字來押韻。

塞下秋來風景異，衡陽雁去無留意。四面邊聲連角起。千嶂裡，長煙落日孤城閉。

濁酒一杯家萬里，<u>燕然未勒歸無計</u>。羌管悠悠霜滿地。人不寐，將軍白髮征夫淚。（范仲淹〈漁家傲〉）

「燕然未勒」是「未勒燕然」的倒裝，將賓語「燕然」提前，是說沒有建立破敵的大功。此處用東漢竇憲大破北匈奴，刻石勒功而還的典故。

3.定語移位

定語通常出現在所修飾的詞語前面，將定語置後則成倒裝形式。如：

長笙嫁人時，才十六歲，好像也沒有人知道她為什麼會嫁<u>給那劉老實，開棺材店的</u>。（李永平〈萬福巷裡〉）

「開棺材店的」是修飾「劉老實」的定語，倒裝後強調劉老實是「開棺材店的」。

他還是一身工作服，<u>黃一塊黑一塊的</u>，滿身有一股煙和火的氣息，只是沒戴帽子，露著個娃娃頭。（李建鋼《三個李》）

「黃一塊黑一塊的」是修飾「工作服」的定語，倒裝後縮短句子的長度，強調了「工作服」的顏色。

4.狀語移位

狀語通常出現在所修飾的詞語前面，將狀語置後則成倒裝形式。如：

如果我能夠，<u>我要寫下我的悔恨和悲哀，為子君，為自</u>

己。（魯迅〈傷逝〉）

正常順序爲「我要爲子君，爲自己寫下我的悔恨和悲哀」，將狀語倒置於後，強調「爲子君，爲自己」的心意。

　　大江來從萬山中，山勢盡與江流東。
　　鍾山如龍獨西上，欲破巨浪乘長風。（高啓〈登金陵雨花臺望大江〉）

「大江來從萬山中」的正常順序爲「大江從萬山中來」，將狀語「從萬山中」移後，句末「中」、「東」、「風」押韻。

　5.從句主句移位
　　在主從複句中，從句通常在前，主句通常在後，倒裝後其位置前後相反。如：

　　聽獄友說起做妻底可以休掉丈夫底，如若丈夫犯了監。（王禎和〈嫁妝一牛車〉）

正常順序爲：「聽獄友說起：如若丈夫犯了監，做妻底可以休掉丈夫底」，將假設複句的從句挪後，以強調「如若丈夫犯了監」的條件。

㈡變言倒裝

　　陳望道（1989：216）認爲「變言倒裝」「雖然也是顚倒順序，卻往往侵及內容和組織，同第一類單純的倒裝不同」。楊春霖、劉帆（1996：737）曰：「變言倒裝，是一種沒有規律性的倒裝形式，語序的變動常常打亂思想條理和語法結構，只有在特定的語境中，它才能明晰地表意。此類倒裝現代漢語中已少見，多存於文言詩詞散文中。」如：

　　令尹子瑕言蹶由於楚子，曰：「彼何罪？諺所謂『室於怒，市於色』者，楚之謂矣。」（《左傳・昭公十九年》）

晉・杜預《集解》：「言靈王怒吳子而執其弟，猶人忿於室家而作色於市人。」「室於怒」、「市於色」直接解釋是不通的，還原爲

「怒於室」、「色於市」則能解通；其倒裝並非規律性，則是變言倒
裝。

> 其一二父兄懼隊宗主，<u>私族於謀</u>而立長親。（《左傳》昭公
> 十九年）

「私族於謀」直接解釋是不通的，還原為：「謀於私族」，則能解
通。其倒裝並非規律性，則是變言倒裝。

> 啓乃淫溢康樂，<u>野于飲食</u>。（《墨子‧非樂上》）

「野于飲食」直接解釋是不通的，還原為「飲食于野」，則能解
通；其倒裝並非規律性，則是變言倒裝。

> 薊丘之植，植於汶篁。（《史記‧樂毅列傳》）

「薊邱之植，植於汶篁」直接解釋是不通的，還原為「汶篁之植，植
於薊邱」，則能解通；其倒裝並非規律性，則是變言倒裝。

二、依倒裝順序分

依倒裝的順序來分，可以分為「文法順序倒裝」和「邏輯順序倒
裝」二類：

㈠文法順序倒裝

所謂「文法順序倒裝」，是指倒裝後該語句的語法不合正常順
序。上述規律性的隨語倒裝和無規律性的變言倒裝，所舉例子都是不
合語法順序的文法順序倒裝。

修飾語是用來修飾或限制中心語的，通常用在中心語之前。將修
飾語變位使用，主要是為了強調突出修飾語的語義，以增強表達效
果。如：

> <u>春天像小姑娘，花枝招展的</u>，笑著，走著。（朱自清
> 〈春〉）

此例正常語序為「春天像花枝招展的小姑娘」，把定語「花枝招展
的」後移，突出了春姑娘的活潑可愛。

> 輕輕的我走了，
> 正如我輕輕的來；
> 我輕輕的招手，
> 作別西天的雲彩。（徐志摩〈再別康橋〉）

「輕輕的我走了」將狀語前置，突出我再別康橋時走的「輕輕」。接著一句「正如我輕輕的來」，則是常位表達，因為這裡重在表現此時的「別」，無須特別突出以往的「來」，同時也是爲了使詩句富於變化（傅惠鈞，2003：303、304）。

　　主從複句的分句，其次序較爲固定，一般是從句在前，主句在後。將從句後置，有強調從句的意味。在一定的語境中，因果句、假設句、條件句、目的句、轉折句等都可以倒置。如：

> 總之，倘是咬人之狗，我覺得都在可打之列，無論牠在岸上或在水中。（魯迅〈論「費厄潑賴」應該緩行〉）

此爲條件句倒置。正常語序爲：「倘是咬人之狗，無論牠在岸上或在水中，我覺得都在可打之列。」

> 沒有月亮的晚上，這路上陰森森的，有些怕人。今晚卻很好，雖然月光也還是淡淡的。（朱自清〈荷塘月色〉）

此爲轉折句倒置。正常語序爲：「今晚雖然月光也還是淡淡的，卻很好。」

> 「頂給我。」萬發有些錯愕了，一生盼望著擁有底牛車竟在眼前實現！興高了很有一會，就很生氣起自己來──可卑的啊，真正可悲的啊！竟是用妻換來的！不過他還是接下了牛車，盛情難卻地。（王禎和〈嫁妝一牛車〉）

正常順序應是「不過他還是盛情難卻地接下了牛車」，此例將狀語「盛情難卻地」往後移，強調狀語。

㈡邏輯順序倒裝

　　所謂「邏輯順序倒裝」，是指倒裝後該語句的語法無誤，但是邏輯順序顛倒。如：

> 原野闃其無人兮，征夫行而未息。
> 心悽愴以感發兮，意忉怛而憯惻。
> 循階除而下降兮，氣交憤於胸臆。
> 夜參半而不寐兮，<u>悵盤桓以反側</u>。（王粲〈登樓賦〉）

此例末句「悵盤桓以反側」，它在邏輯上應是「悵反側以盤桓」，是說「內心惆悵，輾轉反側，難以入眠，只好起床四處盤桓」；作者將順序顛倒，是為了押韻而倒裝，使得偶數句末的「息、惻、臆、側」形成入聲韻腳。但該句「盤桓」和「反側」兩個動作是用連詞「以」字來銜接，連詞的前後可以互換，並不影響語法，所以「悵盤桓以反側」和「悵反側以盤桓」都是合乎語法常規，因此它不是文法倒裝，只是邏輯倒裝。

> 天地有正氣，雜然賦流形。
> <u>下則為河嶽，上則為日星</u>。
> 於人曰浩然，沛乎塞蒼冥。（文天祥〈正氣歌〉）

此例「下則為河嶽，上則為日星」，在邏輯習慣上，應是先說上、後說下的「上則為日星，下則為河嶽」，作者將前後句次序顛倒，是為了押韻的目的，使得偶數句末的「形、星、冥」符合韻腳。但這兩句誰先誰後，對文法完全沒有影響，所以它不是文法順序倒裝，只是邏輯順序倒裝。

三、依倒裝範圍分

依倒裝範圍來分，可分為「本句倒裝」和「跨句倒裝」兩類：

㈠本句倒裝

本句倒裝是指同一句內的成分顛倒。如：

> 駿馬驕行踏落花，垂鞭直拂五雲車。
> 美人一笑褰珠箔， 指紅樓是妾家。（李白〈陌上贈美人〉）

「美人一笑褰珠箔」的正常順序應是「美人褰珠箔一笑」，主語「美人」在前，謂語「一笑」和「褰珠箔」誰先誰後都合乎語法，因

此不會是文法順序倒裝。此句的正常邏輯是美人被馬鞭騷擾，心中不悅，於是褰珠箔看看發生何事，原來是貴客來到，乃破顏一笑。之所以要倒裝是為了強調風塵女子變化喜怒心情之快速，讓人感覺好像美人是先在車內笑著然後才褰開珠箔。此例是同一句內兩個謂語顛倒，是為「本句倒裝」。

㈡跨句倒裝

跨句倒裝是指不同句之間的顛倒。如：

> 大子將戰，狐突諫曰：「……立可必乎？<u>孝而安民，子其圖之，與其危身，以速罪也</u>。」（《左傳‧閔公二年》）

狐突諫太子申生的話，正常次序應是：「立可必乎？與其危身，以速罪也，（不如）孝而安民，子其圖之。」狐突將「與其危身，以速罪也」後移，是「跨句倒裝」。

> <u>說起來也是恨事，自己居然會跟友祥這種人攪得不清不白的，明知他是有妻室的人</u>。友祥的年紀已有三十來歲，身材已被酒肉聲色灌漑得有點臃腫。（曹又方〈爪痕〉）

此例正常順序為：「說起來也是恨事，明知他是有妻室的人，自己居然會跟友祥這種人攪得不清不白的。」是「跨句倒裝」。

> 當然，我們不可以忘了那些吵得要掀了天皮的小人兒們，如果天有皮的話。（簡媜〈寵〉）

此例正常順序為：「當然，如果天有皮的話，我們不可以忘了那些吵得要掀了天皮的小人兒們。」作者將假設複句的從句「如果天有皮的話」移至主句之後，是「跨句倒裝」。

> 稻浪，是不退潮的浪，於是，<u>你將覺得自己也是一朵不退的浪花，在生活的海洋裡</u>。（簡媜〈醉臥稻浪〉）

此例正常順序為：「在生活的海洋裡，你將覺得自己也是一朵不退的浪花。」

四、依倒裝目的分

依倒裝目的來分，可以分爲「爲詩文格律而倒裝」和「爲文章波瀾而倒裝」兩類：

㈠爲詩文格律而倒裝

古典詩文往往爲了遷就格律而倒裝，其中最常見者有：

1.爲協韻而倒裝者

詩詞曲等韻文，爲求節奏美感，常押尾韻，有時必須倒裝以配合。如：

> 大風有隧，<u>有空大谷</u>。
> 維此良人，作為式穀。
> 維彼不順，征以中垢。（《詩經・大雅・桑柔》）

此例「有空大谷」在文法上應是「大谷有空」，屬「表態句」，「大谷」當主語，「有空」是帶詞頭的派生詞，做表語用，意爲「大的山谷空曠的樣子」；倒裝的目的是爲了押韻，使得偶數句末的「谷、穀、垢」形成入聲韻腳。

> <u>楚塞三湘接，荊門九派通</u>。
> 江流天地外，山色有無中。
> 郡邑浮前浦，波瀾動遠空。
> 襄陽好風日，留醉與山翁。（王維〈漢江臨汎〉）

「楚塞三湘接，荊門九派通」是「三湘接楚塞，九派通荊門」的倒裝。下句之倒裝是爲了句末「通」、「中」、「空」、「翁」押韻，上句之倒裝是爲了配合下句形成對偶。

> 管弦嘔啞，多於市人之言語。使天下之人，<u>不敢言而敢怒</u>。獨夫之心，日益驕固。（杜牧〈阿房宮賦〉）

「不敢言而敢怒」是「敢怒而不敢言」的倒裝，其目的是爲了使「怒」和「固」押韻。

2.爲對偶而倒裝者

對偶的上下聯必須字數同，語法相似，甚至詞性同，有時必須倒裝來配合。如：

空山新雨後，天氣晚來秋。
明月松間照，清泉石上流。
<u>竹喧歸浣女，蓮動下漁舟</u>。
隨意春芳歇，王孫自可留。（王維〈山居秋暝〉）

「竹喧歸浣女，蓮動下漁舟」的順序，本應是：「竹喧浣女歸，蓮動漁舟下。」下句爲了押韻而倒裝，因此偶數句末的「秋、流、舟、留」都是韻腳；上句則是爲了配合下句形成對偶而倒裝，此因律詩中間兩聯必須對偶之故。

豫章故都，洪都新府；星分翼軫，地接衡廬。襟三江而帶
五湖，控蠻荊而引甌越。<u>物華天寶</u>，龍光射牛斗之墟；<u>人
傑地靈</u>，徐孺下陳蕃之榻。（王勃〈滕王閣序〉）

「物華天寶，龍光射斗牛之墟；人傑地靈，徐孺下陳蕃之榻」是隔句對。其中「人傑地靈」是「地靈人傑」的倒裝，「地靈」爲因，「人傑」爲果，因果倒置是爲了「地靈」和「天寶」對偶。

3.爲平仄而倒裝者

近體詩講究平仄，有時爲了配合平仄而刻意倒裝。如：

舍南舍北皆春水，但見群鷗日日來。
花徑不曾緣客掃，蓬門今始爲君開。
盤餐市遠無兼味，樽酒家貧只舊醅。
肯與鄰翁相對飲，隔籬呼取盡餘杯。（杜甫〈客至〉）

「盤餐市遠無兼味，樽酒家貧只舊醅」的順序，本應是「市遠盤餐無兼味，家貧樽酒只舊醅」，是說：「由於市遠，盤餐缺乏兼味；由於家貧，所以樽酒只有舊醅。」但其平仄爲「仄仄平平平平仄，平平平仄仄仄平」，不合律詩平仄規律，倒裝之後，則合乎「平平仄仄平平仄，（仄）仄平平仄仄平」的規律。

琵琶起舞換新聲，總是關山舊別情。

撩亂邊愁彈不盡，高高秋月照長城。（王昌齡〈從軍行〉七之二）

「琵琶起舞換新聲」的正常順序應是「起舞琵琶換新聲」，若是如此，其平仄爲「仄仄平平仄平平」，不合近體詩平仄，倒裝之後的平仄爲「平平仄仄仄平平」，則合乎近體詩平仄。

4.爲駢文句式而倒裝者

駢文又稱四六文，其常見句式爲「六六四四」、「四四六六」、「六四六四」、「四六四六」，有時爲配合此句式而倒裝。如：

暮春三月，江南草長；雜花生樹，群鶯亂飛。見故國之旗鼓，感平生於疇日，撫弦登陴，豈不愴悢！所以廉公之思趙將，吳子之泣西河，人之情也。將軍獨無情哉！想早勵良規，自求多福。（丘遲〈與陳伯之書〉）

「見故國之旗鼓，感平生於疇日，撫弦登陴，豈不愴悢」四句的順序，本應是「撫弦登陴，見故國之旗鼓，感平生於疇日，豈不愴悢」，但四、六、六、四的句式，不合駢文常規。作者將首句「撫弦登陴」倒置於第二句之後，成爲第三句，而形成「六六四四」的句式，是爲了配合駢文句式的要求。

5.爲七言詩句而倒裝者

七言詩每句七字，有時爲配合七字一句的限制，乃倒裝之。如：

九重城闕煙塵生，千乘萬騎西南行。

翠華搖搖行復止，西出都門百餘里。

六軍不發無奈何，宛轉蛾眉馬前死。

花鈿委地無人收，翠翹金雀玉搔頭。

君王掩面救不得，回看血淚相和流。（白居易〈長恨歌〉）

「花鈿委地無人收，翠翹金雀玉搔頭」，順序應是「花鈿、翠翹、金雀、玉搔頭委地無人收」。作者將「翠翹金雀玉搔頭」挪後，目的是爲了湊成七言句式。

㈡爲文章波瀾而倒裝

　　爲遷就詩文格律而倒裝，只是消極地要求合乎格律，不得不爾。爲遷就文章波瀾而倒裝，乃積極地追求文章之勁健、警策、靈動多姿。以下列出幾項倒裝在修辭上的功能：

1.爲引起注意而倒裝

　　倒裝是一種正常語序的變異，因爲語序怪，當然就會引起注意。如：

　　　孤臣危涕，孽子墜心。（江淹〈恨賦〉）

此例本應作：「孤臣墜涕，孽子危心。」這是爲了「競奇醒目」而倒裝（黃慶萱，2002：807）。

　　　香稻啄餘鸚鵡粒，碧梧棲老鳳凰枝。（杜甫〈秋興〉八首之八）

正常順序當爲：「鸚鵡啄餘香稻粒，鳳凰棲老碧梧枝。」其平仄已是合律，作者是爲了「競奇醒目」而倒裝。

　　　泉聲咽危石，日色冷青松。（王維〈過香積寺〉）

此例的創造過程爲：「危石使泉聲咽，青松使日色冷。」──→「危石咽泉聲，青松冷日色。」（使動轉換）──→「泉聲咽危石，日色冷青松。」（倒裝變換）前二句式仍屬正常語法，後一句式則爲倒裝句（竺家寧，2001：72）。

2.爲強調主題而倒裝

　　爲強調某主題，可將其提前或挪後。如：

　　　林下聽經秋苑鹿，江邊掃葉夕陽僧。（鄭谷〈慈恩寺偶題〉）

此例直敘則爲「秋苑林下鹿聽經，夕陽江邊僧掃葉」，鄭谷倒裝後則強調：在林下聽經者乃秋苑所飼之「鹿」；在江邊掃葉者乃夕陽映照之「僧」。

　　　靜極了，這朝來水溶溶的大道，只遠處牛奶車的鈴聲，點綴這周遭的沉默。（徐志摩〈我所知道的康橋〉）

作者爲強調「靜極了」而將表語前置。

3.爲語感鮮活而倒裝

倒裝能使語感新鮮。如：

> 小草偷偷地從土裡鑽出來，嫩嫩的，綠綠的。園子裡，田
> 野裡，瞧去，一大片一大片滿是的。（朱自清〈春〉）

此例倒裝後的語感鮮活，若順著文法規律去描述：「瞧去，園子
裡，田野裡一大片一大片滿是偷偷地從土裡鑽出來的嫩嫩的綠綠的小
草」，則呆板凝滯，拖泥帶水。

4.爲記述逼眞而倒裝

有時爲了記述逼眞而倒裝，可以讓讀者了解當時眞情實況。如：

> 伯魚之母死，期而猶哭。夫子聞之，曰：「<u>誰與？哭
> 者</u>。」（《禮記・檀弓》）

依照禮制規定，父親已經不在，爲母親應該穿「齊衰」的喪服，守
喪三年；如果父親在世，爲母親只能降等守喪一年（周何，1996：
127）。所以，伯魚之母（被孔子所休之妻）死，依禮遞降一等，只
能服一年之喪。在服喪的一年內，伯魚所哭者，當是爲亡母而哭。一
年之後還在哭奠（期而猶哭），則是越禮，形同「哭爸」。所以，孔
子聽到之後很不高興，直接反應地問：「誰與？」然後才補充「哭
者」。是眞實地記錄當時孔子說話的情形。

> 中婦諸子謂宮人：「<u>盍不出從乎？君將有行</u>。」（《管
> 子・戒篇》）

是「君將有行，盍不出從乎？」的倒裝，眞實地記錄當時說話的情
形。

5.爲增強語氣而倒裝

有時爲了增強語氣而倒裝，可使文句剛勁有力。如：

> 三軍可奪帥也，匹夫不可奪志也。（《論語・子罕》）

正常順序爲：「三軍之帥可奪也，匹夫之志不可奪也」，意義較明顯

易懂，但倒裝後語氣較剛勁有力。

　　風勁角弓鳴，將軍獵渭城。（王維〈觀獵〉）

依普通敘事法，此為倒裝句。先出「風勁角弓鳴」的場面和聲響，再補說「將軍獵渭城」的人事，較能增強語氣，增添氣氛。
　　一個倒裝句通常兼有上述功能中的幾項，文中所舉例子也可能適用在其他功能上，不必斤斤計較。

表6-2　倒裝分類表　　　　　　　　　　　　　　　　（筆者自製）

辭格	分類基準	次辭格		異名	說明
貳、倒裝	一、依規律與否分	(一)隨語倒裝	1.主謂倒裝	隨言倒裝	
			2.動賓倒裝		
			3.定語移位		
			4.狀語移位		
			5.從句主句移位		
		(二)變言倒裝			
	二、依倒裝的順序分	(一)文法順序倒裝			
		(二)邏輯順序倒裝			
	三、依倒裝範圍分	(一)本句倒裝			
		(二)跨句倒裝			
	四、依倒裝目的分	(一)為詩文格律而倒裝	1.為押韻而倒裝		
			2.為對偶而倒裝		
			3.為平仄而倒裝		
			4.為駢文句式而倒裝		
			5.為七言句式而倒裝		
		(二)為文章波瀾而倒裝	1.為引起注意而倒裝		
			2.為強調主題而倒裝		
			3.為語感鮮活而倒裝		
			4.為記述逼真而倒裝		
			5.為增強語氣而倒裝		

參、辨析

「倒裝」的辨析，有幾點要說明：

一、「隨語倒裝」和「變言倒裝」的不同解讀

陳望道將「倒裝」分爲「隨語倒裝」和「變言倒裝」兩類，大陸學者一般都是如同上文所述，將它視爲依規律與否來區分。但是黃慶萱（2002：785）另有看法，將它視爲依作者刻意與否來分，因此將倒裝分爲「語法上的隨語倒裝」和「修辭上的刻意倒裝」兩類。茲說明如下：

㈠語法上的隨語倒裝

「語法上的隨語倒裝」是出於語文上自然的倒裝，並非作者刻意的安排，它是由於古今中外的語法不同，而必須如此，因此不宜列爲修辭學上的倒裝辭格。這就如同「設問」一格，本書之定義爲：「胸中早有定見，說話行文時，刻意設計問句的形式，以吸引對象注意的修辭方法，叫做『設問』。」所以心中確有疑問的問句，並不屬於修辭格中的設問，必須是心中已有定見，由作者刻意設計的明知故問，才是修辭格中的設問。

語法上的隨語倒裝其實是以現代漢語（國語）的語法爲準，去看其他語言，表面上看，似乎與國語的語法不同，而形成倒裝，但那是該種語言的正常語法，不如此用，反而違反該種語言的語法。如：國語的詞彙：「颱風、習慣、嫌棄、客人、公雞、母雞、乩童、熱鬧、顢頇、健康、便利」等，在閩南語中，則顚倒爲：「風颱、慣習、棄嫌、人客、雞公、雞母、童乩、鬧熱、頇顢、康健、利便」。表面上看，似乎是倒裝，但不這樣用，則不成爲閩南語，所以這是由於語法不同，而自然形成的倒裝，並非作者刻意經營所致。

又如：國語不論直敘句或疑問句，都是「主語—述語—賓語」的順序，英語的直敘句順序與國語相似，但疑問句則必須將作爲賓語的疑問稱代詞提前。如：國語的直敘句：「你是學生。」改爲疑問句：「你是誰？」英語的直敘句：「You are student.」改爲疑問句：「Who are you？」這是不同語言的不同語法，以國語的角度去看，英語把疑問稱代詞「Who」提前，似乎是倒裝，其實只是一種誤解。這種情形在文言之中也有，如：

　　吾誰欺？欺天乎？（《論語‧子罕》）

前句「吾」爲主語，疑問詞「誰」做賓語，提前到述語「欺」之前。後句主語「吾」承前省略，賓語「天」不是疑問詞，故不倒置。

　　皮之不存，毛將安傅？（《左傳》僖公十四年）

「毛」爲主語，疑問詞「安」做賓語，提前到述語「傅」之前。

　　子曰：「不患人之不己知，患不知人也。」（《論語‧學而》）

賓語「己」爲第一人稱稱代詞，其上「不」爲否定副詞，古代漢語在這種條件下必將賓語倒置於述語之上。「不知人」的「人」是名詞，並非稱代詞，故不倒置。

　　近世寇萊公豪侈冠一時，然以功業大，人莫之非。（司馬光〈訓儉示康〉）

賓語「之」爲稱代詞，其上「莫」爲否定副詞，故倒置在述語「非」之前。

　　孟武伯問孝。子曰：「父母唯其疾之憂。」（《論語‧為政》）

此例是說：「父母唯憂其疾。」將賓語「其疾」倒置，述語「憂」前加結構助詞「之」。

　　及長，不省所怙，惟兄嫂是依。（韓愈〈祭十二郎文〉）

此例是說「惟依兄嫂」，將賓語「兄嫂」倒置，述語「依」前加結構助詞「是」。

　　黃慶萱（2002：792）曰：「嚴格說來，這些靠結構助詞把賓語提前的句子，更應視爲語文之通則，和『被動式』、『把字式』一樣，不應視爲修辭學上的『倒裝』。」又說：「以上所述古文倒裝，都是『隨語倒裝』，有一定的語法上的條件。文辭是言詞的記

錄，語法又是語文習慣歸納而得的規則。因此，嚴格地說，既然『隨語』，便非『倒裝』。我們甚至竟可認爲這些隨語倒裝才是當時語文的正則。」（黃慶萱，2002：804）

　　現代漢語中，雖然有些賓語提前，但那也是正常語法，不是作者刻意顛倒順序，亦屬「語法上的隨語倒裝」。如：

　　請你把桌椅搬到教室內。（筆者擬句）

此句原爲「請你搬桌椅到教室內」，換成「把字句」，則須將賓語提前。

　　一種不良社會風習，常常是又固執又狡滑，連法律也往往被它規避和愚弄。（彭歌《道南橋下》）

用「連……也」式把賓語「法律」提到述語之前，這是正常語法。

　　可怕，可怕──哦，你怎麼現在會一點顧忌也沒有，一點羞恥心也沒有。（曹禺《日出》）

此句原爲：「你怎麼現在會沒有一點顧忌，沒有一點羞恥心」，將賓語「顧忌」、「羞恥心」提在述語「沒有」之前，前有「也」字，則是「語法上的隨語倒裝」。

　　我什麼也不敢想，頭更是不敢回。（翰林版國語第十冊第十一課〈走過了就知道〉）

將賓語「什麼」、「頭」提在述語「不敢想」、「不敢回」之前，前有「也」、「更是」，則是「語法上的隨語倒裝」。

　　當我一個人的時候，還有很多事可以想，還有很多事可以做。（康軒版國語第八冊第四課〈我的王國〉）

將賓語「很多事」提在述語「可以想」、「可以做」之前，則是「語法上的隨語倒裝」。

　　親家，話不這麼說，劉姑娘終歸不姓舒！（舒暢《上一代的法庭》）

用否定式把賓語「話」提到述語「說」之前，則是「語法上的隨語倒裝」。

㈡修辭上的刻意倒裝

　　「修辭上的刻意倒裝」，是出於作者刻意的經營，是眞正可視爲一種修辭方法的倒裝。上述「分類」中所舉例子，都是作者刻意經營的「修辭上的刻意倒裝」。

二、語法上的習慣用法不是「倒裝」格

　　黃慶萱（2002：783）曰：「在語言習慣上已經固定的特殊結構，不可視爲倒裝。像被動句的『反賓爲主』，用『把』、『對』等提賓介詞把賓語提前，都非倒裝句。」董季棠（1981：415）也說：「詞序的排列，合於習慣，不是倒裝；不合習慣，就是倒裝。」合於習慣的，就是黃慶萱所說的「語法上的隨語倒裝」；不合習慣的，就是黃慶萱所說的「修辭上的刻意倒裝」。

　　另外，黃慶萱（2002：783）曰：「語文中特意顚倒複詞詞素、句子成分，或複句的通常次序，而語法形態或關係卻未改變的，叫做『倒裝』。」其中倒裝後「語法形態或關係卻未改變」才是「倒裝」，若是「語法形態或關係」已改變，則是另一種語法的呈現，並非這種語法的倒裝。黃慶萱（2002：783）曰：

> 句子成分大致是主語在前，謂語在後。例如：「這個學生很用功。」要是改成：「很用功，這個學生。」結構次序改變了，但主謂關係並沒有改變，就成為倒裝句。……不過，定語和中心語顚倒一般會改變語法結構，如「紅花」是形名結構，定語「紅」在前，中心語「花」在後。要是顚倒成「花紅」，便為表態句，語法關係改變，不得稱為「倒裝」。

可見習慣用法不是倒裝，倒裝後的「語法形態或關係」仍是不變。若是「語法形態或關係」已改變，則是另一種語法的呈現。

三、「倒裝」有別於「交碻語次」

　　「交碻語次」是「錯綜」中的一類，黃慶萱（2002：758）曰：

「把詞、語、句等語言成分的次序，穿排得前後不同，叫做交蹉語次。」倒裝也是把語言次序顛倒，這是兩者的相同點。但「交蹉語次」的本體和客體都要出現，形成前後不同次序；倒裝的本體可以不出現，客體一定要出現，而且客體的語序是不合常規習慣。茲說明如下：

㈠單純的「倒裝」

本體（正常語序）不出現，只有客體（倒裝句）出現，且客體不合正常語序。如：

> 是以別方不定，別理千名，有別必怨，有怨必盈，使人意奪神駭，心折骨驚。（江淹〈別賦〉）

正常順序「骨折心驚」沒出現，只有倒裝句「心折骨驚」出現，所以不會形成「交蹉語次」；且倒裝句「心折骨驚」不合正常語序，是爲倒裝。

> 臨谿而漁，谿深而魚肥；釀泉為酒，泉香而酒洌。（歐陽脩〈醉翁亭記〉）

正常順序「泉洌而酒香」沒出現，只有倒裝句「泉香而酒洌」出現，所以不會形成「交蹉語次」；且倒裝句「泉香而酒洌」不合正常語序，是爲倒裝。

> 沿著荷塘，是一條曲折的小煤屑路。這是一條幽僻的路；白天也少人走，夜晚更加寂寞。荷塘四面，長著許多樹，蓊蓊鬱鬱的。（朱自清〈荷塘月色〉）

正常順序「荷塘四面，長著許多蓊蓊鬱鬱的樹」沒出現，只有倒裝句「荷塘四面，長著許多樹，蓊蓊鬱鬱的」出現，因此不會形成「交蹉語次」；且倒裝句不符正常順序，是爲倒裝。

> 天空變成了淺藍色，很淺很淺的；轉眼間天邊出現了一道紅霞，慢慢兒擴大了它的範圍，加強了它的光亮。（巴金〈海上的日出〉）

正常順序「天空變成了很淺很淺的淺藍色」沒出現，只有倒裝句「天空變成了淺藍色，很淺很淺的」出現，因此不會形成「交蹉語次」；且倒裝句不符正常順序，是爲倒裝。

㈡單純的「交蹉語次」

前後語句的順序不同，則形成「交蹉語次」；但前後語句都合於習慣用法，則與倒裝無關。如：

> 孟子見梁惠王，王曰：「叟不遠千里而來，亦將有以利吾國乎？」孟子對曰：「<u>王何必曰利？亦有仁義而已矣</u>。……<u>王亦曰仁義而已矣，何必曰利？</u>」（《孟子・梁惠王上》）

本來應是「王何必曰利？亦有仁義而已矣」的「類句」，爲求變化而交蹉語次，將後句改爲：「王亦曰仁義而已矣，何必曰利？」順序雖然顛倒，但都合於習慣，所以和倒裝無關。

> 他招待我們一餐永不能忘的飯食，<u>四碗菜，一隻火鍋</u>。四碗菜，以青菜豆腐爲主；一隻火鍋，以豆腐青菜爲主。（梁實秋〈記張自忠將軍〉）

「以青菜豆腐爲主」和「以豆腐青菜爲主」一前一後出現，順序不同，是爲「交蹉語次」：兩者都合乎正常順序，所以和倒裝無關。

㈢「倒裝」和「交蹉語次」兼格

本體（正常語序）和客體（倒裝句）都出現，形成「交蹉語次」；而且客體不合正常語序，則屬倒裝，是爲「交蹉語次」套用「倒裝」。如：

> <u>只如今我像失了什麼，</u>
> <u>原來她不見了！</u>
> 她的美在沉默的深處藏著，
> 我這兩日便在沉默裡浸著，
> 沉默隨她去了，
> 教我茫茫何所歸呢？

　　但是她的影子卻深深印在我心坎裡了！
　　原來她不見了，
　　<u>只如今我像失了什麼</u>！（朱自清〈悵惘〉）

「只如今我像失了什麼，原來她不見了」是因果複句的倒裝，「原來她不見了，只如今我像失了什麼」則是正常順序，兩者一前一後隔離出現，形成將類句交蹉語次。此例則是「交蹉語次」套用「倒裝」。

　　我慢慢地在歷史大樓昏暗的窄梯往上爬……。
　　……他們都下樓了。<u>我往上爬著，在昏暗的歷史窄梯上</u>。
　　（林彧〈爬梯〉）

「我慢慢地在歷史大樓昏暗的窄梯往上爬」是正常語序；「我往上爬著，在昏暗的歷史窄梯上」是異常語序，屬於倒裝。兩者一前一後出現，順序顛倒，則形成「交蹉語次」。此例則是「交蹉語次」套用「倒裝」。

四、「倒裝」有別於「語序飛白」

　　倒裝是有意顛倒語序，來提升表達效果；語序飛白則是無意中弄錯語序，而被人故意記錄下來。如：

　　靜極了，這朝來水溶溶的大道，只遠處牛奶車的鈴聲，點綴這週遭的沉默。（徐志摩〈我所知道的康橋〉）

作者為強調「靜極了」而將表語前置；倒裝之後，突出主旨。

　　麝月道：「你死不揀好日子，你出去白站一站瞧，<u>把皮不凍破了你的</u>！」（曹雪芹《紅樓夢》第五十一回）

末句語序當為「不把你的皮凍破了」，後面應有「才怪」的口氣。麝月一時口誤而說成「把皮不凍破了你的」，被作者有意記錄下來。

肆、產生因素

一、心理基礎

倒裝的產生，和思想、語言、文辭的側重有關。黃慶萱
（2002：783-785）曰：

> 語言上天然就有倒裝的現象。要了解其中道理，必須從
> 「思想」、「語言」、「文辭」三者的分別說起。……就
> 發生歷程看：思想在前，語言次之，文辭最後。就內容方
> 面看：思想最龐雜，語言次之，文辭最精粹。所以，思
> 想、語言、文辭之間，是無法用恆等的符號加以連繫，使
> 之成為恆等式的。語言介乎思想與文辭的中間。通常，語
> 言傾向於文辭的習慣規則；但是，當主觀心態有所倚重，
> 或客觀情況突然出現，語言也可能把龐雜的思想逕行宣
> 達，未能儘合語法的次序。

語言文辭是用來表達思想，正常情況下，語言文辭和思想一致而且符
合語法規範。當主客觀環境改變，思想也會隨之偏重，語言文辭也隨
思想而表出，於是不合語法順序的倒裝也就自然出現。這是人類心理
的常有現象。

二、美學基礎

黃慶萱（2002：818）提到「倒裝」的美學效果是：「盼望以
奇特的句法增加文意的波瀾，引起別人的注意。」傅隸樸（1988：
34）論及「倒裝」的美學效果：

> 倒裝是言語倫次上下顛倒的安置法。言詞本該依事物的程
> 序排列，但有時嫌其平板爛熟，反容易使閱讀者眼滑口
> 滑，而囫圇其深情曠旨，故善為文者，往往在關要處，故
> 亂其序，一方面梗澀閱讀者的眼口，喚起其注意，一方面
> 增加文章的波瀾。正如瞿唐江水，必藉灩澦堆的阻遏，才
> 成其壯觀。這種道理正與律詩拗句相同。

依正常語法或邏輯順序排列，太過平順，容易忽焉而過，引不起讀者

注意：若在關鍵處故亂其序，可使讀者覺得怪異引起注意，並增加文章波瀾。

三、語文條件

另外，倒裝是故意顛倒正常語序的修辭法，它就和漢語語序有關，這是倒裝產生的語文條件。

伍、運用原則

倒裝的運用是故意顛倒正常語法順序或邏輯順序，造成新奇陌生的語言現象，這是拉大心理距離，出人意外，引人注意；倒裝又是表達當時特殊情境的思想，有語境作為背景，讀者仍可了解，不致晦澀，則心理距離不會拉得太開，仍在適當範圍。

沈謙（1996：653）提到倒裝的第一項原則為：「講究格律之美」：

> 古典詩文往往為了遷就格律而倒裝。無論是句子中字詞的倒裝，上下文句的倒裝，刻意變更正常慣用的語序，旨在創造音調諧適、形式駢儷的韻文美辭。

本節「分類」中「四、依倒裝目的分」的第一類「為詩文格律而倒裝」，就提到「為協韻而倒裝者」、「為對偶而倒裝者」、「為平仄而倒裝者」、「為駢文句式而倒裝者」、「為七言句式而倒裝者」：這些都是遷就格律而倒裝，能夠發揮格律之美，使得形式優美，音節和諧。

沈謙（1996：654）提到倒裝的第二項原則為：「要求靈動多姿」：

> 為激發文章波瀾而倒裝，不但可以強調作者的旨意，突出重點內容，加強語氣，且可以使句法警策遒勁，靈動多姿。

本節「分類」中「四、依倒裝目的分」的第二類「為文章波瀾而倒裝」，就提到「為引起注意而倒裝」、「為強調主題而倒裝」、「為語感鮮活而倒裝」、「為記述逼真而倒裝」、「為增強語氣而倒裝」：這些都是積極地追求文章之勁健、警策、靈動多姿。

　　倒裝之運用，第一個作用是以顛倒的語序吸引讀者的注意，其次是藉由語序的顛倒產生新的內涵，讓原義和新義相互輝映，如此則靈動多姿，而且內涵豐富。如：

　　　　你底心是小小的窗扉緊掩。（鄭愁予〈錯誤〉）

作者將「緊掩」二字置於句末，是倒裝句法，此句原本應作「你底心是小小的緊掩的窗扉」，若是如此安排，「緊掩的窗扉」給人的印象是：密閉的窗戶，可能已是塵封已久，未曾開啓過，如此則象徵女主角心如止水，不再波動。作者採倒裝句法，將「緊掩」置於「窗扉」之下，於是它的詞性由形容詞轉品爲動詞。「窗扉緊掩」於是產生了女主角正在拚命抵死去緊掩窗扉的動作，似乎外面有陌生男人正要侵入，女主角正在抗拒，這就令人聯想起天人交戰，道德禮教與內心情慾的衝突。

　　　　恰若青石的街道向晚。（鄭愁予〈錯誤〉）

此句原來應作「恰若向晚的青石街道」，向晚的青石街道，給人的感受是空蕩無人，因此象徵女主角心中空虛寂寞。此句倒裝之後，不僅保有原意，而且「向晚」置於句末，由形容詞轉品爲動詞，於是它的意象由傍晚的空間，延伸成爲時間，向著晚上，漫漫長夜，一片漆黑，此時閨婦的心情，如同掉入無底深淵，不見天日，何時才能熬到天明日出？何時才能等到良人返家？於是閨婦的心，惶惑不安，無以聊賴。

　　沈謙（1996：655）提到倒裝的第三項原則爲：「不可弄巧成拙」，是說倒裝必須「執正以馭奇」，倒裝得的有意義，有道理，有效果；否則，與其失體成怪，弄巧成拙，反爲不美。亦即不可倒裝得太過，以致心理距離太遠，令人無法了解。

第三節　跳脫

壹、定義

　　陳望道（1989：217）曰：「語言因爲特殊的情境，例如心思的急轉，事象的突出等等，有時半路斷了語路的，名叫跳脫。」該定義替「跳脫」確立了基本內涵，強調的重點有二：一是跳脫產生原

因為「特殊的情境」，包括內在的「心思急轉」和外在的「事象突出」；二是跳脫的情況是「半路斷了語路」。

黃慶萱（2002：821）曰：「由於心念的急轉，事象的突出，語文半路斷了語路的，叫做『跳脫』。」該定義只將「心思」改為「心念」，並少了統括語「特殊的情境」，其他大都相同。

沈謙（1996：658）曰：「由於心意的急轉、事象的突出等特殊情境，語文半途斷了語路的修辭方法，是為『跳脫』。」只是將「心思」或「心念」改為「心意」，並加上統括語「特殊情境」，意義上完全沒有差別。

綜上所述，筆者認為陳望道的定義稍嫌拖沓；黃慶萱的定義又稍嫌簡略；沈謙的定義較為適當。故以沈謙的定義為基礎，並配合本書統一用語，將「跳脫」的定義修改為：

> 說話行文時，由於心意的急轉、事象的突出等特殊情境，語文半途斷了語路的修辭方法，叫做「跳脫」。

貳、分類

黃慶萱（2002：821）曰：「語路中斷的情況有四：一、從甲突然跳到乙，叫做『突接』；二、甲被乙打斷，叫做『岔斷』；三、把乙插入甲中，叫做『插語』；四、只說甲，省略乙，叫做『脫略』。前三者使語文『跳動』，第四種使語文『脫略』。所以合稱為『跳脫』。」筆者以此為基礎，另外在「跳動」之下增加「斷續」一項。茲說明如下：

一、跳動

語路不是正常敘述，而是跳躍波動，是為跳動。它又可分為「突接」、「岔斷」、「插語」和「斷續」四類：

㈠突接

黃慶萱（2002：822）曰：「敘事的時候，這一件事尚未說完，突然接以另一件事，叫做『突接』。」沈謙（1996：658）也說：「敘事的時候，一件事尚未完畢，突然接敘另一件事，是為『突接』。」這是從甲話題突然跳到乙話題，雖然有突兀之感，卻能契合情境。突接又可分為二類：

1.自己敘事的突接（自敘突接）

說話者自己敘事時，從甲話題突然跳接到乙話題。如：

李紈即忙出來，找著他兩個，說道：「你們兩個要吃生的，我送你們到老太太那裡吃去，那怕一隻生鹿，撐病了不與我相干。這麼大雪，怪冷的，快替我做詩去罷。」（曹雪芹《紅樓夢》第四十九回）

「你們兩個要吃生的，我送你們到老太太那裡吃去，那怕一隻生鹿，撐病了不與我相干」，突然將話題一轉，說起天氣：「這麼大雪，怪冷的，快替我做詩去罷」，則顯得很突兀。

老婆婆認得她是西山地藏王庵的尼姑蓮師父，站起來，招呼說：「蓮師父。從城裡來嗎？」

「城裡來。——好桂花香！」站住了，左手捻著香珠子說。

「聽到消息嗎？土匪寫信給縣衙裡，十天之內要五萬元，五萬元。有錢的人家都搬走了。——路也真難走。蓮師父身肢倒結實。歇歇吧。」（吳組緗〈樊家舖〉）

蓮師父先說「城裡來」，是回答老婆婆的問話，隨後轉變話題說「好桂花香」，則是突接。老婆婆前面說：「聽到消息嗎？土匪寫信給縣衙裡，十天之內要五萬元，五萬元。有錢的人家都搬走了。」突然轉變話題說：「路也真難走。蓮師父身肢倒結實。歇歇吧」，也是突接。

這時房裡隱隱有些鬧，老陳便進去，大聲說：「今天，由新老師給你們——不要鬧，聽見沒有？鬧是沒有好下場的！今天，由新老師給你們上課，大家要注意聽。（阿城〈孩子王〉）

老陳一開始說「今天，由新老師給你們」話還沒說完，突然跳接「不要鬧，聽見沒有？鬧是沒有好下場的」，話題轉變，是為「突接」。老陳之所以會「突接」，是因為學生吵鬧得太厲害。

2.答非所問的突接

「答非所問的突接」是問答雙方答非所問、雞同鴨講的一種情形，這也是話題突然轉變的突接。如：

> 良乃入，具告沛公。沛公大驚，曰：「為之奈何？」張良曰：「誰為大王為此計者？」曰：「鯫生説我曰：『距關，毋內諸侯，秦地可盡王也』，故聽之。」良曰：「料大王士卒足以當項王乎？」沛公默然，曰：「固不如也，且為之奈何？」張良曰：「請往謂項伯，言沛公不敢背項王也。」沛公曰：「君安與項伯有故？」張良曰：「秦時與臣遊，項伯殺人，臣活之。今事有急，故幸來告良。」沛公曰：「孰與君少長？」良曰：「長於臣。」沛公曰：「君為我呼入，吾得兄事之。」張良出，要項伯。（司馬遷《史記・項羽本紀》）

「沛公大驚曰：『為之奈何？』」本來應下接「張良曰：『請往謂項伯，言沛公不敢背項王也』」，但張良卻突接「誰為大王為此計者？」及「料大王士卒足以當項王乎？」兩個問句，以提醒沛公此時處境危險，不宜疑心太重而懷疑自己。當「張良曰：『請往謂項伯，言沛公不敢背項王也。』」本來應下接「沛公曰：『君為我呼入』」，但沛公卻突接「君安與項伯有故？」及「孰與君少長？」兩個問句，前者表現沛公多疑個性，後者表現沛公思路靈活，已經想到要「兄事之」，並「結為婚姻」，以拉攏項伯。

> 賈母道：「既這麼著，請到外面坐，開了方兒。治好了，我另外預備謝禮，叫他親自送去磕頭；要耽誤了，我打發人去拆了太醫院的大堂。」王太醫只躬身笑説：「不敢，不敢。」他原聽了説「另具上等謝禮命寶玉去磕頭」，故滿口説「不敢」，並未聽見賈母後來説「拆太醫院」之戲語，猶説「不敢」，賈母與眾人反倒笑了。（曹雪芹《紅樓夢》第五十七回）

賈母説：「要耽誤了，我打發人去拆了太醫院的大堂。」王太醫的回答是：「不敢，不敢。」這是答非所問的突接。他之所以會如此回

答，是因為他原聽了說「另具上等謝禮，命寶玉去磕頭」，故滿口說「不敢」。

㈡岔斷

　　黃慶萱（2002：824）曰：「由於其他事象橫闖進來，因而使思慮、言語、行為中斷，叫做『岔斷』。」它是甲被乙打斷，而形成的語路中斷。

　　岔斷依對象來分，可以分為「言語岔斷」、「思慮岔斷」和「行為岔斷」三類：

1.言語岔斷

　　甲的言語尚未說完，即被乙打斷，是為言語岔斷。如：

> 襲人道：「又開門閭戶的鬧，倘或遇見巡夜的問——」寶玉道：「怕什麼！俗們三姑娘也吃酒，再請他一聲才好。還有琴姑娘。」（曹雪芹《紅樓夢》第六十三回）

襲人的話被寶玉打斷，對於夜晚聚眾喝酒一事，襲人害怕，但寶玉不怕，表現出主奴態度的不同。

> 白老太太便歎了口氣道：「到香港去一趟，談何容易！單講——」不料徐太太很爽快的一口剪斷了她的話道：「六小姐若是願意去，我請她，我答應幫她忙，就得幫到底。」（張愛玲〈傾城之戀〉）

白老太太還沒講完，徐太太就插嘴將之打斷。

> 「維聖上次那信回了沒有？」管太太想起了問。
> 雲梅眉頭一皺，搖搖頭。管太太道：「雲梅，不是媽要說妳，人家——」
> 「不要提他好不好？」雲梅苦下臉求道，站起來就想走。（蔣曉雲〈掉傘天〉）

管太太教訓女兒的話還沒說完，就被女兒用「不要提他好不好？」的話給岔斷。

2.思慮岔斷

甲的思慮尚未結束，即被乙打斷，是爲思慮岔斷。如：

> 十年前，我默念王國維的詞句：「天末彤雲暗四垂，失行孤雁逆風飛，江湖寥落爾安歸？」這幅墨色山水似的詩人心境，現在看來卻歷久而愈新了。十年了，像一個夢，我現在究否醒來？「陳教授，修士在請你去呢！」（陳之藩〈幾度夕陽紅〉）

陳之藩獨自沉思，他人一句「陳教授，修士在請你去呢！」將陳之藩的思慮打斷。

> 發瘋似地在背街小巷裡瞎走，觸目皆是傷心的顏色。忘不了貓咪的影子，就是忘不了。走了以後才發覺。設法遺忘是一件痛苦的事。──羅兄，原來你在這裡。校長要我來找你。（水晶〈沒有臉的人〉）

破折號後「羅兄，原來在這裡。校長要我來找你」將作者的思慮打斷。

> 他高踞在煙囪頂，他自由了。他戰勝了窮困，他戰勝了世界──「阿爸！阿爸！」一個女孩用喊話器叫著。（江彤晞〈豎蜻蜓的人〉）

破折號後──「『阿爸！阿爸！』一個女孩用喊話器叫著」，將文中人物的思慮打斷。

3.行爲岔斷

甲的行爲尚未結束，即被乙打斷，是爲行爲岔斷。如：

> 拍片現場，男女主角正陷入熱吻之中，「卡！卡！」導演突然喊卡。（筆者擬句）

導演的喊卡聲將熱吻中的男女主角的行爲岔斷。

> 車禍現場，甲躺在地上呻吟，肇禍駕駛手足無措。此時走來一位警察，用腳踢了甲一下，說：「別裝了！又製造假

車禍詐財。」只見甲一溜煙不見人影。（筆者擬句）

警察的話將甲假裝受傷的行為岔斷。

(三)插語

黃慶萱（2002：826）曰：「凡在必需的語言之外，插進一些詞語，叫做『插語』。」插語是將乙插入甲之中。它有二項特性：一是作為補充、解釋之用；二是去掉插語，上下文仍通順。若依其作用來分，又可分為「補充性插語」（非解釋性插語）和「解釋性插語」兩類。如：

1.補充性插語

「補充性插語」又稱「非解釋性插語」；它的作用只是額外補充某些相關資訊，故稱「補充性插語」；它的內容並非專門用來解釋前面某詞語的意義，因此稱為「非解釋性插語」。如：

> 我那時並不知道這所謂猹的是怎麼一件東西——便是現在也沒有知道——只是無端的覺得狀如小狗而很凶猛。（魯迅〈故鄉〉）

此例「便是現在也沒有知道」，是用來補充說明：不僅當時不知「猹」是什麼東西，現在年紀增長了也一樣不知；若將此插語拿掉，上下文仍然通順。

> Y的腳下，起伏著含玻璃質、石英成分極濃的砂土，灰白色，像是用燒剩的香灰——從香爐內倒出來的那種——鋪砌成功的。（水晶〈嘻里里嘻里〉）

「從香爐內倒出來的那種」是插語，目的是補充說明腳下的砂土像那種「香灰」；若將此插語拿掉，上下文仍然通順。

> 長春路底的信義東村裡，那些軍眷宿舍的矮房屋，一家家的煙囪都冒起了炊煙；鍋鏟聲、油爆聲，夾著一陣陣斷續的人語喧笑，一直洋溢到街上來。除夕夜已漸漸進入高潮——吃團圓飯——的時分了。（白先勇〈歲除〉）

「吃團圓飯」是插語，目的是補充說明「除夕夜的高潮」為何；若將此插語拿掉，上下文仍然通順。

2.解釋性插語

所謂「解釋性插語」，是說：它的內容是專門用來解釋前面某詞語的意義。如：

> 方欲發使送武等，會緱王與長水虞常等謀反匈奴中。——緱王者，昆邪王姊子也，與昆邪王俱降漢，後隨浞野侯沒胡中。——及衛律所降者，陰相與謀劫單于母閼氏歸漢。（《漢書·蘇武傳》）

此例「緱王者，昆邪王姊子也，與昆邪王俱降漢，後隨浞野侯沒胡中」是插語。目的是為了解釋「緱王」的身分及其經歷；若將此插語拿掉，上下文仍然通順。

> 楊二嫂發見了這件事，自己很以為功，便拿了那狗氣殺（這是我們這裡養雞的器具，木盤上面有著柵欄，內盛食料，雞可以伸進頸子去啄，狗卻不能，只能看著氣死），飛也似的跑了，虧伊裝著這麼高底的小腳，竟跑得這樣快。（魯迅〈故鄉〉）

此例括號內的文字，是用來解釋「狗氣殺」的含義；若將此插語拿掉，上下文仍然通順。

㈣斷續

說話者因故先急收，之後再將下文說出，稱為「斷續」，取其「先斷後續」之意。如：

> 黛玉問道：「寶二爺要娶寶姑娘，他為什麼打你呢？」傻大姐道：「我們老太太和太太、二奶奶商量了，因為老爺要起身，說：就趕著往姨太太商量，把寶姑娘娶過來罷。頭一宗，與寶二爺沖什麼喜；第二宗——」說到這裡，又瞅著黛玉笑了一笑，纔說道：「趕著辦了，還要給林姑娘說婆婆家呢。」黛玉已經聽呆了。（曹雪芹《紅樓夢》第

　　九十六回）

楊春霖、劉帆（1996：871）曰：「傻大姐的話在『第二宗』後中斷，然後以『趕著辦了，還要給林姑娘說婆婆家呢』突接。看起來，語意似乎貫通，可是語氣卻無法銜接。傻大姐的話在中斷前是客觀敘述，中斷後的突接卻改變為第二人稱的對話。這種因語氣突變而形成的『突接』，在描寫人物之間的相互關係上有著重要的作用。」這種看法，有待商榷。傻大姐就算沒有中斷，她所說的第一宗和第二宗內容都不會變，語意和語氣都是貫通的。只因第二宗牽涉到林黛玉，所以要先中斷，然後才接著說。因此本例只是斷續，而非突接。

　　〔生〕娘子，沒人在此，便說有何害？
　　〔旦〕怕問時，權……
　　〔生〕怎麼又不說了？權什麼？
　　〔旦〕權說是夫妻。
　　〔生〕恁的說，方才可矣。便同行，訪蹤窮跡去尋覓。
（《中國十大古典喜劇集‧幽閨記》）

楊春霖、劉帆（1996：873）曰：「『娘子』說到『怕問時，權……』處，由於害羞，難以啟齒，急急收住，在催問之下，才匆匆接上，說是『權當夫妻』。先急收而後突接，語句結構間斷不連，但卻活畫出了『生』『旦』此時對話的情態。」娘子說到「怕問時，權……」確是急收，但在催問之下，又接上「權當夫妻」，則是同一話題把它說完，因此不是突接，而是斷而又續的「斷續」。

二、脫略

　　黃慶萱（2002：827）曰：「為了表達情境的急迫，要求文氣的緊湊，故意省略一些語句，叫做『脫略』。」我們由這個定義及該書所舉例證來看，可知該書所說的「脫略」，其內涵包括兩類：一是「為了表達情境急迫」的「急收」；二是「要求文氣緊湊」的「脫漏」。茲說明於下：

㈠急收

史塵封（1995：169）曰：「急收，由於情感的過分衝動或意外情況的發生，使得說話人不願意或無法再繼續講下去，於是出現了語句的突然中斷。雖然語路中斷，話只說了半截，但是卻給人一種話未盡而語意明的感覺。」這個定義就符合「急收」的要求。

唐松波、黃建霖（1996：563）曰：「急收，說到半路突然中斷，不肯說盡，使人得意於言外。」

楊春霖、劉帆（1996：854）曰：「話說到中途，突然停止，讓人得其意於話語之外，這就是急收。由於情境的關係，不說出來反比說出來好，『此時無聲勝有聲』，正是急收的好處。」

上述三家對「急收」所下的定義，都能吻合其內涵，而以唐松波、黃建霖最爲精簡。

梁宗奎、劉吉鵬（1998：239、240）則以目的來分類，將急收分爲以下三類：

1.說話人故意留下半句話讓他人去猜想，去分析，從而表達自己的某種感情

黛玉笑道：「你也太受用了。即如大家學會了撫起來，你不懂，可不是對——」黛玉說到那裡，想起心上的事，便縮住口，不肯往下說了。（曹雪芹《紅樓夢》第八十六回）

黛玉原想對寶玉說「你不懂，可不是對牛彈琴」，但說到「對」字，便將後面的話嚥了下去。這是因爲她「想起心上的事」，而將話急收，恰當地表現出黛玉當時的心理活動，而且即使黛玉不說完，寶玉也會知道她要說的是什麼。

「他怎麼會愛上她呢？真不可能。你漂亮，有學問，而她……怎麼會？」（林海音〈冬青樹〉）

此例在「而她」之後急收，話雖沒有說下去，但卻不言可知，可能是「而她處處比不上你」。

2.說話人由於難於啓齒而急收

(1)因害羞而難於啓齒者

寶釵見他睜開眼說話，不像先時，心中也寬慰了些，便點頭歎道：「早聽人一句話，也不致有今日，別說老太太、太太心疼，便是我們看著，心裡也——」剛說了半句，又忙壓住，不覺眼圈微紅，雙腮帶赤，低頭不語了。（曹雪芹《紅樓夢》第三十四回）

「嚥下去的話自然是『心疼』二字。但寶釵怕羞，難於啓齒。可這正好表現了寶釵大家閨秀的特點。」（梁宗奎、劉吉鵬，1998：240）

寶玉笑道：「妹妹臉上現有淚痕，如何還哄我呢？只是我想妹妹素日本來多病，凡事當各自寬解，不可過作無益之悲。若作踐壞了身子，將來使我——」剛說到這裡，覺得以下的話有些難說，連忙嚥住。（曹雪芹《紅樓夢》第六十四回）

「將來使我」的語意未完，就急忙收住，這是不好意思說而急收。

(2)不敢說而難於啓齒者

還有歌兒呢，說：「寧國府，榮國府，金銀財寶如糞土。吃不窮，穿不窮，箅來——」說到這裡，猛然嚥住。原來那歌兒說道是「箅來總是一場空」，這周瑞家的說溜了嘴，說到這裡，忽然想起這話不好，因嚥住了。（曹雪芹《紅樓夢》第八十三回）

周瑞家的「因他是王夫人的陪房，不比別人，因此可以在鳳姐面前滔滔不絕的講東道西，毫無拘束，所以幾乎說漏了嘴，話到跟前，才發現話不好，不敢再說」（梁宗奎、劉吉鵬，1998：240）。

他只是這樣說：「真是有點不尋常！冷卻同志，每到這個時候，『我』的意識就表現得非常突出。這盆花是『我』的，這把水壺是『我』的，別人都不讓碰，而且，這一點，真讓人想不通，一個老共產黨員——」講到這裡，他

大概忽然意識到可能有語病，就支吾著，沒有把話講完。
（劉大任〈杜鵑啼血〉）

精神療養院的徐大夫講到「一個老共產黨員」就突然急收，不敢再講下去，是怕說錯話會被整肅。
　㈢不忍說而難於啓齒者

「……前年夫人過世，我正病得發昏，連她老人家上山，我也沒能來送，只燒了兩個紙紮丫頭給她老人家在那邊使用，心裡可是一直過意不去的。這兩年，夫人不在了，公館裡——」顧恩嫂說到這裡就噎住了。（白先勇〈思舊賦〉）

此例在「可這兩年，夫人不在了，公館裡」之後急收，話雖沒有說下去，但卻不言可知，可能是「這兩年，夫人不在了，公館裡還好嗎？」

「聽説你退休。我想請你去喝一杯咖啡什麼的。」提米西説著，臉上帶點忸怩的神態。
奧利拍拍他的肩：「夠朋友。我正想去喝杯飯前酒呢！這一次，不喝咖啡了，又不當值。我請你，你留著你的……」
奧利本來想説：留著你的「髒錢」吧。有點兒不忍，就沒説下去。（喻麗清〈奧利和手套〉）

此例在「你留著你的」之後急收，後面的「髒錢」不忍説出，就此打住。
　㈣不知如何說而急收

那是臨著一大片望不到頭的草原，滿開著豔紅的罌粟，在青草裡亭亭的像是萬盞的金燈，陽光從褐色雲裡斜著過來，幻成一種異樣的紫色，透明似的不可逼視，刹那間在我迷眩了的視覺中，這草田變成了……不説也罷，説來你們也是不信的！（徐志摩〈我所知道的康橋〉）

此例在「這草田變成了」之後急收，並在後面交代「不說也罷」，則是不知如何說而急收；因為「說來你們也是不信的」。

> 胡琴咿咿啞啞拉著，在萬盞燈的夜晚，拉過來又拉過去，說不盡的蒼涼的故事——不問也罷！」（張愛玲〈傾城之戀〉）

此例在「說不盡的蒼涼的故事」之後急收，並在後面交代「不問也罷」，則是不想說而急收。

3.說話人沒法將話說完

> 剛擦著，猛聽黛玉直聲叫道：「寶玉！寶玉！你好……」說到「好」字，便渾身冷汗，不作聲了。（曹雪芹《紅樓夢》第九十八回）

林黛玉在生命的最後一刻，發出無比悲憤的呼喊，叫完「你好」二字，便戛然而止。「你好」之下留有無限詮釋空間，可能是你好糊塗？你好無情？你好狠心？或者兼而有之？都難以斷定。

> 晴雯嗚咽道：「有什麼可說的！不過挨一刻是一刻，挨一日是一日！我也知道橫豎不過三五日的光景，我就好回去了。只是一件，我死也不甘心，我雖生的比人略好些，並沒有私情勾引你，怎麼一口死咬定了我是個「狐狸精」！我今日既已擔了虛名，況且沒了遠限，不是我說句後悔的話：早知如此，我當日——」說到這裡，氣往上嗆，便說不出來，兩手已經冰涼。（曹雪芹《紅樓夢》第七十七回）

晴雯由於「氣往上嗆，便說不出來」，可見她是因為生病加上氣惱而導致急收。

(二)脫漏

為了表現文氣的緊湊，故意省略一些語句，叫做「脫漏」。運用脫漏時，言詞雖不能循序完整，但卻可以表達得更加逼真傳神。如：

> 故有國者，不可以不知春秋，（脫略「不知春秋」）前有

讒而弗見，後有賊而不知；為人臣者，不可以不知春秋，（脫略「不知春秋」）守經事而不知其宜，遭變事而不知其權。（《史記‧太史公自序》）

兩個「不可以不知春秋」之下，各脫漏一句「不知春秋」。

林沖聽了，大驚道：「這三十歲的，正是陸虞侯！那潑賤賊，敢來這裡害我，休要撞著我，只教他骨肉為泥！」（施耐庵《水滸傳》第九回）

「休要撞著我」之下脫漏「如若撞著我」一句。

湖裡有十來枝荷花，苞子上清水滴滴，荷葉上水珠滾來滾去。王冕看了一回，心裡想到：「古人說：『人在圖畫中』，其實不錯。可惜我這裡沒有一個畫工，把這荷花畫他幾枝，也覺有趣。」（吳敬梓《儒林外史》第一回）

「把這荷花畫他幾枝」之上脫漏「如有一個畫工」句。

表6-3　跳脫分類表　　　　　　　　　　　　　　　（筆者自製）

辭格	分類基準	次辭格			異名	說明
參、跳脫	依跳脫現象分	一、跳動	㈠突接	1.自己敘事的突接	自敘突接	甲突然跳到乙
				2.答非所問的突接		
			㈡岔斷	1.言語岔斷		甲被乙打斷
				2.思慮岔斷		
				3.行為岔斷		
			㈢插語	1.補充性插語	非解釋性插語	把乙插入甲中
				2.解釋性插語		
			㈣斷續			把甲斷而再續

辭格	分類基準	次辭格			異名	說明
		二、脫略	(一)急收	1. 說話人故意留下半句話讓他人去猜想，去分析，從而表達自己的某種感情		只說甲，省略乙
				2. 說話人由於難於啓齒而急收	(1)因害羞而難於啓齒者	
					(2)不敢說而難於啓齒者	
					(3)不忍說而難於啓齒者	
					(4)不知如何說而急收	
				3. 說話人沒法將話說完		
			(二)脫漏			

參、辨析

跳脫的辨析，有幾點要說明：

一、「跳脫」分類的辨析

跳脫的分類及各類的內涵，當以陳望道《修辭學發凡》最早提出，陳望道將「跳脫」分爲「急收」、「突接」和「岔斷」三類。觀其名稱、解說及例證，尚有商榷之處。所以黃慶萱另提不同看法。本文以上述分類爲依據，將陳望道《修辭學發凡》的分類、定義及例證做一辨析，以求釐清觀念。

(一)急收

陳望道（1989：217）曰：「說到半路斷了不說或者說開去的，這可以稱爲急收。多是『不肯說盡而咄然輒止，使人得其意於語言之外』。」觀陳氏所下定義及所舉例證，可知陳氏將「急收」分爲兩類：

1.是「說到半路斷了不說（嚥下不說）」，此即本文所說的「急收」

> 公孫策與婦人看病，雖是私訪，他素來原有實學，所有醫理盡皆知曉。診完脈息，已知病源。站起身來，仍然來至西間坐下，說道：「我看令媳之脈，乃是雙脈。」尤氏聽了，道：「噯呀，何嘗不是！他大約四五個月沒見——」（《三俠五義》第八回）

陳望道（1989：218）曰：「嚥下『月信』二字。」此例在「他大約四五個月沒見」之後嚥下「月信」二字，這是因難於啓齒而急收。

2.是「說開去的」，亦即話題改變，此即本文所說的「突接」

> 項王曰：「壯士，能復飲乎？」樊噲曰：「臣死且不避，卮酒安足辭！夫秦王有虎狼之心，殺人如不能舉，刑人如恐不勝，天下皆叛之。……」（《史記・項羽本紀》）

陳望道（1989：217）曰：「夫秦王……以下便說開了。」此例樊噲所言「臣死且不避，卮酒安足辭！」是針對項王的問話而回答；但此二句之後突接「夫秦王有虎狼之心……」一大段，則顯得很突兀，是樊噲自己從甲話題突接到乙話題。司馬遷如此安排，正可以顯示鴻門宴當時危機四伏，樊噲急於揭露真相，因而抓到機會就迫不及待地說出來。

由上述該書所下定義及所舉例證，可知本文所說「急收」專指「說到半路斷了不說（嚥下不說）」，而不包括「說到半路將話說開去」的「突接」。

(二)突接

陳望道（1989：218）曰：「突接。折斷語路突接前話，或者突接當時的心事，因此把話折成了上氣不接下氣。」觀陳氏所下定義：一者「突接前話」是話題不變，應該不能視為「突接」；二者「突接當時的心事」，也應看是否改變話題，若話題不變，仍非「突接」。陳望道所舉例證如下：

> 晉侯賞從亡者，介之推不言祿，祿亦弗及。……其母曰：「亦使知之，若何？」對曰：「言，身之文也；身將隱，

焉用文之？是求顯也。」（《左傳・僖公二十四年》）

陳望道（1989：218）曰：「『是求顯也』突接『使知之』，意思是說：『若使知之，是求顯也』。故同『焉用文之』不接。」其實介之推的答話整個都屬同一話題，只是在「是求顯也」之上脫漏「若使知之」一句。

晉獻公將殺其世子申生。公子重耳謂之曰：「子蓋（盍）言子之志於公乎？」世子曰：「不可！君安驪姬，是我傷公之心也！」（《禮記・檀弓》）

陳望道（1989：218、219）曰：「『是我傷公之心也』，也因突接『言志於公』，同『君安驪姬』不接。意思是說：『若言我之志於公，是我傷公之心也。』」其實世子的答話整個都屬同一話題，只是在「是我傷公之心也」之上脫漏「若言吾之志於公」一句。脫漏之後，使文氣緊湊，而且此理乃公子重耳所知，不說也能明白。

子夏喪其子而喪其明。曾子弔之，曰：「吾聞之也：朋友喪明則哭之。」曾子哭，子夏亦哭，曰：「天乎！予之無罪也！」曾子怒，曰：「商！女何無罪也！吾與女事夫子於洙泗之間，退而老於西河之上，使西河之民疑女於夫子，爾罪一也；喪爾親，使民未有聞焉，爾罪二也；喪爾子，喪爾明，爾罪三也。而曰女何無罪與！」（《禮記・檀弓》）

陳望道（1989：219）曰：「『女何無罪與』也因突接『予之無罪也』，把『而曰』一句析成了殘缺不全。意思是說：『而曰「予無罪」，汝何無罪與？』」其實此例本應是：「而曰予無罪，女何無罪與！」脫漏了「予無罪」。

上既聞廉頗、李牧為人良，說而搏髀曰：「嗟乎！吾獨不得廉頗、李牧時為吾將，吾豈憂匈奴哉！」（《史記・馮唐張釋之列傳》）

陳望道（1989：219）曰：「『吾豈憂匈奴哉』是突接當時的心事。

因爲當時文帝，正如下文所說，『以胡寇爲意』，所以有這突然的話。意思是說：『吾獨不得廉頗、李牧此時爲吾將，若得廉頗、李牧此時爲吾將，吾豈憂匈奴哉！』」其實此例本應是「吾豈憂匈奴哉」之上脫漏「吾若得廉頗、李牧時爲吾將」句。

> 絳侯、灌將軍等曰：「吾屬不死，命乃且縣此兩人。兩人所出微，不可不爲擇師父賓客——又復效呂氏大事也！」（《史記・外戚世家》）

陳望道（1989：220）曰：「『又復效呂氏大事也』也是突接當時的心事。當時呂后母家諸呂鬧大事剛完，就又大封竇后兄弟，而竇后兄弟又『所出微』，恐怕又要鬧事，所以有這突然的話。意思是說：『不可不爲擇師父賓客，若不爲擇師父賓客，又復效呂氏大事也！』」此例是在「又復效呂氏大事也」之上脫漏了「若不爲擇師父賓客」一句。

由該書所舉上述例證，可知全是話題不變，因此不能視爲「突接」，而是中間某成分被忽略掉。可知陳氏所說的「突接」，就是本文所說的「脫漏」。

(三)岔斷

陳望道（1989：220）曰：「岔斷。……這是由於別的說話或別的事象橫闖進來，岔斷了正在說的話，致被岔成了殘缺不全或者上下不接。」觀陳氏所下定義，強調「別的說話或別的事象橫闖進來，岔斷了正在說的話」，似乎沒有什麼好挑剔的；但看了該書所舉例證，可知他將「岔斷」分爲兩類：

1.是「被別人打斷話語」，此即本文所說的「岔斷」

> 叔孫宣伯之在齊也，叔孫還納其女於靈公，嬖，生景公。丁丑，崔杼立而相之，慶封爲左相，盟國人於大宮曰：「所不與崔、慶者——」晏子仰天歎曰：「嬰所不唯忠於君，利社稷者是與，有如上帝！」乃歃。（《左傳・襄公二十五年》）

陳望道（1989：220）曰：「崔、慶的盟辭尚未說完便被晏子岔斷

了。所以杜注說：「盟書云：『所不與崔、慶者，有如上帝。』讀書未終，晏子抄答易其辭，因自歃。」此例崔杼、慶封的盟辭尚未說完，就被晏嬰給打斷，是爲「岔斷」。

> 魏武侯謀事而當，群臣莫能逮，退朝而有喜色。吳起進曰：「亦嘗有以楚莊王之語，聞於左右者乎？」武侯曰：「楚莊王之語何如？」吳起對曰：「楚莊王謀事而當，群臣莫逮，退朝而有憂色。……楚莊王以憂，而君以熹——」武侯逡巡再拜曰：「天使夫子振寡人之過也。」（《荀子・堯問》）

陳望道（1989：221）曰：「吳起的話也未說完，被武侯岔斷。」亦屬本文所言「岔斷」。

2.是「自己補充解釋的話（插注）」，此即本文所說的「插語」

> 項王即日因留沛公與飲。項王、項伯東嚮坐，亞父南嚮坐。——<u>亞父者，范增也</u>。——沛公北嚮坐，張良西嚮侍。（《史記・項羽本紀》）

陳望道（1989：221）曰：「敘述語被『亞父者范增也』這一個插注岔斷。」此例「亞父者，范增也」是一個插注，目的是爲了說明「亞父」即是范增；若將此插注拿掉，上下文仍然通順。此即本文所說的「插語」。

> 到了二更時分，英雄（展昭）換上夜行的衣靠，將燈吹滅，聽了片時，寓所已無動靜。悄悄開門，回手帶好，仍然放下軟簾，飛上房，離了寓所，來到花園——<u>白晝已然丈量過了</u>。——約略遠近，在百寶囊中掏出如意　來，用力往上一拋。——<u>是練就準頭</u>——便落在牆頭之上，用腳尖登住磚牙，飛身而上。到了牆頭，將身爬伏。（《三俠五義》第十二回）

陳望道（1989：221）曰：「敘述語被說明語岔斷了兩次。」此例「白晝已然丈量過了」和「是練就準頭」都是插語，雖然將敘述語

打斷，但不是別人打斷，而是自己打斷；而且插語「補充說明」和「去掉後上下文仍通順」的兩項特徵仍在。

由上述例證及說明，可知「岔斷」是以「別人打斷」爲關鍵，並不包括自己敘述中途所加之插注（即本文之「插語」）。

二、「突接」有別於「斷續」

許多學者都將本文所說的「斷續」視爲「突接」，則有待商榷。因爲這些學者們，將急收後再說的內容，不論是同一話題或另找話題，都一概視爲「突接」，如此則混淆分類根據。「突接」所銜接的是別的話題，「斷續」所銜接的是原來話題。以下舉兩家學者的定義及例證，略做辨析：

㈠楊春霖、劉帆主編《漢語修辭藝術大辭典》

楊春霖、劉帆（1996：855）曰：「突接是不顧語句結構的完整和語意、語氣的通暢，把中斷的話匆忙接上。雖然語句的結構殘缺不全，語意疙疙瘩瘩不貫通，但卻能眞實地表達人物的情態、心理等。」該定義強調「把中斷的話匆忙接上」，而不論話題是否改變，則與本文所言「突接」必須改變話題的見解有異。我們看該書所舉「突接」例證，可清楚地區分爲三類：

1.是先急收而後再接原話題，此即本文所說的「斷續」。如：

> 孫權（接唱『快板』）：大耳劉備坐首席。那旁坐定喬太尉，只見母后笑嘻嘻。本當傳令殺進去——
> 賈化：殺！
> 孫權：殺？
> 賈化：殺！殺！殺！哇呀呀！
> 孫權：殺不得！
> 賈化：咦？！
> 孫權（接『快板』）：又恐母后她不依。（念）叫賈化！
> 賈化：在！
> 孫權：（念）將人馬——
> 賈化：啊！
> 孫權（接唱）：暫退一箭地！

　　賈化：嘿！（下）
　　孫權（接唱『散板』）：少時殺他也不遲！（亮相下）
　　（京劇《甘露寺》）

楊春霖、劉帆（1996：870）曰：「『又恐母后她不依』突接『本當傳令殺進去』，中間插進孫權與賈化的起伏跌宕的對話，把孫權猶疑不定的心理活動表現得淋漓盡致。」此例是在「本當傳令殺進去」處急收，中間插入孫權和賈化的對話，然後再銜接原話題「又恐母后她不依」，則是先斷而後續的「斷續」。由於話題不變，則不屬「突接」。

　　2.是改變話題的「突接」。如：

　　民伕問那兩個生意人道：「沒有拿走什麼吧？」生意人
　　說：「沒有。」並且又向小喜點頭道：「謝謝老總，不是
　　碰上你就壞了！」小喜在驢上搖頭道：「沒有什麼！他媽
　　的！好大膽，青天白日就截路搶人啦！」（趙樹理〈李家莊
　　的變遷〉）

楊春霖、劉帆（1996：872）曰：「『沒有什麼』這是答語。『他媽的！好大膽！……』是罵搶劫的人。」此例小喜說：「沒有什麼！」是回答生意人的道謝，這是正常的問答。之後則將話題轉變，突接「他媽的！好大膽，青天白日就截路搶人啦！」可以體現小喜助人之後順便批判的粗獷個性。

　　3.是看似突接，卻非突接，因為話題仍未改變。如：

　　他的母親端過一碟烏黑的圓東西，輕輕說：——
　　「吃下去罷——病便好了。」
　　小栓撮起這黑東西，看了一會兒，似乎拿著自己的生命一
　　般，心裡說不出的奇怪。（魯迅〈藥〉）

楊春霖、劉帆（1996：871）曰：「『吃下去罷』，是母親對小栓的催促，而『病便好了』，卻突接的是對小栓病癒的企盼和安慰。從語意內容看，上下句並未關聯，但在表現人物心理活動方面，卻拓寬了語言的容量。」這種看法，有待商榷。因為「吃下去罷」和「病便好

了」本身有因果關係，怎能說是「上下句並未關聯」，所以此例並非由甲話題突接乙話題，而是將同一事件的因果合在一起敘述。

(二)駱小所《現代修辭學》

駱小所（2002：177）替「突接」下定義為：「斷了語路，<u>突接前話</u>。這種跳脫往往用來表現人物欲言又止，欲止又言的激動而又沉重的心情。」觀駱氏所下定義，強調「突接前話」——斷了語路，再接上的仍是原話題，則不會給人有「突兀」之感，如此怎能稱為「突接」？另外，再看該書所舉例證，亦非「突接」：

> 我就站住，豫備她來討錢。
> 「您回來了？」她先這樣問。
> 「是的。」
> 「這正好。你是識字的，又是出門人，見識得多。我正要問你一件事——」她那沒有精彩的眼睛忽然發光了。
> 我萬料不到她卻說出這樣的話來，詫異的站著。
> 「就是——」她走近兩步，放低了聲音，極祕密似的切切的說，「一個人死了之後，究竟有沒有魂靈的？」（魯迅〈祝福〉）

駱小所（2002：178）曰：「這裡的人物的話本來是可以接起來寫的，但作者用了跳脫的語式，使人物沉重急切的心情躍然紙上。」既然「這裡的人物的話本來是可以接起來寫的」則是話題相同，因此不是「突接」：它只是將「我正要問你一件事——」和「就是——」急收兩次，再接上原話題「一個人死了之後，究竟有沒有魂靈的？」這種跳脫語式，本文稱為「斷續」。

此例成偉鈞、唐仲揚、向宏業（1996：887）將之視為「問話突接」，並簡析曰：

> 祥林嫂的話本來是可以接下去說的，即「……我正要問你一件事，就是一個人死了之後，究竟有沒有魂靈的」。作者先將「一件事」後面的話中斷，然後突然將「就是」接上；接上之後又中斷，再將「一個人死了之後……」的話接上，如此突接，深刻地表現了祥林嫂心情沉重，對魂靈

的有無感到神祕和惶恐。

這種內容分析並沒有錯，但它仍是話題不變，則不是「突接」；而是先斷而後續的「斷續」。

三、「斷續」有別於「急收」

說到半路突然中斷，不肯說盡，使人得意於言外，是為「急收」。說話者因故先急收，之後再將下文說出，稱為「斷續」。茲說明如下：

> 襲人道：「別的原故，實在不知道了。」又低頭遲疑了一會，說道：「今日大膽在太太跟前說句冒撞的話，論理——」說了半截，忙又嚥住，王夫人道：「你只管說。」襲人道：「太太別生氣，我纔敢說。」王夫人道：「你說就是了。」襲人道：「論理二爺也得老爺教訓教訓纔好呢！要老爺再不管，不知將來還要做出什麼事來呢。」
>
> （曹雪芹《紅樓夢》第三十四回）

楊春霖、劉帆（1996：865、866）曰：「『論理——』之後是急收。襲人為什麼突然把話嚥住？因為這『理』不是她這個丫頭能『論』的，面對著王夫人，她不能不有所顧慮。不過，心中話在王夫人的再三寬慰下還是說了出來。這也符合情理，要不，這個忠心耿耿、貼心貼肺的丫頭怎麼向她的主子表白忠心？急收修辭手法，激發了讀者的聯想，對襲人性格的描寫，起了一定的作用。」該書將此例視為「急收」，而且解釋上，只就前面襲人「急收」部分來說，這並沒有錯。但後面襲人又接續原話題說出「論理寶二爺也得老爺教訓教訓纔好呢！……」前後合看，則是「斷續」。此例從整體形式來看，是「斷續」；從部分形式來看，是「急收」；所以，「斷續」必定套用「急收」。

四、「斷續」有別於「吃澀」

黃慶萱（2002：185）曰：「為了存真或逗趣，刻意把語言中的方言、俚語、吃澀、錯別，以至行話、黑話，加以記錄或援用的，叫做『飛白』。所謂『白』，就是白字，也就是別字。所以，飛白又可

稱爲『非別』。」所謂「斷續」，是指先急收使得話語中斷，然後再接續原話題。「斷續」有別於說話斷斷續續的「吃澀」（語音飛白）。如：

> 孔乙己便漲紅了臉，額上的青筋條條綻出，爭辯道：「竊書不能算偷……竊書……讀書人的事，能算偷麼？」（魯迅〈孔乙己〉）

此例爲說話斷斷續續的「吃澀」，並非跳脫中的「斷續」。

五、「突接」有別於「歧疑」

史塵封（1995：170）替「突接」下定義爲：「由於情景或心理上的變化，一句話沒有說完，思路發生了變化而轉換了話題，或突然講說起自己的心理感受。」這個定義已將陳望道的「突接前話」改爲「轉換了話題」，符合「突接」的要件；但仍承襲陳望道「突接當時的心事」而爲「突然講說起自己的心理感受」，也應看是否改變話題，若話題不變，仍非「突接」。

史塵封（1995：171）又說：「跳脫中的突接，從前後語句的銜接上說，是突然性的。如果從語義上說，則經常是轉換談話的內容。」也是強調「銜接突然」和「轉換談話內容」（即話題改變）。該書所舉「突接」例證爲：

> 「好香的乾菜——聽到了風聲了嗎？」趙七爺站在七斤的後面七斤嫂的對面說。（魯迅〈風波〉）

史塵封（1995：171）曰：「趙七爺從飯桌上『好香的乾菜』，突然轉向『聽到了風聲了嗎？』兩句話之間，在語義上沒有任何瓜葛，顯然是驟然間將原來的語路遮斷，而轉換了話題。」此例「好香的乾菜」和「聽到了風聲了嗎？」話題不同，銜接得很突兀，故屬突接。但是下一例則有待商榷：

> 他說：「今天我要講很長的話——」全體與會者一愕，不少人發出歎息。可是他緊接著說：「大家是很不歡迎的。」眾人活躍、鼓掌。（蘇叔陽〈故土〉）

史塵封（1995：171）：「從『今天我要講很長的話』，突然轉而為『大家是很不歡迎的』，後面一句，講的是心理感受。」並將此例視為「突接」，則有待商榷。因為前後兩句話是說話者事先設計好的，而且兩者之間有因果關係，並非毫不相關，所以銜接上並不突兀。此例應如譚永祥所言，屬於「歧疑」。

譚永祥（1996：23）曰：「說話時，把其中關鍵性的部分暫時保留一下，不一口氣說出來，有意地使對方產生出歧義或疑義，然後才把那關鍵性的部分說出來，這種修辭手法叫『歧疑』。」該書並舉此例作為例證之一。另外，該書所舉例證還有：

> 「要面子」和「不要臉」實在也可以有很難分辨的時候。不是有一個笑話麼？一個紳士有錢有勢，我假定他叫四大人罷，人們都以能夠和他扳談為榮。有一個專愛誇耀的小癟三，一天高興的告訴別人道：「四大人和我講過話了！」人問他：「說什麼呢？」答道：「我站在他門口，四大人出來了，對我說：滾開去。」（魯迅《且介亭雜文・說「面子」》）

譚永祥（1996：26）曰：「這一例妙就妙在把四大人跟小癟三講的具體內容『保留』了一下。如果小癟三把四大人喝斥他『滾開去』開門見山地端了出來，那也不成其為笑話了。歧疑在這種場合，就成了一種創作技巧了。」此例「四大人和我講過話了」和「對我說：滾開去」，兩者話題相同，因此不會覺得銜接突兀，但卻是「歧疑」的表現。

六、「插語」有別於「倒裝」

插語因為是在必需的語言之外，插進一些詞語，語序就會顯得不正常，這就和倒裝相似。必須加以辨析：

㈠單純的「倒裝」

單純的「倒裝」沒有插語的特性，因此和插語無關；它只有不合常規的語序，則屬倒裝。如：

> 孤臣危涕，孽子墜心。（江淹〈恨賦〉）

正常順序為「孤臣危心，孽子墜涕」，「孤臣危涕，孽子墜心」不合常規，是為倒裝；但此例沒有插語的特性，因此和插語無關。

> 我送別她歸去，與她在此分離，
> <u>在青草裡飄拂，她的潔白的裙衣。</u>（徐志摩〈死城〉）

正常順序「她的潔白的裙衣在青草裡飄拂」，「在青草裡飄拂，她的潔白的裙衣」不符正常順序，是為倒裝；但此例沒有插語的特性，因此和插語無關。

㈡單純的「插語」

插入的詞語符合兩項特性：一是作為補充、解釋之用；二是去掉插語，上下文仍通順：則是插語。但插入的詞語和原有語句之間沒有正常順序可以還原，則不是正常語序的倒裝。如：

> 我那時並不知道這所謂猹的是怎麼一件東西——便是現在也沒有知道——只是無端的覺得狀如小狗而很凶猛。（魯迅〈故鄉〉）

此例「便是現在也沒有知道」，是用來補充說明：不僅當時不知「猹」是什麼東西，現在年紀增長了也一樣不知；若將此插語拿掉，上下文仍然通順。此例若把「便是現在也沒有知道」挪前或移後，都不是正常順序，所以它不是正常語序的倒裝。

> 我們只談了一會兒，而且並沒有什麼重要的話；——我現在已全忘記——但我覺得已懂得他了，我相信他是一個可愛的人。（朱自清〈哀韋杰三君〉）

此例「我現在已全忘記」是插語。目的是為了補充說明當初談的並沒有什麼重要的話，所以「我現在已全忘記」；若將此插語拿掉，上下文仍然通順。此例若把「我現在已全忘記」挪前或移後，都不是正常順序，所以它不是正常語序的倒裝。

> 女人們見面時一定說，鄒七嫂在阿Q那裡買了一條藍綢裙，舊固然是舊的，但只化了九角錢，還有趙白眼的母親——一說是趙司晨的母親，待考——也買了一件孩子穿的大紅

> 洋紗衫，七成新，只用三百大錢九二串。（魯迅〈阿Q正傳〉）

此例「一說是趙司晨的母親，待考」是插語，目的是爲了補充說明向阿Q買「孩子穿的大紅洋紗衫」的人，可能是趙白眼的母親，也可能是趙司晨的母親；若將此插語拿掉，上下文仍然通順。此例若把插語「一說是趙司晨的母親，待考」挪前或移後，都不是正常順序，所以它不是正常語序的倒裝。

> 做工的人，傍午傍晚散了工，每每花四文銅錢，買一碗酒——這是二十多年前的事，現在每碗要漲到十文——靠櫃外站著，熱熱的喝了休息。（魯迅〈孔乙己〉）

此例「這是二十多年前的事，現在每碗要漲到十文」是插語。目的是爲了補充說明「買一碗酒」的價錢，今昔不同；若將此插語拿掉，上下文仍然通順。此例若把插語「這是二十多年前的事，現在每碗要漲到十文」挪前或移後，都不是正常順序，所以它不是正常語序的倒裝。

㈢「倒裝」和「插語」兼格

插入的詞語符合兩項特性：一是作爲補充、解釋之用；二是去掉插語，上下文仍通順：則是插語。若把插語挪前或置後，合乎正常順序，所以它是正常語序的倒裝。如：

> 紫鵑道：「好姐姐，——不是我說，你又該惱了，——你懂得什麼呢？懂得也不傳這些舌了。」（曹雪芹《紅樓夢》第九十回）

此例「不是我說，你又該惱了」是插語。目的是爲了說明「自己數說對方的不得已」；若將此插語拿掉，上下文仍然通順。此例若把「不是我說，你又該惱了」挪前，則是正常順序，所以它是正常語序的倒裝。

> 雖然他太太與我頗熱絡，然而，也許因為我中過「美帝國主義」教育之毒，他一向對我敬而遠之。今後——我下了決心——可要對王老師特別小心，得罪不得的。王阿姨

> 也不能得罪，連冬冬都得罪不起了。（陳若曦〈晶晶的生
> 日〉）

此例「我下了決心」是插語，目的是補充說明「今後」要做的事乃
「下了決心」；若將此插語拿掉，上下文仍然通順。此例若把插語
「我下了決心」挪在「今後」之前，則是正常順序，所以它是正常語
序的倒裝。

> 但他立刻轉敗為勝了。他擎起右手，用力的在自己臉上連
> 打了兩個嘴巴，熱剌剌的有些痛；打完之後，便心平氣和
> 起來，似乎打的是自己，被打的是別一個自己，不久也就
> 彷彿是自己打了別個一般──雖然還有些熱剌剌──心滿
> 意足的得勝的躺下了。（魯迅〈阿Q正傳〉）

此例「雖然還有些熱剌剌」是插語。目的是為了補充說明阿Q臉上還
熱剌剌，卻仍能自我陶醉，可見「精神勝利法」的愚昧；若將此插
語拿掉，上下文仍然通順。此例若把插語「心滿意足的得勝的躺下
了」挪在「不久也就彷彿是自己打了別個一般」之前，則是正常順
序，所以它是正常語序的倒裝。

肆、產生因素

一、心理基礎

　　當主觀心意急轉，或客觀事物突出，造成思想跳動或脫略，語言
文辭也隨之跳動或脫略。所以，跳脫和倒裝一樣，都是思想改變之
後，語言文辭也隨之改變。不過，倒裝是語序的顛倒，跳脫是語言文
辭的跳動和脫略。另外，人們有求全的心理，發現跳脫的文句殘缺不
全或間斷不接，總想把完整語意補足，這是跳脫形式雖然殘缺，卻能
表達豐盈完滿內容的原因。

二、美學基礎

　　黃慶萱（2002：821、822）曰：「我們知道：高速公路的路線
常略呈S形，好讓駕駛者的雙手握著方向盤反覆的左右旋轉；要是筆
直的話，駕駛者可能會掉以輕心，反易肇禍。一切藝術也都如此。
以音響藝術來說：當我們欣賞交響樂，有時樂音由柔細突然大聲起

來，帶給我們情緒上的振奮；有時樂音自急管繁弦中戛然而止，使我們覺得此時無聲勝有聲。以形象藝術來說：我國山水畫常在畫面留下一片空白，表示天空、白雲、流水。……這時，無畫處亦是畫。……語文也可以成為一種藝術，它同樣必須運用『跳脫』，來提高讀者聽者的注意，覺得語文的跳動，以及無話中的話語。」許多藝術如音樂、圖畫會以跳動、留白的方法，來吸引讀者聽眾的注意，形成無聲勝有聲、無畫勝有畫的美感。修辭上的跳脫，也是運用這種殘缺不全的形式，表達更豐盈的內容。

伍、運用原則

　　跳脫的運用是語文的一種變態，形式上殘缺不全或間斷不接，它將心理距離拉開，以一種怪異的偏離現象引起讀者的注意。但跳脫必須以語境作為背景，讓讀者知道當時的真情實況，才能了解完整的內容，而容易接受，如此，就將心理拉回到適當的距離。

　　沈謙（1996：680）**提到跳脫的第一項原則為：「要求逼真傳神」**，跳脫原本是語言的一種變態，形式上殘缺不全或間斷不接，但若運用得當，卻可以契合真情實境。由於它刻意以異乎尋常的句法，引起讀者的注意，所以能將欣賞的心理距離拉開，造成藝術美感。如：

> 人家說，黃毛丫頭十八變，我看你呀，都三十囉，好像一點都沒變。眼睛別動，否則畫不平。（王令嫻〈哭在冷冷的月色裡〉）

「都三十囉，好像一點都沒變」後面突接「眼睛別動，否則畫不平」，表面看似突兀，但細加思索，可以得知說話人一面幫女孩畫妝，一面說：「人家說，黃毛丫頭十八變，我看你呀，都三十囉，好像一點都沒變。」突然女孩眼睛動了一下，在突發狀況下，說話人就突接：「眼睛別動，否則畫不平。」突接的形式將突發的情境緊密結合，傳達出當時的情況。

　　沈謙（1996：681）**提到跳脫的第二項原則為：「避免語意曖昧」**，是指：跳脫過甚，則會導致語意不明，如此則是距離過遠，令人晦澀難懂。恰當地把握積極和消極的原則，就能得體地發揮跳脫的功能。

參 考 文 獻

（依作者姓名筆畫排序）

仇小屏（2004a），〈論「心覺」在通感中的作用〉，臺北：《中國
　　語文》第563期，頁14-19。

仇小屏（2004b），〈論博喻中的「喻解」〉，臺北：《中國語文》
　　第564期，頁25-30。

方麗娜（1999），〈史夢蘭《疊雅》述評——兼談重疊式構詞法的
　　特色〉，《高雄師大學報》第10期，頁133-152。

王占福（2001），《古代漢語修辭學》，石家莊：河北教育出版
　　社。

王玉仁（2000），〈漢語修辭格分類新探〉，《遼寧師專學報（社
　　會科學版）》第4期（總10期），頁30-32。

王玉仁（2001），〈說「回環」〉，《遼寧師專學報（社會科學
　　版）》第6期（總18期），頁26-27。

王希杰（2004），《漢語修辭學修訂本》，北京：商務印書館。

王昌煥（2004），〈詞類靈變，匠心獨運——利用「轉品」來創作
　　（四）〉，《明道文藝》第335期，頁182-190。

王明通（1993），《中學國文教學法研究》，臺北市：五南圖書出
　　版有限公司。

王鼎鈞（2003），《作文七巧》，臺北：爾雅出版社。

王麗華、曹德和（1995），〈試論修辭比擬與文學比擬的區別〉，
　　《鞍山師範學院學報》第2期，頁86-88。

史塵封（1995），《漢語古今修辭格通編》，天津：天津古籍出版
　　社。

全國外語院系「語法與修辭」編寫組（2001），《語法與修辭》，
　　南寧：廣西教育出版社。

成偉鈞、唐仲揚、向宏業（1996）主編，《修辭通鑑》，臺北：建
　　宏出版社。

朱光潛（1994），《文藝心理學》，臺北：臺灣開明書店。

朱懷興（1995），《語言的魅力》，臺北市：業強出版社。

江碧珠（1994），〈泛論重疊詞的構詞法〉，《問學集》第4期，頁45-53。

余培林（1988），〈三百篇中疊字不作動詞說〉，臺灣師大《國文學報》第17期，頁1-8。

吳士文（1986），《修辭格論析》，上海：上海教育出版社。

吳正吉（2000），《活用修辭》，高雄：高雄復文。

吳家麟、湯翠芳（2001），《輕輕鬆鬆學邏輯》，臺北：稻田出版有限公司。

吳禮權（1998），《中國現代修辭學通論》，臺北：臺灣商務。

吳禮權（2002），〈論頂真修辭文本的類別系統與頂真修辭文本的表達接受效果〉，《平頂山師專學報》第17卷第4期，頁67-69，92。

李忠初、李伯超、盛新華（2000），《漢語語法修辭概論》，長沙：嶽麓書社。

李國南（1999），《英漢修辭格對比研究》，福州：福建人民出版社。

李國南（2001），《辭格與詞彙》，上海：上海外語教育出版社。

李晗蕾（2004），《辭格學新論》，哈爾濱：黑龍江人民出版社。

李勝梅（2000），〈鑲嵌新論〉《南昌大學學報（人文社會版）》第31卷第4期，頁92-99。

李裕德（1985），《新編實用修辭》，北京：北京出版社。

李慶榮（2003），《現代實用漢語修辭》，北京：北京大學出版社。

李慶榮（2007），《實用語法修辭》，北京：商務印書館。

李濟中（1995），《比喻論析》，石家莊：河北大學出版社。

李鑫華（2001），《英語修辭格詳論》，上海：上海外語教育出版社。

杜淑貞（2000），《現代實用修辭學》，高雄：高雄復文圖書。

汪國勝、吳振國、李宇明（1993），《漢語辭格大全》，南寧：廣西教育出版社。

沈謙（1992），《修辭方法析論》，臺北：宏翰文化。

沈謙（1996），《修辭學》，臺北：空中大學。

周何（1996），《儒家的理想國：禮記》，臺北：時報出版企業股份有限公司。

周延雲（2001），〈漢語辭格研究綜述〉，《青島大學師範學院學報》第18卷第1期，頁15-20。

周春健、李桂生（2005），〈「引用」格次範疇分類條辯〉，《國文天地》第21卷第1期，頁39-43。

周雙娥（2002），〈英漢「換義」修辭格淺説〉，《齊齊哈爾學報（哲學社會科學版）》，頁68-69。

孟昭泉（1994），〈頂真辭格及其變異形式〉，《中國語文》第446期，頁62-65。

季紹德（1986），《古漢語修辭》，長春：吉林文史出版社。

宗守雲（2005），《修辭學的多視角研究》，北京：中國社會科學出版社。

屈萬里（1988），《詩經釋義》，臺北：中國文化大學出版部。

林語堂（1989），《生活的藝術》，臺北：風雲時代出版社。

竺家寧（1999），《漢語詞彙學》，臺北：五南圖書出版股份有限公司。

竺家寧（2000），《中國的語言和文字》，臺北：臺灣書店。

竺家寧（2001），《語言風格與文學韻律》，臺北：五南圖書出版股份有限公司。

邱燮友（1981）註譯，《新譯唐詩三百首》，臺北：三民書局。

邵敬敏（2004），《現代漢語通論》，上海：上海教育出版社。

姚殿芳、潘兆明（2001），《實用漢語修辭》，北京：北京大學出版社。

胡佑章（2002），《用詞法探索》，成都：四川大學出版社。

胡性初（1998），《修辭助讀》，臺北：書林出版有限公司。

胡習之（1998），〈有意與無意：辭格與非辭格的分水嶺──兼及辭格的定義〉，《修辭學習》第2期（總第86期），頁46-47。

胡曙中（1999），《漢英修辭比較研究》，上海：上海外語教育出版社。

倪寶元（1994），《大學修辭》，上海教育出版社。

唐松波、黃建霖（1996），《漢語修辭格大辭典》，臺北：建宏出

版社。

唐鉞（1923），《修辭格》，北京：商務印書館。

徐芹庭（1984），《修辭學發微》，臺北：臺灣中華書局。

徐國珍（2003），《仿擬研究》，南昌：江西人民出版社。

徐國珍（2003），《仿擬研究》，南昌：江西人民出版社。

徐毅（2000），〈「互文」初探〉，《南通職業大學學報》第14卷第2期，頁57。

袁易（2002），《看笑話學邏輯I》，臺北縣：稻田出版有限公司。

馬景倫（2002），《漢語通論》，南京：江蘇古籍出版社。

國立編譯館（1998），《高級中學文法與修辭（上）》，臺北：國立編譯館。

張弓（1993），《現代漢語修辭學》，石家莊：河北教育出版社。

張文治（1996），《古書修辭例》，北京：中華書局。

張至公（1997），《修辭概要》，臺北：書林出版有限公司。

張其昀（2003），〈藏詞格探析〉，《鹽城師範學院學報（人文社會科學版）》第23卷第1期，頁82-86。

張春榮（1993），《修辭散步》，臺北：東大圖書股份有限公司。

張春榮（1996），《修辭行旅》，臺北：東大圖書股份有限公司。

張春榮（1997），《一扇文學的新窗》，臺北：爾雅出版社有限公司。

張春榮（1998），《修辭萬花筒》，板橋：駱駝出版社。

張春榮（2000），《一把文學的梯子》，臺北：爾雅出版社有限公司。

張春榮（2001），《修辭新思維》，臺北：萬卷樓圖書有限公司。

張春榮（2005），《國中國文修辭教學》，臺北：萬卷樓圖書有限公司。

張春榮（2009），《實用修辭寫作學》，臺北：萬卷樓圖書股份有限公司。

張春榮（2011），《文心萬彩：王鼎鈞的書寫藝術》，臺北：爾雅出版社有限公司。

張海銘（2002），〈論現代漢語的詞類活用〉，《甘肅高師學報》第7卷第6期，頁40-45。

張淑香（1992），〈從小說的角度設計看賣油郎與花魁娘子的愛情〉，《抒情傳統的省思與探索》，臺北：大安出版社。

張煉強（1992），《修辭藝術探新》，北京：北京燕山出版社。

張煉強（2000），《修辭論稿》，北京：人民教育出版社。

張劍聲（1957），《漢語積極修辭》，武漢：湖北人民出版社。

張潛（1998），《修辭語法論稿》，石家莊：河北教育出版社。

張學立（2011）主編，《辭學新視野》，北京：社會科學文獻出版社。

張曉、徐廣州（1997），〈略論回環〉，《畢節師專學報》第3期，頁25-30。

曹毓生（1980），《現代漢語修辭基礎知識》，長沙：湖南人民出版社。

曹衛東（1994），〈諧音轉義──從一句話的辭格歸屬問題談起〉，《華中理工大學學報（社會科學版）》第4期（總第21期），頁97-101。

梁宗奎、劉吉鵬（1998），〈言未盡意無窮──《紅樓夢》巧用「急收」格種種〉，《紅樓夢學刊》第3期，頁239-241。

梁頌成（1996），〈論《戰國策》的頂針藝術〉，《武陵學刊》（社會科學）第4期，頁99-101。

許嘉璐（2001），《語言文字學及其應用研究》，廣州：廣東教育出版社。

郭仁昭（2001），〈諧音修辭格之我見〉，《漢字文化》第4期，頁50-52。

陳介白（1958），《修辭學講話》，臺北：啓明書局。

陳正治（2001），《修辭學》，臺北：五南圖書出版股份有限公司。

陳光磊（2001），《修辭論稿》，北京：北京語言文化大學出版社。

陳汝東（2001），《認知修辭學》，廣州：廣東教育出版社。

陳汝東（2004），《當代漢語修辭學》，北京：北京大學出版社。

陳望道（1989），《修辭學發凡》，臺北：文史哲出版社。

陸稼祥（1989），《辭格的運用》，瀋陽：遼寧人民出版社。

傅惠鈞（2003）主編，《漢語基礎》，上海：上海文藝出版社。

傅隸樸（1988），《修辭學》，臺北：正中書局。

彭增安（1998），《語用‧修辭‧文化》，上海：學林出版社。

湯廷池（1982），〈國語形容詞的重疊規律〉，《師大學報》第27
　　期，頁279-294。

程希嵐（1984），《修辭學新編》，長春：吉林人民出版社。

程祥徽、田小琳（1997），《現代漢語》，臺北：書林出版有限公
　　司。

馮廣藝（1993），《超常搭配》，銀川：寧夏人民出版社。

馮廣藝（2003），《漢語修辭論》，武漢：華中師範大學出版社。

馮廣藝（2004a），〈修辭格研究中的幾個問題〉，《湖北師範學院
　　學報（哲學社會科學版）》第24卷第1期，頁35-38。

馮廣藝（2004b），《變異修辭學》，武漢：湖北教育出版社。

黃民裕（1984），《辭格彙編》，長沙：湖南人民出版社。

黃永武（1989），《字句鍛鍊法》，臺北：洪範書店。

黃伯榮、廖序東（2002：276），《現代漢語》上 ，北京市：高等
　　教育出版社。

黃慶萱（1988），《修辭學》，臺北：三民書局，增訂再版。

黃麗貞（2000），《實用修辭學》，臺北：國家出版社。

愚庸笨（1999），《中國文字的創意與趣味》，臺北：稻田出版有
　　限公司。

楊子嬰、孫芳銘、王宜早（1987），《文學和語文裡的修辭》，香
　　港：麥克米倫出版公司。

楊春霖、劉帆（1996）主編，《漢語修辭藝術大辭典》，西安：陝
　　西人民出版社。

楊樹達（1969），《中國修辭學》，臺北：世界書局。

萬震球（1995），〈鑲嵌與嵌字‧鑲字〉，《修辭學習》第5期，頁
　　33-34。

葉嘉瑩（1998），《迦陵論詞叢稿》，石家莊：河北教育出版社。

葛本儀（2002a），《現代漢語詞彙學》，濟南：山東人民出版社。

葛本儀（2002b），《語言學概論》，臺北：五南圖書出版股份有限
　　公司。

董季棠（1981），《修辭析論》，臺北：益智書局。

雷淑娟（2004），《文學語言美學修辭》，上海：學林出版社。

劉言（2001），《笑說中國》，臺北縣：方舟出版社。

劉煥輝（1997），《修辭學綱要》，南昌：百花洲文藝出版社。

劉鳳玲、邱冬梅（2010），《修辭學與語文教學》，廣州：暨南大學出版社。

劉靜敏（2003），《實用漢語修辭》，合肥：安徽教育出版社。

劉寶成（1986），《修辭例句》，長春：吉林文史出版社。

蔡宗陽（2001），《應用修辭學》，臺北：萬卷樓圖書股份有限公司。

蔡謀芳（1990），《表達的藝術——修辭二十五講》，臺北：三民書局。

蔡謀芳（2001a），〈評述《修辭通鑑》的「變式比喻」〉，《修辭論叢》第3輯，臺北：洪葉文化事業有限公司。

蔡謀芳（2001b），《辭格比較概述》，臺北：臺灣學生書局。

蔡謀芳（2003），《修辭格教本》，臺北：臺灣學生書局。

鄭遠漢（1982），《辭格辨異》，武漢：湖北人民出版社。

鄭頤壽（1982），《比較修辭》，福州：福建人民出版社。

鄭頤壽（1993）主編，《文藝修辭學》，福州：福建教育出版社。

黎運漢、張維耿（1997），《現代漢語修辭學》，臺北：書林出版公司。

蕪崧（2003），〈小議諧音仿造詞〉，《漢語學習》第3期，頁40。

駱小所（2002），《現代修辭學》，昆明：雲南人民出版社。

濮侃（1983），《辭格比較》，合肥：安徽教育出版社。

韓陳其（1996），《中國語言論》，臺北市：新文豐出版公司。

魏聰祺（2002），〈鄭愁予〈錯誤〉賞析〉，《國教輔導》第41卷第5期，頁12-18。

魏聰祺（2003），〈雙關分類及其辨析〉，《臺中師院學報》第17卷第2期，頁199-223。

魏聰祺（2004a），〈同異格之分類〉，《修辭論叢》第6輯，臺北：洪葉文化事業有限公司，頁609-637。

魏聰祺（2004b），〈藏詞分類及其辨析〉，《臺中師院學報》第18

卷第2期，2004年12月，頁101-124。

魏聰祺（2005），〈「同異」格之辨析〉，《臺中師院學報》第19卷第1期，頁115-143。

魏聰祺（2006a），〈頂針分類及其辨析〉，國立臺南大學《人文研究學報》第40卷第1期，頁1-26。

魏聰祺（2006b），〈反諷之內涵與分類〉，《修辭論叢》第7輯，臺北：東吳大學印行，頁293-332。

魏聰祺（2007），〈修辭與作文〉，南一書局《基測作文教學快訊》第3輯，頁8-14。

魏聰祺（2008a），〈第十一章修辭理論與運用〉，《國語文教學理論與實務》，臺北：洪業文化事業有限公司，頁363-399。

魏聰祺（2008b），〈回文分類及其辨析〉，《修辭論叢》第9輯，臺北：洪葉文化事業有限公司，頁223-264。

魏聰祺（2009），〈論「雙關」格之辨析〉，《國立臺中教育大學學報——人文藝術類》第23卷第2期，頁63-85。

魏聰祺（2010），〈論仿擬分類及其辨析〉，國立臺南大學《人文研究學報》第44卷第1期，頁47-72。

譚永祥（1996），《修辭新格》，廣州：暨南大學出版社。

譚全基（1993），《修辭新天地》，臺北：書林出版有限公司。

譚學純、朱玲（2002），《廣義修辭學》，合肥：安徽教育出版社。

譚學純、朱玲（2004），《修辭研究：走出技巧論》，合肥：安徽大學出版社。

譚學純、唐躍、朱玲（2000），《接受修辭學》，合肥：安徽大學出版社。

譚學純、濮侃、沈孟櫻（2010）主編，《漢語修辭格大辭典》，上海：上海辭書出版社。

關紹箕（2000），《實用修辭學》，臺北：遠流出版事業公司。

嚴戎庚（2000），〈比擬引申初探〉，《韓山師範學院學報》第4期，頁65-71。

Note

Note

Note

Note

國家圖書館出版品預行編目資料

修辭學／魏聰祺著. ——初版. ——臺北市：
五南圖書出版股份有限公司, 2015.08
　面；　公分
ISBN 978-957-11-7873-8（平裝）

1.漢語　2.修辭學

802.75　　　　　　　　　　103020310

1X4S 語言文字學系列

修辭學

作　　　者 —	魏聰祺
發 行 人 —	楊榮川
總 經 理 —	楊士清
總 編 輯 —	楊秀麗
副總編輯 —	黃惠娟
責任編輯 —	陳巧慈
封面設計 —	童安安

出 版 者 — 五南圖書出版股份有限公司

地　　　址：106台北市大安區和平東路二段339號4樓

電　　　話：(02)2705-5066　　傳　　真：(02)2706-6100

網　　　址：https://www.wunan.com.tw

電子郵件：wunan@wunan.com.tw

劃撥帳號：01068953

戶　　　名：五南圖書出版股份有限公司

法律顧問　林勝安律師

出版日期　2015年8月初版一刷
　　　　　2023年3月初版二刷

定　　　價　新臺幣650元

經典永恆・名著常在

五十週年的獻禮 —— 經典名著文庫

五南，五十年了，半個世紀，人生旅程的一大半，走過來了。
思索著，邁向百年的未來歷程，能為知識界、文化學術界作些什麼？
在速食文化的生態下，有什麼值得讓人雋永品味的？

歷代經典・當今名著，經過時間的洗禮，千錘百鍊，流傳至今，光芒耀人；
不僅使我們能領悟前人的智慧，同時也增深加廣我們思考的深度與視野。
我們決心投入巨資，有計畫的系統梳選，成立「經典名著文庫」，
希望收入古今中外思想性的、充滿睿智與獨見的經典、名著。
這是一項理想性的、永續性的巨大出版工程。
不在意讀者的眾寡，只考慮它的學術價值，力求完整展現先哲思想的軌跡；
為知識界開啟一片智慧之窗，營造一座百花綻放的世界文明公園，
任君遨遊、取菁吸蜜、嘉惠學子！